VLADIMIR VOLKOFF

Le Bouclage

ROMAN

ÉDITIONS DE FALLOIS
L'Âge d'Homme

Il n'y a pas de crime au monde dont je ne m'estime capable.

GOETHE

LIVRE I

1. *L'Antéchrist, Julian*

Le ciel du couchant se déploya ce soir-là comme une queue de paon, comme un étang ocellé de nymphéas. Les superstitieux y virent un présage, ils ne savaient pas de quoi.

Des nuages couleur de craie, de crevette, de nacre et même bleu cru y naviguaient comme des nacelles à la fête foraine, s'y entrechoquaient silencieusement, émettaient des flocons de vapeur blanche ou, tels des seiches, des jets d'encre. Sur un fond qui se dégradait de saumoné en taupe, des barres rouges et noires verrouillaient l'horizon. Au zénith, traversant l'un après l'autre ces paysages divers, circulait un point incandescent.

Au fond d'une cour appelée le puits Saint-Vincent, deux frères avaient renversé la tête et voyaient voguer au-dessus d'eux un mouchoir de ciel bariolé découpé par les pignons noirs de suie qui se haussaient vers lui. Le point rougeoya. Il se déplaçait à une vitesse de croisière, imperturbable, hors d'atteinte. Le grand frère, vingt-cinq ans, d'allure poitrinaire, surnommé l'Antéchrist par ses amis, ricana :

— Voilà le bon Dieu qui a jeté son mégot.

Pepito, le petit frère, dix ans, accroupi aux pieds de l'Antéchrist entre les boîtes à ordures, jouait avec un merle unijambiste auquel il avait confectionné une patte de rechange au moyen d'une allumette fixée par un élastique au moignon.

— Sariel, fit-il, les yeux fixés sur la comète rouge, ça me fait mal quand tu parles du bon Dieu comme ça.

Il était le seul à appeler encore son grand frère par son prénom.

— Toi, Pepito, quand je t'aurai écrasé ton sale oiseau...

L'Antéchrist sourit dans le noir de toutes ses petites dents de loutre, anticipant sur le plaisir de faire craquer la carcasse vivante et jouissant déjà de l'angoisse qu'il créait.

Dans la bulle céleste, le passager arrière, jeune homme à l'air excessivement honnête, portant l'uniforme de commandant de la garde, se pencha respectueusement vers le voisin du pilote et chuchota :

— La voilà, monsieur l'Administrateur, votre Agglomération.

M. l'Administrateur jeta un regard vers le bas.

Sous le poudroiement de cuivre que traversait l'hélicoptère, l'Agglomération s'étendait d'un horizon à l'autre, page noire où s'entrecroisaient à l'infini des points de suspension lumineux. On discernait les trouées les plus larges, les enfilades les plus longues, le reste paraissait informe. La mer, incolore, impénétrable, à peine balisée de quelques phares rouges et verts, mettait à l'est une limite à ce déferlement d'habitat humain.

M. l'Administrateur étouffa un bâillement. Il se demandait où il logerait un terrain de polo dans tout ça.

L'hélicoptère piqua du nez vers quatre torches à essence disposées en carré.

Le passager arrière se pencha de nouveau, comme s'il était utile de se pencher quand on parle dans un micro :

— Juste dessous, monsieur l'Administrateur (il gesticulait), c'est le quartier le plus ancien, que nous appelons le Corazon. Et cet îlot qui s'attache à lui sur le côté, en forme de rognon, c'est ce que nous appelons le Quartier Vénérien. (Il gloussa.) Une bourde de journaliste. Ou peut-être une blague. Dans le temps, il y avait des canaux : on disait « vénitien ».

L'Administrateur l'écoutait à peine. Il pensait à Giulia. Il fallait, quel ennui, respecter les apparences, au moins pour commencer. Elle arriverait par le train de nuit. Il était fatigué. Il enverrait Djelloul. Il se retourna. La face impassible et jaunâtre de Djelloul s'arrondissait dans l'ombre derrière lui. L'Administrateur dit :

— Je vous remercie, mon commandant, de toutes ces précisions. J'ai passé mon enfance dans l'Agglo.

Le commandant se rebiffa sans le montrer : on se doit à sa carrière.

— Je pense, dit-il en se rengorgeant, que monsieur l'Administrateur sera content de l'accueil que nous lui avons préparé.

Accueil peu réglementaire, mais le pékin serait sûrement flatté.

La place Royale, qui marquait le centre du Corazon, était encadrée par une cathédrale d'un gothique tardif, un Hôtel de ville Renaissance, un palais de justice baroque et une caserne jugulaire-jugulaire du XIXe siècle. Dans la cour d'honneur de l'Hôtel de ville, à trente mètres des torches signalant l'aire d'atterrissage, s'alignait un peloton de gendarmes à cheval, plantés sur leurs pommelés comme des soldats de plomb empalés sur une tige de fer.

— Portez… armes !

Le vieil adjudant-chef Rosa en était malade, de ce sacrilège que le commandant de la maison militaire lui faisait commettre. Rosa suçait sa moustache poivrée et contractait son gant blanc à crispin sur la poignée de son sabre. Jaillissant du ciel barbouillé de pourpre, l'hélicoptère fonçait vers le peloton. Dans un instant, on ne pourrait plus se faire entendre. Rosa se résigna :

— Présentez… armes !

Les sabres de parade brillèrent à la lueur des réverbères qui venaient de s'illuminer en même temps que les fenêtres de l'Hôtel. Le vent déchaîné par le rotor échevela les flammes des torches posées sur le sol, souleva les longues queues mousseuses des pommelés, ébouriffa leurs crinières. L'un renâcla, l'autre, arquant l'encolure, fit tinter sa gourmette. L'hélicoptère, descendant toujours, s'encadra entre les ailes de l'Hôtel de ville, et son ombre démesurée fondit sur la petite troupe. Alors les chevaux se cabrèrent, hennirent, se débandèrent malgré les efforts de leurs cavaliers, et, comme l'hélicoptère se posait et que M. l'Administrateur sautait légèrement au sol, l'un d'eux s'abattit d'une masse sur l'asphalte, entraînant un gendarme qui, comme s'il avait réellement été de plomb, essayait encore en tombant de maintenir la pose du présentez armes.

L'Administrateur se tourna vers l'officier qui, annihilé, avait sauté après lui :

— Commandant, lui dit-il sèchement, on ne vous a pas appris qu'on ne rendait pas les honneurs la nuit ?

2. *Abuelo*

A la même heure, à peu de distance de là, dans la rue du Roi-Fernand qui traversait le Corazon du nord au sud, les vitrines s'étaient illuminées et les marchands se tenaient sur le pas de leur porte, respirant l'air du soir, pétrolifère mais rafraîchi. Certains remarquaient, parmi les étoiles qui venaient d'apparaître, une étoile rouge qui filait à bonne allure : ils ignoraient qu'elle portait à son bord leur destin. Les plus vieux regrettaient seulement le temps, pas si lointain, où le ciel n'était pas pollué par les excrétions mécaniques de l'humanité.

Sur le seuil de la bijouterie *Au Roi Fernand,* se tenait une jeune femme vêtue de noir. Pili était petite, ronde, elle avait les sourcils austères et la bouche pulpeuse. Dans sa vitrine, on voyait surtout des babioles pour touristes, boucles d'oreilles de pacotille, pique-hors-d'œuvre en forme d'épées niellées ; à l'intérieur, dans des casiers de verre aux coins bordés de bois, des écrins de velours contenaient des bijoux un peu plus précieux : bracelets d'argent, colliers de corail, bagues ornées de petits brillants pour petits-bourgeois.

La boutique, qui sentait la cire d'abeilles et le pain d'épice, était si haute que le mur du fond en était percé, outre la porte donnant sur la cuisine, d'une fenêtre par laquelle prenait jour l'entresol où était alité un vieillard que tout le monde appelait Abuelo.

Abuelo avait créé la bijouterie un demi-siècle plus tôt. Il n'en avait pas joui longtemps car, aussitôt la guerre civile éclatée, il s'y était jeté et avait combattu jusqu'au dernier jour, où une balle perdue lui avait froissé la colonne vertébrale. Du fond de son lit, il observait à longueur de journées sa petite-fille Pili servant le client avec une politesse compassée, tenant ses écritures en bâtarde, disant son chapelet de buis entre deux ventes, astiquant sa vitrine sur laquelle elle projetait une mousse bleuâtre et qu'elle frottait ensuite à satiété.

Abuelo n'avait que Pili au monde. Pili, orpheline et veuve, n'avait que son grand-père et son petit garçon : Guzman.

Ce soir-là, comme Guzman faisait ses devoirs à la cuisine, qu'Abuelo salivait en reniflant la soupe de poissons, et que Pili, ayant jeté un regard à la petite montre en or qu'elle portait en sautoir, songeait déjà, la pratique étant indolente, à mettre ses volets, un client se présenta. Grand, les cheveux et la barbe en broussaille, masqué, malgré l'heure tardive, de lunettes de soleil réfléchissantes, la chemise ouverte sur une poitrine éloquemment velue, il poussa Pili devant lui pour entrer. Elle sentit le danger, mais prononça avec flegme :

— Monsieur désire voir quelque chose ?

Lui, la narine droite se pinçant et le coin droit de la bouche tressautant de nervosité, répliqua :

— T'r'çois s'vent d'v'sites ?

Ses consonnes s'enchaînaient sans donner le temps aux voyelles de se former.

— Des visites ?

— F'pas l'diote.

Il la poussait toujours.

Elle s'adossa à un haut casier, ses paumes moites pressées contre le verre. La dominant de plus de la tête, il étendit les bras et épata ses mains derrière elle, les coudes pesant sur ses épaules. Elle était enfermée.

— 'lya d' sales types dans c'quartier. 'n belle fille qu' vend des b'joux a b'soin d't'pr'tégée. C'bien tu m'donnes ?

Elle le regardait droit dans les yeux, sans la moindre peur.

— Abuelo, cria-t-elle d'une voix perçante, descends avec ton fusil.

L'homme jeta un regard à la fenêtre de l'entresol derrière

laquelle on entendait des grondements frénétiques et des bruits de ressorts. Sur le seuil de la cuisine, le petit Guzman, ayant abandonné ses livres et ses cahiers, observait la scène, un crayon porté à sa bouche.

— T'vieux cloué d'son page, fit l'homme en rapprochant son nez du nez de Pili. J't'd'mande p'cher. Mille pesos p'r mois. B'n affaire.

Elle battit des paupières, une fois, et, la bouche sèche :

— Je refuse.

Il rit sans méchanceté.

— Chérie, t'comprends pas, t'pas l'choix.

Il tendit la main vers la joue de la jeune femme comme s'il voulait la caresser. Elle détourna la tête. Une douleur imprévue la brûla, un flot de sang inonda sa bouche. L'homme souriait sous ses lunettes de soleil. Entre deux doigts il tenait une lame de rasoir.

— M'signature, chérie, p'r pas qu't'm'oublies.

D'un geste, il arracha la montre et la chaîne.

— T'jours ça d'pris.

Il marcha vers la porte, se retourna et prononça un peu plus distinctement :

— Au mois pr'chain, chérie. S'viens-toi d'moi : m'appelle Guapo.

A cet instant, le canon d'une canardière tenue entre deux vieilles mains tremblantes et chargée de chevrotines s'appuya au rebord de la fenêtre intérieure. Guapo avait déjà valsé sur le trottoir.

3. *Chrysoblas*

A la même heure, Blas Chrysoblas, ayant enfin acquis dans un mont-de-piété poussiéreux l'antique machine à écrire qu'il convoitait depuis des mois, regagna d'une démarche dansante le galetas qu'il habitait dans le quartier du Corazon.

Une petite aventure lui arriva en chemin.

Il avait pris le métro et il n'y avait dans son wagon que deux places libres sur lesquelles deux jeunes voyous assis en face avaient étendu leurs pieds chaussés de baskets poudreuses. Ils les auraient certainement enlevés, si des forts des halles ou des parachutistes ou des barbeaux les en avaient poliment priés, mais Chrysoblas réfléchit qu'il était âgé, malingre et solitaire, que les autres passagers étaient armés jusqu'aux dents de quotidiens démagogiques et de mots croisés, et que sa politesse à lui ne suffirait pas à obtenir satisfaction. Il resta donc debout devant les deux sièges vides, serrant entre ses mollets le lourd étui de bois de la Royal, hochant complaisamment la tête et souriant d'un fin sourire édenté devant cette confirmation de la théorie à laquelle il avait voué sa vie.

Chrysoblas avait cinquante-sept ans, il était prote dans une petite imprimerie au bord de la faillite, il avait réussi à passer ses examens de licence en suivant des cours du soir et il composait ce qu'il appelait sa thèse.

Il gravit ses sept étages en ahanant, car la Royal lui arrachait les bras, et les plombs qu'il avait maniés dans sa jeunesse ne lui avaient pas arrangé la santé. Une fois enfermé dans sa mansarde à la charpente foisonnante de madriers et de chevrons apparents, il posa deux dictionnaires sur un tabouret et jucha la machine dessus. Il la décapuchonna comme on ôte le chaperon à un oiseau de proie, et y introduisit une feuille de mince papier blanc, le meilleur marché qu'il avait pu trouver. Sur le plancher, il disposa un paquet de notes, c'est-à-dire de serviettes en papier, de billets de cinéma, d'enveloppes écartelées, de cartes de visite ratées, de bouts de cartons à lessive, d'invitations à des bals du grand monde imprimées en surnombre, le tout couvert d'une écriture minutieuse par économie, et néanmoins ornée de fioritures et de paraphes.

Il s'assit en tailleur sur le lit, et des rides sympathiques coururent sur son visage, de part et d'autre des deux demi-lunes de verre qui lui servaient de lunettes.

Enchanté de son installation, il s'apprêta à taper le nom de l'auteur, mais aussitôt une question l'inquiéta : devait-il ou ne devait-il pas mettre après son nom le titre de docteur ès lettres que cette thèse lui vaudrait sûrement ? Quand on l'imprimerait, il serait indéniablement docteur, mais pour le moment il n'était rien. Alors ? Il décida de décaler son nom sur la gauche de manière à laisser à droite un espace qu'il remplirait plus tard. Il compta donc les caractères de BLAS CHRYSOBLAS, DOCTEUR ES LETTRES (il répugnait à dissocier le nom et le titre en les mettant sur deux lignes successives), centra sur le D virtuel et tapa en capitales :

BLAS CHRYSOBLAS,

puis, ses deux index piétant majestueusement le clavier, le souffle un peu court et la langue tirée car sa vie était en train de se transmuter en une œuvre grandiose et utile aux hommes, il dactylographia :

LE CONTRAT SOCIAL MENÉ A TERME

Le ruban était usé, les lettres pâles. N'importe. On en serait quitte pour mettre la photocopieuse sur « plus foncé ».

4. *Robich*

Et, toujours à la même heure, le jeune commissaire Robich, responsable du quartier du Corazon, relisait les procès-verbaux rédigés par ses hommes et lui dans le courant de la journée.

P.-V. N° 1051
Aff. c/x...
Vol à l'arraché
OBJET : Plainte de ROOSTER Ruth et de ROOSTER Ray

L'an 199..., le 8 mai, à 15 heures,

Devant nous, Andreas Jorge, inspecteur principal de police au Corazon, officier de police judiciaire,

Se présentent le sieur ROOSTER Ray, 55 ans, professeur de théologie, de nationalité américaine, et la dame ROOSTER Ruth, 56 ans, sans profession, de nationalité américaine, domiciliés à l'Hôtel Phénix, 28 boulevard Cristobal-Colon,

Laquelle déclare :

« Comme nous nous promenions aujourd'hui, vers 14 heures 30, dans la rue de la Reine-Isobel, j'ai été victime d'un vol à l'arraché commis par un jeune homme vêtu d'un blouson de plastique orange et d'un blue jean. L'objet volé est un médaillon en or. Je précise qu'il me vient de ma mère et que j'y tiens beaucoup. Il contient une photo d'un de mes enfants de sexe mâle mort en bas âge. »

S.I. « Le jeune homme m'a dépassée en courant, et, au moment où il me dépassait, il a arraché le médaillon qui pendait à une chaîne également en or. »

S.I. « Les passants ont fait comme s'ils ne voyaient rien et le jeune homme a disparu en se mêlant à la foule. »

Lecture faite par elle-même, persiste et signe.

P.V. N° 1052
Aff. c/x...
Vol à l'italienne
OBJET : Plainte de
LOPEZ Maria
de Guadalupe

L'an 199..., le 8 mai, à 16 heures 30,

Devant nous, Andreas Jorge, inspecteur principal de police au Corazon, officier de police judiciaire,

Se présente la demoiselle LOPEZ Maria de Guadalupe, 30 ans, employée de banque, domiciliée 1 rue Garcia à Valence,

Qui déclare :

« Je me trouvais ce jour vers 16 heures au volant de ma Peugeot 205, je descendais les avenues de la Liberté vers les quais et je m'étais arrêtée au feu de signalisation sis au croisement de la rue du Roi-Fernand. Comme il faisait chaud, les vitres de ma voiture étaient ouvertes. J'avais déposé à côté de moi un appareil de photo de marque Nikon, valant approximativement deux mille pesos, que j'utilise pour photographier les monuments de l'Agglomération. Un jeune homme que j'ai à peine eu le temps d'apercevoir et dont je n'ai pas le signalement a passé le bras à l'intérieur et s'est emparé de l'appareil. Il a contourné ma voiture par-derrière et s'est dirigé sans trop de hâte vers le quartier du Corazon où il a disparu sans être inquiété, malgré mes cris. »

Lecture faite par elle-même, persiste et signe.

P.V. N° 1053
Aff. c/x...
Vol à l'arraché
OBJET : Plainte de BURMISTER Herbert

L'an 199..., le 8 mai, à 18 heures 30,

Devant nous, Andreas Jorge, inspecteur principal de police au Corazon, officier de police judiciaire,

Se présente le sieur BURMISTER Herbert, 67 ans, retraité, domicilié 40 rue Meyer à Berlin, Allemagne, de nationalité allemande,

Qui déclare :

« Comme je sortais vers 18 heures de la cathédrale où j'étais allé mettre un cierge devant la statue de sainte Thérèse, j'ai été bousculé par deux jeunes gens de mauvaise mine, sans autre précision, qui voulaient entrer. Je leur ai fait observer qu'ils n'étaient pas dans les dispositions requises pour aller faire leurs dévotions et j'ai continué mon chemin pour m'apercevoir cinquante mètres plus loin que la caméra que je portais en bandoulière avait disparu. En dépit de mes objurgations, les passants ont continué à circuler comme si de rien n'était, sauf quelques touristes qui m'ont exprimé leurs condoléances. Je tiens à préciser qu'il n'y avait aucun policier aux environs, ce que je juge scandaleux. J'insiste pour que vous notiez que je ne viendrai plus passer de vacances dans l'Agglomération où j'ai pourtant accoutumé de dépenser de fortes sommes. »

Lecture faite par lui-même, persiste et signe.

P.V. N° 1054
Aff. c/x...
Vol à la tire
....

P.V. N° 1055
Aff. c/x...
Vol à la roulotte
....

Le commissaire Robich aspira beaucoup d'air.

La colère montait en lui. Ce n'était pas à cause du Nikon — encore que les économies d'une année y eussent été englouties — ni à cause de la caméra — Robich n'avait guère de sympathie pour les Teutons sentencieux — ni même à cause du médaillon contenant le portrait d'un enfant disparu — et pourtant il avait devant les yeux le visage gonflé de larmes rentrées de l'Américaine. C'était à cause de sa propre honte.

Le Corazon était son premier poste. Il y était responsable de la sécurité, et il ne parvenait pas à l'assurer : en une après-midi, une demi-douzaine de vols, et la journée n'était pas finie. Les drogués n'avaient pas encore été lâchés dans les rues, sans compter qu'on n'était qu'en mai : moins de touristes, moins de délits...

Mais tout cela n'était encore rien. Il relut les procès-verbaux qu'il avait rédigés lui-même.

P.V. N° 1050/1
Aff. c./x
Sévices
contre enfants
— Ecole de
malfaiteurs
OBJET :
Déposition
de la mineure SNP
« Nita »

L'an 199..., le 8 mai, à 8 heures 15,

Nous, Robich Robert, commissaire de police au Corazon,

alerté par téléphone par le gardien de la paix Ruy Amon,

nous sommes transporté à la station de métro Corazon. Nous y avons découvert, tapie dans un coin du couloir allant de l'entrée dite Cathédrale au débit de billets, à mi-distance environ de ces deux points, dans un alvéole contenant un robinet d'eau, une enfant à demi nue, âgée de 12 ans approximativement, qui nous a déclaré s'appeler Nita sans nom patronymique connu. Nous avons insisté pour que Nita nous accompagnât au café Notre-Dame où nous l'avons persuadée d'absorber un petit déjeuner. Dans l'entre-temps, nous avons convoqué l'inspecteur Gracio Agnes, agent de police judiciaire, en compagnie de laquelle nous avons ramené l'enfant Nita au commissariat où elle a été examinée par le Dr Saporta Emilio requis par nos soins (rapport en annexe). Ce médecin a constaté que la nommée Nita était sous-alimentée et avait le corps zébré d'hématomes, en particulier les fesses et le dos. Interrogée par nous, l'enfant nous a déclaré :

« Je me suis enfuie aujourd'hui d'une école *(sic)* sise 6 bis rue des Procureurs, où m'ont placée les personnes qui me tenaient lieu de parents. Nous étions une douzaine de condisciples, garçons et filles (noms en annexe). Nos maîtres étaient Tito, 30 ans environ, blond bouclé, qui nous enseignait le vol à la tire et à la roulotte, et Sonia, 30 ans environ, brune et sentant mauvais, qui nous enseignait le vol à l'étalage et à la détourne. Nous mangions, nous couchions et nous étudiions dans un grenier. Quand nous faisions mal nos exercices, nous étions battus. Ce matin, comme mes camarades étaient endormis et mes maîtres ivres morts, j'ai subtilisé la clef de la porte et je me suis enfuie. Ne sachant pas où aller… »

En apercevant le corps marbré de Nita, Robich s'était promis de passer les menottes à Tito et même, contre le règlement, à Sonia en les serrant un peu plus fort qu'il ne serait nécessaire, mais quand il s'était présenté 6 bis rue des Procureurs, il avait trouvé la porte du grenier entrebâillée et le gibier en fuite. L'affaire suivrait son cours. En supposant qu'elle aboutît, lui, Robich, n'assisterait jamais à l'hallali. Il referma bruyamment la chemise aux procès-verbaux et passa dans la pièce à côté.

Jorge Andreas, la tignasse poivre et sel, le teint couperosé, la peau bourrelée de plis, les doigts piquant le clavier de sa machine à écrire comme s'il avait peur de se brûler, interrogeait. Le prisonnier, pas plus de vingt ans, poupin, blond, presque albinos, en blouson de vrai cuir et blue jean de marque Levi's, semblait cacher par politesse une forte envie de rire. Robich s'adossa à la porte vitrée.

— Alors tu n'avais pas l'intention de la voler, cette bagnole ?

— Moi ? Nullement, monsieur l'inspecteur.

— Enfin tu avais bien le derrière sur le siège du conducteur quand le motard t'a coincé contre le trottoir ?

— Exact.

— Et tu tenais le volant à deux mains ?

— Peut-être une seule, monsieur l'inspecteur. C'est une mauvaise habitude que j'ai. Je m'excuse.

— Et la bagnole ne stationnait pas ? Elle roulait ?

— Elle roulait.

— Bref, tu n'avais pas l'intention de la voler, mais tu l'as volée quand même ?

— Pas tout à fait, monsieur l'inspecteur. Voyez-vous, j'étais passé chez Bally, rue du Roi-Fernand, et je me suis payé une paire de pompes neuves. (Le prisonnier mit son pied sous le nez de l'inspecteur ; il portait des mocassins de cuir rouge, à perforations, qui en effet fleuraient le neuf.) Vous pouvez vérifier. Bon, Bally, c'est pas mal, mais j'avais choisi un peu serré. Au bout de cent mètres, des ampoules ! Ça fait mal, les ampoules, monsieur l'inspecteur.

— Qu'est-ce que tu avais fait de tes vieilles godasses ?

— Je les avais fait mettre dans la boîte, mais j'étais si content des neuves, que la boîte, je l'ai flanquée dans une bouche d'égout, place Royale. Vous pouvez vérifier. Et avec ces pompes-ci je n'arrivais plus à marcher. Ça me brûlait. Surtout le petit orteil, ajouta-t-il avec tendresse.

Robich bougea légèrement. Le prisonnier lui jeta un coup d'œil, estima qu'il n'était pas trop dangereux non plus, et poursuivit :

— Il fallait bien que je rentre chez moi, non ? Le métro, avec deux correspondances ? Très peu pour moi. J'ai cherché un taxi. A cette heure-là, tintin : vous pouvez vérifier. Et puis voilà que devant le sellier, il y avait cette grosse Seat avec la clef dans le contact. Si les gens laissent leurs clefs... Moi, plus moyen de marcher. Alors...

Andreas tapait toujours, les yeux baissés, renvoyant furieusement le chariot à chaque bout de ligne, vrrran, vrrran. Il traitait mal sa fidèle machine parce qu'il ne pouvait traiter son prisonnier comme il aurait voulu. Robich observait distraitement. La criminalité, bon, c'était le pain quotidien, mais un point commun à tous les procès-verbaux qu'il avait lus venait de le frapper : dans chacune des affaires traitées aujourd'hui, l'aveuglement volontaire des bons citoyens du Corazon était patent. Pour la première fois de sa vie, Robich découvrait cette évidence : que la criminalité n'est pas une addition d'actes individuels ; la criminalité, c'est une contagion.

Il serra les poings et sentit qu'au prochain « Vous pouvez vérifier » du prisonnier, il aurait envie de s'en servir. Il sortit en claquant la porte.

Les vitres vibrèrent.

« Il faut faire quelque chose, marmonnait-il. Ça ne peut pas continuer comme ça. »

5. *Remi*

Et le lendemain à l'aube, à vingt kilomètres du Corazon, à l'autre bout de l'Agglomération, dans une banlieue résidentielle, trois hommes et une femme, qui vivaient en reclus dans leur villa Les Tamaris, vinrent prendre l'air sur le balcon.

Toma, le chef, les mains dans les poches, la bouche arrondie comme pour siffler, avait un visage mou, potelé, mal rasé et pourtant étrangement féminin, encadré par des cheveux gris, longs et poisseux, qu'il portait à la Jeanne d'Arc.

A sa gauche, accoudée à la balustrade, frileuse, les seins ballottant dans une chemise d'homme, sa compagne Magda exhibait, au contraire, un visage masculin avec un front haut, un nez fort, une bouche mince et une expression de hargne répandue sur sa face terreuse.

A la gauche de Magda, se tenait Bastian, un comparse qui avait, lui aussi, droit à ses faveurs, par hygiène de groupe. Il ne cessait de bâiller.

En retrait, un quatrième personnage observait les trois autres. Remi paraissait différent d'eux, plus jeune, plus frais, et son cou mince et ployant, supportant une petite tête de moineau, sortait d'une chemise qu'il avait lavée la veille, car il n'arrivait pas à s'accoutumer à la crasse qui était de bon ton parmi ses compagnons.

Toma regardait avec horreur les villas situées plus bas sur la pente, émaillées de jaune serin, de rose bonbon, de bleu canard, surmontées de pins parasols et de palmiers, enchâssées de cactus et de lauriers-roses, émergeant une à une de la brume grise et mauve du matin.

« Que cela est laid ! songeait-il avec une sombre satisfaction. A vomir ! »

La mer qui s'étendait au loin lui plaisait davantage. Au moins, c'était vaste et ça n'avait pour le moment ni teinte ni prétention d'aucune sorte. Indifférencié, illimité : une bonne représentation du néant. Quant à toutes ces bicoques dont les couleurs bêtes commençaient à s'allumer et à palpiter à mesure que la terre tournait et présentait cette fesse-ci au soleil qui apparaîtrait bientôt... il les vit soudain exploser silencieusement les unes après les autres, dans des gerbes de terre sèche, dans des javelles de gravier. Jouissif. Dommage qu'on n'eût pas mis le son.

Toma reconnut le bien-être qui l'envahissait. C'était celui qu'il avait éprouvé la semaine dernière à lire les journaux, à regarder la télévision et puis, d'innombrables fois, le magnétoscope. Comme c'était beau, ces décombres d'où montaient des trombes de la poussière, ces murailles éventrées, ces civières bossuées couvertes de draps sanglants !

— Et pourtant, prononça-t-il, rêveur, personne n'aime l'humanité autant que moi.

— Il va falloir racheter de la becquetance, dit Magda.

— Je vais y aller, proposa Remi Petite Tête, le plus jeune des quatre, qui était de toutes les corvées. Je connais un supermarché qui ouvre tôt.

— Vas-y, acquiesça Toma, mais la prochaine fois ce sera Bastian : les habitudes, c'est la mort.

Magda apporta la liste des provisions à acheter. Toma donna l'argent. Remi prit la camionnette deux-chevaux dans le garage. En chemin, il s'arrêta près d'une cabine publique et donna un coup de téléphone.

6. *Julian*

Julian Dandolo prince Ossamundi, Administrateur, ayant assassiné d'un mot le commandant de sa maison militaire, marcha droit à l'adjudant-chef Rosa, qui seul du peloton réussissait encore à maîtriser son cheval.

— Pas votre faute, mon lieutenant. Un de ces jours, j'aimerais vous serrer la main. Quand vous serez moins occupé...

Sans un regard pour les pommelés qui, se cabrant et caracolant, risquaient de l'écraser, l'Administrateur marcha vers le perron d'honneur sur lequel s'était réfugié un jeune homme grave, de petite taille, en costume croisé et lunettes carrées.

— Monsieur l'Administrateur, bienvenue chez vous.

Petit rire de gorge.

Julian ne tendit pas la main. Il savait ce que cet *érarque* pensait de lui : « Un play-boy passé entre les examens comme entre les gouttes, à coups de cotes d'amour et de veines de cocu sans jamais l'être ».

— Je me présente. Je suis M. Ectors, votre chef de cabinet. Vous êtes ici dans le sein de l'Hôtel de ville où se situent vos bureaux ainsi que votre résidence. Souhaitez-vous vous rendre immédiatement dans vos appartements ?

— Visitons d'abord la baraque, dit Julian.

Il se rappelait être venu ici enfant pour une raison qu'il avait oubliée, mais qui avait rapport à son éducation. Sans doute avait-il encore gagné une première place à un concours où la seule question qu'il connût était sortie, et l'Administrateur de ce temps-là devait-il lui remettre un livre rouge à tranche dorée ou peut-être une médaille de bronze représentant le chef d'Etat d'alors, qu'on appelait la Marionnette. Quoi qu'il en fût, il avait déambulé en compagnie de son père dans des salles d'apparat austères hantées d'huissiers à chaîne, et il associait cette visite à l'excellent maillet de polo en bambou flexible avec un marteau de frêne que son père lui avait offert ensuite.

Ectors s'inclina parcimonieusement :

— Je vous précède.

— Je le vois bien, dit Julian.

« D'où me vient cette irritation ? se demanda-t-il. C'est que tout cela m'ennuie abominablement. Je sens que je vais perdre un temps fou ici. Par la faute de la tante Matilda, en plus ! »

En effet, si M. Dandolo, son père, avait exigé qu'il poursuivît des études, c'était déjà poussé par la tante Matilda Ossamundi, veuve du frère de sa femme. M. Dandolo, lui, se serait satisfait de voir son fils dilapider la fortune qu'il avait épousée — comme il s'y employait lui-même, sans du reste y réussir : la Banque d'affaires Ossamundi avait les reins solides, et Mme Dandolo, morte jeune, avait laissé ses parts à son mari.

Ensuite, Julian était allé faire outre-mer un service militaire prolongé et s'y était beaucoup amusé. Il avait quitté l'armée sur un coup de tête, parce que son colonel était un mauvais coucheur qui prétendait appliquer le règlement à la lettre. Mais s'il avait su ce qui l'attendait dans la vie civile, il aurait probablement supporté le colonel ; car, son père étant mort dans un accident de course automobile, la tante Matilda était devenue chef de famille. La prise de voile de sa fille Rosario l'avait encore durcie dans ce rôle en la privant de celui de mère, et elle avait aussitôt convoqué son neveu. Julian se rappelait fort bien qu'il avait accepté d'assez mauvaise grâce de se rendre à l'Agglo et que, pour se consoler, il avait emmené Violetta avec lui.

Il faisait très chaud ce jour-là, et les persiennes de l'immense appartement de la place des Taureaux étaient baissées. Julian marcha dans la pénombre striée, en suivant le trottinement de Pasquale, le vieux valet androgyne. Comme d'habitude, il y avait des orchidées partout, si différentes d'aspect qu'on aurait pu croire que les cinq mille espèces en étaient représentées dans les jardinières, sur les consoles, les cheminées, les bahuts et les guéridons ; elles se reflétaient mystérieusement dans les innombrables miroirs qui penchaient leurs cadres rococo du haut des murs.

Tante Matilda se tenait dans une pièce d'angle, un peu plus claire, qu'elle appelait sa *morning-room* (sa mère était née Hedgeworth), et elle paraissait comme toujours principalement occupée à maintenir en équilibre l'étonnant édifice capillaire mêlé d'immortelles séchées et de perles fines que son coiffeur avait installé sur son front de soixante printemps.

— Ma tante, dit Julian en lui baisant la main, vous n'auriez pas déparé la cour de Louis XVI roi de France.

Tante Matilda, à qui le fard faisait un masque couleur de brique pilée, fixa sur lui un regard sans complaisance.

— Tu es devenu avare sur tes vieux jours ?

Personne n'aurait pu être plus panier percé que Julian à vingt-cinq ans.

— Ma tante, si vous voulez doubler ma pension… C'est vrai que j'ai hésité à acheter un superbe *criojo* qui avait été monté par un handicap 8.

— Je ne te parle pas de ça. Pourquoi *une* chambre ?

— Je vous demande pardon ?

— On ne prend pas une chambre pour deux. C'est mal élevé. Les jours où tu ennuies cette donzelle, il faut qu'elle puisse se retirer quelque part. Une suite, à la rigueur. C'est scandaleux, ce n'est pas mufle.

Elle le toisait. Elle lui avait toujours affirmé qu'elle n'était en rien sensible à son charme. Oui, il avait les traits fins et réguliers, le teint hâlé, les cheveux bronze et les yeux vert-de-gris, il s'inclinait avec grâce et sans affectation, il savait choisir les tons amande de ses chemises et les nuances veloutées de ses costumes, et après ? « Tout ça ne fait pas un homme, mon garçon. — Qu'est-ce qui fait un homme, ma tante ? » Elle grimaçait : « Les autres hommes. »

— Mais ce n'est pas pour t'apprendre à vivre que je t'ai fait venir. Apparemment, il est trop tard. Je veux te parler de ton métier.

— Mon... métier ?

Il devinait où elle voulait en venir et s'insurgea. Travailler ? Pour quoi faire ? Il faut laisser ça à ceux qui en ont besoin. Elle était bonne catholique et ne pouvait croire à l'éthique calviniste du salut par la sueur au front.

— Enfin, ma tante, le travail est un préjugé !

Elle n'en disconvint pas.

— C'est celui de notre temps. A d'autres époques, on n'était pas un homme dans nos familles tant qu'on n'avait pas massacré quelques malheureux Turcs qui ne nous avaient rien fait. Les préjugés changent, Julian. Aujourd'hui, ne pas travailler, c'est mauvais genre. Veux-tu reprendre la Banque ? Là aussi, les préjugés évoluent : nous sommes au XXe siècle et les banquiers sont reçus partout.

Mais Julian souhaitait de tout son cœur que la Banque continuât à prospérer et, pour cela, il fallait qu'il la fréquentât le moins possible. Son demi-frère bâtard Bertram y était à son affaire, pas question de rien changer à cet arrangement.

Bon, alors la diplomatie ? En un autre temps, peut-être, quand un ambassadeur donnait des fêtes superbes et embobinait les souverains étrangers, mais recevoir par télex les instructions d'un ministre qu'on n'inviterait pas à dîner chez soi ?

— Dans ce cas, la politique. As-tu des idées politiques, au fait ?

— S'il suffit d'être de gauche pour en avoir.

— De gauche ? Intéressant. Qu'entends-tu par là ?

Il s'expliqua. Il ne fallait pas croire qu'il était de gauche parce qu'il trouvait cela chic. « Je suis au-dessus de ça. » Ni même parce que le socialisme passait pour avoir le vent en poupe. « Cela me paraîtrait pourtant moins borné. » Non, il se voulait de gauche parce qu'il n'arrivait pas à se persuader que le gouvernement des hommes n'est que la gestion d'une épicerie. « Je ne suis pas marxiste, je hais les idéologues, mais enfin Jules César n'était pas de droite ! »

— Eh bien, c'est parfait. « Le Prince Rouge » ! Cela fera parler de toi.

— Ma tante, vous plaisantez. Vous savez bien que pour être élu, il faut certaines qualités, que pour gouverner il en faut d'autres, qu'elles sont généralement inconciliables, et que je n'ai ni celles-ci ni celles-là.

Ils agitèrent encore quelques possibilités. Finalement l'administration s'imposa.

— Après tout, tu as fait des sciences politiques.

— Parce qu'elles sont les moins exactes.

— Tu ne gagneras pas beaucoup d'argent ; heureusement ça nous est égal.

Et Julian avait été intégré, comme on dit pompeusement, dans le corps administratif où il avait fort peu administré. Il s'était occupé de musées et du protocole, il avait été inspecteur des théâtres et conseiller sportif. Qu'il jouât régulièrement au polo avec le Roi le desservait auprès de quelques-uns et le servait auprès de beaucoup. Au bout de dix ans, les fées déposèrent sur ses genoux son premier poste de poids : l'Agglomération. Sûrement encore un coup de la tante Matilda. Julian ne se reprochait nullement de l'avoir obtenu par relations — Qui voudrait vivre dans un monde où il serait traité selon son mérite ? demande déjà Hamlet —, mais cela l'irritait d'avoir à assumer des responsabilités qui dépasseraient à la fois sa compétence et son ardeur au travail. Au reste, il ne s'en inquiétait pas trop. Les institutions fonctionnent souvent aussi bien en pilotage automatique.

Après avoir traversé quelques vestibules de marbre à colonnes composites, quelques salons de peluche et d'or, Ectors s'arrêta à l'entrée d'une salle entièrement lambrissée de chêne foncé, avec un plafond à solives armoriées. Dans les lambris, s'encastraient quelque deux cents portraits alignés sur trois rangs. En haut à gauche, ce n'étaient que collets de dentelles sur cuirasses d'acier ; puis venaient les fraises, les perruques, les jabots ; en bas à droite, on tombait dans les lunettes, les pochettes et la psychologie.

— Monsieur l'Administrateur, voici vos prédécesseurs. Des lieux où nous sommes, pendant près de quatre siècles, ils ont gouverné l'Agglomération. Qui, au début, n'en était pas une, cela va sans dire.

Petit rire de gorge.

Julian s'empêcha de répondre : « Eh bien, ne le dites pas. » Il laissa son regard courir sur ces faces hardies de condottieri, compassées de bureaucrates ou poupines de jouisseurs, et il trouva qu'elles avaient toutes en commun quelque chose d'impitoyable.

— Eh bien, fit-il, ce n'étaient pas des rigolos.

Il sentait déjà qu'il ne se plairait pas dans la compagnie de ces messieurs. Son cabinet faisait suite à la salle aux portraits. C'était une pièce énorme avec une double porte matelassée, des rideaux de velours prune encadrant les hautes fenêtres grillées, une cheminée où l'on pouvait se tenir debout, un bureau aux pieds torsadés majestueusement juché sur une estrade bordée d'une balustrade de noyer, et, sur le bureau, trois espèces de mitres ou de couvre-théière en brocart. Entre deux doigts, Julian en souleva un et découvrit un téléphone.

— Ça, dit-il, ça me plaît.

Le jeune Ectors le regardait mi-figue mi-raisin, ne sachant pas s'il se moquait.

Un escalier dérobé reliait le cabinet de travail aux appartements privés, auxquels on pouvait aussi accéder par un escalier de marbre.

— Dérobé, je préfère, dit Julian.

Il trouva l'appartement inhabitable. La solennité de ces pilastres, de ces verdures et de ces sorcières, les chapiteaux à volutes, les torchères de bronze tarabiscoté et surtout le lit à baldaquin le consternèrent.

— Je ne vois pas Giulia grimper là-dedans en veste de pyjama.

Il jeta un coup d'œil à la salle de bain. La baignoire à pattes griffues était gigantesque.

— Monumentale. Obscène. Suggère la partouze. Non, monsieur Ectors, si je couche ici une seule nuit, je me suicide au petit matin. Ayez la bonté de téléphoner au Ritz. Vous prendrez trois chambres communicantes.

M. Ectors décida de montrer les dents.

— Bien, prince. Vous demanderez simplement qu'on m'envoie la note.

Julian le regarda fixement de ses yeux vert-de-gris :

— Premièrement, Ectors, si je descends au Ritz avec ma maîtresse et mon homme de main, c'est naturellement à mes frais. Secondement, je ne porte pas mon titre dans ma vie professionnelle.

« Je ne porte pas mon titre » était une des coquetteries de Julian Dandolo prince Ossamundi. Le motif donné dépendait de l'interlocuteur. Quelquefois c'était « dans ma vie professionnelle » ; quelquefois, « je suis un homme de gauche » ; quelquefois, « un titre transmis par les femmes, ce n'est pas sérieux ». Il y avait une raison plus secrète : Julian était intérieurement convaincu que, loin de ne pas avoir d'odeur, l'argent sent foncièrement mauvais, et craignait qu'il ne fût ridicule de parfumer un titre de prince avec des relents d'usure ; or, la banque n'étant, en somme, que de l'usure légalisée... Bref, il avait deux lots de cartes de visite, les unes toutes nues, les autres avec une petite couronne fermée.

Il descendit au Ritz ce soir-là, et, le lendemain, Djelloul et Giulia se mirent en quête d'un logement plus conforme aux goûts de leur protecteur commun.

7. *Robich*

C'était la fin du mois. Les arracheurs s'embusquaient près des banques, des bureaux de poste et des machines à cartes de crédit. Les plaintes affluaient. Une vieille femme ouvrit sa porte à un faux employé de la compagnie du gaz venu enquêter sur une fausse fuite et resta obligeamment près du compteur pendant qu'il emportait miniatures de famille et sucrier d'argent. La colère de Robich monta d'un cran, mais demeura maîtrisée.

Le lendemain, une étudiante polonaise, qui fréquentait l'école de l'Alliance, fut violée en plein jour, sous une porte cochère, par trois individus apparemment drogués. Les passants avaient hâté le pas pour ne pas voir.

Cette fois, Robich n'y tint plus. Il se dressa dans la solitude de son bureau, resserra sa cravate, enfila sa veste et sortit sans dire où il allait. La colère qui bouillait en lui depuis des mois s'était solidifiée. Il devait agir.

Robich avait fait une constatation, si douloureuse pour lui qu'il ne pouvait l'avouer à personne, même pas à Natalia. Sous l'ancien régime — qu'il n'aurait servi pour rien au monde, car, sous la Marionnette, son grand-père avait été fusillé et son père avait croupi vingt ans en prison — sa famille ne fermait jamais sa porte à clef, les petites filles rentraient sans peur de l'école, les vieilles dames faisaient leur marché en paix. Oui, les libertés étaient bridées, la presse muselée, la délation sévissait, la police politique déambulait sur les plages avec des mètres de couturière et mesurait la longueur des bikinis, mais comment ne pas se demander si ces vexations intolérables n'étaient pas contrebalancées par la sécurité d'un seul petit enfant ?

Fils et petit-fils d'anarchiste, Robich avait voulu faire carrière de policier justement parce que, comme son père et son grand-père, il croyait en l'Homme et voulait le protéger contre le fauve qui sommeille en lui. Or, de toute évidence, le fauve ne sommeillait plus.

Robich était un homme carré, avec un crâne carré, des épaules carrées, un caractère carré. Il avait passé sa licence de droit du premier coup, réussi son concours du premier coup ; il était sorti dans un bon rang, avait choisi le Corazon parce qu'il aimait la difficulté.

Il marcha dans la rue.

Parmi les passants qu'il rencontrait combien seraient attaqués dans les jours à venir ? Pas les indigènes, dont la plupart avaient contracté des arrangements avec la pègre qui les terrorisait, les exploitait et les protégeait, mais les touristes, étrangers ou non, presque tous. Cette rombière avec son sac en crocodile à la bretelle ne le rapporterait probablement pas à son hôtel, ni ce Tyrolien callipyge le portefeuille qui dépassait de sa poche revolver. « Je ne peux pas faire garder chaque touriste par un policier! » Les demandes de renforts, les projets divers, les innombrables rapports que Robich envoyait au Directeur n'avaient jamais abouti. Mais un nouveau plan se dessinait dans son esprit.

Il croisa quelques tireurs professionnels qu'il reconnut à leur uniforme : blouson, blue jean, baskets, à leur allure à la fois agile et vacante, et surtout au fait qu'à première vue ils le reconnaissaient lui pour ce qu'il était. Impossible, bien sûr, de les arrêter tant qu'ils n'avaient commis aucune infraction à la loi. « Je ne vais pas non plus continuer à supporter leur loi à eux! » Il rentra chez lui et attendit Natalia en remâchant son impuissance, comme ne le font que les très jeunes hommes de très bonne volonté.

Natalia Robich, institutrice, rentra à dix-sept heures. Elle fut stupéfaite de trouver son mari en chemise écossaise et pantalon jaune à carreaux, ses beaux cheveux châtains gominés (où était la mèche rebelle qu'elle aimait ?), des lunettes naïves sur le nez, un étui à appareil photo à l'épaule.

— Pour qui te prends-tu, Grand Bonhomme ?

— Petit Bonhomme, je vais t'expliquer.

Il avait acheté la chemise, emprunté le pantalon, il voulait que rien en lui ne permît de flairer le policier. Elle accepta aussitôt de l'aider. Elle, toujours si correcte, mit des sandales, un short, une blouse dont elle noua les pans de manière à montrer son nombril. Une autre femme, ravie de l'être pour un peu de temps. Dans un magasin de souvenirs, il lui acheta un sac de cuir peint sur lequel on voyait une tour gothique entre deux palmiers. Puis, ils se dirigèrent vers le cœur du Corazon dangereux, l'îlot central veiné de venelles et traboules qui s'étendait à l'ouest de la rue du Roi-Fernand et qu'on appelait l'Abyme.

Natalia marchait devant, Robich trente mètres derrière, émoustillé par la beauté renouvelée de sa jeune femme. Elle se déhanchait, elle se dandinait, elle s'amusait à prendre des poses de touriste, s'arrêtant la main en visière sous les échauguettes, jetant des regards de curiosité dans les cours et sous les porches gothiques, s'arrêtant devant les vitrines étroites où les crucifix voisinaient avec le tabac à priser.

Ils parcoururent d'abord des ruelles où la rumeur constante de l'Agglomération parvenait à peine. Un rempailleur de chaises tressait sa paille sur un perron. Un menuisier rabotait un cercueil de pauvre sous un appentis. A l'entrée du puits Saint-Vincent, un gars à la poitrine creuse se balançait sur les talons. Il jeta un regard ennuyé à Natalia, un autre, plus intéressé à Robich, sembla vouloir l'aborder, puis un sens secret joua en lui, il pivota et disparut. Robich, qui connaissait ses suspects par cœur, l'avait reconnu : c'était Sariel de Sariel, revendeur de drogues fiché, avec un emploi fixe dans une boîte du quartier, *La Bouche d'Enfer* ; surnom : l'Antéchrist.

La femme et le mari traversèrent une fois l'Abyme sans incident.

Natalia décida de remonter par une rue plus passante. Elle déambulait calmement, ayant confiance en Robich, se disant que, pour changer, il était plus drôle de jouer à Mata-Hari que d'enseigner la table de multiplication. C'était Robich qui commençait à s'inquiéter. Ne hasardait-il pas ce qu'il aimait le plus au monde ? La suite se passa très vite.

Robich marchait, les yeux fixés sur le dos de Natalia qui disparaissait et repassait entre les badauds, chalands, artisans, clochards, gens de voisinage et de vagabondage se croisant sur les trottoirs étroits et les chaussées où les voitures n'avançaient qu'au pas. Soudain, il sentit que l'étui qu'il portait au cou le quittait dans un poing étranger, bretelle tranchée.

Il se retourna. Le poing appartenait à une chemise rouge fané qui, déjà, s'infiltrait entre deux passants. Robich fonça, renversa l'un des passants, agrippa la chemise qui craqua. L'arracheur pivota, abandonnant un lambeau d'étoffe et l'étui. La rue, bourrée de monde un instant plus tôt, se vidait comme par succion. Les deux hommes se retrouvèrent seuls, face à face.

L'arracheur lança le pied en avant, visant le bas ventre. Il n'atteignit que la hanche. Robich, qui passait ses dimanches à jouer au football et était connu pour ses têtes, baissa le front et se rua en avant.

Il cueillit son agresseur au sternum. Souffle coupé, bouche ouverte, yeux révulsés, l'arracheur décolla du sol et s'abattit sur le dos.

P.V. N° 1111/1
Aff. c/
CUNICULO
Enric dit Rico

L'an 199…, le 7 juin, à 18 h 30,

Nous, commissaire Robich Robert, remontons la rue Ribera en direction de la place Royale lorsque, à

Vol à l'arrachée
OBJET : Plainte de
ROBICH Robert,
commissaire
de police

la hauteur du N° 37, le nommé CUNICULO Enric nous dépasse au pas de course et nous arrache l'étui à appareil photographique que nous portons au cou.

Nous sommes à même de le maîtriser et nous le ramenons au commissariat du Corazon où, ayant été placé en garde à vue, il nous déclare ce qui suit :

« Je m'appelle CUNICULO Enric, dit Rico, 22 ans, sans profession, domicilié 17 rue de la Reine-Isobel. Je vous ai attaqué parce que je souhaitais m'emparer de votre appareil photo dont j'ai tranché la bretelle au moyen d'une lame de rasoir. Si j'avais réussi, j'aurais revendu votre appareil à un monsieur Steban que je rencontre quelquefois le samedi soir au café des Taureaux. »

S.I. « Je ne suis pas obligé de vous l'avouer mais je veux bien vous confier que je lui ai déjà vendu des objets volés. »

S.I. « J'accepterais volontiers de vous conduire jusqu'à lui. »

Lecture faite par lui-même, persiste et signe.

RAPPORT

Ce 8 juin 199...

Le Commissaire de police du Corazon
à
Monsieur le Directeur de la Police de l'Agglomération

OBJET : Insécurité croissante au Corazon
REFERENCES : Mes P.V. NN° 712 à 1111
Mes rapports NN° 10, 13, 14, 17

PIECES JOINTES : Mes P.V. NN° 1111/1, 1111/2, 1111/3, 1111/4
Mon rapport N° 4 à M. le Procureur général

J'ai l'honneur de vous prier de bien vouloir trouver ci-joint les pièces sus-indiquées d'où il ressort :

a) que les tireurs, arracheurs et criminels de toute sorte qui font du Corazon en général et de l'Abyme en particulier un quartier dépourvu de sécurité peuvent être facilement mis hors d'état de nuire quand ils s'attaquent par hasard à des officiers de police ;

b) que leur interrogatoire peut conduire à l'interpellation de receleurs et, par voie de conséquence, à un assainissement généralisé.

En conséquence, je vous demande de bien vouloir m'autoriser à mettre sur pied une opération au cours de laquelle des officiers de police des deux sexes, rompus aux pratiques du combat rapproché (à prélever sur la compagnie des Moniteurs), circuleraient dans les rues et, se prêtant main forte les uns aux autres, débarrasseraient cette section de l'Agglomération de ses éléments les plus malfaisants.

— Tu verras, dit Robich à Natalia, quand on sait s'y prendre, il n'y a qu'à tirer la ficelle : tout vient. Je sens que le vent va tourner pour nous.

Il lui lut le rapport à haute voix :

— Concis, précis, et avec les voiles nécessaires jetés ici et là, commenta-t-il, ravi de sa propre duplicité. Je n'allais tout de même pas raconter au Directeur que je t'ai fait marcher devant moi le nombril à l'air et que tu n'as eu aucun succès ! Tiens, Petit Bonhomme, pour fêter ça, je t'invite à dîner aux *Escargots*. Ta mère acceptera bien de garder Manuel.

Les quatre rapports précédents de Robich au Directeur n'avaient reçu de réponse que des semaines plus tard, et sur un ton compassé : Faites votre routine, commissaire, et ne vous prenez pas pour un grand chef. Cette fois-ci la réponse arriva le lendemain, par téléphone :

— M. le Directeur vous verra ce soir à 19 heures.

Rasé de frais, aspergé d'aftershave, ayant changé de chemise et de chaussettes, sa mèche rebelle dressée malgré lui sur son occiput, Robich grimpa les quatre étages qui conduisaient au bureau du Directeur à l'annexe de l'Hôtel de ville. Les marches étaient si hautes que, pour sportif qu'il fût, il s'aida de la rampe polie par cent ans de paumes policières et criminelles.

Sentiments contradictoires.

D'une part, le jeune commissaire était naturellement, presque voluptueusement angoissé, comme tout bon subalterne convoqué par un supérieur. Or, la réputation du Directeur n'avait rien de rassurant. Jesus de Los Angeles, surnommé, entre autres, Deus ex machina, était un vieux crocodile d'une compétence et d'une intégrité indiscutables, réputé sous l'ancien régime pour son sens de la discipline et son amour des coups tordus. On chuchotait que le nouveau l'aurait mis à la retraite bien avant cette année, qui devait être sa dernière en poste, s'il n'avait amassé, pièce à pièce, un dossier redoutable sur plusieurs membres du gouvernement.

D'autre part, Robich entretenait des pressentiments heureux. La situation était si pourrie au Corazon, et son stratagème avait si bien fonctionné, qu'un grand policier comme M. de Los Angeles ne pouvait manquer d'y reconnaître la vraie voie.

Robich était prêt à exposer son plan en détail, avec chiffres et courbes à l'appui. Il avait calculé qu'une *task force* de 30 policiers des deux sexes, tous spécialistes ès arts martiaux et travaillant 8 heures par jour par équipes de 2, feraient en 8 jours un minimum de 120 interpellations. Ensuite le taux baisserait brusquement, car les arracheurs seraient les uns emprisonnés, les autres alertés, mais en l'espace d'un mois on irait bien jusqu'à 150 personnes déférées au parquet. A supposer que les coupables fussent condamnés et que les magistrats appliquassent des peines équitables, le taux de la petite criminalité baisserait à Corazon de 50 % pour les 12 mois à venir. Si la même *task force* était réemployée à intervalles irréguliers, on pouvait prévoir que la petite criminalité descendrait jusqu'à 10 % de son taux actuel, car les arracheurs, intimidés ou dégoûtés, iraient opérer dans la Capitale ou dans une autre grande ville.

En bonne justice, c'était au jeune commissaire Robich que le Directeur confierait le commandement de l'opération, et alors à nous les honneurs bien mérités de la presse et du petit écran. La sécurité retrouvée dans la paix sociale ! Le jeune flic de choc sympathique à chacun ! Une légende vivante ! Une journaliste écrirait sa biographie. Son salaire serait doublé. Natalia aurait un collier de perles de Majorque et Manuel une auto électrique. Un jour, une bande dessinée raconterait les exploits de Robert Robich, qu'on reconnaîtrait à sa mèche indisciplinée.

Le cabinet du Directeur ressemblait à une étude de notaire d'un autre âge : portemanteau cornu et démesuré, bureau en catafalque, cartonniers moisis, pendule de bronze sur console de faux marbre. Les rideaux de reps vert étaient tirés. Seule source de lumière : une lampe de bronze à abat-jour vert éclairant un buvard vert. Au fond, le miroitement d'un coffre-fort centenaire, noir-vert, écaillé aux angles. Au plancher, un tapis râpé.

Robich se tint debout devant le bureau. Tout ce qu'il voyait luisait d'un air doucement menaçant dans la lumière lisse de la lampe : les crayons affûtés, les ciseaux attentifs, le coupe-papier posé en diagonale, la bouteille d'encre, le pot de colle et, plus haut, la calvitie du Directeur, lequel demeurait sans bouger, la tête penchée en avant et les mains à plat sur le buvard.

Enfin le crâne ovoïde aux lourdes paupières protubérantes se releva, les paupières se haussèrent à leur tour comme des stores, et un regard de poisson mort se fixa sur Robich.

— Où est Cuniculo ?

— Cuniculo, monsieur le Directeur ? Cuniculo, j'ai pris sur moi de le relâcher, au vu des services rendus. Il n'est pas brûlé. Il était au fond de la salle quand nous avons pris Steban. Il est prêt à recommencer.

Le regard du Directeur était laiteux, louche, insaisissable. On ne savait jamais quand il vous saisissait et quand il vous perdait.

— Heureux de l'entendre. Je craignais que vous n'ayez en plus oublié la règle des quarante-huit heures de garde à vue.

— Non, monsieur.

Le Directeur prit un crayon, le retourna la gomme vers le bas, et entreprit d'en marteler son buvard, frappant toujours précisément le même endroit.

— Commissaire Robich, vous est-il jamais venu à l'idée de vous demander ce qu'est un policier ?

Sa voix était râpeuse comme s'il avait mal à la gorge.

— Souvent, monsieur le Directeur. C'est un homme qui cherche à faire triompher la justice, répondit fermement Robich.

— Erreur, fit le Directeur. Erreur d'autant plus pernicieuse que communément répandue. Et — détrompez-vous — ce n'est pas non plus un homme qui cherche à faire triompher l'ordre, car il y a plusieurs ordres et plusieurs justices. Le policier, commissaire, est un homme qui applique la loi, dût-elle conduire à l'injustice et au désordre, ce qui s'est vu, ma foi, ce qui s'est vu.

Le Directeur avait la réputation de parler par paradoxes. Cherchant à dérober son regard au regard de son chef, Robich n'arrivait à le reporter que sur des objets choquants : tantôt son propre rapport étalé sur le bureau, tantôt les touffes de poil qui sourdaient des oreilles du Directeur, tantôt le vaste rectangle vert foncé détaché sur le papier peint décoloré, au milieu duquel surgissait un minuscule portrait du Roi : on savait bien que le grand rectangle était tout ce qui restait du portrait de l'ancien chef d'Etat, dont Jesus de Los Angeles avait été un féal.

Le Directeur reprit :

— Il n'y a pas d'erreur plus dangereuse pour un policier que de se prendre pour un justicier. Je dirais que c'est un cas d'exclusion. Cependant, il y a une faute presque aussi grave : monter une opération de provocation.

En entendant le mot de provocation, auquel, depuis trois jours, Robich s'interdisait de penser, il eut soudain froid aux pieds et une sueur sans chaleur inonda son front.

Le grand œuf blême qui servait de tête à M. de Los Angeles se mit à dodeliner.

— En *démmocrratie,* commissaire Robich, et nous sommes en *démmocrratie* (le Directeur râpait ce mot, il le rabotait en penchant la tête de côté d'un air bigot), la jurisprudence interdit formellement à l'enquêteur de susciter, provoquer, engendrer, achever, compléter, conclure, permettre, poursuivre, créer, favoriser, induire ou participer à : tout acte ou série d'actes, quelle qu'en soit la nature, qui constitueraient, dans leur ensemble ou isolément, des faits pénalement répréhensibles.

— Je le sais, monsieur le Directeur, et je ne vois pas ce que…

Seuls Robich et sa femme étaient au courant. Andreas avait pu avoir des soupçons en voyant le déguisement de son chef, mais il n'est pas interdit à un policier de se déguiser. D'ailleurs Robich avait confiance dans son vieil adjoint.

— Robich, interrompit la voix cancéreuse, ne rivalisez pas d'astuce avec moi. Je suis, rappelez-vous, celui qui veille sur les veilleurs.

« Je ne mentionne que pour mémoire votre projet incongru qui dénote une absence totale de sens de la police. Vos

“ officiers de police des deux sexes ” circulant dans votre “ quartier dépourvu de sécurité ”, ils vont faire quoi au juste ? Attendre qu’un arracheur se permette une indélicatesse ? Et vous en prendrez combien, comme ça, des arracheurs ? A quel prix de revient pour le contribuable ? Ou alors — et c’est là que vos “ deux sexes ” et vos “ pratiques du combat rapproché ” prennent leur sens — vos officiers de police vont manœuvrer pour se faire attaquer. Vous n’appelez pas ça une provocation, peut-être ? Voilà qui est déjà révélateur de votre état d’esprit.

« J’en arrive à l’incongruité de votre procès-verbal numéro 1111 (le Directeur parlait de mémoire, sans consulter ses papiers). Que faisiez-vous rue Ribera avec un appareil photo ? Hein, dites-moi, qu’y faisiez-vous ? (Il baissait la voix, mais c’était comme s’il la haussait.) Depuis quand vous intéressez-vous passionnément aux mâchicoulis du XIVᵉ siècle et aux Vierges polychromes de la Renaissance ? Et quel est le sens d’un procès-verbal mensonger, voulez-vous me le dire ? Nul, monsieur, nul. Le sens d’un procès-verbal mensonger est nul. La vérité, c’est que vous êtes allé vous promener rue Ribera avec l’intention d’être attaqué. Vous avez donc sciemment réalisé une provocation policière parfaitement inacceptable en *démmocrratie*.

Au moins, pensait Robich, il ne soupçonne pas que j’ai mêlé Natalia à cette affaire. Deus ex machina poursuivit :

— A vous de savoir si votre légèreté s’est arrêtée là ou si vous avez associé à votre escapade des personnes étrangères au service. Je ne vous pose pas de question à ce sujet. Vous vous êtes mis dans d’assez jolis draps avec le reste.

Robich essaya de se défendre :

— Cependant, monsieur le Directeur, l’inculpation du receleur…

— Ne tiendra devant aucun tribunal si l’avocat apprend le détail de l’opération. Robich, il serait congru de vous envoyer finir vos jours aux sommiers, où vous réussiriez peut-être à ne pas trop faire de bêtises. Compte tenu des débours considérables que votre formation a coûtés au contribuable, j'ai pris la décision de vous maintenir en place. Je n'ai pas reçu votre rapport : le numéro 18 redevient disponible. Il n'est pas possible d'en faire autant avec vos procès-verbaux puisque le dénommé Steban a été déféré au parquet. Espérons que le procureur du Roi ne s'apercevra pas de votre polissonnerie. Je ne vous retiens pas.

Robich sortit, annihilé. Deus ex machina ne l'avait pas seulement dépouillé de son ambition et de son désir d'assurer la sécurité des hommes ; il lui avait enlevé la fierté de son métier.

Le bon Andreas, le voyant effondré, lui dit :

— Il ne faut pas vous faire de mauvais sang comme ça, patron. Vous savez bien que le Directeur a encore un autre surnom : Le-pire-est-toujours-sûr.

8. *Chrysoblas*

Blas Chrysoblas gravit allégrement ses étages, poussa sa porte qu'il ne fermait pas à clef (« Je n'ai rien à voler ») et entra dans un four : le soleil avait cogné toute la journée sur le toit de tuiles rafistolé de plaques de tôle, et la chambre était à la fois obscure et surchauffée. Chrysoblas se dirigea vers la fenêtre au jugé, tira le rideau, ouvrit les volets, les rabattit contre le mur brûlant. Les hirondelles tourbillonnaient au-dessus de la cathédrale dont on apercevait un contrefort. Une tourterelle roucoulait dans une gouttière.

Chrysoblas se frotta les mains, s'assit en tailleur sur son lit et décapota sa machine.

La première page lui donnait du mal. Il n'arrivait toujours pas à la taper sans une faute, ce qui lui paraissait indispensable. Il l'avait déjà recommencée huit fois — quelle dépense de papier ! — et se promettait de réussir la neuvième. Il s'installa en poussant de petits grognements de plaisir. Ses minces cheveux gris voletaient sur son front dans la brise du soir.

> Considérons comme acquis ce lieu commun : il y a, pour simplifier, deux types de sociétés.
>
> Le premier type se fonde sur le modèle de la famille, et l'autorité sociale y tient son mandat d'une origine quelquefois sacrée, toujours indubitable. Le roi règne comme le père fesse : de droit divin.

Chrysoblas n'aurait pas écrasé une mouche, mais il avait une prédilection pour les châtiments corporels imaginaires.

> Ce type de société n'est aucunement rationnel et autorise les abus ; cependant il ne peut être pris en flagrant délit d'absurdité que lorsqu'il se nie lui-même : on songe à S.M.R. Louis XVI de France le 15 juillet 1789 ou à S.M.I. Nicolas II de

Russie le 15 mars 1917. De toute manière, c'est là une société *d'avant le choix* individuel ou collectif.

Le second type, au contraire, vient *après un choix* individuel multiple, interprété comme collectif. Ce n'est pas le lieu de chicaner ici sur cette interprétation (encore qu'on puisse se demander ce que signifient les mots fatidiques « le peuple veut », alors que 51 % du peuple veut ceci et 49 % le contraire). Retenons simplement que le second type de société se fonde sur une acceptation populaire qu'on appelle le Contrat social.

Entre qui, le Contrat ?

M. Rousseau

Chrysoblas donnait courtoisement du monsieur aux morts comme aux vifs : « Ce n'est pas parce que le pauvre monsieur est décédé qu'il faut le traiter par-dessous la jambe. »

a parfaitement vu que les parties contractantes du pacte social ne sont pas le peuple et l'Etat, mais le peuple en tant que *gouverné* et le peuple en tant que *gouvernant*.

Or, s'il est vrai que la plupart de nos contempo-

La première page était impeccable : Chrysoblas la relut avec ravissement et enchaîna sur la suivante, pour laquelle il n'aurait plus de telles exigences.

rains s'imaginent vivre dans une société du second type, nous pensons pour notre part qu'il n'en est rien, que notre société bâtarde n'a su ni renoncer entièrement aux schémas du premier type ni appliquer jusqu'au bout ceux du second.

D'où l'insécurité dont elle souffre.

Nous nous proposons donc de développer les trois points suivants.

Premièrement, nous montrerons que le peuple *gouverné* donne en général satisfaction. A l'exception d'une minorité rebelle que M. Rousseau prévoyait déjà — « Quiconque refusera d'obéir à la volonté générale y sera contraint par tout le corps : ce qui ne signifie pas autre chose sinon qu'on le forcera à être libre »

Chysoblas logea soigneusement un 1 suivi d'une) à la ligne supérieure, car que serait une thèse sans renvois ? « Et d'un ! » fit-il joyeusement.

— le peuple *gouverné* paye ses impôts, fait son service national et respecte les lois.

En revanche, le peuple *gouvernant* tient mal ses engagements. M. Rousseau écrit : « Ce que l'homme perd par le contrat social, c'est sa liberté naturelle et un droit illimité à tout ce qui le tente et qu'il peut atteindre ; ce qu'il gagne, c'est la liberté civile et la propriété de tout ce qu'il possède. » 2)

« Et de deux ! »

Or, actuellement, encore que sa « liberté naturelle » et son « droit illimité » soient indéniablement aliénés au juge de paix et au sergent de ville, nous observons que le citoyen ne jouit réellement ni de la « liberté civile » ni de la « propriété de ce qu'il possède ». Nous sommes à la merci du crime organisé ou non, et « tout le corps » du peuple ne fait que des tentatives dérisoires pour contraindre à « obéir à la volonté générale » ceux qui s'y refusent.

Cet état de choses éclate non seulement dans la criminalité galopante de cette fin du XXe siècle — par exemple, dans le sein de l'Agglomération, les agressions de femmes seules sur la voie publique ont augmenté de 607 % en 11 ans[1] — mais surtout dans le refus du peuple *gouvernant* à la réprimer, le peuple *gouverné* ayant par exemple maintes fois exprimé son approbation de la peine de mort et le peuple *gouvernant* ne

1. Pour demeurer dans une stricte vraisemblance, la plupart des statistiques attribuées à l'Agglomération ont été empruntées à la région parisienne. V.V.

l'ayant toujours pas rétablie, ce qui constitue un abus de confiance patent.

Deuxièmement, nous avons l'intention d'écarter dans un premier temps l'objection des tenants du premier type de société — à savoir que le peuple gouverne mal parce qu'il n'est pas apte à gouverner et que, par conséquent, le Contrat social doit être résilié — et, dans un second temps, de montrer que nos maux viennent au contraire de ce que le régime du Contrat social n'a jamais été ni approuvé par le peuple *gouverné* ni appliqué par le peuple *gouvernant :* or, dans ces conditions, aucun contrat ne saurait être efficace.

Troisièmement, nous étudierons en quoi consisterait un véritable Contrat social mené à terme, et nous tenterons de prouver qu'un tel Contrat suffirait à garantir les droits inaliénables de l'homme à la vie, à la sécurité, à la liberté, à la propriété et à la poursuite du bonheur.

En effet, comme le pensait M. Locke et contrairement à ce qu'avançait M. Hobbes, l'essence de la souveraineté réside...

9. *Julian*

Julian se serait peut-être pris au jeu du pouvoir s'il avait eu le pouvoir ; deux déceptions l'en découragèrent aussitôt.

Il n'était pas en poste depuis huit jours qu'un conflit social éclata dans une raffinerie. Il se rendit sur place, jugea les demandes du personnel recevables, l'attitude des pétroliers internationaux inhumaine ; il voulut arbitrer dans ce sens. Un message du Ministre de l'Intérieur Nicolo Grosso le lui interdit ; or, il savait par son demi-frère Bertram que Grosso était actionnaire chez Petroplus.

Ayant visité la ville et trouvant insuffisant le service de la voirie dans le quartier pauvre des Fundia, il proposa, à l'américaine, l'adoption d'une taxe spéciale pour l'améliorer. Les onze maires de l'Agglomération votèrent contre sa proposition et les journaux publièrent des sondages indiquant que la population, y compris celle des Fundia, appuyait ses maires.

— Au diable, dit Julian. S'ils veulent de la routine, ils en auront.

Or, la routine, c'est-à-dire la réunion du cabinet deux fois par semaine et la réunion avec les maires deux fois par mois et toutes les autres réunions de comités et de commissions l'excédaient. Ces cendriers débordants, ces visages entrevus à travers des nuages de fumée picotant les yeux... « J'aurais dû interdire cette saleté dès le premier jour. » Impossible de revenir sur cette première faiblesse.

Aucun des êtres qui l'entouraient ne lui plaisait. Sa secrétaire moustachue le fatiguait. Ectors l'écœurait, encore qu'il appliquât à la lettre le pacte que l'Administrateur avait passé avec lui : « Vous simplifiez ; je couvre. » Seul personnage un peu pittoresque : cette vieille momie de Los Angeles. Il portait l'œuf à paupières qui lui servait de tête comme s'il avait peur de le casser, parlait d'une voix d'outre-tombe, et on avait sans cesse envie de l'empoigner par les touffes qui lui sortaient des oreilles. Il se prétendait sur la piste de l'équipe de terroristes qui avait commis l'attentat de la gare du Nord, dans la Capitale, mais affirmait avoir perdu le contact...

— En attendant, monsieur l'Administrateur trouvera ici copie des procès-verbaux les plus intéressants des dernières vingt-quatre heures.

On s'intéresse à la police depuis qu'il y a des romans policiers, et Julian feuilleta les procès-verbaux. Tous ces « reçu par lui-même, nos qualités déclinées, énoncé l'objet de notre visite » lui parurent fastidieux. Un seul procès-verbal l'amusa. Il était signé d'un obscur commissaire nommé Robich, en poste au Corazon, et décrivait la spécialité d'un jeune arracheur qui séduisait des touristes mâles, se faisait inviter dans leur chambre et, dès qu'ils avaient baissé pantalon, s'enfuyait avec cet élément essentiel de leur costume contenant, en saison estivale, leur portefeuille. Butin assuré, poursuite impossible, et les mœurs du jeune homme demeuraient sans reproche. Amusant. Et après ?

Restaient, pour s'occuper, la vie privée et la vie mondaine.

La vie privée, c'étaient Djelloul et Giulia.

Il avait ramené Djelloul d'outre-mer, où il l'avait eu comme ordonnance, cuisinier, frotteur, garde du corps, entremetteur. Leur relation indissoluble datait du jour où Djelloul, ayant bu quelques anisettes de trop, avait brûlé l'uniforme de soirée de son lieutenant en le repassant. « Tu crois à Mohammed et tu bois l'anisette ? Alors bois ! » Le lieutenant, fou de colère, avait vidé la bouteille entière dans la glotte de l'ordonnance, qui, après quatre jours d'infirmerie, était devenu tempérant et fidèle à vie.

Il y avait pourtant eu, dans cette relation idyllique, un autre incident. Quelques années plus tard, Djelloul était venu voir Julian pour lui dire, en se balançant d'un pied sur l'autre : « Mon lieutenant, tu permets, je vais marier une femme, ça coûtera moins cher. » Pour éviter cette complication, Julian lui avait doublé ses gages, et maintenant, disparaissant presque chaque jour aux heures où on n'avait pas besoin de lui, Djelloul était devenu un serviteur modèle.

Après tant d'autres, qui avaient été agacées par la présence presque constante de Djelloul, ou s'en étaient crues jalouses, ou avaient tenté de le séduire, ou essayé — les idiotes — de le faire renvoyer (elles s'étaient retrouvées à la rue le lendemain), Giulia s'en était fait un ami. Vaguement italienne, vaguement comtesse, vaguement mannequin, elle l'avait aussitôt tutoyé :

— Julian, Giulia, Djelloul : tu vois bien qu'on est né pour s'entendre. Sois gentil, Djelloul, repasse-moi ma combinaison pêche, tu sais, celle qui a un volant en bas.

Djelloul, sa face jaunâtre apparemment impassible, regardait la longue jeune femme à demi nue étalée sur le sofa devant lui, répondait « Comme tu veux, madame », et allait déplier sa planche à repasser.

Djelloul et Giulia avaient trouvé pour Julian la maison idéale.

Située dans l'élégante banlieue nord, elle n'était séparée de la mer que par un jardin poétique, un vieux mur et un chemin de terre bordé d'herbe : pas de plage ; on écartait quelques roseaux et on nageait. Un vieil embarcadère vermoulu permettrait d'avoir un bateau sur place, ce que souhaitait Giulia. Les supermarchés n'étaient pas loin, ce qui arrangeait Djelloul. Il y avait aussi, à proximité, des écuries, et il serait beau de galoper le long de la mer au soleil couchant.

Le jardin s'élevait en pente douce jusqu'à une terrasse qui bordait la maison sur trois côtés. Les murs, couverts d'un crépi rose, étaient couronnés de vases et ornés de festons. A l'intérieur, s'alignaient en enfilade des pièces grandes et fraîches, dallées, avec des plafonds moulés et des portes vitrées entre des colonnes de stuc.

Giulia décora le tout avec des rideaux absinthe et céladon

pour rehausser la couleur des yeux de Julian. Un garde-meuble où il avait entreposé un de ses héritages fournit un mobilier Directoire et Restauration, en bois fruitier, qui se maria bien avec les aîtres.

Ce fut là que l'Administrateur essaya de recevoir, sans guère de succès. Les femmes du monde n'allaient pas chez Giulia, Giulia n'aimait pas les femmes disponibles, et Julian s'ennuyait en compagnie des hommes, s'ils ne jouaient pas au polo. Cela restreignait le choix des invités. Julian se mit à sortir de son côté, ce qui fut une cause de conflits :

— Tu ne crois pas que je vais passer mes journées seulette ? J'aime bien Djelloul, mais enfin...

Irritant. Heureusement le projet de terrain de polo occupait beaucoup de temps.

Les joueurs de polo de l'Agglomération ne se rencontraient guère que pour des practices, sur un terrain de dimensions non réglementaires, dans le parc de José Puig, sorti du même collège de jésuites que Julian.

— Pupu, lui dit Julian, ça ne peut pas continuer comme ça. L'Agglo, ça fait huit millions d'habitants. Ça doit pouvoir supporter un club de polo digne de ce nom. Après tout, c'est mon Agglo à moi et je veux faire quelque chose pour elle.

Pupu, la quarantaine un peu trop bien nourrie, l'air impérieux et souriant, les bottes jaunes et les jambes gantées de la traditionnelle culotte blanche, levait son verre de xérès hors d'âge et montrait les dents :

— Tu me fais rigoler, monsieur l'Administrateur. Le terrain, ça te fait déjà 4 hectares. Les tribunes, les dégagements, les écuries, les vestiaires, le club-house, tu doubles. Au prix du mètre carré dans l'Agglomération, mettons 10 000 pesos en moyenne, tu en as déjà pour 400 millions de pesos en terrain seulement, sans la pelouse, sans les bâtiments.

— J'abonde dans ton sens ! Il me faut 30 à 40 bidets pour commencer, 5 ou 6 *peticeros,* et un personnel de direction, sans parler de celui du club-house qu'on pourrait affermer.

— Alors ?

— Sottogrande est parti de rien et regarde ce que c'est devenu.

— A cause de la guerre des Malouines.

— Tu dévies. Les problèmes sont simples : où ? combien ? qui ? Figure-toi, j'ai déjà regardé le plan.

— Eh bien, tu as dû voir qu'il n'y avait presque plus d'espaces verts dessus.

— Justement, mon petit vieux : c'est l'occasion d'en créer. J'ai au sud de l'Agglo plus de quatre kilomètres carrés de taudis, une honte. Si je regroupe la population des Fundia dans des immeubles à quinze étages, décents, je gagne à peu près huit dixièmes de surface, soit 320 hectares. J'en mets 300 en espaces verts pour les classes défavorisées et j'en récupère 20 — à un prix raisonnable puisqu'il s'agit d'une mesure d'utilité publique. Evidemment il faut trouver des capitaux.

— Monsieur l'Administrateur, tu dois être cinglé. Tu vois un club de polo au sud de l'Agglo ? Ça pue, le Sud, ça tache, ça déshonore !

— C'est une affaire de mode, et les modes, ça se lance, tu le sais comme moi. Question de capitaux, une fois de plus.

— Il faut nous revoir, dit Pupu.

Ils se revirent ici et là, et entre autres au Cercle anglais que Julian fréquentait, bien que les femmes n'y fussent pas admises. Il aimait à y retrouver des gens de son monde, avec qui tout était simple, et un personnel de tradition, dont on disait qu'il était encore plus difficile d'y être admis qu'au Cercle lui-même.

Ravi d'annuler un déjeuner à la Chambre de Commerce pour répondre à l'invitation de Pupu, Julian escalada deux à deux le haut perron de granit, sourit au groom qui manœuvrait la porte tournante, répondit au salut de l'huissier en habit, et, n'ayant rien à déposer au vestiaire, gravit l'escalier au tapis cerise maintenu en place par des tringles de cuivre étincelant. Julian montait bien les escaliers et le savait : il avait dans le mollet tout le muscle et dans la colonne vertébrale toute la raideur qu'il faut pour que l'ascension d'un escalier soit un exercice d'esthétique mondaine. Il rattrapa José Puig sur le palier et lui prit amicalement le bras.

— Eh bien, Pupu, tu nous as trouvé un bailleur de fonds ?

Pupu tourna vers lui son nez d'aigle dans un visage épaté :

— Il y a une possibilité à étudier.

A cet instant une voix retentit, qu'on essayait de retenir, mais qui était naturellement si ample qu'elle remplissait la salle d'entrée et la cage de l'escalier monumental :

— Puisque je vous dis que je suis membre depuis que j'ai dix-huit ans, bon Dieu !

Pupu laissa tomber un regard dédaigneux par-dessus la rampe.

— Ce n'est rien, dit-il, c'est une culotte de peau qui se croit à la revue.

Julian regarda à son tour et vit un commandant en tenue léopard à qui l'huissier en habit barrait la route, les bras étendus, les doigts écartés, la calvitie blême.

— Je reviens, dit Julian.

Il redescendit et demanda des explications.

— Monsieur l'Administrateur, ce monsieur insiste pour déjeuner et il n'a pas de cravate. Cela n'est pas possible, pas du tout possible... Cela est contre le règlement...

Le commandant au visage émacié et recuit, les dents étincelantes, les tendons d'un cou maigre apparents dans l'échancrure de la veste portée à même la peau, était partagé entre la colère et une détresse puérile que Julian lut dans ses yeux plus clairs que sa peau.

— Le règlement, tonna le commandant, essayant toujours de modérer le volume de son baryton, je connais. Chez nous aussi il y a un règlement. Il se confirme par les exceptions, non ? Figurez-vous qu'en manœuvres, les cravates... Je vous présente mes respects, monsieur l'Administrateur. Vous ne pourriez pas expliquer à ce larb…

Julian l'interrompit :

— Monsieur, dit-il à l'huissier, vous avez raison d'appliquer le règlement du Cercle à la lettre. Cependant vous me mettez dans une situation embarrassante. Le commandant est mon invité et c'est moi qui ai oublié de lui rappeler nos usages.

— Dans ce cas, monsieur l'Administrateur, dans ce cas…

L'huissier, consterné, s'effaça. *O tempora, o mores !*

Le commandant eut un grand sourire enfantin.

— Bonne sentinelle ! fit-il.

Et il porta la main à sa poche. Julian s'empressa de secouer cette main avant qu'elle ne s'armât d'un portefeuille. Dès qu'ils furent hors d'ouïe :

— Je voudrais, dit-il, que vous vous considériez réellement comme mon invité.

— Ce sera volontiers. Je ne sais pas ce qui m'a pris, tout à l'heure : j'ai failli hurler comme un gosse. Douze sauts en soixante-douze heures, dont la moitié de nuit… Il faudra que je prévoie un dégagement pour mes garçons. Dites donc, monsieur l'Administrateur, votre tête me rappelle quelque chose. Vous n'auriez pas été au… voyons voir… au 22e Infanterie de marine ?

— Exact, et j'ai l'impression de vous reconnaître aussi. Monsieur José Puig. Le commandant…

— Hortega. Honoré, monsieur, honoré. Alors c'est vous le sous-verge Dandolo qui vouliez m'apprendre à jouer au polo ? Imaginez-vous, monsieur, que je n'étais jamais monté sur un canasson et que Dandolo ici présent s'est mis en tête d'organiser un club avec nous autres marsouins. Il me hisse, et moi, j'y mets tant de conviction que je retombe sur la tête de l'autre côté ! Une rencontre pareille s'arrose. Messieurs, direction le bar.

Puig se taisait, n'aimant guère les traîneurs de sabre, tandis que Julian était ravi de l'aisance et de la modestie conjuguées d'Hortega.

— Mon commandant, vous n'avez peut-être pas beaucoup joué après ce jour-là, mais, puisque vous avez pratiqué le *stick and ball,* puis-je me permettre de vous rappeler qu'au polo on se tutoie ?

— Si tu y tiens, Dandolo. Puig joue au polo aussi ?

— Aussi, confessa Pupu sans enthousiasme.

— Alors qu'il soit des nôtres, fit le commandant.

Après quelques verres, on passa à table et Julian, mettant le commandant à sa droite, lui demanda :

— C'est vrai que tu es membre, ou c'était comme ça ?

Hortega tira de sa poche un grand portefeuille râpé, écorné, dont le cuir naturel apparaissait aux angles sous la teinture noire. Il ramena de ses profondeurs la carte du Cercle anglais.

— Tu vois, Dandolo ? « *L'aspirant Miguel Hortega...* » Le dernier cadeau de mon pauvre père, arrière-petit-fils d'un fondateur. En mourant, il me disait encore : « Tu tireras le diable par la queue, mais tu payeras ta cotisation au Cercle anglais, même si tu n'y mets jamais les pieds. » C'est d'ailleurs précisément ce que j'ai fait jusqu'à aujourd'hui.

Il jeta un regard circulaire sur les nappes damassées, les cristaux taillés, l'argenterie massive, le plafond à caissons.

— Il faut reconnaître que, comme popote, ce n'est pas mal.

Il remisa sa carte dans son portefeuille, pudiquement, comme s'il avait montré la photo d'un être aimé. Après le déjeuner, il remercia et s'excusa :

— Je ne voudrais pas faire attendre mon chauffeur.

Pupu commanda le cognac et, pour lui-même, un cigare qu'il toqua, écouta et flaira comme il convient.

— Je ne comprends pas que tu t'acoquines avec ce genre de soudard.

Julian respira son ballon.

— Je trouve rafraîchissant de rencontrer quelqu'un qui ne vend rien.

— Tout le monde vend quelque chose.

— Il y a vendre et vendre.

— C'est toujours vendre. Je ne vends pas de pansements pour les cors aux pieds, d'accord, j'élève des vaches laitières et des taureaux de combat. Quelle différence ? Je vends mes taureaux à des tueurs et les produits de mes vaches aux hôteliers de l'Agglomération, ce qui nous amène gentiment à notre sujet. Toi, Julian, tu fais commerce de vent, ce qui n'est ni plus ni moins honorable puisque tu trouves des acheteurs. Cela dit, je te préviens, tu vas en trouver de moins en moins. Est-ce que tu te rends compte que l'Agglomération, ton Agglomération, comme tu dis, est devenue un des points chauds du globe ? Enfin, tièdes. Et que le Corazon est chauffé au rouge et l'Abyme au blanc ? Tu sais que les femmes qui y vont ôtent leurs bijoux ou portent des moufles ou retournent leurs solitaires vers la paume ? Tu le sais, oui ou non ? Et tu te rappelles qu'il y a quinze ans on se promenait dans l'Abyme comme dans un jardin d'enfants ?

— Où veux-tu en venir, Pupu ?

— Si tu étais allé déjeuner à la Chambre de Commerce, tu aurais été assiégé par un groupe d'hommes sérieux. Des amis. J'ai préféré les court-circuiter, parce que je doute de leur tact. Ils représentent les hôteliers de l'Agglo, et les hôteliers de l'Agglo, mon petit vieux, crèvent.

— De quoi ?

— Les touristes ne sont pas tous idiots. Il y a d'autres villes où la juste proportion de plages et de cathédrales est aussi bien respectée que chez nous, et où on ne se fait pas dévaliser chaque fois qu'on met le nez dans la rue. Tu me suis jusque-là ?

Cognac.

— Que proposent tes amis ?

— Avant de proposer, ils souhaitent. Ils souhaitent une forte présence policière au Corazon. Ils ont mis des chiffres à ma disposition. L'industrie touristique est aux abois, suite aux agressions déchaînées. Les hôteliers, et les restaurateurs, et les marchands de souvenirs, et les souteneurs, et, par contrecoup, toute l'Agglo y perdent des millions de pesos. Les compagnies d'assurances sont amenées à tricher plus que de coutume et les impôts — tu devrais t'en apercevoir — ne rentrent plus. Sais-tu que, pour les crimes et délits, ton Agglomération a le deuxième rang dans le monde parmi les agglomérations comparables ? Et le gouvernement s'en tape.

Cognac.

— Que proposent-ils, je te demande ?

— C'est sur ce point que je craignais leur manque de diplomatie. Au cas où la criminalité baisserait considérablement au Corazon où sont situés beaucoup des établissements de ces messieurs, ils reprendraient confiance dans l'avenir de l'Agglo... et seraient disposés à participer à un projet de rénovation des espaces urbains, dans lequel un club de polo s'inscrirait naturellement.

Des scrupules ? Pourquoi ? Il valait mieux pour tout le monde que le Corazon redevînt le quartier tranquille qu'il avait été. L'Administrateur dit :

— Je verrai ce que je peux faire.

M. de Los Angeles, Directeur de la police, dit Deus ex machina, dit le Pire-est-toujours-sûr, s'assit à la table ovale, à la gauche de l'Administrateur qui préférait converser de profil avec ses subordonnés.

— Fumez-vous ? demanda Julian, à son corps défendant.

— Des cigarillos qui sentent si mauvais que je n'oserai vous les imposer. D'ailleurs monsieur l'Administrateur ne fume pas.

— Je vous ai prié de passer me voir... J'espère que cette heure était commode pour vous ?

— Toute heure est commode pour être reçu par ses supérieurs.

Le Directeur répandait une odeur indéfinissable, décidément ancien régime. Buvait-il du sirop d'orgeat ? Usait-il de quelque eau de Cologne orientale ? Cela évoquait la vieillesse, sans être aucunement désagréable.

— Je vous ai prié de passer me voir pour vous demander quelles seraient, d'après vous, les mesures à prendre pour assainir le Corazon.

— Assainir le Corazon ?

— Vous pensez bien que je ne vous parle pas de l'hygiène.

— Des mesures à prendre pour... ? A vrai dire, monsieur l'Administrateur, je n'en vois pas.

— C'est pourtant votre métier.

— Eh bien, examinons la question. Il s'agit du Corazon seul ?

— Pour commencer.

— Vingt mille habitants, soixante-quinze policiers. La proportion est ordinaire, même favorable, et je ne vois pas comment on pourrait demander davantage de travail aux personnels concernés. Il y a des règlements syndicaux. En payant des heures supplémentaires, sans doute... Mais il faut une vigilance, donc du repos. Le rendement décroîtrait.

— Si l'on adjoignait du personnel ?

— Qualifié ?

— Sans doute.

— Ce serait déshabiller Pierre pour habiller Paul.

— Ecoutez, il ne faut pas sortir de l'Ecole Royale d'Administration pour sauter sur le paletot d'un arracheur. On peut recruter et former. Nous n'en sommes pas à une semaine près.

Le Directeur joignit les extrémités de ses doigts écartés et considéra la pointe de ses chaussures.

— Recruter et former. De la tenue ou des inspecteurs ?

— Je vous répète que c'est votre métier, pas le mien.

— Cela dépend de ce que monsieur l'Administrateur souhaite. Allons au meilleur marché. Un agent en tenue posté à chaque croisement assurerait évidemment une sorte de sécurité. Je ne sais pas combien de croisements il y a au Corazon, supposons qu'il y en ait 150. On ne peut pas demander à un agent plus de 8 heures de service. Vos journées seront, mettons, de 16 heures, de 10 heures à 4 heures du matin. Cela vous fera 300 agents. Au salaire minimum, en comptant les charges sociales, environ 100 000 pesos par jour. Il n'importe pas. Une telle mesure est, par définition, impossible en *démmocrratie.*

— Chère, soit ; pourquoi impossible ?

— Parce que la vue d'un flic (il disait *fflik*) offusque le bon goût, parce que vous seriez immédiatement accusé d'avoir rétabli un régime policier, parce que M. le Ministre de l'Intérieur lui-même s'interposerait dans les vingt-quatre heures.

— Et si on les mettait en civil ? Ça ne se peut pas ?

— Sans doute ; cela s'appelle la tenue en bourgeois. Les intellectuels ne pourraient plus se plaindre de voir trop d'uniformes bleus ; en revanche, vous n'échapperez pas à la vigilance des médias, qui dénonceront un régime policier clandestin, ce qui est encore pis. Croyez-moi, monsieur l'Administrateur, la chose n'est pas possible parce qu'elle n'est pas… congrue.

Julian se leva, excédé.

— Alors quelle est la solution ? Ne me dites pas qu'il n'y en a pas. Il existe des villes où l'on va se promener sans faire son testament. Toutes ne vivent pas sous la Gestapo.

Le Directeur réfléchit longtemps. Sa tête oscillait légèrement sur le support dur de son col aux revers rendus inamovibles par une épingle à chaînette de sécurité.

Un instant, Julian crut que le Directeur s'expliquerait, mais il finit par secouer la tête :

— Cela, monsieur l'Administrateur, est une question de philosophie et non de police. Donnez-moi des ordres : je les exécuterai.

Il se leva à son tour.

— Nous ne devons jamais oublier que la criminalité (il prononçait le mot comme s'il mâchait péniblement du parchemin) nous est indispensable. Qu'elle est bonne pour nous. C'est notre garantie, monsieur l'Administrateur. La criminalité est la rançon de la *démmocrratie*.

10. *Remi*

— Petite Tête, c'est toi qui viendras avec moi, dit Toma. Bastian bâille trop. Ça se remarque.

Bastian bâilla.

Ce fut un événement pour Toma d'affronter le soleil et la rue après des mois de volets clos. Il marchait péniblement, comme déshabitué. Avec sa face de bonne femme sous ses cheveux gris et gras, on devait le prendre pour un grand malade. Puisqu'il n'avait pas été arrêté, il jugeait qu'aucun lien n'avait été établi ni entre l'attentat de la gare du Nord ni entre le braquage de la Banque Royale et lui : il s'agissait donc de songer à préparer d'autres exploits.

Un attentat, c'était pour lui comme une œuvre d'art, le produit d'un labeur attentif et patient, et aussi le fruit d'un désir, presque d'un besoin naturel. Il entrait de la luxure dans sa vocation.

— Je voulais te dire, fit-il en marchant, n'hésite pas à demander à Magda de te rendre service. Ce n'est pas qu'elle ne soit pas aussi un bon fusil, mais dans nos petites équipes on ne peut pas se contenter d'une seule fonction. Elle se débrouille ; elle a même appris quelques spécialités par dévouement à la cause.

Remi ne tourna pas la tête de moineau qui pointait au bout de son long cou.

— Je te remercie d'y avoir pensé ; mes besoins sont assez limités.

— Je suis content de toi, Remi. Tu es sobre comme un chameau. Tu t'es bien comporté le jour du braquage. J'ai envie de faire quelqu'un de toi. Et pourtant, quelquefois, je m'inquiète. Sauras-tu, par amour de l'humanité, être impitoyable envers des hommes ?

— Je suppose qu'il faut ce qu'il faut.

— Je compte te donner une chance cette fois-ci. Nous devons seulement trouver un lieu… pratique et plaisant. Facile pour l'accès et la retraite, permettant de dissimuler un colis le temps nécessaire, et surtout susceptible de frapper l'imagination du bourgeois. La gare, c'était bien parce que tout le monde prend le train. Chacun s'est senti visé. Le Cercle anglais, par exemple, n'aurait aucun intérêt. Les trois quarts des citoyens diraient : C'est bien fait. Or, nous ne voulons pas inspirer la sympathie mais la terreur. Un grand match de football, ce serait le rêve ; seulement, il y a toujours beaucoup de police et il est difficile de circuler comme on veut.

Ils attendirent l'autobus. De temps en temps, Toma regardait les autres braves gens et puis son disciple, l'air de lui dire : « Vois comme nous leur sommes supérieurs, d'autant plus qu'ils ne se doutent pas de notre supériorité. » Remi l'aida à monter dans l'autobus et ils s'assirent côte à côte sur le siège étroit, Remi ressentant cela comme un honneur, regrettant simplement les habitudes de crasse que Toma avaient prises à coucher dans des boxes de voitures.

Sur le pare-brise pendaient des bondieuseries : un crucifix, une médaille, un chapelet, deux cartes de communion, et, dans une petite maison de carton peinte en bleu ciel, une poupée habillée en Sainte Vierge, devant laquelle avaient été épinglées des anémones fraîches. Le vieux chauffeur jetait de temps en temps un regard de tendresse à sa chapelle ambulante. Toma grogna :

— Regarde-moi ça ! Comme l'homme prend plaisir à se dégrader en se prosternant devant ce qu'il trouve de plus idiot ! Quand comprendra-t-on que le blasphème suprême contre la création, c'est de croire qu'elle a un créateur ?

Cet axiome plut à Remi. Il avait perdu la foi tout petit, quand il avait compris quelle femme était sa mère, et, depuis lors, il avait pris la Vierge en horreur. L'éducation religieuse reçue sous la contrainte avait exacerbé ses sentiments.

— Il n'y a qu'un moyen de libérer l'homme, reprit Toma :

c'est de le rendre à lui-même. Malgré lui, bien sûr, car il n'aime que l'aliénation. C'est là son vrai drame.

L'autobus débarqua ses passagers au pied du funiculaire. Toma donna de l'argent à Remi et Remi prit deux billets. Bientôt la cabine suspendue s'éleva dans les airs. On pouvait faire escale à mi-chemin. On se trouvait alors au sommet d'une tour de métal dressée sur l'un des docks et l'on voyait à l'est la mer et à l'ouest l'Agglomération étagée sur la pente, à l'infini. C'est ce que firent Toma et Remi qui allèrent s'accouder au parapet, face à quelques millions d'habitations que la lumière de l'après-midi frappait par-derrière, si bien que leurs ombres étaient projetées vers la mer.

— Regarde, dit Toma — il aimait dire « Regarde » : c'était son côté pédagogique —, toutes ces bauges, toutes ces souilles... et pas un homme libre là-dedans.

Il souriait d'aise devant ce monde peccamineux qui réclamait ses soins.

— L'homme est né libre, reprit-il de sa voix de chat coupé. Je ne dis pas qu'il soit né bon. La bonté est une notion relative, sans grande utilité. Mais libre, oui, magnifiquement, face à l'océan, à l'orage, aux ptérodactyles. Seulement il s'est mépris sur son destin et il a rogné sa liberté par tous les bouts, en s'inventant des dieux, des maîtres, des familles, des cités, des colifichets...

« Regarde ces pylônes, ces câbles, ces grues, ces pontons, ces bennes, ces bateaux, cette gare là-bas, avec ses locomotives et ses wagons de classes différentes, et ces entrepôts bourrés de biens de consommation, et ces camions-citernes et ces camions à ordures (les moins inutiles, sans doute), qui ont l'air de joujoux à la vitrine du monde... ça respire la liberté à ton avis ?

Remi écoutait et regardait. Lui, il avait toujours rêvé d'un monde où le lion se coucherait à côté de l'agneau, où nulle fleur ne serait cueillie, où l'air embaumé aurait de quoi nourrir les hommes réconciliés.

— Aujourd'hui, poursuivait Toma, à part quelques paysans qui ont encore leur lopin de terre à la campagne, nous avons perdu contact avec le réel. Pas une vache, pas un potager. Tu as une vache, toi ? Travail, salaire : deux impostures. D'un côté il y a les prolétaires dépossédés de leur liberté ; de l'autre les capitalistes dépossédants, avec leurs armées de larbins, gérants, policiers, journalistes, dépossédés et dépossédants à la fois. Autrement dit, à notre époque plus que jamais, l'homme n'a plus rien à perdre que ses chaînes. Mais ce que Marx n'avait pas compris, c'est que, ses chaînes, il les adore, il bave dessus d'attendrissement.

— Oui, je vois cela, Toma. Grâce à toi, Toma.

— La cibiche et la téloche, la voltige du prestige, les vacances obligatoires, la cuite à la Saint-Sylvestre... carcéral, Petite Tête, carcéral. Le mitard est partout. Nous sommes notre mitard. Ce n'est plus une armée d'occupation qu'il faut bouter hors ou une classe dominante qu'il faut envoyer bouler. Nous en avons fini avec les rois, les tsars, les ministres, les généraux, les diplomates, les industriels : c'est nous-mêmes que nous devons frapper, c'est le peuple, si nous ne voulons plus supporter le despotisme des porcs. Tes amis écolos ne t'avaient pas appris ça, hein ?

Remi sourit :

— Tu sais, ils s'occupaient des phoques plus que des hommes.

Ils reprirent le funiculaire. Dans un Prisunic, Toma donna encore de l'argent à Remi qui acheta des maillots de bain. Puis ils marchèrent jusqu'à la piscine municipale, située au bord de la mer. Trois rangées superposées de cabines entouraient le bassin rectangulaire. Remi en loua une seule d'où il ressortit, mince et pâle dans un maillot rouge ; Toma s'y changea à son tour et reparut, portant un caleçon à carreaux verts par-dessus lequel s'arrondissait sa bedaine ; ses seins se balançaient, peu appétissants.

L'air était saturé de chlore. Une bande de garçons chahutaient dans l'eau. Une Scandinave de deux mètres grimpait au plongeoir.

Toma et Remi passèrent par la salle des douches. Remi en prit une. Toma fit semblant. Ils longèrent le bassin. A chaque pas, Toma manquait glisser sur le bois mouillé.

— On nage ? demanda Remi.

— Nous avons une piscine aux Tamaris, répliqua Toma, qui ne s'y hasardait jamais.

En se hissant à la rampe, il escalada l'escalier à claire-voie. Il ne s'arrêta ni au premier ni au deuxième étage. Le souffle court, il déboucha sur le solarium.

Le soleil cognait dur.

Une trentaine de corps étaient étalés sur des chaises longues, sur des serviettes bariolées ou à même les planches brûlantes. Des transistors ronronnaient en sourdine. Quelques anachorètes s'étaient bouché les oreilles avec les écouteurs d'un walkman. Les têtes étaient renversées pour exposer les cous, les yeux clos pour que les paupières inférieures reçussent leur part de soleil, les bras étendus pour que les aisselles brunissent, les jambes écartées pour que l'intérieur des cuisses ne perdît pas un rayon. Sur une trentaine de mamelles, vingt-huit blanches, cramoisies, bronzées ou pain d'épice s'exhibaient aux vues. Les cache-sexe étaient savamment déplacés tous les quarts d'heure afin que les fessiers se dorassent convenablement. L'air sentait l'huile solaire. Quelques mouches bourdonnaient. Toma sourit.

— Contemple, dit-il, les maîtres de l'univers, les rois de la création. Regarde ces jeunes gens si bien musclés qui pourraient se battre pour la libération de leurs frères. Ils sont englués de soleil. A quoi leur sert-il de vivre ? A quoi sert-il qu'ils vivent ?

Remi voulut répondre : Ils ne font de mal à personne, mais il ne le pensait plus complètement. Les victimes volontaires de l'oppression sont ses complices, une oppression voluptueuse et débilitante n'en est pas moins une oppression. De toute évidence, cette viande somnolente n'avait d'humain que le nom.

Les deux hommes se rhabillèrent. Sur le chemin du retour, comme ils passaient devant le supermarché :

— Achète-nous de l'eau minérale, du gin, du birchermuesli, dit Toma. Je rentre.

Remi fit ses emplettes et, en sortant, hésita devant la cabine téléphonique. Il n'y entra pas.

Le soir, Bastian rendit compte à Toma :

— J'étais dans le café d'en face. Il n'a pas téléphoné.

11. *L'Antéchrist*

— Un caleçon propre. Je retourne chez le toubib.

Pepito disposa des vêtements sur le lit de son frère. A dix ans, il ne savait pas repasser, mais il lavait bien.

— Sariel, fais attention. Les docteurs font mal.

— Si tu m'aimais, tu voudrais que je guérisse. Depuis un mois, je ne dors pas. Je perds du poids. J'ai les mains qui tremblent. Je suis épuisé. Et maintenant, cette saleté de boutons.

— Tu sais que je t'aime, Sariel.

— Tu n'as aucune raison.

— Tu es mon frère et je n'ai que toi au monde.

— Ce n'est pas vrai que tu m'aimes. Combien de fois t'ai-je demandé de me faire plaisir en fumant un joint à ma santé ? Enfin, puisque je te dis que c'est bon !

Pepito, tourné vers le mur, fit un petit signe de croix pour s'aider à résister. Il allait bientôt faire sa communion privée, donc se confesser. Il ne voulait pas avoir à avouer ce péché que le père Leandro avait strictement interdit : fumer un joint (le père disait « joint » comme si c'était un mot dangereux et obscène, un mot-serpent à la manière de « sexe »).

L'Antéchrist s'était mis nu. Il aimait son corps long et si velu des cuisses qu'elles paraissaient noires. Il aurait voulu avoir aussi un matelas de poils sur la poitrine ; malheureusement elle était un peu creuse, gracile et lisse. Il s'administra quelques caresses et quelques claques. Oui, somme toute, il se plaisait assez. Si seulement ces boutons... Il se rhabilla.

Il marcha dans le soleil en se répétant le nouveau rythme que lui avait enseigné Bobo : les tamtams faisaient ça dans son pays pendant les nuits de noces royales. Crescendo, et puis l'explosion, et de nouveau crescendo... L'Antéchrist se demandait comment transcrire cette palpitation sur une portée, pour un batteur occidental.

La salle d'attente était comble. Mémères, lardons, vioques. Un Américain : beau garçon mou et blond, avec des mouvements élégants du cou. L'Antéchrist sourit de ses petites dents féminines. L'Américain répondit d'un grand sourire humide et triste. L'Antéchrist donna son adresse. L'Américain fut appelé le premier et ne revint pas : on sortait par une autre porte. Une heure s'écoula. L'Antéchrist se sentait plongé dans une gangue d'angoisse qui se solidifiait autour de lui.

Il rentra au puits Saint-Vincent mi-courant mi-marchant, perdant son souffle, s'emmêlant les jambes, pris de vomissements, fourrant son poing dans sa bouche comme un bâillon ou comme un bouchon. Il n'aurait pas le temps de chauffer sa pipe à eau. Il lui fallait la Dame d'Argent tout de suite. Chère Dame d'Argent, protectrice des désespérés ! Il sanglotait d'amour pour elle.

Pepito n'était pas là pour l'apporter. Encore fourré chez ses curés. Le merle invalide sautillait sur le secrétaire. L'Antéchrist se jeta sur lui, lui tordit le cou et le jeta à la poubelle.

La Dame d'argent tirée de sa cachette fit son office et une sérénité descendit sur la tête vrombissante de l'Antéchrist qui s'étendit sur son lit. Il y a quelque chose de rassurant à ce que le pire soit certain.

La porte claqua.

— Pepito ?

— Le docteur t'a fait mal, Sariel ? Tu ne veux pas une tisane ?

Le petit homme se tenait dans l'embrasure de la porte. Il regardait son grand frère de cet air à la fois tendre et apeuré qui mettait l'Antéchrist hors de lui.

— Non, Pepito, je ne veux pas de tisane. Mais tu vas immédiatement prendre un joint dans la poche de mon blouson, et tu le fumeras là, devant moi. Sinon, je me lève, je trouve ton merle où qu'il soit et je lui arrache la tête. Tu choisis.

12. *Julian*

La semaine de l'anniversaire de Giulia commença mal pour Julian.

D'abord Giulia voulait choisir son cadeau, tandis que pour lui cadeau signifiait surprise. D'ailleurs, malgré ses moyens et sa générosité, il craignait de la lâcher, bride sur le cou, chez Cartier. Le dimanche soir, il finit par lancer :

— Tu prendras ce que je te donnerai, et si ça ne te plaît pas tu le jetteras par la fenêtre.

Le lundi, il alla donc chez Cartier tout seul, et choisit une marquise faite d'une jolie émeraude taillée à l'ancienne, entourée de brillants. Le ravissement peint sur le visage de la jolie vendeuse lui plut, et il signa le chèque avec le plaisir de lui faire plaisir.

— Cette dame sera très heureuse, dit la vendeuse.

— Voulez-vous prendre le thé avec moi ? repartit Julian.

Pour commencer, il « faisait thé ». C'était son genre. Rendez-vous pris, Julian monta gaiement le perron de l'Hôtel de ville où il arrivait souvent à pied, distribuant des sourires aux marchandes de fleurs de la place Royale, répondant d'un coup de bouc martial aux sentinelles qui présentaient les armes, et serrant les mains des balayeurs et des femmes de ménage s'il avait la chance d'en apercevoir. (« Je veux qu'on dise de moi : Il n'est pas fier. ») M. Ectors eut tôt fait de doucher cette humeur allègre. Le premier document glissé dans le parapheur était l'ordre d'élargissement de Murena.

— Pourquoi voulez-vous que je lâche ce monstre dans l'Agglo ?

— Je ne veux rien, monsieur l'Administrateur. C'est le juge d'application des peines qui ordonne.

— Ce n'est pas la fille du juge que Murena a violée avant de lui couper les bras, je suppose.

— Non, monsieur. Gisela était la fille d'un professeur de latin, un monsieur Gardiner.

— Qu'est-elle devenue ?

Geste d'ignorance.

— Moi, Ectors, je serais pour la peine du talion : violé, le Murena, les deux bras coupés.

Le jeune chef de cabinet eut un rire pudique. Les grands hommes aiment à plaisanter.

Julian regardait avec dégoût la feuille de papier qui disait, en langage juridique, qu'un viol et deux bras coupés coûtaient en fin de compte dix ans de prison, pas un jour de plus.

— Si on commence à vingt ans, on doit pouvoir s'offrir dix ou douze bras au moins.

Il tira son Schaeffer.

— Et si je ne signais pas ? Hein, Ectors, si je ne signais pas ?

— Vous devez plaisanter, monsieur. Si vous ne signez pas, la décision du juge remonte jusqu'au Ministre de la Justice, qui la fait signer par le Ministre de l'Intérieur, qui la fait redescendre avec demande d'explications. La séparation des pouvoirs...

— Merci, Ectors. J'ai fait quelques études de sciences politiques, moi aussi.

Julian dévissa le stylo.

— Vous, Ectors, vous avez déjà violé quelqu'un ? Bon, peut-être, ça peut arriver, je ne veux pas être indiscret. Mais vous avez déjà coupé des bras, à la tronçonneuse ? C'est satisfaisant ?

— Cet individu, monsieur l'Administrateur, doit être un anormal.

Julian frappa de la paume son bureau Renaissance.

— Qu'est-ce que ça veut dire, anormal ? D'abord il a été reconnu normal par les psychiatres, sans quoi il n'aurait pas été condamné, et ensuite, s'il est anormal, est-ce une raison pour le laisser gambader en ville ?

Ectors soupira :

— Monsieur, ce n'est qu'un papier à signer. Il y en a beaucoup d'autres.

— Et s'il coupe d'autres bras, Ectors ? Vous serez responsable ?

Le chef de cabinet sourit avec indulgence : « Pas moi, monsieur l'Administrateur, certainement pas moi. »

Julian tergiversa encore. Il y avait peut-être ici une ligne de défense naturelle où faire front, sur laquelle rallier le peuple, c'est-à-dire le public : « Ça suffit comme ça ! Nous sommes humains, démocrates, tolérants, compréhensifs, mais il y a une limite! » Et puis une intense sensation d'ennui monta en lui : ce n'était plus le mal du siècle, c'en était l'ennui. « Eh ! s'ils y tiennent absolument, à ce qu'on tranche les bras de leurs gamines ! Qui me suivrait ? » Il signa. Ectors souriait au-dessus de lui, réconfortant.

Tout le monde n'était pas de l'avis d'Ectors. La conférence de presse du mercredi fut orageuse. Les problèmes de voirie et de scolarité des Fundia rapidement écartés, le problème de l'Etouffeur, qui en était à sa cinquième victime, pour une fois à peine effleuré, la seule question qui préoccupât vraiment l'opinion publique vint éclore à la surface :

— Est-il exact, monsieur l'Administrateur, que le criminel Murena va se trouver incessamment en liberté, et cela par votre ordre ?

Dans l'ensemble, Julian entretenait des relations satisfaisantes avec la presse, à qui il n'avait rien à cacher et qu'il invitait souvent à des buffets pantagruéliques. Mais, ce mercredi-là, il se sentit livré aux loups. La droite vengeresse et la gauche récriminante se liguèrent contre lui. Agacé, il répondit par l'arrogance à la démagogie. Devant l'hostilité redoublée, il finit par donner la parole à un petit bout de femme qu'il n'avait encore jamais vue et qui levait le doigt avec insistance :

— Monsieur l'Administrateur, dit le petit bout, clignant derrière des lunettes à montures roses, je suis horrifiée de ce que j'entends ici. D'après les lois de notre pays, M. Murena est en règle avec la société. Or, l'opinion publique est déchaînée contre lui. Des pères de famille ont déclaré, j'ai noté, que, s'ils l'apercevaient, ils le tireraient « à vue ». Je ne sais pas comment on peut tirer sans voir, mais je voudrais savoir quelles dispositions vous avez prises pour assurer la sécurité de M. Murena à sa sortie de prison.

Julian se retint pour ne pas dire : Voilà la seule question amusante que j'aie entendue aujourd'hui. La petite bonne femme l'intrigua. Il changea de position dans son fauteuil, se carra de trois quarts comme quand il voulait plaire et, braquant sur elle ses yeux vert-de-gris :

— Mademoiselle, vous soulevez un point de droit qui est aussi un point d'humanité. Je vous promets de l'examiner.

Sans pudeur, il souffla à Ectors :

— Retenez cette fille.

Puis il se hâta de lever la séance. Les journalistes se dispersèrent, préparant des articles fielleux. La petite bonne femme, qui représentait une feuille écologiste, *SOS Terre,* resta la dernière. Julian descendit vers elle de son pas dansant. Elle le regarda, incrédule :

— C'est vrai que vous voulez bien m'accorder une interview ?

Il ôta doucement les lunettes rédhibitoires, trouva le minois passable et proposa un rendez-vous pour le lendemain.

— D'accord, d'accord, et l'interview ?

— Pour l'interview on verra.

Il y eut donc ce point clair dans la matinée du mercredi, mais l'après-midi, au salon de thé du Ritz, fut décevante. La vendeuse de Cartier avait dû apprendre de sa maman qu'il ne fallait jamais dire oui la première fois, et, bien que ses yeux fussent pleins de promesses pour le thé prochain, elle refusa de prendre l'ascenseur. Julian, qui avait pour religion de ne pas insister, fit quelques remarques désobligeantes sur les petites-bourgeoises qui comptent les faveurs au centimètre, indiqua qu'il serait fort occupé le reste de la semaine et la semaine suivante, et rentra à l'Hôtel de ville affronter les fanons de sa secrétaire et préparer la visite du Ministre Grosso.

Le jeudi ne lui fut pas très favorable non plus. Cosita, la jeune personne qui avait eu l'intelligence de s'inquiéter du sort de M. Murena, n'avait de conversation d'aucune sorte, fumait au lit et considérait avoir acquis des droits à une interview exclusive. Julian venait de la quitter avec un après-goût sordide lorsqu'il reçut de sa tante Matilda un coup de téléphone dont il ne sut que faire.

— Rosario, lui dit-elle, est rentrée du couvent.

— En permission ? Je veux dire en vacances ?

— Pour de bon.

Tante Matilda paraissait contrariée. Elle avait trouvé la vocation de sa fille ridicule, elle devait trouver plus ridicule encore ce dénouement en queue de poisson.

— Viens la voir. Tu y comprendras peut-être quelque chose.

En revanche, le vendredi commença bien.

Julian aimait faire plaisir et il se réveilla d'excellente humeur. Il passa dans la chambre voisine où Giulia s'étirait bien, beaucoup, savamment. Elle était toujours jolie le matin, alors que plus tard dans la journée elle devenait belle. Julian appréciait cette bouche que ne protégeait pas la carapace du rouge à lèvres, ces yeux gris presque vulnérables, presque affectueux sans leur peinture de guerre, la tiédeur de cette gorge libre sous la soie du pyjama.

— Ferme les yeux.

Il détestait les emballages et apportait la bague dans sa poche, sans écrin. Il prit la main droite de Giulia et commença d'enfiler la marquise à l'annulaire. Elle ne passait pas. Il essaya l'auriculaire. Elle entrait trop facilement. Il en fut dépité, comme si c'était la faute de Giulia, et changea de main. L'annulaire gauche résista aussi et des bourrelets de peau se formèrent — « Aïe, tu me fais mal! » — enfin l'émeraude trouva sa place, apparemment inamovible.

— Je t'ai baguée, ma colombe, dit Julian, sentimental pour une fois, au second degré, bien sûr, ou le croyant.

La colombe ouvrit les yeux. La colombe savait compter, mais rien ne permit de deviner la mise en marche de sa calculette mentale. Elle dit fort bien, en écartant les doigts :

— C'est très beau, Julian. Merci.

Djelloul apporta le plateau et Giulia déjeuna au lit, Julian assis à côté d'elle. D'ordinaire, il détestait les miettes ; ce jour-là, le chocolat bu, il s'en incrusta plus d'une dans les coudes, dans les genoux et même dans le dos de monsieur l'Administrateur. Une idée singulière lui traversa l'esprit : « Elle est si bien : pourquoi vais-je courir ailleurs ? »

Giulia, toujours en pyjama, reconduisit Julian jusque sur le seuil et se suspendit à son cou :

— Où déjeunes-tu ?

— Avec un entrepreneur.

— De quoi ?

— De drague.

— Tu as besoin d'un entrepreneur pour ça ?

— C'est pour draguer le port.

— J'avais bien compris.

— Tu es idiote.

— Et ce soir ?

— Avec toi.

— Où ?

— Au *Top du Top ?*

— On y prend un verre, oui. Mais on dîne quelque part au Corazon. Je veux voir la vraie Agglo, ton Agglo à toi, Julian.

Le Top du Top, au sommet de l'*Hôtel des Amériques,* tournait à raison d'un tour complet par heure, et l'Agglomération s'étendait à ses pieds, frissonnante de toutes ses lumières.

D'un côté s'érigeait la montagne, à l'assaut de laquelle montaient les funiculaires éclairés ; de l'autre se déroulait la mer, balayée par des phares mélancoliques.

Giulia était métamorphosée. Les joues creuses, les paupières violettes, la bouche mauve, chacun de ses cheveux d'un roux soutenu pétrifié dans une danse de Saint-Guy tenant à la fois du twist et du tire-bouchon, drapée dans une robe noire d'une simplicité diabolique, elle était éblouissante, comme Julian aimait que ses femmes le fussent.

— Pourquoi, lui dit-elle, ne me parles-tu jamais de ton enfance à l'Agglo ? Tu aurais déjà dû me montrer ta maison, ton école, ton dentiste, ton marchand de glaces, ton manège de chevaux de bois. Tu aurais dû me dire : C'est ici que j'ai embrassé ma première fille. Et me désigner une persienne close et me chuchoter : Et c'est là que, pour la première fois... Tu aurais dû m'emmener chez le marchand de couleurs qui a succédé à son père et avec qui tu jouais aux billes quand vous aviez quatre ans.

Ils buvaient des margaritas, la spécialité du barman. Le sel collé au bord du verre leur picotait les lèvres. Julian s'étonna de voir Giulia s'intéresser à son passé. Les émeraudes font-elles des miracles ? Ou alors elle aussi, elle commençait à l'aimer ? Quelle complication ! Peut-être pas malvenue ? La vie ne consiste pas nécessairement à sauter de lit en lit le plus vite possible.

— Je suppose, dit Julian, que mes souvenirs d'enfance ne me sont pas très chers. Ma mère était confite en dévotion ; mon père, occupé à me confectionner des demi-frères de la main gauche. J'exagère, je ne m'en connais qu'un, et nous sommes les meilleurs amis du monde, mais enfin ça n'ancre pas dans la vie de famille. Les jèses étaient en pleine révolution : c'est leur doctrine de se mettre à la tête des mouvements qu'ils ne peuvent pas empêcher ; cependant, quand les grands mainteneurs de la veille deviennent les grands démantibuleurs du jour, cela fait sourire avec quelque amertume un enfant même modérément sincère. Mes camarades ? Je ne me les rappelle pas. Ce n'est pas amusant, tu sais, de grandir dans une famille de tradition quand les traditions ont craqué comme une vieille culotte.

— Oui, Julian, mais les lieux, les odeurs ? Il y a bien une odeur que tu as reconnue quand tu es revenu ?

— Oui, un mélange de carcasse de langoustine pilée et d'huile d'olive brute qu'on ne sent qu'ici.

Ils rirent en se tenant la main. Il s'appliqua à ne pas caresser du bout de l'ongle l'émeraude qui lui plaisait bien.

Giulia insista pour aller dîner dans le restaurant le plus touristique du Corazon, qui gardait néanmoins une qualité indigène. Elle n'y était jamais allée ; Julian y avait emmené dix ans plus tôt une Anglaise qui arrivait tout droit de Manchester pour goûter la paella des *Escargots,* dont les cartes postales essaimaient de par le monde.

Les Escargots étaient situés à deux pas de la rue du Roi-Fernand, où Julian gara sa Lancia bleu roi dans un stationnement interdit. A part les touristes d'arrière-saison et quelques bourgeois noctambules, les passants et les traînants de tous les sexes étaient visiblement obsédés par leur système capillaire : ils se rasaient, ils s'épilaient, ils se teignaient de couleurs sauvages, ils se faisaient des crêtes de coq ou transformaient leur crâne en hérisson. Julian marchait vite, tenant Giulia par le gras du bras. Il se demandait s'il devrait faire la queue aux *Escargots* ou s'il y serait reconnu, et ce qui serait le plus contrariant.

Le maître d'hôtel en tablier noir le cueillit d'un regard apparemment somnolent :

— En haut ou en bas, monsieur ?

— En haut.

Ils se frayèrent un chemin entre les tables pour duos desservant des quatuors, grimpèrent un escalier en colimaçon, débouchèrent sur un balcon qui dominait la cuisine, et furent placés, eux qui n'étaient que deux, à une table déjà réservée pour quatre :

— Ira, monsieur ?

— Ira parfaitement.

Du revers de la main, le maître d'hôtel balaya la pancarte « Réservé » et, après que le client eut tenu la chaise de la cliente, il tint celle du client.

Le dîner fut mieux que délicieux : gai. Julian buvait ferme et bien. Giulia lui tenait gentiment tête. A l'étage en dessous, on voyait les cuisiniers à toque blanche déposer les cochons de lait sur les grils grésillants et les poêles noires chargées de coquillages sentant encore la mer sur des lits de charbons incandescents. Les serveurs corpulents accouraient à vide pour réclamer leur chargement et repartaient en trottinant, six assiettes dans les mains, sur les avant-bras et à la saignée du coude.

— Et toi, ton enfance ?

Giulia était assise le menton dans les mains, les paumes épanouies comme des pétales.

— Mon enfance ? Mais elle n'est pas terminée. Je suis seulement en avance sur mon âge. Très en avance, n'est-ce pas, Julian ? Ah ! c'est si bien que nous portions le même prénom.

Elle jeta un coup d'œil à sa bague.

Après dîner, ils sortirent, suivis par le maître d'hôtel également respectueux des autorités, des incognitos et des pourboires. Elle décida :

— On se promène. C'est où, le quartier réservé ?

Julian ne s'était jamais beaucoup inquiété de ce qui se fait et ne se fait pas, de ce qui est dangereux ou non. Les vins bus n'inclinaient pas à la sagesse. Quittant le Corazon, les amants s'engagèrent donc dans le Quartier Vénérien. Giulia s'en amusait à l'avance, mais elle déchanta bientôt : ces officines éclairées par des ampoules voilées de rouge, avec des femelles se tenant sur le seuil dans l'état de nature, n'offraient aucun intérêt si l'on ne consommait pas.

— On rentre.

Ils débouchèrent de nouveau sur l'artère qu'on appelait les Avenues de la Liberté, qu'indigènes et touristes montaient et descendaient avec conviction parmi les marchands d'oiseaux, les philatélistes, les libraires, les culs-de-jatte circulant sur des planches à roulettes et criant des billets de loterie. Pas de police en vue : la ville nocturne et heureuse.

— Avant de rentrer, je voudrais visiter ton bureau. Pour une fois, Julian ! Ton bureau de grand homme. En cachette. Je-t'en-prie-je-t'en-supplie. Enfin, c'est mon anniversaire, oui ou non ?

Julian n'était pas sûr de vouloir emmener sa maîtresse dans les lieux augustes où il feignait d'exercer le pouvoir, mais il ne pouvait rien refuser à Giulia aujourd'hui. Ils suivirent la rue du Roi-Fernand qui conduisait à l'Hôtel de ville. A leur gauche, c'était l'Abyme mal éclairé, où ils ne s'aventureraient pas. A un croisement, un gardien de la paix bavardait avec deux mignonnes. En cette fin de saison, la plupart des vitrines étaient obscures, mais quelques marchands de souvenirs se tenaient encore sur le pas de leur porte. Giulia frissonna sous sa robe légère et se pressa contre Julian. Ils formaient ce qu'on appelle un beau couple, elle dans sa robe de Schiaparelli, lui dans son blazer vert bouteille qui paraissait noir dans la nuit.

Soudain il la sentit raidie, et, au même moment un coup de poing au visage le rejeta en arrière. Un deuxième lui causa une forte douleur au nez. Un troisième, à l'estomac, lui coupa le souffle. Il se trouva plié en deux, ne pensant qu'à retrouver sa respiration.

— L' bague, dit un grand barbu aux lunettes réfléchissantes.

Il s'empara de la main de Giulia pendant que son compagnon, un petit homme roussâtre, frappait encore Julian à la tempe d'un crochet délibéré, presque pédant. Julian tomba à genoux.

— L' bague, répéta le grand.

Le petit abandonna Julian et tira sur la main de Giulia pendant que le grand tirait sur la bague. La bague déchirait la peau et ne venait pas.

Alors le grand tira de sa poche un sécateur, agrippa le doigt, le renversa et, d'un coup, trancha l'os. La bague glissa. Le grand la rattrapa adroitement, jeta le doigt sur le trottoir et partit au trot vers l'Abyme. Le petit le suivit.

Julian, se relevant à grand-peine, courut en vacillant après les deux hommes. Il s'engagea dans une ruelle qui avait l'air d'un décor de cinéma. Il se sentit entrer dans un autre monde. La frontière de l'Abyme qu'il venait de franchir était aussi réelle qu'un cercle magique. Il courait gauchement, le souffle à peine retrouvé, se sachant sans défense, ne sachant où il courait, ne pouvant pas ne pas courir. Un cri de désespoir le rappela :

— Julian ! Je n'ai plus de doigt !

Il ressentit d'abord une intense irritation : battre en retraite, n'était-ce pas fuir ? Puis un certain soulagement : il se devait à Giulia. L'Abyme était silencieux et menaçant. Il revint sur ses pas. Giulia, adossée au mur d'une bijouterie aux volets à moitié fermés, sanglotait. Son moignon de doigt déversait un torrent de sang. Julian la saisit par le poignet. Une jeune femme vêtue de noir continuait à accrocher les volets de la bijouterie encore éclairée à l'intérieur. Il se tourna vers elle :

— Madame, vous avez vu ?

Le monde entier devait être témoin de cette atrocité.

Un cri étranglé vint alors du tréfonds de la boutique et, après une hésitation, la jeune femme répondit, la voix blanche, les yeux morts :

— Non, monsieur. Je n'ai rien vu.

Elle rentra dans la boutique et referma la porte.

13. *Abuelo*

Du fond de son lit, d'où, par la fenêtre de l'entresol, Abuelo surplombait la bijouterie, la rue, le Corazon, l'Agglomération, le vieil homme avait vu le monde se transformer. Ceux que, pendant quarante ans, le Chef avait forcés à se cacher dans la profondeur des murailles en sortaient maintenant comme les poux par les fissures du papier peint et se multipliaient à l'infini : les femmes aux trois quarts nues, les curés en pantalons à carreaux, les bonnes sœurs en minijupes, les camés, les travelos... Ce n'était pas pour voir ça qu'Abuelo avait fait la guerre ni qu'il avait perdu presque entièrement l'usage de son corps.

Pendant un temps, il avait espéré que cela cesserait. Dans sa colère, réveillée tous les matins, rêvée dans tous ses rêves, il serrait son vieux fusil contre lui dans son lit, avec l'espoir de s'en servir un jour, l'arme étant, quoi qu'on en dise, l'argument suprême. En attendant, il observait, il gravait dans sa mémoire, il répétait comme une leçon ce qu'il avait vu, répertoriant les visages, les chevelures, les vêtements, les souliers, n'oubliant pas un sac volé sur le seuil de la bijouterie, ni une dose en papier d'aluminium changeant de main sur le trottoir.

Et puis Guapo était venu et il avait tailladé en X la joue de Pili de deux coups de lame à rasoir.

Alors Abuelo, qui ne s'était jamais incliné devant l'ennemi, qui avait quitté un camp de prisonniers, la tête haute sous les balles anarchistes, en disant « Je ne reste pas : ça pue trop », Abuelo s'était soumis.

Puisque c'était la nouvelle loi, il fallait y obéir. Pas question de passer un renseignement à la police — ces bons à rien —, pas question de prendre le moindre risque supplémentaire pour Pili et le petit Guzman. Puisque ces messieurs étaient les plus forts et qu'ils voulaient de l'argent, on devait leur en donner, il eût été impie de les contrecarrer en rien. Ils étaient devenus, avec leurs falzars bas sur les hanches, leurs chemises ouvertes jusqu'à la ceinture, leurs chevelures peinturlurées, leurs pupilles dilatées, leurs avant-bras piquetés, les nouveaux maîtres.

Oh ! Abuelo enregistrait toujours, il avait le temps d'enregistrer, il se constituait, à travers l'étroite vitrine, un fichier intérieur de la crapule du Corazon, mais il s'était fait une nouvelle règle de vie : voir et supporter, voir et accepter, voir et ne pas voir. La canardière vengeresse était au placard depuis longtemps.

Ce soir-là, Abuelo les avait observés, le godelureau qu'on voyait à la télévision, ce nouveau prétendu chef qui ne commandait rien ni personne, et sa pouffiasse (pas dégoûtante, la pouffiasse) qu'il tenait par le coude en riant à gorge déployée. Ce n'était pas décent de rire ainsi en pleine rue : ça se terminerait mal... ça s'était mal terminé. Voilà accourant derrière eux, comme deux diables, le grand Guapo, qui avait marqué Pili, et son assistant, le gringalet roux qu'Abuelo avait baptisé Crevure, fils nasillard de la Capitale qui, n'y ayant pas réussi, s'était résigné à jouer les deuxièmes rôles dans l'Agglomération : un peu de drogue, un peu de vol à la tire, un peu de castagne, toujours contre plus faible que lui.

Et vlan ! Guapo cognait le soi-disant chef de l'Agglo. Et revlan ! Crevure en rajoutait. Bien fait pour le soi-disant chef. Si on n'est pas un homme, on ne prétend pas commander aux hommes. Et maintenant qu'allaient-ils faire ? Violer la fille en pleine rue ? On rigolerait. Non, ils lui arrachaient son sac en peau de serpent et puis... ah ! la bague. Mais ils avaient beau tirer en sens contraire, la bague se trouvait bien où elle était. Abuelo, en spécialiste, se demanda ce que c'était : un diamant ? Elles veulent toutes des diamants, maintenant. Bon, voilà que Guapo avait quelque chose dans les mains. Une pince ? Une cisaille ? Et crac ! Tranché, l'os, d'un seul coup d'un seul, et le doigt jeté par terre comme un détritus. Bien fait pour la pouffiasse qui devait sûrement se mettre nue sur les plages. Les vainqueurs déguerpissaient. Le godelureau se relevait, il chancelait après eux. Tiens ! il avait donc quand même du poil où il faut ?

Pili n'avait pas bougé du seuil. Le godelureau revenait bredouille. Il parlait à Pili. Ah ! Elle n'allait pas se compromettre avec la pouffiasse et le faux chef tandis qu'elle avait tout à craindre des seigneurs de la rue ? Alors Abuelo se releva sur un coude et mugit du haut de son entresol :

— Non, Pili ! Non ! Nous ne savons rien, nous autres, nous ne savons jamais rien !

14. *Julian*

Julian fit un garrot à Giulia avec son mouchoir. Il ramassa le doigt coupé et le roula dans sa pochette.

— J'ai mal, j'ai mal, disait Giulia, blême.

— Tais-toi et surtout ne t'évanouis pas. Il faut que tu puisses marcher jusqu'à la voiture. Les doigts, ça se recolle.

Elle marcha.

— Je porterai un gant, je porterai toujours un gant.

Le garrot opérait : le sang coulait moins, la main bleuissait.

De loin, Julian aperçut la Lancia. Un gros agent de police se tenait devant elle, les jambes écartées, et rédigeait laborieusement une contravention. Sans même le regarder, Julian poussa Giulia sur le siège de droite, fit le tour, se glissa sous le volant, mit le contact.

— Hé bé, dites donc, vous, grogna l'agent éberlué. On ne s'en fait pas !

Julian embraya. L'agent eut à peine le temps de sauter de côté. Il resta là, rouge de colère, son carnet d'une main, son crayon de l'autre.

— Heureusement, fit-il à haute voix, que j'avais déjà noté le numéro.

Dans la hideuse salle des urgences de Sainte-Croix, une douzaine d'éclopés attendaient, l'air résigné. Une infirmière au visage brutal trônait derrière un bureau.

— Un médecin, vite, dit Julian. Cette dame vient d'avoir un accident.

Il maintenait Giulia d'un bras passé autour de ses épaules. De l'autre main, il jeta son petit paquet sanglant sur la table.

L'infirmière prit un formulaire :

— Nom ? Prénom ? Numéro de sécurité sociale ?

— Garce ! cria Julian.

Il se penchait par-dessus la table, fourrant son visage dans celui de l'infirmière, comme s'il voulait la mordre. Elle en avait vu d'autres.

— Calmez-vous, mon petit monsieur, ou j'appelle les infirmiers.

Le médecin avait entendu le hurlement de Julian ; il parut majestueusement sur le seuil de son cabinet. Il était rond, rubicond, avec des cheveux en brosse et de grosses lunettes destinées à atténuer ce que son physique avait d'enfantin.

— Allons, allons. Un peu de silence. C'est un hôpital, ici. On remplit les papiers d'abord, on soigne les bobos ensuite. C'est pareil pour tout le monde.

Julian fonça sur lui :

— Je suis l'Administrateur Dandolo !

Un instant, les yeux porcins du médecin exprimèrent la panique, mais il reprit aussitôt son aplomb.

— Devant la médecine, monsieur, nous sommes égaux. Je n'ai pas de différence à faire entre vous et un égoutier.

Julian se redressa. Ses mains tremblaient.

— Très bien, docteur. Bravo. D'accord. Mes compliments. Tous égaux. Demain je vous flanque une commission du fisc au derrière : quand elle en aura fini avec vous, vous serez bon pour vous mettre égoutier vous-même.

La baudruche éclata.

— Monsieur l'Administrateur, ne nous emballons pas, de quoi s'agit-il, de quoi souffre cette pauvre dame... Vous aussi d'ailleurs, vous avez l'air d'avoir pris des coups...

Ayant laissé Giulia entre les mains de l'anesthésiste, Julian sortit. La nuit était fraîche et sentait la mer. Il se laissa tomber sur le siège de la Lancia et passa une main sur son visage. Il y trouva une croûte de sang caillé. Il prit conscience qu'il avait mal à la poitrine et à la tête. Il se demanda non sans coquetterie s'il était marqué. « Au bureau avec un œil au beurre noir ? Encore heureux qu'ils ne m'aient pas cassé de dents. » Il embraya et prit la direction du Corazon. Il souffrait surtout d'avoir été frappé sans riposter. « J'aurais dû faire du karaté plutôt que du polo. Je te les étendais par terre tous les deux, le grand barbu d'un coup de pied de pointe au bas-ventre, le petit roux d'un atémi à la carotide... » Soudain il fit demi-tour en pleine rue et fonça chez lui.

Il entra en criant « Djelloul ! Djelloul! » et courut à sa chambre où il prit le pistolet MAC 50 qu'il avait clandestinement rapporté de l'armée. Il eut plaisir à retrouver le poids de l'arme dans sa main, à extraire le chargeur pour vérifier qu'il était plein, à le rentrer d'un coup de paume, à l'entendre s'encliqueter, puis à faire jouer la culasse pour engager une cartouche. Ces bruits de métal, cette odeur d'huile : une certaine jeunesse. Djelloul arrivait, pyjama et pantoufles, l'air ahuri.

— Tu t'habilles, tu prends la *moukhala,* tu mets les chevrotines. Non, ça se verra. Tu prends seulement le *mouss* que je t'ai donné. *Fissa.*

D'un bond, Julian regagna la Lancia. D'impatience, il emballa plusieurs fois le moteur en attendant Djelloul, qui dégringola bientôt le perron. Le nez ensanglanté du maître n'échappa pas au serviteur, qui caressait son couteau à cran d'arrêt déjà ouvert :

— Celui-là, grommelait-il sombrement, je les lui coupe et je les lui bouffe crues.

Julian abandonna la Lancia aux abords de l'Abyme et sauta de voiture comme d'un cheval. Djelloul le suivait de sa démarche chaloupée, les yeux fouillant à droite et à gauche les embrasures et les recoins.

A cette heure-ci, l'Abyme était désert. On était en plein territoire ennemi, et il n'y avait pas d'ennemi. Déception.

Tout de même, devant la sortie de secours de *La Bouche d'Enfer* quatre jeunes hommes, dont deux chevauchaient des motos, formaient un groupe compact à l'air dangereux. Julian fonça droit sur eux, les doigts soudés à la crosse du pistolet sous sa veste. Djelloul se dandinait derrière lui, les deux mains dans les poches du pantalon, l'une d'elles refermée sur son couteau, on ne savait laquelle.

Julian chercha les regards des jeunes gens, ne les trouva pas. Il passa à travers eux et ils s'écartèrent spontanément, sentant peut-être que ces deux-là ne cherchaient qu'un prétexte pour tuer.

Ayant deux fois traversé l'Abyme de part en part, Julian, épuisé, tari, sentit que, maintenant, il ne pourrait plus tuer même si sa vie était en danger, que, dans quelques instants, il allait se retrouver devant sa Lancia quotidienne, que l'Abyme pénétré était resté impénétrable, que, malgré ces moments d'exaltation, rien n'était changé dans le monde. Si pourtant : une contravention avait été glissée sous son essuie-glace.

— Ils existent donc ! ricana-t-il.

La nuit pesait lourdement sur l'Agglomération, sauf aux endroits où les réverbères arrondissaient le dos comme des atlantes. Soudain, Julian vit une fente de lumière qui crevassait la nuit.

— Qu'est-ce que c'est ?

Il alla voir. Djelloul suivait.

C'était, au bout d'une petite place polygonale, une porte à moitié ouverte sur une chapelle de forme irrégulière, aux murs de plâtre fissuré, crûment éclairée au néon, avec quelques vieux bancs d'un bois blanchi par l'âge, une niche dans le mur de gauche contenant un Saint Michel en jupette jaune estoquant le dragon d'aluminium qui se tordait sous ses pieds, et, au-dessus d'un maître autel de marbre soutenu par deux piédroits à volutes, un coquillage éclairé au néon dans lequel apparaissait une Sainte Vierge plus petite que nature, vêtue d'une robe de nylon bleu lourdement empesé. A ses pieds, un édifice de fleurs. Julian ne s'occupa pas de savoir si c'était un cercueil, posé là en prévision d'un enterrement matinal, ou un entassement de bouquets qui seraient distribués tout à l'heure aux participants d'un mariage nocturne. Lorsqu'il entra dans la chapelle, l'électricité s'éteignit, soit qu'il eût marché sur un fil, soit que les choses fussent prévues ainsi, et il ne demeura comme luminaires que deux candélabres de fer noir sur lesquels palpitaient quelques cierges.

Dans cette pauvre lumière, Julian reconnut immédiatement, à travers le gothique tardif de la Vierge, le type de la vendeuse de chez Cartier, de la petite journaliste, de la bijoutière de la rue du Roi-Fernand, et, d'après ses photos, de la fillette dont Murena avait tranché les bras. A première vue, elles n'avaient rien en commun, et pourtant elles ressemblaient toutes à cette Vierge : même menton rond et méditatif (si différent de celui de Giulia qui défiait la vie comme une étrave), même front haut et ouvert jusqu'à l'outrecuidance, même petit nez fin, sans prétention. Une fille de l'Agglo, quoi. Rien d'étonnant : le physique n'avait guère changé depuis le XIVe.

« *Mes filles* », pensa Julian sans savoir exactement ce qu'il entendait par là, et il esquissa une génuflexion approximative, comme dans le temps. Puis, après réflexion, il s'agenouilla complètement, les rotules sur le carrelage et les yeux rivés à la Dame aux atours bleu et argent. Il distinguait des épées dardées vers le cœur de la Dame et une couronne suspendue au-dessus de sa tête, sur laquelle un papillon de nuit était venu se plaquer.

Julian ne croyait pas à grand-chose. Ses jésuites l'avaient guéri de tout mysticisme, et il n'avait de respect pour l'Eglise que comme il en avait pour sa tante Matilda : deux vieilles choses baroques, décoratives, fondamentalement ridicules, accessoirement sublimes. Rien de plus. Mais cette pauvre Vierge de l'Agglo, endimanchée par les femmes de l'Abyme qui y avaient dépensé leurs heures et leurs sous, lui apparut soudain comme une donnée irréfragable.

— Oui, d'accord, dit-il, toujours à genoux, vous êtes Vous, et puis après ?

La Vierge, la tête légèrement tournée de côté, souriait d'un air ambigu.

Et lui, n'osant penser un certain mot, il se contenta d'un signe, du Signe. Il se signa : la tête, l'épaule gauche, l'épaule droite, l'estomac.

Djelloul était entré après lui.

— Que fais-tu là, mécréant ? Tu n'es même pas baptisé.

Ils retournèrent à l'hôpital. L'opération, dit une infirmière avenante, était en train. Elle revint deux heures plus tard : cela s'était passé le mieux du monde. Julian rentra chez lui au petit matin. Djelloul ne l'avait pas quitté une minute. Il n'avait rien compris à ce qui était arrivé. Il n'avait aucun besoin de comprendre. « Tout cela le dépasse… et moi aussi. » Sommeil.

15. *Julian*

Julian se réveilla samedi vers midi et la première sensation qui lui revint fut celle de l'humiliation subie la veille : frappé, pas riposté. Cependant on lui avait appris que les souffrances d'amour-propre n'étaient pas respectables et il le croyait. S'étant donc assuré que les coups qu'il avait reçus n'avaient laissé sur lui aucune trace physique qu'un peu de poudre ne pût dissimuler, il s'inquiéta du doigt de Giulia. Coup de téléphone à l'hôpital. Tout allait bien. Il s'y précipita. Giulia ne recevait pas encore. Il se rappela qu'il devait une visite à sa tante.

En roulant, il se rappela l'incident de la chapelle. Que s'y était-il passé au juste ? Avait-il fait un vœu ? Pas qu'il se souvînt. Il se rappelait simplement, avec une étrange intensité, les traits et le sourire de la Vierge, et il lui semblait maintenant qu'il y avait eu une vieille marmonnant dans un coin, il n'en était pas sûr.

Pasquale conduisit Julian à travers les salons où, malgré la saison, régnaient toujours les orchidées. Tante Matilda, le cou bien droit pour supporter l'espèce de cage à serins qui lui servait de coiffure, se leva à sa rencontre.

— Julian, toi seul peut-être… Assurément, je suis ravie de la voir guérie de sa superstition, tout de même, si peu de suite dans les idées… Elle a repris sa vieille chambre.

— Ma tante, je connais le chemin.

Il prit un long couloir qui conduisait au fin fond de l'appartement et lui rappelait bien des jeux. Des courses à tricycle, des trains électriques, et puis, vers onze ans, l'intuition d'un mystère nouveau, d'une féerie insoupçonnée. La chambre de Rosario était devenue en quelques semaines un endroit qu'il aimait à se croire interdit, encore qu'il ne le fût pas. Un soir, dans la pénombre de ce couloir, il y avait eu une ébauche de baiser ou plutôt un entrechoquement de nez, l'enfer et le paradis s'étaient entrouverts simultanément... Et puis tout s'était défait, sous le signe de la croix d'un côté, du libertinage de l'autre. Julian frappa, non sans timidité.

— Oui.

Les persiennes étaient baissées. Julian avança presque à tâtons. Puis ses yeux s'accommodèrent. Il reconnut le clavecin à gauche ; la maison de poupée sous la fenêtre ; le lit à droite, bossu de couettes et d'édredons. Rosario était debout. Il crut d'abord qu'elle portait encore l'habit, puis il distingua une robe noire, fermée, longue, avec des épaules relevées et des manches larges du haut, étroites du bas, qui lui donnaient une allure Renaissance.

Quel animal est-ce là, une nonne ? Quelle mutante ? Quelles révélations avait-elle reçues dans la nuit obscure de saint Jean de la Croix ? Julian n'était guère religieux, mais superstitieux, oui. Il n'avait pas assisté à la prise de voile de Rosario par poltronnerie, il ne l'avait jamais vue en religieuse, et voilà qu'il la retrouvait alors qu'elle avait franchi la grille fatale en sens contraire, qu'elle était revenue de l'autre rivage, une Eurydice qui aurait réussi.

Il ne savait même pas comment l'appeler (« Ma sœur ou pas ma sœur ? A-t-elle changé de prénom ? ») et revint au titre qu'il lui donnait enfant, lorsqu'il jouait à être son chevalier servant et portait ses couleurs — le bleu ciel et le blanc, bien sûr — dans des tournois imaginaires :

— *Principessa...*

Elle vint à lui et lui prit les mains. Elle souriait d'un sourire détaché de tout :

— *Sir Julian.*

« *Sir* » avait fait partie de leur théâtre enfantin : le petit prince ne voulait être que chevalier pour les beaux yeux de sa dame.

Ils s'assirent côte à côte sur un divan pour deux, un *love-*

seat anglais du XVIIIe, et leurs mains se reprirent naturellement. Il risqua la drôlerie :

— Alors, *principessa,* que s'est-il passé ? On t'a fait nettoyer par terre en léchant, ou boire les bains de pieds des lépreux, ou quoi ?

Elle secoua la tête, souriant toujours de son sourire d'au-delà.

— Du diable pourtant si je m'attendais à te revoir défroquée. Renégate, va !

Elle dit d'une voix basse et assurée, d'une voix d'église :

— Pas vraiment défroquée et pas du tout renégate. Désolée de te décevoir. Je n'avais pas prononcé mes vœux définitifs.

Pour Julian, c'était à l'instant des vœux, des cheveux coupés, que l'irréversible mutation avait lieu : l'équivalent d'une perte de virginité spirituelle.

— Ah ! bon, fit-il perplexe.

Etait-ce donc une Rosario intacte qu'il retrouvait ?

Elle ajouta d'un ton où perçait un soupçon de taquinerie :

— Mais j'ai prononcé les temporaires. Deux fois.

Il ne comprenait pas. Elle dut lui expliquer que le Vatican avait changé le règlement : deux ans de noviciat, quatre ans de vœux temporaires et, depuis peu, encore quatre ans, avant la claustration.

— Attends, attends. S'il n'y avait pas eu de sursis, tu aurais prononcé les définitifs ?

— Oui.

— Et tu aurais fait ta valise tout de même ?

— Non.

— Tu te serais trouvée coincée ?

— Oui.

— Pas drôle.

— Ça dépend. Si le règlement n'avait pas changé, je n'aurais peut-être pas eu envie de partir.

— Explique.

Enfants, ils s'étaient parlé avec une grande ouverture, et la vieille intimité leur revenait à pas de géant.

— Je me suis peut-être trompée d'ordre. Je voulais avoir une lance au travers du corps comme sainte Thérèse, et on prétendait faire de nous des bonnes femmes comme les autres. Sans mari, sans enfants, mais comme les autres. Sinon, on nous accusait d'orgueil. Tu comprends, si c'est pour papoter en prenant du thé avec des petits gâteaux… Une fois je me suis faufilée à la chapelle et j'y suis restée prosternée toute la nuit. L'hiver. Eh bien, on m'a d'abord envoyée chez un médecin et puis — elle sourit de son air intouchable, comme si le monde de l'esprit avait son comique propre — chez un psychiatre.

Il lui pressa la main.

— Oui, bon, d'accord, mais n'y avait-il pas au-delà des visites médicales et des petits gâteaux une… tu sais que je ne crois pas à grand-chose… une pérennité, une… peut-être une Personne ?

Rosario sembla se rassembler comme un cheval sur l'obstacle. Il y eut un long silence, et Julian trouva le temps de penser au doigt coupé de Giulia qui, mystérieusement, avait déjà commencé à redevenir lui-même, os à os, épiderme à épiderme, vaisseau à vaisseau, nerf à nerf ; et à la statue costumée de la Vierge avec sa robe de nylon bleu ; et à la visite annoncée du Ministre de l'Intérieur ; et aussi à une transformation profonde qu'il prévoyait dans sa propre vie, comme le baromètre prévoit l'orage.

Rosario allait-elle dire l'indicible ? Elle soupira de tout son corps.

— C'est bien, fit-elle, que tu y aies pensé.

Elle n'alla pas plus loin.

Alors il voulut la taquiner :

— Qu'est-ce qui était le plus dur, *principessa :* la pauvreté, la chasteté ou l'obéissance ?

Elle sourit de nouveau ; elle avait désappris à rire.

— Et voilà que tu redeviens sot-sot, mon Julian. Rien de

tout cela n'est difficile. Ça n'existe même pas comparé à... Parle-moi plutôt de toi, tiens.

Il ne sut que dire de son ancien moi qui atteignait son ponant ni de son nouveau moi qu'il ne connaissait pas encore, et il ne parla pas de ce ciel qui noircissait en lui à vue d'œil, parce qu'il aurait fallu raconter l'humiliation subie la veille. Il se leva et promit de revenir.

Il se précipita chez Cartier. La jolie vendeuse l'accueillit d'un air entendu : sa maman avait raison, le beau monsieur n'avait pas résisté à ses charmes.

— Avez-vous la même bague ?

Un instant, elle se figura que la seconde serait pour elle, et elle en eut un tressaillement d'admiration pour la sagacité de madame sa mère, tout en se demandant quel vice c'était là de vouloir offrir le même cadeau à deux maîtresses. Comme elle avait de l'imagination, elle se demanda si ce n'était pas là l'amorce d'une relation à trois dont l'idée lui fit horreur, cependant pas au point d'atténuer la coquetterie de sa voix ni de lui faire retirer les longues mains aux ongles roses qu'elle laissait traîner sur la vitrine, à portée de celles du monsieur.

Hélas, non, elle n'avait pas la même. Cette émeraude-ci, peut-être...

Il acheta l'émeraude à la hâte, sans plaisir, agacé par cette nouvelle dépense, d'autant plus qu'il se sentait obligé d'offrir une pierre plus belle que la précédente. Cette fois-ci le revenu n'y suffirait pas : il faudrait demander un supplément au bâtard Bertram, qui hocherait sa tête de grenouille sympathique et signerait le chèque avec un soupir.

Puis des fleurs, bien sûr, des masses de fleurs, plein la Lancia. Il y avait une nouvelle fleuriste, jeunette, fraîche comme une anémone sous la rosée, jamais embrassée peut-être... « Un peu trop jeune pour moi, j'aurais des scrupules. » Il laissa tout de même un pourboire mirobolant.

Giulia dormait. Il ne voulut pas la réveiller, fit remplir sa chambre de fleurs, se demanda s'il rapporterait la bague le lendemain, trouva plus élégant de la laisser sur la table de nuit, une tige de rose passée dedans. Il était soulagé de n'avoir pas à affronter Giulia qu'il n'avait pas su défendre. Il passa l'après-midi chez Puig, sur le cheval de bois d'abord, puis à pousser la balle sur la pelouse.

Le dimanche, sans savoir pourquoi, il eut la tentation d'aller à la messe, se trouva ridicule, déjeuna au Cercle anglais et retourna à l'hôpital.

Giulia était pâle, languide, son doigt enfermé dans une gaine de plâtre la faisait souffrir, mais elle s'était fait apporter sa chemise de nuit mauve par Djelloul. Elle ne dit pas un mot de l'émeraude, qu'elle n'avait pas mise. Il se surprit à penser : « Son doigt guérira et elle a gagné au change des bagues. Moi, je suis marqué pour toujours. » Et puis : « Est-ce que je l'aime vraiment ? » Et encore : « Quel vocabulaire de midinette est-ce là ! Si je l'aimais, ne penserais-je pas à son doigt plus qu'à mon amour-propre ? »

Il passa les journées suivantes au bureau. Si indifférent qu'il fût à son travail, il voulait préparer la visite du Ministre avec soin, non par flagornerie ni par conscience professionnelle, plutôt par hospitalité : « Il vient chez moi, il doit être bien reçu. » Peut-être une espérance informulée s'ajoutait-elle à ces bons sentiments : une trace, une ombre de toute-puissance monarchique s'attachait encore à ce beau nom de Ministre. D'où conflits avec Ectors, qui voulait que M. Grosso eût « une bonne impression ».

— Nullement. Quand les patrons viennent, on doit leur montrer ce qui ne va pas. A eux de voir ce qui va. S'ils en sont capables.

Ectors n'était pas convaincu. Ce n'est pas avec cette méthode qu'on fait carrière. Mais Julian rejetait tous les dossiers qu'il présentait :

— Optimiste, rose, erroné, mensonger. L'Agglomération

est au bord de la faillite, la criminalité y est florissante, les prisons surpeuplées, la voirie insuffisante, le tourisme en baisse, le chômage en hausse, les maires incompétents, les hôpitaux surannés, l'enseignement inadapté aux besoins modernes, la jeunesse désœuvrée, on ne peut pas traverser le Corazon sans se faire attaquer. Et vous osez pavoiser ?

— Monsieur l'Administrateur, depuis cinq mois seulement que vous êtes parmi nous, des progrès ont été réalisés dans bien des domaines : la scolarité, le nombre des lits d'hôpital, la proportion de votants aux élections cantonales... Si vous vous donnez la peine de regarder les chiffres...

— Je ne me la donnerai pas. Les chiffres sont des menteurs. Je sais bien que je n'ai rien fichu depuis que je suis là.

— Il n'y a qu'à voir le détail...

— Alors là, Ectors, vous vous trompez d'adresse. Le détail, c'est votre rayon. Je veux que le Ministre voie la situation plus noire qu'elle n'est en réalité. Sans parler d'autre chose, c'est le seul moyen de décrocher des crédits.

Le jour où Giulia sortit de Sainte-Croix, Julian alla la chercher. Dans la voiture, il la borda soigneusement d'un plaid en cachemire. Elle ne prononça pas un mot. On aurait pu croire qu'elle boudait. De retour à la maison, elle voulut se remettre au lit.

— Tu fais ce que tu veux, lui dit Julien un peu fraîchement.

— Je l'espère bien.

Ils n'avaient toujours pas effleuré le sujet de leur mésaventure.

Il retourna à l'Hôtel de ville et fit ce qu'il s'était jusque-là interdit, par superstition : il téléphona à un traiteur pour faire livrer du caviar d'Iran, quatre langoustes, un foie gras de France, une demi-douzaine de bouteilles de Dom Pérignon. Il se réjouissait de passer une soirée gaie avec une convalescente. Il se retirerait dans sa chambre aussitôt après dîner. Il se savait gré à l'avance de ce geste de délicatesse.

Il rentra un peu tard, d'excellente humeur, ayant laissé

Ectors contrarié, tarabusté, les yeux bouffis, avec une nuit de travail devant lui.

— Un whisky, Djelloul. Comment va Madame ?

Djelloul, impassible comme d'habitude :

— Madame, mon lieutenant ? Madame, il est parti.

16. *Chrysoblas*

La pluie d'automne tambourinait sur le toit, mate sur les tuiles, sonore sur les tôles, et Chrysoblas, se léchant les lèvres de plaisir, retapait un texte noté sur une serviette en papier :

> La plus grande différence que l'on observe entre les hommes réside dans leur conception de la nature soit fondamentalement bonne soit fondamentalement mauvaise de l'homme. Le mythe marxiste de l'homme perfectible et le mythe chrétien du péché originel ne sont que des échappatoires. En admettant pour un instant que nous sachions ce que veulent dire les mots « bon » et « mauvais », il convient de reconnaître ceci : si l'homme était fondamentalement bon, la société le serait aussi, car le total ne peut différer de la somme des éléments et le contrat social serait à la fois applicable et inutile ; en revanche, si l'homme était fondamentalement mauvais, la société le serait également, et le contrat social serait à la fois indispensable et inapplicable.
>
> Or, l'expérience nous apprend que le contrat social est utile, car sans lui les hommes s'entre-égorgeraient, et applicable, puisque nous l'appliquons tous les jours, ne serait-ce qu'en freinant aux feux rouges…

17. *L'Etouffeur*

Ce jour-là, l'Etouffeur étouffa sa sixième victime.

La vieille femme rentrait du marché. Il l'attendait, tapi dans le vestibule de l'immeuble lépreux qu'elle habitait. Il la saisit par-derrière de ses mains gantées de plastique jaune, lui enfila un sac de plastique transparent sur la tête, la retourna vers lui pour voir son visage, serra et attendit. Il courait de grands risques, cela faisait partie du plaisir.

Elle se débattit faiblement. Son sac à provisions avait glissé à ses pieds. Il s'en échappa un navet et des carottes. Lorsqu'elle eut cessé de respirer, il la déposa, toute bleue, sur le carrelage et lui fouilla les poches à la recherche de son porte-monnaie. C'était une petite chose trouée qui contenait quinze pesos et soixante centimes. Il les prit, trouvant une saveur particulière à la pauvreté du butin. Il ne tuait pas pour de l'argent, mais il empochait l'argent, comme le chasseur qui n'a pas faim ramasse néanmoins la grive.

Il ôta le sac de plastique, le replia soigneusement en trente-deux, le lissa entre ses mains et le glissa dans sa poche.

18. *Julian*

Madame était partie avec ses bijoux et ses robes. Il ne restait pas un bas en boule dans un tiroir. Il ne restait qu'un peu de Shalimar dans l'air et un mot gribouillé à l'encre verte :

Cher Julian,

Ça ne pourra plus marcher entre nous. Je t'en veux trop. Je n'arrive pas à la porter. Je vais être obligée de la vendre. Merci quand même.

G.

Ce n'était pas vrai que je m'appelais Giulia.

Gina

Julian n'avait jamais été quitté. Non qu'il y mît un sot point d'honneur ; simplement le débit de femmes dans sa vie était tel qu'il avait toujours eu l'initiative des séparations. Il demeura étourdi sous le coup. Il manqua d'air. Il se jeta de côté et d'autre dans la chambre comme un malade qui cherche à souffrir moins en changeant de place.

Perdre Giulia était douloureux. La perdre pour l'avoir déçue l'était davantage. Apprendre qu'il n'avait jamais possédé de Giulia mais une Gina qu'il ne connaissait pas mettait le comble à sa souffrance. Cette fille n'était donc qu'une intrigante qui avait inventé le jeu des prénoms prédestinés pour se donner un avantage sur ses rivales ? Du coup, il n'avait même plus droit à ses souvenirs. Plus de Giulia. Pas de Giulia. Il n'y avait jamais eu de Giulia. Il marchait en ouvrant largement la bouche : « C'est dur, répétait-il, c'est très dur. »

Ce devait l'être encore plus. Une dizaine de jours plus tard, arriva une carte postale de Gstaad avec quelques mots anodins : « *Nous attendons la neige. Gina.* » Ce « nous » et la vue de Gstaad suffisaient à faire du rectangle de carton glacé une arme cruelle, car Julian savait qui Giulia était allée retrouver à Gstaad, et l'image de sa maîtresse dans les bras du champion de ski à qui il l'avait disputée avec succès, à Gstaad justement, lui fut un surcroît de douleur. Cette bouchette luisante de vin chaud, ces mirettes bleu pervenche nageant dans cette graisse rose, ces calembours graveleux... « Il ne saura pas la respecter ! » L'avait-il respectée, lui, Julian ? Oui, une certaine forme de respect, baroque sans doute, peut-être grotesque, lui demeurait indispensable dans ses relations avec les femmes : il se serait probablement trouvé impuissant devant une prostituée. Et il devait imaginer Giulia, la mince et noble Giulia, dans les embrassements de cette brute poupine qui devait manger avec son couteau et négliger de fermer la porte de la salle de bain !

Julian aurait pu trouver un soulagement en montant ses poneys qui venaient d'arriver et qu'il avait mis en pension chez Puig : le cheval fait tout oublier. Mais accepter d'oublier, c'est accepter d'avoir perdu.

Il retourna chez Rosario et, ne voulant pas lui parler de sa détresse, lui exposa un projet qui germait en lui sans qu'il en eût pris conscience.

Il commença par lui raconter l'agression dont avaient été victimes « un de ses amis et une amie qui l'accompagnait ».

— Enfin, c'est inconcevable ! Nous sommes au Moyen Age ! On ne peut plus traverser le Corazon sans se faire couper les doigts. Il ne s'agit pas d'un incident isolé, Rosario. Mon bureau croule sous les procès-verbaux de police. Je ne te parle pas de l'Etouffeur dont la presse fait ses choux gras : il en est à sa sixième victime, sauf erreur, il finira par se faire prendre, il sera condamné à vingt ans dont il fera dix, cela c'est très humanitaire, c'est très bien. Je te parle des mille, je dis bien mille agressions qui ont lieu chaque jour, en toute impunité, dans mon Agglo. Je te dis qu'elles doivent cesser et que je les ferai cesser. Moi. Oui, moi, ajouta-t-il en bombant le torse par dérision.

Rosario était assise près de la fenêtre aux rideaux entrebâillés et elle brodait.

— Mais oui, toi, dit-elle doucement.

Elle sourit en regardant son ouvrage.

— *Sir Julian* ne se doutait pas de ce qu'il faisait en acceptant d'être Administrateur.

— Bof ! je ne crois plus à ces bêtises. Pour être responsable, il faut être libre. Pour être libre dans une position d'autorité, il faut être puissant. Je ne suis ni libre ni puissant mais j'ai une police à qui je vais secouer les puces. Et puis la visite de cet imbécile de Grosso Modo est peut-être un cadeau du ciel. Tu vois ce que je veux dire ? Une opération pilote. Le socialisme rétablit la sécurité dans une ville modèle. Des solutions révolutionnaires pour réduire l'agression urbaine au XXe siècle. Les Américains venant s'instruire à la lumière de notre exemple. Il suffit de vouloir, non ?

Un rayon du soleil couchant la frappa doucement au front.

— Qu'est-ce que tu brodes, *principessa ?*

Elle étala sur ses genoux le brocart violet qu'elle transperçait encore et encore d'un fil d'argent.

— Une chasuble.

— Pour qui ?

Elle ne répondit pas. Il pensa que toutes les nonnes étaient amoureuses d'un curé ou d'un autre, que c'était normal.

En sortant, il eut envie d'aller revoir la Vierge bleue et blanche de la chapelle, mais s'en empêcha. D'ailleurs il avait décidé de ne plus retourner dans l'Abyme sans escorte : son projet était trop important pour qu'il l'y risquât. Cependant, il ne cessait de se demander ce que le skieur aurait fait à sa place au moment de l'agression. Rien, rien. La surprise jouant, personne n'aurait rien pu faire. Il n'avait démérité à aucun moment, il n'était pas déshonoré. Rosario elle-même n'avait pas eu un mot de blâme pour « son ami ». Qu'était-ce donc qui le rongeait à ce point ?

Il relut le rapport d'Ectors sur la criminalité, le trouva édulcoré, le récrivit chez lui, dans la nuit. Par la porte-fenêtre qu'il avait laissée entrouverte entraient les odeurs fruitées de l'automne, les lapements et les succions à peine perceptibles de la mer. Il bâillait de temps en temps sur ses papiers et il savait qu'il ne dormirait pas. A chaque instant, il lui semblait que Giulia allait s'encadrer dans la porte-fenêtre.

19. *L'Antéchrist*

Pepito était assis sur le perron et fumait un joint.

Le jeune Américain mou et blond, au cou élégant, passa sous la voûte du XVe siècle et pénétra dans le puits Saint-Vincent. Il tournait dans le quartier depuis une heure, demandant son chemin en anglais, mal renseigné par ceux qui ne le comprenaient pas, plus mal encore par les farceurs. On lui avait subtilisé son portefeuille sans qu'il s'en aperçût. Puis un grand barbu à lunettes réfléchissantes lui avait réclamé de l'argent. C'était alors seulement qu'il s'était aperçu du vol. Les larmes lui en étaient venues aux yeux et le barbu l'avait giflé pour le punir de ne rien avoir sur lui.

L'Américain tendit à Pepito le papier que l'Antéchrist lui avait donné :

— C'est ici ?

— Venez avec moi, monsieur.

Ils entrèrent dans une cage d'escalier crasseuse, aux marches faites de tomettes anciennes bordées de nez de chêne, suivirent un corridor déplâtré, s'arrêtèrent devant une porte neuve, en chêne clair, blindée, pourvue d'un judas et d'un cadre de cuivre dans lequel était glissée une carte de visite :

SARIEL DE SARIEL
Enregistrements en tout genre

Un paillasson neuf et propre (Pepito le battait chaque semaine) s'étendait sur le carrelage crevassé. Un tamtam grave, lent, faisait sourdement vibrer le vantail. Pepito frappa. Au bout de quelques instants la porte s'entrouvrit :

— Qu'est-ce qu'on me veut encore ?

Mal rasé, la joue terreuse et cave, la pupille éraillée, l'Antéchrist avait beaucoup changé en quelques semaines. Il leva brusquement la tête en reconnaissant son visiteur, qui vit une paillette de métal briller dans sa narine.

Une grimace découvrit les petites dents de loutre.

— *Come in, man, come in. Welcome.*

L'Américain s'appuya au chambranle et fondit en larmes comme un bébé :

— Ils ont juste dit à moi... Ce n'est pas juste... Je n'ai fait mal personne... Et mon portefeuille... Et des gifles... Dieu, ce n'est pas juste, pas du tout juste, Dieu...

Pepito lui prit la main pour le consoler. L'Américain pleurait de plus belle. L'Antéchrist s'irrita.

— Cesse de me mouiller mon paillasson, toi. Qu'est-ce qui t'arrive ? Tu n'as pas dix dollars pour te payer une dose ?

L'Américain secouait la tête. Son nez coulait. Son cou gracile était couvert de boutons. Tout pleurant, il ébouriffait les cheveux de Pepito, qui fumait toujours. Il finit par nasiller :

— Ne faites pas ça, biquet. Vous êtes trop jeune, biquet, pour vous défoncer.

— Ça commence à suffire, dit l'Antéchrist. Tu ne vas pas me débaucher mon petit frère ? J'ai eu assez de mal à lui donner une seule bonne habitude. Arrive.

Il indiquait l'intérieur d'un mouvement de tête.

L'Américain renifla, s'essuya le nez et la lèvre supérieure du revers de la main et secoua la tête :

— Je n'ai plus droit.

L'Antéchrist éclata d'un rire sec.

— Mais si, dit-il, mais si, mon vieux. Avec moi, tu as le droit. D'ailleurs à partir de maintenant tu as tous les droits. Je vais t'expliquer.

20. *Rémi*

Remi Petite Tête était couché au fond de son lit. Il gardait les yeux ouverts pour mieux penser. Il s'était passé quelque chose d'important ce soir. Un cafard marron avait montré le bout de sa moustache sous la cuisinière à gaz butane.

Remi était né par accident et ne devait d'avoir conservé sa vie d'embryon qu'aux dangers qu'aurait courus sa mère en cas de grossesse interrompue. Ses parents, bourgeois aisés, athées, à la page, pratiquaient les petites annonces d'un hebdomadaire intellectuel et les parties carrées qui en découlaient. D'un naturel affectionné mais timide, il parut ennuyeux à ses camarades et sournois à ses professeurs ecclésiastiques. Il échoua à la plupart de ses examens, par indifférence plutôt que par incapacité, et se trouva condamné à des travaux humbles : plonge dans les restaurants, distribution d'annuaires téléphoniques. Ses parents eurent honte de lui, cessèrent de l'inviter. Quand les filles le regardaient, il s'empressait de baisser les yeux ; il n'aimait pas leurs aguicheries, et l'idée d'en posséder une le terrifiait. A travers ce destin de Petit Chose, vivait en lui une intuition de tous les instants : ce qu'il appelait la Grande Pitié du Monde.

Cette pitié qu'il éprouvait ne s'étendait pas tant aux êtres humains heureux ou malheureux — quoi de plus fragile que le bonheur ? — qu'aux bêtes et surtout aux végétaux. Il était végétarien, cela ne suffisait pas, il craignait que les carottes ne souffrissent d'être pelées, il faisait la collecte des journaux pour que moins d'arbres fussent abattus.

La lecture fortuite du journal écologiste *SOS Terre* le jeta dans les bras de « la Famille », une vingtaine de garçons et de filles désargentés et désorientés, vivant en communauté sous la houlette d'un gros satyre à la barbe dépenaillée qu'on appelait le Prophète. Le Prophète exerçait sur ses ouailles un droit de cuissage honorifique et non discriminatoire. Comme il ne s'imposait jamais par la force, Remi échappa facilement à ses hommages et commença à s'épanouir dans cette atmosphère de douceur et de complaisance. Ici, parmi les pieds nus et les cheveux longs, il n'était pas ridicule de s'attendrir sur les oisillons et les fleurettes, de préférer sincèrement la pauvreté à la richesse, de ne se contraindre en rien.

Peu à peu, cependant, Remi constata que cette Famille n'était pas réellement la sienne. Ces gens, qui s'extasiaient sur la tendresse et la fragilité de la vie, n'hésitaient pas, en son honneur, à jeter des couronnes de fleurs dans le canal sordide près duquel ils vivaient, et c'est autour d'un feu de branchages qu'ils se passaient de main en main leur calice de cannabis. Remi, lui, déplorait la mort de ces violettes ou de ces liserons instantanément fanés, et il souffrait de voir les flammes lécher les bras amputés de ces arbres, eux-mêmes nourris de la pourriture d'autres arbres, leurs ancêtres.

Néanmoins il participa activement à des campagnes pour le salut des phoques, des dauphins, des écureuils roux et des aigles chauves, et, bien entendu, à la lutte contre l'énergie nucléaire. Si, au service de cette cause noble entre toutes, le nombre de cartons de gin vides entassés autour de la hutte du Prophète redoubla soudain, et si les démonstrations antinucléaires furent organisées mieux que les autres, personne, dans l'enthousiasme général, ne s'en étonna.

Pour sa part, dans la fission de l'atome, Remi voyait moins le danger militaire ou industriel que le dernier attentat de l'homme contre la nature : fracasser la pierre fondamentale de l'univers lui paraissait foncièrement impie.

Les manifestations violentes auxquelles il prit part montrèrent que, tout timide qu'il était, il ne manquait nullement de courage physique. Il ne maniait pas la fronde et les écrous, il ne jetait pas de pavés aux gendarmes, mais il marchait au premier rang des manifestants, et ne ressentait aucune frayeur débilitante lorsque, dans un fracas de matraques et de boucliers, le hérisson des forces de l'ordre s'ébranlait au milieu d'un nuage de gaz lacrymogène.

Au cours d'un de ces accrochages, un coup de feu. Un gendarme tombe. Provocation ? De quel côté ? La répression, qui avait été bon enfant, se durcit brusquement, et, tandis que les autres membres de la Famille s'enfuyaient à toutes jambes, Remi reprit connaissance dans une cage grillée, glaciale, sans paillasse, les poumons mangés par une odeur de désinfectant.

Après soixante-douze heures de garde à vue — autorisées par la législation contre le terrorisme — Remi fut tiré de son cachot, jeté dans une camionnette fermée, et conduit dans un appartement modeste, confortable et bien chauffé, où il fut reçu par un vieux monsieur au crâne ovoïde, aux paupières parcheminées évoquant, sans qu'on sût pourquoi, le crustacé, aux touffes de poil surgissant des oreilles, à la vague odeur de caramel. Un jeune homme agile et vigilant, peut-être le maître de céans, faisait le service. La chaleur, la jolie nappe et les serviettes basques apprivoisèrent Remi ; deux verres de xérès doux lui délièrent la langue ; bientôt il parlait de la Grande Pitié du Monde.

Le monsieur gobait impassiblement ses huîtres vivantes, suçait ses pinces de homard bouilli vif, sauçait son ragoût, ingurgitait sa crème renversée, déglutissait son vin blanc et son vin rouge, regardait peu Remi et l'écoutait attentivement. Remi eût été surpris d'apprendre qu'en temps ordinaire son hôte était d'une sobriété ascétique, mais qu'il pensait que la gourmandise donne confiance. Remi lui-même avait eu si faim dans sa cage qu'il mangea de bon appétit malgré ses principes.

On en était au café lorsque le monsieur fit, à son tour, sa confession. Lui aussi détestait la violence. Cependant, il fallait comprendre que la douceur des hommes ne peut être protégée que par la force des hommes. Leur douceur toute seule est condamnée à mort par leur violence.

— Le métier que j'ai choisi, dit le monsieur sans préciser lequel, consiste précisément à mettre hors d'état de nuire ceux qui enveniment, et non pas fortuitement mais délibérément, ce que vous appelez fort bien, mon petit, la Grande Pitié du Monde. J'ai donc pensé, à la lecture de votre dossier, que vous pourriez m'aider. Vous venez de nulle part, et cela vous permettra de vous intégrer plus facilement qu'un autre à ceux qui pratiquent la tuerie systématique. Vous êtes courageux et vous êtes bon : ces deux conditions sont indispensables. Réfléchissez. Vous serez déféré au Parquet demain. J'ai mes entrées chez le procureur général, et quelque possibilité d'influer sur la condamnation dont vous ferez l'objet. Car il faut que vous soyez condamné pour imposer confiance.

— C'est tout réfléchi, dit Remi.

Il n'était pas le premier à succomber à la sorcellerie de cet homme raisonnable et mélancolique.

Remi fut traduit en justice rapidement et condamné à deux mois de prison ferme. A plusieurs reprises, il fut secrètement extrait de sa prison et rencontra à nouveau celui dont il ne connaissait pas le nom et qu'en lui-même il appelait le Protal, sans doute parce qu'il lui rappelait le proviseur de son collège. Sous la direction du Protal, il suivit un bref stage d'entrisme et de communications clandestines, et apprit ce que l'on savait ou croyait savoir du terrorisme international : la mentalité, les méthodes, le conditionnement, les contacts Irlande-Corse-Libye-Palestine et peut-être URSS.

— Le terrorisme contemporain, disait le Protal, est l'arme absolue. On pouvait à la rigueur protéger les chefs d'État ; il était déjà plus difficile de protéger les diplomates, généraux, administrateurs, banquiers, industriels. Un système offensif reposant sur l'absence de système offensif est imparable. On peut seulement détruire la source, si on la trouve. Le terroriste possède l'avantage de la minorité, de la mobilité, de l'initiative. Comme cible, il est insaisissable ; comme agresseur, il est mortel. Nous, nous offrons une cible maximum et possédons une efficacité minimum. C'est le lion et le moucheron : un lion obèse et cacochyme, un moucheron zélé, l'aiguillon toujours prêt. L'humanité, mon petit — il tournait vers Remi un regard humide — ne peut résister, et je dirai même survivre — que grâce à des hommes capables de votre genre d'héroïsme. Que dites-vous de ceci ?

Et il posait une à une devant Remi des photos de victimes d'attentats terroristes, celles que la télévision n'avait pas osé montrer ni la presse publier : ce n'étaient qu'éventrés, que décapités. Il y avait des enfants. Remi se raidissait dans sa grande pitié.

Le jour où il sortit de prison, il traversa le terrain vague au bord duquel elle s'élevait et, entrant dans le café qui lui faisait face, déposa son sac sur le carrelage semé de sciure. Il y revint plusieurs fois, faisant savoir qu'il cherchait du travail. Puis il reprit contact avec la Famille, qui le reçut comme un martyr. Mais il n'oubliait pas la débandade qui avait suivi le coup de feu. Le Prophète lui parut risible à côté de l'idée qu'il se faisait du Protal ; les filles et les garçons qui vénéraient ce gros bidon lui inspirèrent du dégoût ; il ne demeura parmi eux que parce que sa mission prévoyait qu'il le fît.

Un jour qu'il était dans un autre café, au carrelage jonché de carcasses de crevettes, une main aux ongles crasseux se posa sur son épaule et à son oreille un bâillement nerveux retentit.

— Salut, Petite Tête !

Ce visage terreux qui se penchait vers lui, Remi l'avait déjà aperçu ici et là ; il n'en laissa rien paraître et accepta volontiers de faire les courses de moins en moins innocentes qu'on lui demanda. « Ça commence, se disait-il, c'est commencé, c'est parti... » Dans ses conversations avec Bastian, il exposa avec candeur ses rancunes contre la famille, la bourgeoisie, l'écologie et, bien sûr, la prison.

Peu à peu, il s'intégra à un groupe d'une dizaine d'hommes et de femmes qui demeuraient « à l'air libre » et servaient de support logistique au Commando de Libération de l'Homme, lequel vivait « sous terre ». Bastian assurait la liaison et, d'un ton ennuyé, racontait monts et merveilles de l'homme-légende qui était leur chef à tous. L'homme-légende nommé Toma dispensait la doctrine, désignait les cibles, veillait à l'approvisionnement en armes, en explosifs, en argent ; il était à la fois le capitaine et le penseur, l'intendant et le politique. Après avoir donné quelques preuves de sincérité — larcins dans des magasins, transport de bombes (peut-être fictives) — Remi fut enfin admis à rencontrer ce chef prestigieux.

Ce ne fut pas le coup de foudre. De sa voix de fausset, Toma débitait un mélange de Netchaïev, Kropotkine, Nietzsche, Lénine, Mao, Sartre et Gide débouchant sur le droit de faire exploser des innocents choisis au hasard. En l'écoutant, Remi essaya de mettre de l'adoration dans ses yeux, à l'instar des autres conspirateurs, mais intérieurement il comparait cet idéologue mégalomane et nauséabond au Protal, si mesuré, si lucide, si soucieux de l'homme, et sa fidélité s'augmentait du contraste. Il sut néanmoins cacher ses sentiments et plut par sa réserve, sa modestie, la constance qu'on devinait en lui.

Un jour Bastian lui dit :

— Toma a décidé d'exproprier une banque d'assassins capitalistes. Tu participeras.

Remi utilisa la procédure d'urgence et reçut du Protal l'ordre de participer au braquage de la Banque Royale, au cours duquel il se comporta avec son courage ordinaire et donna satisfaction aux deux maîtres opposés qu'il servait. Après cela, les clandestins disparurent de l'Agglomération pendant un mois. Pendant leur absence, une explosion à la gare du Nord fit soixante victimes dans la Capitale. Au retour, Toma convoqua Remi et lui déclara :

— Tu viendras sous terre avec nous.

« Sous terre », ce fut la villa les Tamaris. Ayant échappé aux recherches de la police après l'attentat de la gare, le Commando de Libération de l'Homme avait besoin de se refaire, de procéder à un rafraîchissement doctrinal et de méditer dans un confort relatif l'attentat suivant. Peu à peu, l'attitude de Remi, introduit dans le saint des saints, évolua. On ne rabâche pas impunément la même doctrine sans s'en imprégner ; la claustration agit aussi : on finit par penser « comme tout le monde », le monde serait-il réduit à trois personnes.

Remi téléphonait toujours au Protal ; il tombait le plus souvent sur un répondeur ; l'image de la tête ovoïde et bienveillante, aux lourdes paupières de parchemin, s'estompait dans sa mémoire, et le magnétisme qu'il avait éprouvé s'amenuisait. Au contraire, il s'habituait au trio Toma-Magda-Bastian et commençait à sentir qu'il formait avec eux un quatuor. Il se prenait à aimer le dévouement de Magda, la vigilance de Bastian, et à subir, par contagion, l'ascendant de Toma, qui allait au bout de sa propre philosophie, y consacrant sa vie et l'y risquant. Oui, c'était vrai, il fallait libérer l'homme, et ce n'était pas le Protal, ce fonctionnaire, ce factionnaire, qui y parviendrait. Le Protal visait l'endiguement, pas le raz-de-marée. Ce n'est pas par la médiocrité qu'on guérit la Grande Pitié du Monde.

Jusqu'à aujourd'hui, cependant, il y avait eu, dans la doctrine de Toma, un caillot, un grumeau, que Remi ne pouvait accepter : la libération par le massacre ? l'épanouissement de la majorité par l'oppression des minorités ? Impossible. Il avait besoin de trouver dans le chef auquel il se vouerait une pitié semblable à la sienne. Et voilà que ce soir, quand la petite carapace à ailettes du cafard inoffensif et obscène s'était montrée sous la cuisinière, et que Magda levait déjà son balai, Toma avait étendu majestueusement la main :

— N'y touche pas. Nous nous devons de tuer le moins possible. Surtout nous.

« Surtout nous » changeait tout.

21. *Julian*

— ... en conclusion, monsieur le Ministre, il est indispensable de prendre les mesures les plus énergiques pour que le Corazon cesse d'être le quartier de danger et de scandale qu'il est devenu.

La visite de M. Grosso se passait mal.

Sous son costume bleu marine croisé, porté déboutonné, le ministre arborait un chandail rouge foncé moulant son bedon de défenseur attitré des miséreux. De petite taille, rondouillard et rigolard, presque chauve, avec des buissons de cheveux noirs au-dessus des oreilles et des coupures de rasoir entrecroisées sur ses joues rougeaudes, il aurait été sympathique dans un autre emploi que le sien. Mais en arrivant il s'était assis au bureau de Julian et il jouait avec ses accessoires de vermeil d'une main aux ongles manucurés et sales. Depuis son arrivée, il n'avait cessé de prendre le ton le plus démagogique en public (« On est sorti de la même cuisse, moi et vous, et c'est pas la cuisse à Jupiter ») ; en privé, il avait expliqué aux notables que « entre gens de bonne compagnie, on s'entend toujours ».

Avec cela, grande réussite personnelle : la presse ronronnait, la gauche pavoisait, la pseudo-droite grognonnait juste ce qu'il faut, la droite de conviction affectait le sourire de la Joconde, rassurée d'avoir affaire à un hypocrite.

A son Administrateur, le Ministre ne posa de questions que pour la forme — l'administration l'intéressait peu et sa prétendue tournée d'inspection n'était qu'une opération de reconnaissance électorale. Il s'agaça de voir qu'Ossamundi, cette créature du Roi, à qui il n'avait jeté l'Agglo qu'en échange d'un poste de président de banque nationalisée attribué à un de ses protégés, se prenait assez au sérieux pour prétendre lui présenter un rapport oral.

— Ça va nous demander un temps fou, mon vieux. Donnez ça à mon chef de cabinet.

Il désignait d'un air dégoûté la chemise rouge aux armes de l'Agglomération.

— Monsieur le Ministre, je me permets d'insister...

Lorsque Julian eut terminé sa lecture, agrémentée de statistiques[1] (« Dans l'Agglomération, il y a en moyenne 95 vols à la tire, 135 vols d'automobiles, 293 cambriolages, et 400 vols à la roulotte par jour »), M. Grosso fronça le nez avec ennui.

— Je vous félicite, Ossamundi. Vous avez appris vos leçons et fait vos devoirs, mais ne vous échapperait-il pas par hasard que tout ça, c'est jamais que des atteintes à la propriété ? Si les touristes amerloques tiennent à nous laisser quelques breloques en souvenir...

Il cligna de l'œil. Se croyait-il entre copains ? Julian lui sourit aimablement :

— Je vous attendais là, monsieur le Ministre. Nous avons aussi, tous les jours que le diable fait, 26,51 femmes agressées sur la voie publique. Virgule cinquante et une, monsieur le Ministre. Plus d'une toutes les heures. Sous un gouvernement dont vous faites partie et que je sers.

Cette fois-ci, M. Grosso se leva.

— Ossamundi, vous avez à cœur la sécurité de votre cité, c'est bien. Cependant, avant de vous inquiéter des autoradios empruntés dans les BMW et des sacs de croco arrachés aux petites dames... Votre directeur de la police m'a confirmé que les terroristes du CLH sont probablement planqués dans l'Agglo. Déterrez-les. Ou alors... cet Etouffeur qui opère avec des sacs de plastique... Ça, mon petit vieux, c'est des affaires juteuses. Ça paye. Les terroristes : vous passeriez administrateur général illico, parole de Nicolo Grosso. Et l'Etouffeur ? Vous voyez d'ici la télé : « Le dynamique jeune Administrateur Ossamundi victorieux du dragon de l'Agglo... »

1. Empruntées, comme les précédentes, à la région parisienne.

Mais c'est Persée et Andromède, ça, mon petit vieux.

Julian se leva à son tour. Ils étaient tous les deux juchés sur l'estrade cirée où se trouvait le bureau de l'Administrateur et, sans la balustrade, auraient déjà glissé au sol.

— Monsieur le Ministre, je me permets de ne pas être de votre avis. L'Etouffeur doit être arrêté, les terroristes doivent être capturés, c'est vrai. Toutefois, ce sont là des cas dont le public ne souffre que par exception. Notre fonction est d'abord d'assurer la sécurité des citoyens dans les circonstances ordinaires.

Le Ministre haussa les épaules.

— Et quand vous n'aurez plus que 300 vols à la roulotte au lieu de 400, qui vous en sera reconnaissant ? Le citoyen, mon petit vieux, a pris l'habitude de l'insécurité, il fait le dos rond, il achète des alarmes. Si vous commencez à démontrer qu'on y peut quelque chose, ça va gueuler. Alors que, en profondeur... Vous savez bien qu'on n'y peut rien, que ce genre de criminalité est un signe de santé sociologique. Un peu d'acné, quoi. Il n'y a que dans les sociétés totalitaires qu'on ne vole ni ne viole sur la voie publique.

— Tant pis pour les volés et pour les violés ?

Le Ministre eut un geste de lassitude.

— Bien sûr, sur le fond, vous n'avez pas tort... Il faudrait rééduquer... Ça prendrait du temps. Plus de temps que nous n'en avons, moi et vous.

Un nuage sembla descendre sur la tête de Julian. Il reprit sans hâte son beau dossier rouge armorié.

— Donc, monsieur le Ministre, vous ne me donnez pas d'instructions spécifiques pour assurer la sécurité dans l'Agglomération que vous avez bien voulu me confier ?

— La routine, mon petit vieux, la routine, c'est encore ce qu'il y a de plus sûr. Vous ne prétendez pas avoir l'étoffe d'un Lycurgue ou d'un Hammourabi ?

M. Grosso omettait rarement l'occasion d'étaler sa culture classique. Il flatta amicalement l'épaule de Julian.

La scène se termina par une bouffonnerie. Ayant consulté sa montre de gousset, le Ministre remarqua qu'il irait bien prendre un verre au Cercle anglais avant de repartir pour la Capitale.

— Navré. Le Cercle anglais est réservé aux membres, répondit sèchement l'Administrateur.

— Eh ben ! Vous êtes membre, vous m'invitez. Empaqueté-ficelé.

— Alors cela, monsieur le Ministre — les yeux dans les yeux —, permettez-moi de ne pas en voir la nécessité.

Lorsque enfin le Ministre se fut envolé dans le soleil couchant, Julian, le front au vent, les gants de pécari noir à la main, suivit longuement l'avion des yeux, puis, l'épaule parcourue d'un long frisson sous son long pardessus de cachemire, il regagna sa voiture.

— Où dois-je déposer monsieur l'Administrateur ?

Il ne répondit pas aussitôt. Il était perdu dans ses pensées. Giulia n'en était jamais absente et une question le rongeait : « Si elle revient, la reprendrai-je ? » Tantôt cela lui semblait biologiquement impossible : « Moi, après un autre ? » Tantôt, évident : il la laverait de l'autre, ce qui n'était pas lui ne comptait pas. Puis il se disait : « Je la reprendrai sûrement et j'aurai sûrement tort. » A travers tout cela, par élancements, une douleur fulgurante : « Elle ne s'appelait même pas Giulia. »

Au-delà de cette souffrance, il demeurait à l'écoute du grand dessein qui roulait en lui comme un tonnerre. Grosso lui avait délié les mains et il lui en était presque reconnaissant. L'essentiel, pour le moment, c'était le secret.

— Vous me remettez à l'Hôtel de ville, dit-il enfin, alors qu'il aurait pu donner l'adresse où il se rendait.

De l'Hôtel de ville, il marcha dans la nuit tombante entre les vitrines, rectangles de clarté où il paraissait possible de tomber par mégarde. Il courait à la fois le risque d'être attaqué et celui d'être reconnu, mais il sentait que, cette nuit, pour la dernière fois, il devait les prendre. Rue du Roi-Fernand, il reconnut l'endroit où la chose s'était passée. « J'espère qu'il se recolle bien. » Devant la bijouterie, la jeune femme vêtue de noir suspendait ses lourds volets de bois. Elle avait une cicatrice en X à la joue. Leurs regards se croisèrent. Il voulut la saluer ironiquement, et se retint de crainte d'enfreindre, si peu que ce fût, le secret de son projet. Elle, de son côté, le reconnut et rentra hâtivement.

Il poursuivit son chemin jusqu'à la chapelle de la Vierge, en bordure de l'Abyme. Il ne savait pas pourquoi il allait là, mais il croyait important d'y aller, et d'y aller dans ce long manteau noir, cintré, qui lui apparaissait comme l'insigne de sa fonction. Il n'était pas armé.

Devant la chapelle, se tenaient deux êtres de sexe incertain, à la tête rasée sur les côtés et surmontée en son milieu d'une crête de cheveux droits comme des baguettes, verts l'une, violette l'autre. Il y avait, dans cette coiffure, du légionnaire romain et du cacatoès. Les faces poudrées de blanc faisaient penser que c'étaient des femmes, et aussi la façon dont elles tenaient leur cigarette avec le pouce et les quatre doigts. La verte, vêtue d'un rouge criard, avait une physionomie commune qui déplut à Julian, mais la violette, avec son poncho noir et son visage rond, un peu boudeur, orné d'une mouche sur la joue gauche, sa bouche mauve et ses longs cils, faisait penser à une grisette du XVIIIe siècle levée au bal de l'Opéra. Soudain Julian eut envie de s'offrir une fille punk ; cela ne lui était jamais arrivé. « Tout à l'heure, en ressortant, si elle est encore là. »

La chapelle était éclairée pauvrement. Une vieille boiteuse s'affairait dans un coin. La Vierge souriait. Elle ressemblait un peu à la fille punk.

Julian s'assit sur un banc, les mains dans les poches du pardessus. Il avait le souffle court. Il regarda longuement la poupée bleue poignardée d'argent. Sur le piédestal, on lisait REGINA MUNDI. Il ne trouvait rien à lui dire, à la reine du monde.

Il alla jeter une pièce dans un tronc qui sonna creux, décrocha le plus gros cierge qui, par sa mèche en forme de boucle, pendait à un clou rouillé, l'alluma au seul qui brûlât encore, mince et tordu, et le planta vigoureusement sur une pointe de fer.

Il sortit.

Il faisait frisquet. Les deux fumeuses étaient toujours là et le dévisagèrent sans animosité. Il faillit leur adresser la parole. Il se sentait capable de les embarquer l'une et l'autre. Il se vit les entraînant dans les appartements de l'Hôtel de ville : la baignoire était assez grande pour deux. Tête d'Ectors.

Mais, à un autre niveau, quelque chose avait craqué en lui. Il lui fut facile de se priver sans qu'il sût pourquoi il se privait. Il passa.

De crépusculaire, la ville était devenue nocturne. Les vitrines s'étaient éteintes, les murs des immeubles étaient découpés de fenêtres éclairées, comme des bandes de papier noir perforé.

Pour la première fois depuis son arrivée, l'Administrateur de l'Agglomération se dit distinctement :

— Je suis chez moi.

LIVRE II

1. *Julian*

Julian se fit donner un plan de l'Agglomération, le plus grand qu'on trouva. Il était constitué de quatre panneaux roses d'un mètre carré qu'il fallait juxtaposer, car l'Agglomération, écrasée entre la mer et la montagne, serpentait du nord au sud sur une longueur d'une quarantaine de kilomètres et une largeur de huit ou neuf. Echelle 1/10 000, 1 centimètre pour 100 mètres.

Julian emporta les quatre rouleaux chez lui. « Il me faut d'abord, décida-t-il, une salle OPS. »

Il décida de consacrer à cet usage l'ancienne chambre de Giulia. Non, de Gina. Djelloul emporta les meubles, installa un bureau. Un serrurier blinda la porte, posa des barreaux aux fenêtres. Un tapissier, croyant avoir affaire à un fou, installa un rideau de plastique gris coulissant sur un mur nu. Julian ouvrit un cahier où il nota toutes ces dépenses et d'abord le prix du cahier.

Après avoir coupé les marges du plan à la règle et à la lame de rasoir, de manière que les rues ne fussent pas interrompues, il fixa les quatre panneaux bout à bout sur le mur, avec l'aide de Djelloul, aussi peu curieux que d'ordinaire. Il les recouvrit de rhodoïd et acheta des crayons gras de couleur. Le rideau cachait le plan ainsi équipé. La salle OPS était maintenant équipée comme celle du 22e Régiment d'Infanterie de marine où Julian avait servi outre-mer.

Il rouvrit le rideau et se recula pour cueillir l'Agglomération d'un seul coup d'œil.

En haut (c'est-à-dire à l'ouest, car la forme allongée de l'Agglomération obligeait à mettre l'axe nord-sud en longueur et non pas en hauteur) la montagne. En bas, c'est-à-dire à l'est, la mer. Au bord de la mer, au centre, la vieille ville, constituée de deux parties : le Corazon et, lové sur son côté sud, le Quartier Vénitien dit Vénérien.

Le Corazon était clairement délimité. C'était un trapèze ayant pour grande base, en bas, la mer ; pour petite base, en haut, la place des Taureaux ; pour côté gauche, les avenues de la Liberté, qui, s'emmanchant les unes dans les autres, formaient une ligne brisée qu'on pouvait tenir pour une droite approximative ; pour côté droit, le boulevard Cristobal-Colon, artère rectiligne qui allait d'un seul tenant de la place des Taureaux au quai.

Au-delà des avenues de la Liberté, ce terrarium de venelles tortueuses qu'était le Quartier Vénérien n'avait pas de limites aussi distinctes. Sur le plan, il paraissait se fondre avec les quartiers populaires situés au sud de la vieille ville. Les anciens canaux le long desquels il avait été édifié ne fournissaient pas de frontière nette. Julian, qui avait pratiqué la contre-guérilla, constata aussitôt la difficulté que présenterait le bouclage.

Le lendemain, il commanda son hélicoptère sous prétexte d'aller inspecter les Fundia. Il était assez administrateur pour savoir que toute opération commence par un budget, et aussi qu'il convient, chaque fois que cela est possible, de puiser dans un budget voisin. Au tarif de l'heure d'hélicoptère, il n'allait pas grever celui de son opération à lui, dont il n'avait pas encore le premier sou, alors que l'Agglomération en serait, en fin de compte, la grande bénéficiaire.

Un gros pilote moustachu et taciturne, engoncé dans son blouson bleu, enleva l'Alouette et piqua sur les Fundia. Cette zone où alternaient les pavillons de banlieue décrépits, les maisons borgnes et bossues du début du siècle, les clapiers à loyer dit modéré et les bidonvilles de tôle, consterna Julian : il ne l'avait jamais vue que par tronçons et en perspective. Quelle jeunesse pouvait croître là-dedans ? Quelle civilisation, quel amour du pays y fleurir ? Quel civisme y paraître légitime ou même défendable ? N'était-il pas naturel que la populace qui croupissait là hésitât entre la révolte et la drogue ? Et comme il fallait lui savoir gré de leur préférer le plus souvent la télé et le foot !

— Faites un tour du côté du port.

Le port, avec ses docks et ses grues, n'intéressait pas Julian, mais le secret exigeait que le pilote ne devinât pas le véritable objectif du vol.

— Tiens, en revenant, on pourrait jeter un coup d'œil à la vieille ville. Plus bas, s'il vous plaît.

L'Alouette suivit le quai puis tourna à gauche et remonta le boulevard Cristobal-Colon aux immeubles de six étages, bourgeois, monotones, datant du XIXe siècle.

Au bout, la place des Taureaux, avec, en son milieu, les Arènes. Julian n'avait jamais été attiré par ce divertissement qu'il trouvait bâtard : « Ni sport, ni ballet, ni vraiment cérémonie païenne. »

A l'angle de la place, Julian repéra une fenêtre à la persienne fermée : celle de Rosario.

Après avoir longé la place des Taureaux, l'Alouette tourna encore à gauche. Elle descendit les Avenues, plantées de platanes dès le XVIIIe siècle et servant de mail, de promenade, de marché aux timbres, aux oiseaux, aux livres, de terrain de jeux divers et de terrasse à d'innombrables cafés. Les toits des kiosques à musique ou à journaux s'arrondissaient, des enfants chevauchaient des ânes, des marchands de sirop d'orgeat poussaient leurs petites voitures peintes de couleurs gaies.

— Survolez le Quartier Vénérien, voulez-vous ?

D'en haut, le Quartier Vénérien était aussi difficile à délimiter que sur le plan. Ce n'étaient que tronçons de rues, qu'impasses enchevêtrées, le tout apparemment misérable et ne se distinguant pas de la misère honorable qui sévissait plus au sud.

— Remontez.

De plus haut, la vue du Quartier Vénérien était aussi peu distincte. En revanche, le Corazon trapézoïdal, traversé de nord en sud par la rue du Roi-Fernand, avec, dans sa partie orientale, la plus proche de la mer, le carré de la place Royale bordé par l'Hôtel de ville, le Palais de Justice, la cathédrale et la caserne de la garde, se détachait clairement.

— On rentre ?

— Pas encore. Redescendez au-dessus de l'Abyme.

L'Abyme : un petit triangle inscrit dans le grand trapèze du Corazon, ayant, pour base, un bout de la rue du Roi-Fernand.

Julian se pencha avec une curiosité presque angoissée. Ici se concentrait une des plus fortes densités de violence et de rapine au monde. Pourtant aucune vapeur méphitique ne s'exhalait de cet îlot triangulaire, aucun signe mystique ne le désignait à la colère du ciel. Les maisons dataient en majeure partie du XVe siècle, mais les siècles suivants avaient ajouté des tourelles, des gâbles, des encorbellements, une statue de saint dans une niche, un pilastre, une passerelle, une fontaine et, bien sûr, une forêt d'antennes de télévision.

Julian regardait, fasciné, le dallage irrégulier des toits crevassé de rues, de petites places et de cours intérieures profondes comme des puits. Il se voyait tel un géant marchant de toiture d'ardoise en toiture de tuiles, épatant les orteils autour des poivrières et se penchant pour capturer des malfaiteurs cachés comme des cafards dans les craquelures du sol.

Des cheminées de brique fumaient. Des terrasses occupaient les toits plats. Des jardinets y fleurissaient, céleris et géraniums. Des pigeons, effrayés par l'hélicoptère, se tapissaient dans des mâchicoulis, des hirondelles s'enfuyaient à tire d'aile. Des ribambelles de chemises et de caleçons claquaient dans le vent du rotor. Des mains écartaient des rideaux de vichy ou de grosse dentelle.

— Ça suffit, décida Julian, craignant déjà de s'être montré trop curieux.

Il invita son Directeur de la police à déjeuner. Chez lui. Le repas viendrait de chez un traiteur. Djelloul servirait.

— Il y a quelque temps, monsieur, je vous ai demandé ce qu'il faudrait faire pour assainir les quartiers dangereux de l'Agglomération. Vous m'avez montré les difficultés d'une pareille opération, mais je suis obstiné et je ne puis croire qu'elle soit totalement impossible. Je vous repose donc ma question : que faudrait-il faire ?

Jesus de Los Angeles regarda son jeune supérieur de l'air de se demander « Est-il capable de comprendre ? », conclut par la négative et roula une boulette de mie de pain.

— Généralement, dit-il, lorsqu'un quartier devient trop dangereux, on le détruit et on recase les habitants ailleurs. Cela casse les réseaux. On a la paix. Pour un temps.

— Vous plaisantez ? Détruire la vieille ville ? Sans parler d'autre chose, vous savez bien qu'elle est classée.

— C'est en effet un obstacle sérieux.

Le masque du Directeur n'exprimait rien.

— Ecoutez. Nous ne pouvons continuer à tolérer l'anarchie et le brigandage dans les rues. J'ai étudié la question de près quand je préparais la visite du Ministre.

— La visite du Ministre, répéta sourdement M. de Los Angeles en beurrant son toast. Depuis quand les Ministres s'intéressent-ils aux baluchonneurs ?

Un instant, l'Administrateur crut que le Directeur de la police savait tout : le doigt coupé, les coups non rendus, le départ de Giulia, le projet. Il abandonna son chantage au Ministre.

— D'abord, il me semble qu'il faut distinguer entre le cambriolage et l'insécurité dans les rues. Ce n'est pas votre avis ?

— Nous avons l'habitude de distinguer entre la petite, la moyenne et la grande criminalité.

— Bon, eh bien, c'est la petite qui me paraît la plus criminelle.

— Monsieur l'Administrateur manie le paradoxe.

— Non. J'ai réfléchi à la question. Sérions. D'abord, il faut mettre de côté les crimes passionnels. Ce sont des accidents qu'on n'empêchera jamais à moins de castrer tout le monde, et encore. Ensuite, le crime organisé, c'est-à-dire la prostitution, le jeu, la drogue. Mais personne ne me force à me prostituer, à me ruiner au baccara ou à me droguer d'une manière ou d'une autre. Donc, j'écarte. Vous n'êtes pas d'accord ?

Le Directeur fut surpris de la hardiesse du raisonnement. Il ergota cependant.

— Il y a là quelque simplification, monsieur. Tout est lié. La contrainte n'est pas toujours patente. Il y a des enfants prostitués et drogués qui n'ont pas choisi la drogue et la prostitution.

— Je vous l'accorde. Accordez-moi de votre côté que le scandale le plus patent, c'est qu'on ne puisse guère traverser la vieille ville sans se faire attaquer, qu'il y ait là-dedans un îlot où vous autres n'allez qu'armés et en groupe, bref un lieu qui échappe presque totalement à la loi. J'irai plus loin. Le vrai scandale est que cette situation soit considérée comme normale. Vous me suivez jusque-là ? Allumez un de vos cigarillos, si cela vous fait plaisir.

— Pas encore, monsieur l'Administrateur. Oui, je vous suis jusque-là.

— Alors je répète : que faut-il faire ?

Le Directeur réfléchit le temps d'avaler cinq cuillerées de bisque.

— On peut quadriller.

— Quadriller ?

— Diviser le quartier en sous-quartiers. Monter des antennes. Augmenter le déploiement de la tenue dans les rues. Faire circuler des patrouilles en civil. Contre les revendeurs de drogue, les Américains emploient avec succès des patrouilles à cheval.

— Monsieur le Directeur, oubliez la drogue. Je m'intéresse aux crapules qui rendent la vie intenable dans les rues.

— Encore une fois, tout se tient, monsieur l'Administrateur. Vos crapules sont le plus souvent droguées. La drogue, voyez-vous, crée des besoins en drogue, c'est-à-dire en argent. Ces besoins sont une des causes, peut-être la cause, de l'excès de petite criminalité qui vous préoccupe. Vous ne voyez pas ces choses comme nous. Le temps n'est plus où le fonds de roulement d'un voyou était assuré par trois ou quatre femmes sur le trottoir. Maintenant, il a trois ou quatre usagers-revendeurs à sa botte. Je me rappelle ce qu'était le métier de policier avant l'arrivée de la drogue. C'était, monsieur l'Administrateur, une sinécure.

— Oui, d'accord, il y a quelque chose d'artificiel — la suite, Djelloul — à isoler un problème. Pourtant il faut bien commencer quelque part. J'aimerais nettoyer l'Agglomération entière, mais comme c'est la vieille ville qui est la plus gangrenée…

Le faisan parut dans sa splendeur bigarrée. Djelloul découpa.

— Quadriller, comme vous dites, reprit Julian, serait un moyen lent, coûteux et qui ne frappera pas les imaginations. Je pensais à un autre procédé.

Il se versa quelques gouttes de grands-échézeaux, goûta, servit le Directeur.

— Quand j'étais étudiant, j'ai fait un rapport sur la salubrité de certains quartiers pauvres de la Capitale. J'ai découvert ceci. Quand la quantité de punaises devient intolérable, les habitants condamnent une à une les pièces de leur logement. Ils collent du papier sur les interstices des fenêtres, ils bouchent les fentes avec de l'étoupe et du mastic ; s'il y a une cheminée, ils l'obturent avec du papier journal. Puis, dans un récipient de métal, ils mettent à brûler une poudre jaune : du soufre. La gorge déjà prise, ils s'enfuient, referment la porte et la scellent du dehors. Ils attendent trois jours. Le soufre opère. Quand ils rentrent, les punaises sont crevées.

Ils se regardèrent par-dessus la nappe damassée et le limoges.

Enfin, roulant la tige de son verre de cristal taillé entre ses doigts, le Directeur prononça de sa voix enrouée :

— Ce que vous imaginez est impossible.

— Pourquoi impossible ? Ne me dites pas que vous n'avez jamais, vous et vos hommes, rêvé d'avoir, pour un temps, pleins pouvoirs pour débarrasser la société une bonne fois pour toutes — ou du moins pour longtemps — de ses parasites et de ses nuisibles.

Les yeux glauques de M. de Los Angeles devinrent de plomb.

— Je vous dirai, monsieur, qu'un policier ne rêve que de choses possibles.

— Vous n'avez pas répondu à ma question.

— Aucun gouvernement démocratique n'autoriserait une telle opération, sur une pareille échelle.

— Supposons l'ordre donné.

— Un gouvernement qui donnerait un ordre pareil ne tiendrait pas vingt-quatre heures.

— Et si vingt-quatre heures suffisent ?

Le Directeur savourait son faisan.

— D'ailleurs, poursuivit Julian, pourquoi ce gouvernement ne tiendrait-il pas ? A cause de l'opinion publique ? Elle pourrait être favorable à l'opération.

— Pas avec les mass-media que nous avons.

— Les media ne seront pas admis dans la zone visée.

— Vous imaginez le tollé ?

Julian s'irritait.

— Et si on s'en moquait, du tollé, comme les Israéliens en Palestine, Thatcher aux Malouines et Reagan à Grenade ?

— Admettons que vous ayez reçu un ordre, vous recevrez un contre-ordre dans la demi-journée. Vous oubliez, monsieur l'Administrateur, que nous sommes en *démmocrratie,* et que les ministres sont aussi des députés qui veulent être réélus.

— Considérons cet aspect du problème comme résolu. Combien de temps prendrait ce genre d'opération ?

— Cela dépend des résultats que vous recherchez et des effectifs que vous mettez en place.

Julian posa sa fourchette et se pencha par-dessus la table.

— Je veux que tous les habitants sans exception soient interpellés, leur identité vérifiée, le quartier vidé, les logements perquisitionnés, les recherchés arrêtés, les coupables dénoncés par les victimes.

— Voilà bien, sauf le respect, une idée d'amateur. Pourquoi vider le quartier de ses habitants non suspects ?

— Pour le purger ! Pour que, pendant quelques heures, il respire. Pour que personne ne reste à s'y cacher. Pour qu'on le nettoie à fond. Pour que je puisse le traverser une fois de bout en bout, en pleine nuit, en toute sécurité. Dis-moi, Djelloul, pour nettoyer une pièce à fond, est-ce que tu n'enlèves pas les meubles ? Quant aux effectifs, monsieur le Directeur, c'est votre partie. Combien de monde faut-il pour boucler et ratisser le Corazon et le Quartier Vénérien ?

— Le Vénérien, pour quoi faire ? Il ne s'y passe jamais rien de ce qui vous inquiète. Quelques assassinats, bien sûr, mais vous ne vous inquiétez pas trop, j'imagine, de la santé des julots.

— Vous m'ôtez une épine du pied. Je ne voyais pas comment boucler le Quartier Vénérien. Reste le Corazon. Combien de temps ? Combien d'hommes ?

— Pas la moindre idée.

— Vous avez sûrement fait des opérations semblables, à plus petite échelle.

Comme à regret, le policier dit :

— Il y a deux ans, nous avons bloqué un pâté de maisons aux Fundia. Quinze cents clients, soixante policiers, bouclage non compris, une après-midi. On pourrait à la rigueur appliquer la méthode à l'Abyme tout seul.

— Avec ses petites rues ? Le temps qu'on boucle, il n'y aurait plus personne dans la nasse. Il nous faut le Corazon entier, monsieur le Directeur, pour pouvoir déployer les véhicules de bouclage dans les artères qui le bordent.

— Vous oubliez que tout cela n'est que de la parlote. La chose reste impossible.

— Expliquez-moi pourquoi.

— Qu'utiliserez-vous comme troupes de bouclage ?

— Les gardiens de la paix.

— Ils sont syndiqués. Il faudra les relever au bout de huit heures, les journalistes les interrogeront, votre bouclage hermétique s'effondrera de lui-même.

Julian mangeait à peine.

— Alors je bouclerai avec les gendarmes. Ils sont militaires vingt-quatre heures sur vingt-quatre.

— Il faudra leur signer des réquisitions. Renouvelables. Parlementer. Pour une opération d'une pareille envergure, ils ne bougeront pas sans le procureur général. Et en voilà un qui ne vous laissera pas les mains libres ! Non, monsieur l'Administrateur, votre seule chance serait de mailler, d'îloter sous un prétexte quelconque…

— C'est-à-dire ?

— De réaliser votre opération case par case.

— Cela serait productif ?

— Pas trop.

— Monsieur le Directeur de la police, je ne souhaite pas faire dans le mesquin. Un grand coup, ou alors rien. Après tout, personne ne se plaint trop fort : on peut toujours multiplier les blindages. Prenez du fromage, tiens.

— Du fromage de chèvre, si vous permettez. Je suis heureux de voir que monsieur l'Administrateur commence à se rendre à mes raisons. Le grand coup, comme j'avais l'honneur de le lui faire remarquer, est impossible.

Julian prit du stilton.

— Djelloul, du porto. Vous ne m'avez toujours pas expliqué pourquoi ?

— Je vais vous le dire : impossible parce que fondamentalement, essentiellement, absolument... invraisemblable.

Julian se renversa sur sa chaise. Sur le moment, il ne trouvait pas d'argument à opposer au vieux policier. Il jugea plus adroit de feindre la déception et de changer de sujet.

2. *L'avocate*

La plus grande partie de l'Abyme était réservée aux piétons, mais la rue des Échecs, qui débouchait dans la rue du Roi-Fernand, le traversait de part en part et permettait aux automobilistes optimistes de s'imaginer qu'ils rejoignaient ainsi plus rapidement le quai en partant de la place des Taureaux. En réalité, les embouteillages y étaient incessants.

Ce jour-là, la jeune avocate Manuela Victor, spécialisée dans la défense des mauvais garçons, s'y trouva bloquée au volant de sa petite Seat rouge toute neuve. Elle ne voyait à travers le pare-brise que l'arrière d'un camion qui n'aurait jamais dû s'aventurer dans ces ruelles où jadis se croisaient à peine deux mulets bâtés.

Soudain le pare-brise disparut sous une giclée de boue, et l'on frappa à la vitre de droite, derrière laquelle Manuela aperçut une face simiesque. L'homme tenait d'une main une casserole et de l'autre un chiffon. Il grimaçait d'une bouche édentée en désignant le pare-brise. Sans doute proposait-il de le nettoyer avec le chiffon, mais pourquoi la casserole ?

Manuela secoua la tête en souriant gentiment et actionna les essuie-glace : « Vous voyez ! fit-elle avec les mains. La vitre est propre. »

Alors la casserole entra en action : elle projeta sur le pare-brise une nouvelle giclée de boue. L'homme ouvrit brutalement la portière :

— Je te la nettoie, oui ou non ? Cinq pesos.

Rencoignée derrière son volant, Manuela dit froidement :

— Non merci, monsieur.

L'homme claqua la portière et aussitôt le pare-brise s'étoila.

Un jeune garçon élevant un démonte-pneu au-dessus de la tête venait d'y donner un grand coup.

Ils éclatèrent de rire tous les deux, grimaçant, sautant en l'air, faisant les cornes et se donnant des bourrades.

3. *Julian*

Julian avait l'habitude et de charmer et d'être obéi, mais sa séduction n'avait pas agi sur le Directeur de la police et il n'avait pas voulu donner d'ordres qui n'auraient pas été suivis. Il gardait un goût déplaisant de l'entrevue, sans se sentir découragé pour autant.

Un soulagement : il ne fallait s'occuper que du Corazon. Il en acheta un plan au 1/1000 (1 cm pour 10 m) et un tableau noir posé sur un chevalet. Il fixa le plan sur le chevalet au moyen de papier collant, le couvrit de rhodoïd et prépara une feuille de carton fort pour cacher le plan en cas de visites à la salle OPS. La première fois qu'il posa le carton noir sur le plan, il eut le sentiment de faire symboliquement ce qu'il ferait un jour pour de bon : abaisser un couvercle sur le Corazon.

Il avait aussi acheté un mètre, encore qu'il en possédât un, mais il voulait que pour cette opération tout fût neuf, vierge.

Il mesura les quatre côtés du Corazon.

Petite base, le long de la place des Taureaux : 384 m. Grande base, le long du quai : 786 m. Les Avenues : 1 239 m. Le boulevard Cristobal-Colon : 1 180 m.

L'ensemble constituait un trapèze un peu irrégulier, parce que les Avenues ne formaient pas une ligne rigoureusement droite et que les bases n'étaient pas parfaitement parallèles, mais Julian ne cherchait qu'à se faire une idée approximative de l'espace à boucler et à investir. Comment calcule-t-on la surface d'un trapèze ? Pour un triangle, on multiplie la base par la hauteur. Il fit quelques essais, trouva des résultats absurdes, se rappela qu'il fallait diviser le produit par deux. Pour un trapèze, il devait falloir multiplier la moyenne des deux bases par la hauteur. Il mesura la hauteur et trouva 1 121 m. Il prit un bloc de papier toilé, neuf lui aussi, en rompit la bande et posa la multiplication avec un certain plaisir ; il n'avait pas fait de multiplications depuis des années. Il obtint 645 696 m^2. Combien cela faisait-il de kilomètres carrés ? Moins d'un. Tout de même, un gros morceau de malfaisance et de misère humaines.

Il calcula le périmètre en additionnant les quatre côtés.

— Comment boucle-t-on 3 571 m ? Allons au plus simple : un bonhomme tous les dix mètres. Cela fait 357 bonshommes. Mettons deux bonshommes. Cela sera-t-il étanche ? Ne pas oublier les égouts. Combien d'hommes dans les égouts ? Il faudra demander les plans à la voirie. Les bouclages en ville sont-ils aussi simples à réaliser qu'en rase campagne ? Si un groupe armé essaye de percer le barrage, qui l'en empêchera ? Bref, il me faut un spécialiste. Ça se trouve. Voyons autre chose : les lieux des exactions.

Pour le rapport au Ministre, Julian avait fait collationner les procès-verbaux de police de l'année écoulée. Il y en avait plus de 400 000, mais en négligeant les assassinats, le proxénétisme, les disputes familiales, les querelles de voisinage, les ventes de drogue, les cambriolages et les vols d'automobiles, il n'en avait retenu que 191 279 concernant les viols, les agressions sur la voie publique, les vols à la tire et à la roulotte. Si la proportion des populations entre l'Agglomération (plus de 8 millions d'habitants) et le Corazon (près de 20 000) était respectée, quelque 500 de ces actes auraient été commis dans le Corazon. Or, il y en avait eu environ 8 000. Clair. Mais à l'intérieur du Corazon même, y avait-il des priorités à établir ?

Le lendemain, Julian fit porter dans son bureau les quelque 8 000 procès-verbaux sur papier pelure. Sous les yeux d'Ectors, il les enferma dans son coffre-fort, prétendant qu'il espérait y trouver des indices sur l'Etouffeur, dont le Ministre avait ordonné l'arrestation.

— Je me permettrai de vous faire remarquer, monsieur l'Administrateur, que l'Etouffeur n'a opéré qu'une seule fois dans le Corazon et que ce procès-verbal a été classé dans la rubrique Assassinats.

Julian le prit de haut :

— Croyez, Ectors, que je saurai me faire conseiller quand j'en éprouverai le besoin.

Il revint la nuit avec Djelloul pour voler les procès-verbaux. Il les transporta chez lui dans une valise.

Maintenant, il fallait pointer.

« Rouge pour les agressions de personnes, bleu pour les vols à la tire, vert pour les vols à la roulotte », décida-t-il.

Puis il pensa qu'il pourrait être utile de faire aussi un classement par saisons : un point pour l'été, qui serait sans doute le plus chargé, un trait horizontal pour l'automne, un vertical pour le printemps, un rond pour l'hiver. « Demain soir, je commence. »

Il passa sa meilleure journée depuis le départ de Giulia. A chaque instant, il pensait que, le soir, après dîner, il prendrait ses crayons gras et couvrirait le rhodoïd de signes rouges, bleus et verts. Mais lorsqu'il commença à dépouiller les 8 000 procès-verbaux et à rechercher sur le plan les adresses où les exactions avaient eu lieu, il se découragea vite. En ne comptant qu'une minute par exaction, il en aurait, calcula-t-il, pour 133 heures. Il alla se coucher, ne put s'endormir, sauta du lit, but un whisky à l'eau de Seltz (il aimait utiliser le siphon), et finit par appeler le numéro de sa tante. Une voix de femme répondit. Il crut que c'était la femme de chambre.

— Victorina, veux-tu aller…

— Ici Pasquale, don Julian.

C'était la centième fois que Julian se laissait abuser par la voix du vieil androgyne.

— Pardonnez-moi, Pasquale. Voulez-vous aller voir si la princesse Rosario a encore de la lumière.

Ce fut Rosario qui reprit l'écouteur.

— *Principessa,* puis-je venir te voir ?

Elle l'attendait au salon, avec la même chasuble violette sur les genoux.

— Tu ne veux toujours pas me dire pour qui elle est ?

— Pour personne. Ils n'en portent plus d'aussi belles.

— Ah ! bon ? Comme je ne vais qu'aux messes de mariages...

— Ils savent qu'ils n'en sont plus dignes. Aïe ! Me voilà punie pour ma méchanceté.

Elle venait de se piquer le doigt.

— Qu'en feras-tu quand tu l'auras finie ?

Elle eut un geste d'ignorance.

— Et de toi-même, que feras-tu ?

Même geste.

La pendule sonna douze coups grêles, étouffés par les tapis jetés les uns sur les autres.

Julian s'inclina, feignant de les balayer d'un chapeau emplumé.

— Princesse Ossamundi, est-il permis de prier Votre Grandeur chez moi, à cette heure indécente entre toutes ? Je ne sais pas comment te traiter, moi. Quelquefois, il me semble que tu es comme ces vases sacrés pleins d'une liqueur mystique avec lesquels, dans les contes hindous, on doit faire le tour de la ville sans en verser une goutte. Et puis je me rappelle qu'en te voyant fesser tes poupées je t'avais surnommée la Mère Tape-dur !

Elle ne rit pas, mais son visage s'éclaira d'une hilarité intérieure. Il la regardait intensément, et, dans un certain sens, il la voyait pour la première fois, sa cousine Rosario, dans sa robe bleu nuit aux épaules relevées, avec cet étrange visage aux longs méplats qui, aperçu de profil, faisait penser à un croissant de lune. Il osa la prendre par le bras pour sortir, et elle, aussitôt installée dans la Lancia, ouvrit la vitre malgré la fraîcheur.

— C'est amusant, dit-elle. J'ai l'impression d'avoir fait le mur du couvent.

Le vent ébouriffait par mèches ses cheveux noirs qu'elle essayait de remettre en place, d'un geste presque pudique. Mais elle ne refermait pas la glace. En descendant de voiture elle dit, avec une sensualité imprévue :

— Ça sent la mer.

Et Julian sentit que ses épaules ondulaient sous le châle noir dont elle s'était couverte.

Ils passèrent par le vestibule que Giulia — non, Gina — avait fait peindre d'un rouge pompéien, qui seyait bien à ses pilastres doriques, et Julian ouvrit la porte blindée de la salle OPS.

Il ôta le carton noir qui cachait le Corazon, tira sur le cordon du rideau qui voilait l'Agglomération et désigna les piles de procès-verbaux sur le bureau.

— Dans cette Agglomération, dont j'ai assumé, entre autres choses, la sécurité, il y a tous les jours, je te l'ai dit, mille outrages. Je dis bien outrages. Je ne te parle pas des entorses au règlement municipal sur le stationnement, ni d'assassinats comme ceux de l'Étouffeur, mais d'exactions, d'atteintes à la paix civile, je dirais : à la civilisation, si j'y croyais.

Elle, assise sur la chaise unique, l'écoutait, les pommettes rouges, comme peintes.

— Ça va du vol de sac à la dérouillée qui assure du travail au dentiste pour six mois. L'Agglomération est la deuxième ville au monde au palmarès des crimes et délits, et cela surtout grâce au Corazon, qui commence sous les fenêtres de ta noble mère.

— Je sais. Je n'ai pas la permission d'y aller.

— Moi, si ; j'y ai tout de même mes bureaux, mais tu comprends bien que ça ne peut plus continuer comme ça.

— Que vas-tu faire ?

— Nettoyer.

— Comment puis-je t'aider ?

— Tu veux dire que tu m'approuves ? Tu saisis que j'entreprends l'impossible ? Que tout le monde sera contre moi ? Pas seulement les arracheurs, mais les bourgeois, le bon peuple, les media, les touristes, mes chefs, mes subordonnés, mes pairs ?

Elle se leva.

— Et si pour une fois, dit-elle tout bas, la qualité triomphait ?

Il lui saisit les mains, ravi de ce renfort. Ils étaient presque de la même taille. Elle le regarda droit dans les yeux, puis, ayant fait le plein de ce regard, elle appuya ses lèvres contre les siennes. Rien n'aurait pu être plus chaste ni plus définitif.

Il exposa la situation, en insistant sur la complicité tacite de la population terrorisée.

— Et ils ont raison de se taire puisque nous sommes incapables de les défendre !

De temps en temps, elle inclinait sa longue tête qui n'était pas vraiment Ossamundi, plutôt Hedgeworth, par sa grand-mère. Elle emmagasinait, elle faisait déjà ses déductions.

— Bref, dit-elle enfin, ta grande carte, là, ne te sert à rien, puisque tu ne vas t'occuper que du Corazon. Ou bien, dans un deuxième temps... ?

— Ils ne me laisseront pas de deuxième temps, Rosario. Trop heureux si je leur dérobe le premier. Mais j'ai besoin du plan tout entier : il pourrait y avoir des coups à faire sur renseignement.

— Et pourquoi veux-tu localiser les exactions à l'intérieur du Corazon que tu as l'intention de boucler ?

— Je voudrais voir les points les plus brûlants. Cela me mènera peut-être quelque part.

— D'accord. Je lis les adresses, tu marques.

C'était comme quand ils jouaient à l'épicerie : « Je vends, tu achètes. »

Elle entama la première pile de procès-verbaux pendant qu'il prenait ses crayons.

Il annula dîners en ville et déjeuners professionnels. Pendant dix jours il ne vécut plus que pour renseigner son plan avec l'aide de Rosario qui arrivait chez lui à n'importe quelle heure, en autobus, ou accompagnée par Djelloul quand Julian n'allait pas la chercher lui-même. Les piles de papiers pelure s'amenuisaient, le plan se bigarrait. Un signe de couleur par pare-brise enfoncé, par caméra arrachée, par coup de pied, par humiliation. Les cousins faisaient gaiement la dînette sur un coin de table et retournaient au travail.

A travers tout cela, un doute suscité par Jesus de Los Angeles, homme expérimenté, peu suspect de tolérance pour le crime et qui avait déclaré que l'opération était impossible parce que invraisemblable.

— Et une demi-douzaine d'anciens combattants réunis dans une arrière-salle de bistrot et déclenchant la Deuxième Guerre mondiale, ce n'est pas invraisemblable, peut-être ? répliquait Julian à Rosario déjà convaincue. Et deux cent cinquante bolcheviks s'emparant du plus vaste empire du monde ? C'est vraisemblable ? Et un rabbin crucifié changeant le recto du monde ? Et un chamelier le verso ? Je sais bien que le vent de l'histoire soufflait chaque fois dans la bonne direction ; mais ce raz-de-marée de l'agression n'appelle-t-il pas justement une réaction des peuples et des gouvernements ? N'est-il pas fort vraisemblable au contraire que l'on s'émeuve enfin de ce phénomène et qu'on rétablisse la paix civile ? La prolifération des groupes d'autodéfense, des *vigilantes* de tout poil, le succès des films à vendettas ne sont-ils pas des signes ? Suis-je moi-même un de ces justiciers du dimanche ? Ou l'invraisemblance de mon projet vient-elle de ce que, justement, en travaillant à la sécurité de l'Agglo, je fais mon métier ?

— Tu as raison, mon Julian.

La nuit où, vers deux heures, le dernier procès-verbal passa d'une pile à l'autre et que le dernier sac de lézard arraché à la dernière touriste française au coin de la rue de la Reine-Isobel et du boulevard Cristobal-Colon eut été pointé, Julian et Rosario se regardèrent.

— Je ne sais pas, fit-il, si tout ça va servir à quelque chose, mais je sais que nous avons mérité du champagne.

Il alla lui-même chercher du pain, du caviar et une des bouteilles de Dom Pérignon qui auraient dû servir à fêter la convalescence de Giulia (tant pis, il ne s'habituerait jamais à l'appeler du nom que lui donnait sans doute le skieur de Gstaad). Pendant qu'il débouchait, attentif à tourner la bouteille autour du bouchon et non le contraire, Rosario dit pensivement :

— Du caviar, du champagne ? Avec toutes ces victimes ? Et tous ces méchants dont nous espérons faire des victimes à leur tour ? Est-ce bien ?

— Oui, c'est bien, *principessa.* L'ordre public a toujours été affaire de princes, et les princes mangent du caviar depuis qu'il y a des princes et des esturgeons.

Ils se sourirent. Elle effleura sa coupe des lèvres. Il leva la sienne.

— A l'opération... comment allons-nous la baptiser ?

Elle regardait le champagne mousser. L'odeur lui en picotait les narines. Elle répondit sans hésiter :

— L'opération *Josaphat.*

4. *Le père Leandro*

Le père Leandro aurait aimé avoir un petit bureau pauvre et intime qui n'aurait fait peur à personne. Pour ses péchés, il était obligé de recevoir dans une salle de chapitre du XVe siècle, avec des murs lambrissés de chêne presque noir et un plafond du même bois, en ogive, avec chapiteaux, pendentifs et fleurons.

De stature herculéenne, le père Leandro portait un gros chandail gris fer à col roulé, avec une petite croix de fer épinglée dessus, presque invisible. Il se penchait vers ceux à qui il parlait, à la fois pour moins les dominer et pour leur faire oublier la majesté (qu'il trouvait, au bout du compte, peu chrétienne) de l'Église. Se mettre à la portée d'un chacun, et surtout des enfants, était son obsession.

— Assieds-toi sur ce banc. Près de moi. Plus près, mon grand, dit-il en se penchant sur Pepito qu'il enveloppa paternellement de sa masse. Alors, on veut se débarbouiller de quelques petites crasses ? On veut se retrouver propret comme au premier jour ? C'est chouette d'être propre : tu te rappelles la dernière fois ? Je sais que c'est dur de parler, mais après on se sent au poil. C'est comme chez le dentiste : un mauvais moment à passer, et puis... on redevient comme le miroir du bon Dieu.

Pepito, les yeux fixés droit devant lui, secoua la tête. Il dit, la gorge serrée :

— Ce n'est pas une petite crasse, père.

— Bon, je vais t'aider. Tu as encore fumé un joint ?

— Ouais, j'ai fumé des joints.

— Combien de fois ?

— Je ne sais pas, dit Pepito avec lassitude. Ce n'est pas les joints.

— Pourquoi fumes-tu des joints ?

— Ça me plaît.

— Tant que ça ?

— Non, pas tant que ça. Tous les jours un peu plus, pourtant. Et puis lui, ça lui fait plaisir. Mais ce n'est pas les joints, je vous dis.

— C'est quoi ? Tu as regardé dans les toilettes des filles ? Ça ne fait rien, ça, c'est normal. Je sais que tu es un bon petit gars.

Pepito, exsangue, tremblait. Le père le considérait avec une intense compassion. Oh ! comme il aurait voulu accoucher cette petite âme sans trop de douleur !

— Allez, crache, Pepito. Crache ! Comme chez le dentiste, je te dis. Il faut cracher ce qui est sale.

Pepito n'arrivait plus à respirer. Il avait oublié comment on fait. L'air vicié de ses poumons l'étouffait. Le père hésitait à lui effleurer l'épaule de la main, comme il en avait envie. Enfin il trouva le mot juste :

— Il en a déjà tellement entendu, tu sais. Ce n'est pas facile de Le dégoûter.

Pepito aspira enfin assez de souffle pour proférer :

— Chaque matin, j'espère qu'il est mort.

Le père laissa passer un silence.

— Tu ne l'aimes plus du tout alors ?

Les yeux de Pepito se mouillaient.

— Si, je l'aime. Je l'aime tant, tant ! Mais je voudrais qu'il soit mort.

— Il ne te caresse toujours pas ? Il ne t'embrasse toujours pas ?

La tête de Pepito secouée tristement. Soulagement du prêtre.

— Pourquoi voudrais-tu qu'il meure ?

Nouvelle difficulté à parler. Enfin :

— A cause de la poudre. Il veut m'en mettre dans le nez. Ou alors il veut jouer au docteur. Me faire des piqûres. Il dit que ce sera bon pour moi. Et je sais bien…

Une boule ravalée.

— Je sais bien qu'un jour il le fera.

Le père se gonfla d'amour et de colère, son chandail gris se tendit sur ses pectoraux.

— Jamais, Pepito, jamais. Ne te laisse pas faire. Jamais. Je vais encore aller lui parler, moi, à ton frangin.

La dernière fois, ce n'avait pas été une réussite. L'Antéchrist avait prié le père de déguerpir, sinon il appelait la police, avait-il ajouté impudemment. « Si j'y retourne, pensait le prêtre, je serais capable de le tuer. Après tout, ce serait peut-être la meilleure solution. Je sauverais le petit. »

Mais le petit avait déjà acquis la sagesse de ceux qui souffrent tôt.

— Ça ne servira à rien, père. Vous feriez mieux de prier la Sainte Vierge. C'est plus sûr.

5. *Julian*

Julian invita le colonel de gendarmerie à déjeuner au Cercle anglais. Il se sentait plus à l'aise avec les militaires qu'avec les policiers, et le jeune colonel Barualdo lui avait plu par sa longue figure de reître civilisé sous les cheveux en brosse, par l'intelligence des yeux pâles et la poignée de main ferme, sans agressivité. C'était un homme d'une autre race qu'Hortega, bien qu'il y eût une ressemblance entre leurs maigreurs musclées, leurs regards sans arrière-pensées, et qu'une pureté un peu simple leur fût commune ; mais Hortega était un pirate brun et Barualdo un prévôt blond.

Ils bavardèrent d'abord de choses et d'autres ; Julian évoqua son passé d'officier de réserve, remarqua aimablement que les majors de promotion choisissent de plus en plus souvent la gendarmerie.

— C'est que nous autres, dit Barualdo, nous faisons notre boulot pendant que les autres jouent aux petits soldats. C'est comme qui préfère. Je suis jeune colonel commandant de région. Qu'est-ce que je serais dans l'armée ? Un planton dans un bureau. Au mieux, pendant un temps, chef de corps. D'un corps qui, espérons-le, ne fera jamais son métier : la guerre. Moi, je la fais, ma guerre. Tous les jours.

Ces dispositions parurent excellentes à Julian. Il voulut savoir si Barualdo ne se sentait pas gêné aux entournures par une législation trop favorable aux délinquants, s'il n'avait pas quelquefois l'envie de réagir plus énergiquement qu'il n'en avait le droit.

Barualdo sourit.

— Vous dites ça, monsieur l'Administrateur, parce que, sauf votre respect, vous êtes un pékin. Oui, je sais, dans votre jeunesse... Tout de même. Nous, nous mettons notre fierté à exécuter les ordres. Sans philosophie. Si la manifestation est autorisée, nous la protégeons, qu'elle soit de droite ou de gauche. Si elle est interdite, nous l'empêchons. Qu'elle soit de gauche ou de droite.

— Avec le même plaisir ?

— Le plaisir du travail bien fait, oui, monsieur. Vous nous signez une réquisition générale : on intervient. Une particulière avec emploi de la force : on emploie la force ; une complémentaire spéciale avec usage des armes : on fait usage des armes. Nous ne sommes que votre bras. Cela est conforme à la grandeur et à la servitude militaires, comme dit cet auteur français. Avez-vous jamais vu des gendarmes se rebeller contre l'Etat ? Savez-vous le jour où j'ai été le plus fier d'être gendarme ? J'étais lieutenant, on m'envoie avec un escadron contenir une manifestation d'agriculteurs. Je croyais que ce serait du gâteau, la course à l'échalote, comme nous disons. Va te faire voir ! Nous sommes restés sur place, sans bouger, une journée entière et le soir nous dégoulinions de jaune d'œuf. Moi comme mes hommes. Eh bien, pas un paysan n'a pris un coup de crosse. Rien. Nous étions là comme un mur. Pas un blessé. D'aucun côté. Voilà ce que c'est que les gendarmes, monsieur l'Administrateur.

— Cela est admirable, s'extasia Julian pas sûr du tout qu'il fût bon pour le prestige de l'Etat que ses gendarmes se laissassent barbouiller de jaune d'œuf impunément. Dites-moi... Je connais si mal les conditions dans lesquelles vous travaillez... Donnez-moi des exemples. On a souvent recours à vous pour des prises d'otage ?

Barualdo, qui avait à peine touché le château pavie du Cercle anglais mais en était à son troisième verre d'eau minérale plate, hocha la tête affirmativement.

— Vous tapez dans le mille, monsieur. Là encore, nous appliquons la doctrine la plus humaine : « La vie des otages doit être sauvegardée avant toute chose, quoi qu'il puisse en coûter à un policier digne de ce nom de laisser s'enfuir un dangereux malfaiteur. » Nos ordres sont clairs : préserver la vie humaine à tout prix, et dans l'ordre prescrit : celle des otages, celle des gendarmes, celle des terroristes.

— La vie des gendarmes, qui sont utiles à l'Etat, passe après celle des otages qui lui compliquent la sienne ? Est-ce bien logique ?

— C'est la loi.

— Et la vie des terroristes est à sauvegarder aussi ?

— Il n'y a que deux doctrines, monsieur l'Administrateur. La nôtre et l'israélienne. Les priorités des Israéliens ne sont pas les mêmes. Leur consigne : anéantir les terroristes, même si les otages doivent y passer. La nôtre : sauver les otages, même si les terroristes doivent s'en tirer.

Julian commençait à déchanter. Il y avait là une consigne, une conviction, une habitude. Il changea d'angle d'attaque.

— Et dites-moi, mon colonel, vous devez souvent être requis pour des bouclages ?

— C'est notre spécialité.

— Supposez que vous deviez boucler un périmètre de... mettons de quatre kilomètres. Combien vous faudrait-il d'hommes ? Les auriez-vous sous la main ? Comment vous y prendriez-vous ?

— Quatre kilomètres ? ! Mazette ! Ça, je ne l'ai jamais fait.

— Je suppose que ce n'est pas impossible ?

— Il suffit d'y mettre le monde.

— Combien de monde ?

— A vue de nez, quinze ou seize escadrons feraient l'affaire. Oui, j'ai ça à ma botte.

— Et comment procéderiez-vous ? Je veux dire : pour que le secret soit observé.

Le colonel commençait à s'animer.

— Vous savez, nous on opère rarement dans le secret. Nous recherchons plutôt l'effet contraire : l'intimidation. Mais si c'étaient les ordres... On jetterait d'abord le dispositif lointain. On poserait les pions à un kilomètre, et puis, au top radio : « Portez-vous immédiatement à... » On se pointe.

— Et ça devient étanche ?
— Sauf qu'on laisse un axe d'écoulement.
— Un quoi ?
— Vos manifestants, il faut bien leur laisser un moyen de déguerpir. Nous, on ne demande pas autre chose. On boucle tout, sauf l'axe vers lequel on les pousse. En douceur.
— Supposez que vous vouliez au contraire les encercler.
— Pour quoi faire ?
— Je n'en sais rien. Pour contrôler les identités.
— Dans un périmètre de quatre kilomètres ? Vous voulez dire en ville ou à la campagne ?
— En ville.
— Ça ferait trop de monde, monsieur l'Administrateur. Ça prendrait trop de temps. On n'est pas outillé pour ça. Je veux bien que vous me proposiez des cas concrets, mais il faudrait être plus réaliste.

6. *Chrysoblas*

Chrysoblas avait mis des mitaines qui lui permettaient de taper malgré le froid.

> Une des caractéristiques les plus significatives d'une société où le contrat social est en perte de vitesse est le genre de conseils que prodigue le peuple *gouvernant* au peuple *gouverné.* Je puise les citations suivantes[1] dans un ouvrage, au demeurant excellent, dont l'auteur est l'un des grands policiers de notre temps.

Chrysoblas mit un renvoi.

> « *Si l'on tente de vous arracher votre sac, surtout ne cherchez pas à résister. Vous risqueriez d'être projeté à terre, traîné et sérieusement blessé.* »

Chrysoblas souligna avec volupté : plus il y aurait d'italiques dans le volume, plus il aurait l'air d'une vraie thèse.

> Le conseil est indéniablement bon, mais il montre qu'il n'y a plus en présence que deux parties : le peuple *gouverné* et le peuple *anti-peuple,* celui qui refuse le contrat social. Le peuple *gouvernant* est absent du tableau, alors qu'il aurait dû mettre le peuple *anti-peuple* hors d'état de nuire avant même qu'il n'y songeât.
>
> Allons plus loin. Le respect que le peuple *gouverné* est en droit de se porter est abrogé par le peuple *gouvernant :* « *Face à une possibilité, à une tentative d'agression, oubliez tout amour-propre, dérobez-vous.* » Notre société ne renonce donc pas seulement à nous protéger ; elle connaît les instincts qui

1. Elles sont empruntées, comme de nombreuses statistiques du crime, au *Guide de Votre Sécurité* d'Olivier Foll et Bernard Lesueur, Hachette, Paris, 1984.

nous porteraient à le faire nous-mêmes et elle nous déconseille d'y recourir. C'est arracher les griffes du lion après l'avoir mis en cage.

Poursuivons. « *Rentrez votre antenne. Vous éviterez qu'un plaisantin ne vous la casse. Emportez votre autoradio extractible.* » Un instant, je vous prie ! Ne payé-je point, rubis sur l'ongle, mes taxes municipales ? N'est-ce pas votre responsabilité de veiller à la sécurité de mon antenne et de mon autoradio ? Sinon, je retourne dans la jungle.

Notez qu'il ne s'agit pas d'un simple *non possumus*

Du latin : de plus en plus respectable, la thèse !

mais d'une véritable mise en accusation du peuple *gouverné* qui ne doit pas seulement endurer comme il peut la terreur imposée par le peuple *anti-peuple* mais aussi porter la culpabilité des outrages qu'il subit. « *Notre désinvolture constitue souvent une incitation au vol* », écrit notre auteur. Une incitation au vol ! Suis-je incité au vol, moi ? D'ailleurs « *la négligence des victimes potentielles est consternante* » ! Ce n'est pas la négligence qui est consternante, c'est la confiance abusive que, pleines d'une bonne volonté touchante, elles s'obstinent encore à vous porter. Et, pour résumer : « *Votre sécurité, nous espérons vous en avoir convaincu, c'est d'abord à vous qu'elle incombe.* » Non, messieurs, dans une société policée, ma sécurité ne m'incombe pas. Sinon rendez-moi mon bazooka, mon épée, ma fronde.

Cette fin de paragraphe coïncida avec une fin de page, ce qui dérangeait toujours Blas Chrysoblas : il craignait que cela ne donnât au lecteur l'impression d'une fin de chapitre. Sans doute, il pouvait passer du blanc sur les derniers mots, mais alors toutes les pages n'auraient plus le même nombre de lignes. Cela gênait son sens esthétique.

7. *L'Etouffeur*

Gil s'en allait à l'école, son cartable dans le dos. Ses talons sonnaient sur le pavé glacé. « Attention au verglas », avait dit maman. Que voulez-vous, les femmes se font toujours du mouron. Est-ce que la blonde Elena, qu'il épouserait un jour, serait comme ça quand elle serait grande ? Gil répétait sa table de multiplication sur un rythme de comptine :

— Deux / fois deux / font/ quatre/ Trois / fois deux/ font/ six...

Il en était à cinquante-quatre, qu'il avait du mal à ne pas confondre avec cinquante-six, et il passait devant une porte cochère, lorsqu'il se sentit happé, tiré à l'intérieur et qu'une main qui sentait l'aftershave se plaqua sur sa bouche. Elle le relâcha un instant et il aspira une bouffée d'air, à cet instant un sac de plastique transparent s'abaissa sur sa tête. Il résista, ses ongles arrachèrent un lambeau de plastique, mais ils ne vinrent pas à bout du sac plaqué contre son nez et sa bouche.

Quand Gil ne remua plus, l'Etouffeur le déposa par terre et, l'oreille aux aguets, lui fit les poches. Butin : une boîte de réglisse, un canif, un élastique, un bout de ficelle, 3 pesos et 45 centimes. Il replia méticuleusement le sac de plastique en deux, en quatre, en huit, en seize, en trente-deux, et le glissa dans sa poche.

8. *Julian*

Chez Puig : un dîner pour lequel Julian n'avait pu se décommander.

Puig était en smoking mais pieds nus. Pourquoi pieds nus ?

— Eh bien, figure-toi...

Il s'étouffait de rire.

— Tout à l'heure, en rentrant, deux malandrins sous une porte cochère. « Enlève tes pompes. Je parie qu'on a la même pointure. » L'un d'eux avait trouvé mes escarpins à son goût. Qu'est-ce que tu veux faire ? C'étaient des balèses. Je me suis déchaussé en dansant sur un pied et en rigolant comme un bossu.

— Ça t'a fait rigoler ? Je croyais que c'était toi qui voulais une répression policière...

— Oui, pour l'économie. Mais entre nous, une paire de Churchs, ce n'est pas bien grave. J'en serai quitte pour en commander une autre. Et c'était rigolo de vous recevoir comme ça. On pourrait lancer la mode : cravate noire, les orteils à l'air. Classe, non ?

Ses orteils, il les remuait avec agilité. Il avait même ôté ses chaussettes.

— Cesse de faire le clown, Pupu, et va te rechausser.

Julian lui tourna le dos. Quand on affecte de rire de sa propre humiliation, on est perdu.

A table, il se trouva placé à côté d'une délicieuse marquise qu'il raccompagna ensuite en voiture.

— Un dernier verre chez moi ? proposa-t-elle.

Il était gêné de refuser. C'était contre sa déontologie. Mais il y avait quelque chose de bloqué en lui. Non qu'il n'eût plus envie de femmes. Nullement. Et la marquise paraissait avoir précisément cette lasciveté pudique qu'il aimait...

Il déclina à regret.

« Mon Ministre est contre moi, le Directeur de ma police est contre moi, mon colonel de gendarmerie n'est pas avec moi. Si je donne des ordres et signe des réquisitions, je vois très bien Los Angeles et Barualdo téléphonant chacun de son côté au procureur général sur un appareil et à Grosso Modo sur l'autre... »

Pourtant, sans les forces de l'ordre, Julian ne pouvait rien.

Il accepta de présider un banquet de policiers et prononça un discours sur le thème « La police est ce qu'une société démocratique a de plus précieux ». Il fut chaudement applaudi, surtout lorsqu'il mentionna son intention de réviser les primes, et, de son côté, il éprouva de la sympathie pour ces trognes rougeoyantes-vigilantes au-dessus de ces chemises rose tendre (le rose tendre se portait beaucoup dans la police), mais il sentit qu'il n'était parmi eux, une fois de plus, qu'un pékin. « Si j'essaye de les commander directement, ils se tourneront vers leur Directeur, que le diable emporte. »

— Alors ? répétait Rosario, depuis que le plan était renseigné.

Il finit par lui exposer ses difficultés.

— Tu n'as pas le pouvoir de... ?

— Non. Je n'ai pas le pouvoir de.

— Sais-tu qui tu devrais mettre dans le secret ?

— Je ne veux mettre personne dans le secret.

— Tu seras bien obligé. Un certain M. de Los Angeles.

— Tu plaisantes. Il est contre.

Il raconta. Elle ne parut pas convaincue.

— C'est normal. Ma mère dit que c'est un homme de l'ancien régime.

— Et alors ?

— Il a réussi à se maintenir sous le nouveau : il ne veut

pas être compromis. Toi, homme de gauche, mis en place par un ministre de gauche, tu viens lui proposer une opération qui sera qualifiée de fasciste. Naturellement, il craint le piège.

— Protéger le peuple contre le vol et le viol, c'est fasciste ? Attention à ce que tu dis, *principessa*.

Rosario portait ce jour-là un long chandail noir, pailleté d'argent, aux épaules relevées comme d'habitude, presque pas de jupe, et un rouge à lèvres sanglant qui formait un étrange contraste avec ses yeux anglais, ses yeux vert d'eau. Elle haussa ses épaules maigres et les paillettes miroitèrent sur son chandail.

— Tu sais bien que, chez nous, le premier qui dit « Fasciste ! » à l'autre a raison.

— Bref ?

— Tu devrais séduire ce monsieur. Notre évêque disait que M. de Los Angeles aurait été digne d'être inquisiteur.

Séduire... ? Julian avait eu beaucoup de femmes, mais il se flattait de n'en avoir jamais séduit : les manœuvres, les secondes intentions, les « si je, alors elle » lui étaient étrangers. Il se serait senti humilié d'y recourir. Les alouettes toutes rôties ? « Mais bien sûr, madame : Je ne suis ni chasseur ni cuisinier. » Cependant, il n'y avait pas de raison pour que la même éthique s'appliquât aux directeurs de police.

Pour séduire, on se renseigne et, une fois renseigné, si la séduction ne marche pas, on achète, on compromet, on fait chanter.

Le premier renseignement qu'obtint Julian fut que le Directeur de Los Angeles était à huit mois de la retraite. Attendre le remplaçant ? Ce serait sûrement un homme plus jeune, soucieux d'une carrière à faire, prudent. D'ailleurs Rosario avait dit :

— *Josaphat* passe par l'inquisiteur.

Et Julian avait une confiance superstitieuse en Rosario.

— Ectors, faites-moi une fiche sur le Directeur de Los Angeles.

— Quel genre de fiche, monsieur ?

— Ce que vous savez sur lui. S'il est marié, décoré, s'il aime les épinards.

Ectors s'étonna. L'Administrateur se proposait-il de se débarrasser dès maintenant de son Directeur de la police ? Pourquoi pas ? Le play-boy de gauche pouvait destiner la place du dur à cuire de droite à un ami. Ectors rédigea donc une fiche malintentionnée. Il insistait sur les attaches de Los Angeles avec l'ancien régime : il avait fait la guerre civile du mauvais côté, celui des vainqueurs ; si on ne pouvait lui reprocher personnellement aucune atrocité, il n'en avait pas moins exécuté les besognes de police d'un régime autoritaire « et l'on sait ce que cela suppose ». Catholique soupçonné de traditionalisme. Origine petite-bourgeoise. Non syndiqué. Pas de relations politiques importantes. Entendez : dégommable.

Julian rendit la fiche avec humeur :

— Vous avez oublié les épinards.

Ectors, de mauvaise humeur, compléta : Los Angeles avait fait des études de droit, il possédait les décorations convenables à son âge et à son rang, on ne savait rien de sa santé, sinon qu'il avait manqué deux jours en quarante ans de service, il n'avait pas d'enfants, on ne lui connaissait pas de liaisons, il n'avait pas de fortune personnelle, il s'était acheté sur ses économies une maison dans la montagne, il n'avait jamais été mêlé à aucun scandale, il passait pour être parfaitement renseigné sur les intrigues du régime, il menait une vie casanière et frugale, il n'avait pas de violon d'Ingres. « Un homme sans faille », concluait cette fois Ectors, pour se venger de son supérieur.

Inutilisable, tout cela. Ou le Directeur était réellement une pierre polie, ou Ectors un imbécile.

— Djelloul, tu te rappelles le monsieur qui est venu

déjeuner ici ? Qui avait une tête en forme d'œuf ? Tu le reconnaîtrais ?

— Je reconnais, mon lieutenant.

— Demain à 19 heures, tu te mets devant la Direction de la police, tu attends qu'il sorte, tu ne te fais pas remarquer. S'il ne prend pas de voiture, tu le suis à cinquante mètres. Tu me dis où il va.

Les dents d'or de Djelloul brillèrent, à peine plus jaunes que le reste de sa denture. Il rendit compte le soir même :

— Le monsieur, il sort. Il va à pied. Je va après lui. Il va moins vite. Je va moins vite. Il s'arrête. Je s'arrête. Il revient. Je mets à genoux, je lace le croquenot. Il dit « Bonjour, Djelloul. Ça va ? » Je lui dis : « Ça va. Et vous, ça va ? » Il dit : « Ça va. » Après il s'en va. Je suivi plus.

— Il t'a appelé par ton nom ?

— Il a dit : « Bonjour, Djelloul. Ça va ? »

Bien. Jesus de Los Angeles avait des yeux dans le dos, il reconnaissait un domestique qui l'avait servi une seule fois, il se rappelait son prénom...

Julian pensa à un détective privé. Mais les privés entretiennent des rapports avec la police. Le Directeur serait le premier au courant.

« Une solution : Leonardi. »

Le lieutenant-colonel Leonardi dirigeait l'antenne locale du contre-espionnage. Il n'avait pas de comptes à rendre à l'Administrateur ; cependant il n'était pas interdit à l'Administrateur de lui demander un service. La police et le contre-espionnage ayant naturellement les pires relations du monde, aucune fuite n'était à craindre.

Dans le bar feutré, ombreux, du Cercle anglais :

— Mon colonel, j'aurais besoin de quelques renseignements sur Jesus de Los Angeles.

Un coup de briquet éclairant un visage pointu de carnivore, loup ou renard. Le briquet en or massif.

— Vous voulez quoi ? Son environnement ? Donnez-moi huit jours.

Le Directeur Jesus de Los Angeles est un policier « complet ». Servi par une mémoire exceptionnelle, il a surtout le sens de l'évaluation du renseignement qu'il n'exploite qu'à bon escient, ce qui lui a valu son surnom de « Deus ex machina », et il tire sa sagesse d'un pessimisme invétéré, ce qui lui a valu celui de « Le-Pire-est-toujours-sûr ». Voir en annexe I la liste de ses plus belles affaires, reposant toutes sur du renseignement d'informateur.

Inattaquable sur le plan de l'honnêteté personnelle et professionnelle, implacable plutôt que cruel, l'intéressé ne cache pas ses préférences pour l'ancien régime, mais, jusqu'à preuve du contraire, paraît servir le nouveau avec une loyauté irréprochable.

Sa femme, née de Miranda, est une personne insignifiante, qu'il traite en gouvernante plutôt qu'en épouse. Elle ne vient jamais aux réceptions de la police.

On ne connaît pas d'amis à Los Angeles. Ses mœurs n'ont jamais donné lieu à aucun soupçon. Il fume des cigarillos et boit modérément.

C'est un homme d'habitudes. Ordinairement son chauffeur, un nommé Julio Calixte, qui lui est acquis, le prend chez lui à 6 heures 45 et le reprend à l'Hôtel de ville à 20 heures 45. Il arrive cependant que l'intéressé se déplace à pied, soit pour rentrer chez lui, soit, presque toujours, pour aller déjeuner. Il déjeune au restaurant de *La Madone,* 4 rue de la Reine-Isobel, où il a sa serviette et sa bouteille d'eau minérale.

Le mardi et le jeudi, l'intéressé quitte son bureau à 19 heures. Ayant emprunté le passage de Flore et la rue de l'Est, il se rend au café *Chez Ernesto* d'où il ressort à 21 heures 25. Nous ne possédons aucun renseignement d'intérêt sur ce café, où d'ailleurs on ne connaît pas d'Ernesto.

L'intéressé est un tireur médiocre, il ne s'exerce jamais et ne porte apparemment pas d'arme. Il ne pratique aucun art martial. Il n'a jamais été victime d'aucun attentat et ne paraît pas en redouter.

Son médecin est le docteur Eduardo Santayana, homme très secret. Son confesseur, le père Isidro Pan o. p., est également secret. L'intéressé va régulièrement à pied, accompagné de sa femme, à la messe de 9 heures, à l'église Saint-Paul.

En annexe II, sa biographie connue, année par année.

Complément d'enquête sur demande.

Julian montra la fiche et le rapport à Rosario :

— Si je comprends bien, l'un veut que je le limoge, l'autre que je le kidnappe.

Elle se penchait par-dessus son épaule. Elle s'était mise à porter un parfum épicé qu'il ne reconnaissait pas.

— Le point curieux, dit-elle, c'est le café. Il y rencontre ses informateurs ?

— Pas si régulièrement. Il doit y jouer aux tarots. Je me demande pourquoi Leonardi n'a pas poussé, ou feint de ne pas avoir poussé, l'enquête plus loin. Il veut me donner l'habitude de lui demander des services ? J'irai moi-même.

La neige tomba tôt cette année-là, une neige que l'Agglo encrassait avant même qu'elle ne se transformât en bouillie sur le sol.

Julian se fit une raie sur le côté, chaussa des lunettes teintées, s'habilla d'un chandail troué, d'un blue jean, d'une vieille veste de daim, emprunta le loden de Djelloul et se fit déposer à 18 heures à quelques mètres de *Chez Ernesto*. Il était heureux de cette mascarade, comme un enfant.

Le café Ernesto, orné de motifs octogonaux, avait été ouvert dans les années 20. Au fond, derrière le long comptoir en lattes d'acajou noircies par les ans, recouvert d'une plaque de vrai zinc, s'alignaient des bouteilles ancestrales, empruntées à un autre style de vie : Madeira, Bols, Claquesin, Manzanillas, Amer Picon, Amontillado, Vieille Cure. Devant le comptoir, quatre travées de quatre petites tables noires, carrées, escortées de chaises viennoises, noires également, supportaient des tasses blanches de café noir que sirotaient des messieurs âgés, le pantalon noir haut sur l'estomac, la veste noire et lustrée, la chemise blanche, à faux col. On les eût pris pour des douaniers, des marguiliers, des entrepreneurs de pompes funèbres. Beaucoup lisaient des journaux dont les tendances réactionnaires éclataient noir sur blanc ; certains se penchaient sur des damiers ou des échiquiers et poussaient du bois blanc ou noir ; d'autres enfin, groupés par quatre, se livraient aux délices des tarots dont les figures — la papesse, le pendu, la maison-Dieu — étaient seules, avec les bouteilles, à mettre quelques copeaux de couleur dans ce décor qui ressemblait à un daguerréotype. Cela sentait le café suri.

Julian n'était jamais entré dans ce genre d'endroit. Il s'assit à une table. Un vieux garçon blême, vêtu de noir, enrobé d'un tablier blanc, portant un plateau noir et une serviette blanche, vint prendre sa commande. Whisky ? Il n'y avait pas de whisky.

— Même pas de Black and White ? demanda Julian.

Sa plaisanterie ne fut pas comprise. Il commanda un xérès sec. Que diable le Directeur de la police faisait-il ici deux fois par semaine ? Attention. Il était 19 heures 4. Le Directeur de la police entra.

Habillé de sergé gris, marchant déséquilibré comme s'il avait mal aux reins ou comme si sa tête l'entraînait en avant, il traversa la salle sans s'arrêter. Des yeux se levèrent par-dessus les éventails des cartes et les masques des journaux. Des salutations retentirent : « Bonsoir, monsieur le docteur ». Il répondait d'un signe de tête, poli mais distrait. Il poussa une petite porte latérale vernie de noir et disparut.

Julian attendit. Il se découvrait une patience d'espion. A 21 heures 25, le Directeur reparut et fut reconduit par quelques « Bonne nuit, monsieur le docteur ». Alors Julian se leva et se dirigea vers la petite porte noire.

9. *Robich*

Il fallut du temps à Natalia pour rendre à son mari la joie de vivre et de travailler. La déception que lui avait infligée le Directeur et l'idée que sa carrière, qu'il avait toujours imaginée pleine de succès utiles, fût rendue boiteuse presque avant d'avoir commencé, le plongeaient dans l'abattement. Il s'ennuyait. Il pensait à changer de métier.

— Après tout, j'ai une licence de droit, répétait-il, en se tournant et retournant dans le lit conjugal.

Natalia ne voulait pas en entendre parler. Elle savait que la police est une vocation et que Robich l'avait dans le sang. Aussi le cajolait-elle comme elle pouvait : tantôt elle l'appelait « Grand Bonhomme » pour lui prouver qu'elle croyait toujours en lui, tantôt « mon petit garçon » pour lui montrer sa compassion. Elle lui redisait ce qu'il lui avait dit mille fois : que la vraie police est faite de quotidien.

— Et, de temps en temps, il y a des coups de chance. C'est peut-être toi, Grand Bonhomme, qui captureras l'Étouffeur !

— L'Étouffeur n'opère pas dans le Corazon.

— C'est peut-être la preuve qu'il y habite.

Elle lui parlait aussi d'acheter une petite maison à crédit, pas au bord de la mer — depuis l'invasion des étrangers, c'était devenu trop cher — mais à la campagne : ce serait bon pour le petit Manuel qui verrait des vaches et des poules ailleurs qu'au zoo. Robich recomptait ses économies, se renseignait sur les plans d'épargne.

— Je pourrai t'aider un peu, lui disait-elle. Je vais être augmentée à partir du 1er janvier.

La visite du père Leandro vint au bon moment, quand Robich venait de coffrer un artiste plein d'imagination qui avait opéré en inspecteur de la sécurité sociale, en facteur, en réparateur de télévisions, en vendeur d'aspirateurs, en valétudinaire pris d'un malaise, en policier accompagné d'un prisonnier les menottes aux poings, en pompier, en inspecteur d'assurances et même en chat : du moins avait-il miaulé misérablement sous la porte d'une vieille dame qu'il avait assommée aussitôt sa porte charitablement ouverte.

Le père Leandro fut donc mieux reçu qu'il ne l'aurait été quelques jours plus tôt.

La gêne qu'il avait toujours éprouvée à être un ecclésiastique, c'est-à-dire un prétendu saint, un donneur de leçons, était encore augmentée ce jour-là des scrupules qui accompagnaient sa démarche. Il voûtait ses larges épaules, il frottait ses deux mains puissantes l'une dans l'autre d'un geste onctueux qui n'allait ni à son physique de déménageur ni à son rôle de curé à la page ni même à la charité sincère qui l'animait.

— Monsieur le commissaire, je ne me fais pas d'illusions sur ce que ma démarche peut avoir d'étrange. Je ne sais pas si vous êtes catholique, mais je sais, moi, que la délation n'est pas ma spécialité. Un prêtre, ça ne peut pas — pardonnez-moi — être du côté de la police : ce serait être avec Pilate contre Jésus. J'ai passé ma vie à protester contre vos brutalités, et, si un assassin venait se cacher chez moi, soyez sûr que je ne vous le livrerais pas.

Robich, modérément anticlérical et franchement narquois, répliqua :

— De quoi s'agit-il, monsieur le curé ? Quelqu'un se serait-il permis de puiser dans le tronc de l'église ?

— Monsieur, il s'agit de sauver un innocent, et, pour ça, je suis prêt à tout. Même à commettre une mauvaise action. Oui, monsieur.

— Comme d'aller voir la police ?

— Comme d'aller dénoncer un enfant de Dieu.

Ayant pris sa décision, le prêtre l'exécuta sans détour. L'enfant de Dieu en question avait un petit frère qu'il accoutumait à la drogue. Pas de parents. « Il lui fait déjà fumer des joints et maintenant il parle de piqûres et de poudre blanche… » Le front du père Leandro se couvrait de rides de bas en haut.

— Vous n'avez pas demandé d'enquête sociale ?

— J'ai préféré venir vous trouver directement.

— Le nom de l'enfant de Dieu ?

Le prêtre eut un recul.

— Sariel de Sariel. Il a un surnom ridicule : l'Antéchrist.

Robich dissimula sa satisfaction. L'Antéchrist lui donnait déjà depuis longtemps, comme il disait, des cors aux yeux. Tous les renseignements qu'on avait sur lui concordaient. Mais, bien qu'il eût été interpellé plusieurs fois, on n'avait jamais pu le faire plonger.

— Vous accepteriez, mon père, de signer votre déclaration ?

10. *Julian*

La petite porte vernie de noir donnait sur un escalier qui débouchait dans un entresol écrasé par une verrière rectangulaire en verre cathédrale, ornée de motifs 1920. Trois vastes tables, une en long, deux en large — on aurait dit des tables d'opération à ceci près qu'elles étaient vertes — formaient la lettre H. Des chaises s'alignaient au pied des murs. Une lumière jaunâtre, insuffisante, baignait la salle, mais chaque table était surmontée d'une lampe qui aplatissait sur le drap vert une clarté crue. Une douzaine d'hommes, quelques-uns assis, raides, la plupart debout et armés d'une tige de bois arrondie au bout et badigeonnée de bleu, se tenaient dans des poses variées, exprimant l'attention, la sérénité, un culte partagé, la rivalité, le respect mutuel, une passion, une maîtrise. Pas de femmes. Julian fut sensible à cette atmosphère à la fois quiète et tendue.

Les boules s'entrechoquaient poliment.

Il observa les hommes. Celui-ci en nœud papillon, celui-là en bretelles, cet autre avec une espèce de plastron, tous avaient enlevé leurs vestes qui pendaient à des patères, au-dessus de trois drôles de petits compteurs encastrés dans le mur, sur lesquels les joueurs marquaient leurs points. La plupart d'entre eux étaient âgés, mais deux jeunes hommes silencieux et efficaces, les seuls à ne pas porter de cravate, communiaient à la religion pratiquée. Les mouvements étaient lents, hésitants d'abord, puis, au moment de frapper la bille, d'une brutalité absolue. De temps en temps, après un coup apparemment réussi, deux vieux échangeaient un hochement de tête laudatif. Une inscription enfumée, clouée au mur, recommandait le silence. Recommandation inutile : il n'y avait pas de spectateurs, et les joueurs n'échangeaient que des grommellements à peu près inaudibles. Ils se parlaient à coups de toc toc et toc toc toc, ceux des boules. Et ils se comprenaient. Il régnait sur tout cela une solennité… « Enfin quoi, c'est un billard, ou c'est l'Enterrement du comte d'Orgaz ? »

Julian ne semblait déranger personne. Il n'avait pas été reconnu. Il fixa son attention sur les boules.

Une rouge, deux blanches. Un pas de trois d'un classicisme sans compromis. Elles roulaient, frappaient, étaient frappées, se dispersaient, se regroupaient, échangeaient des contacts, des horions, des baisers, s'envoyaient réciproquement en mission ou « faire voir ailleurs », se heurtaient aux bandes élastiques, utilisaient intelligemment ces accidents volontaires, créaient une chorégraphie de l'efficacité.

Julian passa de table en table. Autour de chacune, il trouvait, penché sur les joueurs pliés en deux, un aréopage de connaisseurs qui ne se permettaient, en cas de réussite, qu'une expiration par la bouche, et, en cas d'échec, une expiration par le nez. De temps en temps, un murmure : « Un coup à faire envie au docteur » ou bien « Le docteur n'aurait pas fait ça ».

Julian regarda, fasciné, pendant deux heures, et rentra chez lui. Les policiers ne semblaient pas savoir que leur Directeur jouait au billard et ses partenaires ne savaient pas que celui qu'ils appelaient « le docteur » était Directeur de la police. Il y avait quelque chose de caractéristique dans cette pénombre approximative, incomplète ; ce n'était pas seulement l'habitude et le goût de la cachotterie. Le Directeur préférait qu'on ne sût pas qu'il jouait au billard, mais il n'y tenait pas absolument. C'était comme une porte entrebâillée. Il fallait œuvrer à partir de là.

En tout cas, Julian avait maintenant un avantage sur le Directeur, qui ne savait pas que lui savait. Avantage ténu, qu'il était facile de perdre et qu'il fallait exploiter au mieux. Julian se donna quelques jours pour réfléchir, malgré l'impatience de Rosario qui voulait passer à l'action immédiatement. Enfin, ayant rencontré le Directeur à un vin d'honneur donné pour la prise de retraite d'un chef de bureau, il l'entraîna à part :

— Don Jesus, j'ai un service personnel à vous demander. M'apprendriez-vous à jouer au billard ?

Un temps.

Oui, il y eut un temps. Premier triomphe. Comme un ordinateur, le cerveau du Directeur faisait défiler les possibilités : sait-il ne sait-il pas s'il ne sait pas pourquoi demande-t-il s'il sait que sait-il d'où sait-il qui d'autre sait faut-il nier faut-il avouer… Cela dura une ou deux secondes, une éternité.

— Au billard, monsieur l'Administrateur ? Je vous croyais adepte du polo.

— L'un n'empêche pas l'autre, et je viens de faire la connaissance d'une exquise jeune femme. Toute sa famille est passionnée, je ne voudrais pas avoir l'air ridicule devant son père.

— Pour jouer au billard, dit don Jesus, appâté malgré lui, il faut une grande capacité de concentration, plutôt physique que mentale, et plutôt intelligente qu'intellectuelle. En êtes-vous capable ?

— Je ferai de mon mieux. Je sais que votre temps est précieux, et qu'il y a de la présomption de ma part à solliciter un joueur aussi expérimenté que vous…

— Mercredi matin, si cela vous agrée. A neuf heures. Au café *Ernesto*.

A neuf heures, le café *Ernesto* n'était pas ouvert, ni le billardier arrivé, mais « le docteur » qui venait depuis quarante ans y avait tous les droits. Se faufilant entre les tables crénelées de chaises renversées, enjambant les seaux, les serpillières et les volutes de poussière agglomérées au sol par l'eau du lavage, le docteur et son jeune disciple gagnèrent la salle de billard, encore enfumée de la veille. De la verrière jaune, il neigeait sur la salle une lumière polluée.

Don Jesus ôta sa veste et l'accrocha soigneusement à une patère. Il portait une chemise blanche à fines rayures mauves et jaunes et des bretelles jaune paille lui hissaient presque jusqu'au sternum le haut de son pantalon gris fermement crocheté.

Il alluma la lampe suspendue au-dessus du billard central, prit trois boules et les fit rouler en douceur sur le tapis. Dans une espèce de porte-parapluie il choisit une longue canne au bout de laquelle était collée une rondelle de cuir.

— Ceci, dit-il, est une *queue,* et cette rondelle s'appelle curieusement *procédé.* Choisissez une queue qui aille bien à votre main. Ni trop lourde, ni trop légère, ni trop mince, ni trop massive.

Julian ôta aussi sa veste, l'accrocha aussi soigneusement à une patère — il sentait que cela faisait partie du rite — et choisit une queue comme il aurait choisi un maillet.

Don Jesus prit un cube de craie bleue creux sur une face.

— On appelle ceci du *bleu,* et on en met au bout de la queue pour qu'elle ne glisse pas.

Julian l'imita et enduisit sa queue de bleu.

— On tient la queue de la main droite, comme une épée. Il existe deux manières de la guider de la main gauche : comme ceci, en formant un cercle avec le pouce et l'index et en utilisant la phalange du médius comme support, ou comme cela, en épatant les cinq doigts et en faisant glisser la queue sur le dos de la main entre les phalanges du médius et de l'index.

La main de don Jesus s'était plaquée sur le drap vert comme une araignée.

— J'utilise souvent la seconde méthode parce que j'ai les doigts longs et musclés et que je me sens plus libre de cette manière, cependant je préconise la première, qui offre plus de sécurité. La queue frappe la bille au point…

— Mais c'est chaud ! s'écria Julian, qui avait aussi posé la main sur la table.

— Oui, la table est chauffée de l'intérieur pour que le drap reste uniformément tendu. Ecoutez-moi donc. La queue frappe la bille au point que vous avez choisi, avec la force et la vitesse que vous avez choisies, plus un facteur paradoxal, apparemment contraire aux lois de la mécanique, et que nous appelons *l'effet*. Il consiste à imprimer une certaine rotation à la bille frappée. Les footballeurs le connaissent comme nous. J'y reviendrai. La première bille va frapper la deuxième au point, avec la vitesse, la force et l'effet que vous avez déterminés en frappant la première. Elle la déplace dans une certaine direction et à une certaine distance. Ayant rebondi, elle aussi dans une certaine direction et à une certaine distance, la première bille va frapper la troisième, qu'elle déplace et contre laquelle elle rebondit. Votre objectif n'est pas seulement de faire que la première bille frappe les deux autres, ce qui est un jeu d'enfant, mais, en tenant compte des bandes, de les placer toutes les trois de manière que la première puisse encore frapper les deux autres, en théorie jusqu'à l'infini. En pratique, quand vous aurez fait une série de dix, vous commencerez à savoir jouer. Essayez.

— N'importe quelle boule ?

— Une blanche. La plus facile. Celle-ci. Ecartez les jambes, posez les deux pieds parallèlement à l'axe de la queue, accroupissez-vous un peu, devenez souple, surveillez votre équilibre... toquez.

Julian fit aller et venir la queue entre son pouce et son index gauche, comme il l'avait vu faire, et frappa. La queue glissa sur la boule.

— Fausse queue. Recommencez.

Cette fois la bille, frappée en plein, fila à l'autre bout du billard sans toucher ni l'autre blanche ni la rouge.

— Manque de touche. Recommencez.

Julian recommença et manqua encore son coup. Il avisa une petite affiche pendue à l'abat-jour : « Défense de masser ».

— De masser qui ?

— Concentrez-vous, monsieur l'Administrateur.

Cela devint une habitude. Ces deux hauts fonctionnaires s'arrachèrent à leurs fonctions un matin sur deux pour venir pousser des boules avec un bâton, « aux frais du contribuable », remarquait sardoniquement le Directeur de la police en dégustant la tasse de chocolat chaud où il faisait mettre un petit morceau de beurre. Ils ne parlaient jamais que de billard, et encore se limitaient-ils généralement à des questions techniques comme « Pourquoi ai-je manqué ? — Parce que vous l'avez prise trop mince ». Julian faisait des progrès rapides.

— C'est curieux, disait-il. Il me semble qu'au moment où je frappe je sais déjà dans mes muscles si ce sera bon ou mauvais.

— C'est tout le billard, ça, don Julian. Attention, votre coulé ne va pas être assez fluide. Regardez.

Et, lorsque don Jesus s'y mettait, une opération mécanique de transfert d'énergie parfaitement simple se transformait en une sorcellerie oculaire, musculaire et moléculaire. Les billes décrivaient des courbes imprévisibles, elles se lançaient dans des mouvements rétrogrades et revenaient docilement se mettre en place pour être frappées encore et encore.

Bientôt, Julian constata, malgré ses progrès, qu'il n'était pas véritablement doué. Il faisait des coulés passables et de jolis rétros, il voyait d'un coup d'œil par quelle bande il devait faire tel point, mais il ne rêvait pas la nuit de coups impossibles et pourtant réussis, il souriait sans amertume d'un raté impardonnable, le billard ne devenait pas pour lui une religion. Bref, il avait assez de talent pour savoir que le génie lui manquerait toujours.

Don Jesus le savait aussi. Seulement don Jesus n'estimait pas beaucoup le génie, qui procède par métaphores et courts-circuits. Il éprouvait davantage de confiance pour la progression arithmétique, pour l'obstination de la minutie bien menée. Or, il n'aurait jamais cru que « la jeunesse dorée », comme il disait, fût capable de tant d'application ni d'une tactique du retardement si bien étudiée. Cela lui plaisait. Et aussi que la subordination fût inversée autour de la table de billard, c'est-à-dire rétablie dans ce qu'elle aurait dû être, eu égard à l'âge et à l'expérience. Au début, il avait craint que « la jeunesse dorée » ne prît mal la chose, mais Julian avait assez de bon sens et de générosité pour se réjouir au contraire de la discipline que lui imposait son mentor. Il commença bientôt à l'appeler « maître », un peu par plaisanterie, et surtout parce que le mot lui serait venu naturellement pour parler à un écuyer ou un maître d'armes : il s'était toujours plu à respecter les experts qui faisaient passer en lui leur expertise.

D'ailleurs le billard l'enchantait par la simplicité tragique de la règle, la beauté classique des trois billes jouant la pièce avec un respect absolu des trois unités, les transferts d'énergie, les chocs en retour, les feedbacks, l'art du contrecoup, de l'écho, du rebondissement, allégorique des jeux du destin. Aussi par son essentielle austérité. Le polo, c'est bien autre chose : c'est la guerre, une guerre réservée par hypothèse à des cavaliers droitiers. Le tennis, jeu de puritain et de pharisien que Julian avait toujours exécré, consiste à se vouloir soi-même sans péché et à profiter des fautes des autres. Le billard est un perfectionnement égotiste et indéfini. Les partenaires n'ont pas d'autre utilité que celle du lièvre mécanique dans les courses de lévriers. D'où, sans doute, cette atmosphère de recueillement courtois qui plaisait à Julian lorsqu'il revenait *Chez Ernesto* le soir. Chacun des joueurs marquait ses points sur son compteur, ne s'occupait guère de ceux des autres. L'essentiel n'était pas de savoir qui paierait la tournée mais qui réussirait le carambolage le plus élégant.

— Pupu, je me suis mis au billard.

— Tu n'es pas un peu fou ?

— Nullement. C'est mon ascèse.

— Au billard ! Un handicap 4 au polo ! C'est une honte.

— A propos de polo, je voudrais que tu m'organises une rencontre avec tes amis hôteliers et richards de toute sorte. A l'américaine : pas milliardaire, s'abstenir.

— Faisable. Quel serait le thème ?

— La renaissance du tourisme dans l'Agglo.

— Tu m'as laissé entendre il y a trois mois que tu ne pouvais rien faire.

— Je ne suis pas assez borné pour ne pas changer d'avis.

11. *Robich*

Robich parla à Natalia de la visite du père Leandro. La procédure normale consistait à saisir le parquet des mineurs, lequel transmettrait l'affaire à la brigade des mineurs, laquelle procéderait à une enquête sociale.

— Et d'ici que l'enquête soit terminée, le pauvre mouflet sera drogué à mort, dit Natalia. Imagine que ce soit notre petit Manuel.

Oui, le mineur, que tout le monde aimait dans le quartier, était « en danger moral » : cela autorisait une action moins réglementaire et plus rapide. Mais Robich avait été échaudé, il ne pouvait pas ne pas craindre pour son avenir et celui des siens. Cependant le mot *drogue* était un sésame : les heures légales de perquisition, la limite de temps de garde à vue, l'interdiction de la provocation, tout devenait fluide en matière de drogue. Et la police avait un compte à régler avec l'Antéchrist, plusieurs fois dénoncé, jamais pris en flagrant délit.

Robich embrassa Petit Bonhomme et décida de monter l'opération.

Il commença par aller voir les pompiers pour obtenir un plan à jour du puits Saint-Vincent. Les gens bricolent sans cesse leur maison, on ne sait jamais quelles sont les issues, surtout dans un quartier où la moitié des caves communiquent. Par exemple, on prétendait que du puits Saint-Vincent on pouvait se rendre à *La Bouche d'Enfer* par un passage souterrain, mais ce passage ne figurait sur aucun relevé... Il ne fallait pas que l'Antéchrist filât avec sa réserve de drogue.

En pleine nuit, un dispositif, discret donc lâche, fut mis en place. Trois hommes se placèrent au coin des avenues de la Liberté et de l'impasse qui conduisait à *La Bouche d'Enfer*. A cinq heures et demie, Robich, le vieil Andreas, le jeune

Casanueva et quatre gardiens de la paix, mal réveillés et ronchons, vinrent se poster à l'entrée du puits Saint-Vincent.

Il faisait froid. La bouche de Robich gardait le goût du café amer et brûlant qu'il s'était fait lui-même pour ne pas déranger Natalia.

— On y va, patron ?

Cela touchait toujours Robich de s'entendre appeler patron par Andreas, qui avait le double de son âge.

— On y va.

Deux gardiens de la paix restèrent à l'entrée du puits, pour le cas où l'appartement de l'Antéchrist aurait eu une deuxième sortie de ce côté. Robich, suivi du reste de la troupe, passa sous l'arche surmontée d'un couloir reliant le bâtiment de droite à celui de gauche, et pénétra dans l'étroite cour polygonale. Rien apparemment n'y avait changé depuis le XVe siècle, sauf qu'au XIXe on avait suspendu, au bout d'un S en fer forgé ancré dans le mur, un réverbère mettant une flaque de lumière sur les pavés en tête de chat. Un arbre étique croissait dans un coin, entre les pierres. Toutes les fenêtres étaient éteintes, excepté une au troisième étage. Quel malade, quel insomniaque, quel lève-tôt… ? Casanueva buta dans une boîte à ordures : le gardien, apparemment, ne les rentrait jamais.

— C'est par où ? demanda-t-il nerveusement.

Robich passa le premier. La vieille porte vitrée n'était pas fermée à clef la nuit (il s'en était assuré lui-même la veille). Il alluma une torche électrique, suivit le couloir décrépit et s'arrêta devant la porte moderne, en chêne clair, qui portait la carte de Sariel de Sariel. Un ronflement sonore se faisait entendre du fond de l'appartement.

Robich jeta un regard au visage vigilant d'Andreas et frappa.

Le ronflement ne cessa pas, mais une petite voix demanda au bout d'un moment :

— Qu'est-ce que c'est ?

— C'est moi, le voisin d'en dessus, Pepito. Je suis malade et je n'ai pas le téléphone.

— Attendez.

La porte s'entrouvrit et Andreas la repoussa brutalement. Les policiers se précipitèrent dans la première pièce : une salle de séjour en pierres apparentes, tendue de tapisseries modernes. Une auge médiévale y servait de lit à Pepito qui, en pyjama, la bouche ouverte, avait reculé de trois pas. Robich sauta sur la porte de la chambre, à droite. Il la repoussa du pied. De la main gauche, il braquait sa torche ; la droite, dans la poche de son pardessus, était raidie sur la crosse guillochée de son .38 special. Le rond lumineux se fixa sur un large sommier sans pieds, posé à même le sol et drapé d'une couverture bleu ciel. Sur le traversin, deux têtes, l'une maigre, olivâtre, avec un reflet brillant dans la narine, des cheveux noirs bouclés et des yeux déjà réveillés, vindicatifs, l'autre blonde et bouffie, les paupières rouges filtrant un regard encore mort.

— Debout, Sariel, fit Robich, avec une feinte grossièreté.

Le jeune commissaire était encore gêné de violer l'intimité des gens.

— Qu'est-ce que vous faites chez moi ? répliqua Sariel. (Il jeta un regard à son réveil digital.) Ce n'est pas l'heure légale.

— Ton réveil retarde, dit Andreas. Tu te lèves tout seul ou on te donne un coup de main ?

— Oh ! s'il n'y a que ça pour vous faire plaisir...

D'un superbe coup de reins, l'Antéchrist se mit debout sur le sommier. Il était nu. Il tourna le dos aux policiers, se déhancha, les mains à la nuque, comme une danseuse, fit volte-face à nouveau, cligna de l'œil :

— Alors, ça vous plaît ?

Il dévisageait les intrus d'un air narquois ; on aurait cru qu'eux étaient nus et lui en habit de cérémonie.

— Qui est mademoiselle ? demanda Andreas.

— Mademoiselle est prête à vous rendre service si vous en êtes réduits là. De beaux hommes comme vous, pourtant...

Il arracha la couverture bleue.

— Ces messieurs veulent t'admirer, Joey.

— Etranger ? fit Robich. Passeport ? Permis de séjour ?

L'Antéchrist le menaça du doigt en soupirant. Sur la pointe des pieds, comme s'il portait des talons, et ondulant exagérément de la croupe, il sautilla jusqu'à une commode et en tira un passeport américain qu'il fourra sous le nez de Robich. Robich regardait l'homme plus que le passeport : ces pupilles douloureusement élargies, ce teint terreux racontaient une histoire connue. Il saisit l'Antéchrist par le poignet.

— Lumière.

Casanueva pressa le commutateur. Robich examina l'avant-bras piqueté de noir, sanguinolent par endroits.

— Tu te troues la peau, Sariel ? On m'avait dit que tu préférais la pipe à eau.

Le tutoiement d'intimidation ne lui venait pas facilement.

L'Antéchrist sourit de toutes ses petites dents de loutre.

— Ah ! mais, commissaire, c'est que je suis éclectique, moi. Il ne faut sous-estimer personne. On est décadent ou on ne l'est pas.

— Bon, habille-toi et montre-nous où est la came. Monsieur peut s'habiller aussi.

Monsieur pleurnichait en cherchant à cacher sa nudité boutonneuse.

L'Antéchrist haussa un sourcil.

— Qu'est-ce que vous essayez de me coller sur le dos ? Usage illicite ? Ça reste à prouver. Quant à trafic, alors là, moi je jamais, comme dirait Joey.

— Joue pas au malin, répliqua Andreas, si tu ne veux pas qu'on fasse le ménage chez toi.

L'Antéchrist enfilait son blue jean rétréci.

— Ah ! mais je vous en prie, inspecteur. Faites comme chez vous. Vous voulez que je vous prête l'aspirateur ?

— On lui donne une leçon, patron ?

Robich mit la main sur l'avant-bras d'Andreas et lui désigna

Pepito qui les regardait avec ses grands yeux emplumés de cils à faire envie à une Andalouse. Au bout de ces cils, des larmes.

— Rien qui offense le gamin.

— D'accord. Ça prendra plus longtemps, c'est tout. Pas de regrets, Sariel ? On démonte la baraque ?

— Vous démontez ce que vous voulez, sauf mes appareils professionnels. Ceux-là, je les démonte moi-même. Ou alors je flanque le syndicat des musiciens à vos popotins innocents.

Un mur était doublé d'appareils électroniques, marqueté de claviers, hérissé de boutons, illuminé de voyants. L'Antéchrist pianota sur l'un d'eux. Un mugissement retentit, passa quatre octaves au-dessus, puis devint si grave que les vitres vibrèrent, se transforma en une sirène hystérique, en un grésillement imperceptible, résonna comme un chuchotement dans une cathédrale réverbérante, devint miaulement...

— Qu'est-ce que c'est ? fit Robich.

— On veut se cultiver, commissaire ? Ecoutez-moi un peu ça. C'est vous qui serez responsable du tapage nocturne.

Un coup de tonnerre roula par la chambre. Puis vinrent des sons incohérents, angoissants, accélérés, soutenus par un tamtam maintenu au seuil de l'inaudible. De temps en temps, un grognement imprévu de verrat.

— Vous voulez connaître les paroles, commissaire ? Facile. On passe l'enregistrement à l'envers.

En un tournemain, l'Antéchrist inversa les bobines, modifia la vitesse, et, par-dessus l'orchestre méconnaissable, on entendit une voix prononcer à intervalles réguliers :

— Satan, prends-moi... Satan, prends-moi...

— Saloperie de saloperie, fit Andreas.

— Et pourtant ça se vend bien, inspecteur, dit l'Antéchrist, qui tournait toujours ses boutons. Vous venez d'entendre l'original ; le produit est commercialisé, comme on dit, par la marque Bliss au prix modique de 99 pesos la cassette. Si vous en achetez un, je vous le dédicacerai. C'est mon valeureux organe que vous venez d'entendre.

— Saloperie de saloperie, fit encore Andreas.

— Vous vous répétez, inspecteur. Alors, quelle ligne d'action votre brillante intelligence vous suggère-t-elle ? Vous allez me coffrer pour satanisme ? Ce n'est pas prévu par la loi. Pour confection de messages subliminaux ? Interdit en Amérique, pas chez nous.

Pendant ce bavardage, Robich observait l'Américain, espérant qu'il profiterait du bagout de son ami pour essayer de faire disparaître une réserve de drogue, mais Joey, ayant passé un caleçon, s'était assis sur le sommier, les genoux plus haut que la tête, l'œil torve et désespéré, la bouche boudeuse, le menton dans la paume.

D'autres voyants s'allumèrent, palpitèrent, verts et rouges, et *Le Beau Danube Bleu* se déroula, entrecoupé par des sons obscènes : saxophone bouché ou intestin de dragon constipé.

— Qu'est-ce que c'est encore que ça ? bougonna Andreas.

— Ça ? Vous ne reconnaissez pas votre douce voix, inspecteur, proférant votre message préféré ? Vous voulez vous entendre à l'endroit ? Un instant, je vous prie.

Encore quelques boutons manœuvrés avec des gestes de prestidigitateur et, sur un fond de musique à trois temps complètement méconnaissable, on perçut la voix de l'inspecteur principal Andreas prononçant :

— Saloperie de saloperie.

Le jeune Casanueva ne put s'empêcher de pouffer. Le vieil Andreas était vexé.

— Ça va, dit Robich. On fouille.

Ils fouillèrent quatre heures. Par égard pour l'enfant, qui observait, ils ne cassèrent rien, mais démontèrent les meubles et les remontèrent, sondèrent murs, plafonds et planchers, firent ouvrir les boîtiers de tous les appareils, vérifièrent les socles des lampes et les livres un à un pour s'assurer qu'il n'y en avait pas d'évidés, tâtèrent coussins, oreillers et matelas, vidèrent paquets de riz et de flocons d'avoine, visitèrent le chauffage et la chasse d'eau, ne trouvèrent rien.

Pepito apportait du café, Joey larmoyait dans son coin, l'Antéchrist proposait de la musique rock (« Le *beat* vous donnera du mordant, messieurs ! »), démontait gaiement ses machines, dispensait des cours sur la confection des messages subliminaux, sataniques de préférence.

— Alors quoi ? Il faut que je parachève votre éducation sexuelle ? Vous voulez qu'on vous fasse des trucs à votre glande pituitaire ? Ou à votre liquide cérébro-spinal ? Je vous mets une guitare basse pendant une heure et le taux d'insuline de votre sang augmente. Vous ne saviez pas ça ? Qu'est-ce qu'on vous apprend, à l'école des poulets ?

La chambre, la salle de séjour, la petite cuisine et la salle de bain, avec leurs murs de pierre grattés jusqu'à l'os, leurs tapisseries abstraites, leurs gravures érotiques agrafées sur les pans de jute, l'ancien tabernacle gothique où Sariel et Joey rangeaient leurs serviettes de table, la baignoire dorée surmontée d'un lustre à pendeloques et le four à micro-ondes au fond duquel souriait un portrait hilare du Roi, le tout fut fouillé. Sans résultat.

— Alors messieurs, dit l'Antéchrist, vous vous êtes bien défoulés ?

Andreas sourit fraîchement.

— Pas encore. Pour le défoulement, tu vas venir avec nous.

L'Antéchrist se tourna vers Robich :

— Vous avez un prétexte pour m'embarquer ?

— Oui, monsieur. Une dénonciation signée. J'aime autant vous le dire, Sariel, vous croyez avoir gagné parce que nous n'avons rien trouvé, mais vous n'allez pas vous amuser pendant les soixante-douze heures à venir. Pas plus que votre ami. Soixante-douze, Sariel, pas une de moins. Le plus simple serait de nous donner la cache tout de suite. Si nous ne prouvons pas le trafic, qu'est-ce que vous risquez ? Vous pouvez fort bien avoir stocké six cents doses pour votre usage personnel. Mais alors on se grouille, Sariel, on se grouille.

Une voix pépia :

— Monsieur, vous n'allez pas faire de mal à mon frère ?

Robich regarda de haut en bas cette tête ébouriffée d'enfant, entendit les pensées d'angoisse qui moulinaient à l'intérieur.

— Non, mon petit, nous n'allons pas lui faire de mal. Pas plus qu'il ne s'en est déjà fait.

Au commissariat, Robich essaya d'abord d'interroger l'Américain, qu'il tenait pour le plus faible. Il n'en tira rien parce que l'Américain parlait l'américain et que les tentatives américaines de Casanueva ne firent qu'ajouter à l'air perplexe du prisonnier.

— On le relâche ? proposa Andreas écœuré.

— Non, décida Robich. Tant qu'on le garde, l'autre pense qu'il pourrait parler.

Il s'attacha à l'interrogatoire de l'Antéchrist. Mais l'Antéchrist était invulnérable.

La loi ? Il la connaissait, elle le protégeait plus qu'elle ne le menaçait. Les mauvais traitements ? Il savait jusqu'où les policiers pouvaient aller et ne craignait pas de souffrir un peu (« D'autant que j'ai des amis journalistes, alors amusez-vous, mais vous avez intérêt à ne pas pousser »). La fatigue ? Le manque ? Il y était sensible, ne le niait pas : « Qu'est-ce que je vais m'administrer dès que vous m'aurez relâché! »

Robich s'y essaya, et puis le vieil Andreas, et puis on prêta le prisonnier à Casanueva qui lui flanqua quelques claques. Cependant, sachant qu'il fallait éviter de le marquer, il se sentait inhibé, et l'Antéchrist, renversé sur sa chaise, encaissait ses coups et riait de lui en le regardant dans les yeux.

Si on avait pu le garder une semaine, qui sait ce qu'il aurait révélé contre une dose, contre une demi-dose ? Mais les heures passaient vite. Le parquet des mineurs, dûment saisi, avait inscrit le cas du mineur Sariel à la suite de douze cents autres, et Natalia, qui faisait des petits plats pour Pepito, refusait de mettre à profit la complicité qui se créait entre elle et lui pour lui demander où se trouvait la drogue. D'ailleurs le savait-il ?

Le troisième jour, vers la fin de l'après-midi, Robich fit monter l'Antéchrist dans son bureau. L'Antéchrist sentait mauvais, il n'était pas rasé, il avait une ou deux ecchymoses aux pommettes, mais ses yeux indomptés étaient parcourus d'étincelles électriques et, lui qui avait la poitrine creuse, il se tenait ce jour-là droit comme un piquet.

— Alors, Sariel ?

— Alors, commissaire ?

— Toujours rien à nous dire ?

— Tiens ! C'est à vous à me faire parler. Après un coup de gégène ou de baignoire, je me mettrais peut-être à chanter. Vous n'avez qu'à essayer.

L'Antéchrist s'assit sans en être prié. Robich le regardait par-dessus son vieux bureau de bois qui participait à des interrogatoires depuis cinquante ans, et, si respectueux qu'il fût des droits de l'homme, il sentait des démangeaisons dans ses muscles de footballeur.

— Sariel, dit-il, vous le savez, j'applique la loi : c'est mon faible, c'est aussi ma force.

— *Words, words, words,* monsieur le commissaire, si toutefois vous comprenez l'anglais.

— Si je vous repince au tournant...

— Vous ne me raterez pas, air connu. L'heure tourne. Je peux commencer à faire mon petit bagage ?

Les yeux ronds de Robich, les yeux étroitement fendus de l'Antéchrist se mesuraient. Ces deux mâles avaient à peu près le même âge. La loi, la société étaient derrière Robich. Mais la société et la loi ne valent que le prix qu'elles se donnent. Derrière l'Antéchrist, il y avait bien autre chose.

— Sariel, vous tomberez un jour ou l'autre. Si ce n'est pas aujourd'hui, ce sera demain. Mais vous avez un frère, un jeune frère. Vous l'aimez peut-être un peu, votre petit frère ?

Je fais appel à vos bons sentiments, si vous en avez, et je vous demande de m'aider à le sauver.

L'Antéchrist fiévreux, affamé, assoiffé, éclata de son rire bref et sec.

— Commissaire chéri, vous ne savez pas à qui vous parlez. Si j'aime mon petit frère, c'est comme on aime la chair fraîche. Ce que vous appelez le sauver, j'appelle le perdre. Et de toute manière vous êtes complètement, mais alors complètement dépassé par les événements et vous ne l'avez même pas deviné. Il s'agit bien de drogue !

Il avala douloureusement le peu qu'il avait de salive.

— Supposez que vous ayez un accident de la route et que, dans un mouvement de folle générosité, je décide de vous donner un demi-litre de mon sang. Savez-vous ce que vous deviendrez, monsieur le commissaire ? *Séro-positif*. Séro-positif sans qu'il soit besoin de passer par votre muqueuse anale, laquelle, sauf votre respect, est exactement comme la mienne : à la différence de la buccale et de l'utérine, elle accueille toutes les cochonneries qui se présentent. Vous m'avez compris ? Non ? Vous hésitez encore ? Je suis, cher monsieur, ce qu'on appelle pompeusement une bombe vivante et j'ai l'intention de faire autant de bombes vivantes que je pourrai avant de crever. Depuis que je le sais, je ne m'en suis déjà pas privé, mais les temps deviennent courts, il faut que j'accélère le rendement. Alors dites-moi, commissaire, qu'allez-vous faire pour m'en empêcher ? Me mettre à l'ombre ? Bravo ! Si vous y arrivez, ce sera la fête, je contaminerai la moitié de la prison et quand on relâchera les prisonniers... Vous avez un fils, monsieur le commissaire ? Il doit encore être bien jeune, mais d'ici quelques années, même si je ne suis plus là pour m'en occuper moi-même, je lui aurai peut-être déjà fait un petit cadeau par personnes interposées. Pepito ? Non, pour l'instant Pepito ne risque rien : moi, j'aurai besoin de lui pour m'aider à mourir et Joey a des scrupules. Bon, c'est clair maintenant ? Alors, commissaire, quelle décision héroïque prenez-vous ?

L'Antéchrist s'accouda sur le bureau et sourit de ses petites dents.

Robich se mit debout, fit le tour du bureau et, malgré son dégoût, saisit l'Antéchrist par le menton, enfonça deux ongles dans la peau de son cou et lui releva la tête de force. L'Antéchrist renversa la nuque, essayant de se libérer, n'y parvint pas et finit par s'immobiliser, ses yeux rivés à ceux de Robich qui se penchait vers lui. Vus de près, les yeux de l'Antéchrist étaient deux trous insondables ; sa bouche, pourtant bien dessinée, évoquait l'orifice digestif d'un poulpe, et ses narines échancrées, velues, où apparaissait un peu de morve, portaient au-dedans deux petites plaques d'argent fixées aux parois de la cloison centrale.

Robich eut un sourire qu'il ne se connaissait pas et siffla :

— On se blinde contre la coco, Sariel, mais on a oublié de se blinder par l'autre bout ?

Des rides de séducteur encadrèrent la bouche de l'Antéchrist, ses yeux se plissèrent, une fossette appétissante se creusa sur sa joue gauche. Il passa sa langue sur ses lèvres gercées.

— C'est comment, le petit nom de votre fiston ?

12. *Julian*

La réunion eut lieu dans un hôtel discret, en montagne. Les six milliardaires recrutés par Puig, Puig lui-même et l'Administrateur de l'Agglomération déjeunèrent de grillades légères en cabinet particulier. Ils burent peu, parlèrent encore moins. Ils passèrent ensuite dans une salle aux fenêtres étouffées de rideaux, où avaient été préparés des blocs-notes, des crayons, des carafes d'eau, des verres, des cendriers. Julian fit la grimace : cette habitude de sucer des boyaux de papier baveux bourrés d'un hachis noirâtre l'irritait. Il se contint. Le silence s'établissait.

— Alors, dit Puig, tu nous le chantes, ton grand air du deux ?

Julian regarda les sept personnes qui s'alignaient des deux côtés du tapis vert. Un point commun entre elles : l'argent. Il avait passé sa vie parmi des gens fortunés, et l'argent ne l'impressionnait pas. Ce qu'il trouvait plus intéressant, c'est que l'argent gagné ou volé ayant déteint du dedans sur ces sept âmes (l'argent hérité ne déteint pas), elles s'étaient prises à en vouloir toujours davantage, soit pour la possession toute bête, soit pour le plaisir d'une multiplication presque magique.

Il y avait là des adipeux et des émaciés, de vieux jeunes et de jeunes vieux, des dandys à foulard et chemise brodée d'initiales, des négligés avec des pellicules sur le col. Il y avait une jeune femme aux yeux largement écartés, qui dirigeait une des plus grandes chaînes d'hôtels du monde et en possédait une partie.

Ils allumèrent qui une pipe d'écume, qui un Davydoff, qui un fume-cigarette en tortue, qui un vulgaire clope tiré d'un paquet froissé. Deux n'allumèrent rien ; l'un commença aussitôt à dessiner des femmes nues à barbe sur son bloc.

Julian chaussa les lunettes à monture de corne dont il n'avait presque pas besoin et qu'il détestait mais qui lui donnaient, croyait-il, l'air réfléchi.

— Madame, messieurs, je vous remercie de vous être dérangés pour m'entendre parler d'une affaire dont je ne peux rien vous dire parce qu'elle doit rester secrète, dans laquelle je vous demande de placer certaines sommes — peu de chose à votre niveau — et où je m'interdirai moi-même d'investir un centime en raison de mes fonctions. J'ajouterai que cette affaire ne vous rapportera rien, la Société pour la Restauration du Tourisme dans l'Agglomération, que je vous propose de fonder, n'étant pas conçue pour faire de bénéfices, étant par conséquent appelée à fonctionner à perte, et condamnée d'avance à déposer sous peu son bilan. Désirez-vous que je continue ?

— Ne fais pas ta prima donna, dit Puig.

Avec l'aide de Rosario, mue par un incessant prurit d'agir (« J'irai vendre des cravates dans des parapluies sur les Avenues si tu ne me trouves rien de mieux »), Julian avait établi en gros le budget de *Josaphat*. Il avait prévu et chiffré des dépenses aussi diverses que la papeterie, l'achat d'un ordinateur, le salaire d'une secrétaire de direction, les compensations à offrir aux touristes qu'on aurait incommodés, les autocars qui feraient le transport, la location des Arènes... Établir des budgets faisait partie, après tout, de son métier, et il pensai ne pas se tromper de beaucoup en évaluant les dépenses encourues à 2 500 000 pesos. Il ajouta 300 000 pour que la division par 7 tombât juste.

Cette somme ne pourrait être convenablement gérée que par une société de couverture où lui, en tant qu'Administrateur, ne saurait apparaître, et qui devrait néanmoins demeurer un outil entre ses mains. Ce serait cette SRTA, dont le conseil d'administration restait à trouver.

— Madame, messieurs, une fois que nous aurons, grâce à votre apport en capital, fondé la SRTA, il vous appartiendra, si vous le souhaitez, de créer une autre société, dont l'objectif sera la réhabilitation du quartier des Fundia, avec arasement des taudis, construction d'immeubles, création d'un parc et, accessoirement, d'un club de polo.

« La superficie des Fundia est approximativement de quatre kilomètres et demi, ce qui fait, si je ne me trompe pas de zéro, 4 500 000 m^2. Actuellement, le prix du mètre carré dans ce quartier est en moyenne de 5 000 pesos. Je ne vous apprendrai pas que ce prix sera au moins quadruplé après réhabilitation. La population à regrouper est de 310 771 personnes recensées, ce qui doit faire à peu près 350 000 personnes réelles. Il faut songer à l'habitat, mais aussi à la scolarité, aux centres sportifs, aux édifices publics et, bien entendu, aux centres commerciaux et aux lieux de loisir, à tout ce dont aura besoin cette petite ville de 350 000 habitants.

« La présence du parc et du polo pourra attirer une clientèle plus prospère, pour laquelle je veux bien qu'on construise quelques immeubles sur le pourtour du parc, mais sans oublier que les Fundia sont d'abord aux habitants des Fundia. Il ne s'agit pas de les recaser n'importe comment pour vous faire de la place, à vous autres capitalistes, mais de les traiter comme les premiers bénéficiaires de l'opération, c'est-à-dire de leur fournir un logement nettement supérieur en qualité à celui qu'ils avaient et auquel ils étaient peut-être attachés. Je ne ferai pas de compromis là-dessus.

« Pour cette opération, il y aura bien sûr appel d'offres : si les vôtres sont raisonnables il n'y a pas de raison pour que vous, qui serez les premiers en piste, ne bénéficiiez pas de la bénédiction — et de l'aide financière — de l'Agglomération.

« A une condition préalable : la fondation de la SRTA, à raison de 400 000 pesos par participant. Sans quoi l'Agglomération sera amenée à se tourner vers d'autres groupes.

— Que fera-t-elle, cette SRTA ? demanda le cigare.

— Il ne va pas te le dire, bougre d'idiot, fit la pipe.

— Je peux en tout cas vous dire ceci, répondit Julian en passant la main dans ses cheveux de bronze, c'est que, lorsque la SRTA déposera son bilan, les conditions du tourisme dans l'Agglo auront été nettement améliorées, et qu'il y aura une facture pour chaque dépense engagée.

— Quelles garanties avons-nous que tout se déroulera comme prévu ?

— Aucune.

— Y aura-t-il d'autres actionnaires que nous ?

— Non.

— Nous assurez-vous qu'il n'y aura pas d'autre appel de fonds ?

— Oui.

Un gros homme qui portait un appareil dans l'oreille bougonna dans sa barbe une phrase où l'on put distinguer « graisser la patte » et « tout à fait, tout à fait normal ».

— Pourrai-je construire un hôtel dans les Fundia rénovés ? demanda la belle hôtelière.

— Plusieurs, madame, si vous le souhaitez.

Elle tira son carnet de chèques, et ses yeux soyeux se fixèrent sur les yeux vert-de-gris de l'Administrateur :

— Ça suffit, 400 000, vous êtes certain ?

13. *Chrysoblas*

On approchait de Noël, et Chrysoblas s'était enfin résolu à allumer son brasero, placé sur une feuille de métal pour ne pas causer d'incendie. Les charbons ardents se consumaient, une fumée à la fois âcre et sucrée attaquait les yeux et les faisait larmoyer. Chrysoblas tapait gaiement.

> L'article 64 du Code[1] n'y va pas par quatre chemins : « *Il n'y a ni crime ni délit lorsque le prévenu était en état de démence au temps de l'action ou lorsqu'il a été contraint par une force à laquelle il n'a pu résister.* » Voilà qui fait une belle jambe à la victime.
>
> La loi de l'Etat du Vermont, dans les Etats-Unis d'Amérique, est encore plus claire : « *Nul n'est responsable d'une conduite criminelle si, au moment de ladite conduite, et par l'effet d'une maladie ou d'une tare mentale, il n'est pas en mesure, soit d'en reconnaître le caractère criminel, soit de la rendre conforme aux exigences de la loi.* »
>
> Cela, qui est à la fois hypocrite et bouffon, suscite plusieurs questions :
>
> 1) Qu'est-ce que pouvoir résister ? Résiste-t-on à la torture ? A la tentation ? A la menace ? A l'appât du gain ? Au mensonge ? A la manipulation ?
>
> 2) Ne doit-on pas supposer que n'étant pas « *en mesure de reconnaître le caractère criminel* » d'une conduite, on est quelquefois « *en mesure* » de distinguer, dans le présent, l'agréable du désagréable et, dans l'avenir, la mousse au chocolat de la bastonnade ?
>
> 3) Qu'est-ce enfin qu'une « *conduite criminelle* » « *conforme aux exigences de la loi* » ?!
>
> Pour Leyrand de Saulle,

1. Les numéros d'articles sont empruntés, pour plus de commodité, aux codes français correspondants.

Un petit *op. cit.* en bas de page.

tout est clair, si tant est que l'on puisse appliquer l'épithète de clair à ce galimatias : « *Le médecin légiste doit discuter le degré d'enchaînement de la liberté morale, mesurer la nature plus ou moins insolite et extraordinaire de l'acte commis et opérer avec art la dissection des facultés de l'intelligence* (sic). *Au moment où il a agi, X avait-il la connaissance du bien et du mal ? Jouissait-il de sa liberté morale ? Ces deux facultés, quoique existant en lui, n'ont-elles pas été amoindries dans l'exercice qu'il a pu en faire ?* »

Toutes ces nuées remontent au droit canonique qui, distinguant le for interne et le for externe, isolait le simple péché ou *peccatum* relevant de la seule conscience et le *crimen* constituant la faute pénale. Dans la droite ligne de cette casuistique, « *La responsabilité pénale se fonde de nos jours sur deux concepts progressivement élaborés au long des siècles :*

— l'imputabilité ou possibilité d'être inculpé légalement

— la culpabilité ou capacité qu'a le sujet de commettre une faute. »

Et, cette fois-ci, en bas de page : BROUSSOLLE Paul, *Délinquance et Déviance,* Privat, Toulouse, France, p. 31 n. 5.

L'aliéniste Esquirol estime que l'acte criminel ne peut être accompli que sous l'influence d'une conception délirante. M. Hoffbauer va plus loin quand il reconnaît des cas où le sujet doit être déclaré irresponsable sans que l'on puisse pour autant dire qu'il est fou. Et Mme Simone Buffard met le comble à la confusion générale en affirmant avec un bel optimisme que si l'on mettait à l'hôpital psychiatrique tous ceux qui sont capables de tuer, une bonne part de la population serait soumise à des mesures contraignantes. Une bonne part ? Mais 100 %, ma brave dame, et vous la première si jamais vous lisez ma thèse ! Nous avons déjà indiqué qu'il était frivole de chercher à déterminer si l'homme est bon ou mauvais ; toutefois une chose est patente : c'est un tueur.

Et il n'a pas besoin, pour être un tueur, de posséder le

fameux chromosome supplémentaire qui a valu à un assassin australien d'être acquitté en 1968 comme irresponsable.

Nous nous devons cependant de signaler l'existence de quelques phares qui éclairent les choses avec un peu plus de réalisme.

D'abord le droit romain, qui considérait l'enfant mâle incapable d'une pensée criminelle jusqu'à l'âge de dix ans et demi, et la fille jusqu'à neuf ans et demi. (O douces compagnes !) C'était reconnaître qu'à partir de cet âge les pensées « criminelles » ne sont pas étrangères à la nature humaine.

De son côté, le Code Civil (article 489-2) prévoit que « *celui qui a causé un dommage à autrui alors qu'il était sous l'empire d'un trouble mental n'en est pas moins obligé à réparation* ». Le Code de procédure pénal fait un pas de plus en décidant que, lorsqu'un malade mental aura été estimé non punissable mais en même temps trop dangereux, l'internement sera fait sous l'autorité des juridictions d'instruction et de jugement.

Quant à M. Lacroix, il fait remarquer, dans sa *Philosophie de la culpabilité,* que la Justice pénale n'a pas à se mêler de la culpabilité morale ; elle se cantonne dans la culpabilité pénale juridique, fondée sur la commission d'une faute. Du moins le devrait-elle. En effet, la confusion entre pénal et moral est une des plus graves de notre temps : c'est un héritage de la société chrétienne et paternaliste qui a précédé cette société pseudo-contractuelle qui est la nôtre.

Dans une société véritablement contractuelle, la notion de responsabilité sera acceptée d'avance par l'individu au moment de la signature du contrat social. Si, pour un coup de bâton que je donne, j'ai signé que je revendique d'en recevoir dix appliqués sur la partie sensible de mon individu, cela fera peut-être hésiter ma main, si leste qu'elle soit.

Et Chrysoblas de se frotter voluptueusement la partie sensible de son individu d'une main que personne n'avait jamais soupçonnée d'être trop leste.

14. *Chibani*

Le vieil Ahmed, qu'on appelait Chibani, c'est-à-dire le Vieux, était un employé de l'Agglomération. Il avait été balayeur, éboueur, il avait nettoyé le métro ; il se spécialisait maintenant dans le grattage des graffiti.

Tous les jours, les murs de l'Agglomération se couvraient de signes exotiques ou imaginaires, s'articulant quelquefois en slogans ou en insultes, mais se bornant le plus souvent à salir et à provoquer, le signifiant précédant alors le signifié, comme dans l'art moderne. C'étaient des jeunes gens désœuvrés qui s'armaient d'une bombe de peinture généralement volée et traçaient frénétiquement des courbes et des contre-courbes enchevêtrées et multicolores évoquant on ne savait quel culte secret, sans doute inexistant. Ils travaillaient souvent de la main gauche, et leur écriture en devenait spontanément dextrogyre, au rebours de l'écriture occidentale normale. D'où un malaise difficile à définir. On ne décelait du reste aucun programme conscient derrière cette activité qui tenait plutôt de la psychose épidémique.

Chibani arrivait avec un seau contenant des brosses, des produits chimiques décapants, un petit couteau, et il rendait les pierres publiques ou privées, vieilles ou modernes, nobles ou vulgaires, à leur état primitif.

Ce samedi-là, Chibani faisait des heures supplémentaires, parce que sa belle-fille était à l'hôpital et que, les hôpitaux ont beau être remboursés ou gratuits, chacun sait que la vie coûte plus cher quand les femmes sont à l'hôpital. Objectif : la façade du vénérable Musée de l'Agglomération, chef-d'œuvre d'un XIXe siècle qui hésitait encore entre le grandiose et le cossu.

Chibani n'était jamais entré dans le Musée. Par les fenêtres cintrées du rez-de-chaussée, il voyait se dessiner la colonne vertébrale d'un dinosaure qui ne lui disait rien qui vaille. Il y avait là aussi, paraît-il, des tableaux et même des statues, alors qu'on sait bien qu'il est impie de représenter l'homme. Le vieil Ahmed n'en admirait pas moins l'édifice, qu'il avait déjà, au cours des ans, décapé deux fois. Il aimait la teinte jaune des grosses pierres rectangulaires, les dimensions surhumaines de l'ensemble, l'impression impériale qui s'en dégageait, et il se rappelait telle pierre plus polie que les autres qui lui plaisait particulièrement, telle lézarde d'où il n'avait pu effacer une coulée de peinture violette.

En arrivant, il hocha la tête. La partie droite de la façade faisait plaisir à voir, avec ses doux reflets citronnés ; la gauche était barbouillée d'inscriptions pseudo-arabes qu'il n'arrivait pas à déchiffrer, bien qu'il fût allé à l'école coranique.

« Ce doit être le Coran du Chaïtane », se dit-il en détaillant les boucles horizontales agrémentées de hampes et de tildes improvisés.

Il posa son seau et se mit au travail. Il faisait froid, mais Chibani ne regimbait pas contre le froid : Dieu avait créé aussi le froid.

Le vieil Ahmed aimait la propreté et il aimait le respect. Remettre en état un édifice public, c'était double plaisir : on nettoyait ce qui, par définition, se doit d'être impeccable. En plus, être payé pour cette besogne presque sacrée ? Pur gain. Les roumis devaient être fous pour payer un travail que le peuple aurait dû fournir volontairement, et, sinon, *bessif*.

Il grattait depuis deux heures en récitant les bouts de sourates qu'il se rappelait. Eponge, térébenthine, huile, ammoniaque, étrille, brosse, lame, ongles ébréchés. Ça avançait. Pas très vite, mais ça avançait.

Soudain, ayant jeté un coup d'œil à la lourde colonne annelée qu'il avait nettoyée deux heures plus tôt, Chibani vit que de nouvelles arabesques, encore plus enchevêtrées, encore plus offensantes, venaient d'en reprendre possession sans qu'il s'en fût aperçu. Il y avait là des zigzags et des paraphes et des sigmoïdes où les djinns devaient se lover... Il se retourna. Un chœur de ricanements le salua.

Il estima que c'étaient deux garçons et une fille qui se tenaient là, mais ni la longueur des chevelures — une brève et deux longues — ni les blousons plats sur le devant, ni les blue jeans ajustés sur les derrières maigriots ne permettaient de discerner le sexe avec certitude. Les trois vandales bondissaient sur place, brandissaient des bombes aérosol et riaient comme des diables, déformant leurs visages en des grimaces hideuses, échangeant des coups de hanches et désignant Chibani de l'index avec des couinements et des glapissements.

Le vieil Ahmed les regardait, consterné. C'étaient là des enfants de roumis, de ces roumis qui, dans le temps, avaient conquis sa patrie à lui, Chibani, et avaient régné sur elle, pas toujours aussi mal qu'on le disait ! Et lui, que devait-il faire maintenant ? Continuer comme si de rien n'était ? S'en aller ? Abandonner à ces enfants de chienne son beau mur auquel la lumière du matin donnait un reflet safran ?

Il remit son matériel dans le seau, et, de sa démarche incertaine de vieil homme, il revint sur ses pas. Il s'arrêta devant la majestueuse colonne annelée et, le dos tourné à la petite bande, il recommença à gratter les pierres que, tout à l'heure, il avait caressées du dos de la main pour les remercier d'être redevenues propres.

Alors il sentit un jet froid lui mouiller les reins. Un autre l'atteignit à la nuque. Il pivota. Un troisième jet le frappa au visage. Il cria de douleur car ses yeux inondés de rouge le brûlaient.

— Du vert, Tipo ! Les bicots aiment le vert !

Il leva les bras pour se protéger.

Ses manches, son bonnet de laine, sa poitrine se couvrirent de traînées vertes. Il marmonnait :

— Je n'y vois plus ! Allah est grand ! Je n'y vois plus !

Les jeunes gens continuèrent à le fusiller de rouge, de vert et de jaune jusqu'à ce que leurs bombes fussent vides. Puis ils s'enfuirent avec des hurlements de plaisir.

Un vieux monsieur — gants, chapeau, cache-col, décoration —, qui s'était sagement gardé d'intervenir, conduisit Chibani dans une pharmacie et lui porta même son seau après y avoir remis les brosses et le flacon d'essence de térébenthine.

15. *Julian*

— Cette après-midi, monsieur l'Administrateur, vous inaugurez le département d'informatique du lycée Cristobal-Colon. Je me permets de vous signaler que la directrice, une Mme Paula Abad, a été victime d'un viol il y a quelques années. Il y a eu un procès. Vous devriez faire attention.

— Qu'est-ce que vous insinuez encore, Ectors ? C'est elle qui n'a pas fait attention, non ?

Ectors sourit, par complaisance. Puis cousit son sourire.

— Vous m'avez recommandé de vous renseigner d'avance sur les personnes que vous deviez rencontrer.

Le proviseur du lycée, entouré des étoiles de son corps enseignant, attendait l'Administrateur en haut du perron. Lorsque le chauffeur ouvrit la portière de la Mercedes, le proviseur amorça la descente, mais l'Administrateur montait déjà à sa rencontre, conscient de l'élasticité de ses jarrets juvéniles, le menton levé, ses cheveux couleur bronze au vent.

— Mes respects, monsieur l'Administrateur. Puis-je vous présenter mon censeur, mon économe, mon surveillant général, le professeur principal de la classe de philosophie, et madame Paula Abad qui est — hé hé — la cause de votre dérangement ?

La cause du dérangement portait une robe sage, bleu marine à revers et à col blancs. Elle avait une coiffure sage et un regard sage sous des lunettes à peine teintées. Elle avait un joli cou rond et un creux attendrissant entre les clavicules. La trentaine.

Sur-le-champ, Julian se trouva embarrassé de sa virilité expansive devant cette femme dont d'autres hommes avaient abusée. Ce qui pour lui n'était que source de joyeusetés était la cause de son malheur à elle. Il découvrit qu'il s'en sentait presque responsable et lui en voulait. Pour cacher sa gêne, il lui posa de but en blanc quelques questions techniques auxquelles elle répondit d'une voix basse, monotone, en prononçant toutes les syllabes distinctement. Elle gardait d'ordinaire les bras pendus, sans affectation, le long du corps, mais quand elle voulait souligner ce qu'elle disait, elle réunissait les mains à hauteur de la taille. Ronde de traits et d'épaules, elle dégageait une impression d'assurance autant que de modestie.

Julian, qui n'avait jamais utilisé d'ordinateur, prit sa première leçon sous les yeux extasiés du proviseur. Il était assis devant l'écran vert et Mme Abad se tenait près de lui. Il en fut ému et décida de la traiter comme il l'aurait fait de toute autre femme. Levant vers elle un de ses sourcils enjôleurs :

— N'est-ce pas, madame, que j'ai des dons ?

— Moyens, répondit-elle.

Il lui demanda à quel niveau elle enseignait, et, apprenant qu'elle avait, entre autres, des élèves de dix-neuf ans :

— Ils doivent être amoureux fous de vous ?

— Je n'en vois pas l'utilité.

Elle le regardait paisiblement. Sa réputation de play-boy l'avait naturellement précédé, mais elle n'avait vu ses photos ni dans *Polo,* ni dans *Chakkar,* et l'original ne l'impressionnait manifestement pas plus que la légende.

Il l'aurait taquinée plus crûment si, en tant qu'homme, il ne s'était senti coupable devant elle. Cependant il s'irritait de voir qu'elle refusait de jouer avec lui au jeu de fleurette auquel il aimait entraîner les femmes qui lui plaisaient comme celles qui ne lui plaisaient pas : auprès des unes, c'était une entrée en matière permettant les avances et les dérobades sans risques pour l'amour-propre ; auprès des autres, une façon de s'excuser de ne pas les désirer plus. Il tenta encore sa chance :

— L'informatique doit vous prendre un temps fou. M. Abad n'est pas jaloux de vos ordinateurs ?

Elle répondit simplement :

— Il n'y a pas de M. Abad.

Il eut honte de lui-même et renonça — non sans rancune — à ce ton de galanterie qui lui était une seconde nature.

Après la visite du département, il y eut une réception offerte aux professeurs, et Julian ne se priva pas d'y faire rayonner son charme, mais, en partant, il demanda si Mme Abad accepterait de lui donner encore quelques explications. La démarche informatique l'avait véritablement intrigué ; il répugnait aussi à quitter en froid une jolie femme. Le proviseur, l'air entendu — toujours cette réputation de play-boy —, s'excusa de ne pas assister à la deuxième leçon.

L'Administrateur et l'informaticienne remontèrent donc sous les combles, où le nouveau département venait d'être créé. En longeant les couloirs sur lesquels donnaient des classes aux murs vitrés, Julian eut une idée qu'il rangea dans son dossier intérieur *Josaphat.*

C'était le soir, et le lycée, trépidant pendant la journée, était étrangement silencieux.

— Les ordinateurs pensent, disait Mme Abad, mais nous ne leur apprendrons jamais à penser comme nous ; nous devons donc apprendre à penser comme eux. C'est pourquoi les enfants réussissent si bien avec les ordinateurs : ils n'ont pas à faire abstraction d'un mode de pensée déjà acquis.

— Qu'appelez-vous « penser comme » ?

— Un exemple simple. Nous pensons en termes de présence et d'absence. L'ordinateur pense en termes d'espace. Pour nous, un blanc est le contraire d'un caractère imprimé. Pour l'ordinateur, un espace occupé par un caractère ou par un blanc, c'est toujours un espace. C'est pour cela que, tout à l'heure, vous avez eu un peu de mal. Pour rattraper la queue perdue de votre phrase, au lieu de déplacer le curseur, vous ajoutiez des espaces, c'est-à-dire des blancs.

Elle lui montra un ordinateur branché sur une banque de données sise dans la Capitale et fit défiler sous ses yeux la hiérarchie des personnages officiels de l'Agglomération, à commencer par DANDOLO Julian, né le... à... Cela l'amusa.

Il était déjà dix-neuf heures trente et il fut gêné d'avoir accaparé Mme Abad. D'ailleurs cette héroïne de cause célèbre l'intriguait. Et il avait ce soir-là un dîner ennuyeux avec des industriels américains auxquels il était décidé à ne pas concéder les avantages exorbitants qu'eux considéraient comme leur dû. Dans ces conditions, un faux bond pourrait avoir le meilleur effet.

Il prit le ton le plus respectueux. Puisqu'elle ne voulait pas jouer, il lui montrerait qu'il savait aussi être déférent jusqu'à l'ennui :

— Madame, me jugerez-vous insolent si je vous demande la permission de vous inviter à dîner ? Si, par hasard, vous étiez libre.

Elle le regarda de plein fouet, jaugeant ouvertement son invitation.

— Pourquoi pas, dit-elle enfin.

Il se demanda où l'emmener. Il avait naturellement envie de l'éblouir, mais jugea que ce serait de mauvais goût. Un restaurant modeste ? A vrai dire, il n'en connaissait pas. Une solution :

— Où souhaitez-vous dîner ?

— C'est plutôt quand. Je n'aime pas me coucher tard. Emmenez-moi aux *Escargots :* c'est ouvert sans interruption. Et c'est... gai.

Il n'avait aucune envie de retourner aux *Escargots,* mais il s'inclina et y conduisit Mme Abad dans sa Mercedes de fonction qu'il renvoya ensuite. Nullement impressionnée par les courbettes du chauffeur, la prof. Le maître d'hôtel les accueillit et, sans un signe de reconnaissance, les emmena à la même table pour quatre, au balcon. La saison tardive et l'heure précoce réduisaient l'affluence des clients, les cuisiniers s'agitaient un peu moins autour des langoustines et des cochons de lait. Julian alla téléphoner. Il décommanda les Américains et commanda la Lancia.

En revenant, il cherchait malgré lui le spectre de Giulia,

mais il aperçut Paula Abad de loin et s'arrêta pour l'observer. Elle était assise, très droite, le menton relevé appuyé sur l'index gauche replié, la main droite abandonnée sur la table. Son visage placide, à peine rougi par la chaleur ambiante, n'exprimait rien, ce qu'il admira. Il admira aussi la suavité du teint, tout en nuances et en matités de brune, la finesse de la peau bleutée aux tempes, la rondeur du menton qu'on avait envie de cueillir dans sa paume. Il s'assit et s'excusa de son absence avec ce ton compassé qu'il avait résolu de prendre.

Elle le regardait bien en face, à travers ses grandes lunettes rondes, légèrement teintées, si bien qu'il ne voyait pas ses yeux.

— Puis-je me permettre de vous offrir quelque chose à boire pendant que vous lisez le menu ?

— Oui, vous pouvez vous permettre. Et il n'est pas nécessaire, monsieur l'Administrateur, de me traiter comme si cela m'était arrivé hier. En sept ans, on prend de la distance.

Elle demanda un xérès sec. Il nota avec satisfaction qu'elle s'adressait à lui et non au maître d'hôtel.

— Vous voulez dire que cela ne vous ennuie pas d'en parler ?

— Non. D'ailleurs ennuyer ne serait pas le mot.

Il commanda deux xérès. Il buvait moins de whisky depuis quelque temps.

— Je ne voudrais pas que vous croyiez à de la curiosité. De toute manière, ce n'est pas pour cela que je vous ai... priée de vous joindre à moi. (Il commençait à bafouiller, avec assez de bonne grâce.) Ce genre de crime... Je m'y intéresse d'abord parce qu'il n'existe pas de circonstances où il se justifie. On vole du pain, des documents secrets, on tue ses agresseurs, c'est normal. La teneur de mal dans le vol et dans le meurtre est variable ; on peut même dire que la teneur de bien l'excède quelquefois. Si je tue l'homme qui va tronçonner les bras d'une petite fille, je fais plus de bien que de mal. Mais le... (il buta sur le mot)... viol...

Elle le regardait avec étonnement.

— Je ne m'attendais pas à ce genre de réflexions venant de vous.

— A quel genre alors ?

— A ce que vous disiez que le viol, c'est toujours mieux que rien, que « se faire » violer est une expression appropriée, à une horreur de ce genre.

Agacé, il lui sourit par-dessus son verre.

— Vous avez dû entendre parler de moi par mes ennemis politiques.

Quand le maître d'hôtel eut pris la commande du dîner, Mme Abad regarda Julian dans les yeux :

— Que voulez-vous savoir ?

— Eh bien... d'abord comment cela s'est passé.

— Je rentrais tard. A pied. Après avoir donné une leçon particulière. Gratuite. Ils m'ont sauté dessus, ils m'ont jetée sur le siège arrière d'une vieille voiture américaine. L'un conduisait sans s'arrêter, l'autre me tenait, les deux restants prenaient du bon temps. Chacun son tour.

— Vous vous êtes défendue ?

— Bec et ongles. Ça ne va pas très loin.

— Vous avez crié ?

— Bien sûr. Les glaces étaient fermées et il n'y avait pas grand monde dans les rues.

— Quelques personnes tout de même ?

— Qui hâtaient le pas en m'entendant.

— Vos agresseurs étaient des jeunes gens ?

— Très jeunes, monsieur l'Administrateur. Le frère aîné de mon élève et ses copains. Je ne crois pas que ce soit une excuse.

— Je ne leur cherche pas d'excuses, madame. Simplement une confirmation : la société accouche de la jeunesse qu'elle mérite.

— Quand ils ont été épuisés, ils m'ont jetée, littéralement jetée, par la portière, près d'un terrain vague.

— On ne les a pas retrouvés ?

— Tous les quatre. J'avais eu la présence d'esprit de noter le numéro de leur voiture pendant qu'elle s'éloignait.. Elle était volée, mais ils y ont laissé leurs empreintes. L'un d'entre eux était connu de la police. Il a donné les trois autres.

— Ils ont été inculpés ?

— Oui, monsieur.

— Sévèrement condamnés ?

— Acquittés. C'est moi qui me suis sentie condamnée.

— Vous ?

— Dans les affaires de viol (elle prononçait le mot sans gêne), un bon avocat inverse la charge de la preuve. Comme en diffamation. Comment voulez-vous qu'on prouve qu'on n'était pas consentante ? Que la nature n'a pas joué ? Rien de plus facile que de jeter le doute. Je n'étais pas vierge. Quand j'ai quitté le tribunal, j'étais, aux yeux du jury, de la presse et de toute l'Agglomération, une Messaline qui avait choisi de déniaiser quatre gentils puceaux et n'était pas contente du résultat. D'ailleurs... Avouez que vous êtes déjà en train de vous demander si le jury n'a pas eu raison, si j'ai véritablement été forcée.

Il le nia, d'autant plus énergiquement que l'idée lui en avait traversé l'esprit.

— Il y avait eu des témoignages contre vous ?

— Ma logeuse. Je recevais « des hommes ». Un homme, en réalité. Comment prouver qu'il n'y en avait qu'un ?

Il la regardait, si stricte, dégustant son vin avec sérénité, et il l'imaginait renversée sur le siège arrière de l'automobile, maintenue par un gars, déchirée par l'autre. Il avait une telle envie de la consoler qu'il dit une sottise.

— Dans votre malheur, une seule chance : pas de... conséquences.

Elle cueillit une moule du bout de sa fourchette.

— Mais si.

Il se sentit, lui, Julian Dandolo, prêt à rentrer sous terre.

— Et vous n'avez pas pensé à... ?

— J'y ai pensé.

— Etant donné les circonstances, même à cette époque...

— Circé, dit-elle, n'était pas coupable. Je ne vois pas pourquoi on appliquerait la peine capitale aux innocents.

Il s'était arrêté de manger. Il ne savait que dire.

— Cependant, reprit-elle calmement, vous avez raison. Dans mon malheur, j'ai eu une chance. C'est une fille.

Il l'interrogea du regard.

— Je crois beaucoup à l'hérédité. Je ne savais pas duquel des quatre elle était. Il y avait le fils d'un repris de justice. Les trois autres avaient des parents honnêtes. Mais aucun n'était un garçon vraiment bien, nous sommes d'accord ? Ma descendance était donc plutôt mal lotie. De toute manière, c'est un fait avéré, statistique, certains diraient métaphysique, que les hommes commettent plus d'actes violents que les femmes. Ce n'est peut-être pas leur faute : ils sont les plus forts, ils ont davantage d'occasions. Quoi qu'il en soit, aucune femme n'a jamais violé personne. Si j'avais eu un fils, j'aurais toujours eu peur. Comme cela j'ai peur aussi, bien sûr. Autrement.

Il observa quelques instants de silence. Enfin :

— Quels sentiments avez-vous envers ces crapules ?

Elle déplaça la salière sur la nappe.

— Un jour, j'ai lu un roman américain. Une femme était violée. Elle recrutait des hommes pour capturer son agresseur. Et pendant que ces hommes les tenaient, elle le...

La voix de Paula Abad frémit à peine. Elle acheva :

— Châtrait.

Elle attaqua de bon appétit une cuisse de poulet.

— Après le viol, et surtout après le procès, j'aurais pu faire la même chose. Soyons précise : j'aurais aimé. Malheureusement nous n'étions pas dans un roman américain et je n'avais pas d'hommes de ce genre à ma disposition.

— Vous auriez vraiment pu ? Aimé, je conçois. Mais pu ?

Elle but une gorgée de Vina Paceta, pencha la tête de côté.

— Je le pense.

Elle ajouta, comme on avoue une faiblesse :

— Avec un couteau bien affilé.

Il avait à peine entendu ces derniers mots, et, comme il n'y avait personne autour d'eux, il lui demanda :

— Vous parlez toujours aussi bas ?

Elle expliqua avec simplicité :

— C'est un truc de prof. Pour attirer l'attention.

Il s'entendit poser une question qui le surprit lui-même :

— Il y a donc sept ans. Avez-vous... pardonné ?

Elle ôta lentement ses lunettes rondes, comme pour le voir mieux. Elle avait les yeux noisette, attentifs.

— Ne commencez-vous pas à trouver, comme moi, monsieur Dandolo, que le pardon est une valeur surfaite ?

Il fut pris de court.

— Je ne sais pas, moi. La tradition chrétienne...

Elle l'interrompit.

— Mais je ne me considère pas comme chrétienne, monsieur l'Administrateur. Et je peux même m'offrir le luxe de vous le dire. Nous ne sommes plus sous l'ancien régime.

Après dîner, Julian reconduisit Paula Abad chez elle, lui ouvrit la portière, et se tint debout pendant qu'elle cherchait ses clefs. Il bruinait, les réverbères avaient un halo.

Soudain elle releva les yeux sur lui.

— Je suppose, dit-elle froidement, que vous voulez monter pour le traditionnel dernier verre ?

Il y eut un silence, pendant lequel ils écoutèrent le crépitement de la pluie dans les flaques.

Julian regarda la jeune femme en manteau-redingote

dont le col bordé de renard argenté cachait le creux charmant entre les clavicules. Malgré l'habitude, il était toujours reconnaissant aux femmes qui se donnaient à lui, et il eût été incapable de s'expliquer pourquoi il allait refuser ce qui pourtant lui faisait envie. Il répondit :

— Vous m'avez indiqué, madame, que vous aimiez vous coucher tôt. Je m'en voudrais de vous contraindre à veiller.

Elle acquiesça de la tête, jeta un regard vers les étages, dont la plupart étaient encore éclairés, glissa la clef dans le trou de la serrure. Julian attendait. La clef ne tournait pas. Ils demeurèrent ainsi quelques instants, lui observant la redingote bleue qui semblait noire. Il la trouvait bien coupée.

Paula fit volte-face.

— Mais vous ne vous couchez pas tôt, vous. Laissez-moi monter un instant et ensuite emmenez-moi prendre un verre quelque part.

Il s'irrita. Qu'étaient-ce encore que ces jeux-là ? La prof avait-elle décidé de lui faire payer tout ce qu'elle pourrait, fût-ce un dernier brandy ? Il se reprocha ce soupçon, mais il avait connu tant de femmes qui ne se tenaient pas pour vénales et qui pourtant... Bon, attendons. D'après son horaire à lui, la nuit venait à peine de commencer, et qui pouvait savoir ce qu'elle promettait ? Dans une heure, il franchirait peut-être allégrement la porte qu'il venait de refuser.

La quantité de lumière diminua dans la rue. Une fenêtre à l'étage s'était éteinte. Julian commençait à avoir froid malgré son cachemire. La porte se rouvrit.

— Où vous voudrez, dit Paula.

Par une sorte de dérision, pour remonter le temps qu'il avait descendu avec Giulia, Julian proposa *Le Top du Top*.

— Suis-je assez habillée ?

— On ne fait plus attention à ces choses-là, fit-il avec quelque humeur.

Paula n'avait rien des beautés dramatiquement drapées avec

lesquelles il avait l'habitude de sortir, et elle aurait bien pu échanger ses lunettes contre des lentilles de contact, mais il n'y avait rien d'embarrassant à être vu en sa compagnie. Bourgeoise, soit, mais elle respirait cette qualité d'être dont Giulia cherchait éloquemment à masquer l'absence. Ce qui ne diminuait pas la douleur acérée qui tailladait le cœur de Julian au seul nom de Giulia.

Avant de prendre une table, ils restèrent debout quelques instants à regarder l'Agglomération nocturne tourner autour d'eux, comme mue par un système d'horlogerie. Paula ne disait rien. Julian se taisait aussi : il cernait le Corazon. En partant de la mer, c'était facile : cette artère rectiligne, Cristobal-Colon ; cette ligne brisée : les Avenues ; cette place avec ce Colisée illuminé au milieu : la place des Taureaux. Ainsi circonscrit : l'abcès.

« C'est là, se disait-il, c'est là que ça se jouera. »

Et il se sentait l'estomac noué comme, des années plus tôt, avant le parcours du combattant.

Il se rappela que Paula lui avait dit qu'à l'époque du viol elle avait aimé. Il en fut brusquement jaloux. Sans quitter des yeux le trapèze du Corazon :

— Cet homme, fit-il, cet homme dont vous m'avez parlé... ?

Elle regardait aussi l'Agglomération qui pivotait à ses pieds. Après un moment, elle répondit :

— Il n'a pas supporté.

Juger ? Facile. Que n'avait-il pas supporté ? Le malheur ? La « souillure » ? Ou sa propre incapacité à garder intacte celle qu'il aimait ? Ou à la venger ? « Est-ce que je ne me sens pas diminué, moi, pour quelques coups de poing et un doigt qui est en train de se recoller à Gstaad ? »

Une immense compassion pour cette femme trahie par tous monta dans les entrailles de Julian, une compassion dont il ne se serait pas cru capable quelques heures plus tôt. Il lui effleura la main. Sa décision se prit à l'instant, et il ne s'agissait plus de compassion mais d'utilisation des compétences :

— On doit pouvoir vous mettre en congé sans solde. Vous fixeriez vous-même votre salaire. Venez vous asseoir. J'ai besoin de vous.

16. *Remi*

Pendant quelque temps, Remi ne téléphona plus. Puis ses communications reprirent, plus fournies que par le passé, encombrées de précisions peu utiles mais véridiques : les policiers qui observaient les résidents de la villa confirmaient ce que communiquait l'agent de pénétration dont ils ne soupçonnaient pas l'existence.

Une chose inquiéta cependant le Directeur de Los Angeles. Un inspecteur rendit compte que l'homme qui bâillait toujours avait acheté, chez divers fournisseurs : du désherbant, du chocolat, du sucre, des œufs et du charbon de bois. Liste révélatrice, et cependant Remi n'avait pas signalé ces achats. Les avait-on faits à son insu ? Possible.

Néanmoins le Directeur fit venir le commissaire divisionnaire Terracotta, chef de la brigade antiterroriste.

Petit homme rondouillard et un peu bègue, avec, dans un visage sphérique et basané, d'étonnants yeux clairs, Terracotta, le bien nommé, avait l'air d'une statuette brune tournée par un potier malhabile. A le voir, on lui aurait donné un pourboire, on l'aurait bousculé dans le métro. Il était docteur en droit et avait tué avec ses mains. Toute sa carrière, il l'avait faite sous les auspices de Los Angeles : trente ans plus tôt, il réglait la circulation place Royale et maintenant il aurait pu passer contrôleur, mais on l'aurait envoyé dans une autre ville ; il ne voulait pas quitter son patron.

— Terracotta, lui dit le Directeur, tu vas m'étudier les moyens d'investir Les Tamaris. Rien n'est urgent, mais le jour où on tapera, ce sera probablement dans le secret. Débrouille-toi.

La villa n'était pas un objectif facile. Entourée d'un grand jardin bordé par un mur de clôture de deux mètres hérissé de tessons de bouteilles, couverte d'un crépi lisse, équipée d'une porte blindée, de fenêtres grillées et d'une porte-fenêtre coulissante également grillée donnant sur la piscine, pourvue de phares aux quatre coins et d'un double système d'alarme périmétrique et volumétrique, gardée enfin par un berger malinois qui ne connaissait qu'un seul maître : Bastian le Bâilleur, et qui, comme lui, bâillait fréquemment de sa mâchoire de tueur, elle avait pour garnison trois terroristes expérimentés et, d'après l'agent en place, puissamment armés. Depuis quelque temps, l'agent en place inspirait de moins en moins de confiance : non seulement on ne pouvait compter sur lui pour mettre le dispositif défensif hors d'action, mais il fallait, par mesure de sécurité, le compter au nombre des terroristes.

Une attaque de nuit en force pouvait être réalisée avec escalade du mur d'enceinte au moyen d'échelles et de bandes de moquette épaisse, élimination du chien, ouverture des huisseries par explosifs et assaut donné derrière un rideau de grenades offensives. Mais c'était là renoncer à toute discrétion et risquer des pertes des deux côtés. A exclure.

Terracotta avait espéré d'abord que les habitants de la villa acquerraient des habitudes utiles, comme par exemple de se faire livrer à domicile leurs achats d'épicerie pour être moins remarqués dans le quartier. Dans ce cas, il aurait été facile de substituer un faux livreur au vrai : lorsque la porte s'ouvrirait devant lui, ses camarades pénétreraient à sa suite. Mais les terroristes faisaient eux-mêmes leurs courses, à des heures imprévisibles, et ne tombaient dans aucune routine favorable à un coup de main.

Dans ces conditions, Terracotta proposa trois plans.

Alpha. De jour ou de nuit. On répandait dans le quartier un gaz inoffensif mais odorant et on évacuait les riverains, y compris les résidents de la villa qu'on interpellait ensuite discrètement. Ce plan nécessitait l'emploi massif des forces de l'ordre et se prêtait mal au secret.

Bêta. De nuit. On attirait l'attention du malinois en

introduisant un chat dans le jardin et on l'abattait avec un fusil à réducteur de son. Les fonctionnaires en tenue noire escaladaient alors le mur du jardin, dans lequel ils prenaient position, attendant la sortie de l'un des terroristes. On immobilisait celui qui venait voir ce qui se passait, et l'on se précipitait à l'intérieur par l'issue qu'il aurait laissée ouverte. Si personne ne paraissait, on essayait de provoquer une sortie en allumant un feu de bois. Variante matinale : un camion publicitaire arrivait dans la rue et, par des vociférations indistinctes, attirait la curiosité des terroristes. L'un d'eux irait peut-être voir ce qui se passait. Ce plan ne pouvait réussir que si les terroristes commettaient tôt ou tard l'imprudence de sortir.

Gamma. De jour ou de nuit. On créait aux terroristes un besoin, et on intervenait sur leur demande.

Cette dernière idée séduisit le Directeur et il demanda une étude approfondie. Cependant, à toutes les variantes qu'on lui proposait, il faisait des objections.

Ce ne pouvait être une panne de gaz, car les terroristes utilisaient du butane. De téléphone ? L'un d'entre eux pouvait se rendre à l'adresse de la compagnie pour demander son intervention ; d'ailleurs les terroristes utilisaient leur téléphone fort rarement. D'eau ? Difficile à déclencher discrètement pour une seule habitation. De courant ? C'était réalisable, et, comme ils ne s'en apercevraient probablement que le soir tombé, on tirerait avantage d'une intervention de nuit. Mais ce détail même risquait de mettre la puce à l'oreille d'un adversaire rompu aux techniques de la clandestinité. Les terroristes pouvaient faire venir un électricien de leur connaissance, peut-être même y en avait-il un parmi eux, qui soupçonnerait la cause de la panne. On débouchait alors sur un scénario dangereux : fuite des terroristes et, dans le meilleur des cas, leur interception en pleine rue.

— Trouve mieux, Terracotta. Tu en es capable.

Ce fut alors que Terracotta proposa la variante *Delta.*

Une mauvaise odeur met mal à l'aise, mais elle n'effraye pas. Elle provoque plutôt une sorte d'enjouement malsain qui rassure. Et l'intensité du désagrément pouvait être, dans une certaine mesure, commandée par la quantité de boules puantes utilisées. Le fin du fin, bien sûr, c'était que les terroristes fussent obligés de demander du secours pour protéger leur propre sécurité, mise en péril par les réactions prévisibles de leurs voisins.

— Oui, reconnut le Directeur en frottant ses mains sèches l'une contre l'autre, c'est, au sens noble du terme, assez vicieux. Tu me prépares tout de même l'application des trois autres plans, pour le cas où.

Et Terracotta prépara. Il sut, dans chaque cas, combien de véhicules, de périscopes, de cartouches de gaz, de fusils à seringues hypodermiques, de boules puantes, de pistolets-mitrailleurs à réducteur de son, de nécessaires à explosifs, d'organes de vision nocturne, de *riot-guns* à laser, de rouleaux de moquette, de gants épais, de chats seraient employés. Chaque plan pouvait devenir opérationnel en deux heures de temps.

On était à la veille de la nuit des Rois.

— Remi, on va à la Cour Anglaise acheter des cadeaux pour les camarades, dit Toma de sa voix de fausset.

Ses bajoues luisaient entre les parenthèses de ses cheveux gris et son œil brillait d'une lueur presque égrillarde.

La Cour Anglaise était comme une marmite pleine d'une bouillie d'êtres humains essayant de se déplacer dans toutes les directions à la fois. Le visage hagard, la voix hargneuse, ils peinaient à dépenser le plus d'argent possible, pour s'encombrer à l'infini et encombrer pareillement leurs enfants, leurs parents, leurs amis et même leurs ennemis dans l'espoir de les amadouer ou de les humilier.

Au rayon des fringues, les vendeurs exsangues titubaient

derrière les Ossa de pulls et les Pélion d'écharpes. A celui des jouets, on débitait par milliers armures sidérales, désintégrateurs cosmiques, robots téléguidés et cette nouveauté venue des Etats-Unis, les « jouets dégoûtants » : asticots, poulpes, ectoplasmes et embryons de plastique au toucher glacé et gluant. Les petits garçons en volaient pour les glisser dans le cou de leurs sœurs ou le sac de leur maman. Cent postes de télévision dévidaient le même programme anodin qui en devenait hallucinant : deux cents bouches tendues par paires l'une vers l'autre, ce n'était plus un baiser mais une orgie. De jeunes couples se querellaient (« Je te dis qu'on n'a pas de quoi ! — Mais si, je te dis qu'on a de quoi ! ») devant des radios-tourne-disques-magnétophones du dernier modèle pour lesquels ils se battraient et plaideraient en justice trois mois plus tard. Des ordinateurs complaisants faisaient défiler des chasses aux monstres sur leurs écrans de couleur ; des aspirateurs vrombissaient comme s'ils allaient s'envoler ; des fours à micro-ondes donnaient l'heure et la température en clignotant de leurs yeux rouges ; des machines à laver brassaient le linge qui tournoyait depuis Noël dans leur utérus transparent. Au rayon des vins et spiritueux, on se serait noyé dans les purs malts vendus en une journée.

Toma et Remi s'accoudèrent à la rampe du quatrième étage d'où l'on avait une vue plongeante sur presque tout le magasin. Une expression goulue se répandit sur le visage femelle de Toma.

— Contemple, dit-il, la société de consommation. Vois à l'œuvre ces chaînes dont je te parle souvent. Crois-tu que ces larves soient heureuses comme elles sont ? Ou qu'elles soient capables d'accepter volontairement un autre destin ? L'humanité n'a-t-elle pas fabriqué son propre enfer, pas celui de la souffrance, mais de l'absurde ? Ces fourmis devenues folles sont en train de se vendre en esclavage, pour se surcharger d'objets mal fabriqués pour lesquels elles ne trouveront pas de place dans les alvéoles qu'elles habitent. Cette rage de posséder, qui était jadis celle d'une minorité putréfiante, s'est maintenant étendue à la majorité putréfiée. Et nous ne lèverions pas le petit doigt pour libérer l'Homme ? Je ne sais pas si les esclaves qui construisaient les pyramides sous le fouet ne menaient pas une vie, en fin de compte, plus digne. Ils avaient tout perdu mais rien aliéné. Tu ne crois pas qu'il faut donner un coup de semonce à l'humanité ?

Remi observait le lent tourbillon qui serpentait sous lui d'étage en étage — cette spirale de bouilles soucieuses, de trombines avides — et il en avait la nausée, comme s'il se penchait par-dessus une lisse pour regarder la houle. Il ne trouvait en lui-même aucune compassion pour ce troupeau de pourceaux lâché entre ces amoncellements de fausses perles. Non, l'Homme ne devait pas devenir ça. A aucun prix. Et qu'est-ce que le Protal faisait pour l'en empêcher ? N'était-ce pas cette société-ci, happée par le maelström de la surproduction et de la surconsommation, qu'il mettait son point d'honneur à défendre ?

— La difficulté, musait Toma, consisterait à s'assurer qu'un colis oublié dans un coin ne serait pas volé dans les minutes qui suivraient. Tu nous vois préparant de quoi écrabouiller deux cents bourgeois bouffis et ne faisant sauter qu'un malheureux chapardeur rentré dans son galetas ?

17. *Julian*

Le soir même, Julian avait emmené Paula chez lui, sachant que Rosario y serait. Rosario ne supportait plus guère la proximité de sa mère :

— Elle est là, dans le même appartement que moi, la tête penchée sous ses « belles frégates », occupée à se demander si elle va me faire inviter au bal du Cercle anglais. Elle a toujours vécu par ce qui se fait et ce qui ne se fait pas. Qu'est-ce qui se fait avec une nonne qui a jeté son voile aux orties ?

Alors Rosario avait inventé de dépouiller la collection des journaux à faits divers. Elle relevait les noms des suspects et des victimes et constituait pour *Josaphat* un fichier des uns et des autres.

En conduisant, Julian se demandait quel serait le premier contact entre les deux femmes, la *principessa* et l'informaticienne, la vierge et la violée ? Un élément positif : il n'était en galanterie avec aucune des deux.

Il ouvrit la porte de la salle OPS.

— Rosario, je t'amène celle que nous cherchions. Madame, je vous présente ma cousine, Rosario Ossamundi. Madame Paula Abad.

Il les épiait. Elles se serrèrent la main, ce qui lui paraissait toujours un peu gauche entre femmes.

Rosario était plus grande, plus étirée, et grandie encore par des talons effilés. Elle était coiffée à la diable, par grandes mèches hâtives. Elle portait son chandail noir à paillettes, un pantalon noir et quantité de bijoux de pacotille, dont elle venait de découvrir les délices : des boucles d'oreilles de bohémienne, trois colliers emmêlés, une douzaine de bracelets aux poignets, un anneau d'argent à la cheville, des boucles étincelantes de strass sur les ballerines.

Paula portait sa robe bleu marine accentuée de blanc, ses lunettes teintées et des escarpins tout simples.

— Je vais chercher à boire, dit Julian, par une lâcheté calculée.

Il disparut pendant dix bonnes minutes et revint avec un plateau d'argent chargé de flûtes, de tartines de foie gras et d'un magnum de comte de champagne.

L'atmosphère semblait sereine. Pas de familiarités, de la franchise dans l'évocation de *Josaphat*. Les deux jeunes femmes s'étaient mutuellement enquises de leurs compétences. Rosario n'en avait aucune : « Mais je peux être une femme de main. — Moi, je peux être une femme de paille! » avait rétorqué Paula. Elle ne connaissait pas seulement l'informatique, mais aussi la législation des affaires et la gestion d'un budget.

— Mes chères amies, dit Julian, nous allons boire à la santé de la Présidente-Directrice Générale de la SRTA.

Elles burent, tout en élaborant déjà un plan de travail. La création officielle de la SRTA prendrait du temps. Elle serait déclarée au nom de Mme Paula Abad, de la princesse Rosario Ossamundi et de M. Mohammed Djelloul. Dans l'entretemps, Paula mettrait sur ordinateur le fichier de Rosario. Un plan de travail fut établi par écrit. Julian s'amusa de comparer l'écriture caracolante de Rosario au graphisme droit et clair de Paula.

— Sommes-nous certains, demanda Mme Abad, qu'une opération d'une envergure pareille soit réalisable en pratique ?

— Oui, dit Rosario, les joues enflammées, si don Jesus et tous ses anges marchent avec nous. Ce qui m'inquiète, c'est que Julian n'a pas encore trouvé le moyen d'acheter don Jesus ou de le compromettre ou de le séduire. Il n'a pas non plus découvert son secret coupable, à supposer qu'il en ait un. Je ne vois qu'une seule solution : l'enlever et le contraindre à coopérer, par la force s'il le faut.

— Cela, répliqua Paula, ne me paraît pas une suggestion réaliste.

Il était près de minuit lorsque la nouvelle présidente-directrice générale demanda, non sans impertinence :

— Vous gardez vos femmes pour la nuit, monsieur l'Administrateur, ou suis-je autorisée à rentrer chez moi ?

Fallait-il déceler dans cette question un mouvement de curiosité ? Elle aurait aussi bien pu dire : « Je rentre ». Julian répondit avec naturel :

— Je vous ramène toutes les deux.

Tant qu'on fut à trois, on bavarda gaiement. Rosario une fois déposée chez elle, Julian et Paula, les regards parallèles, n'échangèrent que deux phrases.

Lui, après un long temps : — J'espère que vous n'avez pas été choquée par l'exubérance de ma cousine.

Elle, après un autre long temps : — Nullement. J'ai bien vu que c'était une femme blessée.

Mais lorsqu'ils se tinrent de nouveau face à face près de cette porte devant laquelle ils s'étaient séparés et retrouvés quelques heures plus tôt, Julian les cheveux saupoudrés de la neige mouillée qui commençait à tomber et Paula sa clef à la main, elle demanda, à sa manière toujours directe :

— Vous avez vraiment cru que je vous invitais à monter, tout à l'heure ?

— Pourquoi ne l'aurais-je pas cru ?

— Vous aviez oublié Circé ?

— Circé ?

— Ma fille. J'ai une grand-mère de fortune qui s'en occupe. Sa fenêtre était allumée. Ces deux-là se raconteraient des histoires jusqu'à minuit. C'est pour cela que je suis montée.

Le visage de Paula s'était transformé. Julian y lut une telle plénitude d'amour qu'il en eut presque mal. Il s'inclina délibérément, torse fléchi, menton pointé, les yeux vert-de-gris ancrés dans les yeux noisette.

— Vous avez bien fait de garder Circé.

Elle lui tendit la main dans un élan presque tendre :

— Oui, dit-elle, j'ai bien fait. Et pourtant, si votre opération n'a qu'un résultat : empêcher une seule femme d'être violentée, il faut la faire.

18. *Julian*

Depuis que Julian savait tenir une queue, il se hasardait quelquefois *Chez Ernesto* le mardi ou le jeudi soir. « Le docteur » l'y accueillait amicalement, sans lui donner aucun nom, et personne ne le reconnaissait, car ses lunettes foncées, sa raie au milieu et son costume négligé le déguisaient suffisamment auprès d'hommes qui ne regardaient que leurs boules.

Il arrivait aussi à l'Administrateur et au Directeur de la police de se rencontrer dans l'exercice de leurs fonctions. Ils ne faisaient alors aucune allusion à leur vie billardière. Cela créait un lien.

Un jeudi soir — c'était la saison des Rois — les joueurs partirent tôt ; Julian et Jesus discutaient un carambolage difficile ; Jesus avait manqué son coup deux fois ; il replaçait calmement les billes dans la même position et recommençait.

— Impossible, je vous dis, impossible, même avec deux bandes avant, s'irritait Julian. Puis-je vous rappeler, maître, ce que vous m'avez dit un jour : impossible parce que invraisemblable ?

Don Jesus, les jambes écartées, sa chemise à fines rayures et ses bretelles, roses aujourd'hui, bombées sur son torse qui aspirait et expirait profondément, frappa. Bille blanche. Bande. Bande. Bille blanche. Bande…

— Vous n'y arriverez jamais.

Bande. Bande.

La bille de don Jesus n'avait presque plus d'énergie cinétique. Elle roulait à peine sur le tapis, à chaque fraction de seconde elle semblait devoir s'arrêter. Les deux hommes l'observaient, hypnotisés, comme s'ils avaient voulu la pousser du regard, souffler dessus avec leurs yeux. Elle eut pourtant la force de heurter encore une bande, et, comme dans un dernier soupir, vint expirer contre la bille rouge. Le toc fut imperceptible, mais les deux boules se touchaient maintenant comme deux pois dans une cosse.

Jesus de Los Angeles s'était redressé, appuyé sur sa queue comme Neptune sur son trident.

— Invraisemblable mais possible, commenta-t-il.

Le coup suivant était facile et il marqua un autre point. Les yeux fixés sur les billes, il dit :

— A propos d'impossible et d'invraisemblable, c'est une opération café au lait que vous me proposiez ?

Il regroupa les billes et frappa. Julian attendit qu'il eût encore marqué deux points.

— « Café au lait » ?

Le Directeur se releva, l'estomac pointé en avant, la queue brandie comme un foudre.

— Les hommes politiques ont leurs crises. « Arrêtez-moi tout ce qui est arrêtable! » On arrête à tour de bras et on n'a pas de quoi inculper. Ce faisant, on a déchiré les fils qu'on avait passé des mois, des années à tendre. Et on a tellement remué la vase que, pendant six mois, on n'y voit plus rien. Mais les media ont enfin quelque chose à raconter. Les hommes politiques viennent faire coucou sur le petit écran. Il paraît que ça fait réélire. C'est la *démmocrratie.*

— Je me permets de vous rappeler, don Jesus, que je ne suis pas un élu.

— C'est pourquoi, don Julian, je vous propose de venir déjeuner chez moi dimanche prochain après la messe. Si vous voulez bien me faire cet honneur.

L'immeuble avait été prospère au début du siècle. Pas d'ascenseur. L'étroit tapis rouge qui épousait les marches de bois noirci mais soigneusement ciré ne sentait pas la poussière. La concierge faisait encore son travail. La rampe de bois poli tremblait légèrement sur ses tringles de fer.

L'appartement était constitué de hautes pièces où s'érigeaient des meubles raides, largement espacés. Julian ne vit pas de salon. Dans la salle à manger, dont le haut buffet s'ornait d'une grille de fer forgé, il n'y avait, pour toute décoration, qu'un crucifix de fer forgé également, noir sur le mur blanc, et, plus bas, un méchant portrait en couleurs de l'ancien chef d'Etat : du carmin aux pommettes, le regard humide et même patelin, la petite bouche verrouillée, la poitrine couverte de croix et de rubans, les coudes au corps et les avant-bras levés dans un geste mécanique, la Marionnette semblait vous souhaiter « Bon appétit, les enfants », comme si le repas avait été empoisonné.

Mme de Los Angeles paraissait faite elle aussi en fer forgé, avec ses membres maigres et boulonnés aux articulations. Elle ne parlait pas. Elle observait d'un œil de couleuvre la mignonne petite bonne qui servait avec piété. Après les langoustines, elle apporta un poulet squelettique que le maître de maison découpa avec une maestria de chirurgien. Les côtes du volatile formaient sur le plat une grille à peine déguisée par la peau rôtie.

— « L'alcool, annonça pompeusement le Directeur en levant son verre rempli à mi-hauteur, est un solvant du surmoi. »

— Comme je n'ai jamais compris ce qu'était le sur-moi…

— C'est que vous n'êtes pas à la page, monsieur l'Administrateur. Vous ne savez peut-être même pas qui sont ces délinquants qui vous préoccupent tant.

— Qui sont-ils donc ?

— « Des individus asociaux qui n'ont pas intégré à leur personnalité des images parentales constructives permettant le développement d'un sur-moi efficace. »

— Qui citez-vous donc, don Jesus ?

— Un grand expert américain : Manfred Guttmacher. Sauf le respect que je vous dois, l'ennui avec vous autres administrateurs, c'est que vous n'êtes ni policiers, ni criminologues, ni même psychanalystes. Comment pouvez-vous espérer juger congrûment de choses qui vous échappent à ce point ? Tel que je vous connais, vous ignorez probablement qu' « un fils peut tuer symboliquement son père en contrefaisant sa signature sur des chèques ou commettre un acte symbolisant l'acte sexuel accompli avec sa mère en réalisant un vol par effraction ». C'est l'avis éclairé du Français Paul Broussolle. Je vois bien que, tout homme de gauche que vous êtes, vous êtes doué d'un tempérament répressif, mais comment voulez-vous inculper pour effraction ou pour faux un malheureux garçon qui ne songeait qu'à violer Madame sa mère ou qu'à refroidir son géniteur ?

Julian sourit. L'humour du Directeur, crispé mais baroque, lui plaisait assez. Il essaya néanmoins d'attirer plusieurs fois Mme de Los Angeles dans la conversation. En vain. Aussitôt après le dessert, elle quitta la pièce. Les deux hommes restèrent sur leurs chaises hautes, inconfortables, se parlant par-dessus un angle de la table débarrassée où fumait et crachotait la cafetière émaillée bleue. Dernier intermède : la petite bonne aux bras dodus, une médaille de la Sainte Vierge mettant un rond d'or sur sa petite robe noire, apporta les liqueurs. Ce fut comme les trois coups du brigadier. Le mystère pouvait commencer.

Le Directeur de la police demanda la permission d'allumer un cigarillo. Puis, environné d'une fumée fétide, il attaqua de but en blanc.

— Qui connaît votre projet ?

Julian s'attendait à être amené sur ce terrain mais ne prévoyait rien d'aussi direct. Il misa sur la sincérité.

— Vous. Moi. Mon ordonnance, vaguement. Deux femmes.

— Tiens ! Des femmes. Il est vrai que nul ne se tait mieux qu'une femme qui ne veut pas parler. Qui sont-elles ?

— Ma cousine Rosario…

— L'ancienne religieuse ?

— Exact.
— Qui n'avait pas prononcé ses vœux définitifs ?
— Exact. Et Mme Paula Abad.
— Celle du procès d'il y a sept ans ?
— La même.
— Quatre acquittements, si je ne fais pas erreur.
— Vous n'en faites pas.

M. de Los Angeles compta sur ses doigts :

— Un garçon garagiste devenu aussi honnête qu'on peut l'être dans ce métier ; un autre qui s'est expatrié ; un spécialiste des commutations de peines, ou des alibis, ou des non-lieux, inculpé plusieurs fois pour délits sexuels, en liberté aujourd'hui ; un casseur qui en a pris pour dix ans. Elle avait bien été violée ?

— C'est ce qu'elle me dit.

— C'est ce que je pense. Vous l'ignorez peut-être : ils avaient d'abord avoué. C'est leur avocat qui les a fait revenir sur des aveux mensongers extorqués par des brutalités policières. Pourquoi ces deux femmes ?

— Je ne sais pas au juste, don Jesus. Deux intuitions.

Il y eut un silence pendant lequel le maître de maison servit le café et, en même temps, le brandy. Les gourmettes de ses boutons de manchettes oscillaient comme des accessoires d'hypnotiseur. Enfin il appuya ses coudes sur la table et réunit l'extrémité de ses doigts écartés en forme de cage.

— Don Julian, je vous ai prié chez moi, comme cela se fait, pour que vous voyiez qui je suis. Car, vous l'avez compris, vous ne pouvez pas monter votre opération sans moi. Le pouvez-vous avec moi, tel que je suis ? C'est cela qu'il vous faudra déterminer.

« Je vous ai vu loucher sur ce crucifix et sur ce portrait. J'imagine que vous n'êtes pas convaincu de l'utilité du crucifix, et que vous trouvez tout de même soit ridicule soit odieux d'y associer, si peu que ce soit, le portrait. (Julian fit un geste de dénégation polie.) Cela est normal. Nous ne sommes pas du même bord, monsieur l'Administrateur, et vous devez en prendre conscience autant que moi. Pour moi, c'est bien simple, cet homme a sauvé non seulement le pays mais le continent de deux totalitarismes contradictoires et pourtant semblables. Vous ne le croyez pas ? Nous ne sommes pas ici pour discuter d'histoire. Vous êtes un homme de progrès, et moi, j'ai tendance à croire qu'hier valait mieux qu'aujourd'hui et aujourd'hui mieux que ne vaudra demain. Ce n'est pas pour rien qu'on m'a surnommé, entre autres, Le-Pire-est-toujours-sûr. A vous de voir, don Julian. En vous invitant ici, je voulais nous mettre si peu que ce soit à égalité, car moi, vous pensez bien, j'ai eu toute facilité pour me renseigner sur vous...

Le Directeur police ne put s'empêcher de marquer un temps.

— et j'ai le plaisir de vous faire savoir qu'après quelques mois d'enquête je n'ai pas trouvé une bassesse, une entourloupette, une lâcheté, une dureté inutile à relever contre vous. Des folies, bien sûr, et ce que l'Église appelle encore, si je ne me trompe, des péchés. Tant mieux, car je n'aurais certainement pas envisagé de m'embarquer dans une opération telle que la vôtre avec un enfant de chœur.

Il l'envisageait donc ?

— Don Jesus, vous me faites bien de l'honneur. Avez-vous songé que si je n'ai commis ni lâchetés ni bassesses, c'est probablement par orgueil et que l'orgueil lui-même est, paraît-il, une faute ?

— Don Julian, j'ai l'habitude de juger l'arbre à ses fruits et l'homme à ses actes. Le plus féroce des assassins n'a rien à craindre de moi tant qu'il n'a tué personne. Votre orgueil, permettez-moi de vous le dire, est en dehors du sujet.

« De mon côté, je suis, comme vous le savez, à quelques mois de la retraite. J'ai vécu une vie satisfaisante pour moi et, je l'espère, utile pour les autres. Je peux vous confier que, de l'avis de la faculté, je n'en ai plus pour très longtemps, ce qui ne m'affecte pas outre mesure. Tout le monde meurt. Je ne suis pas un sybarite. Vivre en roue libre, sans fournir de *travail* au sens scientifique du terme, ne présente pas d'intérêt pour moi. J'ai acquis des droits à une retraite qui, je ne l'ignore pas, pourrait m'être retirée du jour au lendemain, mais j'ai aussi acheté une vieille baraque et déposé quelque argent au nom de ma femme : Mme de Los Angeles ne mourra pas de faim si je me trouve, à mon tour — ce que d'aucuns trouveront... congru (manifestement, il affectionnait ce mot) —, sur la paille humide des cachots. Cela pour vous dire que je ne risque, ou plus exactement ne redoute, rien.

« J'ai toujours appliqué un axiome : police n'est pas justice, et — ceci vous surprendra peut-être — j'y crois encore. Il y a cependant des situations extrêmes où les axiomes les plus vrais doivent être mis, pour un temps, entre parenthèses.

« En ce moment, je constate que le pouvoir judiciaire n'est plus capable d'exercer la justice, pour des raisons dont je pourrais faire la liste : pression des media et des syndicats de la magistrature, décadence générale des mœurs, doute fondamental sur le droit d'un homme à en juger un autre. Doute d'ailleurs méritoire, mais qui débouche puérilement sur des acquittements ou des condamnations insuffisantes. Il me semble que c'est là un malaise dont souffre l'Occident chrétien — faut-il dire post-chrétien ? — tout entier, mais je n'y peux rien : je n'ai donc pas à m'en préoccuper. En revanche, dans cette Agglomération dont la sécurité m'incombe, je me reconnais certaines responsabilités.

« Suis-je suspect de motifs personnels ?

« Sincèrement, oui. J'éprouve du dépit pour toutes les fois où le judiciaire a empêché le policier de mener sa mission à bien. Sans doute n'en avez-vous pas conscience : le véritable ennemi du policier n'est plus le voyou ni l'avocat du voyou mais le juge d'instruction, ce qui n'est pas, reconnaissez-le, une situation saine. Du dépit donc, un dépit que je considère comme justifié. Et de la curiosité professionnelle. Comment le vieux routier que je suis pourrait-il ne pas se poser des questions sur l'efficacité d'une opération coup de poing jamais faite, telle que vous semblez la projeter ?

« Ces motifs personnels ne me semblent pas déshonorants.

« Voilà où j'en suis. Après des mois de réflexion, je me déclare donc tenté de participer à votre opération si elle offre certaines garanties. Avec moi, vous vous en doutez, elle peut réussir ou échouer. Sans moi elle ne peut qu'échouer. Et dans la mesure où j'ai plutôt envie qu'elle réussisse... »

Rosario avait donc raison ? *Josaphat* passait par le vieux Los Angeles ?

— Cependant, don Julian, il est crucial que vous sachiez trois choses.

« Premièrement : cette opération ne pourra pas être menée à bien dans une stricte légalité ; il faut donc que vous soyez préparé à sortir de la légalité, avec les conséquences morales, familiales, professionnelles, éventuellement pénales et, pour vous, j'ajouterai mondaines, que cela comporte. L'êtes-vous ?

« Deuxièmement : cette opération ne sera pas un jeu. Des vies humaines s'investiront ; vous serez peut-être cause que certaines seront perdues, du côté des voyous ou des forces de l'ordre ou des simples citoyens. Ces vies, vous en serez responsable devant la loi, que vous servez, et devant Dieu, en qui vous croyez peut-être. Même s'il n'y a pas de morts, votre action modifiera le destin d'un certain nombre d'êtres humains. En êtes-vous conscient ? En êtes-vous pénétré ?

« Troisièmement — le Directeur resservit le café et le brandy, dont il buvait alternativement de petites gorgées — vous allez jouer à être le bon Dieu et cela ne se fait point impunément. Quand tout sera terminé, par une victoire nécessairement partielle ou par une défaite peut-être totale, vous ne serez plus le même homme. Vous ne serez plus jamais le même homme, don Julian. Vous pourrez jouer au polo, mais vous ne serez plus jamais un joueur de polo.

« Est-ce qu'un doigt coupé à une jolie femme mérite de causer de pareils effets ?

Deus ex machina avait artistement préparé son petit effet ; l'Administrateur ne cilla pas.

— Don Jesus, je suis ravi de vérifier une fois de plus que vous êtes bien renseigné. Pour un peu, je vous soupçonnerais de m'avoir vous-même envoyé ces malandrins pour me porter à monter une opération dont vous avez rêvé toute votre vie. J'avoue que le doigt de la jolie femme m'a montré la voie, si vous me permettez une mauvaise plaisanterie. Mais ce qui m'a bouleversé encore plus, c'est que la femme qui avait vu la cisaille fonctionner s'est crue obligée de le nier. Le vrai mal, le mal à extirper est là.

« Quant aux risques que je cours, oui, j'y ai réfléchi. Mais voyez-vous, mon Ministre, qui aime tant les classiques, ne m'enterrera tout de même pas vif pour avoir préféré les lois non écrites aux écrites et ne trouvera pas de ciguë à me faire avaler. Dans ces conditions, il faudrait vraiment être un pleutre pour ne pas tenter sa chance. Un blâme, je m'en moque. Une révocation, j'aurais davantage de temps pour... le polo (et le billard). Le garrot ne se pratique plus. Alors ?

— Bien. Quelle est exactement votre intention ?

— Je vous l'ai dit. Boucler le Corazon. Transporter la population ailleurs. Secouer le tamis. Faire retrouver leur langue aux braves gens. Coffrer les arracheurs. Dédommager les touristes.

— Vous avez des fonds ?

— Deux millions huit cent mille pesos.

— Je l'ignorais.

— Maître, vous me décevez.

— Reprenons vos termes un à un, si vous voulez bien. Vous dites : « coffrer ». Et ensuite ? Déférer au Parquet ?

Le Directeur avait posé sa question d'un ton affirmatif.

— Je suppose qu'on en sera réduit là. Mais je compte sur l'effet psychologique produit sur le reste de l'Agglomération.

— Le Corazon, c'est un gros morceau ; pourtant, suffira-t-il ?

— Il faut bien commencer quelque part. Au Cœur du Mal.

— Bon. Et comment allez-vous les identifier, vos arracheurs à coffrer ? Parce qu'ils ont (le Directeur récita :) « le regard cruel et dur, un sourire cynique, la taille basse, le crâne petit, brachycéphale et asymétrique, le front étroit, les arcades sourciliaires proéminentes, les yeux enfoncés et obliques, les oreilles écartées en forme d'anses » ?

— Encore un de vos auteurs favoris ?

— Le portrait du criminel type dans Lombroso.

— Non. Je pense d'abord que vos policiers arriveront bien à coincer quelques recherchés, quelques mauvais coucheurs, quelques gars qu'ils avaient déjà dans le collimateur, et que certains d'entre ceux-là parleront. Mais j'espère surtout reprendre en main la population qui parlera aussi, dès qu'elle aura de nouveau confiance. Au pis, je trouverai bien quelques touristes pour me dire : Oui, c'est bien ce gars-là qui m'a arraché ma caméra.

— Vous voulez donc faire frimer les suspects.

— « Frimer » ?

— Les faire observer et reconnaître par des plaignants demeurant invisibles. Dans quels locaux ?

— J'ai repéré le lycée Cristobal-Colon. Les murs des salles de classe sont vitrés. Il y en a six cents mètres de long.

— Vous avez beau être un amateur, je vois que vous avez réfléchi à la question. Qu'entendez-vous par « secouer le tamis » ?

— Interroger, vérifier, perquisitionner, recouper, susciter des dénonciations. Le mot est laid, la chose nécessaire. Le tamis, c'est vous.

— Vous avez aussi dit : « transporter ailleurs ». Pour quoi faire ?

— Ne serait-ce que pour créer une atmosphère. Montrer aux uns et aux autres que tout cela peut, malgré l'invraisemblance, monsieur le Directeur, être fait. Que les « mauvais » ne sont plus au pouvoir. Que les « bons » sont les plus forts. Que les « neutres » seront protégés. Qu'ils ont avantage à devenir « bons » eux-mêmes, ne fût-ce que pour se mettre du côté du manche. Et puis, je vous l'avouerai, j'ai une fantaisie : traverser l'Abyme de part en part, lentement, la nuit, en baguenaudant, sans rien craindre. Comme avant.

Le Directeur ne releva pas « comme avant ».

— Vous serez obligé de faire des exceptions. Il y a des personnalités importantes qui habitent le Corazon : des conseillers d'État, des professeurs de médecine, de grands acteurs...

— Les personnalités importantes feront comme les autres. S'il le faut, j'irai les prendre moi-même par la peau du cou.

— Il y aura des malades.

— On fera garder les malades.

— Il faudra requérir des médecins.

— Je requerrai.

— Vous ne pourrez pas vider l'hôpital Sainte-Croix.

— J'y mettrai un bouclage secondaire.

— Des gens mourront peut-être ce jour-là. Il en meurt près d'un par jour sur vingt mille.

— Ils attendront pour se faire enterrer.

— Les femmes en couches...

— J'aurai des ambulances. D'ailleurs il y a une maternité à Sainte-Croix.

— Avez-vous pensé qu'il y a des gens qui habitent le Corazon et travaillent au-dehors et vice versa ?

— Ils prendront un jour de congé. Les patrons se feront une raison.

— Le Corazon sera donc scellé ?

— Hermétiquement. Comme une cocotte-minute. Pour quelques heures, il deviendra zone interdite, et ceux qu'on y ramassera seront de bonne prise.

— Où mettrez-vous la population ?

— Aux Arènes. Il y a vingt-cinq mille places. Ça se garde facilement et c'est tout près.

— Mais enfin il faut prévoir...

— Je sais. Deux cents cabinets d'aisance chimiques. Rosario a calculé : ça doit suffire.

— Et c'est vous qui prendrez l'initiative de l'opération ?

— C'est moi.

— Sans en référer à votre ministre ?

— A Nicolo Grosso ? !

— Il sera mis au courant dans l'heure et vous donnera l'ordre de démonter.

— Je ne recevrai pas cet ordre.

— Il vous fera envoyer l'armée.

— Pas immédiatement.

— Combien de temps comptez-vous tenir ?

— A vous de me dire combien de temps il me faut.

— Monsieur l'Administrateur, vous comprenez bien que vos supérieurs ne seront pas vos seuls adversaires dans cette affaire. Les mass-media vrombissants autour de votre fromage seront les plus dangereux.

— Je vous répète que le fromage sera sous cloche.

— Où trouverez-vous la cloche ?

— Supposons qu'elle soit trouvée. Puis-je compter sur vous et sur vos hommes ?

Le Directeur fuma quelques instants en silence.

— A certaines conditions.

— Lesquelles ?

— Mes hommes... que j'en sois le seul maître. Certains s'inquiéteront pour leur avenir, d'autres auront la tentation de s'en donner à cœur joie. Il faudra que je les tienne comme ça !

— Vous en serez le seul maître après moi.

Leurs yeux se choquèrent. Ceux de Julian avaient trouvé une dureté nouvelle. Etait-ce une amorce de la transformation annoncée ? Ceux de Jesus étaient impénétrables sous les paupières protubérantes.

— Après vous, monsieur l'Administrateur, cela va sans dire.

— Autres conditions ?

— Que nous soyons d'accord sur les troupes de bouclage.

— Entendu.

— Que pas une personne de plus ne soit mise au courant de l'opération, sauf accord entre vous et moi.

— Entendu.

— Qu'on profite de l'opération pour ficher toute la population.

— Mais bien sûr.

— Enfin que l'opération soit déclenchée sous un prétexte qui trompera pendant quelque temps vos supérieurs, mes subalternes, le procureur général et les media.

— Vous avez une idée ?

— Mettons que je vous fournisse un renseignement : « le groupe de terroristes responsable de l'attentat de la gare du Nord se cache dans le Corazon avec une petite armée révolutionnaire ». Mettons d'une quinzaine d'hommes. Mettons avec armes lourdes, collectives. Mettons qu'ils soient sur le point de commettre un attentat encore plus meurtrier, ou de prendre des otages en grand nombre. Mettons des enfants. Mettons le lycée Cristobal-Colon. Quelle serait la réaction de M. Grosso ?

— Il accourrait sur place avec des bombardiers et des sous-marins.

— Il faudra donc que vous le mettiez devant le fait accompli : une opération déjà entamée. Et que votre bouclage soit assez solide pour décourager toute intervention extérieure, sans risquer la guerre civile. Cela est-il possible ?

— J'ai une petite idée.

Ils se regardèrent longuement, cherchant une chose importante à ajouter. Les détails seraient pour plus tard. Enfin le Directeur de la police prononça, délibérément :

— Il faudra donner un nom de code à notre opération.

« Notre » ! Il avait dit « notre ».

— Notre opération, répondit aussi délibérément Julian, s'appelle *Josaphat.* C'est Rosario qui l'a baptisée.

La grosse tête ovoïde s'inclina :

— Il ne pouvait en être autrement.

Soudain Julian bondit, juvénile :

— Voulez-vous faire la connaissance de vos collègues de l'état-major ? Je vous emmène.

En tenant la portière de la Lancia pour son Directeur de la police, Julian retrouva les sentiments qu'il avait eus tout jeune homme, lorsqu'il était allé chercher un de ses professeurs pour l'emmener prendre le thé chez tante Matilda : la différence d'âge était comparable et aussi la différence de fortune, qui ne nuisait en rien au respect.

Ce fut un étrange conseil de guerre dans la salle OPS où Djelloul avait apporté des chaises et du chocolat chaud. « Avec un morceau de beurre dedans pour M. le Directeur », précisa Julian.

Rosario ne fit rien pour cacher la curiosité passionnée que lui inspirait M. de Los Angeles.

— C'est donc vous, monsieur, lui dit-elle, qui êtes une légende vivante.

— Plus pour très longtemps, princesse, répondit-il de sa voix rauque, et c'est sans doute une heureuse circonstance.

— Heureuse ?

Elle le dévorait des yeux.

— Il est difficile de renier sa vie, sinon à l'article de la mort. Il y a trois ans, aurais-je saisi la grandeur du projet de votre cousin ? C'est douteux.

— Que parlez-vous de renier ? N'avez-vous pas voué votre vie à la justice ?

— Non, princesse. Au respect de la loi, ce qui est bien différent.

Il se tourna vers Paula, trouvant inutile de feindre d'ignorer son histoire.

— Madame le sait, hélas. Et maintenant, nous allons tenter de faire triompher la justice sur la loi, ce qui est périlleux et paradoxal, puisque la loi n'a été inventée que pour servir la justice. La conception de la machine, c'était cela. Mais quand la machine grippe... Voilà où on en arrive (il écarta le petit doigt et poussa un gloussement imprévu en goûtant son chocolat) : un vieux *fflic* comme moi conspirant contre la loi avec deux jolies femmes.

— Nous ne sommes pas de jolies femmes, dit Rosario. Nous sommes une déception et une vengeance.

— C'est bien, fit le Directeur. Il faut régler certains points dès maintenant. D'abord : quand ?

— J'avais pensé au mois d'août, répondit Julian. Beau temps, donc possibilité de passer une nuit dehors. Affluence de touristes, donc d'arracheurs. Autant en ramasser le plus possible.

— Mauvaise date, monsieur l'Administrateur, à cause des congés. En août, je travaille avec la moitié de mes effectifs.

— Juillet ?

— Je préférerais juin, avant les vacances scolaires. Les touristes sans enfants sont déjà là, et la plupart des arracheurs.

— Va pour juin. Quelle est la meilleure heure ?

— Nous pensons généralement que c'est le petit matin.

— Cela ne dépend-il pas, intervint Paula, de ceux que vous voulez prendre : les malfaiteurs qui habitent le Corazon ou ceux qui y exercent ?

— Tous, tous, dit Rosario.

— Madame a raison. A l'aube, nous ne prendrons que les résidents. Lieu d'habitat et lieu de commission ne se recoupent que partiellement : le Corazon étant un excellent terrain de chasse, il y a beaucoup d'arracheurs qui viennent y opérer dans la journée et rentrent chez eux la nuit. Mais comment boucler par surprise en plein jour ?

— De toute manière, dit Julian, j'aimerais avoir une nuit devant moi. Les ministres dorment quelquefois. Et les journalistes.

— Alors vingt-deux heures, don Julian ? Cela me permettra de mettre un dispositif en place d'avance, pour profiter de l'effet de surprise.

— A condition que personne n'agisse avant le top.

— Ne craignez rien. Avant le top, vous pourrez vous faire dévaliser vous-même sous les yeux de mes hommes, ils ne bougeront pas.

C'est ainsi que, de loi écrite en loi non écrite, de saison en heure du jour, de ratissage en bouclage, de précaution en prévision, d'idée en acte, l'opération *Josaphat* commença à s'épanouir, comme les destinées se préfigurent au ciel, dans l'agencement des astres visibles et invisibles. Il y avait tant de choses à mettre au point : une liste simplifiée des suspects et des victimes à constituer à partir des divers fichiers de la police et des éléments découverts par Rosario ; la copie des fiches de recensement ; une banque d'empreintes digitales et de photos ; la liste des policiers participant à l'opération et leur répartition par équipes d'interpellation, de contrôle, d'interrogatoire, d'intervention ; leurs moyens en matériel ; l'interruption des transports en commun, du téléphone, des contacts radio privés ; le transport des interpellés ; leur garde à vue ; les inculpations et les présentations au Parquet ; tout cela mené à fond de train pour battre de vitesse les interventions possibles du gouvernement, des mass-media et de l'opinion publique, donc dans un ordre rigoureux, alors qu'il était impossible de préparer le personnel mis en œuvre, puisque, la moindre fêlure du secret pouvait être fatale à *Josaphat*.

— Il faut, dit le Directeur de la police, que nous imitions au plus près le plan de Dieu : personne ne doit connaître le dernier jour.

— Le Père seul, acquiesça Rosario avec recueillement.

Ils se regardèrent tous les quatre. Etaient-ils en train de se prendre pour un Père collectif ?

19. *L'Antéchrist*

— Je vous emmène en balade, dit l'Antéchrist. Ne fais pas cette tête-là, Joey. Nous allons acheter des objets de première nécessité. Arrive, Pepito.

Ils prirent un autobus qui, de faubourg en faubourg, atteignait l'extrémité sud de l'Agglomération.

Joey, le nez coulant, les joues bouffies et marbrées, le cou, jadis si élégant, décharné comme celui d'un chapon plumé, était abîmé dans un désespoir quotidien. Ce n'était pas qu'il eût grand-peur de mourir : à sa façon, il croyait en Dieu et comptait fermement sur sa miséricorde. Lorsque, par hasard, il en doutait, il se rassurait par des citations qu'il s'appliquait en les attribuant pêle-mêle à la Bible : « Mes péchés, qui sont nombreux, me seront pardonnés, car j'ai beaucoup aimé... J'ai aimé dans l'excès, pas dans la sagesse... » C'étaient les souffrances de l'agonie qu'il redoutait, et il parlait souvent de suicide. L'Antéchrist, qui ne le gardait plus que pour se comparer avantageusement à lui, le traitait de Gribouille :

— Et alors, quand il pleuvra, tu te cacheras dans l'eau ?

De son côté, coiffé d'un béret qui lui donnait l'apparence d'un montagnard carliste, les pupilles démesurées, les joues hâves, sombrement auréolées d'un collier de barbe méphistophélique d'invention récente, la pomme d'Adam hérissée de quelques poils oubliés, l'Antéchrist affectait un air de plus en plus belliqueux. « Chacun clamse comme il peut : moi, ce sera dans un feu d'artifice ! »

Pepito s'était réfugié sur la plate-forme et se laissait fouetter le visage par la bise, jusqu'aux larmes. Il ne fumait encore que de l'herbe, mais, l'autre jour, quand il avait vu Sariel rentrer de la police avec des ecchymoses, à vrai dire pas très graves, sur la face, il aurait accepté de se laisser piquer simplement pour consoler son grand frère. Sariel, heureusement, n'y avait pas pensé et s'était contenté de disparaître quelques instants pour aller chercher la double dose dont il avait besoin.

— C'est clair, disait Pepito. Si je me pique, je fais mal, puisque le père Leandro l'a défendu. Si je ne me pique pas, je fais mal, puisque je désobéis à mon grand frère qui me nourrit. Doux Jésus, tu ne veux pas faire que je meure là, tout de suite ? Ce serait plus facile.

Au bout d'une heure et demie, l'autobus atteignit son terminus. Encore deux cents mètres à faire à pied, et l'on débouchait par le bas sur une future place en pente, faite de terre battue, à peine sucrée de neige et encadrée d'un trottoir de ciment sur lequel donnaient quelques boutiques. Plus loin, parmi les terrains vagues pleins d'orties, s'élevaient des immeubles inachevés et d'autres bourrés de locataires dont les draps, les chemises et les culottes ondulaient sur les balcons comme une voilure faseillant dans le vent.

Débordant sur le trottoir de gauche, un fripier avait installé des potences auxquelles, sur des portemanteaux en fil de cuivre, oscillait un peuple de soutanes et de soutanelles, dont deux violettes parmi les noires. Dans la boutique, sur d'autres gibets, s'alignaient des rochets candides, des camails, des surplis tuyautés, des dalmatiques flottantes, des amicts, des étoles, des manipules, et, au fond, où il était plus facile de surveiller les acheteurs, se déployaient des chasubles vertes, rouges, violettes, noires et blanches, en lin, en soie, en brocart, brodées et surbrodées d'or, d'argent, de perles, illustrées de croix, de têtes de mort, de monogrammes du Christ, de calices, d'épis, de clous, de clefs, d'étoiles, de grappes de raisin, de couronnes d'épines. Tout cela oscillait dans le pauvre soleil de janvier dans une contredanse macabre.

L'Antéchrist se tourna vers Joey.

— Hé, l'Amerloque, tu comprends que ces oripeaux, c'est béni, c'est sacré ? Que ça ne sort pas d'un costumier mais en droite ligne de la sainte Eglise catholique, apostolique et romaine ? Que ce sont les curés à la page qui fourguent ça à mon ami Benikhlef ? Non, tu ne peux pas comprendre parce que tu es un sale parpaillot. Aide-moi tout de même à choisir les plus tape-à-l'œil. Pepito, on va te trouver un beau petit kilt rouge d'enfant de chœur.

Pepito secoua la tête. L'Antéchrist lui saisit les deux oreilles et le hissa :

— Toi, tu vas m'obéir, ou sinon... Si tu ne veux pas officier, on te sacrifiera à l'autel et puis c'est tout.

— Sariel, nasilla Joey, tu ne dois pas maltraiter lui. Je te l'ai dit cent fois si je te l'ai dit une. Il est un bon biquet.

— Toi aussi, tu commences à me les rompre. Tu sais ce que j'aime en faire, des bons biquets ? Alors ? Tu ne crois pas que celui-ci devrait m'être reconnaissant ? D'ailleurs, si vous continuez à me fatiguer, il va passer à la casserole ce soir, ce sera bientôt fait.

Après avoir beaucoup ri en essayant les chasubles, l'Antéchrist en choisit une de deuil, en velours noir brodée au fil d'argent de crânes, de larmes, de flambeaux renversés et de chaînes brisées, une de taffetas changeant vert foncé avec des colombes et des branches d'olivier, et une de satin cramoisi moiré semé d'étoiles d'or et ornée en son milieu d'un Sacré Cœur flamboyant.

Il fallut aussi que Pepito se soumît et essayât une aube : un péché de plus à avouer au père Leandro. Ces confessions indéfiniment répétées devenaient lassantes. A quoi bon compter une fois de plus combien de joints ? La semaine dernière, n'étant plus sûr du total, Pepito l'avait arrondi. Par excès.

20. *Julian*

En s'endormant, Julian voyait l'opération *Josaphat* flotter devant ses yeux clos et c'était elle qui le réveillait le matin. Dans la salle OPS, il y consacrait des heures de travail tous les jours, et, au bureau, il dérobait pour elle des minutes qui auraient dû être consacrées à la gestion du port de commerce de l'Agglomération ou à un litige entre deux stations de radio libre. A vrai dire, il était amoureux de *Josaphat.* Si amoureux qu'il pensait de moins en moins (encore qu'aussi douloureusement) à Giulia et que la chasteté où il vivait ne lui pesait pas. Sa nouvelle manucure en était scandalisée : on lui avait assuré pourtant que le jeune Administrateur sautait sur tout ce qui bouge ! Encore une réputation surfaite.

Rosario était devenue l'agent de relations publiques de la SRTA. C'était elle qui, au nom de la Société, négociait la location des Arènes et l'organisation du spectacle qui y serait donné. Elle louait pour trois jours. Le spectacle se donnerait la veille du jour J (J pour *Josaphat*) et serait un four. On expliquerait à la troupe engagée (pour le moment, Rosario hésitait entre un groupe rock, une corrida portugaise et un ballet géorgien) qu'il était hors de question de recommencer l'expérience : les Arènes se trouveraient donc libres pour quarante-huit heures. C'était Rosario aussi qui, au nom de la même SRTA, mais en faisant jouer « ses relations avec son cousin l'Administrateur », retenait le lycée Cristobal-Colon pour « un congrès d'enseignants étrangers consacré à *L'Ame désarmée* d'Alan Bloom » et qui expliquait à la presse intriguée qu'aucun nom d'université participante ne serait révélé à l'avance :

— Vous les interviewerez à mort quand ils seront là. Pour le moment, considérez que c'est une pochette-surprise destinée à créer un mouvement d'intérêt pour la SRTA. (Elle se retenait d'ajouter : Avec un pétard dedans.)

Paula avait d'abord calmement refusé de prendre un congé ; puis elle s'était aussi calmement rendue à l'évidence : ses loisirs ne suffiraient pas à préparer *Josaphat*. Elle avait accepté d'être mise temporairement hors cadre, à la disposition de l'Administration. Son proviseur avait levé les yeux au ciel en recevant cette demande, appuyée par l'Administrateur lui-même.

— J'ai peut-être eu tort de l'inviter à inaugurer votre département, madame Abad, soupira-t-il.

Elle, assise devant lui, garda tranquillement les mains dans son giron.

— Enfin, puisque l'Agglomération subventionne un remplaçant... Amusez-vous bien.

Ectors avait eu vent de la manœuvre :

— Pourquoi, monsieur, avons-nous besoin d'une informaticienne supplémentaire ?

Julian le regarda avec cet agacement que son chef de cabinet ne manquait jamais de lui inspirer :

— Bonne question, Ectors. Qu'en pensez-vous vous-même ?

Derrière les lunettes carrées, les paupières battirent. Ectors était si facile à démonter. Ce n'était même pas drôle.

— Et à propos, Ectors, quand je vous demande des renseignements sur les personnes que je dois rencontrer...

— Oui, monsieur l'Administrateur ?

— Chaque fois qu'elles auront été violées au préalable, informez-vous de leur descendance, je vous prie.

Paula, toujours réservée, à la fois assidue et comme absente, se mit donc au travail, simplifiant et complétant les disquettes de la police fournies par le Directeur, y ajoutant des plaignants possibles, les expurgeant des individus recherchés dans l'intérêt des familles, poursuivis par le fisc ou même ayant fait l'objet d'une pièce de justice, s'ils n'avaient aucun délit physique à se reprocher.

— Gardez tout de même les revendeurs de drogue, précisa le Directeur. Si nous pouvions mettre la main sur Mme Quenie Lee qui a une réputation internationale et qui opère à partir de l'Agglo, ce serait congru.

Restait à organiser le bouclage proprement dit. La police n'était pas apte à ce genre d'opération. Les forces de maintien de l'ordre de la première catégorie ? Barualdo exigerait trop de garanties. De deuxième catégorie, c'est-à-dire les gendarmes mobiles ? Ils finasseraient eux aussi sur les réquisitions. Restait la troisième catégorie : « toutes forces armées, terrestres, maritimes et aériennes »... La « petite idée » de Julian le portait de ce côté-là. Mais comment la réaliser ? La chance le servit.

Ce jour-là, il s'était enfermé dans la splendeur de son bureau Renaissance et avait interdit qu'on le dérangeât. Il voulait dresser la liste des catégories d'individus qui seraient interpellés et celle des étapes qu'ils auraient à franchir ensuite. Pour les étapes, c'était facile : il y aurait d'abord l'interpellation sur place, au Corazon ; puis le contrôle aux Arènes ; puis, pour ceux qui accepteraient de « frimer » leurs agresseurs, un passage au lycée Cristobal-Colon ; le même passage et un interrogatoire pour les suspects qui leur seraient présentés ; et enfin, pour tout le monde, soit la libération soit la présentation au Parquet (sauf pour les recherchés, qui auraient déjà été déférés aux autorités intéressées). Mais la forme d'esprit et d'éducation de Julian était si rationaliste qu'il s'embrouillait dans les catégories d'interpellés. Il y aurait, par exemple, des touristes étrangers, dont certains auraient été agressés, d'autres non ; parmi les agressés, certains auraient déjà déposé une plainte, d'autres le feraient lors de l'interpellation ; certains auraient été témoins d'une agression, d'autres non ; certains se déclareraient capables de reconnaître leur agresseur ou celui d'une tierce personne et volontaires pour le faire, d'autres non… Cela supposait une classification par chiffres romains et arabes, par grand A et par petit b, dont un policier sur le terrain n'aurait sûrement pas l'emploi. Or, le temps forcément bref dont disposerait *Josaphat* exigeait que l'opération fût réglée de telle manière qu'on n'hésitât à aucun moment sur « la ventilation des intéressés ».

Finalement, se forçant à l'empirisme, Julian dressa un tableau sur une grande feuille de papier à dessin. Il y retrouva le plaisir que, dans son adolescence, il éprouvait quelquefois à bachoter un peu, en métamorphosant un cours entier en un organigramme colorié. Cela donna ceci :

INTERPEL.	CONTRÔLE	INTERROG.	FRIME	TRI
	Recherchés →			Destination
Suspects a priori →	Contrôlés →	Aveux →	Reconnus →	Destination
			Non reconnus →	Destination
		Non-aveux	Reconnus →	Destination
			Non reconnus →	Libération
Non-suspects a priori – Plaignants ou témoins →	Contrôlés →		Frimeurs →	Libération
– Ni plaignants ni témoins	Suspects →	Aveux →	Reconnus →	Destination
			Non reconnus →	Destination
		Non-aveux	Reconnus →	Destination
			Non reconnus →	Libération
	Non-suspects Ne parleront pas →			Libération
	Parleront peut-être →		Frimeurs →	Libération

Dans l'idée de Julian, chaque individu interpellé recevrait une carte où l'on inscrirait son identité et qui permettrait de le diriger sur les étapes suivantes. Ces cartes seraient de diverses couleurs pour simplifier le travail des policiers. Par exemple on donnerait une carte rose à ceux qui se rendraient immédiatement suspects par leur attitude ou par les objets qu'on trouverait en leur possession. Les individus ni suspects ni témoins ni plaignants recevraient une carte blanche. Les personnes jugées aptes à collaborer avec les forces de l'ordre en dénonçant un agresseur, une carte bleue. Au Centre de Contrôle, certaines de ces cartes seraient remplacées par d'autres. Les recherchés seraient directement envoyés au centre de tri munis d'une carte verte. Les individus non suspects a priori mais qui se rendraient tels au cours de leur identification échangeraient leur carte blanche contre une rose ; ceux qui donneraient l'impression de pouvoir être amenés à dénoncer des agresseurs lorsqu'ils les verraient échangeraient leur carte blanche contre une bleue. Les porteurs de cartes roses seraient soumis à des interrogatoires et devraient défiler devant les témoins et les plaignants éventuels : s'ils avouaient une agression ou étaient dénoncés, leur carte rose serait remplacée par une rouge ; sinon, par une blanche. Le Centre de Tri libérerait les porteurs de cartes blanches et bleues et dirigerait les porteurs de vertes et de rouges sur leurs destinations respectives. Mais n'y aurait-il pas risque d'échange de cartes, surtout si le code était aussi rudimentaire ? Valait-il mieux utiliser des nombres : par exemple « pair » signifierait « suspect » ?... Il fallait aussi prévoir les cartes perdues, volées, empruntées...

Julian en était là de ses réflexions, lorsque, contrairement à ses ordres, son téléphone intérieur sonna. Il souleva la mitre qui le recouvrait. Sa secrétaire s'excusait : elle avait le Palais au bout du fil. Une voix chuintante de vieil homme :

— Le prinche Ossamundi ? Cha Majechté va vous parler.

Puis une voix puissamment timbrée, chahuteuse :

— Et comment va ce cher vieux Julian ?

— Ce cher vieux Julian baise les pieds de Ta Majesté.

Julian tutoyait le Roi à la fois comme Grand du royaume et comme joueur de polo.

— Ma Majesté a besoin de Ta Compétence.

— C'est ce que j'appelle un coup de chance.

— Je connais ton zèle pour le service de ton souverain.

— A vrai dire, ce n'est pas au service de mon souverain que je pensais. Moi aussi, j'ai besoin de toi.

— Comme ça se trouve ! Requête accordée ou refusée d'avance selon que tu me rends service ou non. Tu as déjà fait du polo sur glace ?

— Pas beaucoup.

— C'est mieux que rien. Nous sommes invités à Saint-Moritz et mon *pilier* n'a rien trouvé de plus spirituel que de se casser la clavicule. Tu le remplaces.

Soudain Julian eut mal à en grimacer : Saint-Moritz, c'était la neige, et la neige, c'était Gstaad.

— Tu joues dans quelle position, Sire ?

— Le *pessimiste,* comme d'habitude. Trône oblige.

— En *optimiste* tu as qui ?

— Le petit Cantacuzène.

— Et en numéro deux ?

— Le gros Tordjman.

— Pas une mauvaise équipe.

— Avec toi on totalise 9.

— Et les autres ?

— Il y a un peu de tout. Ça va de 8 à 14.

— J'aurais besoin de te parler avant.

— Tu veux dire, mon cochon, que tu renverses les rôles ? Tu poses des conditions ?

— Non, Sire, mais si je te parlais avant, cela me donnerait un avantage.

— Alors vas-y, parle, mais attention : si tu n'es pas sur table d'écoute, je le suis sûrement.

— Justement. Je préférerais te voir.

— Tu viens quand tu veux.

— Tu sais bien que je n'ai pas le droit de quitter l'Agglo sans ordre.

— Même pour voir ton souverain légitime, héréditaire et bien-aimé ?

— Il me faut un ordre de mon ministre. Je veux dire de ton ministre.

— Tu l'auras. Adieu. Oh ! Julian !

— Sire ?

— C'est grave ? Tu n'as pas d'ennuis dans ta famille ? Ce n'est pas ta défroquée de cousine qu'il faut fesser en place publique ? Parce que ça, la constitution du royaume ne m'y autorise pas.

— Sire, en tant qu'administrateur je suis capable d'administrer mes fessées moi-même.

— Et j'espère que tu n'as pas besoin d'argent ? Tu en as, mon salaud, quatre ou cinq fois plus que moi.

— Ne t'inquiète donc pas. Je ne vais pas te demander un maravédis.

— Bon, bon. Pour l'audience, tu passes par ce vieil imbécile de Cacatoès, comme d'habitude.

Julian s'agaçait et s'amusait chaque fois de voir avec quel soin était gardé un roi qui s'était surnommé lui-même « l'homme le plus impuissant du royaume ». L'armée, la police, la gendarmerie, la maison militaire, les gardes du corps avaient leurs moyens spécifiques de contrôler les visiteurs et exigeaient de les amortir. Reconnu, fouillé, identifié, répertorié, enregistré en phonie et en vidéo, traité, racontait-il plus tard, au radar, au sonar et au laser, sans compter les senseurs thermiques et olfactifs, le prince Ossamundi fut enfin introduit dans une rotonde à colonnes et dallage de porphyre où il attendit seul quelques minutes sur un banc de marbre parfaitement incommode. De temps en temps, il entendait une hallebarde honorifique frapper le sol dans le couloir.

Une porte s'ouvrit. Le vieux duc d'Albuferque, surnommé le Cacatoès, portant jaquette bleue et culotte à la française, parut. Il chevrotait, il chuintait à travers son dentier, son vieux cou fripé jouait les accordéons et ses paupières inférieures se refermaient à chaque instant sur ses yeux placés haut, vers les tempes.

— Princhе, Cha Majechté va vous rechevoir.

Ils entrèrent dans un cabinet de travail qui tenait de la cathédrale et de la salle de bal. Le Roi se leva. Il portait un complet-veston anthracite et une cravate grenat. On savait qu'il détestait cet accoutrement, qui allait mal à sa carrure, à sa musculature, à son coffre.

— Salut, Julian. Tu m'excuseras d'être en tenue de cirque. Je ne pouvais pas recevoir des industriels soviétiques en bottes ou en kimono. Pose ton verso sur cette bergère. Merci, duc : je te reverrai tout à l'heure. (Cacatoès sortit à reculons.) Tu sais, Julian, ce qui est drôle ? Les gérants de ce pays ont tellement peur de moi qu'ils ne me laissent pas un instant de pause. Je suis toujours en train de recevoir quelqu'un, de pas très important, naturellement. Alors je n'ai qu'un quart d'heure pour profiter de ta compagnie. Cela dit, si ton machin est confidentiel, sortons. Les experts qui vérifient toutes les semaines si on ne m'a pas mis de micros sont ceux qui m'en truffent les murs.

Le Roi poussa une porte-fenêtre de six mètres de haut qui grinça douloureusement. Un parc à la française s'étendait devant la façade, désert et givré. Les deux pièces d'eau étaient recouvertes d'une mince couche vitreuse sous laquelle on devinait une végétation aquatique. Des dieux et des déesses d'un autre âge, glacés d'une couche de neige unie et transparente, ressemblaient à des pâtisseries. Au-delà des allées de marronniers et des grilles, on entendait s'affairer la Capitale moderne : accélérations sans pot d'échappement, coups de freins, sirènes et sifflets.

— Le romancero du progrès, constata le Roi. Alors, mon cousin ? Qu'est-ce que *the right man in the right place at the wrong time* peut faire pour toi ? Tu veux te marier et tu as la charité de venir demander l'avis du chef de famille ?

Julian grelottait déjà dans son costume, tandis que le Roi

respirait largement, faisait crisser les cristaux de neige sous ses escarpins et paraissait prendre plaisir à la froidure revigorante.

— Comment te dire, Sire... ?

— Brièvement : c'est tout ce que je demande.

— Sais-tu quel rang ton pays a dans le monde pour la criminalité ?

— Crimes et délits compris, le sixième : 67,14 par an pour 1 000 habitants.

— Ça ne te fait pas honte ?

— Je m'admire plutôt de ne pas en commettre moi-même alors que nous sommes si bien placés.

— Ecoute. L'homme de gauche que je suis n'a rien contre la royauté. Mais toi, qui te dois d'être royaliste...

— Alors là, moins que personne.

— Pourquoi cela ?

— Parce que les chevaux, mon petit vieux, n'ont pas accès au pari mutuel. Et que c'est justice. Tu imagines ?

— Peu importe. Le seul fait que tu sois le fils de ton père, que tu touches une liste civile, que ta femme baptise les bateaux de guerre, que tu signes « Moi, le Roi » des papiers avec lesquels tu n'es pas d'accord, cela te donne des responsabilités envers ton peuple.

— Si tu savais comme, dans ma situation, on se méfie des grands mots !

— Sire, ne joue pas perdant sur les deux tableaux. Ce ne serait pas gracieux. On peut avoir les responsabilités sans les pouvoirs. Autrement ce serait trop facile.

Ils marchèrent en silence. Le Roi donnait des coups de pied dans les mottes de neige. Un corbeau solitaire traversa le ciel blanc en croassant bêtement.

— Tu sais, dit le Roi, que je suis l'homme le plus impuissant du royaume.

— Tu aimes à le répéter.

— Un bouche-trou. La bonde du tonneau.

— Il n'y a pas de sot métier.

— Qu'est-ce que tu veux au juste ?

— Un régiment. Pour vingt-quatre heures.

Le Roi s'arrêta, se renversa en arrière et, les poings sur les hanches, dégorgea un rire sarcastique.

— Non, mais tu t'es trompé d'adresse ou d'époque ? Je te répète que ces crétins ont peur de moi. Je ne pourrais pas te gratter un peloton, une escouade, un épluche-patate ! Si jamais je me fais prendre avec un pistolet à air comprimé, le conseil d'Etat en sera saisi.

— Sire, je connais les textes. Tu es le chef suprême des armées.

— A travers le Premier Ministre.

— Oui, mais où sera le Premier Ministre à la fin de juin ?

— Si tout se passe comme prévu, à Moscou. En train de lécher en mon nom les appétissants jambons de Sa Hautesse le Secrétaire Général. Le Ministre de la Défense sera ici, lui, à gronder devant sa niche.

— Je ne pensais pas aux armées régulières. La Brigade d'intervention est aux ordres directs du Premier Ministre. Et pendant que la 1re Demi-brigade fait de la présence outre-mer, la 2e est stationnée à cent kilomètres de l'Agglo.

— La 2e DBI ? Tu te moques de moi. Le colonel Tiberias est le plus fayot fayot que l'armée ait porté depuis que la carrière a remplacé l'impôt du sang.

— Es-tu sûr que le colonel Tiberias n'ait pas un arriéré de permission à prendre ?

— Ça, au moins, ça devrait pouvoir s'arranger. Je le ferais inviter à un congrès international de fayots qui doit se tenir à Washington, la capitale internationale des fayots, à la même époque. Ça t'avancerait à quoi ?

— L'adjoint de Tiberias...

— Le commandant Hortega.

— Tu connais ton monde, dis donc.

— Je m'applique. Et alors, Hortega ?

— Je pressens qu'il y aurait moyen de s'entendre avec lui.

Le Roi se remit à marcher, son nez crochu, comme préhensile, braqué sur les nuages gros de neige qui s'amoncelaient à l'horizon. Mitraillette sur l'estomac, des gardes venaient d'apparaître à distance tactique.

— Mon petit Julian, tu me fais rire. Je te le répète encore une fois, les gérants de ce pays n'ont qu'une peur : c'est que le Roi ne devienne roi. Donc, pendant une génération ou deux, le Roi n'a une chance de rester Roi qu'en ne devenant pas roi. Si je veux garder le trône un peu tiède pour Alfonsito, j'ai un devoir : ne pas être soupçonné de faire quoi que ce soit. J'ai peut-être eu tort d'accepter de jouer à ce jeu d'idiots, mais c'est fait.

« Toi, je vois bien où tu veux en venir. L'Agglomération ayant le deuxième rang dans le monde pour les crimes et délits, tu as une attaque tardive de féodalite aiguë. Condoléances. Je conçois qu'il soit triste pour mes sujets et tes administrés de se faire trousser et détrousser à tous les coins de rues, mais il faudra attendre une génération ou deux, dans le meilleur des cas, pour que le Roi y puisse quelque chose. Je connais ton Hortega : il a l'air d'un garçon sympathique, ce n'est pas une raison pour que je me compromette avec lui. »

— Tu ne te compromettras avec personne. J'apprends que l'Agglo est le refuge d'un groupe de terroristes. J'envoie des appels au secours dans tous les azimuts. Dont un à toi. En l'absence fortuite de Premier Ministre, tu te trouves être le chef des troupes d'intervention. La situation presse ! Tu es bien obligé de les mettre à ma disposition. Nul n'est moins suspect que moi de fomenter un putsch. Et je te promets le coup de filet du siècle.

— Tu as tes flics avec toi ?

— Bien sûr. Et je te demande trois fois moins que Cristobal Colon à ses équipages. Vingt-quatre petites heures.

Le Roi marchait à grandes enjambées. On aurait cru qu'il voulait, non pas traverser son parc, mais arpenter son pays. Julian décida de ne pas troubler une méditation qui paraissait tantôt farouche tantôt amusée. Que faire, si le Roi répondait non ? Comment affronter don Jesus, à qui l'Administrateur avait dit imprudemment : « J'en fais mon affaire » ?

— Ecoute, Julian, grommela le Roi entre ses dents. Ton projet est casse-gueule, il n'a aucune chance de réussir et quand il réussirait il ne servirait à rien. Tu mettras cent petits voyous au trou et ils en ressortiront grands voyous, ayant profité des leçons de leurs aînés. La tragédie dont tu as pris conscience te dépasse, me dépasse, nous dépasse. Enfin tu le sais bien, toi, que nous sommes des fauves et qu'il n'y a que l'éducation de nos mères et la peur du gendarme qui nous retiennent quelquefois !

« Bon, cela dit, si fou que soit Don Quichotte, les astres se mettent quelquefois de son côté, et moi, je suis superstitieux. Alors je vais me donner du temps pour te dire non. Reste jusqu'à dimanche. Nous faisons une *practice indoors*. Je te trouve une équipe. On voit si tu n'es pas trop rouillé. Et je te donne ma réponse. Maintenant, rentrons, sinon les gérants vont croire que tu m'as assassiné, kidnappé, hypnotisé ou hypothéqué. Ou que tu m'as substitué un sosie. Tiens, d'ailleurs ce serait une idée. Si tu en avais un en vue...

En quittant le Roi, Julian alla voir son demi-frère Bertram. Ils déjeunèrent d'écrevisses dans la salle à manger privée du président de la banque : pas de fenêtres, une verrière, ce qui diminuait le risque d'être entendus par des micros paraboliques.

— Bertram, dit Julian, je me prépare à faire ce que tu appelleras sûrement une grosse bourde.

Bertram, aimable batracien portant d'épaisses lunettes sur son crâne volumineux, plus large que haut, lui décocha un regard résigné.

— Bon. Ce ne sera pas la première fois.

— Une si grosse, Bertram, que ton énorme boîte crânienne

ne serait pas capable de la contenir. Alors je voudrais que tu jettes quelques chiffres sur un bout de papier et que tu me dégages des fonds que tu mettras à l'abri quelque part.

— Impossible en ce moment, Julian, complètement impossible.

L'énorme boîte crânienne allait de côté et d'autre.

— Pourquoi ?

— Tu y perdrais de l'argent. Jamais les taux d'intérêt n'ont été aussi hauts et…

— Tais-toi, Bertram.

— Mais je t'assure que…

— Bertram, tu es cadet et bâtard. Deux raisons pour te taire. Mets-moi en lieu sûr de quoi vivre. Moi, Djelloul, quelques femmes, quelques poneys. Tu as toujours tenu mes comptes. Tu dois savoir combien il faut.

— Tu es fou. Cela risque de déséquilibrer la banque. J'allais justement te faire gagner onze à douze millions sans lever le petit doigt. Je veux dire : ton petit doigt.

— Ce sera pour une autre fois, Bertram. La banque survivra. Moi, je vais sans doute être appelé à jouer les grandes âmes et les filles de l'air en même temps. Hors de question avec un petit budget.

Bertram soupira à fendre l'âme.

— Tu veux en Suisse ?

— Je préférerais l'Argentine. Les *criojos* coûtent quatre fois moins cher. Tu pourrais aussi m'acheter un *penthouse* à Buenos Aires.

Julian retrouva avec bonheur l'atmosphère familière du polo, l'odeur de cuir et de cheval, le tutoiement gentiment agressif de ces mâles qui allaient se prouver quelque chose sur le pré — encore que le pré fût « *indoors* » —, la gaieté des poneys qui fonçaient droit sur la balle comme s'ils comprenaient le jeu. Il vérifia qu'il n'avait rien perdu de son assiette, de son mordant, de sa précision. Il injuria et bouscula ses adversaires avec fougue, il fut la cause de deux *fouls* et marqua six buts pour son équipe, qui gagna haut la main contre celle du Roi. La rencontre, pour amicale qu'elle fût, avait tout de même été une petite guerre, et, au vestiaire, il fallut quelque temps pour apaiser les passions.

Les six douches étaient prises.

— Viens sous la mienne, Julian, cria le Roi et sa voix cuivrée couvrit les bruits de cataractes et de vantardises.

Ils se lavèrent côte à côte, nus, suants, fourbus, heureux.

— Tu nous as mis une de ces piles, mon salaud !

Le Roi, environné de vapeur, se savonnait la tête des deux mains enfoncées dans ses cheveux noirs, bouclés, à peine grisonnants, exposait ses aisselles puissamment poilues.

— A propos, j'ai réfléchi à ton idée.

Julian s'astiquait de son côté, ne recevant que la moindre part de l'eau que déversait la douche royale.

— Oui, Sire ?

— Je t'ai dit que tu n'avais aucune chance de gagner ?

— Oui, Sire.

— Mais que j'étais superstitieux ?

— Oui, Sire.

— Et que je voulais les étoiles avec moi ?

— Achève, Majesté, achève.

— Bon, alors pour te montrer ce que je pense de toutes tes grandes idées sur les rois, les peuples et les administrateurs, voici ce que nous allons faire. Tu vas venir avec moi à Saint-Moritz, et si nous avons la première place — il s'astiqua vigoureusement le postérieur — ou même, soyons réaliste, la deuxième — il se briqua l'estomac — tu auras tes gens. Sinon, désolé, mon petit vieux. Je conclurai que tu ne plais pas aux dieux et que je n'ai rien à faire sur le même bateau que toi.

Un message de M. l'Administrateur Dandolo au colonel Tiberias commandant la 2ᵉ Demi-Brigade d'intervention (« Nous sommes voisins : puis-je venir vous saluer ? ») provoqua une réponse enthousiaste.

La DBI pitonnait en semi-dur dans un paysage déchiqueté et glacé, mais le colonel avait installé son PC dans une ancienne abbaye impénétrable aux vents. Julian n'en insista pas moins pour déjeuner avec la troupe, sous la guitoune. Il se plut dans la compagnie de ces hommes calmes et timides, dont chacun aurait pu l'abattre d'un coup de poing, et qui, lorsqu'il eut réussi à les faire parler, s'adressaient à lui avec une sorte d'ironie respectueuse. Il visita leur parcours du combattant et constata d'un triste coup d'œil qu'il ne serait plus capable de le faire, du moins dans les temps requis.

Il passa une soirée ennuyeuse à l'abbaye, avec le sémillant colonel Tiberias, qui avait fait ses preuves sur le terrain, et maintenant aurait volontiers échangé des exploits peu communs contre deux misérables étoiles sur la manche, et citait à jet continu des noms de ministres et de gens du monde qu'il ne connaissait probablement pas. Ses officiers opinaient courtoisement, sauf Hortega, qui se tenait silencieusement dans un coin, sans montrer qu'il avait déjà rencontré l'Administrateur. Après le café, Julian se tourna vers lui.

— Mon commandant, toi qui t'intéresses comme moi au polo, j'ai un petit projet à te soumettre. Si le colonel le permet, veux-tu m'accompagner jusqu'à ma chambre ?

— Dandolo, j'espère que ton projet ne consiste pas à me faire remonter sur un canasson. Ou alors j'emporte mon parachute.

Le baryton du commandant roulait comme un tonnerre.

Le colonel faillit s'étouffer :

— Vous tutoyez M. l'Administrateur, Hortega ?

— Entre joueurs de polo, c'est impératif, répondit l'Administrateur en souriant.

Les deux hommes traversèrent la cour où la neige ratissée gisait mate au clair de lune. Ils gravirent l'escalier médiéval qui conduisait à la chambre de Julian. Devant le feu de bois craquetant, ils burent un dernier cognac en parlant d'abord du Cercle anglais, puis des hommes de la DBI, volontaires pour exercer un métier décrié, peu rémunérateur, et dont ils se trouvaient bien.

— Oui, mais il faut toujours jouer les bonnes d'enfant avec eux, dit le commandant en étendant ses bottes de saut vers le feu. Bon, tu voulais vraiment me parler de polo ou simplement abréger la soirée chez Titi ?

— Hortega, dit Julian debout près de lui, j'ai une question à te poser.

— Pose.

Les flammes projetaient sur eux des clartés jaunes et des ombres rouges alternées. Julian tenait un verre qui, par moments, semblait s'enflammer dans sa main, et il lui semblait alors que c'était une torche magique qui allait mettre le feu autour de lui.

— Hortega, accepterais-tu de commettre une action utile mais illégale, à condition bien sûr d'être couvert ?

Hortega regardait le feu. Une bûche incandescente se fendit par le milieu et s'effondra dans une gerbe d'étincelles.

— N'agite pas trop le parapluie, Dandolo. Je pourrais me vexer.

Il leva la tête en souriant à travers la fumée qu'une bouffée de vent venait de lui rebrousser au nez. Son visage d'aventurier se creusa de plis heureux, se boursoufla d'énergie, ses dents brillèrent.

— Moi, dit-il, qui commençais à prendre racine dans la vase !

Puis il changea de ton.

— Mais attention. Il faut que ce soit propre. Tu ne vas pas me lancer mes gars dans un pronunciamiento à la manque sous prétexte que ta belle amie a envie que tu deviennes dictateur ?

Julian se pencha vers lui et le regarda dans ses yeux où brillait le reflet des flammes.

— Hortega. Je te jure qu'il ne s'agit pas de politique, qu'il ne s'agit pas d'argent, et que nous y risquons tous les deux notre avenir. Nous deux. Nos subordonnés : probablement rien.

Hortega bâillait déjà.

— Bon, bon. Tu me feras signe. Il est temps que j'aille me mettre entre deux draps. Je me lève à quatre heures et demie, moi. Avec l'altimètre à deux mille, ça va cailler. Dors bien, petit.

21. *Le dentiste*

Le vieux docteur Gregorio Vicnevski rentrait chez lui après une journée passer à vriller et à plomber à l'hôpital Sainte-Croix. Il descendait les Avenues, conduisant d'un doigt sa nouvelle Peugeot automatique et ne pensait qu'à deux choses : aux pantoufles chaudes et au xérès glacé que, dans quelques minutes, lui apporterait sa petite-fille Rosita, car la tribu Vicnevski vivait sous le même toit, toutes générations mêlées. Comme il serait doux d'étendre les jambes sur la bonne vieille chaise longue de rotin aux bons vieux coussins de tapisserie !

Dans un double vrombissement, deux motos dépassèrent la Peugeot par la droite et par la gauche, s'arrêtèrent devant elle et la bloquèrent sur place. Un gaillard en casque doré et blouson montait celle de droite ; sur celle de gauche, un conducteur et un passager coiffé d'un casque violet pailleté. Le passager sauta à terre, ouvrit violemment la portière de la Peugeot. Sous le casque, un passe-montagne noir cachait ses traits.

— Arrive, ordure.

Il saisit le docteur Vicnevski par la veste et tira avec violence. Les jambes du dentiste se prirent dans le volant gainé de cuir, mais la force de la traction était telle qu'elles se dégagèrent.

— Fumier ! Tu résistes ?

L'agresseur tira encore un coup, les dents serrées, avec sauvagerie, et le vieil homme se trouva projeté sur la chaussée, qu'il heurta d'abord des omoplates et de la nuque, puis des reins et des talons. Une voiture qui arrivait en sens inverse eut à peine le temps de freiner et dérapa. Les deux motos étaient déjà reparties. L'homme au passe-montagne sauta dans la Peugeot, claqua la portière et embraya.

L'opération avait duré vingt-cinq secondes.

22. *Julian, Robich*

Une amitié était née entre Pepito et Natalia, qui enseignait dans l'école qu'il fréquentait. Ils en sortaient quelquefois à la même heure, passaient prendre le petit Manuel au jardin d'enfants et rentraient chez les Robich. Natalia servait aux garçons un goûter plantureux, et puis disparaissait à la cuisine pour préparer le dîner de Grand Bonhomme, tout en écoutant d'une oreille les jeux des enfants. Pepito possédait peu de jouets et il s'amusait avec ceux de son cadet, sans l'en priver. Leur jeu favori était la ferme. Les deux garçons achetaient une poule, dont ils vendaient les œufs ; avec le bénéfice, ils achetaient une chèvre, dont ils vendaient le lait ; avec le bénéfice, ils achetaient un mouton, dont ils vendaient la laine ; avec le bénéfice, ils achetaient une vache, dont ils vendaient le beurre ; avec le bénéfice, ils achetaient pour finir un cheval sur lequel ils allaient se promener. Tantôt cette affaire leur appartenait en commun, tantôt l'un d'eux était le fermier et l'autre le marchand de bestiaux, mais l'histoire était toujours la même et d'autant plus cocasse que les enfants ne connaissaient guère ces animaux que par les figurines de matière plastique qui les représentaient. Natalia constatait avec joie qu'il n'y avait jamais une cruauté ni une grossièreté dans ce jeu, et que Pepito cédait toujours à Manuel le rôle qu'il préférait ce jour-là, aussi bien que la plus grosse part de gâteau.

Un jour sur deux, Natalia relançait son mari :

— Alors, cette enquête sociale ?

Elle était persuadée que la garde de l'orphelin serait retirée à Sariel, et elle se proposait de persuader Robich de la demander. Mais un jour il rentra du bureau, son visage carré gonflé d'amertume.

— Petit Bonhomme, j'ai de mauvaises nouvelles. Enquête sociale : conclusions négatives.

— Négatives !?

— Le médecin de Sariel a refusé de témoigner de l'état de santé de son patient : secret professionnel. Nous n'avons pas trouvé de drogue chez lui. Ses voisins ont peur de parler. En outre, il n'est pas impossible qu'il ait tiré des ficelles. Il y a du beau monde qui tourne autour de *La Bouche d'Enfer,* où Sariel est un manitou. Un mot dans l'oreille d'un juge…

Natalia serra Manuel dans ses bras et le couvrit de baisers, comme si c'était lui qui était menacé.

— Il faut faire quelque chose.

Robich était découragé :

— Il n'y a rien à faire. Et moi, comment veux-tu que je continue à servir une société qui ne protège même pas ses orphelins ? Je vais me mettre instit' comme toi.

Natalia lui rit au nez.

— Tu es un flic, Grand Bonhomme : pas un pion. Trouve un moyen de faire ton travail de flic comme il faut.

Robich passa quelques mauvaises nuits, et enfin une idée lui vint. Le jeune Administrateur de gauche pouvait être moins sclérosé ou moins borné ou moins corrompu que les autres autorités. D'ailleurs il lui serait avantageux d'assainir son Agglomération. Peut-être pourrait-on lui faire entendre cela ? Evidemment si Deus ex machina apprenait que Robich n'était pas passé par la voie hiérarchique, et il apprenait toujours tout… Mais qui ne risque rien n'a rien.

— *Monsieur l'Administrateur, j'ai l'honneur de solliciter de votre haute bienveillance l'avantage de vous présenter hors hiérarchie* — il faut abattre ses cartes : on en est là, Natalia — *un programme d'action sur lequel je me penche depuis près d'un an et que j'ai intitulé P.U.R.G.E. : Police Urbaine pour la Répression du Gangstérisme Endémique.* Tu sais, Natalia, il leur faut des sigles accrocheurs, à tous ces érarques qui soignent leur publicité.

L'entrevue fut retardée de quelques jours car l'Administrateur venait de partir pour Saint-Moritz, mais dès son retour il écrivit de sa main un petit mot où, dans les termes les plus flatteurs, il priait le commissaire Robich de lui faire le plaisir de passer à son domicile. Il avait compris la nécessité de la discrétion : excellent signe. Le jeune Robich retrouva ses espoirs.

— Tout ça, Petit Bonhomme, c'est une question de politique. Evidemment, avec un vieux réactionnaire comme Le-Pire-est-toujours-sûr... Maintenant, nous tenons le bon bout. C'est dans la poche.

Il se mit une fois de plus sur son trente et un, prit sa petite Seat personnelle et s'aventura dans le quartier des grandes propriétés de la banlieue nord où il n'avait jamais eu l'occasion d'aller.

Djelloul l'introduisit dans un salon qui l'impressionna, mais pas trop favorablement : ces murs vert pâle, ces pilastres roses, ces divans rayés... L'Administrateur entra d'un pas allègre, tendit cordialement la main, proposa du whisky. Robich accepta par courtoisie : il préférait les boissons anisées. Après quelques remarques affables, l'Administrateur se renversa sur son divan rayé vert et rose :

— Voulez-vous que nous parlions métier ?

— Monsieur l'Administrateur, j'ai apporté quelques notes...

Il récita les statistiques que Julian connaissait par cœur, mentionna les affaires les plus choquantes, développa l'opinion à laquelle il était de plus en plus attaché : l'agression quotidienne n'est pas seulement intolérable en soi ; elle est à la fois le signe et la cause d'une pourriture sans cesse croissante de la société.

Julian l'écoutait et n'en croyait pas ses oreilles. Voilà le policier qu'il aurait dû rencontrer six mois plus tôt, voilà avec qui il aurait dû conspirer pour nettoyer le Corazon ! Et aussitôt il sentit le danger : cette démarche insolite pouvait être une provocation. S'il ne fallait y voir que l'effet de la naïveté, elle n'en était pas moins inquiétante. Maintenant que *Josaphat* était enclenchée (grâce à une balle jaune de plus qui avait franchi un but argentin dans la neige poudreuse de Saint-Moritz), il ne s'agissait pas de s'autoriser la moindre imprudence.

— Et vous dites que le programme auquel vous songez… ?

— Je l'appelle PURGE, monsieur l'Administrateur. Ça dit bien ce que ça veut dire. Nous devons purger l'organisme de l'Agglomération en nous débarrassant des éléments indésirables concentrés dans le quartier dont je suis responsable : le Corazon, et en particulier l'Abyme. Il se passe là en particulier une affaire qui me crève le cœur et dont je vous parlerai, si vous le permettez, parce qu'elle est significative. Mais l'essentiel, c'est que l'impunité dont bénéficie l'agression aboutit nécessairement à ce que j'appelle le gangstérisme endémique. Une terreur inacceptable à notre époque de démocratie et de progrès sévit déjà parmi les résidents respectables. Enfin, nous ne sommes plus au Moyen Age ! La société où nous vivons ne doit-elle pas prouver qu'elle peut assurer la sécurité des citoyens aussi bien et même mieux que les régimes autoritaires ? Au risque de vous choquer, monsieur l'Administrateur, je dirais que la police se doit de tenir le haut du pavé, que nous devons inspirer plus de crainte au malfaiteur qu'il n'en inspire lui-même au citoyen. Nous ne pouvons pas laisser à la droite le monopole de la sécurité. Je vais même jusqu'à penser que ce sont des hommes comme vous qui devraient donner l'exemple d'une répression équitable mais sans mollesse.

Julian se leva. Ce jeune homme carré, avec ce bucrane de footballeur, lui plaisait. Et la tentation s'imposait de l'inviter à passer à côté, dans la salle OPS, et là de le plonger dans l'admiration devant les plans, les cartes, les fiches, les organigrammes… « Il ne vous reste qu'à prendre le train en marche, commissaire Robich. » Mais le secret passait avant tout. La police et la pègre vivent néccessairement en symbiose. Si dévoué que fût Robich, il ne résisterait peut-être pas à la tentation de prévenir un informateur fidèle, lequel préviendrait un ami… et le filet qui avait déjà coûté tant d'efforts se refermerait sur le vide.

Julian alla à la fenêtre, jeta un coup d'œil à la mer qui miroitait entre les cyprès hiératiques et les palmiers frileux.

— Monsieur le commissaire, dit-il sans oser regarder Robich, j'apprécie votre zèle et je vous suis reconnaissant d'être venu me parler de PURGE. Vous devez comprendre cependant que, d'un point de vue strictement administratif, c'était là une initiative… comment dirai-je ?… imprévue. Très excusable évidemment — il se retourna, ayant enfin amené sur son visage une expression réprobatrice — étant donné votre expérience réduite et les sentiments sympathiques qui vous agitent. Mais moi, qui n'aurais pas les mêmes excuses que vous, je ne peux encourager ces manquements à la discipline. Soumettez votre projet à vos chefs, qui m'en parleront sûrement s'ils le jugent viable. Dans l'entre-temps…

Robich s'était levé. Julian lui tendit la main.

— Dans l'entre-temps, ne craignez rien de moi. (Il se permit un sourire de charme, presque espiègle, et, baissant la voix :) Je ne vous dénoncerai pas à votre Directeur. Tout ceci restera entre nous.

Robich désespéré sortit d'une démarche saccadée, sans avoir terminé son whisky, sans avoir dit un mot de l'Antéchrist et de Pepito. Julian resta seul. Très seul. Il n'avait peut-être jamais rien fait d'aussi difficile que d'infliger cette déception à cet honnête homme.

— C'est donc aussi cela, se dit-il, le commandement !

LIVRE III

4 heures

Les couchers de soleil sont volontiers grandiloquents. Le ciel de sinople se blasonne d'alérions et de guivres, les astres du jour se noient dans leur sang qui se fige. Les appareils de photo cliquètent dans un silence ronflant, les éditeurs d'anthologies et les imprimeurs de cartes postales font des affaires. En réalité, il s'agit simplement d'un phénomène appelé ionisation de l'atmosphère, mais peu importe : même si elle rappelle les adieux récurrents de la cantatrice, cette agonie quotidiennement répétée demeure un spectacle bouleversant, sans doute parce qu'elle préfigure la nôtre, et que nous attendons, le souffle court, que la dernière lunule rouge disparaisse sous terre ou sous mer pour nous dire : « Ça y est, je suis mort. »

Si les couchers de soleil tiennent de l'hyperbole, les levers se rapprochent plutôt de la litote. Il fait nuit, il fait moins nuit, la mer s'irradie par le dedans et soudain le Maître est déjà là, à peine échauffé, avec un petit nuage rose pour lui essuyer le front. Un poisson claque la surface de l'eau en retombant. La table est rase, la table est mise, la partie peut commencer.

Comme Abuelo était vieux, il se réveillait tôt, et comme son entresol tirait son jour de la bijouterie qui tirait le sien de l'étroite rue du Roi-Fernand, ses levers de soleil à lui étaient encore moins spectaculaires. Il avait tout le temps de passer de la nuit opaque, à peine entaillée par les réverbères qui essayaient de forcer les volets avec leurs leviers lumineux, à une nuit plus opaque, quand les réverbères s'éteignaient, puis à une longue dévaluation de noir en gris et de gris en grisé, en attendant que Pili vînt ôter les volets et laisser entrer dans la bijouterie la pauvre lumière urbaine qui y régnerait, fraîche d'abord, puis tiède, puis chaude, puis moins chaude mais toujours incolore, jusqu'au retour de la nuit.

Abuelo mesurait les progrès de la lumière dans son entresol

à la possibilité de déchiffrer les caractères de la Bible que lui avait laissée le père Leandro. Toute sa vie, Abuelo avait cru que la Bible n'était pas une lecture convenable pour un chrétien. Enfin ! Les curés ont, à ce qu'il paraît, le droit de changer les règles qu'ils édictent, et celui-ci paraissait sûr de son fait : « Si, si, maintenant vous pouvez lire le livre saint sans péché » avait-il susurré avec un sourire indéchiffrable.

A vrai dire, Abuelo n'avait jamais été porté sur la lecture, mais, tant qu'il n'y avait pas de passants, il fallait bien s'occuper, et il éprouvait un plaisir sardonique à découvrir que les personnages de l'Ecriture, qu'il avait toujours imaginés comme des saints, ressemblaient fort à ceux qu'il voyait opérer dans la rue : Adam dénonçait Eve, Abraham prostituait sa femme, Isaac se faisait passer pour son frère Esaü dont il s'appropriait l'héritage en bernant un père aveugle, les bons fils d'Israël empruntaient leurs bijoux aux mauvais Egyptiens avec l'intention de ne pas les rendre, David faisait mourir par traîtrise son fidèle Urie dont il convoitait l'épouse, le chef des disciples reniait le meilleur des maîtres, bref la nature humaine était la nature humaine.

— Oui, oui, mâchonnait Abuelo de sa bouche édentée, content de voir son opinion confirmée, il n'y a pas à dire, nous sommes tous de beaux fumiers.

Ce qui lui plaisait encore davantage, c'était de constater que le Grand Chef là-haut n'était pas complètement aveugle et que, de temps en temps, il reprenait son monde en main. Dès que la clarté était suffisante pour ses yeux que son index guidait sur la page, Abuelo relisait en se pourléchant l'histoire du déluge, la destruction de Sodome et Gomorrhe ou l'Apocalypse. Tant qu'il ne pouvait pas lire, il se répétait à mi-voix, avec satisfaction, le refrain lugubre de l'Evangile : « Il y aura des pleurs et des grincements de dents. »

— Hé oui, dans ce monde-ci, les bons ont baissé leur culotte et les mauvais font ce qu'ils veulent, mais — il gloussait — ils ne perdent rien pour attendre. Un peu de patience encore, et que je te les enfourne dans la géhenne où le ver ne meurt point et le feu n'est jamais éteint.

Abuelo était vieux, et quelquefois la perspective de cet enfournement surnaturel le satisfaisait. Pas toujours. Il lui prenait quelquefois des démangeaisons d'assister avant de mourir au châtiment des méchants. C'est qu'il en avait observé, des violences, des larcins, des marchés sataniques du haut de son perchoir, et il était las de voir les innocents endurer des souffrances qu'il aurait été assez facile de leur épargner. Alors il s'inventait quelquefois des scénarios consolants : le Roi pusillanime était balayé, la Sainte Inquisition prenait le pouvoir, elle faisait appel aux bonnes volontés. Il se rendormait en nettoyant le Corazon îlot à îlot, comme s'endorment les enfants en se racontant des histoires cruelles.

Ce jour-là, ce fut différent.

D'abord, la Saint-Jean approchait, et Abuelo ne pouvait évoquer sans nostalgie les monuments de papier mâché que, dans sa jeunesse, les garçons érigeaient aux carrefours pendant des semaines pour les brûler en une heure dans la nuit du 24. Ces feux de joie sauvage l'avaient toujours remué. Au-delà de la fête, il y avait dans cette célébration nocturne, dans cette destruction rituelle d'effigies humaines, une tradition qui devait remonter au Moyen Age, au paganisme, aux cavernes, et Abuelo avait aimé ces bûchers comme il aimait les courses de taureaux : d'une passion sombre. D'après Pili, on en édifiait de moins en moins dans l'Agglomération, et ils avaient presque complètement disparu du Corazon. Les braves gens préféraient passer cette soirée-là comme toutes leurs soirées, devant leur poste de télévision, à voir s'agiter des ombres plutôt que d'aller danser parmi les flammes. Signe des temps. La vie par procuration. On en ferait un bel autodafé, pourtant, des vauriens qui gangrenaient cette pauvre vieille Agglo. Rigides de drogues, on te les empilerait comme des bûches les uns sur les autres en laissant quelques espaces pour les courants d'air, un peu de papier journal par-dessous, une allumette, et il n'y aurait plus qu'à se boucher le nez si on n'aimait pas l'odeur de bifteck. Bon ! Il ne fallait pas rêver : la fiesta n'était pas encore pour aujourd'hui.

Mais la Saint-Jean prochaine ne fut pas seule, ce vendredi-là, à donner à l'humeur d'Abuelo une couleur apocalyptique.

Il était calmement étendu à attendre que la lumière ardoisée devînt crayeuse, quand soudain une lame jaune s'introduisit par la fente supérieure des volets et à sa suite une multitude d'autres lames fouillèrent les interstices verticaux et horizontaux qui encadraient la vitrine. C'était une fusillade de lumière. Les casiers de verre devinrent des prismes, les brillants qu'ils renfermaient s'irisèrent. Abuelo vit ces lames insolites avancer vers lui comme autant de flèches convergeant sur le cœur de saint Sébastien. Sifflant silencieusement, elles enflammèrent le bénitier sous le crucifix, mirent un arc-en-ciel sur la vitre du Christ désignant d'un doigt son Sacré Cœur, baignèrent un instant l'entresol d'une lumière faisant penser à la fois au miel et au citron, et s'évanouirent, ne laissant derrière elles qu'un jour ordinaire et parcimonieux.

Cette invasion de lumière colorée avait-elle eu lieu à la même heure, lors d'autres solstices d'été, quand le soleil avait eu exactement la même position ? Abuelo ne se rappelait pas avoir jamais été témoin d'une telle féerie, et il lui sembla qu'elle devait signifier, présager quelque chose. Alors il ouvrit le livre à la page où il s'était arrêté la veille, et, plissant les paupières, grimaçant du front, des pommettes et de la bouche — car la lecture n'est pas, quoi qu'on en dise, un exercice facile, surtout dans une demi-obscurité — il lut :

Comme il en fut au temps de Noé, ainsi en sera-t-il aux jours du Fils de l'homme. Les gens mangeaient et buvaient, prenaient mari et femme jusqu'au moment où Noé entra dans l'arche. Le déluge vint alors et les fit tous périr.

Il en sera aussi comme aux jours de Lot. On mangeait,

buvait, achetait, vendait, plantait, bâtissait. Mais le jour où Lot sortit de Sodome, il tomba du ciel une pluie de feu et de soufre, qui les fit tous périr.

Il en sera de même le jour où le Fils de l'homme se révélera. Ce jour-là, celui qui sera sur la terrasse et aura ses effets dans la maison, qu'il ne descende pas pour les emporter ; de même celui qui sera aux champs, qu'il ne retourne pas en arrière. Souvenez-vous de la femme de Lot. Quiconque cherchera à préserver sa vie la perdra, et qui la perdra la sauvegardera. Je vous le dis, en cette nuit-là, de deux personnes qui seront dans le même lit, comme de deux femmes qui moudront ensemble, l'une sera prise, l'autre laissée.

Les disciples lui demandent : « Où, Seigneur ? » et il répond : « Où que soit le cadavre, les vautours se rassemblent. »

Ce passage parut prophétique à Abuelo et lui en rappela un autre, de la même veine, qu'il avait lu avec plaisir quelques semaines plus tôt. Celui-là se terminait par des mots qui l'avaient beaucoup frappé, sans qu'il sût exactement pourquoi : *Donc veillez, puisque vous ne savez pas à quelle heure votre Seigneur arrivera.*

— Moi, pour veiller, je veille, dit Abuelo, qui avait pour celui qu'il appelait le Grand Chef le respect bougon d'un sous-off pour son colonel. C'est plutôt le Seigneur qui se fait attendre.

5 heures

La bonne frappa à la porte de la chambre à cinq heures. M. le Ministre prétendait détester les machines à réveil. C'était son côté humaniste. Peut-être aussi lui était-il agréable d'apprendre dès le matin qu'il avait à sa disposition du personnel qu'il pouvait faire lever à l'heure qu'il voulait.

M. Nicolo Grosso, fils d'un pauvre bourrelier d'extrême droite, avait commencé sa carrière dans l'enseignement des humanités et, simultanément, dans un parti de la gauche modérée. Cet engagement n'était causé ni par de fermes convictions de philosophie ou d'économie politique, ni par un souci exagéré des couches défavorisées de la population. En fait, c'était la droite qui en était responsable, car elle n'avait d'autre idéal à proposer à ses partisans que le tiroir-caisse. Or, il est difficile de faire des phrases inspirées sur le tiroir-caisse et M. Grosso, étant né phraseur, s'était vu obligé de choisir une orientation prêtant davantage aux effets de rhétorique. Syndicaliste acharné, devenu populaire par la manière dont il faisait claquer ses bretelles avec son pouce tout en citant Démosthène, Euripide et les Gracques, élu à la députation, il s'était remué dans divers comités, avait acquis, à la faveur d'une indiscrétion, une quantité confortable d'actions Pétrolux et s'était alors hissé au niveau supérieur : celui du cabinet. On voulait, bien sûr, le mettre à l'Education nationale, mais il s'était révélé assez manœuvrier pour obtenir, après quelques secrétariats d'Etat folkloriques, l'Intérieur. Non qu'il fût administrateur dans l'âme : il voulait simplement la tribune la plus haute, celle d'où ses phrases s'entendraient le mieux.

Dans l'entre-temps, toutes les portes s'étaient naturellement ouvertes devant lui, ou plutôt presque toutes, ce qui l'irritait superficiellement, comme une démangeaison : certains aristocrates feignaient encore, du haut de leurs nids à chouettes,

d'ignorer qu'il existait ; certains banquiers, ne feignant rien, faisaient comme si. D'où la dent qu'il avait contre le jeune Ossamundi qui touchait aux deux milieux et, six mois plus tôt, avait refusé de l'inviter au Cercle anglais : « Il ne perd rien pour attendre, je lui garde un chiot de ma chienne, la vengeance est un plat qui se mange froid » et autres douceurs du même acabit venaient à l'esprit du Ministre, sans d'ailleurs qu'il y attachât d'importance, car il avait, à vrai dire, d'autres chats à fouetter.

Heureusement tout le clan Ossamundi n'était pas du même tonneau que ce sauteur de Julian. Deux invitations parvinrent presque en même temps à M. Grosso, l'une de l'excentrique marquis Ossamundi d'Ossamundi qui possédait la moitié d'une province (la plus pauvre du pays), l'autre de la scandaleuse Bradamante Ossamundi, qui ne possédait qu'une île mais dans le vent. Le vieux marquis souhaitait que le Ministre passât le week-end du 21 juin dans son château ; la belle Braddy, qu'il se joignît à une croisière sur son yacht, *La Jérusalem Délivrée.* Le marquis recevait de vieux messieurs dont les ancêtres se glorifiaient d'avoir opprimé le peuple dès le Moyen Age, Braddy faisait plutôt dans le *jet set.* Les deux invitations étaient alléchantes. M. Grosso penchait pour la première, qui, acceptée, ouvrirait plusieurs autres portes encore fermées ; dédaignée, le marquis risquait de se formaliser et de ne pas la renouveler. La belle Bradamante, elle, ne se vexerait pas, elle se contenterait d'oublier simplement qu'un jour la fantaisie lui avait pris de recevoir cet *outsider.* Cependant, l'*outsider* pouvait trouver d'autres moyens d'accéder au *jet set;* alors qu'au Parti des Zébus... Au bout d'une semaine de réflexion, il commanda donc à sa secrétaire de téléphoner à l'ennuyeux marquis pour accepter et à l'affriandante princesse pour regretter. Mme Grosso n'avait pas voix au chapitre puisqu'elle ne serait pas du voyage : le Ministre ne trouvait pas son épouse assez distinguée pour la présenter dans le monde. Le lendemain :

— Monsieur le Ministre, annonça la secrétaire, nerveuse comme une vieille gazelle, j'ai bien joint la princesse Bradamante. M. d'Ossamundi, je n'ai pas pu.

— Pas pu ? Pas pu ? Qu'est-ce que ça veut dire, pas pu ? Vous êtes idiote ou quoi ? Pas pu !

— Je ne pense pas, monsieur le Ministre. C'est ce monsieur qui n'a pas le téléphone dans son château.

— Pas le téléphone dans son château ! Consultez la liste rouge, voyons.

— Il n'y est pas, et je me rappelle avoir lu un reportage sur lui : il disait qu'il méprisait cet instrument mal élevé et qu'il n'en aurait jamais.

Le Ministre jura grossièrement. Il aimait jurer grossièrement, de préférence en présence de femmes. Evidemment, pas question de passer un week-end loin d'un téléphone. Sur *La Jérusalem Délivrée,* il y aurait la radio. Grosso rappela lui-même Bradamante, qui ne se souvenait plus très bien de l'avoir invité, mais l'accepta volontiers sur son yacht. « Attention, Nicolo, on appareille à huit heures piquées et on n'attend personne. » Il adorait être traité ainsi. Cela lui donnait l'impression d'être invité pour lui-même et non pour son maroquin.

Son chauffeur de fonction vint le prendre pour le conduire à l'héliport où il prit son hélicoptère de fonction qui s'envola dans le poudroiement du soleil de fonction à peine levé.

— Il paraît que sur un bateau tout est possible, musait M. le Ministre, et que Braddy prévoit toujours un nombre égal d'hommes et de femmes, y compris quelques *cover-girls.* D'ailleurs, à défaut de *cover-girl,* Braddy elle-même... Passé une certaine heure, on ne voit plus tellement les visages ; et les corps, c'est ce qui vieillit le moins.

Tout Ministre de l'Intérieur qu'il était, M. Grosso ne connaissait pas les dessous de l'affaire. « Tu sais bien, mon petit Julian, que je ne peux rien te refuser : je l'organiserai, ta croisière du 21 pour ton protégé », avait grasseyé Braddy au

téléphone, et le vieux marquis avait pris sa plus belle plume d'oie pour calligraphier : « Je te remercie, mon cher Cousin, de ta judicieuse suggestion et je pense en effet que, si nous souhaitons que le cousin Toti reçoive l'administration de la province, il va falloir faire de douloureuses concessions. Merci de m'avoir indiqué à quelle date le douteux personnage dont cela dépend pourrait se rendre libre. »

5 heures 30

Julian pensa : « C'est aujourd'hui » et s'éveilla.

La fraîche lumière de l'aube baignait sa chambre. Il ne se rappelait pas s'être jamais réveillé aussi tôt, sauf militaire, au sifflet. Il se dit :

« C'est comme si j'allais me marier aujourd'hui et que j'aimais ça. Me marier à seize ans, vierge avec une vierge. »

Il courut à la fenêtre. La mer s'irisait dans la gloire naissante du soleil à peine levé. C'était joyeux comme un début de règne, comme une ouverture d'opéra-comique. Et pas une appréhension !

Julian ne se dispensa pas de sa gymnastique quotidienne : il lui fallait conserver une grande souplesse du bassin pour le polo, et il exécutait chaque matin des exercices à faire envie à une moukère pratiquant la danse du ventre. Il prit une douche froide à la hâte, sauta dans la Lancia et se trouva en plein Corazon, devant la chapelle de la Reine du Monde. A quoi avait-il pensé pendant qu'il conduisait, dans la sérénité silencieuse du petit matin, fleurant l'essence recuite d'hier ? Il n'aurait su le dire, et maintenant l'appréhension lui venait. Il avait légèrement mal au cœur. Il se dit que c'était parce qu'il n'avait pas déjeuné, mais il savait qu'il se mentait. Il avait éprouvé précisément cette sensation outre-mer, le jour où il s'était demandé s'il pourrait mettre un pied devant l'autre pour traverser ce thalweg où les balles ricochaient contre les pierres en couinant. Il avait pu.

Sur la petite place déserte, un camion de la voirie, crachant des torrents d'eau et actionnant à tour de bras des brosses et des balais, rejetait dans les caniveaux les paquets de Marlborough et les papiers gras. La porte de la chapelle était ouverte. Une odeur de sainteté — encens ? cierges ? — s'en échappait.

Julian entra. Un homme herculéen était en train d'enfiler

une chasuble verte par-dessus sa tête. Il y avait de vieilles femmes dans les coins, comme des mouches écrasées contre le mur. L'homme marcha vers Julian, se voûtant et penchant la tête de côté en signe d'hospitalité.

— Bonjour, monsieur, bonjour. Mais… est-ce que je me trompe ? Vous êtes bien… ?

— Quelle importance, monsieur l'abbé ?

— Aucune, bien entendu. Tout de même, c'est un tel honneur ! Nous sommes si petits, dit le géant en désignant l'humble chapelle, les paroissiennes humbles.

Julian contemplait la statue bleu et argent, charmante avec son front médiéval, son nez mutin, son sourire suave, la carène arrondie de son menton, cet air de petite-bourgeoise environnée d'épées faites en papier à chocolat. Le prêtre suivit son regard.

— Oui, c'est bien laid, fit-il en baissant la voix, mais elles y sont attachées, et je ne crois pas qu'il soit bon de choquer les pauvres d'esprit.

— Moi, je la trouve belle, dit Julian. Elle sort de son coquillage comme une Vénus.

— Vous trouvez ? Cela ne m'avait pas frappé. Je suis le père Leandro, dit le père Leandro pour changer de conversation. Avez-vous l'intention de communier ? C'est pour savoir, à cause des hosties.

— Je ne sais trop, dit Julian mal à l'aise et se réfugiant dans un ton mondain. Il y a longtemps que ça ne m'est pas arrivé. Je ne sais plus très bien où vous en êtes. On ne va pas à confesse d'abord ?

— Le sacrement de la réconciliation est recommandé pour les personnes qui ne pratiquent pas régulièrement. Quand avez-vous communié pour la dernière fois ?

— Monsieur l'abbé, comment voulez-vous que je m'en souvienne ?

— Et tout à coup, aujourd'hui, l'envie vous a pris… ?

interrogea le prêtre en se penchant vers l'Administrateur avec une espèce de sainte gourmandise.

— Oui. Ou plutôt non. J'ai simplement voulu la revoir. Elle. (Il désignait la poupée.) Je ne savais même pas que vous auriez une messe. Mais je resterai l'entendre, si vous permettez.

— Bien sûr. En ce cas, désirez-vous faire pénitence ?

— Ecoutez, je ne sais pas. D'abord, si je devais vous raconter tous mes péchés, nous en aurions jusqu'à demain. On ne va pas faire attendre ces dames. Et puis... est-ce que je ne devrais pas m'engager à ne pas recommencer ?

— Vous prendriez la ferme résolution, avec le secours de la grâce, de ne plus offenser Christ. N'est-ce pas ce que vous souhaitez ?

Julian arbora son sourire de charme et se sentit ridicule.

— Eh bien, à vrai dire, monsieur l'abbé, non. Pas du tout. Ce qui, éventuellement, m'intéresserait, ce serait de me faire absoudre à l'avance de ce que je vais commettre dans les vingt-quatre heures à venir. Mais vous allez me dire que ce n'est pas de jeu.

— Cela s'est pratiqué à l'époque où l'Eglise tolérait, et même quelquefois recommandait, le meurtre politique, dit le père Leandro avec componction. Je doute cependant que mon évêque trouve cela très... canonique. Au demeurant, monsieur l'Administrateur, les voies du Seigneur sont insondables. Vous me dites que vous souhaitiez revoir Marie. A six heures du matin, c'est un souhait peu ordinaire pour un homme aussi occupé que vous. Vous arrivez pour une messe à laquelle vous ne vous attendiez pas. Il faut peut-être saisir l'occasion aux cheveux et prendre le risque de communier sans trop vérifier son nœud de cravate ?

Julian se trouva tout sot devant cette proposition et ne sut que bredouiller :

— Je verrai, monsieur l'abbé, je verrai.

Le prêtre inclina sa haute taille et, l'espérance étant une

vertu, alla mettre une hostie de plus dans le calice. Puis il se tourna vers un petit garçon sorti tout droit de Murillo :

— Allons-y, Pepito. C'est parti.

Julian s'assit. Il ne reconnaissait rien. Au collège, il avait lui-même servi la messe de saint Pie V ; ensuite, il n'avait assisté qu'à des célébrations solennelles, pendant lesquelles il avait consacré plus d'attention aux nuques des invitées sous les chapeaux excentriques qu'aux évolutions des officiants. Il trouva le tout un peu simplet, un peu racoleur, mais il ne porta aucun jugement. Fréquentant si peu la messe, de quel droit aurait-il eu une opinion ? En deçà du rite, il était sensible à la piété du prêtre et au rayonnement de l'enfant, qui portait une aube par-dessus son blue jean et donnait l'impression de léviter plutôt que de marcher. Il tenait la burette comme si c'était l'Hostie elle-même, s'agenouillait comme un oiseau se rassemble pour s'envoler, suivait les gestes du prêtre avec l'attention des séraphins à six ailes suivant ceux de Dieu. Et le prêtre le regardait avec une tendresse angoissée : peut-être se disait-il que c'était là l'enfant qu'il n'aurait jamais ?

Lorsque l'instant de l'Eucharistie approcha, Julian fut embarrassé. D'un côté, il était tenté de communier, mais ce n'était que cela, une tentation, d'ailleurs ambiguë. De l'autre, il sentait que ce serait indécent. Mais n'y avait-il pas aussi la courtoisie à observer à l'égard du maître de maison ? Si le père Leandro avait envie de lui offrir une hostie, peut-être le savoir-vivre exigeait-il qu'il l'acceptât ? Il finit par se cacher la tête dans les mains pour ne pas voir le défilé des vieilles à la bouche ouverte, et il se surprit à dire à la Reine du Monde toujours souriante, toujours amène : « Pas maintenant. Ce serait de la triche ; vous savez bien. Laissez-moi d'abord me dépatouiller tout seul. »

Quand il releva la tête, les communiantes avaient repris leur place. Le prêtre faisait, avec une douce vénération, son petit ménage, secouait la patène, essuyait vigoureusement le calice. Un dernier petit air chevroté par les vieilles femmes soutenues par la basse du prêtre, et ce fut fini. Julian se leva, fit une génuflexion à l'ancienne, adressa une inclinaison de tête au père Leandro qui y répondit avec une dignité attristée, et se tourna vers la sortie. Dans un coin obscur, il vit une tache jaune et verte : une robe fort laide qu'il lui sembla reconnaître pour s'en être moqué dix ans plus tôt.

— Tu étais là, Rosario ?

Elle souriait, ses yeux vert d'eau tout lumineux. En même temps, elle ravalait un fou rire.

— J'ai communié pour toi. Tu étais si drôle, à te cacher du bon Dieu, comme Adam « parmi les arbres du jardin ». S'il te veut, mon pauvre, il te retrouvera.

— Je croyais que tu n'avais pas le droit de venir à l'Abyme.

— J'ai tous les droits pendant que ma mère dort. D'ailleurs, à cette heure-ci, les arracheurs dorment aussi.

— Pourquoi as-tu remis cette vieille horreur ?

— Par humilité, je suppose, ou alors au contraire, pour me prouver que je pouvais encore entrer dedans. C'est la robe que j'avais le jour où j'ai décidé de prendre le voile.

— Pas étonnant. Moi aussi, je prendrais le voile si je n'avais rien d'autre à me mettre.

Ils sortirent.

— Tu rentres, Julian ? Je peux venir déjeuner avec toi ?

— A condition de changer de pelure.

Il la déposa place des Taureaux et l'attendit avec un immense plaisir. Qu'ils fussent cousins mettait entre eux juste assez de distance et de connivence pour que se créât une relation mystérieuse et familière, amoureuse sans amour, incestueuse sans inceste. Lorsqu'elle redescendit, tout de noir vêtue, sans paillettes, la taille étranglée d'une large ceinture de cuir noir clouté d'argent, et qu'elle prit place à côté de lui, il posa la main sur la sienne.

— Je t'aime bien, Rosario.

Elle tourna vers lui un visage attentif non pas à ce qu'il

venait de dire mais à l'écho que cela faisait en elle. Elle sourit dans le vide, avec une tendre ironie. Elle murmura :

— *Sir Julian !*

Il perçut dans ce murmure de la gaieté, de l'audace, de la gratitude et une espèce rare de dévotion qu'il trouva particulièrement délicieuse et apaisante. Ses lèvres formèrent le mot « *Principessa* » sans qu'il prononçât aucun son.

Ils ne s'embrassèrent pas, mais ce fut comme s'ils s'embrassaient.

7 heures 30

Rudi le Rouquin décida de ne pas aller en classe ce vendredi-là. Depuis que son mécano de père avait, sous la pression de l'opinion publique, renoncé à l'utilisation de sa ceinture à fins éducatives, Rudi en prenait à son aise. Sa *Weltanschauung* était simple : il y a ceux qui osent et ceux qui n'osent pas. Les premiers sont des seigneurs, les seconds des croquants, bons pour être asservis, exploités ou maltraités pour le plaisir. Il méprisait son père qui était passé de la première catégorie dans la seconde, et sa petite bonne femme de mère qui croyait à une morale fondée sur les notions de mal et de bien. Il méprisait ses camarades, qui avaient peur des profs, et les profs qui avaient peur de lui. Il ne tolérait que Cris le Richard, parce que Cris, qui avait conservé sa blondeur d'enfant et avait un peu l'air d'une fille, lui vouait un culte passionné et se laissait maltraiter, exploiter et asservir par lui avec délices.

— Aujourd'hui, Cris, on va à la chasse.

— Aujourd'hui, il y a interro d'info.

— Dégonflé ! Tu sais bien que l'info, c'est de la rigolade, depuis que la mère Abad a mis les bouts.

Laissant livres et cahiers chez Cris, les deux garçons flairèrent la rue et la liberté. Leurs camarades étaient en train de subir les indignités de l'instruction publique, gratuite et obligatoire. Ils prenaient des notes, ils répondaient à des questions, ils ne pouvaient pas jouer au morpion tranquillement, certains étaient même punis pour avoir bavardé ou triché ou dit tout de go à un prof ce qu'ils pensaient de lui. Bien fait pour ces minus ! La vraie vie, c'était de déambuler par les rues du Corazon, les poings dans les poches du blouson, de croquer un radis à un étal, de dégonfler un pneu dans une impasse, de siffler une fille, tout cela en lorgnant un coup à faire.

Rudi le Rouquin était un arracheur, ce n'était pas une âme vile. Il n'arrachait pas pour le profit. Pas encore. Évidemment, il gardait le produit de ses larcins pour s'acheter des friandises, des fringues et, de temps en temps, un joint. Mais il faisait aussi des cadeaux à ses petits copains et à ses petites copines, et il se serait plus volontiers privé du butin que de la chasse. Il considérait le Corazon comme une réserve mise à sa disposition par la Providence, ses habitants et ses visiteurs comme du gibier, les policiers comme des utilités ennoblissant le sport par le risque. « Si je me fais prendre, je vais morfler. Donc j'ai le droit », affirmait-il, bien qu'en réalité il se crût trop malin pour morfler, et ne redoutât guère les psychologues de l'enfance auxquels, dans le pire des cas, il se trouverait livré et qui lui expliqueraient sans doute que la société était bien coupable à son égard.

Hélas, la chance était contre Rudi et Cris ce jour-là. Les épiciers se tenaient sur le pas de leur porte, les marchands de journaux surveillaient leurs présentoirs, les bouquinistes prenaient l'air devant leur vitrine, il n'y avait pas un concierge en train de laver le trottoir, dont on aurait pu au moins renverser le seau d'eau savonneuse, pas un cul-de-jatte à qui on pût arracher ses billets de loterie sans crainte d'être poursuivi.

Rudi se rappela un exercice que le prof de socio avait imposé à la terminale : il s'agissait de commettre un acte interdit par le respect humain mais non par la loi, comme de parler tout seul dans la rue ou de sauter à cloche-pied en haut-de-forme. Le cousin de Rudi avait inventé mieux. Il replaçait systématiquement sur les étagères d'un supermarché les articles qu'un client choisi comme victime avait mis dans son chariot. Inutile de dire qu'il choisissait surtout des clientes, et les plus âgées d'entre elles. Ce n'était évidemment pas de la vraie chasse, c'était néanmoins une façon virile de passer le temps, et Rudi s'y était amusé de temps à autre. Mais aujourd'hui, comme par un fait exprès, les vieilles dames étaient restées chez elles, tandis que les chauffeurs de poids lourds et les lutteurs de foire s'étaient donné rendez-vous au supermarché, si bien que Cris, qui n'avait pas encore accédé au cynisme de Rudi, eut des scrupules :

— Je me demande si c'est vraiment bien d'embêter des gens qui ne nous ont rien fait.

— Tu ne comprends rien à rien, répliqua Rudi. « Bien », ça ne veut rien dire. C'est un mot d'adultes pour nous tourner en bourriques. Mais sur le fond je suis d'accord avec toi. On a intérêt à se donner de l'air.

Ils n'emportèrent qu'un paquet de chewing-gum et un miroir pour serins, avec des clochettes.

Vers dix heures, la touristerie se déversa dans les rues. Cependant, tous les chasseurs le savent, il y a des jours où même le gibier le plus stupide est invulnérable. Ce vendredi de malheur, Rudi et Cris ne rencontrèrent que des sacs portés en bandoulière et non à la bretelle, des portefeuilles dissimulés dans des poches intérieures et non revolvers, des antennes rentrées, des radios non « extractibles » dans les rares automobiles laissées ouvertes. Ils eurent même affaire à de mauvais coucheurs : comme Cris le Richard bousculait un vieux monsieur d'allure asthmatique, il reçut par le travers de la figure une taloche magistrale, et l'indignation du public contre le bourreau d'enfants ne rendit moins cuisantes ni la brûlure de sa joue ni l'hilarité de Rudi.

Les garçons n'eurent pas plus de chance dans le métro où trois dames contrôleuses les surprirent sans tickets et ne les relâchèrent qu'après leur avoir extorqué des excuses abjectes. Ils ressortirent à l'air libre, trouvant que la Providence les traitait bien mal aujourd'hui et prêts à commettre n'importe quelle méchanceté pour s'en venger, comme le chasseur bredouille finit par tirer sa poudre aux moineaux.

Enfin, comme ils descendaient les Avenues, Rudi avisa une deux-chevaux délabrée qui venait de s'arrêter au bord du trottoir. Elle avait une aile emportée et la glace avant droite était remplacée par une feuille de plastique fixé avec du papier collant. Un homme dégingandé en sortit, se pliant et dépliant à la façon d'un double mètre. Des lunettes en demi-lunes posées sur son visage osseux nimbé de légers cheveux gris lui donnaient l'air de la victime-née. Rudi et Cris se poussèrent du coude en ricanant. Ils avaient appris à reconnaître d'un coup d'œil la prédestination au malheur. Ils ne savaient pas encore ce qu'ils feraient à cet enfoiré-là, mais il paierait pour les autres !

10 heures

Pour Blas Chrysoblas, ce vendredi-là était un grand jour. La veille, il avait tapé les derniers mots du *Contrat social mené à terme*. C'était la table des matières, mais qu'y a-t-il de plus poétique qu'un grain qui contient une gerbe, qu'une bogue riche d'un châtaignier ? En dactylographiant les titres des chapitres et des sections, Chrysoblas revivait l'aventure intellectuelle qui l'avait conduit à sa conclusion, de même qu'en retapant sa bibliographie et son index il avait salué au passage les maîtres dont il s'était nourri et les adversaires auxquels il avait rompu en visière. En tapant « Paris, Savy-Durand, 1864 », il soupesait un volume compassé du XIXe siècle (« Merci, monsieur Legrand du Saulle ») ; en tapant « *De l'Imposture et Tromperie des Diables* », il revoyait telle photocopie reproduisant un manuscrit du XVIe (« Merci, monsieur Wier »).

Après la page 453, Chrysoblas tapa encore en capitales :

FINIS CORONAT OPUS

et sut qu'il n'avait pas vécu pour rien. Pour s'en persuader, il n'y avait qu'à relire sa conclusion, délice dont il ne se priva pas.

> Résumons-nous : dans les circonstances actuelles, on constate qu'il n'y a pas de contrat social en exercice, et cela pour deux raisons.
>
> Premièrement : la notion de contrat collectif est fausse par définition. Je ne peux me sentir pleinement engagé dans une action ou un mode de vie que si j'y ai donné mon assentiment personnel, en pleine connaissance de cause, avec tous les éléments en main, ayant bien compris les conséquences que comporte mon « oui » et celles que comporterait mon « non ». D'où l'importance de la signature personnelle au bas de

documents même relativement peu importants, comme les polices d'assurances, les emprunts aux banques ou les engagements à la Légion étrangère. Imagine-t-on un groupe de personnes élisant un mandataire pour aliéner ainsi leur liberté ? Ou l'autre partie intéressée acceptant dans ces divers cas la signature du mandataire au lieu de celles des mandants ? Absurde. Cependant la fiction parlementaire fait que le peuple *gouvernant* se croit autorisé à faire comme si le peuple *gouverné* s'était effectivement engagé pour sa vie entière à servir dans l'armée, payer les impôts et respecter les lois.

Secondement, à supposer même que le peuple *gouverné* ait pu aliéner ses libertés, son hérédité, ses instincts, son être même entre les mains du peuple *gouvernant* par l'intermédiaire de parlementaires élus, et que ce contrat collectif engage véritablement chaque individu (ce qui est aberrant), comment ce contrat pourrait-il être perçu comme valable par la partie minoritaire du peuple, alors que, à notre époque, la différence entre la majorité et la minorité n'est souvent que d'une fraction de 1 % des voix ? Nous sommes loin, en effet, de cette « volonté générale » dont rêvait M. Rousseau.

Il faut donc en revenir à notre distinction fondamentale.

Soit nous acceptons une société de type paternel où le choix du citoyen n'intervient pas, ce qui n'est pas souhaitable.

Soit nous fondons notre société sur le seul choix valable, c'est-à-dire le choix individuel qui comporte un engagement personnel de chaque citoyen, signé à la majorité légale, après examen médical, psychiatrique et civique, et formulé approximativement comme ceci :

Moi (Untel),
je désire vivre dans (Telle) société en bénéficiant de (Tels) avantages.
C'est pourquoi je m'engage à faire (Telles choses) et à ne pas faire (Telles autres choses).
Au cas où je manquerais à mes engagements, je demande que me soient appliquées (Telles) peines.

Blas Chrysoblas avait prévenu son patron qu'il ne viendrait pas travailler le vendredi matin, et son patron avait libéralement accepté de lui laisser prendre cette journée sur son congé annuel. Blas Chrysoblas put donc à loisir accomplir un rite qui le remplit de jubilation.

Ayant, bien qu'on fût en juin, tiré son brasero du placard, il y plaça un à un, avec un respect religieux, les torchons de papier sur lesquels il avait composé son œuvre. Il aimait ces reliques dont chacune lui rappelait la coïncidence d'une circonstance et d'une idée. Que serait devenue l'intuition même du « contrat social mené à terme », sans ce voyage en métro, un quart de siècle plus tôt, pour aller montrer à un vieux duc fou, au fin fond de la banlieue nord, les épreuves des faire-part qu'il voulait envoyer à ses amis pour leur annoncer la saillie de sa jument favorite par un étalon illustre ? A preuve, le billet de métro qui portait le germe de l'ouvrage inscrit dessus avec un crayon à la mine cassée. Et comment aurait été développée l'idée centrale des deux types de société, fruits soit de la paternité soit du libre arbitre, si Chrysoblas n'en avait pas noté les points principaux à l'envers de ce prospectus vantant les mérites d'un voyant nigérois, qu'un drogué famélique lui avait fourré dans la main un jour de grand vent au pied du monument de M. de Montesquieu, le penseur français ?

Mais un grand esprit se doit de ne pas être idolâtre et le destin de ces brouillons les appelait à disparaître pour se réincarner sous forme de pages imprimées. Chrysoblas gratta donc une allumette et regarda brûler pêle-mêle tel bout de nappe en papier tachée de gras sur lequel il avait inscrit son projet pour l'adoption des peines corporelles télévisées, tel programme du concert public où, en écoutant les marches de Souza, il avait noté le cas de ce fermier américain qui, trouvant fatigant de construire des clôtures pour ses vaches, s'était contenté, avec un plein succès, de leur tirer dessus au petit plomb dès qu'elles approchaient des limites de sa propriété.

Le brasero brasillait. Il ne resta bientôt plus que cendres de toutes ces années de réflexion. Chrysoblas se releva en poussant un ouf de soulagement : l'ouvrage était terminé, l'œuvre allait voir le jour.

Précautionneusement, il glissa le manuscrit dactylographié dans son vieux cartable d'écolier en carton bouilli, celui-là même qu'il emportait en classe un demi-siècle plus tôt. Comme le cartable n'avait plus de poignée, il le prit sous son bras. Ayant recompté son argent, il descendit ses sept étages en s'aidant de la rampe et en sautillant péniblement de marche en marche, car son lumbago le faisait souffrir. En conséquence, il décida de ne pas porter l'œuvre de sa vie à la photocopie, mais d'y aller en voiture. La deux-chevaux finit par démarrer, et Chrysoblas, plus heureux qu'il ne l'avait jamais été, prit la direction des Avenues où il connaissait un établissement travaillant à moitié prix.

Chrysoblas avait préparé la liste des grands éditeurs et professeurs auxquels il enverrait ce qu'il appelait sa thèse. Au diable l'avarice. Avec cinq exemplaires, il se ferait sûrement publier et nommer docteur — peut-être même *honoris causa,* ce qui aurait mis le comble à son bonheur. Il pensait avec plaisir qu'il passerait son après-midi à collationner les 2265 pages qu'il aurait obtenues pour 1132 pesos et 50 centimes. Quel système de reliure utiliserait-il ? Il n'avait pas encore choisi. Des trous ? Des ressorts ? Ou coudrait-il lui-même ses manuscrits avec du fil ? De temps en temps, il tapotait affectueusement le vieux cartable rebondi posé à côté de lui.

Une chance : il y avait une place libre devant le photographe. Chrysoblas descendit, ferma sa portière à clef et traversa le trottoir pour demander si les tarifs dont on lui avait parlé étaient toujours appliqués.

— Mais oui, monsieur, mais oui.

Il retourna à la voiture. La feuille de plastique qui remplaçait la glace de droite était déchirée et le cartable avait disparu. Deux garçons, un roux et un blond, remontaient les Avenues au pas de course en riant aux éclats.

Blas Chrysoblas ne leur prêta pas attention. Il chercha sur le siège arrière, sous le siège arrière, sous les sièges avant. Il savait qu'il ne trouverait rien. Il laissa la deux-chevaux sur place, passa chez un quincaillier, rentra à pied sans éprouver aucun mal aux reins, escalada facilement son escalier, entra dans sa mansarde, fit un nœud coulant à la corde de nylon qu'il avait achetée, grimpa sur un tabouret, attacha la corde à l'une des nombreuses poutres de sa charpente, passa la tête dans la boucle et renversa le tabouret d'un coup de pied.

Rudi et Cris, cependant, s'étant à dessein perdus dans la foule, gagnèrent le square de la Constitution et s'installèrent sur un banc. Ils avaient ri et couru, ils avaient chaud, ils atteignaient à cet instant magique où ils allaient apprendre en quoi consistait leur butin. Cela tenait du déballage de cadeaux, de l'initiation aux mystères, et par là, bien sûr, de la méditation sur la mort : ce cadeau qui est toujours là, devant nous, et que nous n'ouvrirons pas avant le jour prescrit. Rudi avait le cœur serré quand il plongeait les doigts dans un sac ou un portefeuille qu'il s'était approprié. Consciemment, il pensait au trésor qu'il y trouverait peut-être (« Un million ! Pourquoi pas un million ? »), moins consciemment, il s'attendait que l'objet le mordît ou lui explosât au nez. Cela ajoutait au plaisir.

— Un bouquin, fit-il, dégoûté. Un bouquin même pas imprimé. Qu'est-ce qu'il veut qu'on en fasse, de son bouquin ?

Il déchiffra quelques mots :

— « L'irresponsabilité des responsables, comme dit M. Gabriel Marcel... » Ça ne veut rien dire ! Saleté, va !

Il frappa le manuscrit du poing.

— Alors on jette ? fit Cris.

— Non, j'ai une idée. Viens. Tiens, tu peux la porter, maintenant, cette crotte.

Ils traversèrent une partie du Corazon et débouchèrent sur la place Royale. Le Palais de justice tremblotait de son tarabiscotage baroque dans la lumière flatteuse de juin. De l'autre côté, la caserne de la garde, toute en murs massifs et en petites fenêtres à barreaux, évoquait les rigueurs sans imagination du siècle passé. Face à la cathédrale d'un gothique rayonnant, la façade Renaissance de l'Hôtel de ville se poussait du col. A l'intérieur de cet édifice luxuriant, dans un bureau vaste et sombre, sous le crâne d'un homme, brûlait une pensée qui, avant que le soleil ne se levât une fois de plus, allait modifier l'histoire de l'Agglomération, mais ni les escadrilles de pigeons ni les hardes de touristes ne s'en doutaient.

Sans s'en douter non plus, les garçons se mirent à quatre pattes pour passer devant le guichet ouvert sur le côté de l'Hôtel de ville et se glissèrent ainsi dans l'escalier qui menait au beffroi. Déjà les autocars étrangers s'alignaient sur la place et, bientôt, le vieux colimaçon de pierre s'emplirait de cous suants et de cuisses rôties tourneboulant indéfiniment les uns à la suite des autres, mais, pour le moment, on pouvait encore grimper à vive allure.

— On fait la course ! décida Rudi, sachant bien qu'il gagnerait, et prenant déjà trois marches d'avance parce que tricher peut aussi être une éthique.

Cris, s'il n'avait eu à porter le cartable sous son bras, aurait peut-être pu le rejoindre, car il était léger et agile, mais il connaissait l'étiquette : les chefs sont les meilleurs en tout, c'est un postulat. Il arriva en haut essoufflé. Rudi l'accueillit ironiquement :

— Toujours le même, ce vieux Cris. De la bouillie à la place des jambes, hein. Passe-moi ça.

Il lui arracha le cartable dont le seul aspect râpé, élimé, écorné, taché, les faisait rigoler :

— Un ancien combattant, dit Rudi.

Les garçons étaient perchés sur un balcon d'où, accoudé à la balustrade de pierre faite d'un entrelacs de bêtes héraldiques et d'initiales couronnées, on découvrait le Corazon. Devant, la cathédrale. A gauche, au-delà du Palais de justice et des

Avenues, le Quartier Vénérien (« Va falloir qu'on y aille un de ces quatre, Cris. Tu ne vas pas rester puceau toute ta vie »). A droite par-dessus les toits de la caserne de la garde, les pignons du lycée Christobal-Colon (« On est mieux ici qu'au bahut »). En bas, sous les parasols rayés, les marchands de cartes postales, de poupées gitanes, de banderilles rouges et jaunes, d'affiches bariolées, de glaces, de sirop d'orgeat.

Rudi saisit une feuille du manuscrit, en fit un planeur et le lança droit devant lui. Le planeur plana et finit par se perdre dans la frondaison d'un platane.

Cris fit un autre planeur, qui plana moins longtemps et piqua sur le toit d'un autocar.

Rudi fit un avion d'une autre forme, que Cris imita.

Rudi fit une flèche. Cris fit une flèche.

Rudi fit une fusée interplanétaire. Cris fit une fusée interplanétaire.

Bientôt ils trouvèrent ennuyeux de plier et de lisser les feuilles avec les ongles, et les jetèrent telles quelles, ou roulées en boule, ou déchirées par le milieu pour voir lesquelles descendraient le plus vite. Les vents qui tourbillonnaient autour du beffroi s'en emparaient, les éparpillaient, les regroupaient, les emportaient d'un côté, les remportaient de l'autre, quelquefois les aspiraient dans un courant d'air ascendant. Une feuille ne dépassa pas la gouttière, d'autres se disséminèrent au loin. Les touristes commençaient à lever la tête et ils découvraient alors, tout là-haut, deux jeunes garçons sympathiques et heureux de vivre.

Sur le fuselage d'un aéroplane on aurait pu lire, entre autres :

> M. Wordsworth affirme que l'enfant est le père de l'homme. C'est pourquoi le premier devoir de l'Education nationale n'est pas de faire des saints, des ingénieurs, des assureurs ou des

gens heureux, mais de bons citoyens, dès l'école primaire, dès le jardin d'enfants.

Sur l'aile d'un monoplan, parmi d'autres citations :

> M. le juge Jerome Frank montre qu'un des principaux facteurs qui déterminent l'essentiel de l'attitude de l'adulte envers la loi et l'autorité en général réside dans ses rapports avec la première incarnation de la discipline qui ait compté dans son enfance.

Et sur un losange biscornu, évoquant l'aile Delta, la forteresse volante, l'OVNI et peut-être même le cabriolet volant du chanoine Desforges :

> La kleptomanie est favorisée par les étalages et le viol par la mini-jupe, c'est une affaire entendue, il y a deux mille ans que les chrétiens appellent ce phénomène la tentation — mais que faut-il en déduire ? Que les supermarchés doivent être grillés et les femmes voilées, c'est-à-dire les honnêtes gens privés de conforts et de plaisirs légitimes ? Ou que les praticiens du vol et du viol doivent être délivrés des organes qui les amènent à passer à l'acte ?

Et, sur un papier vaguement plié en forme de Concorde, avec un bec cruel :

> ...n'existe pas, semble-t-il, de société ignorant la notion de châtiment. Les asiles psychiatriques en sont un bon exemple, puisqu'ils traitent des citoyens que la loi tient pour irresponsables, et que pourtant, de l'électrochoc à la camisole chimique, ils sont amenés à utiliser des procédés coercitifs.
>
> Je dirais, à la différence des spécialistes de la question, que derrière ce besoin de punir qui est fondamental dans l'homme — les petites filles corrigent voluptueusement leurs poupées — il y a dix motivations, pas une de plus, pas une de moins, qui

peuvent évidemment se combiner dans toutes les proportions imaginables.

Je classe parmi les motivations mauvaises :

1 — le sadisme de l'accusateur, du juge et du bourreau

2 — l'esprit de vengeance de l'individu ou de la société

3 — l'illusion selon laquelle tel acte et donc telle personne l'ayant commis méritent telle punition, comme si la notion de mérite, positif ou négatif, n'était pas erronée en soi

4 — l'illusion selon laquelle un acte peut être exorcisé a posteriori par ce que les chrétiens appellent d'un mot qui ne signifie rien : l'expiation. La procureuse morte se moque bien que Raskolnikov expie sa mort en Sibérie

5 — l'illusion selon laquelle la punition peut amener une réhabilitation à vivre en société.

Je classe parmi les motivations bonnes :

6 — la nécessité de compenser les pertes de la victime par des dommages et intérêts

7 — le besoin que la société peut éprouver de réutiliser certains citoyens (dont la formation, par exemple, lui a coûté cher) après leur avoir donné un avertissement

8 — ce qu'on appelle en termes modernes et impropres la dissuasion, c'est-à-dire le raisonnement « Si tu (désagréable pour moi), alors je (désagréable pour toi) »

9 — le dressage indispensable des citoyens, c'est-à-dire l'éducation de réflexes conditionnés propices à la vie en société

10 — l'élimination de ceux qui ne se prêtent pas au dressage.

Dans une société véritablement contractuelle, seules les cinq bonnes raisons seraient considérées comme valables, tout crime ou délit étant simplement considéré comme un manquement au contrat.

Soudain, une brise plus forte s'éleva. Les aéronefs qui avaient déjà atterri furent enlevées par ce coup de balai, certaines s'accrochèrent aux branches des arbres, d'autres se répandirent sur les toits d'où elles glissèrent dans les rues et les cours environnantes. L'une eut l'insolence de raser le képi de l'adjudant-chef Rosa qui se rendait de la caserne à l'Hôtel de ville.

— On dirait une pluie de coco ! fit Rudi enthousiasmé.

A pleines poignées, les garçons se mirent à jeter les feuilles qui leur restaient. Il neigea du Chrysoblas sur le Corazon.

11 heures

L'avion de la Lufthansa vira sur l'aile pour remonter au vent, et le hublot s'emplit d'une ville basculant dans le ciel tandis que la mer, pleine à ras bord, allait s'y déverser. Eric Liebhafen reçut le spectacle en pleine figure, comme on les reçoit à dix-huit ans. Il vit un million de toits drossés contre la montagne dont les rocs gris rose émergeaient d'une gaine de verdure, il vit les gratte-ciel oscillants comme des mâts avec, au sommet du plus haut, *Le Top du Top* (photographié dans tous les prospectus pour touristes), il vit les clochers jumeaux de la cathédrale rayonnante et puis, se succédant de plus en plus vite, semblait-il, les funiculaires au-dessus du port, une plage bariolée de serviettes et de maillots multicolores, un bidonville aux toits de tôle, une étendue d'herbe grise couchée par le vent, la piste d'asphalte. Une secousse. Eric Liebhafen était libre.

Libre de quoi ?

Il ne le savait pas plus qu'il ne savait pourquoi il se trouvait dans cet avion.

D'abord, sans doute, parce qu'il était majeur depuis trois semaines et que l'Orénoque des revenus familiaux coulait maintenant, pour moitié du moins, à son profit. Aucun des navires que son père avait jadis armés pour les Philippines, le Brésil, l'Arabie Heureuse, les Indes, ne traverserait plus la Ligne, n'ancrerait dans un port exotique, ne chargerait ni ne déchargerait un ballot ou un container sans que le moindre grincement de ses palans ne profitât au jeune Eric.

Mais le jeune Eric n'était pas seulement parti : il avait pris la fuite. Personne ne savait où il se trouvait, ni même qu'il avait quitté la maison maternelle pour un temps indéterminé. Le petit mot que sa mère découvrirait dans la journée ne la rassurerait qu'à peine, et l'empêcherait seulement de mettre la maréchaussée à ses trousses. Au demeurant, que fuyait-il ? Si porté qu'il fût à l'introspection, il ne parvenait pas à le discerner.

Ce n'étaient sûrement pas ses études auxquelles il n'attachait pas une importance exagérée : malgré sa facilité pour les langues comme pour les mathématiques, il refusait de rivaliser avec ses camarades, ne se préoccupait pas de réussir à ses examens — aucune loi ne vous oblige à obtenir l'Abitur —, traitait ses professeurs avec une dédaigneuse déférence et n'attendait que sa majorité pour se consacrer à sa passion : la décoration de pièces de théâtre et surtout d'opéras-ballets. Aucun motif de fuite non plus dans ses loisirs : aquarelle, flûte et flâneries chez les antiquaires de Hambourg.

Etait-ce donc la vieille maison, sombre et cossue, vouée au culte d'un père mort d'une maladie mystérieuse, à laquelle il avait voulu échapper ? Ou la rigueur d'une éducation exigeante, à l'ancienne mode ? Ou le rituel des dîners en cravate, l'obséquiosité du couple philippin qui se partageait les travaux domestiques, l'opulence de l'argenterie massive, à initiales entrelacées, cette allure compassée que prenait inévitablement la vie sous l'égide de Mme Vve Liebhafen ? Non plus. Eric se pliait facilement, dans sa souplesse naturelle, à toutes les raideurs qu'on lui imposait et ne répugnait pas à se voir protégé des intempéries de la vie par des remparts de numéraire et de tradition. Que lui avait-on jamais interdit qu'il eût voulu faire ? Rien.

Les contraintes qu'il fuyait devaient donc être plus profondes. S'incarnaient-elles dans sa mère ? La haute et forte Mme Liebhafen se montrait à la fois exigeante et protectrice, elle ne cessait de flatter son fils et de le consoler, elle voulait qu'il fût grand et le conserver petit. Peignait-il à quinze ans une aquarelle représentant le port de Hambourg, elle trouvait que c'était aussi beau que Turner, enfin presque aussi beau, pas tout à fait aussi beau, pas du tout aussi beau, médiocre même, mais Eric était bien excusable puisqu'il n'était pas encore un maître. Prenait-il sa première leçon d'équitation, elle allait le voir au manège, s'extasiait sur sa bonne tenue à cheval, lui demandait quand il sauterait des obstacles de deux mètres, et puis l'assurait que c'était inutile, qu'il avait bien raison d'être prudent.

Oui, il y avait là une asphyxie, mais qui n'avait pris un tour résolument pénible qu'à partir de la puberté d'Eric. A ce sujet, Mme Liebhafen avait, selon son habitude, adopté deux attitudes contradictoires avec une énergie égale. D'une part, elle faisait lire à son fils saint Paul, Dante, les Proverbes, les Pères du désert, l'entraînait à tous les offices luthériens qu'elle pouvait trouver, et ne cessait d'évoquer, même à table, les fins dernières, le Jugement, les supplices de l'enfer, le dégoût d'une chair vouée à la pourriture. D'autre part, elle insistait pour qu'Eric invitât des jeunes filles à la maison, disparaissait quand elles arrivaient, mettait à sa disposition son chalet du Tessin, l'inondait d'eaux de Cologne et de déodorants et se mêlait même d'améliorer sa garde-robe, à laquelle pourtant il apportait déjà beaucoup de soins. Le pauvre Eric, dont les sens, délicats et languides, ne s'éveillaient que lentement, s'entendait excuser de tous les péchés qu'il ne songeait pas à commettre. Etait-ce donc le malaise né de ce traitement qui l'avait mis en fuite ? Il ne le croyait pas.

Malgré ses allures un peu molles, un peu timides, il se croyait capable de résister à toute sorte de pression. A preuve l'incident d'Ilke, qui s'était mise nue devant lui et qu'il avait priée de se rhabiller. Au fait, était-ce bien une preuve ? Il était bien jeune à l'époque, et n'avait éprouvé aucune des émotions qu'il éprouverait sans doute maintenant. Il avait été choqué par cette nudité intempestive, gêné par sa propre inexpérience, bridé par la crainte du ridicule. Mais il avait bien caché son jeu : « Tu es vraiment trop potelée, Ilke. On verra quand tu auras un kilo ou deux de moins. »

Il avait perdu Ilke de vue et voilà que, quatre ans plus tard, il la rencontrait par hasard. Vingt-cinq ans, superbe, rieuse, une féminité intense agréablement voilée d'un intérêt marqué pour la littérature et les arts. Bonne joueuse, elle lui avait elle-même rappelé sa déconfiture :

— Je devais avoir bonne mine, tiens. En plus, j'avais froid. Et toi, à quatorze ans, jouant les marchands d'esclaves ! « Un kilo ou deux! » Remarque, tu me plaisais bien, mais je faisais ça surtout pour ta mère.

— Ma mère ?

— Elle ne cessait de me répéter combien il est important pour un garçon de commencer « bien ». Moi, s'il n'y avait que cela pour rendre service à cette vénérable dame... De toute façon, un premier hommage, c'est toujours flatteur. Hélas ! (Elle souriait gentiment.) J'ai manqué mon coup.

Il avait failli lui dire que ce n'était pas trop tard ; la gêne d'avouer qu'à dix-huit ans il était encore vierge le retint. En revanche, il l'avait invitée à un concert et avait apprécié le discernement avec lequel elle avait goûté les trois B. Elle, qui aurait pu le traiter en gamin, paraissait impressionnée par la finesse de ses goûts. Une amitié était née entre eux, sans coquetterie pour le moment, mais que rien n'empêchait ni ne forçait d'évoluer. Donc, ce n'était pas non plus Ilke qu'il fuyait.

« Et si, se dit-il en débarquant, nous prenions la question par l'autre bout ? »

Aussitôt il eut un recul, comme dans ces jeux d'enfants où l'on doit chercher un objet caché : « Chaud, chaud », vous crie-t-on quand vous en êtes de plus en plus près, si bien que vous finissez par avoir peur de vous brûler. Il insista cependant.

« Pourquoi suis-je venu dans ce pays dont je ne parle pas la langue, où je n'ai jamais mis les pieds, dont ma mère a conservé un si mauvais souvenir ? Elle trouvait tout sale, répugnant. Serait-ce justement parce que chez nous tout est si désespérément propre ? Me serais-je rebellé contre une hygiène délétère qui commence par exterminer les blattes, continue par les microbes et finit par pourchasser les rêves, les tentations, les inspirations, ce qui est hétérodoxe, inattendu, poétique, libre ? Suis-je venu prendre un bain de féconde crasse ? A l'étranger, parce que, n'y étant pas chez soi, on y est nulle part ? Admettons. Mais pourquoi l'Agglomération, pas la Capitale ? Je ne tiens pas tellement aux bains de mer. »

De nouveau un recul. « Chaud, tu brûles. » En fin de compte, ce n'était donc pas au hasard qu'il avait pris son billet ce matin à l'aéroport. Dommage. Il y avait cru pourtant, sur le moment, à ce monde entier déployé devant sa fantaisie : les avions pour Tokyo, pour Moscou, pour Sao Paulo, et assez d'argent pour prendre n'importe lequel ! Apparemment il était comme une fusée équipée d'une tête chercheuse : simplement, il ne savait pas encore ce qu'elle cherchait.

A l'aéroport, un bureau de tourisme lui permit de changer de l'argent et de retenir une chambre dans un hôtel — de troisième catégorie, parce qu'il descendait d'habitude dans les meilleurs. Il s'y rendit en taxi et, pendant le parcours, observa avec jubilation la population noiraude, basse sur pattes, l'architecture hautaine avec ses balcons armoriés auxquels claquaient des lessives, les agents de la circulation, hiératiques comme des sémaphores sous leurs ombrelles d'opérette.

En arrivant, il s'embrouilla dans les pièces de monnaie et les billets de banque inconnus et finit par laisser un pourboire démesuré parce que Mme Liebhafen n'outrepassait jamais les 10 %, de crainte de faire nouveau riche. L'hôtel était sombre et sentait le moisi. Le réceptionniste avait l'air maussade. Pas de fenêtre dans la chambre, des ampoules à vingt-cinq watts, des taches sur la table de nuit, des draps humides, pas repassés. Divin.

Eric redescendit l'escalier étroit en sautant une marche sur deux et fonça droit sur le comptoir derrière lequel le réceptionniste trônait comme un triste poisson pêché au siècle dernier dans les mers du Sud et empaillé par un taxidermiste amateur. A sa propre surprise, il s'entendit demander, en anglais naturellement, et avec un bégaiement qui faisait très oxfordien bien qu'il ne fût pas intentionnel :

— Pourriez-vous m'indiquer où se trouve *La Bouche d'Enfer* ?

11 heures 30

L'institutrice de Pepito était une grande chabraque entre deux âges, mélancolique, ennuyeuse, douée d'une autorité naturelle qui lui permettait de mener sa classe avec placidité, sans punir ni réprimander. Elle ne se souciait pas d'être aimée et ne l'était pas. Pepito était heureux chez elle parce que la paix y régnait. La lenteur aussi, mais, comme il était modérément doué, il avait besoin de beaucoup de temps et la lenteur lui plaisait.

Un matin, drame. L'insititutrice était tombée malade et une jeune petite chose, manifestement stagiaire, fit son entrée dans la classe. Elle était mignonne, elle avait un diplôme de pédagogie. « Appelez-moi Eulalia, nous serons bons amis. » Ce fut le carnage.

« La Môme Ohlala », comme on la surnomma immédiatement, tolérait le bavardage, les retards, les absences, les leçons non sues, les devoirs non faits, les mains sales, les ratures, les taches, les bruits obscènes, les gros mots, les cancrelats dans les petits flacons, les caricatures au tableau, les nez curés en classe, le chewing-gum, les « C'est pas moi », les « Ché pas », les « C'est pas de ma faute », les « Je le dirai à mon papa » et même, de la part des plus âgés de ses garçons, dont certains avaient treize ans, les sifflements élogieux quand elle s'asseyait sur son bureau et que sa jupe se relevait.

En quelques heures, cette classe paisible et travailleuse devint un compendium de toutes les insurrections. Les plus mauvais élèves garçons se découvrirent des talents de chefs révolutionnaires, les plus mauvaises élèves filles leur prodiguèrent les grimaces de défi et les clins d'œil d'encouragement. Non seulement il devint impossible d'étudier en classe, mais, aux récréations, les plus faibles n'eurent plus accès aux toilettes ; au goûter, les plus pauvres furent tournés en ridicule ; à la sortie, les plus propres se trouvèrent roulés dans les caniveaux tandis que les plus studieux voyaient leurs cahiers barbouillés, leurs livres préférés déchirés.

Non que la Môme Ohlala eût persévéré dans son attitude démagogique. Maintenant les devoirs suplémentaires pleuvaient, les heures de retenue se comptaient par centaines, les lignes par dizaines de milliers, il y eut jusqu'à six élèves au piquet dans le couloir en même temps. Et les autorités suprêmes ne livraient pas la malheureuse à ses tortionnaires sans la soutenir : les punitions étaient contresignées, le principal faisait dans la classe des apparitions menaçantes, deux garçons soupçonnés — à tort — d'être les meneurs furent expulsés pour quinze jours : rien n'y faisait. C'était le règne du Malin.

Pepito en était infiniment malheureux. D'une part, n'apprenant plus rien, il sentait qu'il prenait un retard sur la Grande Horloge de la vie, ce qui l'angoissait, car il ne rattrapait pas facilement. D'autre part, Mlle Eulalia, avec son petit visage en forme de cœur au milieu duquel s'arrondissait une petite bouche très maquillée, en forme de cœur elle aussi, lui apparaissait à la fois comme un bonbon acidulé et comme une visiteuse du Royaume des cieux. Tout était parfait en elle : sa voix sucrée, son parfum de jasmin, ses mains aux poignets grassouillets, comme étranglés d'un fil de soie, le regard moite de ses gros yeux foncés, la petite croix dorée, sereine dans son décolleté, et jusqu'à ses corsages ajourés, ses petites robes vert pâle et ses jupes-culottes turquoise. En sa présence, à force d'émotion, il en oubliait sa règle de trois ; en son absence, il rêvait à elle, soit qu'il courût dans la rue en faisant d'imprévisibles entrechats, soit qu'il se tapît dans son lit avec une boule de chaleur enroulée dans son cœur comme une petite bête.

Si Pepito ne devinait ni les algarades chez le principal — « Mais enfin, mademoiselle, reprenez ces marmots en main » — ni les confidences éplorées faites à un soupirant de plus en plus las de les entendre, il savait que Mlle Eulalia souffrait le martyre.

Dès qu'elle entrait en classe, elle respirait mal, sa voix ne portait pas ; elle commençait bientôt à renifler dans un mouchoir en papier, de couleur pastel et parfumé, le comble de l'élégance, d'où elle ramenait un brave petit sourire mouillé : « Je ne sais pas ce que j'ai, ça doit être le rhume des foins. » « Ouin, ouin », faisait le fond de la classe. « Allons, les enfants, un peu de silence, chut. » « Chchchchcht », faisait la classe entière, même les filles, lèvres immobiles et yeux innocents. Après « chcht », quelqu'un commençait « mmmmm » et la classe reprenait « MMMMM », de plus en plus fort, comme un essaim de quarante violons devenus fous, si bien qu'on l'entendait dans le couloir et que les femmes de ménage savaient que Mlle Eulalia s'était encore fait avoir.

Pepito la voyait changer de couleur, se débattre, inventer des échappatoires : « Vous faites ce que vous voulez pendant dix minutes et après vous me promettez d'être mignons — On va chanter des chansons en chœur — Bon, si vous êtes désagréables, vous allez avoir une dictée. » Il la sentait commencer à les haïr tous (« Pas moi, mademoiselle Eulalia ! Je ne vous ai rien fait ! Je vous aime, moi ! ») et se mépriser elle-même (« Ce n'est pas de votre faute, mademoiselle Eulalia, il y a des gens comme ça qui sont nés pour qu'on leur tape dessus »). Au tréfonds de son cœur, il lui semblait pourtant qu'un amour comme le sien aurait dû la dédommager de bien des souffrances et des humiliations. Il aurait voulu lui dire cette phrase inconvenante : « *Je vous aime comme la Sainte Vierge* », ne sachant d'ailleurs si ce n'était pas blasphématoire et n'osant le demander au père Leandro. Avec cela, il oubliait de servir son frère comme à l'accoutumée et en recevait force calottes pour des chaussures mal cirées ou un couvert omis à table : « Ma parole, on croirait que tu es amoureux! » criait Sariel, qui ne croyait pas si bien dire.

Ce vendredi matin-là, croyant obtenir un peu de paix,

Mlle Eulalia avait donné vingt minutes à la classe pour parfaire la préparation d'une lecture : « Et si ce n'est pas impeccable, vous serez consignés. » Pepito, qui avait préparé la lecture la veille, s'absorba dans la rédaction du premier poème de sa vie, que l'on peut rendre à peu près comme ceci :

Je connais un ange qui s'appelle Mademoiselle Eulalie.
Les méchants enfants lui font boire la coupe jusqu'à la lie.
Mais d'autres la trouvent si angélique
Qu'à apprendre leurs leçons par cœur ils s'appliquent.

Tout le monde avait ouvert le livre à la page indiquée, personne ne lisait. On échangeait de pupitre à pupitre des crayons de couleur, des disques, des gommes, des timbres, des billets pour un concert rock, des bouts de ficelles, des tubes de colle à respirer : « Tu verras, l'Epoxy américaine est meilleure. » Le brouhaha montait. Mlle Eulalia fit d'abord semblant de ne pas entendre. Puis elle essaya d'intervenir. Trop tard. On ne l'écoutait plus. D'ailleurs, demain commençait l'éternité du week-end : on se sentait déjà affranchi. Elle se dressa comme une furie :

— Leonardi ! Deux heures de consigne.

Et puis, hideuse, rouge, pitoyable, la bouche tordue, fondant en larmes sans pudeur, comme une petite fille :

— Mes enfants, je vous en supplie, qu'est-ce que je vous ai fait ?

Alors tout se déchaîna. Il fallait achever la bête malade. Les glapissements éclatèrent : « Quisquijivisifi ouah ouah! » On geignait, on se frappait la poitrine, on hoquetait, on tapait des pieds.

Pepito se tenait tapi dans son coin. Par-dessus sa tête volaient des bouts de craie multicolores, des boulettes de pain, des morceaux de fromage nauséabond. Les petites filles pouffaient dans leur main, encore intimidées, déjà impitoyables ; l'une d'elles, assise sur son pupitre, remontait sa jupe en lorgnant les garçons, et puis elle affectait de la tirer sur ses genoux comme le faisait Mlle Eulalia. Un garçon se mit debout sur sa chaise et, feignant de prononcer un discours d'une voix de fausset, entonna : « Nous allons être bons amis. Appelez-moi la Môme, la Môme... » Il ne put achever, il riait trop.

Mlle Eulalia aurait dû sortir, courir chez le principal, mais elle n'y voyait plus rien. Elle se rassit à son petit bureau sans estrade pour enlever ses lentilles de contact inondées et se livra à la mimique indispensable : le pouce et le médius écarquillant l'orbite, l'œil temporairement aveugle, l'autre mi-clos et tressautant de tension nerveuse, elle était aussi ridicule qu'on pouvait la souhaiter. Des cris d'animaux fusèrent de tous les côtés et les trois quarts des élèves essayèrent eux aussi de se fourrer les doigts dans les yeux en larmoyant, en gigotant, en tordant leurs traits enfantins en des grimaces diaboliques.

Et puis un garçon lança un avion de papier en direction de Mlle Eulalia. L'avion n'atteignit même pas le bureau, mais l'impossible avait été osé. Un autre se dressa et, n'ayant pas le loisir de confectionner un avion en papier, lança au hasard son stylo à bille. Le stylo à bille alla se planter dans le globe oculaire que Mlle Eulalia maintenait si laborieusement ouvert.

Silence.

Mlle Eulalia était toujours assise à son bureau et, spectacle atroce et grotesque, un stylo à bille émergeait de son orbite droite. Au bout d'un instant, il se détacha et roula sur le bureau. Alors seulement la malheureuse se mit à hurler.

Pepito vomit.

Il abandonna ses livres et ses cahiers si soigneusement enveloppés de papier d'emballage. Il abandonna son cartable, son plumier, son poème. Il abandonna Mlle Eulalia. Il ne pensa même pas à nettoyer après lui. Il se leva et sortit sans refermer la porte, il descendit l'escalier et franchit la cour en biais. Le concierge le rappela : « Hé, où tu vas comme ça ? » Il prit ses jambes à son cou et courut sans s'arrêter jusqu'au puits Saint-Vincent.

L'Antéchrist et Joey travaillaient sur un message subliminal au profit d'une société productrice de whisky qui leur faisait des ristournes. « *Buvez plutôt du Taft* » passerait sur fond de musique, à l'envers, en accéléré, décalé de quatre octaves vers le bas, et pourtant les clients commanderaient, à *La Bouche d'Enfer,* 23 % de plus de whisky Taft qu'ils ne le faisaient ailleurs.

— Eh oui, mon vieux Joey, il y a plus de choses bizarres dans le monde que n'en connaît ta philosophie, comme disait l'autre, fit l'Antéchrist.

A ce moment, Pepito entra en courant, sans même demander s'il ne dérangeait pas.

— Non, mais dis-le si tu veux que je te tanne la peau du dos !

Joey arrêta la main levée de l'Antéchrist.

Pepito dit :

— Je ne crois plus au bon Dieu, Sariel. Fais-moi une piqûre.

13 heures

Rosario faisait aussi bon ménage avec Djelloul que Giulia, mais sur d'autres bases. Giulia avait été une des nombreuses femmes de son lieutenant, Rosario en était la sœur unique. Giulia, éminemment remplaçable ; Rosario, non. Giulia, une chose ; Rosario, une personne.

Rosario venait à la cuisine pendant que Djelloul préparait les repas et apprenait de lui les recettes de son pays, se permettant rarement des suggestions, mais fulgurantes (« Ajoute du paprika ! ») qui réussissaient ou ne réussissaient pas et auxquelles il obéissait sans regimber, content si c'était bon, pas mécontent si c'était mauvais. Elle se juchait sur un escabeau, s'adossait à un buffet, s'accoudait à une table de cuisine, en des poses préraphaélites, et reprenait leur éternelle discussion sur Dieu.

— Nous autres, disait Djelloul mis en confiance, le prophète Aïssa et sa mère Miriam, on croit aussi. Mais tu vois, madame princesse, après Aïssa, il y a Mohammed. C'est comme maintenant il y a le Roi, on obéit le Roi. Après le Roi, il y a un autre roi. On obéit l'autre roi. Aïssa il est venu d'abord : on obéit Aïssa. Mohammed il est venu après : on obéit Mohammed.

— Ecoute, Djelloul, répliquait « madame princesse », le Roi, il a un fils, n'est-ce pas ? On l'appelle le prince. Le prince peut représenter le Roi, n'est-ce pas ? C'est pour cela que nous obéissons au Fils.

— Oui, madame princesse, mais nous on ne croit pas qu'Aïssa il est le fils du Dieu. Dieu il n'a pas de femmes, alors comment il a un fils ? Qui c'est qu'il dit je suis le fils du Dieu, c'est un menteur.

— Tu as raison, Djelloul. Celui qui dit : « Je suis le fils de

Dieu » ne peut pas être le fils de Dieu. Mais Aïssa n'a jamais vraiment dit cela. Il a dit : « Je suis le fils de l'homme. »

— Alors si lui-même il dit je suis le fils de l'homme, pourquoi les chrétiens ils disent il est le fils du Dieu ?

— Parce que toi, Djelloul, tu ne crois pas que Dieu ait créé l'homme ?

— Bien sûr le Dieu il a fait l'homme. L'homme il n'est pas fait tout seul.

— Et avec quoi tu crois qu'il a fait l'homme ?

— Avec la terre, tiens.

— Et avec quoi a-t-il fait la terre ?

Djelloul faisait la grimace. Djelloul ne savait pas.

— Supposons, Djelloul, que tu veuilles écrire une lettre et que tu n'aies pas d'encre, qu'est-ce que tu fais ?

— Je prends le stylo à bille.

— Tu n'as pas de stylo à bille non plus. Tu es tout seul dans le désert.

— Je demande à mon lieutenant.

— Tu n'as pas de mon lieutenant. C'est à ton lieutenant que tu dois l'écrire, cette lettre. Tu as une plume, tu as du papier, tu as un couteau et tu n'as pas d'encre. Qu'est-ce que tu fais ?

— C'est facile. Je coupe le doigt, je trempe la plume, j'écris la lettre. Débarrassé.

Il s'essuya les mains l'une contre l'autre.

— Tu écris avec ton sang ?

— Oui, j'écris avec le sang.

— Eh bien, Dieu, c'est pareil. Quand il crée la terre, c'est avec son sang. Quand il crée l'homme, c'est avec la terre. Donc avec son sang. Donc l'homme est le fils de Dieu. Donc le fils de l'homme est le fils de Dieu.

A la différence de Rosario, Paula avait avec Djelloul des relations hésitantes. Lui ne comprenait pas ce qu'elle faisait dans la vie de son lieutenant. Elle craignait de le blesser et cherchait à s'habituer à lui lentement. Elle savait à peine ce qu'est un domestique, elle ne savait pas du tout ce qu'est un homme qui s'est donné à un autre. Cette idée ne faisait pas partie de sa culture, la choquait même d'une certaine façon, et elle ne se pénétrait que peu à peu de ce qui pour Rosario était évident. En attendant, elle appréciait la cuisine de Djelloul et ne le cachait pas ; cela créait un lien.

Ce vendredi-là, le menu du déjeuner fut une coproduction Rosario-Djelloul. Paula se contenta de faire des menus enluminés sur son ordinateur.

Le Directeur arriva ponctuellement à 13 heures et l'on prit d'abord un verre au salon. On ne savait pas à l'avance si on parlerait de *Josaphat* ou si l'on s'interdirait d'en souffler mot, mais Paula n'avait pas plus tôt trempé les lèvres dans son xérès qu'elle annonça au Directeur que les disquettes-fichiers étaient à sa disposition, et alors Julian demanda si toutes les mesures préliminaires avaient été prises, et Rosario voulut savoir si elle pourrait assister à des interrogatoires, et le Directeur récapitula :

— Les convocations sont parties par la poste pour plus de discrétion. Je me suis assuré qu'il y avait un personnel compétent de permanence à la centrale des téléphones. La circulation urbaine est prévenue du passage des troupes en direction du port. Les uniformes, les projecteurs, les ordinateurs sont prêts à être chargés.

— Ici, tout est prêt aussi, dit Paula. Les plans du Corazon, du lycée, des Arènes, les carnets de cartes de couleur, les proclamations, les laissez-passer, les fiches de recensement, les listes de policiers par équipes, les listes d'objectifs, les réquisitions, les textes des télex.

— Au lycée et aux Arènes, tout est en ordre, ajouta Rosario. La SRTA n'a pas chômé. Les vingt mille repas sont livrés. Nous avons du vin, de la bière, des jus de fruits, des couvertures, des couches jetables et tout ce qu'il faut pour chauffer des biberons. Les vingt mille coussins sont livrés. Le personnel est arrivé. Le plus difficile a été d'expliquer aux acteurs qui jouent cette drôle de pièce qu'après le four d'hier on n'allait pas recommencer ce soir. Ils étaient prêts à jouer pour rien, ces malheureux.

— D'autant plus difficile, acquiesça Julian, qu'à mon avis la pièce est bonne. L'idée de faire jouer le rôle du sphinx par un ordinateur est excellente. Je ne sais pas où tu as déniché l'auteur, mais il finira par réussir. Comment dis-tu qu'il s'appelle ?

— Divo.

— Drôle de nom. Et il est Français ?

— D'origine slave.

— Tu as les clefs des Arènes ?

Elle les montra et se tourna vers Paula.

— Votre proviseur est tellement ravi de recevoir ces universitaires étrangers que je ne sais trop quel accueil il fera aux policiers de don Jesus. Après, comment expliquerons-nous tous nos mensonges, Julian ?

— Je pense, ma chérie, qu'il n'y aura pas d'après.

— La terre va s'arrêter de tourner ? demanda Paula à la cantonade (elle ne s'adressait presque jamais à Julian).

— Probablement. Que voulez-vous qu'il y ait après *Josaphat* ? En tout cas, don Jesus, mes dispositions sont prises. J'ai loué un bateau à moteur qui file tranquillement ses trente nœuds. Rosario le pilote fort bien. Si les choses se gâtent, nous pourrons être en eaux étrangères en quelques heures. Votre place est réservée, bien entendu.

Le Directeur regarda Julian par-dessous ses paupières en saillie :

— Donc, don Julian, vous avez vraiment l'intention de donner le top ?

— Comment, si j'ai l'intention ?

— Veuillez me pardonner : je m'attends sans cesse à vous entendre annoncer que c'est assez joué comme ça. Car vous aimez jouer, mais vous n'êtes pas ce qu'on appelle un joueur. Il y autre chose, que je veux bien vous confier. J'ai assez dit que le policier ne doit pas être un justicier pour vous avouer qu'au fond du cœur il en rêve toujours un peu. Et comme j'ai tendance à croire le pire plus probable que le meilleur, je ne serai pas trop étonné si cette occasion prodigieuse que vous m'offrez à la fin de ma vie m'est dérobée au dernier moment.

— Pas par moi, en tout cas. Confidence pour confidence : il y a quelqu'un devant qui je n'oserais pas reparaître si je flanchais.

Rosario dressa l'oreille. Paula fit semblant de n'avoir pas entendu. Julian proposa de passer à table.

Ils venaient de s'y mettre quand un bruit de moteur entrecoupé de sifflements se fit entendre au-dessus de la maison, grandit, devint assourdissant. Une ombre fondit sur le jardin, suivie par ce qui la projetait : un hélicoptère. On courut aux fenêtres. Le commandant Hortega sauta à terre, bondit sur la terrasse et entra par la porte-fenêtre que Rosario lui ouvrait. Il portait la tenue léopard recoupée qui mettait en valeur la largeur de ses épaules, la minceur de ses hanches et la longueur de ses cuisses. Ses dents blanches brillaient dans son teint hâlé. Il sembla intimidé par la présence des deux femmes.

— Je croyais te trouver seul, Dandolo.

Julian fit les présentations. Le policier et le soldat échangèrent une poignée de main en s'observant. Ils savaient que le succès de l'opération ne dépendait pas de Julian l'amateur, mais d'eux. Si le bouclage n'était pas étanche, si le ratissage n'épouillait pas à fond la pègre du Corazon, *Josaphat* n'aurait servi qu'à leur perte. Hortega avait entendu parler de Los Angeles, et Los Angeles s'était naturellement renseigné sur Hortega ; néanmoins, le froissement de leurs regards et le contact de leurs mains était crucial.

— Je croyais, dit Julian, t'avoir recommandé une discrétion absolue ?

— C'est mon ventilateur qui te gêne ? Il n'est peut-être pas très légal en ville, mais je ne vois pas comment les arracheurs du Corazon pourraient se douter qu'il est là pour eux. Je l'ai observée, ta discrétion absolue. Mes officiers planchent depuis quinze jours sur des exercices de bouclage qui leur sortent par les trous de nez — pardon, mesdames — et ils ne se doutent pas que ça va être pour de vrai. Nous avons déjà bouclé sur photos aériennes et autres le quartier réservé de la Capitale, la Goutte d'Or, Soho, Chinatown et Central Park. Le Corazon, entre autres. Aujourd'hui, les gars s'imaginent qu'on va faire du saut de nuit. Ils boudent. Quand ils sauront qu'ils vont en opé, ça va être la joie. Moi, je venais flairer le terrain une dernière fois. J'ai survolé. Il n'y a rien de changé. J'ai repéré l'entrée principale des égouts, sur le port.

Hortega essayait de maîtriser sa voix, mais elle roulait à travers la pièce, l'emplissant toute, faisant légèrement vibrer les verres de cristal. C'était vrai qu'il était venu pour un dernier repérage ; il avait eu besoin aussi de revoir Julian, de lui toucher la main, de s'assurer qu'on marchait vraiment.

— Vous déjeunez avec nous, commandant, ordonna Rosario.

Hortega contempla la princesse sans répondre. Il avait aussitôt compris quel genre de femme c'était là : celles pour qui on va se battre. Il y en avait de moins en moins. Il est vrai qu'on se bat aussi de moins en moins, au sens où Hortega entendait se battre. Il y avait peut-être relation de cause à effet. Mais dans quel sens ?

Elle le plaça à sa gauche, entre elle et Paula, face au Directeur.

— Tu sais, dit Hortega en dépliant sa serviette, que tout est paré, l'opération réalisée par écrit, avec un œil sur le moindre angle mort, le plein fait, les rations prêtes à être distribuées, et que je n'ai pas encore reçu d'ordres. C'est normal ?

— Parfaitement. M. de Los Angeles n'a pas encore reçu le renseignement qui doit déclencher l'opération.

— Vous mettez combien de monde sur le terrain, monsieur le Directeur ?

— Cinq cent cinquante fonctionnaires environ.

— Vous en avez combien en tout ?

— A peu près deux mille.

— Donc vous ne dégarnissez pas trop les autres quartiers. Comment êtes-vous arrivé à ce chiffre ?

— Au moyen d'une unité que j'appelle le *fflic*-heure. Voyez-vous, je n'avais jamais monté d'opération d'une envergure pareille. Mais il m'était arrivé de contrôler 1 500 individus en 5 heures avec 60 policiers, soit 300 *fflic*-heures. Si pour 1 500 individus, il faut 300 *fflic*-heures, pour 20 000, il en faut 4 000 : c'est une simple règle de trois. Par conséquent, si l'on veut tenter de faire le contrôle en 10 heures, il faut 400 *fflics*. En fait, je compte sur 12 heures au minimum, mais il y a la fatigue, et surtout le premier contrôle, à domicile ou dans la rue, ne suffit pas, parce que je ne peux pas me déplacer d'appartement en appartement avec des terminaux d'ordinateurs. Il faut donc que j'ajoute des *fflics* pour le deuxième contrôle aux Arènes. D'autre part, il y a les interrogatoires de suspects à mener, une certaine logistique à assurer et un groupe d'intervention à prévoir en cas de résistance. Car il est bien entendu, n'est-ce pas, commandant, que vous bouclez et ne participez à aucune action à l'intérieur du périmètre.

Hortega soupira.

— Même si ça défouraille ?

— Je t'avais prévenu, lui dit Julian.

— Supposons qu'il y en ait qui veuillent passer de force ? Je fais usage de mes armes ?

— A la dernière extrémité, Hortega.

— Ils ont tout de même le droit de se défendre, mes gars, s'ils sont attaqués ?

Djelloul apportait le saumon aux concombres.

— Je suis heureux, princesse, dit M. de Los Angeles, que vous nous fassiez faire maigre.

— C'est vrai, nous sommes vendredi, fit Julian.

— Et pas n'importe quel vendredi ! ajouta Rosario.

Paula les regardait, sans cacher une ombre d'amusement.

15 heures

Le matin, en arrivant au commissariat, Robich avait reçu une lettre sur papier à en-tête de la Direction de la Police.

CONVOCATION (type B)

DESTINATAIRE : le commissaire ROBICH Robert
ORIGINE : le Directeur

Vous êtes invité à vous présenter devant moi le vendredi 21 juin 199... à 18 heures 30 au lycée Cristobal-Colon boulevard Cristobal-Colon, porteur de votre équipement individuel pour une rencontre avec des officiers de police étrangers.

Cette convocation est strictement confidentielle.

SIGNÉ : Le Directeur Jesus de Los Angeles.

Qu'est-ce que cela pouvait signifier ? D'abord, une soirée gâchée. Convoqué à 18 heures 30 par Le-Pire-est-toujours-sûr, on ne pouvait pas ne pas manquer la séance de 22 heures au cinéma. Natalia s'était pourtant arrangée pour faire garder Manuel par sa mère parce que Robich voulait fêter dès aujourd'hui la bonne nouvelle qui l'attendait sûrement à la banque. Prévenir Natalia ? Est-ce que « strictement confidentielle » s'appliquait à elle ? Il ferait comme s'il croyait que non et lui téléphonerait au sortir de la banque, la grande bonne nouvelle rachetant la petite mauvaise.

Mais qu'était-ce qu'une convocation de type B ? Et pourquoi « porteur de votre équipement individuel », c'est-à-dire armé et miniradio en poche ? Pour faire des démonstrations aux étrangers ? Ou simplement par discipline ? Et pourquoi le lycée Cristobal-Colon, alors que l'Hôtel de ville possédait les locaux nécessaires ?

Une angoisse certaine se nouait au niveau de l'estomac du jeune commissaire Robich, qui ne savait même pas s'il était seul convoqué et ne pouvait poser de questions à ses collègues. A aucun moment, il ne pressentit que le rêve qu'il avait si tendrement nourri avant de le croire impossible allait se réaliser cette nuit.

Ce fut donc mal à l'aise qu'il se rendit à la banque à laquelle il avait demandé un prêt pour acheter le terrain et construire la maison de campagne que souhaitait Natalia. La réceptionniste le fit attendre une demi-heure et, pendant ce temps, il lissa son épi et s'angoissa. Il lui paraissait de moins en moins certain qu'il obtiendrait son prêt et de plus en plus que les officiers de police étrangers étaient imaginaires et que le Directeur le convoquait pour lui infliger un blâme ou même le rayer des cadres. Non qu'il eût rien à se reprocher (sauf sa visite à ce prétentieux lâcheur de Dandolo, qui datait de plusieurs mois déjà), mais les grands patrons trouvent toujours des raisons pour se débarrasser de vous s'ils vous ont dans le nez.

Enfin on vint le chercher. Il fallut patauger dans des moquettes de plus en plus épaisses et s'installer dans un cube de verre, devant un corpulent jeune homme blond en manches de chemise bleu ciel et cravate rouge mouchetée de minuscules rognons bleu marine, renversé dans son fauteuil de simili-cuir, la chaussette bien tirée sur la cheville droite que supportait le genou gauche. Il feuilletait un dossier étalé dans son giron et tendit une main molle sans se lever.

— Monsieur Robich ? Robert Robich ? Né le..., à... Marié à Natalia Carrera, née le..., à..., c'est bien ça ? Et vous sollicitez un prêt de 400 000 pesos ? Pour acheter un terrain d'un hectare à la campagne, dans un périmètre de 100 km autour de l'Agglomération, et pour y construire une petite maison. Ouais. Ouais, ouais, ouais.

Il épatait les lèvres pour souffler avec dédain, il ébouriffait d'un doigt distrait les formulaires que Robich et Natalia avaient remplis pendant des heures. D'avoir été prononcés par lui, l'hectare ne mesurait plus que cinquante ares et la petite maison avait perdu une pièce et le garage.

— Vous êtes policier, c'est bien ça ? Et Madame est institutrice ? Ouais, ouais, ouais.

Robich, assis sur le bord de sa chaise, avait entendu pionne et argousin.

— Vous avez 24 000 d'économies, et vous touchez, voyons voir, 12 000 et quelques, et votre dame (Robich était sûr que le banquier ne disait pas « votre dame » à ceux qu'il tenait pour ses égaux, que c'était une façon de le rabaisser en feignant de croire que lui disait « votre dame ») 7 mille 5.

— 7 mille 7, depuis qu'elle a été augmentée, dit Robich, sentant le besoin de défendre sa femme. Et je compte passer à l'échelon supérieur l'an prochain.

— Ouais, évidemment, vous comptez passer à l'échelon supérieur l'an prochain, répéta le jeune homme comme s'il avait pu ajouter « Mais je sais bien que ce soir, en sortant d'ici, vous allez recevoir un blâme et être rétrogradé ». Cela nous fait donc, 19 mille 7 en arrondissant. Et vous payez 5 mille 3 de loyer, sans compter les charges, et vous avez un enfant, et la mère de Madame n'a que sa retraite pour vivre. Ouais, ouais, ouais. Il suffirait qu'elle se casse le col du fémur... D'ailleurs les enfants aussi, vous verrez, ça coûte de plus en plus cher. Et, naturellement, vous allez en avoir d'autres ?

Robich rougit violemment.

— Je ne sais pas... Ça dépend de ma femme.

Le jeune banquier acquiesça de la tête comme pour dire « J'ai toujours su que c'était elle qui portait la culotte dans ce ménage » et referma le dossier.

— Ouais. Eh bien, voyez-vous, monsieur Robich, notre Comité des Prêts a jugé que ce serait un mauvais service à vous rendre que de vous laisser souscrire un emprunt aussi considérable, étant donné la situation de famille, les économies et les réserves qui sont les vôtres. Dans le métier que vous faites, comprenez-vous, vous ne produisez pas de biens. Ce n'est pas que vous ne nous soyez fort sympathique, mais justement. Un duplex serait beaucoup plus à votre portée. Ou alors il faudrait encore attendre quelques années, mettre davantage d'argent de côté. A moins évidemment que vous ne puissiez présenter une garantie valable, ce qui changerait tout. Sinon, je crains bien, avec nos regrets...

D'un geste languide, il jeta le dossier sur son bureau. Il aurait aussi bien pu le mettre directement au panier.

Robich avait une boule dans la gorge. Il aurait voulu répliquer qu'un duplex n'était pas une maison, que Manuel devait voir des poules et des vaches à cinq ans, pas à quinze, que lui, Robich, exerçait un métier dangereux, qu'il servait la société, que sa femme travaillait pour l'avenir de la nation, qu'une banque non plus ne produisait pas de biens. Il ne répliqua rien.

Il se contenta de peindre sur ses traits un sourire d'intelligence supérieure qui lui donna une expression à la fois niaise et lâche alors qu'il n'était ni ceci ni cela. Comme il sortait, il lui sembla que les employés et les clients et même le policier privé à la porte le suivaient d'un regard de commisération.

15 heures 30

Rosario sortit pour aller téléphoner. D'une cabine publique, elle appela le numéro que lui avait donné le Directeur. Elle eut accès à un répondeur sur lequel elle enregistra :

— Ici *Tulipe*. Une équipe du CLH, formée d'une quinzaine d'hommes, armée d'armes automatiques et équipée d'explosifs, s'est introduite dans le Corazon où elle doit passer la nuit avant de procéder à un attentat demain ou après-demain. Renseignement certain. Lieu inconnu. Heure inconnue. Nombre de victimes prévu : supérieur à celui de la gare du Nord. Terminé.

Elle raccrocha et rentra chez Julian. On en était au café. Le Directeur dit :

— Maintenant nous allons vérifier l'efficacité de mes services.

Le téléphone sonna. On attendit que Djelloul eût répondu.

— C'est pour monsieur Directeur.

Il apportait le téléphone sans fil.

— Ici le Directeur. Vous reconnaissez ma voix enrouée ? De quoi s'agit-il ?

Ayant écouté, il rendit le combiné à Djelloul et parla d'une voix sans expression, une voix de robot :

— « Monsieur l'Administrateur, le CLH est au Corazon. »

Il regarda sa montre et, sans savoir pourquoi, tous les conspirateurs regardèrent la leur.

— « L'heure est grave », dit Julian.

Sa bouffonnerie ne fit rire personne.

— « Quels sont les ordres de monsieur l'Administrateur ? » prononça le Directeur.

— « Je vais demander ceux de mon ministre, récita Julian, mais je vous engage déjà à préparer une opération coup de poing sur le Corazon. »

— « Dans ce cas, monsieur l'Administrateur me permettra de prendre congé », fit le Directeur, toujours sur le même ton. Princesse. Madame. Commandant.

— Une question, dit Hortega. Combien sommes-nous à savoir ?

— Nous cinq, répondit Julian.

— Et le Roi, ajouta le Directeur.

— Et Djelloul, dit Rosario.

— Djelloul et le Roi ne comptent pas, fit Julian.

— Nous cinq, conclut Paula.

Ils se regardèrent.

Etrange compagnie qui allait tenter d'infléchir, si peu que ce fût, le cours de l'Histoire. Un joueur de polo, un vieux flic, une nonne défroquée, une informaticienne violée, un soldat. Quoi de commun entre eux ?

A première vue, rien, sinon que Paula et Rosario avaient fait une expérience tragique, que Rosario et Julian étaient cousins, que Julian et Los Angeles servaient l'Etat, que Los Angeles et Hortega étaient, chacun à sa façon, des meneurs d'hommes, qu'Hortega et Paula n'avaient pas la superstition de la vie humaine. Voilà le cercle bouclé de manière bien hétéroclite.

Il y avait un réseau d'autres rapports deux à deux : Los Angeles et Rosario croyaient en Dieu, Paula et Los Angeles s'attendaient généralement au pire, Julian (depuis longtemps) et Hortega (depuis une heure) voyaient en Rosario une inspiration, Rosario et Paula, chacune à sa manière, aimaient Julian, Paula et Julian avaient été physiquement humiliés, Julian, le supérieur, voyait en Los Angeles un maître, et Los Angeles, le subalterne, trouvait en Julian un disciple, pas seulement pour le billard. Tous les cinq avaient résolu d'assumer dans la société où ils vivaient un surcroît de responsabilité : Los Angeles, par métier ; Hortega, par chevalerie ; Rosario, parce qu'elle croyait au Bien ; Paula, parce qu'elle haïssait le Mal ; Julian, pour tant de raisons diverses : à cause du doigt tranché de Giulia, des horions qu'il n'avait pas rendus, de ses opinions politiques où la compassion tenait une place, de sa fonction d'Administrateur, de sa qualité de prince, de sa situation de privilégié, des jeux d'enfants où il avait tenu le rôle de *Sir Julian*.

Aucune idéologie dans tout cela : de la générosité, de l'insouciance, de l'imagination, du courage, et surtout un sentiment de l'urgence, de l'opportunité qui, à la suite d'un nombre incalculable de hasards — si l'on veut croire au hasard —, avait réuni des êtres de la même trempe convaincus d'une même chose simple : que le plus fort n'a pas le droit de laisser le moins fort opprimer le faible. Doctrine primitive, qu'aucun d'entre eux n'avait exprimée en ces termes, mais qui, jointe à un tempérament résolu, unissait ces cinq-là comme les doigts de la main.

Ce regard qu'ils échangèrent à la hâte, imparfaitement, constitua un pacte. Tant que durerait *Josaphat*, ils se battraient dans le même camp. Après, ils s'égailleraient peut-être, ou se brouilleraient, ou mêleraient leurs vies, il n'importait pas. Dans l'action, ils étaient unis. Et l'action commençait maintenant.

Los Angeles et Hortega se serrèrent la main : main vieille, bureaucratique, cartonnée, tavelée, blême, gonflée aux phalanges ; main hâlée, musculeuse, élastique, velue, dans la force de l'âge. Ils se regardèrent dans les yeux : yeux patients de pêcheur sous les paupières protubérantes ; yeux ardents de chasseur sous les sourcils touffus.

— Adieu, Directeur.

— Adieu, commandant.

Ils se tournèrent ensuite vers les deux femmes, le Directeur marquant plus d'attention à Paula, qui incarnait leur cause, le commandant à Rosario qui, n'ayant rien perdu, n'ayant rien à gagner, incarnait leur dévouement.

Julian reconduisit M. de Los Angeles, puis il revint à Hortega.

— Alors, Hortega ?

— Alors, Dandolo ?

Ils s'embrassèrent sous les yeux enflammés de Rosario, attentifs de Paula, et Hortega fut d'un bond sur la terrasse, d'un autre dans le jardin, d'un troisième dans l'hélicoptère dont le rotor échevela aussitôt les palmiers.

Julian revint à Rosario. Ils savaient que, par-dessus leur vie d'adultes, ils avaient renoué avec leur enfance, qu'ils en jouaient, adultes, la dernière scène, bonheur rarement donné, rarement mérité. Leur émotion était telle qu'il fallait, par pudeur, en plaisanter. Julian baisa la main de sa cousine, dans une courbette exagérée. Elle lui passa impatiemment la main dans ses cheveux de bronze :

— Etrille-les comme il faut, mon Julian !

— Pour tes beaux yeux, Mère Tape-dur !

Il se tourna vers Paula. Elle le regardait avec un mélange d'amusement, d'admiration et de méfiance. Pas plus que le Directeur de la police, elle ne croyait encore tout à fait que lui, l'homme en place, le joueur de polo, allait transformer en réalité cet autre jeu de riche auquel il jouait depuis des mois. Lorsqu'elle y croyait, elle ne comprenait pas exactement les motifs qui le faisaient agir et n'était pas sûre d'approuver ce qu'elle en comprenait. Considérant que, lorsqu'on veut savoir quelque chose, le plus simple est de le demander, elle lui posa la question en lui tendant sa petite main carrée :

— Pourquoi faites-vous ce que vous faites, Julian ?

Il sourit, affectant la légèreté :

— Pour Circé, voyons.

Et, alors qu'il lui baisait d'ordinaire la main, il la lui serra cette fois-ci.

— Djelloul, apporte la *pistola*. Tu viens avec moi. *Fissa.*

15 heures 40

Le Directeur de la police rentra à l'annexe de l'Hôtel de ville. Toute l'opération *Josaphat* (ce que le jeune Dandolo en savait et ce qu'il n'en savait pas encore) se présentait aussi clairement à l'esprit de Deus ex machina que trois boules de billard entre quatre bandes.

Il fit venir le commissaire Terracotta, l'homme au monde en qui il avait le plus de confiance et à qui il n'avait pas encore dit un mot de *Josaphat*.

— Terracotta, l'Administrateur vient de déclencher la plus grande opération que nous ayons jamais faite, toi et moi. Tu seras mon adjoint. Tu prends tes bonshommes et tu complètes avec ceux qui sont sur cette liste. Personne d'autre. Premier objectif...

Le Directeur donna des ordres en précisant à quelles heures ils devraient être exécutés.

— Pour l'autre affaire, tu actives le plan *delta*. Et tu leur montes dès maintenant une construction. Sauvage.

— Bien, patron.

Ils se regardèrent un instant, prenant conscience qu'ils n'avaient plus longtemps à travailler ensemble dans ce bureau calfeutré où, au cours des années, ils avaient monté tant d'opérations exquises. Le Directeur se permit même une familiarité presque sentimentale.

— Terracotta, c'est le dernier coup tordu que nous faisons ensemble. Il faut qu'il réussisse.

La voix s'était faite encore plus graillonnante.

Terracotta répondit :

— Bien, patron.

15 heures 45

Arrivé à l'Hôtel de ville, Julian fit appeler Ectors.

— Les codes.

La demande était si bizarre qu'Ectors se permit un rire de gorge.

— Monsieur l'Administrateur, quelle idée ! Si vous n'avez pas confiance dans le radio, donnez-moi votre message. Je coderai moi-même.

Julian regarda avec irritation le jeune érarque aux lunettes carrées, au costume bleu croisé à rayures blanches.

— Ectors. Je suis ici depuis moins d'un an, et vous avez déjà réussi à me contrarier trois cent soixante-cinq fois un quart. C'est excessif.

Ectors apporta les livres de chiffrement et Julian chiffra un premier message qu'il avait rédigé deux semaines plus tôt.

ORIGINE : AGGLO AUTORITE

DESTINATAIRE : MININTE

GROUPE DATE-HEURE : 21-06-15-45

EXTREME-URGENT

L'ADMINISTRATEUR JULIAN DANDOLO A MONSIEUR LE MINISTRE DE L'INTERIEUR

LE DIRECTEUR DE LA POLICE M'AVISE QU'UN COMMANDO TERRORISTE CLH S'EST INFILTRE DANS LE CORAZON OU IL PREPARE UN ATTENTAT POUR DEMAIN SAMEDI

J'ENTAME DES MAINTENANT UNE OPERATION PREVENTIVE DE PROTECTION ET D'EVACUATION DES CITOYENS AINSI QU'UNE OPERATION DE REPRESSION DU COMMANDO

J'AI LA SITUATION EN MAIN ET JE VOUS RENDRAI COMPTE DE TOUS NOUVEAUX DEVELOPPEMENTS

PRIERE D'APPUYER AUPRES DE M. LE PREMIER MINISTRE MA DEMANDE DE MISE EN ALERTE DE LA DEUXIEME DBI CANTON-

NEE A PROXIMITE ET DONT JE DEMANDERAI L'INTERVENTION SI L'EMPLOI DE FORCES DE TROISIEME CATEGORIE S'AVERAIT NECESSAIRE

HAUTE CONSIDERATION

— Au télex, Ectors. Et n'essayez pas de déchiffrer : j'ai utilisé mon code personnel.

Ectors sorti, Julian chiffra un deuxième message, mais il commit une erreur systématique d'une unité qui le rendait, à première vue, indéchiffrable.

ORIGINE : AGGLO AUTORITE

DESTINATAIRE : PREMINI

GROUPE DATE-HEURE : 21-06-15-55

EXTREME-URGENT

REFERENCE : TELEX CI-JOINT

L'ADMINISTRATEUR JULIAN DANDOLO A MONSIEUR LE PREMIER MINISTRE

EN REFERENCE A MON TELEX CI-JOINT ADRESSE A M. LE MINISTRE DE L'INTERIEUR JE VOUS DEMANDE DE BIEN VOULOIR METTRE EN ETAT D'ALERTE LA DEUXIEME DEMI-BRIGADE D'INTERVENTION POUR ACTION EVENTUELLE SUR LE CORAZON

HAUTE CONSIDERATION

Ectors était de retour.

— Au télex aussi. Avec une copie de l'autre. Les réponses, dès qu'elles arrivent.

Djelloul était parti avec Julian, et Paula se mit tout naturellement à empiler les assiettes sur un plateau. Rosario la regardait avec étonnement :

— Il reviendra, voyons.

— Je n'aime pas la vaisselle sale, dit Paula. Ce n'est pas appétissant.

— Nous irons au salon.

— Cela ne l'empêchera pas d'être sale.

Alors Rosario se mit à l'aider, alignant les verres sur un autre plateau. Elles emportèrent les plateaux à la cuisine.

— Et voilà que ça recommence, dit Rosario. Les hommes à la guerre, les femmes au foyer.

Paula rangeait les assiettes dans la machine, presque sans bruit. Rosario fit mine d'y mettre aussi les verres.

— Non, dit Paula. C'est du cristal.

Elle mit le tablier de Djelloul, remplit une bassine d'eau savonneuse et commença à laver les verres à la main. Rosario, s'adossant à côté d'elle à l'évier, les bras croisés sur la poitrine, le regard perdu dans le vide, la laissa faire et lui raconta sa vie.

— Quand j'étais petite, j'étais sûre de me marier avec mon cousin Julian. Quand on est petit, on ne comprend rien à la répartition du travail. Pour moi, il était tout : le frère, mais gentil ; le compagnon de jeux, qui me laissait gagner quelquefois, pas toujours, je ne savais jamais ; le contemporain, mais l'aîné ; le garçon, si féminin par certains côtés. Nous jouions à la poupée ensemble : papa maman. Il ne faut rien vous imaginer de… comme ça. Nous nous serions méprisés. D'ailleurs nous étions vraiment très innocents. Lui, le plus maternel des deux. Moi, j'aimais surtout fesser. Quand je vous dis qu'il était mon frère… tout cela est si relatif. Ma mère était mon père et Julian était, entre autres, ma grande sœur. Il me donnait sur son argent de poche des accessoires pour ma maison de poupée : un secrétaire, un lampadaire, des livres d'un centimètre de haut, et il suffisait d'un accessoire de plus pour que nous recommencions le jeu par le commencement. Nous jouions toujours au même jeu, bien sûr, comme tous les enfants et probablement toutes les grandes personnes : on essaye de recréer l'enchantement de la première fois... Un mariage de poupées, et puis elles emménageaient, et puis elles avaient des enfants. Nous en avions une que nous avions déguisée en garçon. Il s'appelait Julio et elle, Rosa. Au début, ce qui nous intéressait, c'était surtout l'achat des meubles et les enfants qui tombaient du ciel : Alfonso, Matilda, Dolores, Cristobal, je les ai toujours, je vous les montrerai. Et puis, peu à peu, les enfants étaient renvoyés aux calendes grecques, on n'achetait plus les meubles, ils étaient déjà dans la famille, et nous jouions le mariage de Julio et Rosa, et puis le mariage même s'est perdu dans les limbes de l'avenir, il n'y avait plus que la rencontre et les fiançailles... Et puis tout s'est fissuré, le jeu ne marchait plus, nous nous disputions, nous étions trop vieux. Le plus drôle, c'est que Julian — il a trois ans de plus que moi — en était triste, et moi, eh bien pas tellement. Je sentais si fort, si profondément, que le jeu n'est que l'imitation de la vie, que c'en était fini de jouer, que les choses vraiment intéressantes allaient commencer ! Pendant que Julian était furieux parce que le jeu ne se jouait plus, qu'il m'accusait de le trahir parce que le jeu le trahissait (et c'était vrai : j'étais du côté de la trahison), moi, du matin au soir et souvent la nuit, je répétais en moi-même un mot, un seul mot, mille fois, dix mille fois de suite, le mot des premiers chrétiens, le mot de l'Apocalypse : *Viens.* « L'Esprit et l'épouse disent : Viens. Que celui qui entend dise : Viens. Que l'assoiffé s'approche. Et que celui qui le désire reçoive l'eau de la vie gratis. » Et moi aussi, je disais : Viens, viens, viens, viens, viens.

Rosario décroisa les bras, appuya les mains au rebord de l'évier.

— Il est venu. Il vient toujours quand on appelle assez fort et assez longtemps. Non, ce n'est pas une question de temps ni de force, mais comment dire ? d'intégrité du désir. « Viens, ô toi le Meilleur des Meilleurs! » Il vient. Lui, pas un autre. Il saccage tout sur son passage, comme un éléphant, mais il vient. Alors, bien sûr, Julian... il ne faisait pas le poids.

Paula essuyait les verres et les levait un à un vers le soleil pour vérifier leur limpidité.

— Ça n'a pas pris, dit Rosario. Ça ne sert à rien d'accuser les autres. Ça n'a pas pris. Comme certains mariages. Le vôtre, je suppose ? Vous n'en parlez jamais.

Elles se regardèrent, prenant conscience que, complices d'une entreprise clandestine et folle, elles ne savaient pas grand-chose l'une de l'autre. Paula n'avait pas caché ce que tout le monde pouvait avoir appris par la presse, mais elle n'avait rien dévoilé de plus. Jusqu'à ce jour, Rosario n'avait pas parlé.

— Je n'ai jamais été mariée, dit enfin Paula.

— Mais il y a Circé, constata Rosario.

— Il y a Circé.

— Bon. Mettons que je sois, moi, une femme divorcée. Moins, peut-être, l'amertume. Vous comprenez, je suis celle-qui-y-croit. C'est ma nature, c'est ma fonction.

— A quoi ? demanda Paula.

Ce n'était pas un mot d'incompréhension ; plutôt de maïeutique.

— A tout, bon sang ! A être femme et peut-être même princesse et chrétienne et riche et responsable. Je ne sais pas si la foi est une grâce. Je dirais plutôt que c'est un talent ou même, si vous préférez, une infirmité, comme chanter juste ou avoir un pied bot. Il y a des gens qui croient, d'autres non. Vous croyez, vous ?

Paula réfléchit.

— Je pense que je ne sais même pas de quoi vous voulez parler. On m'a dit que ça existe, la foi, et vous me le répétez, mais cela m'échappe autant que la couleur à un aveugle de naissance.

— Alors comment se fait-il... ? Moi, vous savez, si j'ai marché dans le projet insensé de Julian, si je l'y ai poussé et presque précédé, c'est justement parce qu'il est insensé et que, par conséquent, il crée un appel de foi vertigineux. C'est à cette altitude-là que je respire. Mais vous, qui ne croyez pas, que faites-vous dans cette aventure absurde ? Est-ce seulement pour Julian ? Ou seulement pour vous venger ? Dans le fond, je ne sais pas : j'aurais peut-être la même réaction.

Paula avait trouvé un torchon propre et s'essuyait les mains.

— Non, dit-elle, c'est plutôt par l'autre bout. Son projet ne me paraît pas insensé du tout. Il me paraît même le seul sain, le seul évident. Il y a des gens qui vivent ensemble. Certains d'entre eux s'arrogent le droit de commander les autres et, accessoirement, de vivre à leurs dépens. Ça, c'est toujours pareil : la structure politique de la société, monarchique, aristocratique, démocratique, totalitaire, n'y change rien. Reconnaissons que c'est bien, ou du moins que c'est inévitable, ce qui revient au même. Le racket établi, cohérent, ce n'est pas la justice, mais c'est mieux que la jungle. Seulement vous savez sous quel prétexte les racketteurs rackettent : ils sont censés nous protéger contre d'autres racketteurs. Ce qui est intolérable, c'est que, au point où nous en sommes, l'Etat est un racketteur qui ne protège plus. Je ne suis pas douée pour croire, mais je suis assez douée pour observer. Et j'observe dans les cours de récréation que lorsqu'un grand prend un petit sous sa protection, quitte à se faire payer en bonbons ou en vénération, le petit n'a plus rien à craindre d'aucun moyen. C'est aussi bête que ça. Alors je mise sur un grand pour protéger beaucoup de petits contre un peu de moyens. Et maintenant, Rosario, vous ne pensez plus à épouser votre cousin ?

Rosario sourit, s'éclairant de l'intérieur comme une lanterne japonaise. Elle répondit à la question posée comme si, en même temps, elle répondait à une autre, qu'elle était seule à connaître.

— Non ! Surtout depuis que je vis pratiquement avec lui. Je crois de plus en plus à la répartition du travail. Surtout entre femmes. C'est une erreur de vouloir être la mère, la sœur, l'épouse, la maîtresse, la pondeuse, le gibier et la dame des pensées en une seule personne. Je ne connais pas beaucoup les hommes, Paula, mais il me semble qu'ils n'ont pas notre sens de l'unité, du rassemblement des énergies. Sauf peut-être les saints. Je suis sa *principessa,* cela suffit. Et maintenant, je vais aller travailler.

*

Elle passa dans le jardin tout crissant de la chaleur de l'après-midi et chercha l'endroit convenable. Djelloul n'était pas jardinier et Julian aimait assez le sauvage et l'abandonné. Les sentiers sablés étaient envahis d'herbes dites mauvaises par les botanistes racistes, des orties poussaient à travers les massifs, des arbustes non émondés croissaient n'importe comment. Rosario se trouva un banc entre deux gros palmiers jaunis, roussis. Un lézard frétilla, se pétrifia, disparut. Rosario respirait à pleins poumons. Elle se sentait presque aussi heureuse aujourd'hui que le jour de sa prise de voile. Elle « y » croyait de cette foi qui déplace les montagnes et voici que la montagne allait bouger.

Il y avait aussi en elle une autre occasion de bonheur, mais elle ne voulait pas encore la nommer.

Elle portait ce jour-là une robe blanche à fines rayures brunes, avec des épaules relevées au point de ressembler à des embryons d'ailes — ce qui n'était plus de son âge, elle le savait et s'en amusait — et deux grandes poches plaquées sur le devant. De l'une de ces poches elle tira un chapelet de buis et le contempla un moment.

Elle aimait qu'il fût vieux et pas ancien, si bien qu'il ne « comptait » pas comme œuvre d'art ; que cependant plusieurs générations de doigts l'eussent poli avant que sa tante, la mère de Julian, le lui eût donné. Elle aimait que la médaille représentât une Vierge sentimentale et que les boules fussent d'un gris jaunâtre et mat, tandis que, sur la croix d'un merisier orange et brillant, un christ d'argent noirci était fixé avec de véritables petites pointes d'argent encore blanc. Tout cela, pour un objet austère, était d'un goût presque souriant.

Au couvent, où elle ne conservait aucun effet personnel, même pas de linge, elle avait fait, en gardant son chapelet, sa première réserve, celle qui l'avait encouragée à faire toutes les autres. Ce n'était pas seulement l'objet auquel elle tenait le plus au monde, mais le seul auquel elle tînt.

Un soir, fatiguée d'alimenter son fichier, elle avait dit à Julian :

— Tu sais, il n'est pas exclu que je devienne une grande pécheresse. Ce qui est exclu, c'est que je me sépare du chapelet de ta mère. Tu le mettras dans mon cercueil, s'il te plaît.

— A moins, répliqua Julian, que je ne décroche avant toi, belle enfant, ce qui est somme toute probable.

Elle se leva, alla à lui, lui posa les mains sur les épaules, le regarda dans les yeux :

— Alors je le mettrai dans le tien.

— J'espère, dit Julian, rester vivant le plus longtemps possible pour ne pas t'en priver.

Maintenant, elle le déploya sur ses genoux, ce chapelet bien-aimé, et fit lentement le signe de la croix. Pour la quantième fois ? La cent millième au bas mot ; la millionième plus probablement. Puis elle se frotta la bouche avec son mouchoir sur lequel demeura un peu de rouge à lèvres cramoisi, ferma les yeux et baisa la croix avec une révérence passionnée, pressant le corps supplicié contre sa bouche.

Elle récita le Credo en langue vulgaire, le Pater et trois Ave en latin. Ses lèvres ne remuaient pas, mais semblaient frémir, vibrer comme un arc bandé. Elle prononça *recto tono* le Gloria en latin, et puis, en langue vulgaire : « O Jésus, pardonne-nous nos péchés, conduis au ciel toutes les âmes, surtout celles qui ont davantage besoin de ta miséricorde. » Non sans effort, car, depuis son départ du couvent, il lui était douloureux de s'adresser à Jésus personnellement, comme si elle l'avait trahi ou, pis encore, comme si c'était lui qui l'avait trahie. Ses doigts touchèrent le premier grain. On était vendredi, jour des mystères douloureux. Elle murmura donc :

— L'Agonie.

Elle avait étudié le rosaire dans un manuel qu'elle suivait à peu près, en l'adaptant aux besoins du jour. Elle prit acte que Julian, son mauvais sujet de cousin, prenait sur lui les péchés de l'Agglomération en entreprenant de la purifier. Elle formait des vœux pour qu'il ne se retrouvât pas seul à Gethsémani. « Non, nous ne dormirons pas, ni Paula, ni moi, ni M. de Los Angeles avec ses poils dans les oreilles et son odeur de réglisse, ni le beau commandant aux grandes dents. » Des larmes s'écrasèrent sous ses paupières ; elle ne savait si elle pleurait de compassion pour le Christ ou pour son cousin.

Les grains défilèrent comme à la parade : le Pater, dix Ave, gloire au Père, au Fils et au Saint-Esprit. Jésus, pardonne-nous. Qu'il était donc dur de s'adresser à Jésus ! Aurait-il mieux valu rompre ?

Un cinquième du premier tiers terminé. Et Rosario avait beau dire le rosaire pour le plaisir, elle se contentait généralement d'un tiers, c'est-à-dire d'un chapelet complet au lieu de trois. Elle en était arrivée à la deuxième méditation :

— La Flagellation.

Elle préférait s'en tenir au manuel plutôt que de se livrer à sa fantaisie, car d'une part elle se méfiait des effusions et de l'autre elle craignait de ne pas méditer assez. Même en demeurant aussi près que possible des images proposées, elle sentait qu'elle s'égarait, d'autant plus que la pensée de Jésus souffrant, qui la nourrissait naguère, lui était devenue insupportable. On souffrirait aussi, cette nuit, au Corazon, et, bien qu'elle sût qu'on ne flagelle plus dans les commissariats avec des fouets lestés de plomb, elle ne s'aveuglait pas sur un fait patent : de par la volonté de Julian, des hommes connaîtraient cette nuit l'angoisse et peut-être les mauvais traitements. Il y avait là un piège à éventer : les souffrances des coupables peuvent être aussi pathétiques que celles des innocents, mais il ne suffit pas d'être une brute et de souffrir un peu pour être semblable au Christ. Il faut être très innocent et souffrir beaucoup.

Deux cinquièmes. Notre Père, qui es aux cieux, que ton nom soit sanctifié. Je vous salue, Marie pleine de grâce : dix fois. Gloria. Jésus, pardonne-nous. Rompre ? Impossible.

— La Couronne d'épines.

Le roi Jésus a été couronné. D'épines. Julian, assumant une royauté dérisoire sur quelques milliers d'hommes, allait devenir leur bouc émissaire. Son sceptre serait en roseau, sa chlamyde de pourpre ne lui serait prêtée que pour quelques heures, et il ne retirerait d'autres avantages de son éphémère royauté que le pilori des media et de l'opinion publique. A cela aussi il fallait être prêt.

Notre Père, que ton règne vienne. Marie, priez pour nous à l'heure de notre agonie. Priez dix fois. Gloire. Jésus, conduis au ciel toutes les âmes.

Décidément, Rosario préférait les prières immémoriales, celles qui ont creusé leurs sillons dans l'inconscient collectif pendant des siècles, aux méditations toujours psychologiques, toujours suspectes. Rosario avait cette intuition paradoxale que le mot, à condition de l'utiliser honnêtement, est incapable de tromper, comme le corps, tandis que la pensée volette de toute part et, comme l'âme, ne répugne pas à se faire quelquefois roussir les ailes. N'était-il pas blasphématoire d'évoquer en parallèle le Fils de Dieu crucifié pour le genre humain et un sympathique libertin qui ne risquait guère que sa place et avait même préparé un bateau pour ne pas se commettre avec ses juges, si les choses en venaient là ? Oui, on était beaucoup plus tranquille avec les Pater et les Ave, qui ressemblaient à des pièces de monnaie, talents et deniers, qu'on laissait tomber une à une dans le tronc du bon Dieu : à lui de savoir comment il investirait ce capital de prière.

Pourtant, il est commandé de méditer. Rosario soupira et entreprit la quatrième méditation :

— Le Chemin de Croix.

Chacun doit porter sa croix. La sienne. Il ne faut pas demander à changer de croix. Elle, Rosario, avait demandé à changer deux fois : en entrant au couvent, en en sortant. En décidant *Josaphat,* Julian avait-il tenté de changer de croix ou au contraire avait-il trouvé et hissé sa vraie croix sur son dos ? L'homme porte la croix, la croix le guide, comme une boussole. Quoi ? Encore Julian, encore *Josaphat* ? N'était-ce pas sortir du sujet ? Peut-être pas.

Père, ne nous induis pas en tentation. Marie, soyez bénie entre toutes les femmes. Dix fois bénie.

Rosario priait à deux niveaux. Ses méditations l'entraînaient, malgré ses efforts, vers aujourd'hui, vers demain, tandis que le chemin creux des Pater et des Ave la ramenait à son enfance, à sa vocation, à son noviciat, à ses vœux, à sa rébellion. Avec la sensation d'être, en ce moment même, nourrie de ce pain quotidien qu'elle réclamait, elle prononçait parcimonieusement la prière des grosses boules, et, avec une largesse sans cesse renouvelée, apparemment inépuisable, elle s'abandonnait à la prière la plus douce, la plus sereine, la moins intéressée de toutes, celle des petits grains. Elle se rappelait que, enfant, les petites boules lui apparaissaient comme des pensionnaires et les grosses comme des bonnes sœurs, ou les petites comme des brebis et les grosses comme des bergers, ou les petites comme des enfants de familles nombreuses et les grosses comme leurs parents veufs. Que de jeux elle avait joués alors avec ce chapelet, à la frontière du sacré et du sacrilège !

— La Crucifixion.

Elle médita la Crucifixion aussi brièvement qu'elle osa. Elle croyait que la Croix est le centre de tout, mais quelque chose souhaitait toujours en elle que le Crucifié fît un signe, que ses douze légions d'anges fondissent sur les pharisiens et les scribes et la foule des pleutres manipulés pour les passer au lance-flammes. « Descends de ta croix ! Ouah ! Ouah! » Ils auraient été bien eus, s'il était descendu. Pas vraiment, bien sûr, d'après la règle du jeu, mais Rosario n'était pas certaine que la règle du jeu fût de son goût.

Elle sentit entre ses doigts la dernière grosse boule et dit son sixième et dernier Pater. Elle en prit affectueusement congé. « Délivre-nous du Malin. » Avec ce qui allait se passer aujourd'hui, elle ne savait pas quand elle appellerait de nouveau son Père. Elle savoura les dix derniers des cinquante-trois Ave, les caressant comme des perles, les savourant comme des bonbons. Et puis Gloria, et encore Jésus irréfragable, et enfin la médaille métallique, plate, douce, ciselée, entre ses doigts. C'était la fin. Et une bonne chose de faite.

Elle remonta gaiement vers la maison :

— Voilà, dit-elle avec un soupçon de provocation, j'ai bien travaillé pour nous.

Paula avait tiré une chaise longue sur la terrasse, et, le visage ombragé d'un grand chapeau, les yeux cachés par les lunettes, les jambes étendues, sa robe crème rehaussant la matité de sa peau, semblait sommeiller. Elle demanda paresseusement :

— Bien travaillé ? Comment ?

— J'ai dit mon rosaire.

Rosario se laissa tomber dans un fauteuil d'osier près de la chaise longue. Le jardin sauvage s'étendait devant les deux jeunes femmes, aboutissant au mur de briques crépies, troué par endroits, derrière lequel on apercevait les miroitements vespéraux de la mer.

— Je ne crois pas, dit Paula, en avoir jamais vu.

Rosario montra le sien avec complaisance.

— Vous voyez : une croix, une médaille, cinquante-six grains. Six gros pour le Notre Père, cinq décades de petits pour les Ave, cinq chaînettes pour les Gloria. Les cinq mystères sont en plus, après le Jésus pardonnez-nous qui vient après le Gloria. On devrait réciter trois fois le tout. Je le fais rarement à cause des méditations qui sont un peu casse-pieds.

Paula enleva ses lunettes et effleura un grain du bout de ses ongles courts.

— Allez-y, touchez, vous ne vous brûlerez pas, dit Rosario. Enfin, je ne crois pas.

— C'est… Ne m'en veuillez pas : je n'ai pas reçu d'instruction religieuse. C'est un objet magique ? Comme un — pardonnez-moi — un grigri ?

Rosario éclata de rire.

— C'est plutôt comme un coup-de-poing américain. Je veux dire que ça, au moins, c'est efficace. Don Juan d'Autriche, qui est notre arrière-grand-je-ne-sais-pas-quoi, a gagné la bataille de Lépante parce que lui et ses hommes ont récité le rosaire pendant trois heures. Et c'est grâce au rosaire que les Turcs ont été battus par Jan Sobieski sous les murs de Vienne, et par le prince Eugène à Peterwardein, et par Charles VI à Corfou.

Paula ne pouvait pas pécher par naïveté et ne voulait pas pécher par hypocrisie. Elle demanda avec sérieux :

— Ne pensez-vous pas plutôt que c'est parce que don Juan d'Autriche était un bon amiral et le prince Eugène et Sobieski de bons généraux ?

— L'un n'empêche pas l'autre, fit Rosario d'un ton définitif.

— Et vous voulez dire, reprit Paula sans insister sur ce point délicat, que vous prononcez véritablement une certaine prière chaque fois que vos doigts touchent une certaine bille ? Est-ce que cela n'est pas lassant ?

— Au début, oui. Ensuite, au contraire, ça rassure, ça

repose. Ça crée un bien-être, on dirait presque que ça dégage une chaleur. Un chapelet, c'est aussi un diadème (Rosario se le mit irrévérencieusement sur la tête), et un château fort, avec les tours et les remparts alternés. C'est le chemin de ronde de l'âme. Ça me plaît.

— Mais je voudrais comprendre, Rosario. Est-ce que vous attribuez une efficacité pratique au fait de répéter un certain nombre de fois certaines formules ? Je veux dire, si je mettais votre chapelet sur ordinateur, je pourrais en frappant deux touches afficher une prière complète. Si je refaisais ce geste le nombre nécessaire de fois, la prière serait répétée sur mon écran. Est-ce que cela serait aussi efficace ? Ou même, je peux utiliser une autre touche qui s'occuperait de la répétition à ma place. Alors ? Je ne voudrais pas vous blesser : je suis ignorante et je cherche à saisir. Je suppose que la prière, si elle n'est pas une pure folie, est une technique qui s'apprend.

— Oui, ça s'apprend, dit Rosario, qui avait arraché une tige de lierre et la mordillait pour en extraire le lait amer. Non, je ne crois pas que l'efficacité puisse être la même. D'abord, pour les méditations des cinq mystères, je ne vois pas très bien comment votre ordinateur se débrouillerait. Surtout je ne vois pas comment se créerait en lui cette énergie que la prière crée en nous.

— L'énergie ne se crée pas. Elle se transmet.

— Encore mieux. L'énergie qui nous est transmise. Vous frottez deux bouts de bois l'un contre l'autre, ils finissent par s'enflammer. Dit-on.

— On dit aussi qu'il faut frotter très longtemps, remarqua Paula, qui hésitait entre un respect archéologique et le fou rire.

Rosario, bonne fille, rit aussi.

— Tout compte fait, c'est plus facile de dire son rosaire. Et puis, vous savez, c'est mon vrai nom : Marie du Rosaire. Il y a peut-être une affinité.

— Vous, dit Paula qui n'était pourtant pas étourdie d'ordinaire, j'ai l'impression que vous finirez par entrer au couvent.

Rosario ferma les yeux une seconde.

— Ça m'étonnerait, dit-elle. J'en sors.

16 heures 30

M. l'Administrateur convoqua le chef de sa maison militaire et consigna la garde pour vingt-quatre heures. Le jeune commandant à l'air excessivement honnête s'inquiéta : Etait-ce une punition ? Paraîtrait-elle dans ses notes ?

— Nullement, commandant. Je prévois un passage de troupes de choc par l'Agglo et je voudrais éviter des conflits toujours possibles entre gardes et soldats.

Puis M. l'Administrateur chiffra un troisième message. Sans commettre d'erreur cette fois.

ORIGINE : AGGLO AUTORITE
DESTINATAIRE : SAMAJ
GROUPE DATE-HEURE : 21-06-16-30
EXTREME-URGENT
REFERENCE : MES TELEX CI-JOINTS

L'ADMINISTRATEUR JULIAN DANDOLO AU ROI

EN L'ABSENCE DE REPONSE DE M. LE PREMIER MINISTRE A MON TELEX DE REFERENCE JE VOUS DEMANDE SIRE EN TANT QUE COMMANDANT SUPREME DES FORCES ARMEES DU PAYS DE METTRE A MA DISPOSITION LA DEUXIEME DEMI-BRIGADE D'INTERVENTION POUR REALISATION D'UN BOUCLAGE ANTI-TERRORISTE AU CORAZON

DAIGNEZ SIRE AGREER HOMMAGE DE FIDELITE

En attendant Ectors, M. l'Administrateur téléphona au procureur général pour lui demander une entrevue urgente, au domicile de l'un ou de l'autre. Il était prêt à se déranger ; le procureur, après avoir fait quelques manières, accepta.

Ectors entra. Julian, sans mot dire, lui tendit le troisième message par-dessus la balustrade qui entourait son estrade.

— Monsieur l'Administrateur, le colonel Barualdo vient d'arriver.

— Faites entrer.

C'était le Directeur de la police qui avait recommandé de faire participer les gendarmes à l'opération, sans rien leur demander d'illégal : « Ce serait congru, don Julian. Question de bon voisinage. Question de vraisemblance aussi : si vous ne faites pas appel à eux, l'opération devient suspecte. Question d'efficacité enfin : le maintien de l'ordre, l'encadrement de la population, personne ne fait ça mieux qu'eux. » Julian y avait vu un quatrième avantage : l'économie des autocars civils qu'il comptait louer.

Barualdo entra, salua en claquant des talons, coinça son képi sous son bras gauche. Julian descendit de son estrade et plaça le colonel près de lui, à la table ovale. Il lui présenta un papier à en-tête de la Direction de la Police :

> Monsieur l'Administrateur, j'ai l'honneur de vous confirmer par écrit que, selon un renseignement d'informateur bien placé, le CLH a infiltré au Corazon un commando d'une quinzaine d'hommes puissamment armés à dessein d'y préparer pour le samedi 22 ou le dimanche 23 juin un attentat d'une extrême gravité.

Le long visage de Barualdo se durcit d'une austère satisfaction.

— Monsieur l'Administrateur, quels sont vos ordres ?

— Mon colonel, je suis en relations téléphoniques continues avec la Capitale, qui juge l'affaire tellement importante que, dans une certaine mesure, elle l'accapare. Décisions prises : bouclage à 22 heures et transport de la population aux Arènes, à la fois pour la protéger et pour essayer de neutraliser le CLH. La police, d'où émane le renseignement, a obtenu d'être chargée du ratissage…

— Que voulez-vous, soupira Barualdo, déçu mais juste. C'est son métier, à la police.

— Pour le bouclage, on m'envoie des militaires. Vous, vous êtes chargé d'assurer le transport des populations : on sait qu'avec les gendarmes tout se passera dans l'ordre et la légalité et que les bons citoyens n'auront rien à craindre. Tandis qu'avec les flics ou les troupes de choc...

— De choc ?

— Oui, mon colonel : j'hérite de la 2e DBI.

— C'est du dur alors ?

— Ça risque d'être du dur. L'essentiel, pour le moment, c'est que pas un soupçon de l'opération ne filtre. Et même, une fois en train, le black-out doit demeurer absolu. Vous veillerez que ni vos chauffeurs ni les gendarmes d'accompagnement ne communiquent avec l'extérieur. Le Corazon passera quelques heures sous un couvercle vissé à fond. Voici le plan de bouclage qui a été adopté. (Julian le déploya sur la table.) Vous voyez que le Corazon a été découpé en quatre quartiers, qui seront bouclés séparément. A vous de fixer les points de ramassage et de répartir les équipes. Vous travaillerez naturellement la main dans la main avec le Directeur de Los Angeles. Voici votre réquisition.

Barualdo lut attentivement :

RÉQUISITION GENERALE

Au nom du roi,

Nous, Julian Dandolo, Administrateur de l'Agglomération, requérons en vertu de la loi le colonel Carlos Barualdo commandant la Deuxième Légion de gendarmerie de prêter le secours des troupes et des véhicules nécessaires pour assurer du 21 juin 199... à 22 heures au 22 juin 199... à la même heure le transport de la population du Corazon à l'intérieur de l'édifice dit « les Arènes » et de l'en ramener, toute menace terroriste étant éliminée, à charge pour lui de ne laisser échapper ni communiquer avec l'extérieur aucun membre de cette population ni ses propres hommes. L'expression « population du Corazon » désigne aussi bien ses résidents que les personnes qui s'y trouveraient temporairement.

Et pour garantie dudit commandant, nous apposons notre signature.

Fait à l'Agglomération le 21 juin 199...

Signé : Julian Dandolo.

Barualdo plia soigneusement la feuille et la glissa dans la pochette placée au fond de son képi.

— Parfait. La population du Corazon ?

— Comptez vingt mille.

— Quatre cents rotations de cars. Aucun problème. Sauf quelques permissions de week-end qui vont sauter. Y compris la mienne.

Barualdo sourit de son sourire mélancolique d'athlète ascète. Il se leva.

— Merci, monsieur l'Administrateur, de me donner l'occasion de faire une opération de cette envergure. Ça m'apprendra des choses. Nous commençons les rotations à quelle heure ?

— Disons 22 heures 30. Je ne veux pas voir un seul car de gendarmerie avant que le bouclage n'ait été posé.

— Compris.

Barualdo hésita un instant.

— Voulez-vous que je boucle les Arènes et que j'y assure le service d'ordre ? Vous savez, les militaires de choc, ça peut être inutilement brutal, provocant.

— Je le sais bien, mon pauvre colonel. Je suis comme vous : j'exécute les ordres. Enfin, pour vous ce sont des réquisitions et pour moi des instructions, mais cela revient au même.

Barualdo recula d'un pas, remit son képi, salua, fit son demi-tour réglementaire et sortit. « Moi aussi, pensa Julian, j'aimais jouer au petit soldat, mais, devant un pékin, il a du mérite. »

17 heures

M. Laredo avait eu une excellente journée et il rentrait chez lui, boulevard Cristobal-Colon, d'une démarche dansante. Au dernier moment, avant de prendre l'ascenseur, il se dit qu'il s'offrirait encore un petit plaisir. Il allait faire un saut jusqu'à la supérette où l'on trouvait ses objets favoris : de la taille voulue et transparents, comme il les aimait. Il se frotta les mains pour les réchauffer, car, malgré juin, M. Laredo avait froid aux mains.

Le matin, il avait vendu deux Mercedes : un joli doublé. M. Laredo amait vendre des automobiles, surtout ces voitures de luxe qu'il vendait sur le papier, sans les voir. Il faut reconnaître que, vendeur d'automobiles, c'est déjà un travail excessivement propre, mais lorsqu'on se contente de montrer un modèle, de le faire essayer et d'enregistrer une commande, c'est idéal : on vit sans même effleurer la réalité des choses.

M. Laredo était un excellent vendeur. Au lieu de faire l'article, de chercher à convaincre, à flatter, à snober, il flottait autour des voitures de démonstration comme un ectoplasme, découvrait leurs qualités après le client, s'en étonnait en hochant la tête (« Ah ! mais c'est vrai, le toit s'ouvre ! »), traitait le prix comme s'il était réglable en flocons de nuages ou en papillons de nuit (« Il y a des gens si près de leurs sous... ») et donnait à l'acheteur l'impression que c'était précisément là l'automobile qu'il lui fallait, quoi qu'en pût penser le vendeur, urbain et naïf avec ses lunettes d'intellectuel, son visage poupin, ses cheveux prématurément blancs : « Quoi, vraiment, vous l'achetez ? Je n'aurais pas cru. »

Des manières aériennes, un rien affectées de M. Laredo, ses confrères avaient tiré des conclusions inexactes au sujet de ses mœurs. A vrai dire, M. Laredo n'avait pas de mœurs : pour les filles, il n'avait pas trouvé le mode d'emploi ; les garçons n'avaient pas trouvé le sien. Pendant longtemps, il s'était même demandé pourquoi il vivait, car c'était, dans le fond, un idéaliste et il était persuadé que la vie à un but. Pour comble de malheur, il avait été longtemps astreint à des travaux salissants : surveillant (il y avait la craie) ; comptable (l'encre) ; dessinateur industriel (la poussière de gomme).

Et puis sa vie s'était transformée. S'étant hasardé un jour à *La Bouche d'Enfer,* il y avait rencontré un beau jeune homme à la poitrine cave, avec de méchantes petites dents de fouine, qui l'avait branché sur le crack. En quelques jours, M. Laredo était devenu un autre homme. Ce n'est pas seulement qu'un bien-être se répandait en lui chaque fois qu'il commençait à chauffer sa pipe à eau sur sa petite lampe à gaz, qu'il laissait tomber les cailloux dans l'eau mêlée de bicarbonate et qu'il se mettait à aspirer goulûment. Ses besoins d'argent ayant crû, il dut se chercher un emploi mieux rétribué et découvrit qu'il était un vendeur hors de pair. Quel plaisir de ne plus guère effleurer que des objets qu'on était chargé de faire disparaître le plus vite possible, des fantômes d'objets qui ne tachaient ni ne compromettaient, qui se reflétaient aujourd'hui dans la vitrine et s'étaient évanouis demain. Rien ne ravissait plus M. Laredo que de voir une automobile cerise quitter l'aire de vente pour être remplacée par une céruléenne, et ses commissions qui s'additionnaient n'étaient pas la seule cause de sa joie. Cette prestidigitation le comblait. « Jamais je n'aurais pu vendre des maisons, des terrains ; des tapis volants, oui. »

Ce bonheur, cependant, n'avait pas duré. D'une part, il lui fallait des doses de drogue de plus en plus considérables pour entretenir l'euphorie dont il ne pouvait plus se passer ; d'autre part, chaque fois qu'il posait son regard fixe sur son propre reflet dans son miroir, il se persuadait qu'en réalité il était né pour une autre vie, plus excitante, plus dangereuse. Vêtu de polos décorés d'hippocampes ou de crocodiles, moulé de cols roulés blancs, enfûtaillé dans des pantalons collants ou à pattes d'éléphant, selon la mode, changeant de parfum aussi souvent que de flacon, fréquentant les boîtes où l'on drague, n'y draguant pas, confortablement logé, dans le genre artiste, mais n'aimant pas vraiment son chez-soi, n'aimant d'ailleurs ni le zen, ni la psychanalyse, ni l'astrologie, ni le yoga. M. Laredo aurait peut-être sombré, malgré son seul ami le crack, dans quelque dépression, si un jour qu'il avait sniffé plus que d'habitude et qu'il pleuvait à seaux, il ne s'était réfugié sous une porte cochère en compagnie d'une dame entre deux âges à qui il avait fait la causette, en bougeant sans cesse les pieds pour les réchauffer. L'ancienne actrice, très fardée, était attifée d'un imperméable transparent en matière plastique.

Une pluie jaune, impénétrable, s'abattait sur l'Agglomération. On était en plein jour, mais on ne voyait pas à plus de deux mètres. Pas de passants, bien sûr, et les fenêtres allumées les plus proches semblaient très loin.

L'actrice racontait sa vie amoureuse — elle s'était fait trousser, prétendait-elle, plus souvent qu'à son tour — et une intéressante association d'idées frappa M. Laredo : cet imperméable se prêtait à être relevé par-dessus la tête de la dame aussi bien que les innombrables jupes dont elle racontait les mésaventures. Avec, en outre, ce double avantage que les jupes sont opaques mais laissent passer l'air, tandis que l'imperméable de plastique, couvrant hermétiquement le visage du sujet de l'expérience, permettrait d'observer les effets produits.

En tout bien tout honneur, naturellement.

Ce jour-là, M. Laredo avait enfin rencontré sa raison de vivre, et le lendemain il doublait son plaisir en regardant la télévision : la porte cochère fatale apparaissait sur toutes les chaînes ; les journaux, eux, étaient déjà sur la piste d'un nouveau Fantômas. Chaque fois que M. Laredo récidivait, il déclenchait une opération de presse, toujours plus vaste et plus bruyante. Les journaux de la Capitale s'intéressaient à lui, des publications étrangères avaient fait allusion à ses exploits. Il avait un surnom universellement connu, on interrompait certaines émissions pour annoncer qu'il s'était encore signalé. A son sujet, on vilipendait la police, on interpellait l'Administrateur. Et lui, cependant, causait tranquillement de l'énigmatique Etouffeur avec ses confrères en se limant les ongles, demeurait suprêmement propre, insaisissable : le prestidigitateur de la mort.

Cela lui suffisait-il ? Déjà plus. « On me craint, mais on ne croit pas encore vraiment en moi. Il faut que je commence à sortir de l'ombre. La prochaine fois, j'annoncerai vingt-quatre heures à l'avance. C'est là qu'on va commencer à parler de moi pour de bon. »

Aujourd'hui, les circonstances se prêtaient à cette nouvelle espièglerie.

Satisfait de sa matinée, M. Laredo s'était accordé une après-midi de liberté pour procéder à une de ces indispensables reconnaissances qui lui procuraient les jouissances de la rencontre et du flirt avant la consommation. Il avait mis des vêtements ordinaires, peu voyants, comme il le faisait toujours pour ce genre d'expédition, et la chance lui avait souri une fois de plus.

Se promenant dans la zone déshéritée des Fundia, il était arrivé dans la Juderia où vivaient les juifs les plus pauvres et les plus traditionalistes de l'Agglomération. A force de cheminer entre les maisonnettes croulantes qui arboraient près de la porte les tables de la Loi, M. Laredo parvint en un lieu reculé et propice où il n'y avait plus ni enfants jouant dans la rue ni mères de famille échangeant des recettes. Sur une colline, trois vieux murs chauffés par le soleil étaient tout ce qui restait d'une synagogue en ruine ; au fond de ce four sans toit, sur un banc de bois vermoulu, était assis un très vieil homme en calotte noire brodée, les bras croisés dans les manches, un sourire contemplatif plissant ses pattes d'oie, le regard perdu à l'horizon.

— Me permettez-vous, grand-père, de me reposer un instant à côté de vous ? demanda M. Laredo.

L'autre montra d'un geste qu'il n'occupait que la moitié du banc et qu'il y avait assez de soleil pour tout le monde.

Le soleil était suspendu dans une brume de chaleur comme un ballon rouge dans un filet.

— Vous habitez ce quartier, grand-père ?

— Depuis cent ans, monsieur, et je compte bien ne jamais le quitter.

Il désignait le cimetière qui s'étendait à ses pieds. Les stèles rustiques, pressées les unes contre les autres, blanches comme des ossements prêts pour la vision d'Ezéchiel, saillaient d'une terre grise, craquelée. Autour, c'était un désordre de vergers malingres, de plates-bandes de légumes, de clôtures effondrées et d'antennes de télévision.

— Notre Loi nous interdit d'habiter plus loin d'une synagogue que nos pieds ne peuvent nous porter, dit le vieillard. Vous voyez devant vous la synagogue des défunts. Je n'aurai pas loin à aller.

— Vous êtes un saint homme, répondit M. Laredo. Vous ne craignez pas la mort.

— Cela dépend. Je n'aurais pas aimé mourir de mort violente. Mais, à mon âge, qui me prendra comme soldat ?

Tout allait de mieux en mieux. Jamais Laredo n'avait vu mourir de saint. A celui-ci, il aurait en outre la satisfaction de causer une mauvaise surprise. Il regarda autour de lui : personne. Il jeta un coup d'œil au vieux : pas de muscles, une mauviette. Il tâta sa poche revolver : le sac de plastique était là, paré pour toute éventualité.

Facile.

Oui, mais ne s'était-il pas promis de créer cette fois-ci une véritable sensation en montrant de quoi il était capable : annoncer, mettre la police sur les dents, les media en transes, semer la panique, et, seulement alors, frapper ?

Il prit sa voix la plus impondérable, sa voix de champion vendeur :

— Et vous venez ici tous les jours, grand-père ?

— Dès qu'il y a un peu de soleil pour la vieille peau du vieil homme.

— Même le jour du Sabbat ?

— Et pourquoi n'y viendrais-je pas ? Il fait bon prier au soleil couchant.

D'où l'humeur folâtre de M. Laredo et son emplette de dernière minute. Oh ! il avait encore trois sacs de plastique transparent chez lui, mais il y avait quelque chose de sympathique à penser qu'on ne serait jamais pris de court.

Il entra dans la supérette. Peu de chances pour que le caissier se rappelât les sacs de plastique entre le pack de V-8, la tablette de chocolat, la boîte d'Ajax et la grande bouteille de Monsieur Propre.

17 heures 15

Julian se méfiait du procureur général, vieux petit célibataire dessicatif, honteux d'être un accusateur professionnel.

Pourquoi avait-il choisi cette branche de la magistrature ? S'y était-il senti prédestiné par son teint blafard, sa peau qui ne transpirait ni ne changeait de couleur, la fente étroite de sa bouche qui semblait faite pour distribuer des peines comme des lames de rasoir ? Ou bien était-ce en réalité de la bonne étoffe de procureur pervertie par un excès de bonté naturelle, ou de littérature sentimentale (Camus, Wasserman), ou par une attention exagérée accordée à l'opinion publique, ou par un tempérament angoissé qui le portait à se demander ce qu'il adviendrait des accusateurs consciencieux en cas de révolution, ou par une imagination mal bridée qui le contraignait à voir un gibier inoffensif dans tout fauve aux abois devant la meute sociale ? Quoi qu'il en soit, son incapacité à requérir le garrot et sa répugnance à proposer une peine qui dépassât un mois de prison avec sursis en avaient fait un raté sous l'ancien régime.

Sous le nouveau, au contraire, il s'était épanoui. Au moins pour un temps, car bientôt les libéraux ne trouvèrent plus ses peines assez légères, tandis que les réactionnaires l'accusaient alternativement de gâtisme précoce et de vénalité invétérée. Néanmoins, il avait rapidement progressé d'adjoint de substitut à procureur général et chef de Parquet, ce qui lui allait parfaitement : il n'avait plus besoin de requérir contre les assassins ; c'étaient ses substituts qui s'exposaient à la vindicte publique.

Il reçut l'Administrateur avec force ronds de jambe dans un salon encombré de meubles fragiles, à pieds galbés, surchargés de bergers en porcelaine. Il s'excusa d'avoir laissé un homme d'Etat d'une telle importance se déranger… Il se demandait ce qui lui valait l'honneur…

Le jeu de Julian n'était pas sans danger, car, à la longue, le procureur se déclarerait sûrement hostile à *Josaphat* ; néanmoins quelques heures précieuses seraient gagnées pendant que, de peur d'être compromis, il se terrerait.

— Monsieur le procureur général, dit Julian en s'asseyant de manière à voir le magistrat de profil, des heures difficiles nous attendent et je souhaite que nous puissions, à cette occasion, nous partager les responsabilités. Je suis relativement peu expérimenté, et mes supérieurs m'envoient au feu dans une aventure qui risque de déplaire à l'opinion publique même si elle réussit, ce qui est moins que certain. Je voudrais au moins qu'elle soit courue en plein accord entre vous et moi.

— Euh..., fit le petit procureur, vous n'êtes pas sans savoir, mon cher ami, que nous appartenons, vous et moi, à deux ministères distincts sinon opposés et que nous servons deux pouvoirs antinomiques sinon contradictoires. Je ne vois pas très bien comment le mien pourrait cautionner une action du vôtre, si plausible qu'elle soit au demeurant.

— Ce n'est pas non plus là où je voulais en venir. J'ai reçu de la police des renseignements que je vous communiquerai si vous le souhaitez et de mon Ministre des instructions que je tiens d'ores et déjà à votre disposition. (« Très bien, le style. Cela va le mettre en confiance. ») Placé dans la nécessité d'organiser une opération répressive d'une certaine fermeté, je ne voudrais pas que vous puissiez croire qu'elle est menée dans votre dos. Je suis prêt à vous en soumettre le programme, et, bien entendu, je vous invite à venir constater par vous-même que, malgré cette fermeté, les droits de l'homme seront strictement respectés. C'est vous qui notez mes policiers et je trouve naturel que vous désiriez vous tenir au courant de leurs méthodes.

Julian tira de sa poche un carnet à souche de couleur mauve et en arracha un premier carton sur lequel avaient été imprimés ces mots :

JOSAPHAT

LAISSEZ-PASSER N° 1
délivré à ....
par ....

Il dévissa son Schaeffer et traça, de sa main légère et déliée, *Monsieur le Procureur Général* et *Julian Dandolo.* Il prit son temps pour écrire *M. le procureur général* sur la souche numérotée et remit le carnet dans sa poche.

— Les mass-media, reprit-il, vont sûrement s'affoler. Vous pourriez peut-être leur dire quelques mots pour leur expliquer qu'il s'agit d'une action antiterroriste et que…

— Mon cher ami, dit le procureur en se tortillant sur son divan recouvert d'un brocart de soie chinois, vous me mettez mal à l'aise. J'ai l'impression que je manquerais à mes devoirs si je m'aventurais sur le terrain où vous cherchez, en toute bonne foi, cela va sans dire, à m'entraîner. Dois-je compromettre l'impartialité que j'incarne en tant que magistrat avec la répression que, malgré vous sans doute — car je vous sais généreux —, vous êtes amené à représenter ?

Julian se leva en feignant l'accablement.

— Monsieur le procureur général, je respecte vos raisons. S'il y a de mauvais coups à prendre, et il y en aura, je les prendrai tout seul.

17 heures 45

— Allô ? Première Chaîne, j'écoute.

— Bonsoir, mademoiselle. J'ai un message urgent pour le rédacteur en chef du journal de 19 heures.

— Je ne crois pas qu'il puisse vous prendre maintenant.

— Et moi, mademoiselle, je n'ai pas le temps de rester au téléphone. Dites-lui simplement que demain samedi l'Etouffeur étouffera pour la huitième fois. Ça risque de l'intéresser, vous savez. Qu'il prévienne la police.

— Attendez ! Ne raccrochez pas ! C'est vous, l'Etouffeur ?

— Bien sûr, c'est moi, mademoiselle. Pour vous servir. Enfin, peut-être un jour, si Dieu veut...

17 heures 50

Après avoir en vain réclamé à Ectors des réponses à ses télex dont le premier poursuivait M. Grosso sur les mers et le deuxième donnait la migraine aux chiffreurs du Premier Ministre, Julian regarda sa montre et appela le numéro privé du Roi. La communication avait été soigneusement répétée au cours d'un voyage clandestin que Julian avait fait à la Capitale. Un seul objectif : être enregistrée et protéger, dans une certaine mesure, le Roi et Hortega.

Une voix d'enfant répondit « Allô ». C'était sans doute l'Héritier. Julian donna du « Monseigneur » et se présenta. « Ne quittez pas, monsieur. »

La voix chahuteuse :

— Julian ! Vieux brigand ! Quand viens-tu nous voir ? Tu nous oublies, dans ton fromage ?

— Sire, as-tu reçu mon télex ?

— On m'a apporté des télex tout à l'heure, mais nous sommes vendredi, non ? Je n'ai pas droit à ma semaine anglaise ?

— Sire, c'était un appel au secours. Je télexe dans toutes les directions. Personne ne répond.

— Tu veux dire qu'il se passerait quelque chose d'extraordinaire à l'Agglo ?

— Le commando terroriste qui a fait le coup de la gare du Nord me prépare un attentat.

— Tu as une de ces veines, mon cochon ! Et tu n'es même pas marié. Saute-leur sur le poil !

— Figure-toi que c'est ce que j'ai l'intention de faire. Mais il me faut du monde pour boucler le Corazon. J'ai demandé la 2e DBI au Premier Ministre : ce sont des voisins. Pas de réponse.

— Le Premier Ministre, mon petit vieux, est en Moscovie.

— Je le sais. C'est pourquoi je m'adresse à toi.

— A moi ? Je fais seller mon destrier et j'arrive. Attends-moi pour commencer la bagarre.

— Tu te crois drôle, Sire ? Je parle au commandant suprême des armées.

— C'est toi qui te crois drôle. Tu parles à l'homme le plus impuissant du royaume. A la cinquième roue du carrosse royal.

— Ne dis pas que tu ne peux pas me prêter la 2e DBI.

— Tu crois qu'ils m'obéiraient ? Oui, c'est le colonel Tiberias, un fayot. Il y a des chances pour qu'il obéisse. Mais moi, je vais me faire taper sur les doigts par le gouvernement de Sa Majesté. Ils s'imagineront que j'ourdis un coup d'État. Je t'ai dit que ces farceurs avaient peur de leur ombre : leur ombre, c'est moi.

— Un coup d'État à l'Agglo ? Ce n'est pas vraisemblable.

— Peut-être pas très vraisemblable en effet.

— Tu préfères quoi ? Que je laisse le CLH faire sauter la cathédrale à l'heure des sardanes ? Si c'était encore celle de la messe, mais ils choisiront le moment où il y a le plus de monde. Pense à ton peuple. Tu dois protection à tes sujets, Sire. Je suis sérieux. Pense que tu as des sujets, des sujettes et de petits sujetons qui vont exploser si je n'ai pas les moyens d'agir. Tous ces petits bras, toutes ces petites jambes…

— Bon, bon, bon, ne me gâte pas l'appétit. Attends ! Tu me dis bien la vérité, Julian ? Ce n'est pas ma planque que tu veux ? Telle qu'elle est, j'ai la faiblesse d'y tenir.

— Tu sais bien que malgré mes idées avancées nul ne t'est plus fidèle que moi, Sire.

— Je le sais, sacripant, je le sais bien. Tu m'as fait gagner la deuxième place à Saint-Moritz. Bon, je vais dire à Cacatoès de mettre Titi à ta disposition. J'espère que ça marchera et que tu m'expédieras tes terroristes dans une cage. Bonne chasse, mon vieux. Tiens-moi au courant.

18 heures 10

Un coup de sirène.

Un seul. Avec le colonel Tiberias, elle ululait pendant une minute.

Les officiers bondissent : ceux qui jouaient aux cartes, et ceux qui écrivaient à leurs femmes, et ceux qui prenaient un verre au bar de la popote, et ceux qui s'exerçaient au full-contact. Un coup, c'est pour eux, qui sont censés réagir le plus vite, deux pour les sous-officiers, trois pour la troupe. Et Hortega, chef de corps par intérim, applique la doctrine « Pas de derniers ». On voit les barrettes dorées converger de tous les côtés du camp vers la guitoune où Hortega a installé son PC : « Le dur, c'est pour les colonels et au-dessus. »

Sous la guitoune, une table pliante, des chaises pliantes, un tableau noir. Les officiers arrivent au trot, se placent en silence, ne s'assoient pas. Hortega entre, énumère son monde d'un coup d'œil, consulte sa montre. On échange des regards : manque Pereira. Dix-huit secondes s'égrènent. Pereira, le plus vieux des capitaines, entre discrètement par le fond.

Hortega, les yeux toujours fixés sur le cadran, n'a pu le voir, mais il l'a perçu.

— Pereira, j'ai attendu dix-huit secondes.

Le petit capitaine, rond et chauve, roule jusqu'au premier rang et, tombant au sol, exécute dix-huit tractions.

Hortega attend qu'il ait fini. Hortega fait des efforts pour paraître mécontent. Il n'a jamais été si heureux de sa vie et la perspective du bouclage n'est qu'une des raisons de ce bonheur.

Pereira s'époussette les mains, sourit gaiement et retourne à sa place. Hortega :

— Messieurs, asseyez-vous.

On s'assied dans un bruit de chaises légères crissant sur le sable.

Hortega regarde les trois commandants, les dix-sept capitaines, les quelque soixante lieutenants, sous-lieutenants et aspirants qui lui font face. Il a conscience de s'adresser à une des meilleures unités militaires au monde, et cela lui donne beaucoup d'orgueil et beaucoup d'humilité. « Suis-je vraiment digne de commander des gaillards de la classe des Delta, des Spetsnaz, des SAS et des REP ? »

Il dit :

— Frisotta.

L'aspirant Frisotta se dresse.

— Dans l'exercice *Bouclage du Corazon,* vous participiez au sous-bouclage de l'Abyme. Où aviez-vous mis vos pièces ?

— Mon commandant, j'en avais une en retrait du croisement de la rue du Roi-Fernand et de la rue de la Reine-Isobel, prenant Isobel en enfilade, et l'autre dans l'encoignure de gauche, à l'entrée du puits Saint-Vincent, prenant en enfilade la rue des Echecs.

— Bien. C'est là que vous les mettrez ce soir.

Une houle court parmi les officiers. Est-ce une blague ? Va-t-on en manœuvres ? Ou bien travaillera-t-on enfin pour de vrai ? Aussitôt, quelques angoisses : n'est-ce pas la guerre civile qui recommence ? Hortega se tait quelques instants et reprend, son baryton maîtrisé, le regard sévère et un cœur de vingt ans battant sous la tenue léopard.

— Nous bouclons le Corazon à 22 heures. Départ : 19 heures 30. Rations pour 48 heures. Nous nous inspirerons du raisonnement tactique appliqué pendant l'exercice et nous appliquerons l'idée de manœuvre élaborée à ce moment-là. J'ai ici les plans et les photos aériennes dans des enveloppes à vos noms. Medina.

Le sous-lieutenant Medina, large et haut, se lève.

— Rappelez-moi quelle est la principale difficulté d'un bouclage.

— Le commandement d'un dispositif détendu.

— Bien. Vous vous rappelez quelles solutions nous avons trouvées à ce problème. Nous utiliserons le réseau radio et les indicatifs prévus.

« Un mot d'explication. Le commando terroriste responsable de l'attentat de la gare du Nord s'est apparemment infiltré dans le Corazon pour y commettre un autre attentat. Nous avons été mis à la disposition de l'Administration pour participer à l'opération *Josaphat* qui devrait permettre de neutraliser le commando.

« Malheureusement, nous n'avons pas reçu, du moins pour le moment, de responsabilités directement opérationnelles. Si humiliant que cela puisse être, nous bouclons, les flics ratissent.

Les visages des officiers ont exprimé la joie du jeu, le plaisir du risque, la détermination et l'angoisse de l'action. On y lit maintenant l'amertume et le dépit. Un sous-lieutenant se permet de souffler un peu fort.

— Nous bouclons, et nous la bouclons, coupe Hortega, sa voix montant d'un cran. Il nous reste à espérer que les flics, avec leurs gros sabots, saboteront le travail. Dans ce cas, nous serons prêts à intervenir.

Soulagement partiel.

— Je sais, dit Hortega, que la vocation de la BI, ça n'est pas de tenir la chandelle pour les opérations des autres. Mais dites-vous une chose : nous faisons assez souvent des exercices dans le vide pour en faire un une fois avec un vrai plastron.

« Maintenant, je vous mets en garde.

« Les civils voudront passer. Ils vous raconteront des histoires : ma mère est en train de mourir, ma petite amie va me faire cocu si je ne vais pas la voir ce soir. Ou : je suis ministre, journaliste, fille mère, pape. Alors dites-le bien à vos gars : il n'y a pas d'exceptions sans laissez-passer mauve et seuls les officiers ont qualité pour vérifier les laissez-passer mauves. Ce qui est dans la marmite reste dans la marmite. Mais attention. Polis ! Bien élevés ! Pas de coups de crosse, pas de pognes dans les décolletés. Impeccables. Comme des gendarmes. Mais froids. Pas de fraternisation, pas de causettes, pas de cigarettes. On commence par offrir une bastos, on finit par évacuer un commando. Tenez vos gens en main, à bout de bras, en permanence. Je dis ceci pour les plus jeunes de nos camarades : appuyez-vous de toute votre force sur vos sous-officiers. N'hésitez pas à vous asseoir dessus même si ça pique.

« Bon. Je me résume. Si un de vos gars manque de civilité pour un civil, que ce soit pour un évêque ou un éboueur, je lui coupe les oreilles en pointe. Personnellement. S'il en laisse échapper un de la zone bouclée, je l'écorche vif. Personnellement. Vous pouvez leur dire.

« Questions ?

Le capitaine Pereira se lève.

— Tu ne nous as pas précisé le principal, mon commandant. Usage des armes ?

Il y a un moment de silence. Hortega baisse la tête, la relève.

— Déconseillé. Vivement déconseillé. Mais si ça devient nécessaire, il y aura un responsable : moi.

18 heures 30

Robich avait été si déconfit par le refus arrogant du banquier qu'il ne téléphona même pas à Natalia pour la prévenir de son retard : deux mauvaises nouvelles d'un coup, une petite et une grande, c'était trop. Il retourna au travail. Rien d'agréable non plus de ce côté : un vieil imbécile de prote avait cru bon de se pendre dans sa mansarde ; il fallut aller le dépendre, mettre les scellés et commencer la paperasse, ce qui était encore le plus pénible. Robich était d'humeur maussade, prêt à donner sa démission, lorsqu'il arriva au lycée Cristobal-Colon. Raison principale : un jeune imbécile de banquier l'avait traité avec dédain. Etre mal payé, bon ; maltraité par ses supérieurs, passe ; méprisé de la société qu'on mettait tout son cœur à servir, non. « Si je vendais des voitures, je serais plus respecté. » La convocation n'était pas faite pour lui rendre le sourire. Il la relut. Confidentielle. Type B. Equipement individuel. Le-Pire-est-toujours-sûr dans le coup. Tout cela ne présageait rien de bon.

Le lycée Cristobal-Colon, lourd cube de pierre grise aux fenêtres barrées de grilles, érigé au siècle dernier, quand on n'allait pas encore en classe pour s'amuser, n'avait pas un aspect riant, et la chemise rose trempée de sueur par-dessus laquelle Robich s'était cru obligé d'enfiler une veste mettait le comble à son inconfort.

Un petit homme qu'il ne connaissait pas, mais en qui il flaira un collègue, se tenait sur les marches du lycée. Robich eût parié qu'il appartenait au service contre-terroriste du divisionnaire Terracotta : ceux que les autres policiers avaient surnommés les Taciturnes. Il montra sa carte de police d'une manière qui indiquait qu'il voulait voir celle de Robich ;

— A gauche. Le théâtre. C'est fléché.

Le théâtre ! Et puis quoi encore ?

Le théâtre, c'était simplement la salle des fêtes du lycée, moderne, en demi-cercle et en hauteur, sans fenêtres, avec de hauts gradins, un plafond propice à l'acoustique, des murs tendus d'un jute bleu sourd. Robich, qui s'attendait à une réunion en petit comité, vit que la salle était à moitié pleine et se remplissait encore. Il s'assit à mi-hauteur, échangea des signes de tête nerveux avec des connaissances.

Le vieil Andreas était déjà arrivé : il s'était mis au fond. Casanueva arriva à son tour et, jeune idiot, alla se placer au premier rang à côté du colonel de gendarmerie Barualdo. Plusieurs inspecteurs femmes entrèrent. A la droite de Robich, il y avait un policier de la vieille école, les yeux chassieux, la cravate tachée au-dessous de la lippe poisseuse ; à gauche, un jeune sportif blond portant un blouson de similicuir sur un T-shirt astrologique. Il se présenta :

— Morrès. Des stups. J'aurais peut-être dû faire comme vous : mettre une cravate. J'en ai. J'en porte une chez moi. Ceci est un déguisement. Dans les stups, on est obligé. Vous savez ce que c'est que ce machin ?

— Autant que vous.

— Je ne vois pas les policiers étrangers. D'ailleurs, je n'y ai pas cru. Vous avez une convocation de type H, vous aussi ?

— B.

— Moi, c'est H. Quand je l'ai reçue, j'ai cru que c'était pour une mise à pied. Vous vous demandez pourquoi j'ai tout de suite pensé à une mise à pied ?

— Non, dit Robich sinistre. Je ne me demande pas. Je sais.

— Vous savez pourquoi ils vont me dégommer ?

— Oui. Vous parlez trop.

Le Directeur parut à 18 heures 31. On se leva. Il fit un geste. On se rassit. Il n'avait ni rajeuni ni vieilli, le Directeur, depuis le jour où il avait failli infliger un blâme à Robich pour excès de zèle. Toujours le même costume gris avec le pantalon sous les aisselles, la chemise à rayures (fraîche, lui !), l'épingle à cravate munie de sa chaînette, la tête ovoïde aux paupières crustacées vissée au col empesé de la chemise pour ne pas dodeliner. Vieux bonze, vieux chnoque, vieux birbe, vieux pouacre. L'ancien régime incarné et empaillé. Il se tenait debout derrière une table couverte d'un tapis vert sur laquelle était posé un micro. Ses yeux glauques traînaient comme des limaces sur la salle, sans qu'un éclair de reconnaissance allumât jamais la surface blafarde qui s'étendait entre les touffes de poils sortant de ses oreilles. On aurait pu croire qu'il comptait les présents. Ses bras pendaient comme les ailes d'un pingouin.

Un silence pesa. Un silence si gros de ce qui allait suivre que Robich remua d'impatience et d'angoisse dans son fauteuil : « Qu'est-ce qu'il va nous sortir encore, le vieux cabot ? » Mais on savait déjà que ce ne serait pas du cabotinage.

Soudain la vieille voix râpeuse gratta dans le haut-parleur, si fort que certains sursautèrent ; quelqu'un se précipita et régla quelque chose. La voix reprit moins fort.

— Mesdames et messieurs les commissaires, mesdames et messieurs les inspecteurs, je dois commencer par vous demander pardon de vous avoir donné un motif de convocation fallacieux. Dans mon esprit, il devait servir d'exutoire aux indiscrétions que certains d'entre vous ont pu d'ores et déjà être tentés de commettre.

Il s'exprimait toujours dans ce style désuet mais il ne manquait pas de laisser un silence à la fin de chaque période pour qu'on eût le temps de comprendre ce qu'il avait dit — et de deviner ce qu'il aurait pu dire et ne disait pas.

— Vous êtes ici pour participer à une opération d'une envergure et d'une importance sortant de l'ordinaire. Son nom de code est *Jo-sa-phat*.

« Je précise dès maintenant. Il vous est demandé de ne communiquer avec personne, je dis bien : avec personne, tant que l'objectif de *Josaphat* ne sera pas atteint. S'il y a urgence, vous vous adresserez à ceux qui seront vos chefs pour cette opération et qui, en accord avec moi, prendront les dispositions utiles.

« En accord avec moi » découragea immédiatement ceux qui pensaient à leurs parents malades, à leurs petits enfants qui faisaient leurs dents, à leurs parties de tarots ou à leurs amours.

— Vous êtes tous *fflics* et, lorsque vous connaîtrez l'enjeu de *Josaphat,* vous serez fiers d'avoir été choisis parmi d'autres pour y participer.

« Le vieux raconte n'importe quoi », se dit Robich, mais il n'en croyait rien.

— L'opération a un double aspect, qui justifiera peut-être à vos yeux le secret extrême dont il a été nécessaire de l'envelopper et qui vous créera, je le regrette, quelques désagréments, au reste mineurs.

« Premier aspect : le CLH a pris position quelque part dans le Corazon en vue d'un attentat à commettre demain.

Le silence changea de profondeur, de gravité : la vie des hommes et des femmes réunis là consistait à pourchasser le crime. Le Directeur n'avait pas besoin de leur expliquer ce qu'était le CLH ni que les petits enfants qui faisaient leurs dents avaient, pour le moment, perdu leur importance.

— Deuxième aspect : vous savez que, malgré vos efforts, l'Agglomération tient aujourd'hui le deuxième rang dans le monde pour les crimes et délits. L'Administration accepte que nous profitions de l'opération rendue inévitable par la présence du CLH pour mettre fin aux exactions locales dont le Corazon constitue l'abcès de fixation.

Nouvelle coloration du silence où perçaient maintenant quelques espoirs et beaucoup d'incrédulité.

— Mesdames et messieurs, M. l'Administrateur Dandolo représente parmi nous le gouvernement.

On en était encore à se demander si on se lèverait ou non pour lui que, surgi de nulle part, élégant, élastique, sachant doser la solennité convenable à sa fonction et la vivacité seyante à son âge, l'Administrateur avait déjà escaladé la tribune.

Robich le considérait avec encore plus d'antipathie que le Directeur : fausse gauche, fausse jeunesse, fausse autorité, c'était un aristocrate gangrené, un play-boy de *jet set* avec son blazer vert bouteille et son mouchoir vert amande, bouillonnant artistement dans la poche *ad hoc*. Et ces lunettes, rien que pour avoir l'air respectable !

L'aristocrate gangrené jeta un regard circulaire, moins pour apercevoir quelque cinq cents visages contractés que pour s'emparer d'autant de regards sceptiques. Il baissa les yeux comme pour se recueillir et demeura muet quelques instants, légèrement penché en avant et appuyé des deux mains à la table qu'il avait saisie par le rebord.

« Le pauvre ! ironisa Robich avec hargne. Il préférerait sûrement être en train de cravacher son cheval pour galoper après une balle. »

Mais Julian n'était pas à plaindre. Il touchait au moment qu'il appelait consciemment depuis des mois ; qu'inconsciemment il avait appelé toute sa vie : le moment de sortir enfin d'un monde où n'avaient cours que les conventions, règles de jeux, peaux d'âne ou comptes en banque. Que trouverait-il de l'autre côté de la frontière ? Il l'ignorait.

— Mesdames, messieurs, commença-t-il d'une voix neutre, tantôt baissant les yeux sur ses notes, tantôt les relevant sur la salle, nous venons de recevoir des instructions précises, et, comme nous l'a dit M. le Directeur de Los Angeles, elles sont doubles : d'un côté, recherche et neutralisation du commando responsable du massacre de la gare du Nord ; de l'autre, nettoyage du Corazon. Ces deux opérations seront faites en même temps, l'une à la faveur de l'autre, mais elles ont des objectifs indépendants. Si, par exemple, la neutralisation a lieu rapidement, nous n'en poursuivrons pas moins le nettoyage.

« Je connais l'ampleur de l'effort que je vous demande : puisque *Josaphat* va durer entre douze et vingt-quatre heures sans interruption.

Quel plaisir de prononcer ce mot de *Josaphat* suggéré par Rosario, d'en faire enfin le nom d'une réalité après qu'il eut été si longtemps celui d'un rêve !

— Cette opération sera menée par vous-mêmes pour ce qui est interpellation, garde à vue, interrogatoires et présentation au Parquet. Par les gendarmes du colonel Barualdo (il le salua d'un signe de tête) pour le transport des habitants aux Arènes, et par la 2e Demi-brigade d'intervention pour le bouclage. Deux mille personnes à peu près seront donc engagées dans *Josaphat.* Ces effectifs sont placés sous mes ordres.

« M. le procureur général assurera les fonctions qui sont les siennes. Vous le verrez probablement circuler parmi vous avec le laissez-passer numéro 1. (Rien n'était moins probable.) Vingt-cinq laissez-passer ont été délivrés en tout. Ils sont numérotés et nominatifs. Je vous demande d'y faire droit.

« Je précise que les militaires ont reçu la mission d'assurer un bouclage hermétique. Les mass-media n'auront pas accès au territoire bouclé. Sans doute des journalistes se trouveront-ils pris dans la nasse ; leur carte de presse ne doit pas leur servir de coupe-file et ils n'auront aucun moyen de communiquer avec l'extérieur car les téléphones du Corazon seront coupés à 21 heures 45 sur ma réquisition. Il n'y aura pas non plus de contacts radio : des porteuses interdiront toute communication entre le dedans et le dehors. Vous-mêmes ne pourrez quitter la zone de bouclage ni communiquer avec l'extérieur, sauf, comme le disait M. le Directeur, cas d'urgence à régler avec vos chefs.

« La recherche d'un commando terroriste et d'un certain nombre de trafiquants de drogue vous met naturellement en situation de flagrant délit pour les heures légales de perquisition et les réglementations sur la palpation et la fouille des personnes. Cela dit, je voudrais attirer votre attention sur un point essentiel.

« Pour mettre la main sur le plus grand nombre possible de voyous, il nous faut davantage de renseignements que nous n'en avons. Nous devons donc compter sur la population pour nous en fournir. Des séances de “ frime ” sont prévues, mais, pour qu'elles soient efficaces, vous le savez mieux que moi, il faut que la population se sente en confiance. A vous de montrer aux gens que nous travaillons pour eux et non contre eux, malgré les préjugés qu'ils peuvent avoir contre notre profession. Je dis “ notre ”, parce que, aujourd'hui, ma mission est une mission de police : je me considère comme l'un d'entre vous et c'est un honneur pour moi.

« Démagogue! » pensa machinalement Robich. Sans trop de conviction. Il recommençait à espérer et s'en voulait.

— Mesdames et messieurs, vous êtes officiers de police judiciaire et vous saurez trouver la dose exacte de politesse et de fermeté à employer dans chaque cas. Du renseignement, c'est le premier impératif. Mais je peux vous promettre solennellement une chose : cette opération, dont j'exerce le commandement, ne sera pas ce que vous appelez, je crois, une « opération café au lait ».

Sourires.

Julian mentait avec fermeté mais non sans scrupule. De quel droit choisissait-il pour ces hommes et ces femmes ce qu'il tenait, lui, pour légitime, au lieu de ce qu'ils considéraient, eux, comme légal ? Dans quelques heures, ils apprendraient que le gouvernement n'avait pas ordonné d'opération *Josaphat* parce que le CLH n'avait jamais mis les pieds au Corazon, et ils se retrouveraient face aux actes qu'ils auraient commis de confiance. Julian espérait que trois « têtes » suffiraient au gouvernement : il ne pouvait en être sûr. L'autopsie de l'opération montrerait qu'elle avait été préparée à l'avance, et un ministre vindicatif, ayant châtié les responsables : Dandolo, Los Angeles et peut-être Hortega, pourrait s'acharner ensuite sur leurs subordonnés. Pas les militaires, peut-être, car on ne pourrait leur en vouloir d'avoir obéi, mais les policiers... ? C'était cela aussi, le commandement : prendre des risques pour les autres.

— Mesdames, messieurs, je voudrais simplement ajouter ceci : dès que nous aurons terminé les travaux préliminaires, rendez-vous au réfectoire, où nous sommes invités à dîner. J'espère que la cuisine du lycée ne vous rappellera pas de trop mauvais souvenirs. Ce repas nous est offert par la Société de Restauration du Tourisme dans l'Agglomération.

Robich n'en croyait pas ses oreilles : quoi, ce vieux croûton et ce gigolo s'étaient associés pour appliquer à peu de chose près son programme à lui, Robich ? Après l'avoir traité comme un malpropre ?

Le vieux croûton, qui s'était assis à la table, reprit la parole. Il désigna les chefs des diverses phases de l'opération.

Le divisionnaire Terracotta serait son adjoint direct et commanderait un groupe de policiers de son propre service, désigné par la lettre T et chargé de missions spéciales. Le détachement A aurait accès au Corazon avant le bouclage ; ses équipes banalisées prendraient position dans des cafés ou des restaurants à proximité de plusieurs objectifs déjà connus, lieux probables de recel ou de trafic de drogue, sur lesquels ils fondraient à 22 heures. Leurs coups de main réalisés, ils se transporteraient au lycée avec leurs prisonniers pour les y interroger.

Près de la moitié des policiers présents, y compris tous ceux du commissariat du Corazon, appartenaient au groupe B. Répartis en équipes de quatre, ils passeraient le Corazon au peigne fin, vérifiant les identités, perquisitionnant, le cas échéant, les domiciles, remettant les personnes aux équipes de ramassage formées de gendarmes. Dans chaque équipe, un inspecteur porterait l'uniforme de gardien de la paix pour inspirer confiance aux citoyens. Cette opération se déroulerait simultanément dans les quatre îlots du Corazon respectivement baptisés : l'Abyme, les Avenues, Cristobal-Colon, le Quai. Les équipes étaient déjà constituées sur le papier, les chefs désignés, les terrains de chasse les plus fructueux signalés, les plans des immeubles, les noms et les photos des individus à interpeller par priorité ainsi que la liste des domiciliés reproduits en nombre voulu.

Tous les résidents du Corazon ayant été transportés aux Arènes y seraient contrôlés par le détachement C équipé d'ordinateurs. Aux policiers de ce *Centre de Contrôle* non seulement de détecter les suspects, mais de repérer aussi les plaignants possibles : les uns et les autres seraient alors conduits, toujours par la gendarmerie, au lycée Cristobal-Colon, où le détachement D aurait organisé un *Centre de Tri* et une gigantesque opération de frime. Les frimés reconnus par les frimeurs, de même que les autres individus jugés suspects seraient interrogés par les policiers du détachement E.

F procéderait à la « ventilation » finale. G assurerait les communications : liaisons radio, contacts avec la gendarmerie et la 2e DBI.

H formerait l'élément d'assaut à utiliser contre le commando terroriste et tout autre noyau de résistance. Le reste du temps, il serait maintenu en réserve à la disposition du Directeur.

Dès la fin de la réunion, les porteurs de convocations de type A étaient invités à se rassembler dans la salle désignée par la lettre A sur les plans du lycée qui allaient être distribués. De même pour les porteurs de convocation B et ainsi de suite. Les chefs de détachement auraient une brève réunion de travail avec l'Administrateur et le Directeur dans la salle marquée PC. Avant de clore, le Directeur souhaitait faire quelques recommandations.

— Premièrement, comme M. l'Administrateur l'a fait remarquer, reprit la voix râpeuse, l'obtention du renseignement est cruciale, non pas sur les terroristes, bien sûr, qui ne sont pas de chez nous, que personne ne connaît, qui doivent simplement être capturés et remis aux spécialistes, mais sur nos bons arracheurs, nos tireurs, nos baluchonneurs, nos ouvriers de la cambriole, nos experts de la carambouille et nos trafiquants de drogue de tous les niveaux, grossistes, semi-grossistes, vendeurs, usagers-revendeurs, rabatteurs et tutti quanti. *Josaphat* durera quelques heures, mais elle doit avoir des résultats profonds. Sous l'effet de la surprise et de la saine terreur qui régnera au Corazon, nous collecterons des renseignements que nous n'aurions jamais obtenus autrement et que vous continuerez à exploiter dans l'Agglomération entière pendant des années à venir.

« Deuxièmement, beaucoup d'entre vous ont des relations privilégiées, dont ils sont à juste titre extrêmement jaloux, avec des individus parfois peu recommandables qui risquent d'être interpellés par vos collègues. Cela peut créer des situations délicates. Nous n'allons tout de même pas faire comme la police new-yorkaise qui a mis ses informateurs sur ordinateur (Rires scandalisés), ce qui a, bien entendu, immédiatement fermé le robinet aux informations. Il est congru d'une part que nos amis ne se sentent pas maltraités plus que de raison, d'autre part qu'ils ne soient pas brûlés aux yeux des leurs. Donc ne secouez pas trop les suspects a priori. Si un de vos collègues vous demande d'interroger un suspect à votre place, n'hésitez pas à le lui permettre sans lui poser trop de questions. Si tel suspect insiste pour parler à tel collègue, joignez le collègue et oubliez le nom du suspect. Appliquez la règle d'or de la police : traitez les informateurs de vos collègues comme vous souhaitez qu'ils traitent les vôtres.

« Troisièmement, *Josaphat* ne saurait ne pas devenir a posteriori une opération pilote pour la sécurité urbaine de tous les pays où règne la *démmocrratie*. Je vous avais promis des policiers étrangers : vous ne les verrez pas aujourd'hui. Mais si nous réussissons notre coup de filet, dans les semaines qui vont suivre vous en verrez débarquer des bataillons pour étudier nos méthodes, et, si nous échouons, vous en verrez débarquer des régiments. Parce que, dites-vous bien ceci...

Martelant la table de son crayon, la gomme retournée vers le bas, le Directeur détacha ces mots un à un :

— Ce Que Nous Faisons Aujourd'hui, Le Monde Entier Sera Contraint De Le Faire Un Jour Ou l'Autre. Un Jour Prochain ! Les gouvernements ne peuvent continuer indéfiniment à tondre le contribuable et à laisser l'insécurité régner dans les rues !

La voix malade, rongée, de Jesus de Los Angeles s'était élevée et son visage blême s'empourpra. Soudain il se mit à tousser et Julian vit des larmes suinter sous les paupières monumentales. Quelle humiliation, cette quinte irrésistible, devant cinq cents subalternes ! Robich ne put réprimer un mouvement de satisfaction : « Il n'est donc pas increvable, le vieux homard! » Les joues violacées, un énorme mouchoir pressé contre la bouche, le Directeur finit par retrouver son souffle, s'essuya les yeux sans vergogne et reprit l'énoncé de son testament où il l'avait laissé, avec simplement des raucités plus rugueuses encore dans la voix et, de temps en temps, des couacs pitoyables, qui ne l'empêchaient pas d'enchaîner.

— Je n'ai pas, vous le savez, la réputation de brouter des idées, de philosopher dans le vague, mais il y a des moments dans la vie où un homme et une femme d'action ont le droit de s'arrêter une minute ou deux pour se demander ce qu'ils font, comment ils le font, s'ils vont continuer à le faire et pourquoi. Certains d'entre vous entament leur carrière dans la police ; d'autres sont à mi-course ; d'autres aussi près de la fin que moi ; il y a pourtant quelque chose de commun entre nous tous : Nous Sommes Des *Fflics*. C'est-à-dire que nous sommes la force au service de la faiblesse et quelquefois le mal au service du bien.

« Pourquoi avons-nous choisi ce métier ? Nous avons chacun nos raisons. Certains ne sont peut-être pas capables de faire autre chose, certains aiment l'illusion de la puissance, les avantages de la fonction publique ou les mauvaises odeurs du vice. Certains se prennent pour des justiciers, ce qui, je l'ai toujours dit, est l'erreur la plus grave. Tout cela n'a pas d'importance. L'important, c'est que, notre travail, personne d'autre ne peut ni ne sait ni ne veut le faire. Il nous arrive de nous attrister à ce sujet ; certains *fflics* sentimentaux se plaignent, paraît-il, d'être mal aimés. Nous ne travaillons pas pour être aimés. Nous travaillons parce que, tant qu'il y aura des criminels, il faudra des volontaires pour les filer, les espionner, les intimider, leur passer les poucettes, les interroger, les tromper, les tabasser quelquefois. Ces volontaires, il se trouve que c'est nous. Ce travail, qui est un sale travail, nous le faisons le moins mal que nous pouvons et nous n'avons d'excuses à présenter à personne.

« Cette nuit, vous allez vous trouver devant des gens qui se croient importants, qui refuseront de quitter leurs appartements de luxe, qui vous diront : « Tous, mais pas moi. » Le *fflic,* mesdames et messieurs, a une certaine humilité qui n'est pas son plus grand défaut. Il sait qu'il est le serviteur de la société. Il se laisse facilement impressionner par plus riche, mieux instruit que lui. Et il a bien raison, le pauvre, car si, dans l'exercice de sa fonction, il mécontente un puissant, voilà sa carrière perdue, sa famille ruinée...

« Eh bien, Pas Aujourd'hui. Aujourd'hui, je veux que vous soyez fiers d'être ce que vous êtes, de faire ce que vous faites. J'ai reçu cette assurance de M. l'Administrateur qui commande l'opération : tout ce que vous ferez de juste et de congru, vous le ferez par son ordre, de par son autorité, sans violences inutiles mais avec la résolution nécessaire. Vous verrez ce que l'on appelle vulgairement des huiles et des grosses légumes essayer de le prendre de haut avec vous : eh bien, rappelez-vous que tout ça fait de la bonne salade, et pas grand-chose d'autre. Vous, vous n'avez qu'un seul patron : Le Contribuable. Et, pour ce patron, vous êtes en train d'écrire un nouveau chapitre dans l'histoire de la *démmocrratie.*

Le Directeur avait levé un doigt presque menaçant pour scander cette dernière phrase. Il prit son temps pour se moucher. Le micro transforma ce bruit inoffensif en un coup de trompe éléphantesque. La séance fut levée.

Robich n'en croyait pas ses oreilles. Quoi ? On allait pouvoir faire de la police, de la vraie police ? Ne fût-ce que pendant une nuit ? Quelle importance, après tout, que ce pauvre type de banquier ait refusé ce prêt ! Il y avait d'autres banquiers. Le crime n'aurait qu'à bien se tenir, cette nuit, au Corazon. Robich avait quantité de petits renseignements sur la drogue et le recel qu'il n'avait encore eu ni l'occasion ni les moyens d'exploiter. Dommage qu'il n'eût pas été nommé au détachement A, peu importe, il ferait du bon travail à B. Le plus urgent était de prévenir Natalia.

Oui, d'accord, il était interdit de communiquer avec l'extérieur, mais personne ne saurait. D'ailleurs il était trop bouleversé d'espoir pour contenir ce bouillonnement en lui. En allant à la salle B, il ferait un saut jusqu'au café le plus proche. Il se précipita donc vers la porte d'entrée. Il la trouva fermée ; un des Taciturnes de Terracotta se promenait devant, les mains dans les poches. Il adressa un sourire ironique à Robich en secouant la tête (« Navré, mon vieux, c'est comme ça ») et Robich se crut obligé de répondre par un sourire détaché (« Qu'est-ce que tu vas te figurer, mon vieux ? Je n'ai pas la moindre intention de sortir »). Il chercha alors un bureau qui ne fût pas fermé à clef et entra, au hasard, dans celui du proviseur.

Jamais, en des circonstances ordinaires, il n'aurait osé franchir sans en être prié, la porte capitonnée — il y en avait une presque pareille dans le collège où il avait fait ses études — mais maintenant il avait mangé du lion. Il la poussa et se trouva dans le saint des saints, le lieu géométrique de toutes les épouvantes encore en vigueur pour les lycéens de Cristobal-Colon. Doubles rideaux à franges, encyclopédies dorées dans les bibliothèques aux vitres coulissantes. En deux enjambées, Robich atteignit le bureau d'acajou plaqué, et empoigna le combiné.

Il n'y avait pas de tonalité.

Le couvercle de *Josaphat* était en train de descendre sur le Corazon.

19 heures 30

Le soleil apoplectique avait illuminé crêtes et cimes de rayons formant des gloires et se brisant comme des lamelles de verre, puis il avait basculé derrière la montagne et, bien qu'il ne fût pas encore couché, on ne le voyait plus. Le versant qui descendait vers la mer plongeait dans une ombre annonciatrice du crépuscule. Magda était couchée sur le carrelage orange et marron qui bordait la piscine, Remi Petite Tête faisait encore trempette dans le petit bain.

Magda et Remi étaient les seuls à utiliser la piscine de la villa. Bastian le bâilleur avait horreur de l'eau, et Toma, qui partageait cette répugnance, considérait en outre qu'il valait mieux se montrer le moins possible à ciel ouvert. S'il avait remarqué la piscine en louant Les Tamaris, il aurait sans doute cherché une autre villa, mais, maintenant, il avait la finesse de ne pas s'opposer aux ébats aquatiques de ses troupes : un groupe terroriste ne se commande pas comme un escadron de Prussiens.

Magda, vêtue par égard pour les voisins d'un cache-sexe noir, n'était pas belle, pas alarmante du tout. Et blanche comme la farine, malgré ses séances au soleil ; comme une farine grisâtre, un peu moisie. Son corps qui, vérification expérimentale faite par Toma et Bastian, appartenait bien au sexe féminin, n'avait rien d'inquiétant. Une courte cascade visqueuse de chairs blanches dégringolait sur son ventre rebondi et redondant. Tireur d'élite avec ça, Magda. Remi, que les femmes avaient toujours effrayé, se sentait bien avec elle. Pas menacé.

Dans l'eau de la piscine se reflétait le ciel bleu de juin qui fonçait à vue d'œil. De petits nuages y voguaient, qu'on avait envie d'attraper avec la main, comme des têtards. Remi respirait l'odeur des pins qui s'inclinaient sur la piscine et s'efforçait de prendre une décision, ou plutôt de la déduire de deux faits nouveaux.

Premier fait nouveau : par une assimilation tenant de l'association d'idées et de la vision onirique de la vérité, le *Protal* était devenu pour lui le *Crotale*. Rien de bon à attendre du Crotale, qui pouvait bien sonner de toutes ses sonnettes malfaisantes mais ne modifierait jamais le monde que pour le pire. Cela se lisait dans son regard glauque. Ce n'était pas vrai qu'il comprît la Grande Pitié du Monde. C'était un conservateur, le Crotale, un conservateur de putréfaction.

Autre fait nouveau : Remi Petite Tête croyait maintenant à la mission du Commando de Libération de l'Homme. Pas par amour de l'Homme — Remi n'aimait pas l'Homme — mais parce qu'il fallait que l'Homme cessât de s'aliéner pour cesser d'opprimer le reste de la Nature. Que se passerait-il ensuite ? Remi avait là-dessus des idées passablement vagues. Les végétariens renoncent à la viande. Peut-être pourrait-on renoncer aussi à écorcher les légumes et à les bouillir vifs. De quoi se nourrir ? Peut-être de plancton.

« Je me suis introduit auprès de ces gens comme un traître, pour les détruire. Or, je sais maintenant qu'ils ont raison, qu'il est acceptable de sacrifier quelques individus de la race humaine, pris au hasard, pour sauver les autres de l'esclavage. Si je devais périr, moi, par exemple, pour que la Grande Pitié du Monde fût enfin résolue, hésiterais-je un instant ? »

Des souvenirs de son éducation religieuse lui revenaient en mémoire. Qui donc disait dans l'Ecriture qu'il était juste qu'un seul homme mourût pour sauver le peuple ?

« Pratiquement, je peux aller tout confesser à Toma. Que serait-il arrivé si Judas était allé voir Jésus et lui avait dit : J'ai touché trente pesos pour te livrer ? Jésus lui aurait sûrement pardonné, sauf peut-être de bousiller son programme par un repentir précipité. Toma, lui, me tuera, ce qui ne sera que justice, et puis les camarades essayeront de filer. Mais j'ai donné l'adresse au Crotale. Il fait peut-être surveiller la villa. S'ils se font prendre, qui libérera l'homme ? »

Les nuages rosissaient et fondaient dans l'eau comme des morceaux de sucre.

« Persuader les camarades de partir un à un ? Mais si je leur dis que je suis un traître, ils ne suivront pas mes conseils... »

La situation durait depuis des semaines. Un jour de plus n'y changerait rien. Remi se donna vingt-quatre heures de plus pour réfléchir.

Des brins d'herbe, des moustiques noyés, des lenticules flottaient dans l'eau que personne ne songeait à nettoyer. Soudain, frappé d'une évidence sans rapport avec le cas de conscience qui l'obsédait, Remi dit :

— Tu ne trouves pas que ça sent mauvais, Magda ?

— Non, je ne sens rien.

Elle fronça le nez.

— Et puis si, Petite Tête, tu as raison. Ça schlingue.

Une odeur de cadavre décomposé montait de l'eau.

21 heures 55

Le soleil était couché maintenant, mais il faisait encore clair. C'était un temps de solstice, poussiéreux et bleu. Puisque, à près de dix heures du soir, il ne faisait pas encore nuit, il n'y avait pas de raison pour qu'il fît jamais nuit. Le monde semblait suspendu dans l'immortalité neutre des limbes. Il faudrait un coup de pouce pour que le temps enrayé reprît sa marche. En descendant du taxi Divo demanda à sa compagne aux longs gants violets :

— Aimez-vous cette heure où le jour est déjà mort mais personne ne le lui a dit ?

Divo, l'auteur de l'*Œdipe* qui avait échoué la veille aux Arènes, avait l'habitude des échecs et ne s'en irritait pas : ils le confirmaient dans son élégance gaiement pessimiste, lui qui cultivait l'art de n'avoir jamais que de bonnes surprises.

Qu'une agence étrangère appelée la SRTA lui proposât de monter une pièce ni jouée ni publiée en français, traduite par une amie pour le plaisir, accumulant les difficultés de mise en scène, cela lui avait semblé tenir du prodige sinon du signe. C'était donc amusant. Qu'on lui offrît le voyage pour assister à la première, c'était encore plus amusant. Si, par-dessus le marché, sa tragédie moderne à l'ancienne, semée de réflexions piquantes, faisant honneur à son indépendance d'esprit plus qu'à son sens de la diplomatie, jouée dans un cirque devant un public de hasard, avait remporté quelque succès, il y aurait eu là un excès d'invraisemblance touchant au mauvais goût. Il ignorait, bien entendu, qu'*Œdipe* n'avait été choisi par Rosario que parce qu'il n'y avait aucune chance pour qu'il réussît — tandis que les spectacles auxquels elle avait songé d'abord auraient pu, par malchance, faire leurs frais — mais si Divo l'avait su d'avance, il aurait accepté sans hésiter : sa pièce ne serait pas diminuée pour avoir consterné un auditoire de buveurs de bière et de croqueurs de cacahuètes.

D'ailleurs la SRTA avait, çà et là, affiché le nom de Divo, et ce n'était pas désagréable de se rencontrer ainsi exhibé dans les vitrines, tapissé sur les murs, marouflé dans le métro, agrafé aux troncs d'arbres, placardé dans les journaux, ni même, en passant devant un magasin de télévision, de se reconnaître en train de pontifier sur dix écrans simultanés. Et puis, à parler franchement, Divo avait aimé le spectacle : les lasers, les masques, la musique, tout ce que d'autres avaient ajouté à son texte, et son texte lui-même rendu plus sonore par cette langue d'airain, et, plus encore peut-être, par la fraternité de la troupe à son égard. Car, malgré son costume un peu trop cintré à revers un peu trop larges, son accent étranger, ses phrases mal construites et ses sourires en coin de plus en plus biseautés par l'âge et les succès d'estime, il avait été chaleureusement accepté par ces jeunes gens.

Ce n'était pas facile pour des amateurs de jouer devant cinq cents personnes dans un Colisée prévu pour vingt-cinq mille spectateurs. A certains moments, Divo s'était même senti honteux de ne pas se trouver sur la piste, parmi ceux qu'il considérait comme « ses » acteurs, pour affronter un public médusé sinon hostile. Quoi qu'il en fût, ils avaient partagé l'ivresse de se battre ensemble, du moins jusqu'au moment où la hache tomba : « Une fois suffit », déclara la princesse Ossamundi représentant la SRTA. Alors, divorce. Divo constatait qu'il y avait eu un beau spectacle sous les étoiles, que quelqu'un avait perdu beaucoup d'argent, que lui s'était diverti : de quoi se serait-il plaint? La troupe, elle, prit mal la chose. Tous ces chers camarades claqueurs de dos, toutes ces belles jeunes femmes aux yeux crédules, s'égaillèrent en quelques secondes par couples et autres arrangements, laissant le metteur en scène avec la naine géante qui servait de souffleur et dont il s'accommoderait peut-être — et l'auteur seul, comme d'habitude.

Seul dans un hôtel fort confortable, réglé d'avance pour deux jours encore, y compris les repas et même, chose rare — on n'est pas princesse pour rien — les « extras » : le bar et le téléphone.

— Et je serais ingrat ? disait Divo en voyant le vent de juin s'emparer déjà d'une de ses affiches et la tirer par l'oreille comme un chien le ferait d'un ours en peluche.

Il souriait au contraire, déambulant de rue en rue, écoutant cette langue chaude et chantante et cherchant avec détachement ce qu'il est naturel de chercher dans une ville inconnue : une bonne fortune. Non que ses sens fussent à ce point impérieux, mais il lui paraissait pertinent que cette ville où une de ses pièces avait été jouée eût une jolie femme à lui offrir.

Une difficulté pourtant : Divo n'était guère attiré que par les vierges et les femmes sages, non qu'il aimât débaucher, mais par délicatesse. De plus, une certaine timidité, une certaine discrimination l'empêchaient d'aborder n'importe qui n'importe comment. Il n'avait jamais suivi une femme dans la rue, non par moralité mais par respect humain.

Il y avait bien les plages, où on lie facilement conversation, mais il avait passé l'âge de s'y pavaner. D'ailleurs, la concurrence n'aurait pas joué en sa faveur, et enfin le spectacle de tous ces corps nus étendus comme des saucisses de Francfort sur un gril l'incommodait.

Il fit un tour par le Quartier Vénérien, qu'il connaissait de réputation, par simple curiosité, sans intention de consommer. Il n'avait jamais recours aux amours vénales et prétendait que, si un jour il acceptait de mêler l'amour et l'argent, ce serait pour se faire payer et non pour payer lui-même.

Il songea aux pièges à belles touristes, musées et cathédrales, sachant que les plus honnêtes femmes sont moins inabordables hors de chez elles, mais cela n'aurait pas été « de jeu » de passer la soirée avec une Américaine, une Suédoise, et pourquoi pas une Française ! Il lui fallait une indigène. Il ne croyait pas avoir assez communié avec un pays tant qu'il n'en avait pas savouré les fruits, dégusté les vins, assassiné le gibier, goûté les femmes.

Or, comment séduit-on une femme vertueuse en vingt-quatre heures, dans une ville où l'on ne connaît personne ? On se fie à son étoile, et c'est alors que le terme de bonne fortune devient vraiment enchanteur. D'ailleurs Divo était, comme toujours, préparé à ne pas réussir, et il ne garderait d'un échec qu'un regret un peu amusé et sans fiel.

Dès le matin, il descendit et remonta deux fois les Avenues, s'assit sur des bancs, but des verres à des terrasses, assista à un bout de messe dans une chapelle ornée d'une statue représentant la Vierge ou plutôt d'une poupée la figurant. Il parcourut la rue du Roi-Fernand et acheta pour une de ses amies des boucles d'oreilles niellées à une bijoutière jolie, pulpeuse, habillée de noir, la joue abîmée par une cicatrice en X. Il monta au beffroi Renaissance qui surplombait l'Hôtel de ville et y trouva, prise dans une gouttière, une feuille de papier dactylographié qu'il eut la curiosité de lire. Il y était question de l'examen de civisme que tout citoyen devrait passer à dix-huit ans et du contrat qu'il signerait avant de recevoir le droit de voter, d'être élu, d'enseigner, d'ouvrir un commerce ou un compte en banque et d'exercer n'importe quel métier sauf les plus répugnants. « Ce qui, faisait observer l'auteur inconnu, permettra de régler sans dommage et sans cruauté le problème d'une immigration pléthorique en rendant inutile l'importation de main-d'œuvre non qualifiée ». Divo sourit en coin et empocha le papier en se demandant par quel hasard il avait abouti sur ce toit.

Il déjeuna à l'hôtel et pas seulement par économie : n'étant guère gastronome, il préférait la qualité du service à celle de la chère, et celui du Majoral était irréprochable. Tout en déjeunant, il s'intéressa vivement à deux dames qui occupaient une table voisine : elles étaient belles, gaies, et il leur trouva ce qui le ravissait le plus, de la branche, mais, se faisant des confidences mêlées de fous rires, elles ne prêtèrent aucune attention à l'étranger vieillissant qui les observait.

L'après-midi ne fut pas plus propice. Divo entra au Musée de l'Agglomération dont la façade était déshonorée par des graffiti multicolores, fit un tour en mer, refusa de boire à la régalade le mauvais vin que servait le capitaine dans une outre en peau de bique, s'aventura dans de vieux quartiers datant du XVe siècle et sentit une main subreptice se glisser dans sa poche revolver, à la recherche du portefeuille qui n'y était pas. Il saisit cette main et en cassa deux doigts, comme on lui avait appris à le faire au cours d'un stage qu'il avait suivi dans sa jeunesse et dont il n'avait pas oublié les utiles enseignements. Il laissa le jeune propriétaire de la main s'enfuir en hurlant de douleur, non par clémence, mais parce qu'il ne pensait pas trouver sa bonne fortune dans le commissariat où il aurait dû le traîner.

En fin d'après-midi il repassa par son hôtel pour se doucher et ressortit vers 18 heures, cravaté et vêtu de sombre. Il décida d'aller voir le coucher de soleil sur l'Agglomération dans un bar qu'on lui avait dit situé en haut de l'*Hôtel des Amériques*. En remontant le boulevard Cristobal-Colon, il croisa quantité d'hommes, dont beaucoup en chemise rose, qui se hâtaient vers un bâtiment d'allure scolaire. Ils avaient tous quelque chose de semblable, mais quoi ? L'écrivain eut un instant de curiosité. Un quant-à-soi souligné ? Une vigilance dans le regard ? Quel métier pouvaient-ils bien exercer ?

L'*Hôtel des Amériques* semblait plaire à une certaine espèce de nouveaux riches : cigares et bagues serties de pierres pour les hommes, décolletés et visons pour les femmes, ceux-ci pour protéger ceux-là contre une climatisation féroce. Divo sourit en pointe.

La vue du haut du *Top du Top* était magnifique : la mer moirée d'un côté, la montagne veloutée de l'autre, avec le soleil rouge suspendu au-dessus d'un pic comme une boule au-dessus d'un bilboquet, et, pivotant lentement autour de l'hôtel, l'Agglomération, qu'un poète décadent n'aurait pu s'empêcher de traiter de tentaculaire, mais qui avait en réalité la forme d'une hydre gisante, le ventre baigné par l'eau, une demi-douzaine de têtes grignotant l'horizon. Divo commanda une *margarita,* la spécialité de la maison, et, dans le bar presque désert, aperçut celle qu'il cherchait.

Il s'était pénétré, en marchant dans les rues, du type des femmes de l'Agglomération : un peu courtes, un peu trapues, avec des hanches carrées, et, sur des cous souvent graciles, des têtes au menton rond, au nez fin, au front si haut qu'on aurait pu le croire épilé, comme ce fut la mode au Moyen Age, bref des statuettes polychromes, produit d'un art populaire un peu tardif. Celle qui buvait aussi une *margarita* quelques tables plus loin, saisissant son verre à intervalles irréguliers, d'un geste nerveux, presque saccadé, de sa main gantée, appartenait à ce type, mais elle était plus fine, plus racée, avec ses joues creuses, ses cheveux longs d'un brun doré tordus en un chignon sur lequel était juché un petit chapeau noir bordé d'une voilette, ses yeux qu'il imagina violets sous des cils longs et courbes, et son corps adorablement menu. Elle était seule. Attendait-elle quelqu'un ? Il ne semblait pas. Elle paraissait abîmée dans ses pensées. De temps en temps, elle jetait un regard inexpressif au paysage urbain qui roulait à ses pieds.

Divo passa deux fois devant elle, comme pour aller observer un autre secteur de l'Agglomération. Elle ne fit pas mine de le voir. Elle gardait la tête penchée, sans qu'il sût si elle regardait son verre au rebord enduit de cristaux de sel ou la plaine de pierre et de béton. Le soleil, embusqué derrière la montagne, fouaillait la ville de rayons obliques. Les tranchées des rues sombraient déjà dans le crépuscule ; à l'altitude des gratte-ciel, les vitres grésillaient dans les pans de mur virant au jaune-rose. Divo s'était arrêté tout près de la table de l'inconnue, lui tournant le dos, feignant de contempler les effets de lumière qui crépitaient sur les arêtes et teignaient les méplats. Soudain il entendit une voix musicale, étudiée, prononcer derrière lui :

— Dommage qu'on ne puisse venir ici que pour le coucher.

Il se retourna. C'était bien la jeune femme qui venait de parler, et, sans lever les yeux, elle poursuivit :

— A l'heure du lever, le bar est fermé.

Il lui sut gré d'avoir entamé la conversation, mais se demanda aussitôt si elle n'était pas une professionnelle. Rien ne paraissait l'indiquer : ni le maquillage sobre, ni la robe noire et lilas avec un col officier, ni les longs gants violets qui suggéraient l'excentricité plutôt que la retape.

Il dit :

— Pardonnez-moi. Je parle mal votre langue. Je suis Français. Je ne veux pas vous importuner. Permettez-vous que je vous tienne compagnie ?

Elle lui désigna la chaise en face d'elle et ce ne fut que lorsqu'il fut assis qu'elle leva les yeux sur lui.

— J'avais deviné : ils sont violets, pour aller avec vos gants.

La bouche pâle ne sourit pas, mais les joues semblèrent se creuser encore davantage.

Il se présenta, par courtoisie, dans l'espoir aussi qu'elle reconnaîtrait son nom pour l'avoir lu sur une affiche. Un nom connu fait généralement progresser les affaires. Elle prononça sans expression :

— C'est donc vous que j'ai vu à la télévision.

Encore mieux, l'écran étant plus érotogène que le mot écrit. Les yeux détournés vers la vitre, la jeune femme annonça, respirant un peu vite :

— Et moi, je suis Gisela Gardiner.

Puis elle braqua les yeux sur lui, comme pour juger de l'effet produit. On aurait pu croire qu'elle avait dit : Je suis la reine. Il s'inclina.

— Vous êtes, dit-il, la première femme de l'Agglomération à qui j'adresse la parole. Je ne parle pas des commerçantes.

Pour moi, vous êtes l'Agglo incarnée. D'ailleurs vous ressemblez à une Sainte Vierge que j'ai vue ce matin dans une chapelle.

Une fois mis en confiance, Divo était bavard même dans une langue qu'il connaissait mal. De temps en temps, il commettait une faute plus bouffonne que les autres, et alors Gisela Gardiner lui jetait un regard en dessous pour s'assurer qu'il n'avait pas fait exprès.

Il expliqua qu'il était écrivain, spécialisé dans les *worst-sellers,* la terreur des éditeurs et des directeurs de théâtre, la bête noire des libraires et des metteurs en scène. Le premier livre qu'il avait publié s'était vendu à un exemplaire et avait eu une critique, d'ailleurs élogieuse, dans *Le Courrier des Ardennes.* Dans les ventes-signatures, il signait moins que quiconque et lorsqu'on le présentait comme écrivain dans un dîner il se trouvait toujours quelqu'un pour lui demander sous quel pseudonyme il publiait, ce à quoi il répondait Shakespeare, Karl Marx, San Antonio, Gogol, Barbara Cartland, selon l'humeur et le public. Il ne faisait jamais ni malheur ni tabac, mais toujours des fours ou des bides. La traduction prêtait à ces lamentations comiques une cocasserie de plus. Gisela ne riait pas vraiment, mais elle faisait entendre des bruits de gorge qui ressemblaient à des approbations. Lorsque toute lumière sembla soudain disparaître de l'Agglomération qui demeura pourtant visible, comme un négatif photographique, Divo invita sa nouvelle amie à dîner. Elle répondit :

— Oui. Nous dînerons dans cet hôtel. Ils servent tôt. Et j'ai envie d'être avec vous. Mais je ne suis pas bonne du tout tant que j'ai faim.

Il fut choqué ; pas assez pour reculer.

Ils se retrouvèrent seuls dans l'ascenseur et elle l'embrassa sans retenue, avec ce qui lui sembla même une forme de désespoir. Elle semblait vouloir se confondre avec lui comme se confondent deux gouttes d'eau de pluie sur un pare-brise. Il préférait les femmes moins entreprenantes, il ne lui déplaisait même pas qu'on feignît de lui résister quelque peu, mais il se raisonna : en vingt-quatre heures, avait-il le temps d'assiéger une vertu inexpugnable ? Et dans cette femme dont le chapeau, les vêtements, la pâleur, la maigreur, suggéraient on ne savait quel deuil mystérieux, il y avait une sensualité tragique qui l'émouvait de plus d'une manière.

Elle n'ôta ni chapeau ni gants pour dîner et mangea rapidement un seul plat, ce qui le gêna : il gardait d'une jeunesse misérable la crainte de mécontenter le maître d'hôtel. Il regretta aussi que l'élégant pas de deux des belles mains violettes au-dessus de l'assiette fût si vite terminé. Il aimait les mains : leur psychologie non évidente, leur érotisme symbolique.

— Vous disiez que vous aviez faim, fit-il d'un ton de reproche.

Elle lui lança un regard cru qu'il interpréta : « Maintenant, je n'ai plus faim que de toi ».

Manquant de fatuité, il se demandait encore au fond de lui-même si tout cela n'était pas joué. Il n'est pas interdit aux hétaïres de savoir tenir une fourchette. Cependant, n'aurait-elle pas indiqué son prix ? Il avait pris soin d'indiquer, lui, qu'il ne roulait pas sur l'or. Comment se faisait-il donc que cette femme jeune et belle, dont il aurait pu être le père, se fût prise pour lui d'une fringale subite ? Non qu'il se crût sans charme, mais il n'avait pas l'habitude de conquêtes aussi expéditives. « Ce doit être, se dit-il, la télévision. » Et il se sourit en biseau.

Dans le taxi, il voulut lui prendre la main ; elle la retira. Elle regardait droit devant elle, les lèvres gonflées. Il la fit monter dans sa chambre, un peu nerveux sous l'œil du réceptionniste, dans lequel toute la lie du monde semblait s'être précipitée. Dès qu'ils furent seuls, il serra violemment la jeune femme contre lui, savourant les instants d'avant, ceux où l'on ne sait pas encore si l'on va être miraculé ou si l'on devra recourir à une routine polie.

Il posa la main sur la fermeture Éclair de sa robe. Elle le

repoussa avec une force et une dureté à laquelle il était loin de s'attendre.

— Non, dit-elle de sa voix rauque. Gisela Gardiner se déshabille toute seule. Assieds-toi et profite du spectacle.

Il s'assit dans un fauteuil.

Elle retira les épingles de son chapeau, l'enleva, le posa sur la commode. Sautillant joliment d'un pied sur l'autre, elle ôta ses sandales à hauts talons qu'elle disposa côte à côte au pied du mur. Elle se dépouilla de sa robe, puis de sa combinaison, avec une sorte de grandiloquence et alla les suspendre sur un cintre, dans l'armoire. Elle avait le corps aussi fin qu'il s'y attendait. Se perchant sur un coin du lit, elle enleva son collant avec un joli jeu de jambes en ciseaux et se défit de son linge sans prolonger l'attente de Divo ni le taquiner d'aucune façon, sinon qu'elle gardait encore ses gants violets, ce qui évoquait quelque peu l'effeuilleuse professionnelle. Il fit un geste vers elle, elle l'arrêta avec violence ;

— Non, je te dis ! Regarde.

Lentement, elle ôta le gant gauche, puis le droit.

Ses avant-bras étaient d'un beau galbe, ses mains un peu grandes, d'un rose tendre, rare sous ce climat.

Alors sa respiration s'accéléra, elle passa sa langue sur ses lèvres, fixa ses yeux violets sur ceux de Divo d'un air de défi sensuel et enleva son avant-bras gauche, qu'elle posa soigneusement, avec un léger toc, sur la commode près du chapeau. Ensuite elle leva sa main droite vers sa bouche, la prit entre ses dents et tira dessus. L'avant-bras droit vint à son tour, et elle le porta sur la commode avec sa bouche, comme aurait pu le faire un chien. Elle le poussa avec son menton pour que les deux emboîtures roses et galbées fussent bien alignées, comme l'étaient les sandales sur la moquette. On aurait cru deux marionnettes attendant des applaudissements, mais ce n'étaient pas des marionnettes, c'étaient des mains.

Lorsque tout fut en ordre, elle se tourna vers Divo, et,

pour la première fois de la soirée, elle sourit d'un grand sourire enfantin et fier.

Il s'était levé dans un geste de respect presque religieux. Il ne pouvait détacher ses yeux non pas des mains magiques mais des deux moignons qui servaient de bras à cette femme nue. Elle ne paraissait nullement choquée de sa fascination. Elle souleva un peu ses moignons.

— Tu aimes ?

Et, comme ses yeux affolés allaient maintenant des tronçons de chair aux deux mains de plastique expansé sagement déposées sur le meuble, elle perçut sa surprise et fronça les sourcils.

— Je t'ai pourtant dit qui j'étais. Tout le monde a entendu parler de Gisela Gardiner, la fille aux bras coupés à la tronçonneuse. La fille a grandi, et elle aime les hommes. Seulement, il y a ceux que ça excite et ceux que ça refroidit. Alors moi je préviens toujours.

LIVRE IV

1.

Le café Portalès, l'un des derniers des Avenues de la Liberté avant d'arriver au quai, avait pour paroi du fond un immense miroir s'étalant entre deux pilastres de plâtre verts à cannelures rouges surmontés, en guise de chapiteaux, d'un masque de comédie à gauche et d'un masque de tragédie à droite, aux chevelures dédorées. Sur le miroir se plaquaient des décorations jadis dorées elles aussi, mais ayant pris une teinte marron peu appétissante : c'étaient, sur les côtés, des superpositions de vases stylisés 1925, et en haut, deux guirlandes de fleurs aboutissant à une corbeille de fruits de fantaisie. Ces ornements avaient été entamés par les années, griffés ici, écaillés là, maculés en bas, enfumés en haut, et le miroir lui-même perdait son tain par lames entières, se mouchetait de rouille, se tachetait de moisissures, et ne reflétait plus la salle que d'un iris affadi de vieillard.

C'est qu'il en avait réfléchi des choses, de son temps, le miroir du café Portalès ! Combien de fiasques vidées, de toutes les formes et de toutes les robes ! Combien de cuites, d'aumônes, de rencontres, de séparations, d'éclats de rire, de crises de larmes, combien de lapins posés, de cigarettes consumées, de journaux dépliés, d'affaires conclues, de mains pressées, de joues giflées, de lèvres baisées, de beautés refaites, d'adresses griffonnées dans des calepins, de plis de papiers d'aluminium opérant une translation furtive d'une poche à une autre !

Il avait réfléchi pis, le miroir : la révolution, l'anarchie, la guerre civile, la tyrannie du désordre et puis celle de l'ordre, toutes sortes d'uniformes de couleurs diverses diversement galonnés, toutes sortes d'armes blanches et à feu, des héros ou des espions ou les deux se glissant des renseignements à l'oreille, des hommes d'un bord arrêtés par ceux de l'autre, traînés par les jambes, la tête tressautant sur le carrelage… Il y avait près de trois quarts de siècle que le vieux miroir réfléchissait le monde.

Ce soir, vendredi 21 juin 199…, un peu avant vingt-deux heures, il réfléchissait une de ses salles les plus ordinaires.

Au premier plan, quelques vieux qui, cinquante ans plus tôt, avaient pris l'habitude de venir déguster là leur xérès avant de dîner ; vêtus de noir, la chemise blanche boutonnée, sans cravate, ils tenaient le pied de leur verre entre deux doigts plus fragiles que lui. Plus loin, la foule bariolée du vendredi soir, avec des chemises d'hommes un peu plus pimpantes, des dos de femmes un peu plus nus que d'habitude, les camparis tenant tête aux whiskys. A senestre, un groupe inquiétant, obscurément reflété dans un espace abîmé, déjà presque noir, de la glace : crêtes de coq multicolores, teints terreux, gestes désordonnés, sexe douteux, Coca-Cola pour tout le monde. Puis, sous les guirlandes d'ampoules de la terrasse, encore inutiles mais déjà allumées, la marée haute des touristes se gorgeant au hasard de glace, de bière, de boissons gazeuses, de café et de cognac, quand ce n'était pas de breuvages exotiques, comme le tilleul ou le thé. Au ras du trottoir, réfléchies de dos, une robe blanche et une robe crème, coiffées, l'une d'un chapeau de piqué blanc évoquant la capeline et l'autre d'un chapeau de fine paille tressée, orange pâle, avec des bords immenses et ployants qui accrochaient quelquefois les passants. Au-delà, les Avenues, grouillantes de piétons et encombrées d'automobiles rampant carapace contre carapace et ponctuant le crépuscule de leurs feux arrière.

Soudain, des agents de police apparurent sur la chaussée et, à grands coups de sifflet et moulinets de bras, se mirent à dévier la circulation vers les rues transversales. Un convoi militaire devait se rendre sur le port, expliqua l'un d'entre eux. Mais le convoi militaire n'arrivait pas encore, si bien qu'il y eut un moment où les Avenues se vidèrent de voitures et où le vacarme ordinaire du Corazon se trouva suspendu. Ce fut dans cette suspension, dans cette trouée du temps, que le miroir éclata.

Le groupe sinistre et léthargique s'était transformé en une pyramide humaine. Un garçon — en était-ce un ? — avait bondi sur la table de bakélite rose, poussé par d'autres. Une fille — en était-ce une ? — les joues transpercées de longues épingles, grimpa sur une chaise et lui empoigna la cuisse droite, tandis qu'une autre déchirait son T-shirt, exhibant des seins tatoués d'anguilles et d'ichtyosaures. Derrière, trois autres adeptes, ravis d'apercevoir leur reflet dans l'eau glauque du miroir, se faisaient les cornes, se tiraient des pieds de nez et de langue, s'adressaient des gestes obscènes en poussant des you-you et en lâchant des vents avec leurs lèvres grotesquement froncées. Servant de figure de proue à cette bande agglutinée à lui, le chef, dressé sur la table, son crâne cadavérique crêté d'écarlate, son torse androgyne moulé d'un maillot sur lequel on voyait le mot JE, l'idéogramme Cœur et le nom SATAN, brandit une canette de Coca-Cola et la précipita contre le vénérable miroir, dont un tiers ruissela en éclats — un tiers seulement, car il était fait de trois pans. Déception ! Le groupe entier alors devint catapulte. Bouteilles et verres s'écrasaient sur les deux autres panneaux qui craquaient à leur tour. Un éclat alla se planter dans la main d'une jeune femme qui poussa un hurlement de panique dans le silence étoilé de bris de glaces. Clients et serveurs demeuraient pétrifiés. Les éclaboussures de verre continuaient de pleuvoir. Derrière le miroir pulvérisé, le mur lépreux venait d'apparaître dans toute sa hideur, et la profondeur de la salle avait diminué de moitié.

Ricanements, miaulements, abois : les vandales déguerpirent en une farandole sinuant entre les tables. L'un d'eux, cramponné à la main d'une fille, bondissait accroupi, un bras passé entre les cuisses pour figurer la queue.

— C'est ça, le désespoir, dit Rosario en robe blanche.

Déjà Paula, en robe crème, percevant les roulements sourds qui approchaient, murmurait :

— Ils arrivent.

En effet, une jeep, toute ondulante d'antennes, descendait les Avenues, suivie à cinquante mètres d'un véhicule de commandement, dans lequel la place du chef de voiture était occupée par le commandant Hortega, le profil grave sous le béret noir, le regard ancré droit devant lui. Soudain il se retourna, pour s'assurer que « ça suivait bien derrière », et lança une plaisanterie à son chauffeur. Ses dents brillèrent dans un sourire décoché à la hâte, en pensant à autre chose.

Ça suivait bien. Camion débâché après camion débâché, à quarante-neuf ou cinquante et un mètres les uns des autres, ni plus ni moins. Raides comme des mannequins de bois sur leurs bancs placés dos à dos, le fusil d'assaut planté droit entre les cuisses et la tête redressée pour soutenir le poids du casque lourd, les hommes de la 2e Demi-brigade d'Intervention regardaient, apparemment impassibles, défiler devant eux les cages des oiseliers, les étals des philatélistes et les cafés débordant de filles appétissantes accompagnées de petits amis dont eux n'eussent fait qu'une bouchée. Les passants les regardaient à peine : ce n'était pas la première fois qu'un convoi militaire se rendait au port pour s'embarquer. Quelques civils traversèrent la chaussée en courant entre les camions : ils furent les derniers à quitter le Corazon.

Le plan de bouclage d'Hortega consistait à isoler le Corazon sur ses quatre côtés simultanément.

Le convoi arrivait par la place des Taureaux, où il se scindait, un véhicule sur deux prenant à droite les Avenues de la Liberté et le suivant enfilant à gauche le boulevard Cristobal-Colon. Parvenus à l'angle du quai, les véhicules impairs tournaient à gauche et les pairs à droite, de manière à se rencontrer au milieu du quai. Les distances et les temps avaient été établis avec précision : quand la jeep de tête de la colonne impaire freinerait face à la jeep de tête de la colonne paire, le Corazon aurait été encerclé.

Le véhicule de commandement approchait du point de jonction, quand Hortega appela par radio son adjoint, lequel, jouant les serre-file, devait avoir pris position place des Taureaux :

— Noir de Blanc, tiens-moi au courant.

— Blanc de Noir, je suis en position.

La boucle était bouclée : clic.

Alors Hortega aspira beaucoup d'air :

— Blanc à toutes unités : Stop. Giclez.

Il se produisit alors quelque chose que ni les oiseliers, ni les philatélistes, ni les badauds, ni les clients des cafés, ni les bourgeois prenant le frais sur leur balcon en fumant une dernière cigarette ou en guignant une première étoile, ni même les agents de police qui avaient obligeamment détourné la circulation n'attendaient : sur l'ordre des chefs de voiture, les mannequins se muèrent en gymnastes et, l'arme à la main, bondirent par-dessus les ridelles, atterrissant en souplesse sur les semelles de leurs bottes de saut. Ceux qui se trouvaient placés côté Corazon prirent immédiatement le pas gymnastique à la suite de leurs officiers et s'engagèrent dans les ruelles où ils allaient assurer les bouclages secondaires. Ceux qui se trouvaient du côté extérieur se déployèrent en ligne, un homme sur deux regardant le trottoir du Corazon, l'autre le trottoir en face. Cependant les deux derniers hommes de chaque camion en ouvraient l'abattant et précipitaient au sol un réseau de fil de fer barbelé roulé en accordéon. Tandis que l'un accrochait un bout de ce *concertina* au pare-chocs arrière du camion, le second en saisissait l'autre bout et partait au pas de course en direction du camion précédent pour l'y accrocher au pare-chocs avant.

Hortega avait calculé qu'en roulant à 40 à l'heure, il lui faudrait 160 secondes pour encercler le Corazon. Il donnait

30 secondes aux poseurs de *concertina* pour boucher les espaces entre les camions et 120 secondes aux bouclages secondaires pour faire leur liaison à l'intérieur du Corazon. Il faudrait 6 minutes de plus pour que les *concertinas* des bouclages secondaires fussent posés à leur tour et pour que le deuxième échelon du bouclage eût pris ses positions, mais l'effet foudroyant de l'opération de premier échelon n'en serait pas diminué : en 160 + 120 = 280 secondes, soit moins de cinq minutes, une nasse hermétique serait tombée sur vingt mille personnes.

Les chefs de section rendaient compte un à un :

— Rouge de Primo : Primo en position.

— Vert de Quatro : Quatro en position.

Et les commandants de sous-quartier rendaient compte à Hortega :

— Blanc de Rouge : mes gars sont en place.

— Blanc de Bleu : qu'est-ce qu'on fait ? On peigne la girafe ?

Dans son véhicule de commandement, Hortega avait une planchette sur laquelle était épinglé un plan du Corazon au 1/5 000 (1 cm pour 50 m). Sur le rhodoïd recouvrant ce plan, les positions à atteindre avaient été portées à l'avance, en pointillé, et il les confirmait à mesure qu'elles étaient assurées. Les principales le furent au bout de 264 secondes. Ouf. On passait à la deuxième phase de l'opération, qui pourrait se dérouler à la papa. Les rumeurs du quartier investi s'apaisaient peu à peu. Si cela continuait, on finirait par entendre la mer.

— On va voir ce qu'ils valent, ces bidasses, dit Rosario, parce que nul ne ressemblait moins à un bidasse qu'un soldat de la 2e DBI, musclé, nerveux, entraîné, aiguisé.

Les deux amies n'avaient que trois mètres à faire pour toucher le fil de fer barbelé qui coupait en deux la chaussée des

Avenues. La troupe se tenait derrière ; les sous-officiers, une main dans le ceinturon, s'étaient plantés devant.

— Pardon, capitaine, dit Rosario à un sergent, comment devons-nous faire pour rentrer chez nous ?

Le sergent était un petit maigre à moustache avec des cheveux un peu longs qui bouclaient sous le casque lourd. Il haussa les épaules sans répondre. Rosario reprit avec suavité, dardant sur lui son haleine parfumée :

— Enfin, capitaine, nous habitons place des Taureaux... Voilà ma carte d'identité. D'ailleurs, je vous le jure.

Elle aspergeait le sous-off de son regard chaleureux, elle le baignait d'effluves féminins. Il secoua la tête, les yeux au ciel, détourné des siens, qui se faisaient de velours :

— C'est pas nous, ça. C'est les chefs. Ils veulent pas.

— Et si, imagina Rosario hardiment, nous passions sous les camions ? Ni vu ni connu.

Il répliqua :

— Vous seriez cuites : il y a les copains derrière.

Et, se rappelant un mot de cinéma :

— Circulez !

Mais il ne l'avait pas plus tôt prononcé qu'il poussait un léger sifflement et, les yeux fixes, inamovibles, proférait entre ses dents :

— Belles poulettes. Pas dégueulasses. Moyen de rigoler. Téléphone 03-10-63. Sergent Garcia Marquez. De la Une. Oubliez pas : de la Une. Y en a des flopées de Garcia Marquez. Faudrait pas confondre.

Rosario, sous son chapeau blanc, lui éclata au nez d'un long rire enjôleur, de quoi le faire rester près du téléphone pendant trois semaines, tandis que Paula, mal à l'aise, cherchait à entraîner son amie plus loin. « Voyez-moi cette pimbêche en chapeau orange qui veut même pas nous parler », grogna un caporal.

A l'extérieur du bouclage, côté Quartier Vénérien, un car de gendarmerie descendait, précédé par les vociférations de son haut-parleur réverbérées en canon par les murs :

— Rentrez chez vous !... Stationnement des piétons interdit sur cette artère !... Fermeture des débits de boisson côté Quartier Vénérien par décision administrative... Trez-chez-vous !... Ment-tons-dit-tère !... Ture-bits-son-té-tier-rien-sion-tive !... Chez-vous-dit-tère-sion-tive...

Les braves gens demeurés à l'extérieur du bouclage sentaient qu'il allait se passer quelque chose d'effrayant dans le Corazon condamné, et, à l'exception de quelques-uns qui y résidaient et furent autorisés à franchir le *concertina* du dehors vers le dedans, tous se hâtaient de disparaître, certains en profitant pour filer sans régler leurs consommations. Les militaires abandonnaient leur premier dispositif sur deux fronts, se regroupaient, posaient des réseaux de barbelés en travers des rues aboutissant aux Avenues. Sur un balcon, une petite fille laissa tomber un cornet de glace sur le casque d'un soldat. Il cria « Merci bien ! », ôta son casque et lécha.

— Allons voir si les flics sont aussi efficaces que les pioupious, dit Rosario, qui semblait tirer vanité du barrage impénétrable des militaires.

Côté Corazon, les attitudes les plus diverses.

Les uns couraient se terrer dans leurs maisons, d'autres récriminaient, ou essayaient d'entrer en pourparlers avec les militaires, ou formulaient des hypothèses : un coup d'Etat, la Réaction, la Révolution... On s'apostrophait sans se connaître, les touristes, anxieux, baragouinaient des questions inintelligibles. Ce furent les haut-parleurs des gendarmes qui, remontant les Avenues à l'intérieur du bouclage, apportèrent les premières réponses bourdonnantes d'échos :

— Vérification générale d'identité ! Montez dans les cars de gendarmerie mis à votre disposition ! Tion-rale-té ! Tez-cars-rie-tion !

Il y eut alors un reflux et un flux simultanés. Certains

montaient dans les cars, espérant en finir le plus tôt possible, d'autres quittaient les Avenues et cherchaient à se perdre dans le Corazon, croyant échapper aux formalités. Des équipes de policiers en civil accompagnées d'un agent en tenue les refoulaient alors vers les cars.

Paula et Rosario réussirent à échapper à deux de ces équipes en prenant des passages transversaux, une troisième les bloqua :

— Papiers.

Un policier qui ne plaisantait pas tira de sa poche un carnet à souche de couleur blanche, inscrivit leurs noms sur les souches et sur deux cartes qu'il leur remit.

— Prenez un car de gendarmerie.

Dans le car, elles trouvèrent la proclamation dont elles avaient discuté chaque terme, que Paula avait tapée et que Rosario avait fait imprimer à l'étranger. Elégamment typographiée en vert foncé sur un papier vert clair de bonne qualité, ornée d'une vue gravée de la place Royale, elle devait apaiser quelques angoisses et quelques mécontentements.

AVIS A LA POPULATION

Vendredi 21 juin 199...

Des renseignements dignes de foi indiquent qu'un attentat terroriste doit avoir lieu dans un proche avenir au Corazon.

En accord avec l'autorité judiciaire et en vertu des pouvoirs qui nous sont conférés, nous, Julian Dandolo, Administrateur, prenons les dispositions nécessaires pour assurer la sécurité de la population confiée à nos soins et celle des visiteurs qui honorent l'Agglomération de leur présence.

Nous demandons aux habitants et aux touristes de faciliter l'exécution de la mission des forces de l'ordre en obéissant aux instructions qu'ils en recevront.

La Société pour la Restauration du Tourisme dans l'Agglomération s'efforcera de rendre le séjour de chacun aussi peu déplaisant que possible au Centre de Contrôle des Arènes et au Centre de Tri du lycée Cristobal-Colon. En particulier, les visiteurs étrangers et nationaux recevront de cette Société des compensations destinées à rétablir à leurs yeux la réputation d'hospitalité de l'Agglomération.

Quelques heures de désagréments auront, pour notre avenir à tous, les plus heureuses conséquences. J'en suis personnellement garant.

JULIAN DANDOLO, Administrateur

— Pas mal, dit Rosario. Surtout la mise en page.

Il y avait en elle une grande gaieté qui ne demandait que des prétextes pour s'épancher.

La proclamation avait un effet lénitif sur les passagers du car, qui déclaraient à mi-voix qu'ils avaient prévu cette situation depuis longtemps, que la prolifération du terrorisme était la conséquence du nouveau régime, ou la répression policière une survivance de l'ancien, ou que dans leur pays ça ne se passait pas comme ça.

Le car remonta vers la place des Taureaux par des rues vidées de monde comme par un aspirateur géant : une bonne partie des visiteurs avait déjà été ramassée par les gendarmes et les résidents du Corazon se réfugiaient chez eux, croyant échapper à la rafle.

Les Arènes, où se trouvait le Centre de Contrôle, avaient été divisées en deux secteurs : le secteur correspondant au demi-cercle dit Ombre, où patientaient les personnes qui n'avaient pas encore été contrôlées ; et le secteur correspondant au demi-cercle dit Soleil, où séjournaient celles qui l'avaient déjà été et qu'il semblait inutile d'envoyer au Centre de Tri du lycée Cristobal-Colon. Ces deux secteurs étaient séparés par des réseaux de *concertina* qu'on déplacerait à volonté à mesure que davantage de personnes passeraient de l'Ombre au Soleil. Le contrôle avait lieu dans cinquante tentes rayées bleu et gris disposées sur la piste. Le service d'ordre était assuré par les hommes de la 2e DBI : ils circulaient le long des barbelés et se massaient en haut des gradins, sous les projecteurs aveuglants braqués sur le cirque.

En arrivant, Rosario et Paula furent accueillies par des hôtesses de la SRTA qui leur proposèrent des jus de fruit et des sandwiches. Un policier les invita à s'asseoir dans le secteur Ombre, dont les occupants paraissaient intimidés par ce déploiement de forces armées. Au bout d'une demi-heure, elles furent conduites sur la piste et introduites chacune dans une petite tente contenant une table, deux chaises, une lampe, un appareil photographique et un terminal d'ordinateur.

Le policier qui reçut Rosario, un homme entre deux âges, ventripotent, en manches de chemise, sauta en l'air en voyant sa carte d'identité.

— Madame est apparentée à M. l'Administrateur ?

— Sa cousine.

— Madame la princesse... mes excuses... c'est M. l'Administrateur lui-même qui a voulu que tout le monde, sans exception...

— C'est la moindre des choses, monsieur : faites votre métier.

Elle s'amusa de se voir passée au fichier qu'elle avait elle-même préparé pendant des mois avec Paula.

— Madame la princesse me pardonnera cette question. Elle est obligatoire. Avez-vous jamais été témoin ou même victime d'une agression ?

Il sentait bien qu'il était insolent d'imaginer que pareille aventure eût pu arriver à une aussi grande dame.

Elle secoua la tête d'un air de regret ; après quoi le malheureux dut encore la photographier — « Ce n'est pas infamant, vous savez » — et même lui prendre ses empreintes digitales — « C'est un peu salissant, mais avec une petite serviette parfumée... Permettez-moi, madame la princesse. » Il lui essuya tendrement les doigts avec une serviette fournie par la SRTA, et la reconduisit avec force salamalecs, en répétant plusieurs fois qu'il était l'inspecteur Santos et qu'il espérait avoir un jour l'occasion de prouver son dévouement à M. l'Administrateur.

Paula, pendant ce temps, était reçue par un jeune escogriffe à la pomme d'Adam jouant les ludions.

— Oui, monsieur, j'ai été agressée. L'affaire a été jugée.

— Ce n'est pas dans le fichier, dit-il sévèrement. Comment ça se fait ?

Elle eut une ombre de sourire :

— Seules les exactions commises au Corazon figurent au fichier, monsieur l'inspecteur.

Il la laissa aller, et ce ne fut que trois clients après qu'il se frappa le crâne avec dépit : comment cette bonne femme pouvait-elle savoir ce qui figurait dans ce fichier spécial que lui-même n'avait encore jamais vu ?

Il était trop tard pour la rappeler. Rosario et Paula, s'étant concertées du regard, avaient exhibé leurs laissez-passer mauves et quittaient déjà les Arènes. En sortant, elles s'arrêtèrent pour regarder le ciel qui s'arrondissait au-dessus du cirque comme une coupole demi-sphérique parfaitement adaptée à l'édifice de maçonnerie qui semblait la supporter. Lorsque les yeux s'étaient habitués aux projecteurs en batterie, on pouvait apercevoir d'innombrables constellations qui, pour une fois, semblaient correspondre aux noms dont les astronomes les avaient affublées : il suffisait, comme dans un jeu d'enfant, de raccorder par des lignes la palpitation de leurs pointillés, pour voir apparaître, comme sur une antique carte du ciel, Orion, Pégase, le Cygne au col ployant et, sur le pourtour, de Sagittaire en Scorpion, la ceinture entière du Zodiaque tournant imperceptiblement autour de l'Agglo.

2.

Les opérations coup de poing sur objectifs repérés à l'avance donnèrent des résultats mitigés. Dans plusieurs cas, le piège se referma sur le vide. Il y eut aussi des surprises heureuses, comme l'arrestation d'un proxénète recherché, qu'on imaginait terré au Quartier Vénérien, et la capture d'un escroc qu'on croyait parti pour le Venezuela. Un garage contenant quinze automobiles volées fut investi. On saisit quelques centaines de grammes de drogues diverses, on interpella trois semi-grossistes et on trouva un demi-kilo d'héroïne dans un appartement qui passait pour servir de refuge à la grande Queenie Lee, insaisissable impératrice de la drogue dans l'Agglo ; malheureusement, une fois de plus, Queenie n'était pas au gîte.

Les interpellations dans la rue fournirent peu de suspects, car, à la première alerte, les revendeurs, les rabatteurs et les arracheurs étaient rentrés dans les murs comme des cafards.

Le ratissage commença.

3.

Ignorant des heures tardives du pays, Eric Liebhafen se présenta à *La Bouche d'Enfer* à peine passé vingt et une heures. Il savait maintenant pourquoi il était venu. C'était à cause de Rupert.

Le beau Rupert, son cousin, avait cinq ans de plus que lui, et pendant toute son enfance Eric lui avait voué une admiration poétique et passionnée. C'est à l'influence de Rupert qu'il devait son goût pour les arts, sa prédilection pour les genres rares comme la peinture sur soie ou l'opéra-ballet. Rupert lui avait fait lire Rilke, Musil, Durrell, Rimbaud ; Rupert lui avait révélé Matisse ; Rupert lui avait enseigné des danses démodées comme la mazurka ou le tango. Mme Liebhafen, pour une raison quelconque, voyait d'un mauvais œil l'amitié qui liait son fils à Rupert, si bien que les garçons lui cachaient la plupart de leurs rencontres, ce qui ajoutait à un sentiment déjà exalté les plaisirs excitants de la clandestinité.

Et puis — Eric avait alors quinze ans — Rupert était parti pour un long voyage et il en était rentré différent. Distant, distrait, sans cesse plongé en lui-même comme s'il y contemplait le secret du monde. Il ne racontait jamais son voyage ; une seule fois, il s'était laissé aller à évoquer l'Agglomération. Cela lui était venu malgré lui, comme l'épanchement d'un trop-plein :

— Un jour, toi aussi, tu iras à *La Bouche d'Enfer* et tu connaîtras la vraie vie.

— Qu'est-ce que c'est, cette Bouche d'Enfer ?

— Rien. Une boîte.

Eric n'avait rien compris. Eric avait tout compris. *La Bouche d'Enfer* était un lieu d'où l'on revenait initié. A quoi ? Il n'importait pas. Rupert ne pouvait avoir été initié qu'à l'essence de la poésie.

Un mur sans fenêtres.

Une porte trapue, hérissée de clous octogonaux, barrée de ferrures ouvragées rappelant des hallebardes. Un judas grillé.

Rien n'indiquait que ce fût là, mais l'adresse était la bonne et les chauffeurs de taxis connaissent ces endroits. Eric souleva le heurtoir de fonte en forme de femme nue, douloureusement cambrée, la plante des pieds touchant la nuque, et le laissa retomber. Le coup résonna comme dans un puits.

Après un temps, le judas glissa. Un visage à l'orbite rougeâtre, à la mâchoire bleuâtre se montra derrière la grille losangée. L'homme mâchonnait le dernier morceau de son dîner.

— Qu'est-ce que c'est ?

— *La Bouche d'Enfer ?*

— Club privé.

— Mais, dit Eric en anglais — et il sentit des larmes lui picoter les yeux —, je viens de la part de mon cousin, Rupert Hentzau.

— Club privé, répéta l'autre en anglais. Si des fois vous voulez devenir membre...

Il n'avait donc pas fait le voyage pour rien ?

Des masses de métal froufroutèrent, culbutèrent. Le battant pivota avec un hululement si modulé, si agaçant pour les dents, qu'il devait être savamment entretenu. Eric enjamba le seuil et se trouva sous une voûte. Il portait déjà la main à son portefeuille :

— Combien ?

— Signez seulement.

Le larbin, vêtu d'un pantalon noir et d'une chemise blanche qu'il n'avait pas encore ennoblie d'un nœud papillon tout fait, désignait, sur un lutrin de fer forgé, un gros registre de cuir à la tranche rouge. Un signet de satin noir dépassait, un stylo à bille prosaïque pendait au bout d'une chaîne. Eric porta la main à son passeport :

— Une pièce d'identité ?

Le larbin secoua la tête avec mépris. Il se nettoyait les dents avec les ongles.

— Signez, on vous dit.

Eric tira son Mont-Blanc et calligraphia son nom et son prénom. Il ajouta même, comme cela se faisait dans les romans du XIXe siècle : « de Hambourg ». Puis il suivit l'homme dans une cour obscure, pavée de pierres rondes et glissantes. Dans un coin, un enclos d'où montaient des puanteurs et des chevrotements.

— Qu'est-ce que vous avez là ? demanda nerveusement Eric.

— Hé bien, les chèvres ! fit l'homme, agacé.

Il s'arrêta à l'entrée d'une nouvelle voûte qui s'enfonçait sous terre. Un tapis tressé couvrait le sol. Des ampoules s'encastraient entre les pierres grattées. L'homme désigna la voûte de la tête et disparut dans l'obscurité.

Eric s'engagea dans le couloir. Il marchait lentement, à la fois par timidité et pour prolonger la volupté de l'attente. Au bout du couloir, sur une saillie de la voûte, étaient gravés et peints en rouge carmin les mots

VOI CH'ENTRATE LASCIATE OGNI TIMOR

Le couloir, descendant toujours en pente douce, faisait un coude vers la droite et aboutissait à un rideau de peluche rouge, surchargé de franges, de cordons, d'embrasses, de glands velus et dorés. Deux portes sur le côté étaient marquées l'une INCUBES, l'autre SUCCUBES ; des illustrations explicites facilitaient le choix aux clients illettrés.

Eric souleva le rideau et se trouva dans un bar désert, à peine éclairé par quelques veilleuses. Les fauteuils club étaient de cuir noir, le bar lui-même en ébène, et les murs, le sol et le plafond entièrement couverts de miroirs déformants. Dans l'un, Eric devenait un poussah court sur pattes, dans l'autre un désossé, dans le suivant un monstre macrocéphale. Quoi ? On venait ici avec une jolie femme et on la voyait subissant des variations tératologiques ? L'idée était déplaisante. Au reste, comprenant que l'établissement n'était pas encore ouvert, Eric pensa à rebrousser chemin, mais, qui sait ? ce vide, ce silence faisaient peut-être partie de l'initiation ? Il traversa le bar.

A l'autre bout, une grille fort belle, qu'il jugea être du XVIe siècle et qui avait sans doute été empruntée à une église car des armes de cardinal la décoraient, précédait un rideau de velours noir, pailleté de larmes d'argent et bordé d'une lourde frange du même. La grille n'était qu'à moitié fermée. Le rideau s'écarta facilement.

Au-delà, s'étendait une cave voûtée, meublée comme un restaurant ordinaire, à cela près que les tables étaient couvertes de nappes noires et que chacune s'ornait d'une petite lampe en forme de crâne aux orbites lumineuses. Dans les vases, chatoyaient des lis tigrés. Les assiettes de fine porcelaine blanche étaient cerclées d'un marlis noir, ce qui les faisait ressembler à des faire-part ronds. Les couverts avaient des manches en os. En guise de verres, s'alignaient des timbales faisant penser à des calices. La pénombre régnait, et la solitude.

Eric, se tenant sur le seuil, se demandait si tout cela était plus sinistre ou plus ridicule, quand il fut soudain ébloui par un spot lumineux qui s'abattit sur lui comme un filet sur un papillon.

L'Antéchrist travaillait dans la cabine d'où il réglait les effets de lumière et les bruitages de *La Bouche d'Enfer*. Le rideau noir, en se soulevant, modifia l'équilibre des ombres qu'il apercevait par son hublot. Il devina un intrus, braqua un projo sur l'entrée du restaurant et alluma. Ce qu'il vit lui plut.

Ce jeune garçon nordique, couronné d'une magnifique crinière blonde, vêtu d'une veste safran et d'un pantalon blanc se cassant parfaitement sur les Gucci noires, un foulard noir et jaune noué dans l'échancrure de la chemise crémeuse, un pied en avant comme un saint tardif dans sa niche, était manifestement de la race du gibier à plumes angélique. A s'emparer de lui, on ne tuerait pas seulement son âme : on atteindrait à travers lui une multitude mâle et femelle qui, avec un physique pareil, ne pourrait que croire à sa pureté.

— Si je me paye celui-là, j'accepte de crever après, dit l'Antéchrist, qui se sentait mieux aujourd'hui mais savait que ce n'était qu'un dernier soubresaut.

— Vous ne devez jamais dire « J'accepte de crever », répliqua Joey effondré à ses pieds. Cela ne solve pas le problème.

— Tais-toi, déchet ! Tu n'as plus de quoi être jaloux d'un soleil pareil.

L'Antéchrist amoureux sentait monter en lui un accès de bonne humeur, ce qui le rendait toujours délicieusement cruel. Il manœuvra un autre projecteur de manière à mettre un spot sur le seuil de sa cabine, ouvrit la porte et fit un pas en avant.

Eric vit alors apparaître, dans une mandorle rouge, un homme jeune, dont on oubliait aussitôt le pantalon et le blouson de blue jean, si troublante était sa tête d'un ivoire cadavérique, nimbée d'une barbe noire, brève et drue, entaillée d'une bouche d'un indigo si foncé qu'on aurait pu la croire peinte, entrouverte sur une jolie denture acérée d'omophage.

Sur chacun d'eux, un spot. Entre eux, la nuit du restaurant, avec, de-ci de-là, un reflet sur un étain ou une opaline noire.

L'Antéchrist laissa s'éterniser cette minute, et puis, illuminant brusquement le restaurant, irisant les glaces et les cristaux, il s'avança d'un pas allègre, la main tendue, la fossette en bataille. Il parla anglais pour être compris, mais du ton dont l'on tutoie à première vue :

— Je te souhaite la bienvenue. Tu viens tôt, cela est bien. J'espère, ajouta-t-il d'un ton ambigu, que tu resteras tard. Mon nom est Sariel de Sariel. Mes amis m'appellent l'Antéchrist. C'est la première fois que tu viens. J'aime les nouveaux. Que penses-tu de notre collection de reliques ? Et notre musée des horreurs te plaît ?

Les murs du restaurant s'ornaient de bas-reliefs de cire représentant les supplices des plus grands martyrs : ce n'était qu'un pal, qu'une roue, qu'un brasier, que brodequins et que pincettes, que seins chantournés à la scie en suivant un pointillé dentelé, que têtes barbues emportées sous le bras par la victime. Entre ces panneaux, des vitrines contenaient des centaines de boîtes, de cadres, de médaillons, de scapulaires, en or, en argent, en cuir, en bois précieux, en ivoire, en carton bouilli, dans lesquels on distinguait des parcelles gris-beige d'un matériau poreux, étiquetées en caractères gothiques non sans, peut-être, quelque fantaisie : « Dent de sagesse de saint Ildefonse »... « Phalangine du petit orteil droit de saint Lô »... « Lobe d'oreille de saint Pé »... « Nombril de sainte Opportune ».

— Les curés bazardent. On récupère. Qui sait ? Ça pourrait servir un jour. Ne va pas croire : c'est du vrai, du garanti. Tu es catholique ?

Eric secoua la tête. L'Antéchrist lui prit amicalement le bras.

— Dommage. Moi, j'aime travailler dans l'authentique. Enfin, tu es un noble étranger. Je vais te montrer la hutte du sorcier.

Il le conduisit dans sa cabine, qui donnait par un hublot sur le restaurant et par un autre sur la piste de danse située en contrebas.

— Ecoute. Regarde.

Ce n'était pas la première fois qu'Eric venait dans une discothèque, mais il n'avait jamais manœuvré lui-même les projecteurs multicolores, les réflecteurs pailletés, les rayons laser, les graves et les aigus, l'accéléré et le ralenti, la lumière noire et le bruit blanc. Ici, l'Antéchrist mettait les touches à sa disposition, lui expliquant tout par-dessus son épaule, pianotant quelquefois d'une main sur sa droite et de l'autre sur sa gauche sans l'effleurer un instant.

— Je ne sais pas si tu es physicien : les lumières et les sons, ce ne sont jamais que des ondes électromagnétiques situées à des niveaux différents du spectre : un son très haut, c'est déjà un rayon de lumière, y as-tu réfléchi ? Tiens, ici, ce sont les commandes du stroboscope. Regarde ce que ça donne : la lumière et l'ombre alternent. Accélère. A 10 alternances par seconde, tu perds le sens de la profondeur ; à 25, il y a interférence avec les ondes alpha de ton cerveau, si bien que tu ne peux plus te concentrer, tu ne sais plus ce que tu fais. Avec cent gars et cent filles qui dansent, tu vois les possibilités. Mais je trouve ça simpliste. Le monde du son m'intéresse plus. Tu sais, n'est-ce pas, que le Big Bang par lequel a commencé le monde, c'était vraiment un *big bang,* un magnifique coup de brigadier, perceptible à l'oreille s'il y avait eu des oreilles ? Et tu sais que notre oreille, qui est un microcosme de notre organisme, les acupuncteurs auriculaires te le diront, n'est pas le seul organe par lequel nous entendons ? Tu ne savais pas ça ? Notre peau entend ! Alors tu imagines le pouvoir que l'on peut exercer sur les êtres en noyant leur peau de sons qu'elle peut percevoir et transmettre au cerveau ! Le massage du message, quoi.

Fébrile, l'Antéchrist ! Soucieux de déployer en un minimum de temps un maximum de séductions diverses. Il savait qu'il n'en avait plus pour longtemps, et il avait soif de léguer son mal à un hoir digne de continuer son œuvre. Celui-ci serait superbe en Lucifer ! Alors l'Antéchrist doublait les mises et la mesure, déballait tout ce qui lui restait de fusées et de pétards.

De son côté, Eric, en temps ordinaire, eût été choqué par tant d'effets et de familiarité. « C'est le Midi », aurait-il pensé avec dédain. Mais aujourd'hui il venait pour être initié, c'est-à-dire pour devenir un autre ; et les projecteurs, les lasers, le stroboscope, les phrases de rock ralenties jusqu'au barrissement ou accélérées jusqu'au pépiement l'arrachaient à lui-même. L'Antéchrist continuait à lui prodiguer ses conseils :

— Plus fort, plus fort. Au-delà de 20 décibels, ils commencent à avoir besoin de se défouler. Tu viendras ici avec moi, tout à l'heure, et tu verras ça. Il y aussi les ultrasons qui stimulent les émissions d'endomorphines. Tu manœuvres d'ici. Au bout d'une heure ou deux, ils sont mûrs pour les cailloux.

— Les cailloux ?

— On ne force personne. On distribue. Gratis. Par philanthropie. Tu n'as jamais essayé ?

Eric ne répondit pas. Il avait fumé un peu d'herbe ; l'odeur lui en avait déplu, et aussi la bonne franquette qui en résultait. Cependant il ne voulait pas avouer cette virginité quelque peu entamée, car s'il franchissait le pas aujourd'hui — il ignorait quel pas — il voulait que ce fût d'un seul coup, avec une générosité absolue.

— Viens. Tu feras joujou tout à l'heure. Quand les cochons de payants seront là.

Par un petit escalier, ils descendirent au niveau de la piste de danse. Une volière à un bout, un bar à l'autre. Les murs étaient drapés de noir et des ventilateurs agitaient ces draperies.

— Soulève celle-ci.

Eric obéit. Dans la niche qui se trouvait derrière, un couple entièrement nu s'affairait sur une banquette.

— Pardon, navré...

Eric laissa retomber la draperie, l'Antéchrist la tira de nouveau, au risque d'arracher les anneaux :

— Tu ne vois pas qu'ils sont en cire ? Histoire de donner des idées aux plus demeurés. Une blague, quoi.

Il appliqua sur le derrière du monsieur une claque qui rendit un son mat.

— Les autres niches se rempliront plus tard. Tu remarqueras que les banquettes sont en matière plastique. Ça se nettoie mieux.

Eric était gêné malgré lui et il tenta de détourner la conversation vers la volière d'où provenaient des battements d'ailes et des chocs sourds.

— Quels oiseaux avez-vous là ?

— Des chauves-souris.

— Qu'en faites-vous ?

— Cela dépend des publics. Quand ça tarde à chauffer, nous en lâchons quelques-unes, les gars et les filles ont peur qu'elles ne se prennent dans leurs cheveux, certains se cachent dans les niches, ça les inspire quelquefois. Alors on capture une chauve-souris et on la fourre dans la niche. Il y a des nerveux qui ressortent en petite tenue. Une rigolade ! Pas très raffinée, je te l'accorde. Quand nous sommes, comment dire, entre nous, nous en prenons dans la volière, à la main, et nous leur arrachons la tête avec les dents.

— Vous mangez les têtes crues ?

— Non. A cette heure-là, nous n'avons plus faim. Nous recrachons.

— Alors pourquoi faites-vous cela ?

— En surface, pour épater le bourgeois bourgeonnant et sa bourgeoise bourgeonnante. En profondeur, pour prouver que les tabous peuvent et doivent être transgressés et que la vie commence au-delà.

Eric se demandait si, plus tard, il devrait décapiter une chauve-souris avec ses incisives et, si délicat qu'il fût, il ne s'en sentait pas incapable. N'était-ce pas une nuit de solstice ?

L'Antéchrist, cependant, sentait qu'il n'avait pas encore suffisamment impressionné le comestible étranger.

— J'ai envie, s'écria-t-il, de tout te donner tout de suite.

Il y eut un miroitement d'argent dans sa narine.

Il souleva une tenture qui découvrit une grille marquée « Sans issue » et il engagea une clef plate, moderne, dans la serrure qui semblait médiévale. Il y avait une serrure dans la serrure.

— « Sans issue » ? demanda Eric.

— Cela dépend pour qui. Tu veux vraiment voir ce qu'il y a derrière ?

— C'est pour cela que je suis venu.

Ils descendirent un escalier étroit, en colimaçon. La température baissa sensiblement. Toute lumière disparut.

— Nous arrivons dans une chicane, dit l'Antéchrist. Les cochons de payants sont encouragés à se cogner le front, à s'érafler les coudes, à se couronner les genoux, mais toi, tu n'as qu'à prendre ma main.

Pour la première fois, dans les ténèbres, la main douillette, moite et dodue d'Eric rencontra la main sèche et légèrement tremblante de l'Antéchrist. Ils tournèrent plusieurs fois à angle droit et finirent par déboucher dans une nouvelle cave voûtée, située sous les autres caves et faiblement éclairée, on ne savait comment.

Un relent d'encens. A un bout, une table de pierre. Au-dessus, fixée au mur, une croix inversée en bois clair, biseautée aux quatre bouts, mouchetée de rouge. C'était tout.

Eric regardait. L'Antéchrist s'était adossé au mur et s'épongeait le front avec sa manche. Il faisait froid.

— Qu'est-ce que c'est, ici ?

— Ici, cher enfant, nous adorons le Diable, ses pompes et ses œuvres.

— Vous croyez au Diable ?

— Non, bien sûr. Il faudrait croire aussi à Dieu, ce qui risquerait d'être gênant aux entournures. A vrai dire, c'est surtout une manière de pimenter des partouzes parfaitement bourgeoises. Nous allumons des bougies de cire noire. Nous récitons des prières à l'envers. Nous communions au hachisch. Une fois, un de nos amis carabins avait volé une jambe à l'hôpital Sainte-Croix et nous avons quelque peu versé dans le cannibalisme. Je suis le grand-prêtre : à la fin les adeptes viennent me faire le baiser d'infamie. Remarque que je me parfume soigneusement. Après, bon, tout le monde culbute tout le monde.

— Vous avez une tenue spéciale ?

— Ah ! le petit coquet ! Il s'y voit déjà. Mes diacres et moi, nous sommes tout nus sous des chasubles, de vraies chasubles bénies, rachetées dans les églises. Dans des tourbillons d'encens, ça fait de l'effet : tu verras.

Eric ne savait comment prendre cette dérision qui n'était peut-être qu'un piège de plus. Pourquoi se donner tant de mal pour adorer un être auquel on ne croit pas ?

— Et les chèvres ? J'ai vu des chèvres dans la cour. A quoi servent-elles ?

— Assez évident, non ? Les boucs servent les filles, les chèvres servent aux gars, et il m'arrive de sacrifier un chevreau sur un corps de femme nue couché sur l'autel (il désignait la table de pierre). Ensuite on asperge avec le sang. Certains aiment, d'autres pensent à la note du blanchisseur. Ça vaut le coup.

— Vous allez faire ça ce soir ?

L'Antéchrist ferma les yeux un instant, comme pour mieux voir Eric qui se tenait devant lui. Il prononça avec recueillement :

— Ce soir, j'aurai peut-être mieux à faire.

Eric frissonna de froid.

Alors, changeant aussitôt de ton :

— Pour commencer, dit légèrement l'Antéchrist, je vais t'emmener dîner.

Ils remontèrent. Les maîtres d'hôtel et quelques clients étaient apparus dans l'entre-temps. L'Antéchrist installa « le noble étranger » à ce qui, d'après lui, était la meilleure table. Le linge noir, amidonné, crissait sous les doigts.

— Tu es mon invité, naturellement.

— Mais pourquoi ?

Eric était susceptible sur les questions d'argent.

— Parce que tu l'es. Parce que c'est moi qui, par-dessus des milliers de kilomètres de terre et de mer, t'ayant choisi entre des millions d'autres garçons, t'ai attiré ici par le pouvoir de ma volonté. Tu en doutes ? Ne t'ai-je pas reconnu aussitôt que je t'ai vu ? Et comme mon invité, tu vas commencer par un des cocktails de mon ami le barman, dit Belzébuth. Regarde la liste : Décoction de grenouille, Venin de crapaud, Larmes de salamandre, Sirop de langue de vipère, Tisane de chouette, Bile de foie de Juif blasphémateur, Morve de Turc, Salive de Tartare, Lymphe de doigt de bébé étranglé à sa naissance... Malgré ton jeune âge, je ne te ferai pas l'injure de te donner la référence, cependant nous avons failli avoir des ennuis avec les anti-antisémites : eux, il a fallu leur fournir le nom de l'auteur, le titre de la pièce, acte IV, scène I, vers 26. Moi, je te conseille simplement la Coupe du Diable : c'est une espèce de sangria au tabasco, ça secoue. Maître d'hôtel, deux Coupes du Diable et le Grimoire.

Le Grimoire était un fort volume relié de cuir noir, à tranche dorée ; le maître d'hôtel était chargé de le laisser tomber sur la table de manière qu'un nuage de poussière de soufre s'en dégageât.

— Ne fais pas attention aux titres des plats. Les Suppôts du Léviathan ne sont que des langoustines et la Tranche de la Cuisse d'Io jamais qu'un steak. Tu as aussi les Gigues d'Angelots qui sont des gigots d'agneau et les darnes de Lilith qui sont de la lotte. Tu remarqueras que ton menu ne mentionne pas les prix : c'est parce que, ma chérie, comme disent les fils de bourgeois à leurs minettes, tu n'en as pas non plus.

Etait-ce une impertinence ? Eric, fortement ébranlé par la Coupe du Diable, n'en était pas sûr. Il feuilletait les lourdes pages de parchemin transparent sans arriver à se décider. Par moments, il se demandait s'il ne valait pas mieux partir. Il se serait levé, peut-être, s'il avait été plus sûr de ses jambes.

L'Antéchrist, qui s'était d'abord assis en face de lui, changea de place et se jucha sur la chaise voisine, dans une position biscornue, une cheville sur un genou, l'autre pied sur une chaise, un bras déjeté sur le dossier d'Eric, l'autre recroquevillé derrière la nuque. Il ne pouvait s'arrêter de parler.

— Tu m'as demandé si je croyais au Diable. Non, mais la différence entre Dieu et le Diable, c'est que Dieu ne t'offre qu'une seule chance : celle de devenir toi-même. Le Diable te propose de devenir l'Autre, c'est-à-dire tous les autres. Pas seulement le bon fils de bourgeois Teuton avec du goût pour les arts que tu dois être — j'aime dire fils de bourgeois parce que vous êtes les nouveaux calenders fils de roi — mais aussi poète et négrier, tu as saisi l'allusion, pas seulement bâtard posthume de chrétien, mais aussi fétichiste, tantriste, adepte du culte d'Adonis ou de Ganymède, pas seulement garçon, mais aussi fille, oui, il va aussi loin que cela. Et surtout — surtout ! — le Diable t'incite à changer, à échanger, à rechanger, autant de fois que le cœur t'en dit. Dieu, c'est le père de l'enfant prodigue. Pas d'imagination. Et si l'enfant prodigue revenait plusieurs fois et qu'il en avait marre de bouffer du veau ? Le Diable, mon cher, c'est le contraire : il a une infinité de masques, mascarons, loups et groins au service de monsieur. Le Diable, vois-tu, est existentialiste.

Eric se dit que l'Antéchrist croyait dur comme fer en celui auquel il ne croyait pas.

Physiquement — car il devinait que tout est finalement physique, à commencer par la Croix — le bel Antéchrist ne l'effarouchait pas. Il se posait à son sujet des questions précises et se répondait clairement : « Ceci, pourquoi pas ? Cela, on verra. Cette autre chose, je ne crois pas. » Mais il savait aussi que tout se tient, que les pentes de la vie sont savonneuses. Il avait le goût âcre de la Coupe du Diable sur la langue et ses vapeurs dans le cerveau.

Un maître d'hôtel s'approcha et Eric Liebhafen vit clairement deux discrètes petites cornes apparaître entre ses cheveux bouclés. Un autre lui proposait une nouvelle Coupe du Diable, et cependant s'entêtait à remettre dans sa poche de pantalon le bout de queue velue qui s'en échappait. Autre numéro pour faire piailler les minettes, probablement. Eric refusa, d'une voix un peu cotonneuse. Cependant le premier maître d'hôtel glissait dans l'oreille de l'Antéchrist :

— Monsieur de Sariel, on est cerné.

— Quoi ?

— Les flics.

— A cette heure-ci ?

La police avait souvent fait des descentes à *La Bouche d'Enfer,* toujours vers trois heures du matin, dans l'espoir d'identifier le plus de clients possible et de tomber sur une distribution de drogue. A dix heures du soir, lorsque quelques dîneurs seulement venaient d'arriver, il fallait que l'opération eût un objectif précis. Un coup d'œil aux dîneurs : connus et cossus.

« C'est après moi qu'on en a, jugea l'Antéchrist. Ça ne m'étonne pas. J'ai toujours su que ce flic à tête carrée m'avait dans le collimateur. »

La police, la plupart du temps empêtrée dans la légalité, s'en libère quelquefois et fait alors en secret des coups redoutables. « Ils ne peuvent rien contre moi » avait été la devise-talisman de l'Antéchrist ; soudain elle ne le rassurait plus. D'autant plus que le maître d'hôtel continuait sur le même ton :

— Il n'y a pas que les flics. Il y a aussi des militaires qui se planquent dans les coins. Avec des bazookas, il paraît.

— Sariel, cette fois-ci ils sont dehors pour avoir toi.

C'était Joey qui s'agrippait au coude de l'Antéchrist. Curieux couple : l'un émacié, exsangue, ciselé, dont il ne restait presque que les linéaments, l'autre bouffi, le cou gonflé comme celui d'un goitreux, motte de saindoux blond percée de deux petits yeux rouges.

L'Antéchrist bondit vers le bar. On lui envoyait la troupe ? Contre la troupe, la presse. Si la presse était là, personne n'oserait l'étrangler dans un coin, pas même le flic à tête carrée. Pourquoi cette angoisse soudaine et cet accès de mégalomanie ? La fièvre y était sans doute pour beaucoup, aussi la rencontre du bel Eric qui lui avait redonné l'envie de vivre et de détruire. Il saisit le téléphone. Pas de tonalité. Coupé. Ah ! bon. Ils font ça quelquefois. Il se précipita au vestiaire, où il y avait un téléphone à pièces. Il décrocha le combiné. Même impression de tenir un coquillage vide dans la main. Retour au restaurant.

— Désolé, mon archange. Il va falloir que je te quitte. Un petit désagrément : un bataillon envoyé contre moi. Nous nous retrouverons.

— Sariel, je veux venir avec toi, pleurnichait Joey. Tu peux pas quitter moi comme ça.

L'Antéchrist se retourna contre lui :

— Ah ! tu crois que je peux pas quitter toi comme ça ? Regarde-toi, boursouflé ! A quoi me servirais-tu, grosse bouse ? Tu ne passeras même pas par la chicane.

— Moi, je passerai, dit Eric en se levant.

Quelle noblesse d'âme, quelle peur de la peur, quel sens du geste, quelle solidarité naturelle avec le gibier contre les chasseurs, quel attrait du danger, quel goût pervers du paradoxe, quel plaisir de communier dans le mépris de ce qui est inférieur s'étaient ajoutés à la séduction que l'Antéchrist exerçait sur lui ? Quelques minutes plus tôt, il pensait à se dégager et maintenant voilà qu'il associait sa jeune fortune à un destin perdu.

— Alors, viens, dit l'Antéchrist triomphant.

Eric jeta sa serviette noire et s'élança après lui. Joey, versant des larmes, se traîna à leur suite.

4.

Les équipes de police investissaient les immeubles les uns après les autres, escaladaient les escaliers, se coulaient dans les couloirs, se faisaient ouvrir les portes, vérifiaient les identités, priaient les habitants de descendre dans la rue. Le plus souvent, la menace terroriste faisait miracle, et les braves gens se mettaient volontiers sous la protection des forces de l'ordre.

Certains, en revanche, s'étonnaient des perquisitions et réclamaient des mandats : il fallait leur faire un cours de droit pour leur expliquer que les mandats de perquisition n'ont jamais été nécessaires qu'aux policiers anglo-saxons. Des protestations s'élevaient : « Mon bébé va prendre froid. — Emportez des couvertures. — Il s'enrhume facilement. — Vous préférez qu'il soit enterré vif par une explosion ? » Ou bien : « Ma femme est malade. — Qu'à cela ne tienne : nous allons faire venir une ambulance. » Ou bien : « Laissez-moi cinq minutes : je vais emporter des objets de première nécessité, mon album de timbres, mes potiches chinoises... — Votre vie, monsieur, vaut plus que vos potiches. » Plusieurs portes ne s'ouvrirent pas. Les serruriers de la ville avaient été requis et ils opéraient à la demande.

Dès la première heure de l'opération, il y eut quelques interpellations pour « délit de sale gueule », une équipe de policiers découvrit une divorcée qui faisait vivre sa fille, dont elle n'avait pas la garde, dans une communauté de lesbiennes ; une autre libéra un malheureux camionneur de province, victime de l'entôlage absolu : les deux jeunes femmes qui lui avaient accordé leurs faveurs l'avaient abandonné dans un galetas où il n'y avait qu'un lit et un bidet, en emportant non seulement son portefeuille, mais aussi ses vêtements, sa chemise, son caleçon : il y avait deux jours qu'il n'osait sortir et ne mangeait pas. Une équipe arrêta un personnage chez qui on trouva cent quatre-vingt-trois cartes de crédit établies à des noms différents.

Pour Robich, la nuit avait commencé par une double déception. Il faisait partie du groupement B et ne pourrait donc réaliser aucun des coups de main dont il rêvait ; en outre il n'était pas affecté au sous-quartier Abyme mais à Cristobal-Colon. Il cria à l'injustice, au manque d'efficacité : n'était-il pas sur son terrain, ne savait-il pas où il rendrait les meilleurs services ? Le divisionnaire commandant le groupement A lui répliqua sèchement que les équipes avaient été formées par le Directeur : Robich souhaitait-il aller s'en expliquer avec lui ? Non, il ne le souhaitait pas. D'ailleurs, lorsque son irritation se lassa, il comprit sur quoi se fondait la décision du Directeur : c'était justement parce que lui, Robich, s'était cent fois plaint de l'Abyme qu'on ne pouvait pas prendre le risque de l'y lâcher. *Josaphat* serait une opération dure : il fallait veiller d'autant plus qu'aucune vendetta ne s'y mêlât. Va pour Cristobal-Colon.

Et là, une chance un peu moqueuse commença à sourire au commissaire Roberto Robich.

Le sous-quartier Cristobal-Colon était le plus bourgeois du Corazon. Les immeubles y dataient du XIXe siècle et la population en était généralement cossue. On aurait pu s'épargner la peine de le contrôler si on avait pu poser un bouclage hermétique et rapide sans y englober cette partie de la ville et si on n'avait pas été à la recherche de victimes et de témoins autant que de délinquants. Les terroristes auraient pu s'y cacher, bien sûr, mais Robich ne croyait pas beaucoup aux terroristes, en qui il flairait un prétexte permettant à la police d'intervenir pour une fois en force.

Or, le quatrième appartement auquel Robich vint frapper demeura clos. Ayant remarqué, de la rue, que la fenêtre en était éclairée, Robich maintint son doigt sur la sonnette pendant vingt secondes, déclina à voix forte sa qualité, et, comme seul le silence lui répondait, un silence qu'il sentait inquiet et coupable, il annonça qu'un serrurier serait sur place dans quelques instants. Alors la porte s'ouvrit et, sur le seuil, vêtu d'un pyjama élégamment rayé, déjà fripé quelque peu, apparut le jeune banquier blond et rose que Robich avait quitté quelques heures plus tôt.

Ils se reconnurent immédiatement.

— Ecoutez, commença le banquier, essayant de le prendre de haut, ici c'est une résidence bourgeoise et…

— Exact, mais pas la vôtre, répliqua Robich, consultant ses fiches de rencensement. C'est celle d'une demoiselle Gargalo. D'ailleurs, cela ne change rien. Vous allez vous habiller et me suivre. Mademoiselle aussi.

— Vous êtes fou. Nous ne sommes plus sous l'ancien régime. Je fais ce que je veux avec qui je veux. Ce n'est pas parce que vos revenus ne vous habilitent pas à recevoir un prêt que…

— Munissez-vous de vos papiers d'identité. Mademoiselle aussi.

Robich avait l'air sûr de son fait et, derrière lui, se dandinaient quelques gaillards qui ne demandaient qu'à faire un peu de sport.

— Ecoutez, dit le jeune banquier, je suis sûr qu'on peut s'arranger. Voulez-vous entrer un instant ? Ces messieurs attendront dehors.

Il précéda Robich dans une salle de séjour créée en défonçant une cloison. Divans bas, coussins éparpillés cherchaient à créer une atmosphère lascive que démentaient le buffet et la télévision.

— Monsieur Robich, fit le jeune banquier après avoir refermé la porte, j'ai peut-être pris une décision hâtive en refusant votre emprunt. Il ne dépendait pas de moi de l'accorder, mais j'aurais pu, je pourrais encore, émettre un avis plus positif. Si vous soumettiez à nouveau votre demande, en gonflant certains chiffres, en insistant sur vos qualités professionnelles…

— Mes qualités professionnelles sont telles, monsieur, que je me trouve en train de contrôler le Corazon. Je n'ai pas de temps à perdre. Si vous voulez venir en pyjama, c'est d'accord. Mademoiselle aussi.

Le banquier eut un mouvement de panique.

— Vous allez contrôler tous les habitants ?

— Oui.

— Vous ne vous rendez pas compte ! J'habite le quartier et j'ai dit à ma femme que je passais trois jours dans la Capitale. Si nous nous rencontrons, vous imaginez... Monsieur le commissaire, entre hommes, un bon mouvement !

Robich le considéra avec plus de mépris que de compassion. Lui, pour le moment, n'avait jamais été infidèle à Natalia.

— Entre hommes ? Vous oubliez une chose. Je ne suis pas un homme, moi, monsieur. Je suis un flic.

Et, avec une grossièreté calculée, agréable, qui le fit imperceptiblement rougir lui-même, il ajouta d'une grosse voix :

— Allez ! Va chercher ta poule, si tu ne veux pas que je la tire du pieu moi-même.

Au reste, pas une hésitation, pas un regret : Roberto Robich n'était pas à vendre.

5.

— Pousse ta viande, t'entends ?

Cosita, la journaliste de *SOS Terre,* se mit sur son séant. Elle s'était réveillée en sursaut, ayant senti dans son sommeil qu'elle devait observer quelque chose pour s'en faire l'écho. Quoi ? Elle verrait bien. Ce n'était pas son amant de ce soir, doué surtout pour ronfler, qui l'en empêcherait. Elle l'enjamba, mit ses lunettes à monture rose et courut à la fenêtre. Elle ne vit rien. Elle enfila un blue jean, un T-shirt, des espadrilles, jeta en bandoulière le sac de toile kaki où elle gardait sa carte de presse, son bloc, son Bic, ses cigarettes, son briquet et son appareil photo et dégringola l'escalier.

Des soldats en tenue camouflée prenaient position au coin de sa rue. Elle marcha sur eux sans hésiter. Un gradé, taillé en hercule, l'intercepta :

— Tu ne passes pas.

Elle exhiba sa carte de presse. Il la prit sens dessus dessous, fit semblant de regarder :

— T'as pas de chance. Je sais pas lire.

Elle la lui arracha :

— Tu te payes ma gueule ?

— T'as deviné, ma jolie.

Elle tourna les talons, remonta la rue. De loin, elle aperçut une équipe de quatre hommes en cravate : la mondaine ? Elle se faufila dans un lacis de cours qu'elle connaissait bien. Avec un peu de chance, il n'y avait pas d'autre journaliste dans les rues à cette heure-ci. Elle tenait un scoop. Elle traversa une rue. Un car de gendarmerie, les codes allumés, approchait en première. Elle accéléra l'allure. Quelqu'un l'interpella. Elle se mit à courir et déboucha dans une autre rue. Encore des léopards ! Un coup d'Etat, donc. Il fallait donner l'éveil. Les journalistes sont les oies du Capitole d'aujourd'hui.

Il y avait une cabine téléphonique au coin de la rue des Dix-Marins. Evitant un groupe de gendarmes qui avaient l'air de ramasser les gens dans la rue, elle gagna la rue des Dix-Marins. Par loyauté, elle appellerait d'abord *SOS Terre,* il n'y aurait sûrement personne à la rédaction et elle aurait alors le droit d'appeler *La Capitale.* Son nom dans *La Capitale* ! Elle décrocha. Ces sales vandales avaient encore saboté le téléphone et ces sales flics n'avaient encore rien fait. Elle jura. Elle avait un copain qui habitait le quartier. Elle téléphonerait de chez lui. Elle n'avait pas fait cinquante mètres qu'elle vit un agent de police en tenue qui semblait garder le croisement. Toutes les forces de la réaction s'étaient donc mises de la partie ? Elle s'arrêta devant un volet fermé, escomptant que la fenêtre, derrière, serait ouverte pour absorber un peu de fraîcheur. Elle cogna fort. Les coups se réverbéraient dans le logement obscur. Une voix d'homme finit par poser une question, sourdement. Elle répondit, presque hystérique :

— C'est une question de vie ou de mort. Je vous supplie de me laisser entrer pour téléphoner.

Oui, elle se voyait embauchée par *La Capitale,* mais il y avait plus ; elle avait la conscience de faire ce que son métier a de plus noble : informer le peuple souverain.

Un grognement plaintif :

— Marche plus, le téléphone.

Cosita ne savait plus à quel saint se vouer.

— Hé ! Par ici, la petite dame !

Elle courut. On courut après elle.

— Arrêtez ou je le lâche.

Elle jeta un coup d'œil par-dessus son épaule. Un berger allemand et son maître chien. Elle savait que « berger » et « allemand » ne sont là que pour la publicité, que ces chiens sont en réalité des loups dont la reproduction sélective a abaissé le derrière par esthétique. Impossible de fuir. Elle fit volte-face et marcha sus à l'homme et à la bête aux crocs découverts, elle, Cosita, petite, rondouillette, intrépide, ses espadrilles claquant dans la nuit.

— Vous êtes de la Gestapo, tous les deux ?

Comme elle haïssait cet accouplement bestial au service de ce qu'on appelle l'ordre et qui n'est que la tyrannie des possédants !

— Coco, lui, il est même pas du KGB, dit l'homme en grattant entre les oreilles le loup qui montrait les crocs en tirant sur sa chaîne.

— Vous n'avez pas honte de dresser une pauvre bête à attaquer les gens ?

— Il y a des moments, ma petite dame, où vous seriez peut-être bien contente de nous voir arriver, Coco et moi.

— Justement vous n'arrivez jamais à ces moments-là.

— Pièce d'identité.

Elle montra sa carte de presse.

— Et maintenant indiquez-moi un téléphone qui marche pour que j'appelle mon journal.

— Y a plus de téléphone.

— Plus de téléphone ? C'est la fin du monde alors ?

— Ça dépend pour qui.

Il caressait toujours la tête du chien haletant et bavant.

— Coco, lui, il téléphone presque jamais.

— Ecoutez, jusqu'à nouvel ordre, la liberté de la presse existe dans ce pays et j'exige...

— Personne vous empêche de prendre des notes. Moi, si j'étais vous, je monterais gentiment dans ce car de gendarmerie qui passe et j'irais me faire contrôler par les flics comme tout le monde.

Cosita se promit de faire un reportage soigné sur les chiens policiers déchirant à belles dents les représentants de la presse et sur l'application du troisième degré à des citoyens choisis au hasard.

— Dites-moi une chose : c'est un coup d'Etat fasciste ?

— Faites attention à ce que vous dites, ma petite dame. Coco, lui il est socialiste et syndiqué. Faudrait voir à pas insulter un représentant de la loi dans l'exercice de ses fonctions.

6.

Le cœur de *Josaphat* était la bibliothèque du lycée Cristobal-Colon et une salle de classe attenante, situées au cinquième et dernier étage.

Dans la salle de classe, un gigantesque plan au 1/400 (1 cm pour 4 m) avait été fixé au mur, et, à mesure que les hommes sur le terrain rendaient compte par radio que tel immeuble avait été visité et évacué, les hommes d'état-major le hachuraient, grignotant les quatre sous-quartiers. Des traits de couleur codés indiquaient les divers incidents : résistance opposée, découverte d'une arme à feu interdite, individu recherché appréhendé, saisie de drogue.

Dans la bibliothèque, le Directeur de la police s'était fait installer un bureau temporaire. Il y avait fait poser une sonnette, apporter sa lampe de bronze à abat-jour vert, et il siégeait à une table de lecture un peu trop basse pour lui devant un émetteur-récepteur de radio et un terminal d'ordinateur, lequel lui causait quelque embarras, car il n'avait jamais appris à s'en servir.

Julian faisait nerveusement les cent pas de la bibliothèque à la salle, consultait le plan, écoutait le trafic radio, s'approchait de la fenêtre donnant sur le boulevard Cristobal-Colon où les hommes d'Hortega avaient pris position et où les cars de Barualdo opéraient leurs rotations. L'œil rouge de l'hélicoptère de la police tournoyait au-dessus du Corazon et se prolongeait quelquefois d'un doigt de lumière qui allait tâtonner les ruelles et les cours intérieures.

Julian n'avait rien à faire.

Il songeait à ces centaines de fourmis policières fouillant, case à case, la ruche du Corazon, et il s'emplissait non pas d'orgueil à l'idée que c'était lui qui avait déclenché l'action de tant d'hommes, mais d'une sobre angoisse devant l'ampleur de cette action. Sur son initiative, ces hommes couraient des dangers, perquisitionnaient, arrêtaient, interrogeaient, s'aventuraient dans le *no man's land* ambigu entre les lois écrites et non écrites. Combien de décisions seraient prises cette nuit-là, qui changeraient les destins de combien d'hommes ? Et qui en serait responsable ? Lui, Julian Dandolo, qui s'était arrogé le droit de juger ses semblables, qui avait porté la main sur l'arbre de la connaissance du Bien et du Mal.

Il ouvrit la fenêtre pour mieux respirer. L'air encore chaud de la ville le frappa au visage. Un instant il lui sembla qu'il était bien jeune, bien inexpérimenté pour la mission qu'il s'était donnée. Il se méprisa aussitôt pour cette pensée indigne. Le crime n'a point d'âge : en faut-il un pour le combattre ? Il pensa brièvement à Paula. Où circulait-elle, avec son laissez-passer mauve ? Comment réglait-elle son propre différend avec la violence en cette nuit de la rétribution ?

— Puis-je faire remarquer à Monsieur l'Administrateur que les papillons de nuit et les moustiques s'engouffrent par cette fenêtre ouverte ?

C'était le Directeur, ovoïde et blafard, qui se tenait derrière Julian.

— Vous avez raison. (Julian referma la fenêtre.) Mais avouez que c'est agaçant : il ne se passe rien.

— Comment rien ! Un jeune inspecteur nommé Casanueva vient de découvrir quelque six cents sacs de femme dans un appartement. Il a un peu secoué le propriétaire. Le propriétaire a avoué être en cheville avec des arracheurs, qui avaient l'habitude de jeter les sacs volés après les avoir vidés. Il les a convaincus de lui vendre les sacs, pour qu'il les revende lui-même à un fripier. Il a donné le fripier et les arracheurs. Il n'y a plus qu'à les ramasser à l'épuisette. Ce n'est pas joli, ça ? Tant que nous ne serons pas menacés d'interventions extérieures, nous pourrons continuer à faire du bon travail.

La voix cancéreuse ne trahissait aucune émotion, mais le visage blême semblait émettre une lueur opaline.

— Je vais voir comment ça se passe, dit Julian. Appelez-moi par radio si vous trouvez du solide.

Il descendit et se mêla à un groupe de policiers qui trouvèrent à la fois flatteur et encombrant d'avoir l'Administrateur avec eux. Il monta des escaliers, vit des portes s'entrebâiller, entendit des exclamations de surprise, de peur, de colère, des protestations hypocrites, quelques témoignages de sympathie. Rien de bien intéressant. Deux garçons reçurent des cartes roses de suspects parce que l'un portait un couteau à cran d'arrêt et que l'autre, qui arborait le costume typique de l'arracheur — blouson, blue jean, baskets — avait reconnu qu'il possédait une moto. Dans une commode, on trouva douze petits paquets d'aluminium contenant de la poudre blanche. « Un revendeur : ton compte est bon. » Julian croisa avec embarras les yeux incandescents du prisonnier qui tendait les poignets vers les menottes. Ce n'est pas très poli de mettre les menottes aux gens. Et lui, Julian, n'avait toujours rien fait !

Il effleurait du coude droit le pistolet passé à sa ceinture, sous la veste, et se trouvait ridicule de s'être chargé de cet objet inutile et grandiloquent.

7.

Les fourmis de *Josaphat* avançaient.

Pepito, trouvé seul au logis, inspira une compassion immédiate aux policiers. L'un d'eux lui offrit du chewing-gum qu'il mâcha par politesse, car il n'aimait pas le chewing-gum.

— Comment ça se fait que tu n'aies pas tes parents ?

— Ils sont morts.

— Avec qui vis-tu ?

— Avec mon frère.

— Où il est, ton frère ?

Pepito hésita et s'autorisa un mensonge pieux :

— Je ne sais pas.

Inutile d'envoyer la police à *La Bouche d'Enfer* où Sariel faisait sûrement des choses interdites.

Les policiers remirent Pepito aux gendarmes avec des recommandations paternelles. Le conducteur du car lui fit actionner la trompe et les clignotants. Aux Arènes, les hôtesses le comblèrent de gâteries ; lui, muni comme un grand de sa carte de couleur blanche, l'air solennel et distant, remerciait, s'excusait, se faisait petit. Il craignait que ces inconnus ne le fissent parler de Sariel. Quelque chose lui disait que cette opération énorme était montée, en fin de compte, contre le seul Sariel, et il refusait d'y participer si peu que ce fût. Il n'avait que Sariel au monde, après tout, et peut-être la deuxième piqûre serait-elle plus agréable que la première, qui ne lui avait guère produit d'effet.

Si, d'un autre côté, au tréfonds de lui, couvait aussi un espoir de salut suspendu à la disparition de Sariel, il ne se l'avouait pas.

8.

Horace W. Nicholson esq., redoutable touriste britannique, devait dîner ce soir-là aux *Escargots*.

Lorsqu'il voulut franchir le bouclage posé dans les Avenues de la Liberté, un sergent lui expliqua en excellent anglais qu'il n'avait le droit de pénétrer dans le Corazon que s'il y résidait. — M. Nicholson ne pouvait résider au Corazon puisqu'il résidait à Manchester et était descendu à l'*Hôtel des Amériques* ! — Justement, il ne pouvait donc pénétrer dans le Corazon. — Mais M. Nicholson avait réservé aux *Escargots* et il maintenait son intention d'y dîner ! — Il y avait d'autres bons restaurants dans l'Agglomération : le sergent en connaissait plusieurs. M. Nicholson voulait-il les adresses ? — Non, M. Nicholson ne voulait pas les adresses. Il savait ce qui lui restait à faire et l'on verrait si ce pays était une véritable démocratie ou bien, roi ou pas roi, une *banana republic*.

Il rentra à son hôtel, et, comme seul le réseau du Corazon avait été coupé, il obtint une communication avec Radio-Tout-le-Monde, la principale radio du pays, sise dans la Capitale Avec un accent qui le rendait difficile à comprendre mais aussi avec toute l'insistance nécessaire, il exposa ses doléances à une opératrice de nuit.

— Ce cordonnage est sûrement illégal et doit être stoppé. C'est le devoir de la presse de confronter le gouvernement avec ses responsabilités. Vous me ferez le plaisir, par conséquent, d'alerter présentement votre éditeur en chef. C'est ce qui serait fait dans un quelconque pays civilisé, par exemple dans l'Angleterre.

— *Yes, Sir.*

Juanita roula en boule le papier où elle avait pris note de ces récriminations et rouvrit son flacon de vernis à ongles.

9.

A la bijouterie *Au Roi Fernand,* l'interpellation d'Abuelo et de sa famille n'alla pas sans mal. Pili déclara que son fils Guzman était trop jeune pour coucher dehors, qu'elle ne pouvait abandonner le magasin, que son grand-père était paralysé. Patients, les policiers expliquèrent qu'il y aurait des couvertures au Centre de Contrôle, que personne n'attaquerait la bijouterie cette nuit-ci dans un Corazon vidé de ses habitants et gardé par la 2e DBI, qu'une ambulance serait mise à la disposition du vieux monsieur.

— Ah ! pas du tout ! protesta Abuelo. Je prendrai mon fauteuil roulant. Ça me fera une occasion.

Pili, en effet, lui avait fait cadeau d'un superbe fauteuil de cuir matelassé, à bourrage de crin, à monture de cuivre, avec de grandes roues à pneus pleins, un marchepied rabattable, de larges accoudoirs, un vrai trône à roulettes. Seulement on devient casanier à être grabataire. En outre Abuelo ne pouvait descendre tout seul de son entresol, ni Pili le porter. Enfin, la rue du Roi-Fernand était si passante qu'un fauteuil roulant y eût été renversé sur le trottoir, écrasé sur la chaussée. Bref il était encore à étrenner.

L'inspecteur Pinto était jeunot, mais fûté. Le Directeur n'avait-il pas recommandé de prodiguer les égards à la population pour en obtenir du renseignement ? Ce vieux dur à cuire qui n'avait rien d'autre à faire qu'à observer la rue devait valoir la peine d'être traité avec des égards.

— Bien sûr, monsieur. Je vous porterai en bas dans mes bras et je vous pousserai dans votre fauteuil jusqu'aux Arènes.

Abuelo ne s'était pas tant amusé depuis des années. En babouches, robe de chambre et coiffé d'un vieux chèche qui lui servait de bonnet de nuit, il se laissa porter et véhiculer comme un sultan en brandissant une grosse canne de bambou. Il avait réussi à glisser à l'oreille de Pili un « Bien sûr, nous ne savons rien » comminatoire, et maintenant il roulait majestueusement, avec des « Pas si vite, mon garçon » et des « Prenez donc à gauche » qui faisaient rire Pinto sous cape mais étaient ponctuellement exécutés. Abuelo se croyait revenu au temps où il était sous-officier et savait se faire obéir. Pili, vêtue de noir à son ordinaire et menant Guzman par la main, suivait, l'air sombre et méfiant.

Aux Arènes, comme il était difficile de lui faire monter les gradins, Abuelo passa au contrôle avant tout le monde.

— Avez-vous jamais été agressé ?

— Pas depuis la guerre civile.

— Avez-vous jamais été témoin d'une agression ?

— Comment voulez-vous qu'un pauvre vieux paralysé... ?

Le policier qui l'interrogeait était un vieux routier :

— Ecoutez, grand-père, on sait bien ce que vous fabriquez, vous et vos pareils. Toujours l'œil à la fenêtre et le rideau qui bouge.

— Peut-être ceux qui sont moins malades que moi.

Pili nia aussi.

— Et cette cicatrice, c'est quoi ? demanda son interrogateur, un chaud lapin auquel n'échappait aucun détail du physique d'une femme.

— Je me suis brûlée en essayant un fer à repasser.

— En forme de X ?

— Figurez-vous que je n'ai pas choisi la forme.

— Et votre bijouterie n'a jamais été cambriolée ?

— Jamais.

— En plein Corazon ?

— C'est comme je vous le dis.

— Alors il y a quelqu'un qui vous protège ?

— La Vierge Marie.

Le policier insista : Pili n'avait rien à craindre, voyons ; les forces de l'ordre reprenaient le Corazon en main ; si elle dénonçait son agresseur, il n'en saurait rien ; d'ailleurs n'était-ce pas son devoir d'aider les représentants de la loi ?

— Si je savais quelque chose, je le dirais.

Il connaissait ce ton buté et en arriva à la même conclusion que son voisin : cette famille-là pouvait parler si elle voulait. Abuelo et Pili reçurent des cartes bleues et furent dirigés sur le Centre de Tri, avec l'espoir qu'ils se mettraient à parler quand ils verraient qu'ils pouvaient le faire sans danger.

Abuelo fut moins satisfait de ce nouveau trajet, car l'inspecteur Pinto était retourné au Corazon et ce fut Pili qui le poussa. Mais il s'aidait des deux mains, constatait avec plaisir que ses bras étaient encore vigoureux et se réjouissait de l'air fraîchissant de la nuit et des myriades d'étoiles qu'il n'avait plus fréquentées depuis longtemps.

10.

L'aspirant de réserve Aristiguetta, petit de taille et rond d'estomac, mais brave et fougueux, commandait la deuxième section de la compagnie d'instruction de la 2e DBI : les bleus.

Il avait reçu la portion du périmètre la plus facile à garder : les cinquante mètres de quai s'étendant à égale distance du coin des Avenues et du coin du boulevard Cristobal-Colon. A cet endroit, le quai était large, bordé du côté mer par une balustrade surplombant un à-pic de dix mètres, du côté Corazon par de vieux entrepôts sans accès sur le quai, ni portes ni fenêtres. Des réverbères, pas de zones d'ombre. Un seul débouché de rue, la rue du Port. Il est vrai que la section de l'aspirant Aristiguetta était principalement armée de vieux MAS 36 rachetés à l'Armée française, tout juste bons à faire du maniement d'armes : mais quelle importance ? Aucun terroriste ne serait assez fou pour essayer de s'échapper par cette section du quai.

Bref, Aristiguetta, qui avait une belle amie à éblouir par le récit de quelque exploit, se sentait brimé.

Cependant il avait installé son dispositif avec soin, conformément à l'idée de manœuvre établie en cours d'exercice.

Le quai était coupé en deux longitudinalement par un réseau de *concertina* accroché par chaque bout à un camion : c'était le bouclage proprement dit. Parallèlement, la rue du Port était fermée par un *concertina* supplémentaire. Aristiguetta avait posé un de ses fusils-mitrailleurs à l'abri de l'un des camions, braqué sur le débouché de la rue du Port ; l'autre, en face, à l'abri d'une voiture que ses hommes avaient poussée sur le trottoir, lequel se trouvait pris en enfilade. Cette disposition occupait dix hommes. Il restait à Aristiguetta trois équipes de cinq hommes, son sous-officier adjoint et son radio. Deux de ces équipes étaient maintenues en réserve derrière les barbelés. La troisième avait été envoyée en sonnette au croisement de la rue du Port et d'une rue perpendiculaire, à cinquante mètres du quai. Contact radio.

Mais la radio n'est pas infaillible. L'aspirant Aristiguetta, les mains dans le dos et la tête basse, faisait les cent pas quand il perçut un bruit de course et vit la sonnette descendre la rue du Port à grande allure. Deux bleus qui faisaient du zèle sautèrent par-dessus le *concertina* en exécutant un roulé-boulé, trois le contournèrent par le côté :

— Mon lieutenant, ça va barder.

En effet, une rumeur montait du fond du Corazon.

— Et la radio, c'est fait pour les clebs ?

— On parlait, vous ne nous entendiez pas.

Avec ses équipes de réserve, Aristiguetta passa devant les barbelés. Entre lui et la rue du Port, il ne restait plus que le *concertina* qui en bloquait le débouché. Il vrilla les yeux pour essayer de voir ce qui se passait à cent mètres, tandis que le caporal de l'équipe sonnette l'assurait qu'une foule nombreuse et armée marchait sus au bouclage. Le bon moment pour une panne radio.

La situation n'était nullement désespérée. Il était facile d'envoyer un homme à pied chercher le capitaine qui ne se trouvait qu'à deux cents mètres sur la droite ou sur la gauche. Mais une grande tentation s'empara de l'aspirant Aristiguetta. On lui avait donné des bleus à commander, on l'avait traité lui-même comme un bleu, eh bien il allait s'occuper de ce sac de nœuds tout seul avec ses bleus. Et si ça lui coûtait quinze gros, ça vaudrait la peine.

La foule émergeait de l'ombre.

Ce n'était pas une vraie foule. Mettons soixante gaziers. Et ils ne semblaient pas avoir d'armes. En revanche quelles carrures, bon Dieu, et quelles trognes ! Des dockers, des matafs, qui avaient dû s'égarer dans quelques tavernes au retour du Quartier Vénérien. Ils marchaient en se balançant, peut-être pour faire marin, ou parce qu'ils étaient ivres. Et ils portaient des choses dans les mains : des bouteilles, des pierres, même des tabourets. Les vêtements étaient foncés et les têtes livides sous les réverbères : elles semblaient tituber comme des bouchons au sommet de la vague qui déferlait.

Les soixante gaziers arrivèrent au *concertina* qui fermait la rue.

Aucun obstacle n'est infranchissable s'il n'est balayé par des feux, Aristiguetta avait appris cela à l'école d'officiers. Avec ses deux fusils-mitrailleurs, il pouvait aisément empêcher que celui-ci ne fût franchi — mais en théorie seulement : on ne fait pas tirer sur soixante poivrots, même s'ils se sont monté le bourrichon et ont décidé que la 2e DBI, ça ne leur fait pas peur.

Et voilà que l'obstacle lui-même se volatilisait : indifférents aux piquants du barbelé, les hommes du premier rang avaient commencé à replier le *concertina,* se mettant les mains en sang, grondant, jurant et continuant, leurs nuques de taureaux ployées, leurs dos explosant de muscles.

Aristiguetta, à quinze mètres, se gonflant d'air pour mieux se faire entendre de tous, cria :

— Qu'est-ce que vous voulez ?

Des voix :

— On veut passer.

Il savait qu'il ne savait que faire. Il aurait dû appeler le capitaine. Trop tard. Les mains dans le dos, très grand chef, malgré sa stature boulotte :

— On ne passe pas.

Un meneur :

— On passera tout de même.

— Commandez le feu, mon lieutenant, dit le sergent adjoint, un grand maigre à la moustache blonde. On peut tirer un peu haut.

Cela était hors de question. Du tir à tuer, ou rien. Et Aristiguetta ne voulait pas voir soixante cadavres sur le trottoir.

Les hommes du premier rang, le *concertina* replié, attendaient encore que la troupe s'effaçât devant eux. Mais ils n'attendraient pas longtemps, car ceux du dernier rang commençaient à les pousser vers l'avant.

Aristiguetta se tenait cambré dans la pose du torero, et il commençait à se voir par les yeux du meneur : un gars plus âgé que lui, à la figure intrépide et mal rasée, à la large poitrine sur laquelle se tendait un maillot de corps bleu foncé avec une inscription effacée par la sueur et la lessive. Pourquoi ces gens voulaient-ils passer ? Pour rien. Pour passer. « Je suis dérisoire », se dit Aristiguetta. Il pensa à sa belle amie, et il trouva une solution.

— *Les équipes, rassemblement face à moi colonne par deux !* Les pièces restent en place. *L'arme au pied.*

Les soixante regardèrent les seize se ranger face à eux et ils ne bougèrent pas. On a beau détester l'armée, c'est fascinant, une troupe qui manœuvre bien, cette agitation qui se fige... Les soixante y perdirent quelques secondes.

— *A droite, droite.*

Aristiguetta, un mètre en avant de ses hommes et quelque peu sur le côté, regarda les bonnes grosses mains mal conseillées des autres se crisper sur le goulot de leurs bouteilles. Alors, bravant l'histoire, la situation et le ridicule, il lança un commandement que personne n'avait plus utilisé sur le terrain depuis un siècle, mais qu'il répétait à chaque garde montante et descendante, dans la pratique de l'ordre serré :

— *Baïonnette... on !*

Et, comme ses hommes s'étaient exercés tous les jours à cette prestidigitation, seize lames étincelantes jaillirent de leur logement, seize douilles s'encliquetèrent, seize fusils s'allongèrent en armes blanches et muettes.

— *Arme sur le bras.*

Seize lames pourvues de gouttières pour l'écoulement du sang et une meilleure pénétration de la chair pivotèrent à l'horizontale, pointées vers les bedons du premier rang.

Une bouteille lancée de loin vola en éclats sur un casque lourd.

Aristiguetta ajouta une petite fioriture aux commandements réglementaires :

— Visez le bas-ventre, les gars. *En avant, marche !*

Et il marcha lui-même, les bras ballants, les yeux fixés sur les yeux bleus, saouls, du meneur.

Le premier rang des soixante reflua à reculons. Le dernier tenait bon. Le premier, paniquant, fit volte-face pour se frayer un passage. Aristiguetta sentit qu'il tenait le bon bout :

— *Pas gymnastique, marche !* Piquez-leur les fesses.

Ce fut la débandade. Au bout de trente mètres :

— Halte ! Ils ne reviendront plus.

Pas un blessé, ni d'un côté ni de l'autre.

Le capitaine, qui avait entendu le remue-ménage, accourait :

— Alors Aristiguetta, vous êtes idiot, ou quoi ? Pourquoi n'avez-vous pas rendu compte ?

Et Aristiguetta, ivre de sa victoire :

— Je n'ai pas voulu vous déranger, mon capitaine, pour un incident mineur.

11.

Les fourmis vrillaient toujours le Corazon.

Avec méthode et non sans ennui dans les sous-quartiers bourgeois, avec méthode et passion dans l'Abyme, où, quelques heures plus tôt, la police osait à peine pénétrer.

Les mauvais garçons — ceux qui font rêver les filles et ne sont guère capables que d'agresser les grands-mères — se faisaient interpeller par dizaines, pas toujours poliment. Certains, gâtés par l'habitude, répliquaient, l'insulte à la bouche, et esquissaient même des mouvements de résistance. Ils ne pouvaient pas faire davantage plaisir aux policiers qui les pourchassaient en vain depuis des années. Il arrivait que des gifles partissent toutes seules. Les gendarmes hochaient la tête en voyant des prisonniers récalcitrants descendre dans la rue les bras dans le dos, le visage en sang. « Il est tombé dans l'escalier », expliquait un vieil inspecteur qui avait subi des insolences pendant vingt ans.

Les hôtels visités fournirent le contingent ordinaire de personnes de tous les sexes agréablement occupées dans des chambres qui n'étaient pas les leurs. Un éditeur américain trouvé dans les bras d'un étudiant allemand exigea de voir son consul. On l'assura qu'il pourrait le voir demain, s'il y tenait encore après avoir réfléchi.

Au fond d'un vieux palais dont les tapisseries tombaient en poussière, un marquis nonagénaire, qui tombait en poussière lui-même, accueillit les policiers avec courtoisie et proposa à Leurs Seigneuries de boire un verre de xérès, son contemporain, avant de les suivre au Centre de Contrôle.

Un magnat occupant un appartement luxueux demanda ce qu'il lui en coûterait si on le laissait tranquillement passer la nuit chez lui. Il reçut immédiatement une carte rose de suspect.

Un julot pris au gîte entre deux tapins décida de s'offrir une belle sortie pour ne pas se déshonorer devant ces dames. Il avisa Paquita Diaz, une jeune fonctionnaire en uniforme qui faisait partie de l'équipe et fonça sur elle : c'était un petit bout de femme qu'il aurait dû écraser du revers de la main comme un papillon. Pas de chance : elle lui fit un harai-tsuri-komi-ashi qui l'envoya la tête la première dans une desserte bourrée de pacotille d'où les autres policiers n'eurent plus qu'à l'extraire.

Le vieil Andreas eut du flair. Il fouillait un appartement modeste et bien rangé qui n'aurait dû lui inspirer aucun soupçon. Les locataires étaient de petits-bourgeois à l'air honnête bien qu'un peu méfiant. Mais la dixième Muse, celle de la police, envoya soudain à Andreas une inspiration inexplicable. Pénétrant dans la cuisine, il fit glisser sur le côté un buffet de bois blanc derrière lequel apparut, fixé au mur par quatre punaises, un Zurbaran récemment volé au Musée de l'Agglomération.

L'inspecteur Casanueva eut affaire à forte partie. Le docteur Mesonreal, spécialiste international du rectum, les mains dans les poches de sa veste d'intérieur de velours amarante, refusa de bouger. Les policiers avaient les mains sales, on était en démocratie, il connaissait le ministre... Le petit inspecteur en blouson de plastique ne se laissa pas démonter.

— Vous bougerez quand même et avec les menottes s'il faut, mais on va d'abord faire le ménage chez vous.

Non qu'il s'attendît à rien trouver d'intéressant : il se devait de donner une leçon au personnage. Au début, le docteur Mesonreal ne s'inquiéta que de la manière un peu rustaude dont étaient traitées ses commodes en marqueterie et ses secrétaires à incrustations de nacre, mais bientôt il commença à donner des signes d'une plus grande nervosité : personne n'avait le droit de visiter son cabinet de consultation, local protégé, prétendit-il, par le secret professionnel. Raison de plus pour fouiller la pièce de fond en comble. On en arriva au classeur Empire, en acajou, où le médecin gardait ses dossiers. Il interdit qu'on l'ouvrît avec une angoisse telle peinte sur ses traits, que Casanueva, intrigué, le menaça de fracturer la serrure s'il en refusait la clef.

— Vous outrepassez vos droits ! Vous êtes immonde ! Je me plaindrai !

Les dossiers volèrent. Un compartiment secret fut découvert et l'on y trouva un album de photos, à tranche dorée, superbement relié. Mesonreal s'était effondré dans un fauteuil Régence, le visage caché dans les mains. Casanueva ouvrit. L'album contenait une collection de photos d'une nature singulière et d'une lugubre monotonie. La spécialité du médecin lui avait permis de réunir ces quelque trois cents clichés étiquetés de noms dont beaucoup étaient illustres.

— Eh bien, toubib, lui dit Casanueva, vous êtes une belle salope. Je comprends maintenant que vous ayez choisi de soigner les gens par ce bout-là. C'est ce qu'on appelle joindre l'utile à l'agréable. Allez, en route.

Et il mit l'album sous son bras. Masonreal poussa un cri :

— Laissez ça ici.

— Vous affolez pas. Je ne vous le confisque pas, votre album de famille. Je vous l'emprunte, le temps de prendre des photocopies. Elles intéresseront peut-être le conseil de l'ordre.

Le commissaire Palabra était un petit bonhomme chapeauté et malpropre, qui avait dépassé l'âge de la retraite, mais que le Directeur, respectant son talent, s'était arrangé pour maintenir en place. Palabra fumait en permanence des cigarillos encore plus malodorants que ceux de son protecteur, et il avait une façon bien à lui de se les piquer dans la bouche presque verticalement, comme un point d'interrogation.

Lorsque l'inspecteur Munez tendit la main vers la sonnette du Couvent des Sept-Epées sis en plein centre de l'Abyme, Palabra arrêta son geste.

— Non, mon petit, lui dit-il en ôtant son chapeau pour essuyer avec l'index la sueur qui dégoulinait sur la bande graisseuse, vois-tu, malgré les ordres que nous avons reçus, je crois que nous n'allons pas déranger ces dames. Tu n'es pas du quartier. Je n'y travaille plus, mais j'y ai travaillé. Eh bien, si tu avais vu comme moi, parmi toute la chienlit de *hippies,* de *punks,* de *rockers,* de *taggers,* de *stoners,* de *dealers* qui roule dans ces rues depuis 75 (tu étais à peine né), si tu avais vu ces grandes dames en cornette blanche, les yeux toujours baissés, emmener à la promenade ces petites demoiselles en jupe bleue plissée leur battant la cheville, circulant sur cet océan de boue comme s'il ne pouvait rien contre leur navire, si tu avais vu les plus racornis et quelquefois les plus défoncés s'effacer malgré eux devant les Sept-Epées, tu saurais qu'il y a là quelque chose qui nous dépasse. Ces dames-là n'ont pas à être contrôlées, identifiées, perquisitionnées, traînées aux Arènes. Nous allons faire comme si ce couvent n'existait même pas dans ce quartier, comme s'il jouissait d'extra-territorialité, d'extra-temporalité, si tu préfères, ce qui est d'ailleurs le cas : tu ne vas pas me dire qu'elles sont de l'Agglo et du XXe siècle, ces brebis du bon Dieu ! Priez en paix, mesdames les nonnes ; et si par hasard vous dormez, rêvez bien à votre Paradis.

Munez renversa la tête pour regarder les hauts murs noircis de suie, percés de fenêtres grillées disposées irrégulièrement, certaines à vitraux, une seule éclairée. Il connaissait le respect que la population portait aux Sept-Epées, qui n'avaient pas bougé de cette maison depuis cinq cents ans.

— Patron, ce sera comme vous voudrez.

12.

L'Antéchrist, en proie à il ne savait quel délire, s'arrêta un instant devant la croix inversée maculée de sang. Il prononça en lui-même :

— Je ne crois pas en toi, mais je te demande de faire une chose pour moi. Encore une fois, avant de crever ! Encore une seule fois, cette déchirure, cette cime, cette vidange. Et pas avec n'importe qui. Avec celui-là. Et que je l'envoie à travers le monde, marqué de toi par moi pour marquer les autres. Je ne te demande pas d'autre immortalité.

Eric le vit ouvrir une grille basse, saisir une torche électrique préparée là et se glisser dans un boyau de béton. Eric suivit. Ils se déplacèrent en quadrupédie sur une quinzaine de mètres. Puis ils marchèrent courbés, le poing aux reins. Enfin ils purent se redresser, gravirent un escalier de métal à claire-voie qui résonnait sous leurs pieds et atteignirent un couloir. L'Antéchrist ouvrit avec une clef un placard de métal encastré dans le mur. Il ne conservait jamais rien d'interdit à son domicile. Sur les planches, de petits paquets de la taille d'une boîte d'allumettes, soigneusement rangés, des pipes à eau, des seringues, un pistolet automatique, un portefeuille râpé. En bas, une paire de bottes jaunes d'égoutier. L'Antéchrist prit un paquet, une seringue, le portefeuille et les bottes. Il grimaça un sourire barbu en regardant Eric :

— *Ad augusta per angusta,* c'est la devise de la confrérie, non ?

Une échelle verticale, en métal, était scellée dans le mur. L'Antéchrist entreprit de l'escalader, après avoir donné la torche à Eric. Du bruit se faisait entendre derrière eux.

— On nous poursuit ? demanda Eric.

Pas de réponse.

— On nous poursuit ? répéta Eric avec irritation, grimpant derrière l'Antéchrist.

— Ce n'est rien, c'est Joey.

— Qui est Joey ?

— Rien, je te dis. Un vieux caleçon à moi.

L'échelle aboutissait à une trappe que l'Antéchrist déverrouilla, puis qu'il souleva de la tête. Il se hissa plus haut et se trouva environné des grandes boîtes à ordures du puits Saint-Vincent, que le concierge avait ordre de déplacer le moins possible.

L'Antéchrist émergea dans la cour. Il imagina la souricière installée dans son appartement : ils avaient chloroformé son frère et ils l'attendaient aux quatre coins de sa chambre, leurs yeux et leurs pistolets luisant dans l'obscurité. Pas si bête, mes amis ! De boîte à ordures en boîte à ordures, il glissa vers l'entrée du puits, et il saisit le reflet d'un réverbère sur un fusil-mitrailleur. C'était donc vrai ! On avait fait donner l'armée contre Sariel de Sariel.

Alors il rampa entre les grands réceptacles de matière plastique verte qui sentaient le poisson pourri, les épluchures, la viande avariée, le papier journal mouillé. Il parvint à une plaque de fonte incrustée dans le pavé. Sous la première marche d'un vieux perron qui ne conduisait plus nulle part, il saisit à tâtons une tige de fer qu'il engagea dans l'anneau de la plaque. Il pesa sur le levier et la plaque se souleva, découvrant un trou rond et noir d'où un remugle s'échappa aussitôt comme un génie emprisonné.

L'Antéchrist roula sur le dos, ôta ses baskets, les lança dans le trou et se mit à enfiler les bottes jaunes. Eric se tenait debout derrière lui, découpé sur un pan de ciel nocturne.

— La question est de savoir, mon archange, comme j'ai des bottes et que tu n'en as pas, si tu vas être capable de me suivre.

Eric avait sa dignité :

— La vraie question, c'est si tu serais capable de me suivre en bottes là où j'irais sans.

— Bonne réaction, dit l'Antéchrist. J'aime les beaux garçons qui se rebiffent.

Il se laissa tomber dans l'égout ; Eric sauta après lui et, soigneux, fit glisser la plaque de fonte pour dissimuler l'orifice du mieux qu'il put. L'Antéchrist reprit la torche. Ils marchèrent d'abord à sec, puis atteignirent le cloaque, et les bottes jaunes de l'Antéchrist clapotèrent bravement dans la sentine. Eric faillit rebrousser chemin ou même, stupidement, appeler. La fierté et la passion furent les plus fortes. Il descendit dans le canal qui charriait les eaux sales et, les dents serrées, les chevilles trempées, songeant non sans amertume que, si son pantalon s'en remettait un jour, ses Gucci étaient perdues (il évalua la perte), il continua de suivre la torche qui éclairait la voûte devant lui. Tout cela faisait peut-être partie de l'initiation, comme dans un *Bildungsroman ?* Et peut-être que Rupert, lui aussi, avait été traîné dans ce *sickener,* comme en réservent, paraît-il, à leurs postulants, les unités militaires d'élite ?

Sur des plaques de plomb situées aux croisements, s'inscrivaient les noms des rues que suivaient les égouts, et il y avait je ne sais quoi de fantastique à marcher dans une artère puante qui se nommait du Roi-Fernand ou à prendre une traverse tout aussi nauséabonde qui s'appelait de la Reine-Isobel, comme si le monde d'en haut, le monde quotidien, n'était que l'avers de ce labyrinthe inavouable. Eric posait le pied précautionneusement, craignant de glisser dans cette fange — il en mourrait, croyait-il — et se remémorant Jean Valjean.

De temps en temps, l'Antéchrist se retournait, moins pour voir comment se portait Eric que pour lui montrer son visage sarcastique, émacié, frangé de sa barbe d'hidalgo et auréolé par la torche jaune, avec un éclat d'argent dans la narine.

Ils arrivèrent dans un boyau plus large appelé rue du Port. Les déjections du Corazon roulaient ici entre deux étroits trottoirs. Ce n'était plus un rivulet mais un fleuve d'horreur : on devait bien en avoir jusqu'au cou si l'on s'y aventurait. Au bout du boyau apparut une vague clarté qui se précisa peu à peu : une arche, puissamment grillée par des barreaux épais comme des bras, donnait sur le dehors : c'était par là que les égouts du Corazon se déversaient dans la mer.

— J'ai pris une empreinte et fait faire la clef, dit l'Antéchrist. Dans une minute, nous serons libres.

Soudain il s'arrêta. Sur le fond clair de l'arche venait de se profiler la silhouette d'un soldat en casque lourd, le fusil d'assaut à la bretelle.

Quoi ! On avait même bouclé les égouts pour empêcher Sariel de Sariel de s'échapper ? Il éteignit sa torche précipitamment. Si le soldat n'avait pas bougé à cet instant, l'Antéchrist se voyait égorgé, et son cadavre jeté à la mer avec les immondices.

— On fait demi-tour.

13.

Marco Oliver, rédacteur de nuit à Radio-Tout-le-Monde, se pencha sur Juanita l'opératrice pour l'embrasser dans le cou. Mais, comme il avait les yeux aussi baladeurs que les mains, le baiser tourna court : son regard venait de cueillir quelques mots sur une feuille de papier imparfaitement roulée en boule.

— Qu'est-ce que c'est ?

— Sais pas. Un Anglais complètement sinoque... murmurait-elle, la bouche entrouverte, les yeux chavirés.

Il déroula et lut : « Corazon scellé, cordonné. Déploiement de troupes en tenue camouflagée. Prochaines vacances au Portugal. »

— Minute, fit Oliver. Il y a temps pour tout. Quand as-tu reçu ce message ?

Déjà il formait le numéro d'un de ses correspondants qui habitait l'Agglo. Une voix sucrée lui apprit que la ligne était en dérangement. Il appela la station de télévision locale. La même voix suave. Oliver mit sa bouche en cul-de-poule pour pousser un sifflement. Il tenait peut-être la chance de sa vie. Juanita se collait contre lui :

— Marco, nous avons le temps...

Il la repoussa brusquement :

— Toi, peut-être. Moi pas. Demain, avec un peu de bol, je serai peut-être assistant du rédacteur en chef adjoint.

14.

La terre tournait sur elle-même, la nuit s'approfondissait, et Némésis, la déesse de la police, continuait à sourire au commissaire Robich.

Au premier coup de sonnette, la porte de son quarantième appartement fut ouverte par un monsieur d'allure juvénile malgré des cheveux d'un blanc métallique, artistement coupés, avec une frange, portant un jersey blanc à col cheminée, un pantalon bleu ciel, des chaussettes de laine imprévues en cette saison, des chaussures d'intérieur blanches en cuir souple, des bagues aux doigts, dont une avec un brillant vraisemblablement faux. Il avait un verre demi-plein à la main, une hospitalité joviale émanait de sa personne.

— Entrez, entrez. Cela fait un bout de temps que je vous observe dans la rue. Vous recherchez un évadé peut-être ? La télévision locale a été coupée à 22 heures et les autres n'annoncent rien. Excusez-moi, je suis en train de boire un marie-brizard-soda. La même chose pour vous, messieurs ?

Robich et ses coéquipiers déclinèrent. Robich demanda une pièce d'identité. Elle était toute prête, sur un meuble.

— Je savais bien que vous me la réclameriez. Les policiers veulent toujours savoir si on est qui on prétend être.

Le nom du monsieur était bien celui qui figurait sur les fiches de recensement. Son appartement semblait avoir été tiré d'un magazine d'arts décoratifs de deuxième catégorie et reproduit tel quel : tout était blanc, laiteux, ivoirin, albuginé et d'une propreté agressive. Il y avait des notes discordantes : une tour Eiffel dorée et une danseuse andalouse sur une étagère de verre.

— Vous vendez des voitures, monsieur Laredo ?

— Des Mercedes, oui.

— Vous avez une femme de ménage ?

— Non (avec un haussement d'épaules féminin). Je fais moi-même. J'aime assez.

— On peut visiter ?

— Faites comme chez vous. Vous disiez donc que vous cherchiez... ? De la drogue peut-être ? Ouvrez, ne vous gênez pas, jetez par terre, je ramasserai. J'aime assez.

A cette heure-ci, Robich ne cherchait plus de drogue. Il savait que des kilos de réserves fournies par Mme Queenie Lee étaient en train de descendre les égouts et que ces pertes obscènes de l'Agglomération n'allaient plus droguer que les rougets et les merluches du golfe. C'était l'inconvénient de ces vastes opérations, et bon nombre de flics expérimentés s'en étaient émus, mais Robich avait accepté que, pour cette fois, il s'agît d'une purge d'une autre envergure, et que l'on tablât sur une matière humaine abondante à travailler en interrogatoire plutôt que sur l'accumulation des preuves matérielles.

Robich entra dans la chambre. Elle était blanc cassé, elle aussi, avec un lit matrimonial couvert d'une courtepointe blanche à volants et deux tables de nuit blanches, dont une seule pourvue d'une lampe. Il ouvrit la porte de la salle de bain resplendissante de candeur, jeta un coup d'œil de curiosité professionnelle dans l'armoire à pharmacie (il n'y avait pas de préservatifs) et au bidet (impossible de dire s'il était utilisé, vu la propreté générale). Il revint dans la salle de séjour où le maître des lieux l'attendait, avec un sourire complaisant sur ses traits caoutchouteux.

Ce sourire agaça Robich, qui décida d'aller inspecter la cuisine comme ça, pour se rendre importun un peu plus longtemps.

Sur la table de la cuisine, reposait innocemment un carton de sacs de matière plastique acheté le soir même et pas encore rangé. Des sacs transparents.

M. Laredo se tenait dans l'embrasure de la porte, un peu déhanché, une main dans la poche de son pantalon bleu ciel, son verre dans l'autre. Robich le regarda et reporta son regard sur le carton. M. Laredo regarda aussi le carton qu'il avait oublié là et sourit largement, mais à contretemps. Alors Robich sut et Laredo sut qu'il savait.

Lentement, l'Etouffeur laissa son sourire s'épanouir encore davantage, prit une gorgée de marie-brizard-soda et pencha la tête de côté d'un air d'oiseau interrogateur : on aurait cru qu'il disait : « *Quid ?* »

Robich émit un sifflement et son adjoint accourut, surpris. Que pouvait-il se passer dans un appartement aussi stérilisé ?

— Fouille à corps.

M. Laredo, toujours souriant, se laissa fouiller sans demander pourquoi. Résultat : rien.

— Asseyez-vous. Perquisition.

— Qu'est-ce qu'on cherche, monsieur ? demanda l'inspecteur Ferrer, qui n'appelait « patron » que ses chefs directs, et encore seulement s'il les respectait.

— Tout.

M. Laredo se laissa tomber dans un fauteuil crapaud blanc et supporta avec longanimité l'intrusion des quarante doigts de flics qui commencèrent à souiller son intérieur de leurs sécrétions. Il avait fini de boire, il laissait pendre la main qui tenait son verre vide, et il souriait d'un air débonnaire : « Cherchez, mes agneaux, vous ne trouverez rien. » Il était tranquille : il avait jeté le crack et la pipe à eau dans le vide-ordures.

Mais ils trouvèrent.

L'inspecteur Ferrer, squelettique, avec une moustache noire qui semblait dessinée à la plume, fouillait un petit bureau peint en blanc, posé de biais dans le *living,* devant une chaise à laquelle était attaché par des rubans un mignon coussin en forme de cœur. Il ouvrit les tiroirs dans l'ordre prescrit, c'est-à-dire en commençant par le bas, pour pouvoir ensuite les refermer tous d'un coup. Dans ce premier tiroir, sous des livres de comptes minutieusement tenus au stylo à bille bleu clair, reposait une enveloppe de bureau manifestement collée, décollée et recollée plusieurs fois. Sans même demander la permission — la fatigue commençait à jouer — Ferrer déchira l'enveloppe.

— Venez voir, monsieur. C'est singulier.

De l'enveloppe s'étaient échappés plusieurs sacs en matière plastique soigneusement pliés en trente-deux, les plis lissés à la pointe de l'ongle. Robich ne leur concéda qu'un regard rapide et alla se jucher à moitié sur le bureau, face à l'Etouffeur qui n'avait pas cillé.

— Monsieur Laredo — et le triomphe était si doux au cœur de Robich qu'il commit à cet instant une erreur, une faute même, car le suspect ne doit rien savoir de ce que l'on sait de lui — nous allons tenir un pari, vous et moi. Et même deux paris. En présence de ces fonctionnaires.

Les fonctionnaires n'avaient rien deviné. Ils regardaient le jeune commissaire avec autant de méfiance que d'intérêt.

Robich jouait négligemment avec l'enveloppe.

— Monsieur Laredo, je vous tiens le pari que cette enveloppe contenait six sacs de plastique, pas un de plus, pas un de moins. Et, de plus, je vous tiens le pari que l'un de ces sacs est déchiré, qu'il lui manque un petit morceau de forme approximativement triangulaire. Et je vous tiens même un troisième pari : que le morceau approximativement triangulaire qui manque est actuellement conservé au laboratoire de la police. Vous voulez parier avec moi ?

Les fonctionnaires commençaient à s'émouvoir.

L'Etouffeur considérait la scène avec flegme. Il avait jeté la drogue, mais l'idée de se priver de sa précieuse et inoffensive collection ne lui était même pas venue, et il ne parvenait pas à prendre conscience que quelque chose de tragique lui était arrivé, que sa carrière, à peine commencée, allait être interrompue, que le saint centenaire de la Juderia mourrait probablement de mort naturelle. Tout ce qu'il trouva à dire fut :

— Monsieur le commissaire, je vous prie de me rendre ces sacs de plastique, qui sont ma propriété.

Le jeune Robich s'efforçait de ne pas sourire ; cependant comment ne pas imaginer sa promotion imminente, la joie de Natalia, le salaire accru, la petite maison à la campagne en bonne voie de construction, et surtout cette chance qu'il allait avoir d'être le jeune commissaire agressif et intègre, déchirant à belles dents les toiles d'araignée tendues par les puissants et les nantis ? Il répondit :

— En aucun cas, monsieur Laredo, en aucun cas. Ces souvenirs sentimentaux sont devenus des pièces à conviction.

— Dans ce cas, qui vous empêchera, répliqua M. Laredo, de confectionner un triangle qui s'adaptera à l'échancrure de l'un d'entre eux, à supposer qu'il y en ait une ?

Robich sentit que l'expérience allait lui manquer pour ramener le poisson qu'il avait ferré. Il ne répondit pas, décrocha le poste radio qu'il portait à la ceinture, enfonça le bouton correspondant à la longueur d'onde utilisée pour les urgences et demanda *Josaphat* autorité.

15.

Et *Josaphat* continuait.

Un studio de peintre fut ouvert aux policiers par un personnage urbain, rabougri et barbichu, qui les supplia de ne pas aller plus loin que le seuil. Naturellement, ils allèrent, et trouvèrent, au milieu du studio, une croix de saint André sur laquelle on pouvait se faire attacher, et même se retrouver la tête en bas si on y tenait, car la croix tournait sur un axe. Il y avait aussi une tête de cheval que le locataire avoua coiffer de temps en temps. Des jeunes femmes, expliqua-t-il, lui montaient alors sur le dos et l'éperonnaient à grands coups de molette, cependant qu'il caracolait autour de la pièce en hennissant. C'était divin. Des étrivières, des mors, des freins, des cravaches s'alignaient sur des étagères.

— Ce que je fais n'est pas interdit par la loi, n'est-ce pas, messieurs ? murmura timidement le vieil homme. Et comme je suis encore valide, j'ai bien le droit de m'amuser comme je l'entends ?

Après avoir fouillé cinquante logements sans intérêt, un inspecteur trouva dans un joli appartement inoccupé cent cinquante-trois clefs d'automobiles que quelqu'un prévoyait apparemment de voler.

Plusieurs entrepôts de recel furent mis à jour : c'étaient des cavernes d'Ali Baba, où s'entassaient les chaînes radio, les armes anciennes, les appareils photos, les tableaux sans cadre, les téléviseurs, les candélabres, les instruments d'optique, les tapis, les magnétophones, les crucifix d'ivoire, les bibelots, l'argenterie, les terminaux d'ordinateur.

•

Il y eut au Corazon, cette nuit-là, un incident qui aurait pu mal tourner.

Une bande de jeunes motards qui semaient la terreur dans les bals du samedi soir s'étaient barricadés dans une taverne et refusaient de se rendre. La tête rasée, le blouson de plastique clouté d'aluminium et armorié d'oiseaux de proie, ils fumaient des joints et tonitruaient dans la cour intérieure encombrée de leurs motos. Ils ne craignaient ni Dieu ni Diable. Ils étaient les plus forts. Ils mourraient sur place.

L'hélicoptère de la police piqua sur la taverne et son projecteur coiffa la bande hystérique, l'encercla, l'épingla contre le pavé. L'aide-pilote laissa délicatement tomber quatre grenades lacrymogènes. Trente secondes plus tard, la compagnie des moniteurs en masque à gaz donna l'assaut. Les motards pleuraient à qui mieux mieux, couraient de côté et d'autre, se roulaient par terre. On les fit sortir sans ménagements, et, sur l'ordre du Directeur, un photographe de la police fixa les héros dans des postures lamentables, le dos courbe, les mollets flageolants, les poings frottant les yeux.

16.

L'inspecteur Paquita Diaz, qui avait commencé sa nuit en réglant gaiement son compte à un souteneur, s'ennuya ensuite beaucoup. Jeunette, elle n'avait guère d'initiatives à prendre, la plupart des logements qu'elle fouilla appartenaient à d'honnêtes gens, et, à trois heures du matin, assiégée par la déception et la fatigue, elle se dit qu'elle aurait été mieux à danser avec ses copains ou même à dormir chez sa maman. A trois heures cinq, elle changea d'avis.

L'équipe visitait une modeste pension de famille et tirait de leur lit des veuves, des retraités, des aides-comptables. On avait commencé par le sixième étage. Arrivée au quatrième, Paquita frappa à la première porte à gauche. Elle s'ouvrit presque aussitôt et un homme très brun, mal rasé, en pyjama et robe de bain marron, s'encadra entre les chambranles. Une odeur de café recuit s'échappait de sa chambre. Les pommettes de l'homme étaient rouges et des yeux inquiets brillaient sous les sourcils qui ressemblaient à deux grosses chenilles poilues posées sur son front. Elle le reconnut immédiatement.

Elle ne put s'empêcher de regarder ses mains. C'était avec ces mains-ci, rougeaudes, fripées, qui maintenaient pudiquement fermée sa robe de bain, qu'il avait saisi une tronçonneuse pour couper les bras d'une petite fille.

L'homme hésita. Sa langue écarta ses lèvres. On aurait dit une petite saucisse.

— Vous êtes la police ?

— Oui.

— Tant mieux. Parce que moi, vous savez, j'ai toujours peur. J'ai beau vivre sous un faux nom : avec ma photo qui a paru dans tous les journaux... Pourtant j'ai payé ma dette à la société, comme on dit.

Il lui parlait comme à une complice. Elle fit froidement :

— Pièce d'identité ? Je peux entrer ?

Il recula. Elle n'avait pas envie d'entrer. Il recula davantage. Elle se força à pénétrer dans cet antre d'où il ne devait sortir que rarement, la nuit tombée, avec un chapeau. Outre le café recuit cela sentait la chaussette, les draps d'un mois, le fromage. Il présenta sa carte. Murena, c'était bien lui. Il avait payé sa dette à la société et il craignait qu'un père de famille ne lui crevât le crâne d'un coup de marteau. Bon, la loi était la loi, Murena se cachait, mais avoir mis la main sur lui ne signifiait rien. Le Tronçonneur était un citoyen comme un autre, il votait peut-être. Pourquoi Paquita s'astreignit-elle à ouvrir cette armoire à glace, à passer la main dans ces vêtements raides ? Toujours Némésis ?

Elle repéra le réchaud sur lequel il devait se faire griller ses entrecôtes, et sa télévision, et sa petite table tachée, et son cosy, l'étagère pleine de bandes dessinées, et, sans savoir pourquoi, elle tira plusieurs bandes dessinées et les jeta sur le lit. Entre les volumes, un catalogue de quincaillerie. Elle aurait tout remis en place si, à cet instant, Murena n'avait fait un geste, elle ne vit pas lequel, et n'avait pas en même temps aspiré de l'air par ses lèvres entrouvertes et sonores. Alors elle ouvrit le catalogue et avisa une page cornée : on y voyait, en couleurs, avec des prix barrés de rouge pour indiquer un solde, une douzaine de tronçonneuses vertes, jaunes, noires, de diverses marques.

Malgré la terreur que lui inspirait le Directeur, la petite Paquita n'hésita pas. Elle l'appela directement, sur le réseau d'urgence.

— Inspecteur Diaz. Je suis chez Murena. Il a corné la page des tronçonneuses dans un catalogue.

— Je ne sais pas qui vous appelez, dit Murena, mais j'ai payé ma dette à la société.

— De quelle date est le catalogue ? demanda la célèbre voix graillonneuse.

Elle regarda.

— Avril dernier, monsieur le Directeur.

— Ce n'est pas un crime de corner une page, dit Murena.

— Amenez-le-moi tout de suite et le plus discrètement possible.

Paquita se tourna vers le Tronçonneur. Elle avait du mal à rencontrer son regard.

— Habillez-vous et venez.

Il s'accrocha d'une main à l'armoire à glace.

— Je ne veux pas. Je suis chez moi. J'ai payé ma dette à la société.

Alors, malgré le dégoût qu'elle avait de le toucher, elle lui fit une clef au bras et le plaqua contre le mur.

— Tu t'habilles et tu viens, ou tu viens comme tu es : moi, ça m'est égal.

17.

Un des Taciturnes de Terracotta attendait Robich et son prisonnier à l'entrée du lycée. Il les fit monter dans un ascenseur et les conduisit chez le Directeur. Ils ne rencontrèrent personne en chemin. La porte donnant de la bibliothèque sur la salle de classe était fermée. Le plafonnier, éteint. Seule la lampe de bronze à abat-jour vert éclairait la table. On aurait pu se croire dans le bureau du Directeur à l'annexe de l'Hôtel de ville.

— Asseyez-vous tous les deux, dit le Directeur.

Il y avait deux chaises.

— Je proteste contre cette arrestation, commença Laredo. On n'a rien à me reprocher. J'exige de voir mon avocat.

Le Directeur braqua sa tête comme on braque une tourelle de cuirassé et pointa ses yeux sur lui comme des canons.

— Votre demande est enregistrée. Avez-vous quelque chose à ajouter ?

— ...Non.

— Alors taisez-vous. Je vous écoute, Robich.

Robich posa sur la table les six sacs de plastique, détacha celui auquel il manquait le triangle resté sous les ongles du petit Gil étouffé sur le chemin de l'école par un jour de grand froid.

— Ça ne prouve rien, fit Laredo. Le triangle ne prouve rien. — C'est à voir, dit le Directeur. J'espère que vous avez soigneusement lavé chaque sac de plastique ? Que vous ne les avez pas conservés dans l'état pour vous les mettre de temps en temps sur la tête à vous-même, dans la solitude et le confort de votre appartement, en respirer l'odeur d'angoisses individuelles, peut-être y lécher les restes de salive ou de vomissement, et parader dans cette tenue devant la grande glace de votre salle de bain ?

— Vous me prenez pour un branquignole ?

— Ou peut-être les glissiez-vous sous votre oreiller pour vous aider à vous endormir en évoquant un soir tel étouffé, un autre tel autre ?

Personne n'avait jamais entendu le Directeur parler sur ce ton trépidant, ni donner libre cours à cette imagination macabre et grotesque.

— Non, dit Laredo. Ce n'était pas comme ça. Et vous ne prouverez jamais rien.

— Vous ignorez que la salive s'analyse ? Et que nous avons gardé des échantillons des glandes salivaires de vos victimes ?

C'était, bien entendu, faux, mais Laredo ne prit même pas la peine d'exprimer des doutes :

— De toute manière, dit-il, la peine de mort n'existe pas.

Et il souffla sur la frange qui lui tombait dans les yeux.

Le Directeur le regarda longuement, sans la moindre expression, puis il se tourna vers Robich.

— Je change votre affectation. Vous resterez auprès de moi. Vous ne mentionnerez cette interpellation à personne.

Il sonna. Un Taciturne se montra.

— Conduisez cet individu à la chaufferie. Enfermez-le. Ne laissez personne lui parler. S'il tentait de s'échapper, faites usage de votre arme.

— Je veux voir mon avocat, bredouilla Laredo.

— Je vous ai déjà dit, monsieur, que nous avions pris bonne note de votre demande, lui répondit le Directeur d'un ton apaisant qui glaçait les sangs.

18.

Joey s'était traîné dans le souterrain, il avait grimpé à l'échelle, il avait débouché dans le puits Saint-Vincent ; l'Antéchrist était déjà loin. Joey ne remarqua pas la plaque d'égout entrouverte, chancela jusqu'à la ruelle. La troupe était en place, mais la troupe n'arrêtait personne. Simplement un soldat lui cria qu'il y avait un camion de ramassage sur sa droite. Joey tourna à gauche et, d'impasse apparente en cour intérieure, il gagna les Avenues de la Liberté où il trouva le bouclage en place : un camion tous les cinquante mètres, des barbelés entre les camions, et des gaillards en tenue camouflée disposés par grappes autour de divers points d'appui : les monuments, les fontaines, les kiosques. Les fusils-mitrailleurs étaient en batterie, les lance-grenades se tenaient prêts. Cela donna une idée à Joey.

Il remonta les Avenues sans quitter le trottoir côté Corazon. Les immeubles donnant de ce côté avaient déjà été vidés de leurs habitants. Les détachements chargés des bouclages secondaires, à l'intérieur du Corazon, ne s'occupaient pas du périmètre. Joey ne cherchait ni à franchir les barbelés ni à passer inaperçu : on le laissait tranquille.

Il arriva jusqu'aux Arènes, et là encore personne ne s'interposa. Il vit qu'il était libre d'aller où il voulait, tant qu'il ne rentrait pas dans le Corazon, où il tomberait sur les équipes de ramassage, ni ne tentait d'en sortir. Il longea les Arènes et descendit le boulevard Cristobal-Colon. Il marchait difficilement, chancelant d'une jambe sur l'autre, il s'arrêtait de temps en temps pour respirer, et il reprenait aussitôt son chemin, comme s'il était porté par une décision inébranlable. Et tout en marchant il pleurait à chaudes larmes, si bien que sa vue se brouillait et qu'il trébuchait d'autant plus. Il tourna l'angle du quai, passa devant la section de l'aspirant Aristiguetta (lequel avait reçu huit jours d'arrêts mais n'en était pas moins fort content de lui-même), ne remarqua même pas la mer par-dessus la balustrade, se retrouva au débouché des Avenues et les remonta de nouveau, toujours du même pas inégal et résolu.

— Dieu, disait-il en anglais, à mi-voix, vous ne devez pas m'en vouloir de ce que je vais faire. J'ai si peur de ce qu'ils appellent l'agonie. Et la mienne serait atroce. Je sais que vous avez interdit de faire cela. Je sais aussi que vous n'éprouvez jamais personne au-delà de ses moyens. La mort, je n'ai pas peur de la mort. Je sais que j'ai souvent fait cette autre chose que vous interdisez, mais vous devez vous rappeler que je m'en suis privé dès que j'ai appris que je pourrais faire du mal aux autres. (Sauf avec Sariel, tant qu'il a voulu de moi.) Le passé, vous devez me le pardonner, puisque vous pardonnez tout quand on vous le demande sincèrement. Moi, je pardonne bien à Sariel de tout mon cœur ! Et je veux que vous lui pardonniez aussi, parce que ce n'est pas sa faute s'il est le fils de la perdition.

Et il marchait.

Il remonta de nouveau les Avenues, et rasa les Arènes, et boitilla le long du boulevard et sentit encore une fois, la dernière, l'air de la mer le gifler quand il déboucha sur le quai. Il n'oubliait pas d'observer les barbelés. Il avait fait près de cinq kilomètres en tournant autour du Corazon lorsqu'il trouva ce qu'il lui fallait. Sans doute, il ne pouvait pas être certain de réussir, le respect de la vie humaine étant devenu une superstition même chez ceux qui passent pour des tueurs de métier ; cependant il valait la peine d'essayer.

Sur le pourtour du Corazon, certains cafés s'étaient timidement rouverts en pleine nuit, dans l'idée que les forces de l'ordre auraient besoin de rafraîchissements. On ne commande plus les troupes d'élite à la brimade, comme jadis, mais à la sucette, et les officiers de la 2e DBI n'interdisaient pas à leurs hommes de profiter de l'occasion, tant que le bouclage demeurait fermement maintenu.

Le caporal-chef Mateus avait donc autorisé ses quatre

hommes à aller prendre un médianoche dans un mastroquet du Quartier Vénérien.

— Vous bilez pas pour moi. J'aurai l'œil. Ensuite, vous quatre, vous me remplacerez.

Ce n'était pas tout à fait régulier, mais le caporal-chef Mateus avait tendance à la fois à donner dans la démagogie et à rouler des biscottos. Les quatre hommes écartèrent le *concertina,* laissant une brèche d'un bon mètre de large, et se précipitèrent vers la buvette qui faisait un trou de lumière dans la façade d'un immeuble. Ils y trouvèrent des casse-croûte au pâté de foie, du rouge, du cahoua et même un cornet et des dés pour faire un quatre vingt et un. Ils prirent leur temps. Les officiers devaient faire en douce des bisous à leurs fiasques. Le cabot-chef veillait au grain. D'ailleurs, à cette heure-ci, le bouclage tenait tout seul. A la tienne, Etienne.

Le cabot-chef s'était nonchalamment juché sur le capot d'un camion et il observait les cinquante mètres de barbelé commis à sa vigilance et leurs alentours. Pas la peine de refermer la brèche entre le *concertina* et l'arrière du camion suivant, puisque les hommes allaient rentrer et lui sortir. Un bon cahoua lui ferait du bien, au caporal-chef Mateus. Ce n'était pas qu'il eût froid, mais il y a des heures comme ça, quand l'aube n'est plus loin, où la vie semble suinter de vous par tous les pores et où il est bon de colmater.

Cela dit, Mateus avait dans sa vie un souci qu'il n'avait pas encore réglé, et, apparemment, malgré les espoirs que ce bouclage avait fait naître en lui, ce n'était pas demain la veille. Enfin, voilà près de deux ans qu'il servait dans une unité dite d'intervention, et, pour ce qui est de verser le sang des hommes, il était tout bonnement puceau. Ce n'était pas pour garder cette innocence qu'il s'était engagé. D'excellentes notes de tir, au posé, au jugé, au jeté, sur cible immobile ou mobile, couché, assis, debout, courant, tombant, avec ou sans lunette, et tout ça pour quoi, je vous le demande ? Il savait bien que les plantureuses, les goulues qu'il étreignait au hasard de ses permissions — non pas des professionnelles généralement, mais des disponibles, des faciles, des après-tout-pourquoi-pas — tiraient de lui des plaisirs qui n'étaient pas entièrement fondés sur ses qualités amoureuses. Il leur arrivait souvent de lui chuchoter, en lui plantant leurs ongles dans les épaules : « Et le dernier, tu te l'es fait comment ? » Ce n'est pas que Mateus manquât d'imagination, simplement cela le gênait dans son honnêteté naturelle de signer éternellement des chèques en bois. « Bientôt deux ans, et je ne m'en suis pas encore farci un ! »

Or, voilà que, dans la lumière bleu trouble qui régnait — nuit, réverbères, premiers pressentiments de l'aube — Mateus vit une silhouette humaine ventrue, ballottante, butant à chaque pas, qui remontait vers lui en suivant le trottoir du Corazon. Espérant contre tout espoir, il débloqua la sûreté de son fusil d'assaut.

Et voici que la silhouette, clopin-clopant, quittait le trottoir au risque de s'étaler, prenait la chaussée en biais, et, manquant piquer du nez à chaque pas, fonçait de son mieux vers la brèche.

Mateus, abandonnant sa pose désinvolte, sauta à terre :

— *Halte là !*

C'est toujours ridicule d'appliquer le règlement. On était en opé, non ? Mais on ne sait jamais avec les sous-offs : il y en avait peut-être un embusqué quelque part. Le bonhomme interpellé avait accéléré l'allure. Le voici dans la brèche, entre le *concertina* et l'arrière du camion. Mateus fit la deuxième sommation :

— *Halte là. Qui vive ?*

De quel XIXe siècle, où l'on croyait encore que la guerre est un jeu de société, sortaient ces formules déclamatoires et naïves ?

Le gros bonhomme sans âge, avec un cou enflé où l'on devinait une souplesse ancienne de biche ou de girafe, se mit à trottiner. Il avait franchi le bouclage. Il boitillait vers une rue transversale, elle aussi barrée de barbelé. Qu'espérait-il ? Mateus ne pouvait deviner qu'ils espéraient la même chose.

— *Halte là ou je fais feu,* bafouilla-t-il comme une formule superstitieuse, le moins fort possible, pour avoir une chance de n'être pas entendu.

Et la crosse de plastique noir dans le creux de l'épaule !

C'était gagné : l'autre n'avait pas répondu aux sommations.

Joey courait. Il avait retrouvé des ailes. Pourvu que personne ne se jetât dans ses jambes pour le plaquer au sol, comme sur les verts terrains de football de son enfance ! Il lui sembla que ce terrain-ci n'avait pas de limite, pas de buts, qu'il y courait depuis une éternité avec le ballon ovale sous le bras. Dans ses oreilles bourdonnantes, il percevait vaguement les encouragements rugis par la foule qui trépignait...

19.

— Je ne sais pas qui vous êtes, mais si c'est de la police, vous ne pouvez rien me faire, geignait Murena d'un ton presque hystérique. Vous respectez la loi. Vous êtes obligés. J'ai payé ma dette à la société.

Le-Pire-est-toujours-sûr avait les yeux fixés sur le catalogue ouvert à la bonne page sous la lampe verte. Il dit simplement :

— Je vous conseille Black Decker. C'est une bonne marque.

Et à Paquita :

— Retournez au travail, mademoiselle Diaz. Je n'oublierai pas votre vigilance. Moins vous mentionnerez cette interpellation devant vos camarades, mieux cela vaudra.

Elle sortit. Il sonna le planton.

— Vous le descendez à la chaufferie.

— A la quoi ? cria Murena.

Le Taciturne lui posa une main sur l'avant-bras.

— Mais j'ai payé ma dette !

Alors, d'un mouvement presque imperceptible et pourtant triomphant, le Directeur leva enfin ses yeux glauques sur le Tronçonneur et lui dit, d'un ton à la fois contenu et vibrant, presque lyrique :

— Oui, Murena. Une fois. Mais la petite fille avait deux bras.

20.

La journée en mer avait bien commencé pour M. Nicolo Grosso, Ministre de l'Intérieur.

Il avait été accueilli sur *La Jérusalem Délivrée* avec une désinvolture — « Nicolo, voilà ton pageot. Nicolo, tu sais faire la mayonnaise ? » — qu'il considérait comme caractéristique du *jet set*. Braddy, maigre, basanée, le ventre plat, des poches sous les yeux, les dents conquérantes, lui parut le nec plus ultra de l'élégance à la page, parce qu'elle jurait et buvait et vous saisissait à tout bout de champ l'avant-bras en vous regardant dans les yeux de ses yeux plus clairs que sa peau et en vous soufflant au nez son haleine de fumeuse. Le yacht était tout ce qu'on pouvait espérer, gréé en goélette, avec coque en bois, lambris d'acajou, cuivres à l'anglaise, eau chaude dans les douches, pas de chaussures permises sur le pont, et Braddy s'était entourée de quatre jeunes femmes en vacances matrimoniales et d'autant de messieurs d'âge mûr qui se donnaient beaucoup de mal pour paraître des damoiseaux. Le compte y était.

Après le déjeuner servi par un maître d'hôtel indonésien en veste blanche, une séance de bronzage — « Tu bronzes à poil, Nicolo ? » — que le Ministre évita, craignant que les plis de son bedon ne fussent peu seyants en plein jour, une baignade à laquelle il se hasarda, car l'un des messieurs — pudeur ou prudence ? — se baignait aussi en maillot, une partie de pêche sans résultat, le rite de l'habillage pour dîner, des cocktails dits tropicaux sous un vélum orange qui faseyait dans la brise au soleil couchant, et puis le dîner, mélange surprenant de bon ton et de bonne franquette (« C'était comme si on jouait *Le Maître de Santiago* en caleçon de bain », nota le Ministre dans le journal qu'il tenait scrupuleusement, en vue d'une publication éventuelle).

Puis on s'égailla. Il y eut un couple romantique dans le youyou plein de coussins que *La Jérusalem Délivrée* traînait dans son sillage. Restaient, sans compter Braddy, trois déesses, et M. Grosso s'interrogeait déjà pour savoir à laquelle il donnerait la pomme, encore que cela lui fût à peu près indifférent : il se sentait capable d'affronter aussi bien la petite baronne suisse, qui avait l'air d'un bonbon, ou la fille du président du Guatemala, qui ressemblait à une hache d'obsidienne, ou la grande bringue yankee qui le faisait penser à une machine agricole. Et si elles étaient retenues, il se consolerait avec Braddy, la louve de mer.

Malheureusement, les choses ne se passèrent pas ainsi.

En effet, si deux des messieurs — un écrivain et un danseur — avaient décidé de passer la nuit ensemble, ce qui aurait dû multiplier les options offertes à M. Grosso, le troisième, étant à la fois Mexicain, milliardaire et matador, s'appropria les trois invitées auxquelles il avait longuement vanté au cours du dîner ses prodigieuses capacités. Quant à Braddy, elle avait disparu avec le capitaine, qu'elle n'admettait pas à sa table mais dont elle fréquentait le lit. Bref, après avoir arpenté le pont pendant une demi-heure, M. Grosso alla se coucher avec un cognac qui lui donna mal à la tête, et il se réveilla dans la nuit, se sentant passablement barbouillé. D'ailleurs la houle était hachée menu et assez méchante. Il retourna donc sur le pont pour respirer un peu d'air frais et emporta la petite radio à transistor qui ne le quittait jamais.

La nuit était claire. Des toiles d'araignée bleues traînaient au ciel. La mer était doucement phosphorescente, d'un bleu ardoise avec des reflets crevette au creux des vagues. M. Grosso s'appuya à la rambarde — « Il n'y a que les calfats qui disent bastingage, Nicolo » — et réfléchit que, malgré tout, il avait fait du chemin depuis qu'il enseignait les humanités au lycée Pablo-Neruda. Il pressa le bouton de son poste, et la voix effrontée, coquine, sexy de l'annonceur de nuit de Radio-Tout-le-Monde se fit entendre dans le silence solennel de la mer et de la nuit, à peine froissé par le déroulement de la houle.

— Des grands événements ont l'air de se dérouler sur l'Agglo. De source non confirmée, on nous apprend qu'une unité de paras aurait sauté sur le Corazon. On a essayé de contacter nos collègues au téléphone, mais il a l'air en dérangement. Le Ministre de l'Intérieur n'est pas joignable, n'oubliez pas qu'on est vendredi soir, il faut le dire, enfin plus exactement samedi matin. L'Administrateur de l'Agglo, le prince — oui, ma chère —, le prince Dandolo, joueur de polo bien connu, a disparu de la circulation. Alors, n'est-ce pas, Anita, il nous reste plus qu'à attendre confir...

M. Nicolo Grosso avait ses défauts, mais ce n'étaient ni la bêtise ni l'indécision. Il saisit aussitôt qu'il se trouvait à bord du yacht de la cousine de Dandolo et que, si c'était une coïncidence, personne n'y croirait. Il lui fallait donc quitter le yacht au plus tôt, dût-il nager jusqu'à terre.

Il marcha droit à la timonerie, qui était obscure. L'air obtus, un matelot regardait d'un œil fixe les appareils dont les cadrans rouges luisaient sombrement dans la nuit.

— Dites donc, vous, il y a moyen de téléphoner de ce rafiot ?

21.

L'Antéchrist connaissait bien les intestins de l'Agglomération. Il y avait souvent emmené des clients de *La Bouche d'Enfer* désireux de sensations fortes. Si le Corazon était hermétiquement bouclé, il y aurait une embuscade à l'endroit où l'égout du Roi-Fernand se jetait dans celui des Avenues. Sinon, on passerait par là.

L'Antéchrist s'arrêta à un coin, fit volte-face :

— Tu vas prendre à gauche et marcher jusqu'au premier croisement. Tu t'y arrêteras et tu m'appelleras.

— Bien. Donne-moi la torche.

— Non. Il y a là-bas une grille qui laisse passer un peu de lumière même la nuit. Marche vers la lumière : c'est simple.

L'Antéchrist éteignit la torche.

Eric tourna le coin et demeura immobile quelques instants. Ses yeux s'habituaient au noir. Oui, au fond, une grisaille flottait. Il marcha. Les Gucci faisaient flic flac dans les immondices. Il s'était habitué à l'odeur et ne la remarquait plus. Il pensait à *La Flûte enchantée :* « Je marche vers la lumière. C'est l'initiation. »

Il s'arrêta sous la grille et distingua une échelle de fer qui devait permettre de grimper jusqu'à elle. L'air était moins oppressant. Il allait appeler lorsqu'une voix basse et ferme retentit derrière lui. Il ne comprit pas les mots, mais il devina qu'il ne devait pas bouger. Des mains l'empoignèrent. Alors il cria de terreur, comme dans un cauchemar.

L'Antéchrist rebroussa chemin. Il regrettait d'avoir dû sacrifier le joli Teuton, mais il se savait gré d'avoir raisonné juste. Maintenant, il ne lui restait plus que deux chances de salut. L'une : se cacher dans les égouts comme un rat, mais ils penseraient sûrement à l'y chercher ; d'ailleurs le Teuton parlerait peut-être. L'autre : payer d'audace.

L'Antéchrist gagna l'entrée officielle des égouts, place Royale, se fit une piqûre au bras, se débarrassa de la seringue et du reste de la drogue, ouvrit la grille avec sa clef et gravit le petit escalier qui conduisait à l'air libre. Des militaires se massaient au pied de la statue du roi Fernand. Une équipe de quatre policiers, dont un en tenue, passait d'un immeuble à l'autre. Il les accosta.

— Il se passe quelque chose ? J'étais en train de faire une réparation…

— Vos papiers.

Il les présenta : Emilio Gordo, égoutier.

— Bon. Vous allez vous rendre au Centre de Contrôle. Mais dites, vous ne pourriez pas laisser vos bottes quelque part ? Elles puent.

— Je ne vais quand même pas marcher pieds nus pour vous faire plaisir, grommela l'Antéchrist.

Il comptait sur l'odeur qu'il dégageait pour accélérer la procédure à laquelle il serait soumis.

22.

La chaufferie était une pièce carrée située au sous-sol du lycée. Un angle en était occupé par la chaudière ; l'espace restant avait la forme d'un L majuscule. Il n'y avait qu'une porte au battant de métal, et, pour unique fenêtre, un soupirail placé très haut, pourvu de barreaux et, obturé, sur l'ordre du commissaire Terracotta, par un bloc de mousse de plastique, si bien que, du dehors, on ne pouvait ni voir ni entendre ce qui se passait dedans. Une dizaine de chaises étaient placées contre un mur. Laredo s'était assis sur la plus éloignée de l'entrée. Le mot *chaufferie* lui avait fait peur, mais voilà une heure qu'il était là et personne ne lui avait causé le moindre dommage. Quand il avait voulu aller aux toilettes, le policier de garde l'y avait conduit. Somme toute, si cette chaufferie était mieux balayée, elle aurait été parfaitement habitable.

La porte s'ouvrit, sans que Laredo eût entendu de pas approcher. Un homme voûté, portant un veston crasseux, se tenait sur le seuil dans une attitude d'appréhension. La porte se referma avec une longue vibration métallique.

Laredo, se sentant sur son territoire, dévisagea l'intrus par-dessous sa frange et finit par lui dire :

— Je vous connais. Vous êtes Murena.

— Et vous ?

Laredo fit un geste vers son oreille et vers le plafond pour indiquer que ce lieu était sans doute lardé de micros.

— Ils prétendent, prononça-t-il non sans quelque fatuité, que je serais le fameux Etouffeur.

Murena fut le premier à faire le rapprochement. Si on avait fourré le Tronçonneur et l'Etouffeur dans la même cellule, ce ne pouvait être que pour une seule raison. Sa tête, ses épaules, ses coudes, ses genoux furent pris d'une intense trémulation.

C'était effrayant à voir et Laredo se détourna. D'ailleurs l'odeur de cette brute l'incommodait. Murena voulait articuler : « J'ai payé ma dette à la société… » Il ne pouvait pas : ses dents s'entrechoquaient.

23.

Le docteur Bueno, oculiste, adorait être au courant.

Avant de gratter les yeux de ses patients au laser (« Je vais vous faire des yeux sur le plat »), ce plaisantin les entretenait des dernières nouvelles du Wyoming ou de l'Ouzbékistan à moins que ce ne fût de statistiques hautement spécialisées : « Savez-vous que 35 478 tonnes de lait de bufflonne ont été produites dans le monde l'année dernière ? » Pour nourrir cette passion, il ne cessait d'écouter la radio. Il en avait une à ondes courtes, naturellement, qui lui aurait permis de suivre les affaires de Pékin s'il avait entendu le chinois, il en avait aussi de plus ordinaires dans sa chambre, dans son cabinet, dans sa voiture, dans sa salle de bain, il en offrait à ses amis, enfants et petits-enfants, enfermées dans des mastabas 1925 ou enchâssées dans des montres ou cachées dans des ours en peluche. Interpellé par la police, il avait suivi les représentants de la loi avec bonne grâce, mais non sans emporter un chef-d'œuvre de l'électronique japonaise, de la taille d'un briquet, qui lui permettait, comme il disait « de ne pas perdre contact avec la réalité » (la réalité étant pour lui, qui n'avait jamais quitté la terre ferme, l'annonce d'un solitaire prenant moins de 129 jours 19 heures 17 minutes et 8 secondes pour faire le tour du monde à la voile).

Le docteur Bueno patienta une heure dans le secteur Ombre avant de passer au contrôle d'identité, déclara qu'il n'avait pas été agressé ni n'avait entendu parler d'aucune agression — encore qu'il eût soigné plusieurs victimes de bagarres et qu'il eût été lui-même délesté deux fois de son portefeuille (mais il considérait qu'il n'avait pas à se mêler de ce qui ne le regardait pas) —, se retrouva dans le secteur Soleil pour y attendre sa libération, et s'aperçut qu'il avait perdu contact avec la réalité. Qu'à cela ne tienne. Il pressa du bout du doigt le chef-d'œuvre de l'électronique japonaise et... n'en crut pas ses oreilles.

Radio-Tout-le-Monde donnait l'alerte. Un coup d'Etat se déroulait dans l'Agglomération. Les partisans de la démocratie avaient été parqués dans un stade. Le gouvernement se déclarait ignorant des événements. Le procureur général dégageait sa responsabilité. Des journalistes de la Capitale prenaient le premier avion pour se rendre sur place. Des photos du bouclage avaient été prises et parvenaient déjà dans les salles de rédaction.

— Pardon, pardon, fit un mécanicien assis à côté de l'oculiste. Qu'est-ce qu'ils racontent sur votre machin ?

Ce fut une traînée de poudre : « Un coup d'Etat ! Pas plus de terroristes que de beurre en pot ! Nous sommes arrêtés ! Nous sommes internés ! Qu'est-ce qu'ils vont nous faire ? » On se levait, on s'interrogeait, on se concertait.

Le commissaire divisionnaire Gris, chef du Centre de Contrôle, avait naturellement placé quelques informateurs à lui dans les secteurs Ombre et Soleil. Un bistrotier, qui le servait depuis bientôt dix ans, vint l'avertir de ce qui se passait côté Soleil, et le côté Ombre, ajouta-t-il, commençait à bouger aussi.

Gris, qui siégeait dans une des tentes, se précipita dehors. Un coup d'œil jeté aux gradins, qui devenaient houleux sous les projecteurs, le renseigna : il allait y avoir du vilain.

Pour sa part, il était acquis au Directeur de Los Angeles, toutefois dans certaines limites : le Directeur allait bientôt prendre sa retraite, tandis que Gris avait sa carrière devant lui. Mais pouvait-on imaginer que le Directeur eût voulu transgresser la loi ? Non, c'était encore Radio-Tout-le-Monde qui s'était mis le doigt dans l'œil. Au demeurant, cela ne changeait rien au danger imminent auquel il fallait faire face.

Ce danger, estima Gris, était triple. Premièrement, une foule de seize mille personnes qui a perdu confiance peut faire n'importe quoi. Deuxièmement, dans quelques minutes, ses propres fonctionnaires seraient au courant de la rumeur, s'ils ne l'étaient déjà, et ils commenceraient aussitôt à s'inquiéter de leurs notes, de leurs familles, de leur retraite. Si les syndicats s'en mêlaient, ce serait le boxon. Troisièmement, ces fiers-à-bras de la 2e DBI qui ocupaient les derniers gradins ne cherchaient sûrement qu'une occasion pour assommer du pékin. Avec les gendarmes, on était tranquille. Ces gars-là, qui ne cessaient de tripoter leurs armes, étaient capables, qui sait, de tirer dans le tas.

Gris allait avertir le Directeur de ce qui se passait, quand soudain, du côté Ombre, deux hommes se levèrent et déployèrent entre eux une des couvertures quadrillées blanc et bleu fournies par les hôtesses. Sur les carrés blancs, quelqu'un avait tracé au marqueur les lettres

VIVE LA DÉMOCRATIE

Un grondement se fit entendre, réverbéré par le cirque de béton. Des hommes et des femmes se levèrent de tout côté, criant, agitant les bras.

24.

Julian avait enfin été prévenu par radio que l'Abyme était vidé de ses habitants. Il pouvait maintenant réaliser son rêve et le traverser de part en part sans rencontrer âme qui vive. Il partit de l'Hôtel de ville et se dirigea vers les Arènes.

L'aube coulait d'artère en rue, de rue en ruelle, de ruelle en patio. Les réverbères pointillistes montaient une garde presque inutile.

Julian ne prit pas le plus court chemin. Toutes les venelles tordues l'attiraient, toutes les cours intérieures béantes le sollicitaient. Il était armé, il aurait pu ne pas l'être : la sécurité régnait dans ces parages comme trente ans plus tôt, quand il faisait enfant le même parcours. Ce résultat, c'était lui qui l'avait atteint. Ce labyrinthe, où il n'avait pu poursuivre les agresseurs de Giulia, qui lui était alors apparu comme une ville interdite, à peine enfreinte, gisait maintenant devant lui, à sa merci. S'il avait été question de vengeance, il pouvait considérer que chaque pas qu'il faisait sur ce pavé, sous ces arches, ces encorbellements, ces mâchicoulis, le vengeait de la pègre qui s'y était incrustée et qu'il en avait chassée — temporairement.

Mais il constata aussitôt qu'il ne s'agissait plus de vengeance. Un souvenir lui revint : son père lui apprenant, entre deux courses d'autos, à jouer aux échecs et lui racontant l'anecdote des grains de blé. L'inventeur du jeu, l'ayant offert au sultan, lui avait demandé pour récompense un grain de blé sur la première case, deux fois un sur la deuxième, deux fois deux sur la troisième, deux fois quatre sur la suivante, et ainsi de suite. Le petit Julian avait usé bien des pages à calculer combien de tonnes de blé cela faisait et n'y était jamais arrivé, mais il avait compris que, pour faire le total, il faudrait ajouter le blé de la première case à celui de la deuxième, ce qui n'en faisait que 3, et aussi celui des deux premières à la troisième, ce qui faisait 7 ; à la quatrième on en avait déjà 15. La vie, se dit-il, c'est pareil : ça ne coule pas comme un fleuve, ça croît comme un arbre, chaque cellule enfantée par la précédente s'ajoutant à elle. La littérature déforme notre vision : Rodrigue aime Chimène ; quand enfin il la tiendra dans ses bras, ce ne sera plus Chimène, comme le poète veut nous le faire accroire, ce sera madame de Bivar. Voilà pourquoi l'instant d'avant est le plus précieux : on se figure que deux êtres s'étreignent sans se modifier. « Je m'imaginais qu'ayant passé le baccalauréat, il y aurait un moi actuel auquel se serait additionné un succès. Mais les êtres et les événements ne sont pas des cailloux impénétrables. La loi, c'est l'osmose. (Julian bachelier) n'est pas (Julian + bac). Je m'imaginais qu'ayant possédé une femme, je serais le même moi ayant possédé une femme. Pas du tout : j'y ai bel et bien perdu mon pucelage. On prend un bateau pour faire une traversée, et c'est un autre soi qui débarque. Un autre et pourtant toujours le même, comme le premier grain de blé est présent dans tous les comptes : c'est lui qui a été additionné et multiplié. Suis-je aujourd'hui celui qui était partagé entre l'horreur de ce doigt coupé et le déshonneur de ces coups que je n'avais pas rendus ? Non. Le doigt s'est recollé et je ne pense plus guère au déshonneur. Je suis celui qui tient le Corazon dans ma main et non plus celui qui souhaitait l'y tenir. Les considérations sur la responsabilité de l'Etat que j'ai exposées au roi pour le déterminer à me laisser agir me sont devenues plus proches que ma propre idée de revanche sur je ne sais quels pitoyables malandrins. »

Julian s'arrêta, et des pas qui faisaient écho aux siens s'arrêtèrent derrière lui : Djelloul ne l'avait pas quitté de la nuit et le suivait silencieusement à vingt pas, la main dans la poche de son pantalon refermée sur le *mouss* qu'il aurait plaisir à utiliser si quiconque s'en prenait à son lieutenant.

« Ceci, pensa soudain Julian, est la plus grande échéance de ma vie. »

Il se remit à marcher par ces rues désertes et sonores,

charriant naguère les toxines de la violence et de la rapine et maintenant sûres, aseptisées. Aseptisées pour aussi longtemps qu'elles seraient vidées de vie. Oui, il avait réussi l'impossible ; avait-il accompli quoi que ce fût ? On verrait.

Son enfance lui remontait à la mémoire. Petit, il se rendait seul, à pied, de l'appartement familial au-delà de la place des Taureaux jusqu'à l'école Saint-José, échangeait avec le rempailleur de chaise et, plus loin, le mendiant aveugle quelques mots sur le temps qu'il faisait à moins que ce ne fût sur les difficultés de la troisième déclinaison (ce qui lui valait des hochements de tête apitoyés), achetait une oublie à la marchande de plaisirs et allait mettre son pied sur la boîte du vieux cireur au coin de la rue du Roi-Fernand, moins pour avoir des chaussures éblouissantes que pour donner une pièce et s'entendre répondre, avec un sourire : « Grand merci, mon petit prince. » Toujours *grand* et toujours *petit :* c'est dans cette répétition qu'était le régal.

Et, parmi tous ces gens humbles, jamais une bousculade, jamais une grossièreté. Que s'était-il passé ? Pourtant on était plus libre maintenant, on gagnait davantage d'argent, il n'y avait plus de prisonniers politiques, et on ne pouvait supposer que la nature humaine eût changé en trente ans. Or, l'idéologie dans laquelle Julian avait été nourri rendait la société seule ou presque seule responsable des crimes qui y étaient commis. Mais on avait amélioré la société, et voilà que le crime décuplait ! Raisonnons. Cela signifiait soit que l'amélioration était illusoire, soit que le crime ne provenait pas des maux sociaux, soit, hypothèse intolérable, qu'il provenait justement de cette amélioration.

Une ornière de la mémoire ramena Julian justement devant cette école diocésaine Saint-José où, dès un âge appelé tendre sans doute par antiphrase, il avait commencé à prouver sa capacité à réussir en étudiant le moins possible, à plaire à ses professeurs sans déplaire à ses camarades, à se faire interroger sur le seul sujet qu'il connût, bref à passer à travers les gouttes.

Il avait eu pourtant une mésaventure, et elle s'était terminée précisément ici, à ce coin de rue, devant l'angle aigu, en proue de navire, du vieux bâtiment noir, moisissant, bardé de barreaux, où, à cette époque-là, dans des salles de classe malodorantes, des enfants de dix ans apprenaient le latin avec peine, les mathématiques par les larmes et le catéchisme par cœur. Un petit garçon nommé Brillanté avait à dessein soufflé des barbarismes à Dandolo pendant la compal de thème latin si bien que, de troisième ou quatrième qu'il était d'ordinaire, Dandolo s'était retrouvé quatorzième, tra la la, c'est bien fait ! Julian avait supporté ces lazzi avec stoïcisme pendant dix minutes ; enfin, précisément devant cette étrave de grosses pierres séculaires prenant, sur ses deux côtés, du ventre, il avait flanqué sa main dans la figure de Brillanté : clac ! Puis, il avait pris la fuite, non qu'il craignît le combat, mais parce que les bons pères punissaient quiconque recourait aux jeux de mains : or, Julian n'avait jamais encore été puni et il tenait à cette sorte de virginité. Néanmoins le souvenir de cette fuite lui avait pesé — « Suis-je bien sûr de n'avoir pas eu peur ? » — jusqu'au lendemain, où Brillanté le rassura entièrement en venant lui faire des bassesses.

— Oui, cela s'est passé ici.

Que voulait dire « ici » ? D'un côté de la proue, le bordé disparaissait sous des réclames rouges et noires de hard rock, elles-mêmes collées par-dessus des réclames électorales jaunes et vertes ; de l'autre, les *taggers* étaient passés et avaient décoré la façade d'une inscription cryptique en faux iranien. Le trottoir jadis défoncé avait été refait. En face de l'école, une teinturerie avait pris la place d'une taverne, et dans l'école elle-même, il y avait fort à parier que des instit' illettrés et débraillés avaient remplacé les curés onctueux et inflexibles, que les toilettes avaient été coupées en deux pour que les filles eussent les leurs, et que personne ne cachait plus dans son pupitre de poèmes d'amour barbouillés à l'encre violette. « Ici » ? La terre ne s'était-elle pas déplacée dans la galaxie et la galaxie dans l'univers ?

Julian poursuivit son chemin dans ce Corazon vidé, qui lui apparaissait comme une ville fantôme, comme Is tirée des eaux, comme Sodome sous les yeux de la femme de Lot. L'architecture du bas Moyen Age et de la Renaissance se prêtait à cette vision de légende et des nappes de brume, rencontrées çà et là, semblaient être des marées attardées ou des nuages de soufre prêts à éclater. L'ensemble paraissait suspendu dans l'attente de quoi ? Du Jugement. Quel jugement ? Dans l'Evangile, le Christ dit souvent qu'il jugera le monde, mais on sent qu'il parle d'une manière allégorique, et il se laisse aussi aller à dire le contraire : qu'il est venu non pour juger mais pour sauver, que le monde se jugera bien tout seul. Si peu féru de Sainte Ecriture que fût Julian, il était conscient de ces antinomies, et soudain il se pénétra d'une antinomie nouvelle : aujourd'hui était bien le jour du Jugement alors que personne ne devait juger personne, que tout le monde était coupable pour tout le monde, non pas au sens où la société est responsable de l'homme, mais au sens où l'homme est responsable de la société. Julian allait contourner un platane urbain et maladif, qui suçait à peine de quoi subsister à travers la grille dans laquelle il semblait planté, lorsqu'il heurta du pied une feuille de papier pliée de manière biscornue. Cela lui rappela les avions qu'il confectionnait en classe à l'âge où il fréquentait M. Brillanté. Il se pencha et vit qu'en effet, c'était un monoplan qui était venu s'échouer là, fait non pas d'un papier quadrillé d'écolier, mais d'une pelure où s'étalait un texte tapé à la machine, sans marges, presque illisible à force de pâleur.

N'étant pas sans superstition, Julian ramassa l'avion, le lissa, et, à la lueur d'un réverbère voisin, entre vingt autres phrases couvrant la page, le dernier message d'un homme dont il n'avait jamais entendu parler lui sauta aux yeux :

> On ne comprendra rien au crime dans les sociétés modernes tant qu'on s'obstinera à le considérer comme une anomalie. En réalité, c'est pour ne pas être un criminel, du moins en puissance, qu'il faut être anormal. Que de femmes aurais-je déjà violées, que d'hommes aurais-je massacrés, que de biens me serais-je appropriés, si, au risque de contraindre ma nature, mes parents ne m'avaient expliqué premièrement que ce n'était pas gentil et secondement que l'agent de police du carrefour était fort capable d'emmener au poste les enfants qui ne sont pas sages. Encore qu'il y ait évidemment des anormaux criminels, le criminel normal est un homme normal. C'est le seul normal. On ne le dira jamais assez.

Julian ignorait de quelle manière cette feuille humide était tombée du ciel, mais il la mit dans sa poche comme un viatique, emportant, sans le savoir, un fragment de l'âme immortelle de l'infortuné Blas Chrysoblas.

Les toits noirs devenaient blancs ; les murs gris viraient au noir.

Sans savoir comment, Julian se trouva sur la place où s'élevait la chapelle bancale de la Reine du Monde. Il examina l'arche blanche, asymétrique, sous laquelle pendait la cloche, plus bas le toit inégal en tuiles romaines décolorées, certaines rugueuses de lichen, la façade pansue, comme enceinte, peinte à la chaux, au-dessus de la porte plus large que haute, des azulejos, qu'il devina bleus, représentant la Vierge, et il se remémora sa première visite dans ce lieu, et le prêtre herculéen, et les deux filles punks, et Rosario dans sa robe verte et jaune — quand était-ce ? hier matin, ma foi, hier matin.

Il eut envie de revoir la poupée bleue avec ses épées d'aluminium.

Il poussa la porte et la porte ne s'ouvrit pas.

Un instant, une panique superstitieuse l'envahit. « C'est *mon* jugement. J'ai été jugé et condamné. Trouvé inapte, pas bon. Réformé. *Mane Thecel Pharès.* » Et puis une autre superstition le sauva. Si la chapelle était fermée, c'est qu'il allait se passer des choses au Corazon que la Reine du Monde, même elle, surtout elle, ne devait pas voir.

Il soupira et reprit sa marche. Il n'avait pas fait trois cents mètres que soudain, dans cette ville vide, curée, curetée, il eut une vision.

A quelque distance devant lui, sortant, semblait-il, des pierres, un cortège de passe-murailles venait d'apparaître et se déplaçait sans bruit, à petits pas hâtifs. A travers la brume, on aurait cru un squelette de navire, mais sans coque, et les voiles à peine esquissées, oui, des embryons de voiles blanches et des silhouettes de voiles noires, et les autres bleu foncé, semblant se déplacer au-dessus du sol, plissées comme par la houle, à la fois basses voiles, mer lapante et galériennes souquant dessus, le tout comme esquissé à la gouache et représentant en réalité quelque soixante fillettes entraînées par plusieurs hautes nonnes cuirassées de leurs barbettes, guimpes, capes et chapes.

Le premier mouvement de l'Administrateur fut de s'irriter de la négligence de la police. Il avait commandé le vide total, et voilà que des visions se permettaient de lui apparaître ? Aussitôt après il comprit qu'il y avait là encore un signe et suivit la galère spectrale en accélérant le pas. Au bruit de ses chaussures sur le pavé, les jeunes filles se retournaient, et se détournaient, et se retournaient encore une fois comme si, avec un peu de chance, l'inconnu qui les suivait dans le brouillard eût pu être le Diable. Il rattrapa la religieuse servant de serre-file. C'était probablement le capitaine de ce vaisseau fantôme.

— Pardon, ma sœur...

Le menton enchâssé dans la guimpe comme au pilori, le crâne écrasé par le fronteau comme sur le chevalet, les joues caves, des yeux impassibles de faucon et la bouche blafarde, jamais embrassée, elle se tourna vers lui. Il rectifia :

— Ma mère. Où allez-vous ? Où les emmenez-vous ?

Elle, oiseau de nuit affolé par la lumière naissante, dressée à ne croire qu'à l'essentiel, répliqua :

— Je ne sais pas, monsieur. La ville est évacuée. On nous a

oubliées. Nous ne comprenons pas. Il est écrit que l'Epoux viendra comme un voleur dans la nuit. Nous avons entendu des voix parler de Josaphat. Pourriez-vous nous indiquer ?

Julian aurait voulu avoir un chapeau pour se découvrir. Il en fut réduit à s'incliner très bas.

— Tout droit, ma mère. C'est toujours tout droit.

Il prit un autre chemin pour arriver aux Arènes avant elles et y faciliter leur séjour. En débouchant sur la place des Taureaux, il vit Rosario qui marchait vers lui à grands pas.

25.

Rosario avait passé la nuit à diriger ses hôtesses — elle se découvrait un talent d'organisatrice — et à parler aux gens. A ceux qui n'avaient pas encore été contrôlés, elle expliquait le bien qui résulterait de *Josaphat :* les bons citoyens seraient protégés, les mauvais mis hors d'état de nuire. A ceux qui avaient été contrôlés et s'étonnaient de ne pas être rendus à la liberté, elle faisait valoir le péril terroriste. Allant d'un groupe à l'autre, apportant une bière à un retraité, un biberon à un nourrisson, une couverture à une grand-mère, elle expliquait à chacun les mérites de son cousin Julian, racontait des anecdotes de leur enfance passée ensemble, écoutait les doléances. On causait volontiers avec elle : elle était proche de celui qui, pour une nuit, paraissait presque un souverain, et l'exaltation de *Josaphat* la rendait belle. Elle, de son côté, encouragée par ces succès, jouissait pleinement de ce rôle qui consistait à secourir, nourrir, encourager et surtout plaire : plaire aux hommes qu'elle émoustillait, aux femmes qui se confiaient à elle, aux enfants qu'elle traitait comme des grands, aux vieux qu'elle charmait par sa déférence.

Elle venait de retourner à la buvette pour vérifier l'état des réserves, lorsqu'une hôtesse, une petite ronde qui lui témoignait de la dévotion, accourut :

— Madame, madame, la radio dit que l'Administrateur n'a pas le droit de faire ce qu'il fait. Ça ronchonne parmi les gens.

Rosario se précipita sur la piste. Sous les projecteurs, elle vit en bas les tentes rayées où les contrôles continuaient à se dérouler normalement, en haut les groupes de militaires silencieux, tendus, et entre les deux, sur les gradins une population agitée. A plusieurs niveaux, on brandissait des couvertures, des oreillers, des feuilles de papier et même des chemises, sur lesquels on lisait LIBERTÉ, VIVE LA DÉMO-

CRATIE, A BAS L'ARMÉE, VIVE LA CONSTITUTION, LES TROUFIONS A LA CASERNE, VIVE LE ROI. Onze jeunes gens s'étaient groupés : ils élevaient et abaissaient en cadence onze coussins de plastique portant chacun une lettre tracée au marqueur : L, I, B, É, R, E, Z, N, O, U, S.

Le commissaire divisionnaire Gris, qui avait compris que la cousine de l'Administrateur jouait un rôle important dans *Josaphat,* s'avançait vers elle :

— Mademoiselle, ce genre de situation risque de dégénérer rapidement. Je vais rendre compte au Directeur.

— Oui, oui, dit-elle. Rendez compte.

Mais elle voyait qu'il était trop tard pour rendre compte. Quel talent naturel ou quels atavismes soudain réveillés dans son sang lui avaient fait saisir la situation d'un coup d'œil ? Elle fit signe à un sous-lieutenant de la 2e DBI qui accourut.

— Lieutenant, vous avez les moyens de joindre le commandant Hortega ?

— Oui, madame. S'il y a urgence. Normalement on passe par la voie hiérarchique.

— Joignez-le, fit-elle impérieusement.

Dès qu'il fut en communication avec Blanc Autorité, il tendit le poste à cette jeune femme à qui il semblait impossible de désobéir.

— Appuyez sur la pédale pour parler, madame.

Elle serra le poste à l'écraser.

— Hortega, cria-t-elle, tu m'entends ?

— Je vous reçois, fit le baryton claironnant. Qui êtes-vous ?

— Hortega, ici Rosario. Commande à tes hommes de se retourner vers le dehors. Qu'ils n'aient pas l'air de nous garder, mais de nous garder contre. Et fais éteindre les projecteurs.

Elle rendit le poste et gagna la tribune préparée pour que l'Administrateur pût, le cas échéant, s'adresser à la population. Elle ne se demandait pas si Hortega exécuterait ses instructions, seulement combien de secondes cela prendrait.

Au troisième rang du secteur Soleil, une vingtaine de personnes s'étaient levées et avaient commencé à scander sur l'air des lampions :

— LI... bérez-nous. LI... bérez-nous.

Rosario monta l'escalier de bois qui sentait encore la menuiserie. Elle se trouva sur une estrade dominant l'arène. Devant elle, rien, le vide, comme à cheval. Rien, sauf le micro. Elle commença à parler et ne s'entendit pas dans les haut-parleurs. Elle avait pourtant elle-même essayé le système la veille : il fonctionnait. Elle jeta un coup d'œil inquiet autour d'elle. Le sous-lieutenant, qui ne la quittait pas des yeux, lui cria :

— Pressez le bouton.

Elle avait oublié le bouton. Elle pressa.

— Plus près, plus près. Tenez le micro avec les mains.

Elle empoigna la tige, ferma les yeux un instant, les rouvrit. La lumière avait changé : plus de projecteurs, le petit lait du petit matin. « Merci, Hortega. » Et puis : « Sainte Marie du Rosaire, priez pour moi car je vais mentir. » Et, gaiement : « Mentir comme une arracheuse de dents! » Elle secoua la tête pour rejeter ses cheveux en arrière et parla.

— Ce serait bien, dit-elle, ce serait bien si vous m'écoutiez un peu. J'ai deux nouvelles à vous annoncer. Une bonne et une mauvaise.

Sa voix, répercutée par vingt-quatre haut-parleurs, couvrit aisément les cris scandés qui venaient de sa droite. En un instant, seize mille personnes furent suspendues à ses lèvres. Le principal, pensait-elle, c'est d'éviter la grandiloquence.

— Mais d'abord certains d'entre vous ne me connaissent pas. Je suis Rosario, la cousine de l'Administrateur Dandolo, la présidente de la SRTA, la Société pour la Restauration du Tourisme dans l'Agglomération.

Elle avait du mal à respirer. Cela s'entendait. Elle se rappela qu'il fallait expirer à fond : l'inspiration se fait toute seule.

— Je vois que plusieurs parmi vous ont fait des bannières avec les couvertures que la SRTA leur a distribuées. (Quelques bannières descendirent d'un cran.) Ce qui est bien, c'est que ces bannières disent ce que nous pensons tous, enfin presque tous.

Son souffle était encore court, mais la voix sortait. Elle qui, pendant des années, n'avait fait que chuchoter dans des chapelles et dans des cellules prononçait les mots un à un, avec une concentration intense qui, amplifiée par le micro, emportait aisément la conviction. Avec une voix pareille, on ne pouvait dire que la vérité.

— Je vous parle, reprit-elle, de la part de l'Administrateur, parce qu'il est très occupé en ce moment, je vous dirai bientôt à quoi. Il a pensé que ce serait bien si je vous parlais parce que je suis comme vous une résidente de l'Agglo. Et si je n'habite pas vraiment le Corazon, je vais tout de même à la messe à Notre-Dame Reine du Monde.

Il y eut quelques rires d'encouragement.

— D'abord, je voudrais vous rappeler que cette opération, que nous appelons *Josaphat,* a lieu sur l'ordre du gouvernement. Comme c'est une opération antiterroriste très importante, vous pensez bien que le gouvernement n'a pas cru nécessaire de prévenir les journalistes. D'où un peu de confusion dans leurs petites têtes. Mais l'Administrateur, le procureur général, la police, la gendarmerie n'auraient pas entrepris une action pareille de leur propre initiative. Avouez que ce n'est pas vraisemblable.

« Et cette opération, vous savez à quoi elle va servir en fin de compte ? A rendre notre Corazon plus sûr, plus agréable à vivre. Cela vaut peut-être la peine de passer une nuit à la belle étoile.

Ici elle sentit qu'elle perdait pied. Ce point aurait supporté la discussion. Or, il lui fallait l'unanimité.

— Quant aux militaires qui sont là, c'est la 2e DBI, et ils sont là pour nous protéger contre les terroristes, pas pour nous garder prisonniers. Nous sommes ici comme dans un château fort, et nos hommes d'armes sont aux créneaux. Regardez-les : si vous étiez terroristes, vous n'auriez pas envie de vous attaquer à eux.

Elle désigna de la main le haut des Arènes, toutes les têtes se tournèrent, et l'on vit qu'en effet, les dangereux hommes léopards avaient pivoté vers l'extérieur. Leurs armes maintenant étaient braquées vers la place des Taureaux comme s'ils se tenaient prêts à repousser des assiégeants.

— Car je vous ai dit que j'avais une bonne nouvelle : les forces de police ont maintenant le contact avec les terroristes, et si vous entendez une fusillade dans quelque temps, c'est que les hommes qui ont commis l'attentat de la gare du Nord, celui qui a fait soixante morts, seront en train de payer !

Un murmure de féroce satisfaction populaire.

— Mais j'ai aussi une mauvaise nouvelle. D'après les derniers renseignements, des complices des terroristes se trouvent ici, parmi nous. Et, comme ils savent qu'ils vont être contrôlés, ou, s'ils l'ont été, qu'on est en train de vérifier leurs histoires, ils veulent sortir d'ici le plus vite possible. Eux, ils ne peuvent pas patienter une heure ou deux, parce qu'ils sont sur le point d'être démasqués. J'ai dit que nous étions presque tous d'accord pour la liberté, pour la constitution. Pas eux. Eux, ils sont pour la guerre civile. Alors faisons attention.

« Je vois qu'il y a parmi vous des femmes avec des enfants. Si quelqu'un vient vous dire qu'il faut sortir d'ici en vitesse, réfléchissez : avez-vous vraiment envie de risquer que vos enfants soient mitraillés ? Je vous dirai une chose : avec les murs de béton que nous avons, de tout le Corazon l'endroit où on est le plus en sécurité, c'est ici.

Elle respira profondément.

— Oh ! et puis encore une chose. Les hôtesses vont bientôt vous servir votre petit déjeuner. Pas au lit malheureusement, mais sur les gradins. Voilà. Je vous remercie de votre attention.

Avec des yeux pleins d'adoration, le sous-lieutenant la regarda descendre de la tribune. Elle lui jeta simplement :

— Mettez le micro hors d'état de fonctionner.

Car elle devinait qu'un discours défait ce qu'un autre a fait.

Les applaudissements crépitèrent longtemps. Rosario ne les entendit que lorsqu'elle se trouva sous la voûte d'entrée. Elle ne pouvait pas rester une minute de plus dans les Arènes. Elle avait besoin d'air, de solitude, d'ailleurs. Elle se sentait épuisée comme après une nuit de prière.

26.

Julian et Rosario marchèrent l'un vers l'autre, s'arrêtèrent et se regardèrent.

Il avait les traits tirés, l'œil hagard, et ses joues olivâtres se couvraient de cette barbe de vingt-quatre heures qui passait encore pour élégante cette année-là et dont lui avait toujours eu horreur. Elle avait maigri comme un pur-sang après une course et paraissait soudain plus vieille que son âge, ayant perdu cette innocence des joues et du menton qui fait paraître les religieuses plus jeunes qu'elles ne sont. Mais les longs plis verticaux qui s'étaient creusés de part et d'autre de sa bouche, ses narines pincées, sa peau tendue sur les pommettes et son regard à la fois harassé et exultant lui allaient bien. Elle avait l'air de ce qu'elle était : une héroïne. Après un moment, elle trouva la force de sourire.

— Tu sais, quand j'étais petite, je me figurais qu'on ne pouvait pas enchaîner d'une journée sur l'autre, qu'à minuit tout le monde dormait, que c'était une loi de la nature. Puis j'ai constaté qu'à minuit on pouvait danser, mais ce n'est qu'au couvent qu'il m'est arrivé de ne pas fermer l'œil, de souder deux journées ensemble, de tuer la nuit.

Il murmura :

— As l'air pompé, *Principessa.*

— Pas si frais que ça toi-même.

— Moi ? Mort de n'avoir rien fait. Rien de plus échinant que de voir travailler les autres. Et je me sens ridicule avec mon pétard qui me broie la hanche. Tu n'as rien fait, toi non plus ?

— Si, un peu. Je te raconterai.

Le Café des Arènes, non encore contrôlé, était en train d'ouvrir, espérant des pratiques policières ou militaires. Un serveur chauve essuyait avec sa serviette les chaises de plastique humides de rosée. Sans se concerter, Rosario et Julian s'effondrèrent sur deux d'entre elles. Julian commanda du café au lait, beaucoup, du pain et du beurre, beaucoup. Il se rappela que, sous l'ancien régime, le beurre était une rareté pour les pauvres. Plus maintenant.

— Perdu ton chapeau ?

— Laissé là-bas.

Elle désignait la masse des Arènes qui s'arrondissait derrière elle. Eux s'accordaient un répit ; dedans, *Josaphat* continuait.

Ils se prirent les mains sur la table et se regardèrent de nouveau dans les yeux. Tous deux étaient devenus autres et le comprirent en même temps. Il n'y aurait plus de Sir Julian ni, sauf pour rire peut-être, de *principessa.* Cette fois-ci, l'enfance était bien finie.

— Il y a une chose, dit-elle, qu'il faudrait faire le plus vite possible. J'aurais dû y penser plus tôt. Louer un écran géant, un projecteur et des films.

— Ça va mal là-dedans ?

Elle haussa une épaule maigre :

— C'est comme en avion. Il faut aider le temps à passer. Tu veux que je m'en occupe ? Ça m'amusera de réveiller les loueurs à six heures du matin. Bon, et puis il faut que je te dise...

Elle raconta avec modestie.

— Pourquoi Los Angeles ne m'a-t-il pas prévenu par radio ?

— Gris a dû lui dire que tout était arrangé. Peu importe. Il faut accélérer le tempo.

Le serveur chauve apporta le pot de café odorant, le pot de lait fumant, des petits pains tout secs restés d'hier et des parallélépipèdes de beurre mou.

— Tu détestes toujours développer les petits paquets ? Laisse-moi le faire pour toi, dit Rosario.

Il se renversa sur sa chaise pendant qu'elle s'affairait avec son couteau. Peu à peu il comprenait ce qu'elle avait fait là-bas.

— Bon, bref, c'est toi qui as sauvé la situation. J'aurais dû y être, et je n'y étais pas, et je n'aurais probablement pas réussi aussi bien que toi ?

Il était blessé. Elle s'arrêta un instant de développer.

— Tu sais, c'était merveilleux. Merveilleux d'avoir l'impression de faire quelque chose, et merveilleux aussi d'avoir seize mille amoureux en même temps. Tu crois que je suis trop vieille pour devenir chanteuse de rock ? Ce micro magique dans la main, cette impression de tout dominer, et ces trente-deux mille yeux qui vous lèchent de bas en haut...

Il souriait. Il l'aimait. Il n'était plus vexé. Il l'aimait, oui, comme une sœur d'armes. Il dit :

— Nous sommes content de notre cousine, et nous aimons le lui exprimer.

Elle mordait à belles dents dans une petite boule de pain qui résistait. Il mordit aussi.

— Manger et boire, fit-il, il n'y a rien de plus... noble.

Elle comprit aussitôt.

— Parce que essentiel, oui. Moi, j'aime surtout les petits déjeuners. C'est le repas où on y croit encore.

— D'accord, on pourrait classer les personnes. Les romanesques soupent, les cyniques dînent, les sérieux déjeunent, les croyants petit-déjeunent et les Anglais font *high tea.*

— Ne dis pas de mal des Hedgeworth. Le *high tea,* c'est le petit déjeuner du soir.

Ils parlaient de sornettes parce qu'ils trouvaient indécent de poser les vraies questions : « Allons-nous réussir ? Qu'est-ce que tout cela va donner ? Pour l'Agglo ? Pour nous ?... »

— Rien n'est encore joué, fit Julian. Et tu as raison : si la radio sème la pagaille, tout est en péril, il faut accélérer. Allons voir Los Angeles.

Il voulut régler.

— Non, monsieur l'Administrateur, protesta le serveur chauve plié en deux. C'est un honneur.

Julian laissa cent pesos de pourboire et prit Rosario par le bras :

— Voilà, lui dit-il, un bon présage.

27.

L'inspecteur Moro, dit Saxo, à cause de sa tendance à régaler ses camarades de concerts de saxophone, était en planque depuis des mois. Il planquait dans une villa dominant la mer et se faisait passer pour un musicien misanthrope occupé à composer un concerto pour saxophone. La mission était trop secrète pour qu'il fût question de les relever, lui, sa pseudo-femme et son pseudo-fils, qui montaient des quarts de quatre heures chacun. Moro souffrait moins des rigueurs de la planque que ses deux collègues, plus jeunes et plus nerveux que lui (« Moi, tant que j'ai mon saxo... »), mais l'inaction commençait à lui peser, malgré les gadgets avec lesquels ses chefs essayaient de l'amuser : jumelles à infrarouge, canon à son, senseur thermique permettant d'observer de diverses manières les activités de l'adversaire. Et puis, voilà qu'hier, vendredi, il avait reçu l'ordre d'exercer sa spécialité, unique dans le service de Terracotta et dont il n'était pas peu fier. Cela avait duré quelques secondes, mais il en avait retiré un grand contentement.

Samedi, à l'aube, son pseudo-fils le réveilla :

— Chef, ils ont dit encore trois. Maintenant.

Moro se releva d'un bond, gonfla d'air sa cage thoracique (il faisait 1,40 m de tour de poitrine), et tira précautionneusement d'un long étui de simili-cuir un objet ressemblant à une flûte géante qu'il berça tendrement dans ses bras. Puis, s'étant muni de trois boules préparées dans un vide-poche sur la table de nuit, il monta sur le toit en terrasse.

La mer n'était pas visible, mais des tourbillons de vapeur en montaient, soufflés par la brise, et donnaient au ciel l'apparence d'un delta infini, avec des vapeurs grises s'écoulant à des vitesses différentes par des chenaux bleus. Çà et là, des tampons de mousseline rose s'interposaient. Saxo rampa jusqu'au parapet.

La villa voisine était endormie. Une brumaille flottait sur la piscine.

Saxo chargea sa sarbacane, faite d'une canne creuse d'un mètre cinquante de long, contenant un tube de cuivre, aspira et expira plusieurs fois, puis, ayant fait le plein de ses poumons avec sept bons litres d'air matinal, il souffla.

La boule décrivit une trajectoire parabolique de quarante-trois mètres et disparut sous l'eau de la piscine.

Saxo recommença deux fois, puis, satisfait de lui, il redescendit dans sa chambre, rangea la sarbacane dans son étui douillet et se rangea lui-même dans son lit, qui ne l'était pas moins. Mais, malgré son cœur simple et son imagination restreinte, il ne put se rendormir : quelque chose lui disait que la planque allait bientôt se terminer.

Ce jour-là, comme tous les jours, Magda marcha jusqu'à la piscine des Tamaris et y trempa son gros orteil orné d'un oignon. L'odeur pestilentielle qui l'accueillit la fit reculer. On voyait le fond, pourtant, et aucun cadavre d'animal ne flottait entre deux eaux, mais la puanteur était insupportable, même pour une personne peu raffinée. Néanmoins Magda s'assit et trempa dans l'eau ses mollets tordus de varices, espérant se détromper ou s'habituer. Pas moyen. Les relents qui montaient étaient presque visibles : on eût dit des volutes méphitiques tournoyant lourdement. Magda se releva et alla se laver les mollets à la salle de bain. Puis elle gagna la cuisine : car le CLH avait beau se prétendre féministe, c'était tout de même Magda, tireuse d'élite et hétaïre collective, qui préparait la becquetance de ces messieurs.

Remi entra, en costume de bain.

— Je te souhaite bien du plaisir, Petite Tête.

Il alla humer, revint :

— Tu as raison. Ce n'est pas tenable.

Lorsque Toma se leva — il était adepte des grasses matinées

—, il trouva ses troupes au bord de la révolte. Magda était furieuse, Remi pas heureux, et même Bastian le Bâilleur visiblement inquiet.

— Il n'y a qu'à vider la piscine, décida le chef.

— On ne pourra plus se baigner ! objecta Magda.

— Je ne me baigne pas, répliqua Toma.

— Petite Tête et moi, oui.

— On la remplira de nouveau.

— Et elle puera de nouveau, dit Remi, puisqu'il n'y flotte rien de sale.

— Pour moi, bâilla Bastian, ça doit être un rat mort dans le trop-plein.

— De toute façon, dit Toma, l'action est pour bientôt. Il va donc falloir changer de villégiature. On se trouvera une cagna dans le Sud. Avec une plus belle piscine encore, ajouta-t-il pour pacifier son monde. Vous pouvez vous priver de baignade pendant quelques jours.

— Ce n'est pas une question de baignade. C'est une question de voisins, fit observer Bastian. On est censé ne pas attirer l'attention, pas ? Empuantir le quartier n'est pas le meilleur moyen.

Raisonnement inattaquable. La cave était pleine d'explosifs, le nouvel objectif avait été repéré, examiné, adopté, les entrées et les sorties répertoriées, la date non encore fixée mais prochaine, et Toma entrait déjà dans cette sorte de transe qui s'emparait de lui lorsqu'il allait frapper un coup de plus pour la libération de l'Homme : il dormait mal, il se gavait de sucreries, il constatait que son corps émettait un fumet (qu'il trouvait plaisant) plus épais que d'habitude. Ce n'était pas le moment de prendre de risques. Il revint cependant à son idée :

— On va vider pour voir.

— Et si ça pue toujours, on appelle le proprio, dit Magda.

— Plutôt des spécialistes. Moins le propriétaire nous voit, mieux cela vaudra, opina Bastian.

28.

Paula Abad avait conservé au lycée Cristobal-Colón son bureau de directrice de l'informatique et quelques affaires. En quittant Rosario, elle s'y rendit directement, et s'y changea. Non par sentimentalité, mais par une sorte de respect, de sens du sacré, elle qui ne croyait pas au sacré, elle choisit de mettre une robe noire. Puis elle alla se placer dans le vestibule des élèves, qui donnait accès à la cour et à la cage d'escalier : par là entraient les porteurs de carte rose ou bleue. Un policier lui apporta une chaise. A travers ses grandes lunettes rondes, légèrement teintées, elle examinait les visages qui passaient devant elle. Ce n'était pas facile, lorsque les suspects ou les témoins arrivaient par fournées entières, mais elle se concentrait et n'en laissait échapper aucun.

Dès l'abord, elle fut frappée par la différence entre ces visages d'adultes et ceux des adolescents que, en temps ordinaire, elle voyait défiler au même endroit. La différence ne venait pas seulement de l'âge mesuré en unités de temps. Plutôt de la compromission, de la souillure. Paula croyait à l'innocence des enfants moins que personne, et elle n'ignorait pas que les adolescents passent nécessairement par l'ordalie du Mal. Il lui semblait néanmoins que la majorité des lycéens ne s'était pas encore inclinée devant le désespoir de l'hédonisme, que ces garçons et ces filles conservaient encore quelques jetons à miser sur le rouge de la vraie vie, même s'ils allaient bientôt se résigner à jouer systématiquement le noir de la mort quotidienne. Ceux-ci, en revanche, avaient déjà joué et perdu. Et il ne s'agissait pas des seuls suspects. Car Paula ne distinguait pas toujours à première vue les suspects des témoins. Tel bistrotier victime d'un braquage avait une tête à braquer lui-même. Tel ange blond, à qui on aurait donné le bon Dieu sans confession (même à l'époque où ce n'était pas encore l'usage), était peut-être un arracheur patenté.

Visages, visages, visages.

Plusieurs femmes avec une cicatrice en forme d'X à la joue. Des étrangers, clairs de peau pour la plupart, dont un en lederhosen, qui trouverait sûrement son voleur. Des commerçants du Corazon, essayant de se faire petits : ceux-là ne reconnaîtraient pas les leurs, même s'ils les saluaient tous les jours dans la rue. Et puis les suspects manifestes : jeunes hommes à l'expression crapuleuse, les uns crânant, les autres serviles, victimes bien que suspects, victimes de la société, de la famille, de la drogue, de la vie, victimes d'eux-mêmes en fin de compte, car d'autres, ayant traversé les mêmes épreuves, en étaient ressortis sans léser autrui.

Paula se leva soudain et demanda à un policier où elle trouverait M. de Los Angeles. « A la bibliothèque ? Ne vous dérangez pas. Je connais. » Elle prit l'ascenseur, montra son laissez-passer mauve, se fit annoncer par le planton.

Le Directeur se leva à son entrée.

Elle connaissait bien cette bibliothèque où, dans de hautes vitrines en chêne clair, enveloppés de papier vert ou bleu ciel, étiquetés de cotes calligraphiées à la plume par la vieille dame professeur à la retraite qui s'en occupait, s'alignaient les œuvres classiques et les auteurs modernes destinés à élargir l'horizon des rares élèves qui montaient jusqu'ici : il y en avait pour tous les âges, *Agente Secreto* et *Don Quijote, La Nausée* et *Le Petit Prince, La Case de l'oncle Tom* et *La Condition humaine, Les Petites Filles modèles* et *Les Frères Karamazov, La Vingt-cinquième Heure* et *La Reconversion.* L'odeur de bonbon rance qui flottait d'habitude dans ce lieu avait été évincée par du cigarillo resucé, et les tubes de néon qui y mettaient un jour factice n'étaient pas allumés. Paula s'assit devant une lampe à abat-jour vert qui venait d'ailleurs.

Deus ex machina regarda longuement sa visiteuse et prononça comme s'il était la Pythie elle-même :

— Vous en avez trouvé un.

Si elle fut surprise, elle ne le montra pas.

— On vous a raconté que j'étais là, plantée dans le passage ? J'espère que je n'ai pas trop dérangé.

Il secoua la tête.

— Je ne m'étonne, madame, que d'une seule chose. Que vous ne soyez pas allée plutôt au Centre de Contrôle. Vous auriez eu plus de chances.

Elle réfléchit un instant.

— J'avais peut-être besoin d'une confirmation. S'il était devenu un parangon de toutes les vertus, vous ne l'auriez pas retenu comme suspect.

— Son nom ?

— Ricardo Sur.

Le Directeur pianota sur le clavier de l'ordinateur. Rien ne venait. Il dit, avec une gaieté ingénue qu'elle ne lui connaissait pas :

— Ma foi, je dois être trop vieux pour ces techniques modernes. Voulez-vous m'aider ?

Elle contourna la table et effleura le clavier des mains. On put lire en lettres ambrées sur l'écran : « *SUR Ricardo. Plainte pour outrage à la pudeur, non-lieu. Inculpé pour viol, affaire Abad, acquitté. Interpellé pour exhibitionnisme, relaxé. Accusé de viol, pas de preuves. Accusé de viol, alibi, relaxé. Tentative de viol, pas d'inculpation.* » En regard, les dates et les références. Paula regardait à peine l'écran : elle gardait les yeux fixés sur le visage du Directeur qu'elle voyait pour la première fois de si près et qui ne lui apparaissait plus comme un visage, mais comme une galaxie de plis et de craquelures, comme une carte de la nature humaine dessinée au jour le jour par un explorateur, comme une chose et non plus comme un reflet, une chose hérissée d'un duvet attendrissant de vieillard. Puis elle reporta son regard sur le nom, Ricardo Sur, et ils le regardèrent ensemble un bon moment, comme si de cette contemplation pouvait sourdre une vérité ou au moins une décision.

Fatiguée, elle jeta un coup d'œil sur les livres familiers, dans les vitrines. Certains étaient des cadeaux qu'elle avait faits aux élèves à l'époque où elle croyait encore à la culture générale.

— C'est bien, dit-elle, que ceci se passe dans un lycée. C'est allégorique. C'est à l'âge du lycée que ces questions-là devraient être résolues. Ce que M. Dandolo a décidé de faire est foncièrement pédagogique.

Elle alla se rasseoir et rassembla ses mains dans son giron.

— Monsieur, dit-elle, je ne sais pas pourquoi vous participez à *Josaphat*. Il me semble que ce n'est pas pour les mêmes raisons que M. Dandolo. Je crois deviner lesquelles. Je vous propose une occasion. Vous en ferez, monsieur, ce que vous voudrez.

Dans la manière dont elle avait prononcé « occasion » il y avait une sensualité contenue.

Il y eut un long silence. Le Directeur prit machinalement un cigarillo et s'apprêta à l'allumer.

— Je vous demande pardon. Me permettez-vous ?

Elle fit oui de la tête, mais il n'alluma pas son cigarillo. Il le reposa sur la table, qui était un peu trop basse pour lui, ce qui lui donnait un air d'enfant sage. Quelque chose se passait en lui, qu'elle n'aurait pas su décrire : un incendie intérieur, une hémorragie, une exaspération de la solitude sur le point d'éclater. Il finit par parler :

— Il ne vous importe pas du tout, je suppose, madame, qu'il puisse s'agir du père de votre fille.

— Il y a une chance sur quatre, car elle ne ressemble à aucun d'entre eux. Non, cela ne m'inquiète pas. Cela devrait ? Excusez-moi, je n'ai pas ce genre de préjugés.

Il inclina la tête plusieurs fois, réfléchissant entre chaque inclinaison, et enfin :

— Merci, madame, d'avoir pris la peine de nous faire part de ce renseignement. L'affaire suivra son cours.

Combien de fois avait-il proféré cette phrase ? Que signifiait-elle aujourd'hui qu'elle n'avait pas signifié en d'autres occasions ? Paula se leva, perplexe. Il la reconduisit jusqu'à la porte. Elle eut la sensation saugrenue qu'aujourd'hui il émanait de lui une espèce de radioactivité : il se consumait de l'intérieur et cela produisait un rayonnement.

Elle retourna à son poste.

29.

Au radio-téléphone, le Ministre de l'Intérieur commença par réveiller son chef de cabinet. Il aimait réveiller les gens.

— Ah ! bon, vous pioncez. Et à l'Agglo, qu'est-ce qui se passe ?

— A l'Agglo ? Je ne sais pas, monsieur le Ministre.

— Vous devriez. Ça se réglera demain. Maintenant vous envoyez une voiture chez mon épouse pour y prendre une valise. Vous la faites déposer à l'aéroport de l'Agglo. Et vous me dégottez un hélico pour venir me prendre...

Il se tourna vers le matelot :

— Eh, vous. Comment ça s'appelle, ici ?

Le matelot trouvait que cet invité de la patronne était encore plus mal élevé que les autres. Il répondit :

— Eh ben... Ça s'appelle la mer.

— Ça a une latitude, une longitude ?

Le matelot consulta l'appareil et les donna. Le Ministre répéta les chiffres.

— Et vous vous arrangez pour que je sois à l'Agglo le plus vite possible. Et prenez contact avec la Défense : qu'ils mettent les unités qu'ils ont sur place en état d'alerte. Non mais !

Il raccrocha et réveilla sa femme.

— Poulette, tu vas me préparer une autre valise. Pas de chemises hawaïennes cette fois-ci. Un costume gris fer, croisé, des bretelles rouges, une cravate rouge. Enfin, pas trop rouge. Oui, lie de vin, c'est ça. Non, il n'y a pas de crise, te fais pas de mauvais sang. D'ailleurs c'est dans les crises que je brille le plus. Je te fais la bise, poulette.

Il prit une douche, se rasa. Il aimait se sentir sur le sentier de la guerre. Puis il écrivit, avec beaucoup de ratures, une lettre d'homme du monde à la maîtresse de maison.

Ma chère Braddy,

Ceci est une lettre de château, car votre Jérusalem Délivrée est un vrai petit château.

Je n'ai pas voulu vous tirer des bras de Morphée (à supposer que ce soit Morphée) pour vous faire mes adieux. Votre cousin s'est mis sur les bras un chahut qui a l'air de le dépasser un peu. Vous ne m'en voudrez pas de voler (littéralement) à son secours. Calypso elle-même n'a pas pu retenir Ulysse ; elle, pourtant, y avait mis les moyens. Selon notre vieille tradition, je vous baise les pieds.

P.S. Vous me rendrez mes effets à l'occasion.

Content du brouillon, il le recopia de la main gauche et signa d'un N. Il avait pris l'habitude de ne jamais laisser de preuves de rien, même des escapades les plus innocentes, et cette affaire-ci lui paraissait complexe. Un vrombissement lui apprit que ses ordres avaient été exécutés. Il monta sur le pont. Une Alouette de la Marine royale voltigeait au-dessus du yacht. Un homme en descendait au bout d'un câble.

Malgré le tourbillon de vent que créait le rotor et qui retroussait les vagues, malgré le bruit insupportable du moteur et une inexpérience totale de ce genre de sport, le Ministre se laissa calmement sangler dans le harnais. Les mousquetons s'encliquetaient un à un sur les boucles. A cet instant, Bradamante, maigre et boucanée, portant un strict minimum jaune canari, parut sur le seuil du rouf. L'hélicoptère, le câble, le harnais la surprirent à peine. Tout de même :

— Tu nous quittes déjà, Nicolo ? cria-t-elle pour se faire entendre malgré le bruit.

Et, intérieurement, elle se reprocha de n'avoir pas vraiment tenu parole à Julian, qui lui avait demandé de bien s'occuper de son Ministre. Elle aurait dû s'assurer qu'il était pourvu pour la nuit, éventuellement faire acte d'autorité ou se sacrifier elle-même... Bah ! elle avait toujours été une maîtresse de maison négligente.

Le Ministre cependant cherchait une réplique sarcastique. N'en trouvant pas, il indiqua d'un geste rageur qu'il était pressé de partir. Le câble commença de s'enrouler.

Bradamante eut souvent l'occasion de raconter le départ précipité de son hôte, et elle terminait toujours son histoire par ces mots :

— J'étais là, abasourdie, comme une gourde, et lui, le pauvre cher homme, le voilà qui s'élève dans le soleil levant, doucement, doucement, comme un jésus !

30.

L'un des premiers soins de Robich, si soudainement promu au rôle d'assistant du Directeur pour une raison qu'il ne discernait pas clairement, avait été de s'occuper de Pepito. Natalia lui aurait sûrement dit, si elle avait été là : « Grand Bonhomme, qu'est-ce que tu as fait pour mon petit garçon ? » Un appel radio au commissaire Gris, et Pepito avait été soustrait à la gentillesse des hôtesses et envoyé au lycée Cristobal-Colon, qui n'était pas pour lui le Centre de Tri de *Josaphat* mais la grosse bâtisse grise et sinistre où il serait enfermé dans un an s'il travaillait bien et l'année d'après s'il travaillait mal, de sorte qu'il ne valait presque pas la peine de travailler mal.

Au demeurant, sa propre vie était devenue indifférente à Pepito, depuis qu'il avait reconnu sa défaite dans la longue guerre défensive qu'il menait contre son frère. En acceptant sa première piqûre d'héroïne, il avait délibérément misé sur le noir, signé la promesse de vente de son âme, accepté le désespoir du monde. Il en était à se dire qu'il avait mal jugé son frère qui, dans le fond, avait raison, que ce n'était pas si compliqué que ça, la vie, que le père Leandro, le Christ-Roi, la Vierge-Mère étaient des naïfs sans consistance et leur cause irrémédiablement perdue. Résultat, il s'inquiétait pour Sariel dont il se sentait de plus en plus solidaire. Penser qu'il avait pu souhaiter sa mort ! Voilà où vous conduit d'aimer trop le bon Dieu. La police avait-elle investi *La Bouche d'Enfer* ? Avait-elle arrêté Sariel avec, peut-être, de la drogue sur lui ? Aux Arènes, il avait passé son temps à le chercher et ne savait s'il devait se réjouir ou s'angoisser de ne pas l'avoir trouvé.

Il fut tout de même content d'être accueilli au lycée par M. Robich, qui l'intimidait moins que les autres parce que c'était le mari de Natalia et le papa de Manuel.

— Pepito, lui dit Robich, le patron m'a nommé son assistant, et moi je te nomme le mien. Tu seras l'assistant de l'assistant. Pour commencer, on va aller demander aux cuistots de la SRTA si le petit déjeuner, c'est pour aujourd'hui ou pour demain. Nous avons trois ou quatre mille suspects et témoins à nourrir : il faut se remuer.

L'Antéchrist avait été transporté aux Arènes, où l'état de ses bottes lui avait assuré une certaine tranquillité. Il y avait aussi compris, avec un mélange de dépit et de soulagement, que l'opération *Josaphat* n'avait pas été montée contre lui seul. Au début, il avait espéré qu'on le contrôlerait le plus vite possible, pour se débarrasser de lui ; dès qu'il avait vu qu'on tardait, il s'était dit que son intérêt, au contraire, était de passer dans les derniers, quand la fatigue aurait éteint le zèle des policiers. Il se tint donc à l'écart, sur un gradin inoccupé, s'en excusant sur l'odeur qu'il répandait. Il vit, de loin, Eric disparaître dans une des tentes de contrôle et puis reparaître de l'autre côté. Etait-il traité en suspect, à cause des circonstances de sa capture, ou en étranger innocent ? Pour le moment, l'Antéchrist s'en moquait. « Je lui remettrai bien la main dessus, au mignon, si je me tire de là. »

Lorsque la rumeur selon laquelle l'opération *Josaphat* était illégale se répandit par les Arènes, il se demanda si sa chance n'était pas venue non seulement de s'en tirer, mais de donner la pleine mesure de ses talents.

Qu'avait-il fait de sa vie jusqu'à maintenant ? Calculons. Il avait : contaminé plusieurs jeunes garçons ; perverti des dizaines d'entre eux ; plongé dans des délices crapuleuses quelques milliers de satanistes ; alimenté en drogues diverses des dizaines de milliers de consommateurs dont certains jusqu'à la surdose ; glissé des messages subliminaux exaltant la drogue, la luxure et Satan lui-même dans un million ou deux de disques. Si on faisait remonter à lui l'arbre généalogique des disciples de ses disciples, car les pervertis pervertissaient, les contaminés contaminaient, les drogués droguaient, cela faisait un nombre appréciable de descendants dans cette paternité du Mal qu'il avait entreprise. Ce n'était encore que jeu d'enfant. Il y avait mieux à faire, et le moment pouvait être venu.

Autour de lui, il y avait des milliers de braves gens fatigués d'être assis sur les gradins, mais aussi une élite de chenapans, dont beaucoup le connaissaient et lui obéiraient peut-être. S'il organisait la résistance, s'il défiait les policiers, s'il ridiculisait les militaires ou s'il les amenait à faire un massacre ? Ne serait-ce pas là une entreprise — dût-il y périr lui-même — digne de Sariel de Sariel ? Et ne serait-ce pas l'occasion d'en finir avec l'hypocrisie du monde moderne qui, sans se fonder sur une métaphysique, prétend néanmoins imposer une éthique universelle à base d'égalitarisme, de sensiblerie, de tolérance mutuelle, bref d'un prêchi-prêcha-bouillie-pour-les-chats ? Les Noirs avaient défilé dans les rues en Amérique en faisant savoir que *black is beautiful*. Ils avaient raison. Les femmes, les handicapés, les homosexuels, plus récemment les obèses avaient fait valoir leurs droits à être eux-mêmes sans subir aucune discrimination. Et pourquoi pas les mauvais ? Parce qu'ils gênent les autres ? Pourquoi ne gêneraient-ils pas les autres, s'ils ne peuvent s'exprimer autrement ? Fonder les Brigades des Mauvais. Lancer un slogan : « Le Mal, c'est bien ». Ruer à la face de la mômerie démagogique et bien-pensante.

Il en était là lorsqu'une robe blanche fripée retourna les braves gens et fit rentrer sous terre les rebelles : personne n'avait envie de se faire connaître comme ennemi de la constitution et séide des terroristes. La momerie triomphait.

— Bon, alors je ne veux plus rester ici.

Resquillant aisément à cause de l'odeur qu'il répandait, l'Antéchrist se fit rapidement contrôler. La carte d'identité d'Emilio Gordo avait été préparée par un professionnel et elle passa facilement l'examen, mais le policier auquel Emilio Gordo s'était adressé dans la rue avait trouvé son apparition suspecte — « On aurait dit qu'il était tombé d'en bas! » — et le jeune inspecteur qui l'interrogea lui trouva une si drôle de dégaine qu'il maintint la carte rose.

— Où avez-vous la bonté de m'envoyer maintenant, monsieur le haut commissaire ?

— En garde à vue au Centre de Tri, et si t'es pas heureux c'est le même tarif.

L'Antéchrist s'aperçut qu'il était sorti de son rôle d'égoutier et se laissa docilement conduire par les gendarmes au Centre de Tri. Il avait bon espoir de franchir avec succès ce dernier obstacle. Il n'avait jamais attaqué personne dans la rue. Sa réserve de drogue était cachée dans ce souterrain qui n'appartenait à personne. Les poulets n'avaient rien trouvé à redire à ses faffes. La police de son quartier ne le connaissait pas encore avec la barbe. Qu'il y eût ou non des terroristes au Corazon ne changerait rien pour lui. Il se dit qu'il serait sorti avant midi et que, selon toute probabilité, il retrouverait son beau Teuton ce soir même à *La Bouche d'Enfer*. « C'est collant, les puceaux. » Il sourit avec une ironie presque affectueuse : « Je vais me le farcir ce soir, ou alors il n'y a pas de bon Dieu. »

Il débarqua du car avec quelques autres suspects, de misérables arracheurs, des fumeurs d'herbe, des usagers-revendeurs qui ne sortiraient jamais du tunnel de la dégradation où ils étaient entrés.

Dans le vestibule des élèves, au pied de la cage d'escalier, était assise une jeune femme impassible en robe noire, les lunettes rondes, le regard fixe. Elle regardait défiler suspects et témoins. L'Antéchrist ne la connaissait pas, mais, sans qu'il sût pourquoi, elle le fit frissonner d'angoisse, comme un mauvais présage.

Ce présage se confirma immédiatement, car plusieurs hommes descendaient l'escalier, et l'un d'entre eux, jeune, carré, mastoc, la veste défraîchie, la cravate de travers, une mèche de cheveux relevée au sommet du crâne, une expression de bienveillance imbécile répandue sur les traits, était ce commissaire du Corazon, dont l'Antéchrist avait menacé le fils. Les personnes qui précédaient le commissaire dans l'escalier cachaient tout de lui sauf sa tête et le haut de sa poitrine. L'Antéchrist se dit que, dans cette foule, si leurs yeux ne se croisaient pas, il avait encore une chance de n'être pas reconnu, grâce à son collier de barbe. Il céda poliment la rampe et détourna la tête vers le mur.

— Sariel ! Sariel !

Pepito, que Robich conduisait par la main, s'arracha à lui, dégringola quelques marches et se jeta sur son frère, pressant sa tête contre son estomac et lui entourant la taille des bras.

La bienveillance imbécile disparut alors des traits du policier, et fut remplacée par une expression presque animale : la jubilation farouche du carnassier triomphant.

L'Antéchrist frappa Pepito au visage avec une telle violence qu'il tomba, glissa sur le carrelage et alla donner de la tête contre le mur.

31.

La dernière découverte de quelque importance faite au cours de l'opération *Josaphat* n'apparaît pas dans le bilan de l'opération tel qu'il fut publié quelques semaines plus tard pour une diffusion restreinte.

Andreas, le vieil Andreas avec son teint couperosé, ses cheveux poivre et sel, ses doigts tachés de tabac, son orthographe hésitante et le mal qu'il avait à utiliser le langage procédurier pour peu qu'il sortît un peu de l'ordinaire, ne passait pas pour le phénix des policiers. Mais il avait l'expérience, la chance et le flair, si bien qu'il faisait de meilleure police que beaucoup de ses supérieurs, et, cette nuit-là, la découverte du Zurbaran l'avait mis en appétit.

Il arriva avec ses trois coéquipiers devant la mansarde du défunt Miguel Logrono, revendeur de cocaïne poignardé trois semaines plus tôt, sans doute sur les ordres de Queenie Lee qu'il avait imprudemment essayé de blouser. Une perquisition avait sûrement été faite chez lui. D'ailleurs les scellés y étaient encore. On était fatigué. Fallait-il vraiment aller voir si personne n'était entré par la fenêtre pour se cacher là-dedans ?

— Allez, chef, fit l'un des policiers, au blouson de cuir et aux lunettes dorées, l'air d'un intellectuel, on se tire.

— Non, dit Andreas. On a reçu l'ordre de tout visiter, on visite tout.

— Alors on va encore aller chercher le serrurier ? demanda un gros inspecteur rougeaud, déguisé en agent.

— Pas la peine. Pour ce qu'il doit y avoir dedans... bougonna Andreas.

— D'accord, fit le quatrième policier, un costaud, et il enfonça sans mal le vantail vermoulu.

Une pièce mansardée, vaste, avec un lit de camp dans un

coin. Un tabouret, une table, une vieille commode. Une odeur de rat.

— Bon, ça va, fit l'intellectuel. On se tire.

— On n'a pas visité la cuisine, dit Andreas.

— D'accord, on visite, fit le costaud.

Il était toujours d'accord avec tout le monde.

Avec son plafond en pente, la cuisine était à peine assez haute pour qu'on pût s'y tenir debout. Elle contenait un évier écaillé, un réchaud à butane, une table bancale, un placard, un réfrigérateur dont la rouille transparaissait à travers la peinture blanche. Le plancher était couvert d'un linoléum taché.

— Si c'est pour vivre comme ça, c'est pas la peine de vendre de la schnouffe, dit l'intellectuel.

Les collègues qui avaient perquisitionné avant Andreas n'avaient pas refermé la porte du placard plein de vieilles boîtes de conserves, et ils avaient soulevé une latte du plancher en arrachant le lino. Pas des gens soigneux. Quelque chose avait pu leur échapper. Près de l'évier, par terre, il y avait un paquet de lessive, le grand modèle. Ils avaient répandu une bonne poignée de lessive par terre, rien qu'une poignée. Le paquet était toujours lourd.

Andreas le souleva et le posa sur la table. Le pan supérieur avait été proprement déchiré sur trois côtés : pas seulement le coin verseur, tout le pan. Andreas replia ce pan servant de couvercle et vit que le paquet était encore aux trois quarts plein d'une poudre blanche. Il la renifla. C'était bien de la lessive. Il y plongea l'index et creusa la poudre avec son ongle ébréché, endeuillé. Il sentit du papier. Il renversa le paquet et répandit la lessive sur la table. Puis il plongea la main dans le paquet et se mit à en ramener des liasses de billets de mille pesos. Il les posait côte à côte, bien rangées, pour compter plus vite. Il y avait aussi des liasses de billets de cinq cents et de cent pesos. Lorsque le paquet fut vide, Andreas le secoua et en montra l'intérieur à ses trois collègues.

— Eh bien oui, quoi ! Il est vide, dommage, dit l'intellectuel.

— On compte, fit Andreas, et gardez vos pognes bien en vue.

Les liasses de cent étaient de cinquante billets chacune ; il y en avait dix : 50 000 pesos.

Les liasses de cinq cents étaient aussi de cinquante billets ; il y en avait cinq : 125 000 pesos.

Les liasses de mille étaient également de cinquante billets ; il y en avait onze : 550 000 pesos.

Total : 725 000 pesos.

Ils comptèrent à tour de rôle et trouvèrent tous le même chiffre, sauf l'intellectuel qui crut qu'il y avait 7 250 000 pesos, mais on lui fit reconnaître qu'il se trompait.

— Vous le voulez, ce fric ? demanda Andreas, d'un ton dégoûté.

Ses trois collègues s'entre-regardèrent.

— Non imposable, précisa Andreas.

— Il n'est pas à nous, dit le rougeaud en tenue.

— D'accord, acquiesça D'Accord.

— Il faut le filer à la Direction, conclut l'intellectuel.

— Logrono n'a pas laissé d'héritiers, fit observer Andreas.

— Ça ferait combien par bonhomme ? demanda le rougeaud.

D'Accord fit un rapide calcul mental :

— Cent et reste trois cents et soixante-quinze et reste vingt-cinq et six et cent quatre-vingt-un et deux cent cinquante... 181 250 pesos par tête de pipe.

Aucun d'eux ne gagnait plus de 10 000 pesos par mois.

Ils considéraient les billets rougeoyants comme si c'étaient des braises. Avec 181 250 pesos, on achète une belle voiture, une petite maison, ou on investit, ça fait un ou deux mois de salaire en plus, rien qu'avec les intérêts, et si on ne les dépense pas, on a doublé son capital au bout de...

— Oui, mais qu'est-ce que ça fait, puisque ça n'est pas à nous, bougonna le rougeaud, et il remit sa casquette d'uniforme.

— Ce n'est peut-être pas à nous, mais ce n'est à personne, remarqua Andreas, le tentateur.

— Ce n'est peut-être à personne, mais ce n'est pas à nous, maugréa l'intellectuel.

— D'accord, fit D'Accord.

— Bon, conclut Andreas, alors on remet le tout à la Direction, et les débarbots s'en mêlent, et les notaires, et la Caisse de dépôts et consignations et finalement, dans dix ans, avec l'inflation, il n'en reste plus rien. C'est bien ça que nous voulons ? Alors remettez le tout dans le paquet de lessive, on va voir Le-Pire-est-toujours-sûr tous les quatre et on recompte devant lui.

Les trois hommes regardaient Andreas, se demandant où il voulait en venir et s'il leur aurait vraiment laissé partager le butin ou s'il se serait empressé de les dénoncer.

— Il y a une autre solution, dit Andreas. Je ne sais pas si vous vous en êtes déjà aperçus, mais il arrive qu'un flic se fasse descendre par un voyou. Ce n'est pas une bavure, ce n'est même pas un assassinat, c'est simplement un flic de moins, ce qui ne fait de peine à personne. Peut-être même pas à ses enfants, qui n'ont plus besoin d'écrire « policier » dans les formulaires, sur la ligne où on leur demande la profession de papa. Enfin, ces enfants, qu'ils aient honte de leur père ou non, il faut bien qu'ils mangent. C'est pourquoi nous avons un orphelinat de la police. On vous a sûrement demandé de donner 50 pesos par-ci, 100 pesos par-là pour cette institution. Sept cent vingt-cinq mille pesos, c'est peut-être une piscine pour les gosses, ou un labo de chimie, ou un terrain de foot, je ne sais pas combien ça coûte, ces machins-là.

— D'accord, dit D'Accord.

— Ça va, accepta le rougeaud.

— Mais si on ne déclare rien, ça ne risque pas de nous retomber sur le nez ? demanda l'intellectuel.

— Pas si nous gardons bouche cousue, répondit Andreas. Mais alors cousue main ! Pas notre femme, pas notre meilleur copain.

La femme de D'Accord était de toute confiance ; elle saurait et elle approuverait :

— D'accord.

Si la femme de l'intellectuel apprenait qu'il avait eu l'occasion de rafler près de deux cent mille pesos, ça risquait de barder :

— D'accord.

Le rougeaud était célibataire et il n'allait pas se vanter de sa jobardise devant ses partenaires de belote :

— D'accord.

— Autrement, dit Andreas, si l'un de nous est assez bête pour l'ouvrir, c'est la mise à pied et peut-être des poursuites judiciaires. On s'est bien compris ? Bon. Je dépose ça, de la main à la main, à l'orphelinat. Dans *La Gazette de la police,* il y a chaque mois la liste des dons. Si en juillet vous ne trouvez pas « Anonyme 725 000 », venez me flinguer.

32.

La journée s'annonçait chaude, mais aérée. Et le petit déjeuner avec Rosario avait été si gai, malgré l'inquiétude créée par Radio-Tout-le-Monde ! Pourtant, en montant les degrés de l'entrée des professeurs, Julian, sans savoir pourquoi, avait le cœur lourd. Dans la nuit, tout avait été clair comme la voie lactée, et voilà que, dans la splendeur du matin, tout s'assombrissait. Julian avait l'impression que quelque chose était en train de lui échapper : quoi ? Il sourit à Rosario d'un assez pauvre sourire.

Dans le vestibule des professeurs — colonnes doriques et fresques allégoriques du début du siècle — il croisa le colonel Barualdo.

— Je vous cherchais, monsieur l'Administrateur. Vous aviez disparu. Je n'ai pas voulu vous appeler à la radio. C'est confidentiel.

Rosario disparut instantanément.

— Eh bien ? fit Julian, maîtrisant sa nervosité.

— Une radio de la Capitale a annoncé que le gouvernement n'avait pas ordonné d'opération *Josaphat* et mes gendarmes s'inquiètent. Moi-même... je voudrais une assurance. D'autant plus que, si je comprends bien, vos terroristes n'ont toujours pas été débusqués.

Julian s'éloigna de deux pas, revint, les mains dans le dos :

— Colonel, pour vos fonctions dans l'Agglomération, vous rendez compte à qui ?

— A vous, monsieur l'Administrateur.

— Vous ai-je signé une réquisition en bonne et due forme ?

— Je l'ai dans mon képi.

— Quand expire-t-elle ?

— Ce soir à 22 heures.

— Quelle heure est-il ?

— Je sais tout cela, monsieur l'Administrateur. Mais j'ai besoin de dire à mes hommes que c'est réglo, que les journalistes se sont emmêlé les pédales une fois de plus.

— Eh bien, dites-le-leur, fit Julian. Que voulez-vous de moi, colonel ?

Le visage ascétique de Barualdo exprimait le trouble, et Barualdo n'aimait pas être troublé. Ce n'était pas dans son tempérament.

— Une assurance, monsieur, de votre part.

— Vous l'avez. Faites votre travail.

— C'est que, voyez-vous, le procureur général a été interviewé : il a dit qu'il était à peine au courant, qu'il ne pourrait en aucun cas être responsable...

— Colonel, ma patience a des limites. Je vous ai requis. Faites votre métier.

Les yeux bleu clair et les yeux vert-de-gris se heurtèrent. Après un moment, Barualdo exécuta son petit ballet : il recula d'un pas, se mit au garde-à-vous, se coiffa de son képi, salua, fit demi-tour. Rosario se rapprocha. Son visage questionnait. Julian soupira :

— Allons voir si Jesus, lui, m'est fidèle.

Ils n'avaient pas fait dix pas qu'on les intercepta de nouveau :

— Monsieur l'Administrateur, je ne sais pas si vous vous souvenez...

— Comment donc ! Le commissaire Robich. Vous êtes un de mes grands remords. Vous étiez venu me parler de PURGE et j'ai été obligé de vous maltraiter parce que *Josaphat* était en pleine préparation. Voulez-vous me pardonner ?

Depuis deux heures, Robich se demandait s'il parlerait à son Directeur, qu'il redoutait toujours autant, encore qu'il eût la capture de l'Etouffeur à son actif, ou au jeune Administrateur contre qui il avait toujours une dent, mais qu'il méprisait un peu moins depuis la veille. Cette rencontre fortuite régla la question et il répondit avec une assurance toute nouvelle, qu'il devait à son triomphe nocturne :

— Monsieur l'Administrateur, j'ai toujours pensé que vous deviez avoir des raisons pour agir comme vous l'avez fait. Par parenthèse, j'ai une bonne nouvelle à vous annoncer. La police a arrêté l'Etouffeur. Oui, nous avons eu cette chance. C'est même moi qui lui ai mis, comme on dit, la main au collet. Il n'étouffera plus personne, du moins avant longtemps. Mais ce n'est pas ce dont je souhaitais vous entretenir. Puis-je finir de vous dire ce que je n'avais pas terminé le jour où vous m'avez reçu ?

Julian le prit amicalement par le bras.

— Tu veux bien attendre ici, Rosario ?

Ils firent les cent pas, et le commissaire Robich raconta avec brio Pepito, l'Antéchrist, la drogue, le satanisme, la fouille manquée, la bombe vivante, la visite du curé, l'enquête sociale, le réseau de relations puissantes, et enfin l'incident de tout à l'heure.

— En fait, nous n'aurions pas eu de raisons précises de le garder plus longtemps que les autres, sinon qu'il était porteur de faux papiers. Article 153 : usage de documents contrefaits, falsifiés ou altérés. Six mois à trois ans. Ça permet de l'intimider sans trop le bousculer. A la fouille, on n'a rien trouvé, sauf des traces de piqûres. Il doit avoir une cachette. On peut l'amener à nous la donner. Usage personnel ou stockage pour la vente ? On ne sait pas. De toute manière, on peut le déférer au Parquet et on est sûr d'obtenir une condamnation. Alors là, nouvelle enquête sociale, qui aboutirait. L'enfant serait sauvé. Mais j'ai préféré en parler à vous plutôt qu'à monsieur le Directeur. Il n'aime pas trop mes initiatives.

— Cela me paraît fort bien pensé. Pour moi, vous pouvez bousculer cette ordure autant qu'il vous plaira. Evitez seulement de le marquer si, comme vous le dites, il connaît des journalistes. Une chose cependant. Un interrogatoire un peu dur, ça ne s'improvise pas. Vous êtes compétent ?

— Euh.... non, monsieur l'Administrateur. Je n'ai jamais touché un détenu. Une paire de gifles à un jeune, peut-être, pour insolence, rien de plus. Jamais.

— Bon, alors n'essayez pas. Vous vous feriez mal aux phalanges, c'est tout. Je vais en parler au Directeur.

Robich n'en croyait pas ses oreilles et Julian n'en croyait pas sa langue. Lui non plus n'avait jamais maltraité personne, et pourtant c'était bien lui qui avait prononcé ce qu'il avait prononcé. Etaient-ce des souvenirs de la guérilla qu'il avait menée outre-mer qui lui revenaient à la mémoire ? Ces préoccupations précises : être compétent, ne pas marquer... Il s'effraya lui-même du naturel avec lequel il était passé du monde des lois à celui de l'efficacité. « Ne pourrait-on concilier les deux ? Suis-je déjà si endurci ? »

Il faisait jour dans la bibliothèque, mais la lampe de bronze à abat-jour vert demeurait allumée sur la table. Le Directeur offrit sa chaise à Julian, qui se laissa tomber sur une autre. Le moment était venu de reprendre *Josaphat* en main.

— Alors ? Nous sommes démasqués, il paraît ? Les mass-media s'affolent ? Ne pensez-vous pas, don Jesus, que vous auriez pu me prévenir ?

— Oui, don Julian, j'aurais pu. Et vous auriez pu, vous, être ici, au poste de commandement, à tenir votre place et non pas à encombrer mes fonctionnaires sur le terrain. Cela eût été plus... congru. Puis-je savoir si monsieur l'Administrateur a arrêté beaucoup de petits voyous ?

Julian refoula un mouvement de colère. Comme chef, il se devait la vérité. Or, don Jesus avait raison. Du reste, ce n'était pas le même don Jesus : il émanait de celui-ci une énergie d'une espèce nouvelle, comme si le deuxième étage de la fusée venait d'être mis à feu.

— Vous voulez dire que le général s'est pris pour un chef de section, que j'étais inutile où j'étais et que je me suis épuisé à ne faire strictement rien ? Admettons. Chapitre clos, maître, si vous voulez bien. Aux Arènes, ça a failli mal tourner : Rosario a renversé la situation, et elle est en train de louer des films pour occuper les gens, mais je pense qu'il faudra néanmoins accélérer, quitte à faire des impasses. Heureusement le Ministre est en croisière, sinon il nous serait déjà tombé dessus. Où en sommes-nous ?

— Je vais vous rendre compte.

Le Directeur prit ses papiers. L'Abyme avait été vidé et visité à 100 %. Les trois autres sous-quartiers, à 80 %. Dès le soleil levé, des citoyens étaient venus spontanément se mettre à la disposition de la police. A midi au plus tard, le Corazon serait vidé. Au cours de l'opération, un nombre considérable d'objets volés, non encore inventoriés, avaient été récupérés, 6 recherchés avaient été appréhendés et 13 individus arrêtés pour possession d'objets illégaux, on avait saisi 2,400 kg de drogues diverses et 1651 personnes avaient été retenues comme suspectes.

Julian se rejeta en arrière sur sa chaise : *Josaphat* l'invraisemblable avait réussi. Il ferma les yeux.

— Avec tout cela, monsieur l'Administrateur, poursuivit le Directeur, dont les yeux ressemblaient à des lanternes sourdes, du point de vue professionnel, l'opération *Josaphat* doit être tenue pour un échec.

— Plaît-il ?

— Votre intention était de nettoyer le Corazon. Sur environ 1500 suspects frimés à cette heure, 17 ont été formellement reconnus par leurs victimes et 53 par d'autres suspects. Soixante-dix inculpations au plus. La plupart des victimes sont des touristes qui ne viendront pas témoigner au tribunal, et les complices se dédiront. Si nous avons une vingtaine de condamnations…

Les yeux de Le-Pire-est-toujours-sûr étaient injectés de bile.

Sa déception n'était pas feinte, et pourtant Julian avait l'intuition qu'il ne disait pas tout, qu'il n'était pas aussi déçu qu'il aurait dû l'être.

— Evidemment, nous sauverons de *Josaphat* ce qui pourra en être sauvé. Ce n'en restera pas moins, quoi que nous en disions, une opération café au lait. Je suis le premier à le déplorer. Heureusement, elle n'aura pas coûté grand-chose au contribuable.

Julian se leva et fit un geste qui ne lui était pas familier : il étendit les bras à se faire mal aux clavicules et même aux reins. Il sentait des forces nouvelles affluer en lui.

— Vous avez fait frimer tous les suspects par toutes les victimes et tous les témoins ?

— Oui, monsieur. Pas un seul témoin n'a fait de déposition.

— Eh bien, nous allons recommencer. C'est samedi, je connais le gouvernement : nous avons des heures devant nous. Je vais leur parler, moi, aux témoins et aux victimes. Pas aux touristes. A ceux de l'Agglo, ceux qui souffrent, ceux qui savent. Pourquoi se taisent-ils, bon Dieu ?

— Parce qu'ils ont encore peur, monsieur l'Administrateur. Ils ont été abandonnés trop longtemps. Il faut se rendre à l'évidence : le grand nettoyage du Corazon est manqué.

— Maître, dit doucement Julian, j'ai réalisé ce que vous teniez pour invraisemblable. Votre évidence, je refuse de m'y rendre. Je refuse de considérer le grand nettoyage du Corazon comme manqué. Veuillez prendre les dispositions nécessaires pour refaire une frime complète.

33.

Un Mirage de la Marine royale déposa le Ministre de l'Intérieur à l'aéroport de l'Agglomération. Un hélicoptère l'y attendait.

— Vous me mettrez place Royale, dit le Ministre.

— Est-ce bien prudent, monsieur le Ministre ? Le Corazon est bouclé par les rebelles, répliqua le pilote.

— Conduisez votre taxi et laissez-moi faire mon boulot.

Et le Ministre monta dans l'Alouette du pas d'un proviseur allant mettre de l'ordre dans une classe agitée.

L'Alouette survola l'Agglomération qui se réveillait un peu tard aujourd'hui : c'était samedi. En pénétrant dans l'espace aérien du Corazon, le Ministre vit de haut les camions, les barbelés, les soldats en tenue camouflée. Il crispa la bouche.

L'appareil se posa en plein milieu du dispositif adverse, devant la grille de l'Hôtel de ville qui fut ouverte par un petit jeune homme à lunettes rectangulaires, en costume bleu foncé.

— Monsieur le Ministre, nous vous attendions comme le Messie, sauf que nous ne doutions pas de votre venue. (Petit rire de gorge.) Je suis M. Ectors, directeur du cabinet de M. Dandolo. Ectors, monsieur le Ministre.

— Et qu'est-ce qu'il fabrique, votre Dandolo ?

Geste pudique :

— Je l'ignore, monsieur le Ministre.

— Alors vous ne faites pas votre métier. Vous n'irez pas loin, je vous le prédis.

— Je vous demande pardon, monsieur le Ministre. M. Dandolo ne me tient pas au courant de ses projets, et je n'ai pas quitté l'Hôtel de ville par crainte de tomber dans une rafle. La police est déchaînée, elle ne respecte rien, elle embarque tout le monde. Cependant j'ai pu m'entretenir avec certains fonctionnaires à travers cette grille, qu'ils n'ont pas osé violer. J'ai passé la nuit sur place, monsieur le Ministre.

— Oui, oui, vous êtes un lèche-bottes, Ectors, j'ai compris. Qu'est-ce qu'ils vous ont raconté, vos poulets ?

Ectors avala sa salive. Il savait d'expérience que, dans l'administration, le seul secret est d'insister, et ne désespérait pas de recevoir au bout du compte une promotion ou un ruban bleu : déjà M. Grosso se rappelait son nom, c'était toujours cela de gagné.

— Il semble y avoir une sorte de conspiration, monsieur le Ministre, entre Dandolo, Los Angeles, Barualdo et un militaire de la 2e DBI.

— Une conspiration pour faire quoi ?

— Ce n'est pas clair. Ils prétendent neutraliser un groupe terroriste, ce qui est de votre ressort, monsieur le Ministre, et ils ont vidé tout le quartier. Les habitants sont parqués aux Arènes dans des conditions effroyables. Je me suis arrangé, monsieur le Ministre, pour me procurer cette proclamation. Elle est un peu chiffonnée, excusez-moi... je l'ai eue par un policier qui passait.

Le Ministre lut la proclamation en gravissant le perron.

— Dois-je comprendre, lui demanda Ectors, que nous avons été trompés, que cette opération n'a pas été commandée par vous-même ? C'est ce qu'affirme la radio.

M. Grosso ne répondit pas directement.

— Tout ça va se payer dans les heures qui viennent. Des têtes vont rouler, Ectors. Vous pouvez préparer le panier et la sciure. Non mais ! Pour qui se prennent-ils, ces gamins ? Et d'abord pourquoi ne sont-ils pas ici ?

— J'ai cru comprendre que le PC de la conspiration était au lycée Cristobal-Colon.

— Alors vous allez vous prendre par la main, vous propulser jusque-là et me ramener illico Catilina et ses Myrmidons. Nous avons des troupes fidèles ?

— Il y a la garde, monsieur le Ministre. Dandolo l'avait consignée, mais si vous l'ordonnez...

— Laissez-les consignés pour le moment. Dégottez-moi quand même un sous-off et une dizaine de types. On ne sait jamais. Non, ne m'accompagnez pas : je connais le chemin. J'attendrai dans le bureau de ce petit sauteur. Ah ! il verra s'il va faire la cabriole avec moi. Il comprendra sa douleur, je vous le promets. Non mais ! Il n'a qu'à bien se tenir, votre petit prince de mes deux. On va les lui nettoyer, ses écuries d'Augias.

Ectors prit sa voiture personnelle. Ses mains tremblaient de voluptueuse expectative. Il eut du mal à passer la première vitesse.

34.

Les 1021 habitants du Corazon que, sur leurs déclarations ou sur leur mine, et le plus souvent par un mélange de flair et de calcul des probabilités, les policiers avaient classés parmi les témoins potentiels avaient pris place sur les gradins dépliables du gymnase, au lycée Cristobal-Colon. Il y avait là des hommes et des femmes, des nababs et des miséreux, des réactionnaires et des progressistes, et, après leur nuit blanche, tous avaient l'air excédé et méfiant lorsque l'Administrateur fit son entrée. Il était accompagné d'un gaillard au teint jaunâtre qui devait être son garde du corps, du commissaire de police du Corazon et de deux jeunes femmes. Il vint se placer à un bout du plancher découpé par des bandes de couleur entrecroisées figurant les limites des divers jeux qui se pratiquaient ici. Comme il avait des gradins à sa droite et à sa gauche, il lui serait difficile de parler à la moitié de son public sans tourner le dos à l'autre ou alors sans avoir l'air de s'adresser à une barre fixe, une échelle horizontale, des barres parallèles et un cheval de saut.

Julian vit cela. Il vit aussi que la présence des deux jeunes femmes était mal prise : « Se déplace pas sans son harem, grognait un compère. — Me demande bien ce qu'il leur trouve, à ces traînées », repartait sa commère.

Il fallait tout de même sauver *Josaphat,* au moins en tirer ce qui pouvait encore en être tiré.

Julian s'avança jusqu'au micro que les policiers avaient préparé pour lui. Il se sentait repoussé par un silence hostile.

— Mes amis, je suis Julian Dandolo...

L'acoustique était exécrable et, de plus, c'était maladroit de décliner son identité à cette heure tardive. L'Administrateur aurait dû être parmi ces gens dès le début, les recevoir au Centre de Contrôle, les accompagner au Centre de Tri, les supplier de l'aider, leur faire du charme... Trop tard. Il allait falloir les prendre autrement.

Il commença par expliquer que la menace terroriste planait toujours, mais qu'il était là pour s'entretenir avec ses concitoyens d'une autre affaire : la sécurité du Corazon. C'est pourquoi il avait prié la présidente de la Société pour la Restauration du Tourisme dans l'Agglomération d'être présente. Il allait se passer des choses nouvelles dans cette Agglo qu'ils habitaient et qu'ils aimaient tous, et il souhaitait en faire part à ses amis réunis ici.

Il révéla le projet de réhabilitation des Fundia. Une exposition universelle aurait lieu dans l'Agglomération l'année prochaine ou la suivante. Il gardait aussi un œil sur les Jeux Olympiques. Les étrangers allaient affluer... Il passa la parole à Rosario.

Rosario dit quelques mots sur la rénovation touristique et commerciale à laquelle l'Agglo était promise. Elle utilisa des termes simples parce qu'elle n'en connaissait pas d'autres. Elle montra que le Corazon, qui contenait la plupart des monuments et des lieux pittoresques de l'Agglomération, serait le premier à bénéficier de cette évolution. Cependant, il y avait un obstacle que tous ici connaissaient bien. Par exemple, elle, sa maman ne lui permettait même pas de franchir les limites du Corazon. Cela amusa ; l'assistance n'en demeurait pas moins sur son quant-à-soi quand Julian reprit le micro.

Il chercha un visage sympathique sur lequel fixer son attention et soudain reconnut au premier rang à gauche la jeune joaillière pulpeuse habillée de noir qui avait prétendu ne pas voir l'agression dont Giulia et lui avaient été victimes. Elle accompagnait un vieillard dans un fauteuil roulant et un petit garçon pâle vêtu de sombre, avec un grand col blanc, l'air d'un infant. Au lieu de sympathie, Julian ne trouva sur le visage de la joaillière qu'une réserve allant jusqu'à l'hostilité et il se dit que, s'il réussissait à la persuader, la foule entière basculerait de son côté.

Il expliqua que l'occasion était unique, que tous les petits criminels du Corazon étaient pris dans la nasse, que le moment était venu de s'en débarrasser, de les punir, de se venger de leurs exactions, d'effacer le discrédit qu'ils infligeaient à l'Agglomération. La police se portait garante — Robich hocha vigoureusement la tête — que les plaintes seraient écoutées avec attention, que les suspects dénoncés seraient immédiatement écroués, et il promettait, lui, l'Administrateur, de veiller à ce que les poursuites fussent rapides et implacables. D'ailleurs, n'avait-on pas vu lors de la séance précédente que les suspects n'avaient aucun moyen de savoir qui les identifiait, du moins tant que la plainte officielle n'était pas formulée ? A cette restriction, il y eut des ricanements. Julian regardait la joaillière et son expression demeurait aussi fermée, tandis que son grand-père ne cachait pas son attitude sarcastique. Il branlait du chef, frappait en cadence les bras de son fauteuil et se retournait quelquefois pour partager la drôlerie de la situation avec la foule : « Ah ! ouiche! » semblait-il dire ou « Comptes-y, mon bonhomme! » ou « Quel cirque! »

Néanmoins Julian poursuivit. Pour les crimes et délits, l'Agglomération tenait le deuxième rang dans le monde. En ne comptant que les viols, les agressions sur la voie publique, les vols à la tire et à la roulotte, il y avait environ 8 000 exactions par an dans le seul Corazon. 8 000 exactions par an, c'est-à-dire près de 30 par jour, sans compter celles qui n'étaient pas déclarées. Or, près de 1 500 suspects se trouvaient ici, dans ces murs. Il était impossible que, parmi les 1 021 citoyens triés sur le volet qui étaient rassemblés dans ce gymnase, il n'y en eût pas un qui eût été victime ou témoin d'une des exactions commises par un des 1 500 suspects. Impossible. Alors, pourquoi ne parlaient-ils pas ? Ce n'était pas par manque de courage, parce qu'ils en avaient sûrement à revendre et que, d'ailleurs, ils ne risquaient rien. Etait-ce donc la délation qui leur répugnait en tant que telle ? Oui, l'Administrateur comprenait ce qu'il y avait de laid à moucharder : « M'sieur, c'est Toto qui m'a fait ça. » Il ne s'agissait pas de moucharder. Il s'agissait de légitime défense. Celui qui dénonçait un voleur protégeait son voisin, à moins que ce ne fût lui-même, contre ce voleur qui allait certainement récidiver. Il fallait faire au bien commun le sacrifice d'une certaine délicatesse égoïste. Cette dernière réflexion déchaîna l'hilarité du vieil impotent. Julian annonça qu'il en avait terminé, mais qu'une résidente de l'Agglo avait encore un mot à dire.

A la surprise de Julian, à la fois honteux et reconnaissant d'accepter ce sacrifice, Paula, toujours si discrète, s'était portée volontaire pour cette mission qui pouvait encore sauver *Josaphat*. Elle s'avança jusqu'au micro et parla fermement, avec de longs silences entre les phrases courtaudes :

— Je suis Paula Abad. J'enseigne dans ce lycée. Il y a sept ans, j'ai été attaquée par quatre hommes. J'ai eu une fille. Aujourd'hui, j'ai reconnu un de ces hommes. J'ai dit à la police : c'est lui. Voilà.

Le public regardait avec horreur cette montreuse d'exemple, cette jeune femme si soignée avec sa petite robe noire, cette personne civilisée qu'il était difficile d'imaginer soumise à pareille ignominie ou poursuivant pareille vengeance.

Rosario effleura de la main le coude de son amie.

Paula ne disait plus rien. Elle regardait dans le vague et il lui fallut quelques instants pour lâcher le micro et reculer d'un pas. Elle prit garde à ne pas regarder Julian.

Julian, bouleversé par ce sacrifice indécent, finit par annoncer :

— Maintenant, nous allons tous repasser devant les suspects.

Et il décida, par défi et calcul à la fois, de prendre la tête du cortège. Il marcha sus au vieux sarcastique — « Vous permettez, monsieur ? » — et s'empara de la poignée de cuivre du fauteuil. En même temps, il regardait, non sans défi, la jeune veuve à la joue zébrée.

Ils marchèrent donc dans cet ordre : Abuelo dans son

fauteuil, trouvant fort plaisant ma foi d'être véhiculé par le godelureau qu'on voyait si souvent à la télévision, Pili tenant par la main Guzman qui suçait son index, Rosario et Paula, le commissaire Robich, Djelloul et la foule des 1021 témoins réfractaires.

Les suspects avaient été répartis dans les salles de classe fusillées par des projecteurs aveuglants, tandis que le couloir, qui donnait sur les classes par des baies vitrées, était maintenu dans l'ombre pour la sécurité des témoins. C'était hallucinant de voir ces êtres tassés, le dos rond, sur leurs petites chaises, leurs longues jambes dépassant de leurs petits pupitres, leurs yeux désespérés fixés sur des tableaux noirs de couleur verte sur lesquels rien n'était inscrit.

Julian marchait, poussant le fauteuil, et les trouvait odieux, tous ces pauves types aux joues noirâtres, parmi lesquels il aurait dû sans doute trouver moins odieux les innocents. Mais y en a-t-il, des innocents ? Ne macérons-nous pas tous dans une culpabilité commune ? N'est-ce pas là ce que signifie le mythe du péché originel ? Et cela rend-il moins indispensable de créer des abstractions arbitraires comme « innocent » ou « coupable » à la manière de « froid et de « chaud », et de soustraire les « innocents », c'est-à-dire les moins coupables, à la rapacité des « coupables », c'est-à-dire des moins innocents ? Et, s'il est vrai que le Mal, dans son essence, n'est pas social mais métaphysique, la société n'est-elle pas responsable sinon de son existence du moins de sa prolifération ?

« On n'est pas obligé de faire des bouillons de culture de la lèpre et de la peste. Or, c'est ce que nous faisons presque délibérément. Oui, je suis contre la censure et pour la liberté et pour que chacun puisse faire ce qu'il veut avec qui il veut : c'est là une attitude de citoyen, pas d'homme d'Etat, et l'on se trompe si l'on imagine qu'elles peuvent converger. Toute cette jeune canaille que j'ai fait revenir pour une nuit dans un lycée dont elle n'avait pas profité de jour, y avait-elle appris quelque chose, et je ne veux pas dire les maths, mais à respecter le visage d'autrui ? Et d'abord son propre visage ? Et si nos lycées n'enseignent pas cela, à qui la faute ? Certainement pas aux lycéens. Et si nous ne savons même plus punir ce que nous ne voulons pas empêcher, à qui la faute ? A ces sales petites gueules, ou à ceux qui en avaient la charge et ne les ont pas refaçonnées, par des caresses ou des torgnoles, peu importe ? »

— Monsieur, demanda Julian au vieil homme dont il poussait le fauteuil, entre un garçon qui tourne mal et son père qui a négligé son éducation, lequel est le plus coupable ?

Abuelo, qui ne regrettait qu'une seule chose : que, pour une fois, la télévision ne fût pas aux trousses du godelureau, répondit :

— Voyez-vous, jeune homme, comme je ne suis pas magistrat, ce n'est pas mon métier de calculer les pourcentages de saloperie. Ce que je sais, c'est qu'il est probablement trop tard pour donner des coups de pied au père, même s'il les mérite davantage, et que ça peut encore réussir avec le gars, même s'il les mérite moins.

— Donc, d'après vous, les arracheurs que vous avez vus opérer, il faudrait simplement les fustiger ?

Abuelo se mit à rire et menaça même l'Administrateur du doigt :

— Vous, je vous vois venir ! « Les arracheurs que j'ai vus opérer » ? Eh bien oui, monsieur, j'en ai vu quelques-uns. Quand on n'a rien à faire, on regarde le monde passer, c'est vrai. Mais alors là, voyez-vous, dans cette salle-ci, j'ai beau voir de la racaille de première classe, je ne reconnais personne.

Il ne s'attendait pas qu'on le crût, ni même qu'on fît semblant de le croire. Il était fier de dire non à un grand monsieur. « Qu'est-ce qu'il se figure, le godelureau ? Ce n'est pas parce qu'il me sert de pousse-pousse que je vais mettre la vie de Pili en danger. »

Un étage, deux étages, trois étages. Des policiers soulevaient le fauteuil d'Abuelo et le portaient dans l'escalier comme un chef des Francs sur son pavois. Il ne reconnaissait toujours personne. Et les quelque mille autres témoins qui, maussades, piétinaient derrière lui se taisaient aussi. Les rares dénonciations possibles avaient été épuisées au premier tour.

Une salle de classe comme les autres.

Une trentaine de blue jeans, de chemises débraillées, de blousons, de tignasses, de lippes, de fronts butés, de regards veules, quelques chevelures de couleurs fantaisistes. Au fond, détourné vers la fenêtre matinale où tournoyaient les hirondelles, un grand gars en profil perdu, les cheveux en bataille, la barbe en broussaille, assis sur une table parce que la chaise était trop basse pour lui.

Julian arrêta le fauteuil devant la vitre.

— Monsieur, regardez bien. Vous ne reconnaissez aucun arracheur « que vous ayez vu opérer » ?

— Voyons voir.

Abuelo était ravi de jouer la comédie. Il se penchait en avant, il basculait la tête, il vrillait les yeux.

— Non, jeune homme, personne dans cette salle-ci.

Julian se tourna vers la jeune veuve :

— Et vous, madame ?

— Non plus.

Y avait-il eu une hésitation ? Julian ne la perçut pas consciemment, mais il dit à Robich :

— Pourriez-vous demander à cet homme là-bas de se tourner vers nous ?

Robich entrouvrit la porte, passa la tête :

— Eh ! vous, au fond. Tournez-vous.

Robich était fatigué, et d'ailleurs naturellement poli. Il avait parlé avec une fausse énergie. L'homme pivota légèrement, sans vraiment découvrir sa face.

Julian, agacé, ouvrit la porte à son tour et entra, poussant toujours le fauteuil.

— Monsieur, vous avez été prié de vous tourner.

Tous les suspects, heureux de voir qu'il y avait une tête de Turc dans la classe, se tournèrent vers l'apostrophé, qui bredouilla :

— *Ah! Ç'va, ç'va, ch'bien qu'chuis irr's'tible, m'si on m'dmire trop, yen r'st'ra pus.*

On aperçut alors, de trois quarts, sa face hirsute et on s'en serait peut-être contenté, mais, avec un grondement de chacal, Djelloul passa devant l'Administrateur, traversa la classe, saisit l'apostrophé par les cheveux et, reculant d'un pas pour prendre de l'élan, le projeta en avant d'un formidable coup de pied à l'arrière-train :

— Quand mon lieutenant il te parle, tu mets debout, *schbeb !*

L'homme, qui avait passé sa vie à malmener plus faible que lui, dérapa sur le plancher et arriva devant Julian cassé, ployé, marionnette sur le point de tomber à genoux. Quelques rires parmi les autres suspects, vite étouffés, car on le connaissait : c'était une des terreurs du Corazon qui venait de se faire ainsi botter le croupion, et il ne pardonnerait jamais à ceux qui en avaient été témoins.

Il resta courbé quelques instants ; ce n'était pas par humilité : il espérait toujours n'être pas reconnu et cachait son visage dans sa déconfiture. Djelloul, cependant, qui s'était ennuyé toute la nuit et s'était pénétré de mépris pour la police courtoise de l'Agglo, n'en avait pas fini avec lui. Bien qu'il fût plus petit de taille, il saisit de nouveau l'homme aux cheveux et lui remonta la tête à la force du poignet, jusqu'à lui découvrir le cou comme pour l'égorger :

— Quand mon lieutenant il te parle, tu regardes.

Et la tête de la brute à la crinière puissamment tirée vers l'arrière, les yeux mi-clos, la hargne et la peur se lisant dans le rictus de la bouche, apparut tout entière, maîtrisée comme par un coup de tord-nez, posée sur sa barbe ébouriffée comme sur un plat.

Julian crut reconnaître alors l'homme qui avait coupé le doigt de Giulia, l'un des deux hommes qui l'avaient frappé sans qu'il pût riposter.

— Fouille-le, dit-il à Djelloul.

— Il a déjà été palpé, intervint Robich.

Mais Djelloul n'écoutait que son lieutenant. Il ramena un peu de monnaie — le lieutenant secoua la tête — un chiffon — le lieutenant secoua la tête — une paire de lunettes de soleil...

— Mets-les-lui.

Djelloul les lui jucha sur le nez. Avec ces deux plaques noires réfléchissantes faisant deux vastes trous sous le front, le doute n'était plus possible.

Devant cette sinistre physionomie, l'anniversaire de Giulia revint à la mémoire de Julian : et l'émeraude montée en marquise, et cette petite dinde de vendeuse, et *Les Escargots,* et la honte d'avoir été frappé, et le sang de Giulia giclant sur le trottoir, et la jeune femme en noir (debout maintenant à ses côtés) qui avait tout vu et niait avoir rien vu, et le médecin malotru et, comme un coup de rasoir, Giulia dans les bras du champion de ski. A la réflexion, un assez petit coup d'un assez petit rasoir.

Julian regardait l'homme.

Il ne voyait plus les yeux, cachés par l'insolence des lunettes qui lui renvoyaient sa propre image, mais les lignes grossières des narines et de la bouche étaient bien visibles, et il lui venait l'envie de cogner du poing dans cette face. Il savait pourtant qu'il ne ferait rien de tel sous la protection de Djelloul et des policiers. Alors quoi ? Un combat singulier ? Il n'était même pas sûr de vaincre. Non, il devait dénoncer son agresseur comme il avait enjoint aux citoyens de dénoncer les leurs.

Or, cela, il ne le pouvait pas.

Non qu'il craignît de se rendre ridicule. Il pouvait jurer qu'il avait vu cet homme attaquer quelqu'un d'autre que lui. Il pouvait aussi demander à Giulia de venir témoigner (ce qui serait une occasion de la revoir, à supposer qu'il le souhaitât).

L'impossibilité était d'un autre ordre. Elle ne résidait pas précisément dans l'obligation qui est faite aux chrétiens de pardonner les offenses. Ce n'était pas non plus le manque d'élégance qu'il pouvait y avoir à abuser de la force publique pour châtier une offense privée : Julian eût trouvé cette délicatesse excessive, de mauvais goût.

La seule image qui lui vînt à l'esprit pour justifier l'impuissance où il se trouvait de donner l'exemple à la population fut celle de la poupée habillée de nylon bleu au fond de la chapelle biscornue du Corazon. S'il l'avait crue animée, il aurait imaginé qu'elle serait déçue, chagrinée, par un tel acte. Ce n'était pas pour punir cette crapule de modeste envergure qu'il avait lancé l'opération *Josaphat.* Il n'avait pas agi en citoyen lésé mais en homme d'Etat, et cela, il devait se le prouver, donc s'arracher de la bouche le fruit de la vengeance.

Rien de ce conflit intérieur ne transparut sur le visage du jeune Administrateur. Il finit par dire simplement, les lèvres un peu gourdes :

— Non..., je ne le connais pas.

Si l'homme, lui, avait reconnu son illustre victime, il n'en laissa rien paraître. Il émit simplement un ricanement de triomphe. Le vice gagne : c'est une loi de la nature.

Et alors, dans le silence qui s'était établi, une voix claire et timide prononça :

— Maman, c'est le monsieur qui t'a fait mal à la joue.

Pour parler, le petit Guzman avait ôté de sa bouche son index luisant de salive et en désignait « le monsieur ».

Julian sut alors que *Josaphat* pouvait encore être sauvée.

Il se tourna vers la mère de Guzman :

— Est-ce que votre fils, madame, est un menteur ?

Et elle, tout bas, pressant Guzman contre sa hanche noire et regardant le barbu droit dans les lunettes :

— Non, monsieur, il dit vrai. Cet homme se fait appeler Guapo. Voilà sa signature.

Elle leva un doigt rond et le posa sur sa joue gauche.

— Oui, fit soudain Abuelo. C'est ce salaud-là.

Il lui lança un coup de canne rageur dans les tibias.

— Eh ! Crevure, où il est ? Ton copain, où il est, je te demande ?

La canne entra en action une fois de plus, et personne ne songeait à empêcher ce vieillard dans ce fauteuil roulant de houspiller cet homme jeune et fort, qui n'osait pas se soustraire à ses coups.

— 'l't allé enterrer s'mère, dit Guapo.

Abuelo ricana :

— On le retrouvera. Et on le pendra par les pouces d'abord, et par les pieds ensuite et par le cou pour finir, comme on faisait dans le temps. Et toi aussi, Guapo. Et les tiens. Parce que moi, je vous connais, tous tant que vous êtes. Ça fait trente ans que je vous observe. Il n'y a pas un arracheur, pas un revendeur de schnouffe que je ne connaisse pas dans mon quartier, moi. J'ai le temps de vous voir faire, fumiers. Et je te passe une dose et tu me passes le pognon. Et je te fends la poche et le portefeuille glisse. Et je te tranche la bretelle et tu n'as plus de sac. Même les enfants, les petits enfants, vous ne les laissez pas tranquilles. Vous leur vendez vos saletés à la porte des écoles. Guzman, il est comme son Abuelo, il n'a pas les yeux dans sa poche. Et il me parle. Tous repérés vous êtes, dans ma tête (il heurta son crâne dégarni). Je n'ai pas besoin de fichiers, moi, ni d'ordinateurs, comme les flics. Je connais toutes les bobines, si je ne connais pas tous les noms.

Abuelo leva la tête vers l'Administrateur.

— Tenez, jeune homme, je vais vous le dire pour que vous ne le laissiez pas échapper : ce Guapo-là, c'est lui qui a coupé le doigt de votre bonne amie, qui a pris la bague et qui vous a même filé un ou deux gnons, je crois bien me souvenir. D'ailleurs maintenant je commence à comprendre. Parce que ce jour-là, vous avez montré que vous aviez, comme on dit, du poil où il faut, et ce n'est pas pour rien que le soleil, ce matin, est venu faire des galipettes dans ma chambre. Je ne suis pas plus calotin qu'un autre, mais, il n'y a pas à tortiller, dans le monde tout se tient. Rien n'arrive par hasard.

Il fut pris d'un rire joyeux de vieillard, s'essuya les yeux et reprit :

— Le grand jour est arrivé ! J'ai assez prié le bon Dieu et tous ses saints, sans trop y croire, je le reconnais. D'abord toi, le petit à gauche, je t'ai vu voler une caméra devant chez moi le jour de l'Assomption de l'année dernière. Et toi là-bas, le gros, qui as les Adidas repeintes, tu n'avais rien trouvé de mieux que de te mettre près du kiosque au coin de ma rue pour fourguer ta drogue tous les jours de cinq à six. Allez, vous autres, ramenez-moi en bas pour qu'on recommence la visite du zoo par le commencement. Dans chaque classe il y a une demi-douzaine de saligauds dont je peux vous dire : il a fait telle chose, tel jour, il y a trois ans. Ce que je n'ai plus en jambes, je l'ai en mémoire. Vous verrez, on va rigoler. Allez, allez, on repart à zéro. Mais faites attention à Guapo : c'est un vrai caïd. Pili n'est pas la seule qu'il ait marquée, et maintenant qu'elle l'a dénoncé, vous en aurez une douzaine qui feront comme elle. Il faut croire qu'elle tient de moi : toujours la première à l'assaut. Et vous allez voir : quand on saura que j'ai décidé de parler, tout le monde va s'y mettre. Vous n'aurez plus assez de papier pour noter ce qu'on vous racontera.

Julian saisit de nouveau le dossier du fauteuil, le retourna sur place et le poussa énergiquement vers la porte.

Une main se posa sur son avant-bras.

Un petit jeune homme en costume bleu foncé et lunettes carrées se tenait près de lui. Il lui fallut une seconde pour le reconnaître.

— Que voulez-vous, Ectors ?

Ectors marqua un temps pour bien faire sentir qu'il n'utilisait pas de formule de politesse.

— ...Monsieur Grosso vient d'arriver. Il veut vous voir d'urgence à l'Hôtel de ville.

LIVRE V

1.

Nicolo Grosso avait pris place au bureau de l'Administrateur, sur la petite estrade entourée d'une balustrade de noyer, et il avait fait mettre les quatre chahuteurs debout devant lui, coincés entre le bureau et la balustrade. Il avait déboutonné son veston croisé et accroché son pouce à une bretelle. A cet instant, son visage fruste ressemblait étonnamment à celui de son père, le bourrelier d'extrême droite, à ceci près qu'il était bouffi par la bonne chère, mais la dureté, l'énergie, une sorte de grandeur dans la petitesse étaient les mêmes.

Il ne raisonnait pas pour autant comme un bourrelier. Il raisonnait comme un éducateur éduqué à l'ancienne mode et qui, bien qu'il eût participé au pourrissement idéologique de l'instruction publique, demeurait persuadé que le dressage avait du bon. Il avait quatre fortes têtes devant lui, et il savait qu'on ne désarme pas un chahut par la seule autorité : il y faut aussi de l'astuce, car un chahut est un événement complexe, où les personnalités complémentaires des meneurs jouent un rôle important.

Un avantage : ils n'avaient fait aucune difficulté pour comparaître, soit qu'ils ne fussent pas entrés en rébellion ouverte, soit qu'ils comptassent changer sa manière de voir, ce qui revenait au même puisque cela lui permettait de les traiter comme des subalternes modérément désobéissants ; il avait donc pu commencer par leur déclarer qu'ils s'étaient mis en faute. Cela faisait déjà de lui le maître de la situation.

De gauche à droite, il y avait le fantaisiste Hortega, le débrouillard Dandolo, le redoublant Los Angeles et le fort en thème Barualdo. Par un effet de l'imagination, dont il ne manquait pas, M. Grosso les vit tels qu'ils avaient peut-être été adolescents : Hortega, le crâne rasé par provocation, méprisant et casse-cou ; Dandolo, le chouchou soucieux de ses fringues, dépucelé avant les autres ; Los Angeles, en manches de lustrine, renseigné sur les faiblesses du corps professoral ; Barualdo, les cheveux en demi-brosse, la bonne pâte, docile et crédule, se laissant quelquefois entraîner dans des frasques qu'il n'approuvait pas.

Fallait-il les attaquer de front ou les confondre un à un ? Et, dans cette seconde perspective, manifestement la plus maligne, convenait-il de commencer par le plus fort (lui abattu, les autres se débanderaient) ou par le plus faible (lui abattu, les autres sombreraient dans la méfiance réciproque) ? Comme il ne faut jamais sous-estimer un chahut, M. Grosso choisit cette dernière tactique et s'adressa à l'élève Barualdo, qui se tenait au garde-à-vous, son képi sous le bras, dans une attitude de respect qui devait faire de lui le maillon fragile de la chaîne.

— Colonel, vous m'avez entendu : jamais le gouvernement n'a ordonné cette opération. Qu'avez-vous à répondre ?

— Monsieur le Ministre, j'ai une réquisition.

— Je l'annule. Rendez-la-moi.

Barualdo soupira profondément. C'était un homme de carrière, au sens respectable du terme : sa carrière, c'était sa vie, et, de même que sa vie était pure et intègre, il désirait que sa carrière restât pure et intègre. Or, elle ne l'était plus. Désobéir, pour lui, c'était se déshonorer, et il avait été amené par ruse à désobéir. Ce qui, en lui, hier encore, était sans tache se trouvait souillé aujourd'hui. Il ne se sentait certes pas coupable, mais sali, oui.

Il se tourna vers l'Administrateur et fixa sur lui le regard inflexible de ses yeux clairs et tristes.

— Vous m'avez trompé. Il y a une heure, je vous ai donné une chance, et vous m'avez trompé de nouveau. A travers moi, vous avez trompé mes hommes. Vous m'avez forcé à les tromper.

Julian le regarda avec compréhension.

— Autrement dit, mon colonel, vous m'abandonnez ?

Et, secouant la tête :
— Je ne vous en veux pas.
Barualdo eut un sourire mélancolique.
— Peut-être, monsieur. Moi, je vous en veux.
Il claqua des talons devant le Ministre.
— Quels sont vos ordres ?
— Rassemblez vos gens et rentrez chez vous. Nous verrons en conseil des ministres s'il y a des mesures disciplinaires à prendre contre vous.
C'était un mot de trop.
— Dans ce cas, monsieur le Ministre, je conserve ma réquisition par-devers moi.
Barualdo se coiffa du képi contenant la réquisition, salua, manqua son quart de tour réglementaire sur l'estrade étroite et glissante, se rattrapa à la balustrade, descendit les trois marches et s'éloigna au pas cadencé. Un homme blessé à mort.
M. Grosso attendit que, à l'autre bout du vaste cabinet de travail, la double porte matelassée se fût refermée sur l'élève Barualdo. Les trois restants, lâchés par leur complice, devaient trembler dans leurs petits souliers. Parmi eux, M. Grosso jugea que le plus faible devait être l'élève Hortega, car ceux qui font profession d'être des lions sur le terrain se révèlent souvent pusillanimes dans les bureaux.
— Et vous, commandant, qu'avez-vous à dire pour votre défense ?
Hortega, debout sans raideur, un peu déhanché, la main gauche passée dans le ceinturon de toile, regardait le Ministre d'un air quelque peu narquois. Il répondit :
— A vous, rien.
— Vous vous rendez compte que vous avez participé à une conspiration ? Que vous êtes bon pour la cour martiale ?
Hortega resta silencieux.
— Vous reconnaissez votre faute ou vous jouez à la forte tête ?

Pas de réponse. M. Grosso laissa passer un temps, pour marquer le point.

— Bon. Nous verrons ça plus tard. Pour le moment, je vous intime l'ordre de ramasser vos cliques et vos claques et de foncer illico dans votre cantonnement où vous serez consigné jusqu'à nouvel ordre.

Hortega se gratta la nuque.

— Ça, c'est plus embêtant, parce que je n'ai pas d'ordres à recevoir de vous. J'ai ceux du chef suprême des armées, et, sans vouloir vous vexer…

— Je vous ferai donner un ordre par le Premier Ministre, votre chef direct. Vous obéirez ?

L'élève Hortega coula un regard à l'élève Dandolo qu'il n'avait pas envie d'abandonner dans le pétrin. Il trouva une solution pour gagner du temps :

— Ouais, je suppose. Un ordre écrit, naturellement. A moins de ça…

M. Grosso jugea qu'il n'y avait rien de plus à tirer pour le moment de ce traîneur de sabre qu'on verrait à envoyer dans une garnison à tous les diables si on n'arrivait pas à le dégrader. Au moins, il n'avait pas refusé d'obéir au gouvernement : la moitié du chahut était résorbée.

Fallait-il maintenant s'en prendre à Los Angeles, ce résidu de l'ancien régime, qui pouvait fort bien être l'âme du complot, ou à Dandolo, qui en paraissait la figure de proue ? Ce n'étaient plus là de simples galonnards qu'on manœuvrait comme des pièces sur un échiquier : Dandolo avait des relations, et Los Angeles son fichier secret. Nicolo Grosso, sans être plus malhonnête que la plupart des politiciens, ne se sentait pas entièrement invulnérable devant certaines indiscrétions. Il allait devoir avancer prudemment.

— Et vous, messieurs, fit-il, optant pour le pluriel dans l'espoir de faire apparaître des fissures dans le front, que me direz-vous pour justifier l'opération illégale que vous avez entreprise ?

Los Angeles se tenait debout, les jambes écartées pour ne pas tomber, comme un vieillard. Dandolo, reculant d'un demi-pas, s'était adossé à la balustrade comme à une miséricorde et avait croisé les bras.

— Ecoutez, dit-il nonchalamment, moi, je ne demande pas mieux que de vous répondre, mais nous pourrions peut-être aller nous asseoir comme des gens relativement civilisés.

Rien en Grosso Modo ne l'impressionnait : ni la personne ni la personnalité.

— J'allais le proposer, dit adroitement le Ministre.

En effet, il avait épuisé l'avantage que lui donnait sa première mise en scène, et elle commençait à se retourner contre lui. Il se leva, tout en boutonnant sa veste gris fer, se faufila devant les autres, qui le laissèrent poliment passer, atteignit le premier la table ovale recouverte d'un tapis vert, prit l'un des côtés larges, plaça Dandolo en face de lui, Hortega au bout à droite, un peu dans l'ombre, Los Angeles au bout à gauche, dans la lumière de la fenêtre. Cette petite procédure lui redonnait l'avantage de l'initiative qu'il avait perdu là-haut. Il se dit qu'il aurait sans doute dû envoyer Hortega attendre dans l'antichambre, mais peut-être valait-il mieux ne pas le perdre de vue.

— Alors, Dandolo ?

Dandolo raconta les événements : le message reçu de Los Angeles, les messages envoyés au Ministre de l'Intérieur, au Premier Ministre, au roi.

— Vous retrouverez cela quand vous voudrez. La situation pressait, j'ai agi.

Grosso ne quittait pas Dandolo des yeux. Comme il le haïssait ! Il haïssait tout de lui : le richard, l'aristocrate, le beau gosse, l'homme à femmes, le membre du Cercle anglais, le joueur de polo, l'ami du souverain. Et c'était tout Grosso qui haïssait tout Dandolo : le prof, l'arriviste, l'affairiste, le parlementaire, et même le fils du bourrelier d'extrême droite qui ne pouvait souffrir qu'un grand seigneur se permît d'être de gauche.

Bien entendu, il ne croyait pas un mot du compte rendu que Dandolo lui débitait avec aisance : une opération de cette envergure ne s'organise pas en quelques heures, la SRTA n'avait pas été créée la veille, et il était de moins en moins probable que l'invitation de Bradamante fût un hasard. Cependant ce compte rendu l'arrangeait pour le moment. Il indiquait que Dandolo non plus n'entrait pas en rébellion ouverte et qu'il serait donc possible de l'étouffer en douceur. Pour cela, il fallait feindre de le croire.

— Bon, fit-il. Nous examinerons ça en temps utile. Vous avez pris une initiative inconsidérée, mais mon chef de cabinet peut avoir sa part de responsabilité, si vous n'avez pas réussi à le joindre. Cela dit, vous allez immédiatement me démonter cette opération ridicule, laisser les braves gens rentrer chez eux et libérer les citoyens que vous avez fait arrêter en contradiction avec la législation en vigueur.

— Monsieur le Ministre, commença Dandolo d'un ton conciliant...

Monsieur le Ministre sentit que le moment était venu de pousser un de ses célèbres coups de gueule. Et la partie serait gagnée.

— Dandolo, je ne veux plus vous entendre prononcer un mot tant que vous n'aurez pas obéi. Non mais ! Qu'est-ce que c'est que ce bobinard ? Vous n'allez pas jouer au petit soldat avec moi !

Il frappa du poing sur la table et déboutonna sa veste pour se donner de l'air.

Julian regarda à sa droite don Jesus, qui, tout à l'heure, avant d'entrer dans la fosse aux lions, lui avait dit : « Il faut exploiter *Josaphat* à n'importe quel prix », et à sa gauche Hortega, qui lui avait flanqué une bourrade dans l'épaule. Il se sentait solide.

— Ne haussez pas la voix quand vous me parlez, Grosso.

C'est mal élevé. Si vous m'aviez laissé terminer ma phrase, je vous aurais dit que vos instructions sont inapplicables. La population du Corazon est en train de dénoncer à qui mieux mieux les arracheurs, les revendeurs de drogue et les racketteurs qu'elle subit depuis vingt ans. Dans quelques heures, nous aurons cinq cents inculpations parfaitement justifiées. Quand ces inculpés auront été interrogés, nous en aurons autant, et probablement quelques dépôts de drogue sur lesquels nous n'avons pas encore mis la main. Peut-être un réseau. Peut-être de quoi remonter jusqu'à Queenie Lee elle-même. Et vous voulez interrompre *Josaphat* ?

Le Ministre fit claquer sa bretelle.

— Je commence par noter que vous ne parlez plus des terroristes, qui n'ont probablement été que des loups-garous destinés à justifier votre projet à dormir debout. Quant à vos inculpations, mon pauvre Dandolo, aucune ne tiendra, parce que vos inculpés ont été interpellés en dehors des heures légales.

— Ceci, monsieur le Ministre, si je puis me permettre, est une difficulté facile à tourner, intervint le Directeur. On relâche un suspect à un bout de rue et on l'arrête de nouveau à l'autre. Cela se fait dans toutes les *démmocrraties.*

Le Ministre fit entendre un éternuement sarcastique.

— Voyons, Los Angeles, quels juges d'instruction croyez-vous abuser avec ce procédé vieux comme le monde ? Et même si vous obteniez quelques résultats positifs auprès du Parquet, des tribunaux, des jurys, que restera-t-il de cette pétarade devant l'opinion publique ? Les media, vous avez pensé aux media ? Et l'opposition ? Ils en feront leurs choux gras. Et qui sera traîné dans la boue, pour avoir transgressé l'ordre légal ? Pas vous, Los Angeles, ni même vous, Dandolo. Vous ne faites pas le poids, mes amis. Ce sera moi. « Le règne de l'arbitraire. Le retour de la dictature... » Je les entends d'ici. Non, messieurs, il n'y a qu'une solution : démonter le plus vite possible. La poussière, sous les tapis ! Gardez un ou deux grossistes en crack, si vous en avez, pour justifier l'opération aux yeux des électeurs.

— Monsieur, dit Julian, je vous demande instamment encore trois heures et le maintien des arrestations. Après quoi, je remets ma démission entre vos mains et vous bénéficierez du bilan. Et il y aura du bilan, je vous le promets.

— Vous me faites rigoler, mon vieux. On dirait vraiment que vous n'avez pas entendu parler du quatrième pouvoir. Ils me crucifieront, mon vieux, ils me crucifieront. Mettez-vous à ma place ! Il y a déjà trois équipes de télé qui attendent à l'aéroport. Passe encore quand je n'étais pas là, mais je suis sur place : le responsable, c'est moi. Dans le fond, vous savez, je ne suis pas tellement éloigné de votre point de vue : il y a des occasions où la poigne, c'est bon. Seulement on ne fait pas ça de but en blanc : il faut créer un courant d'opinion. Vous oubliez une chose : c'est qu'au Corazon personne ne se plaignait. Avant qu'on ne puisse agir, il faut que les gens hurlent, qu'ils gueulent !... Allez, faites pas l'idiot. Démontez, et j'essaierai de voir si je peux passer l'éponge.

Julian se renversa dans son fauteuil et croisa de nouveau les bras. Ce geste lui devenait familier.

— Vous ne voulez pas comprendre, Grosso. Nous continuons.

— C'est vous qui ne voulez pas comprendre. Vous ne pouvez pas continuer. Les gendarmes sont partis. Vous croyez qu'ils sont partis sans rien dire aux flics ? Les flics ne sont pas idiots. Tels que je les connais, ils ont déjà dû ralentir la cadence. Ils attendent qu'on leur dise d'aller passer leur samedi tranquille chez bobonne.

— Je pense que monsieur le Ministre fait erreur, intervint le Directeur. Les fonctionnaires ont été sceptiques a priori, mais maintenant *Josaphat* est devenue leur chose. Ils ont obtenu des résultats considérables et seraient profondément démoralisés si l'opération était suspendue.

Grosso commença à s'irriter pour de bon.

— Combien y a-t-il de flics à l'Agglo, Los Angeles ?

— Environ deux mille.

— Et combien d'électeurs ? Quatre millions six cent soixante sept mille trois cent vingt et un. Alors !...

Il écarta les mains dans un geste de commisération.

— Bon. Moi, je ne suis pas venu ici pour discuter. Vous deux, vous êtes fonctionnaires ; le commandant est militaire : vous obéissez tous les trois, un point, c'est tout.

Dandolo secoua lentement la tête. Ses yeux étaient devenus plus foncés. Il avait enfin trouvé un sport plus amusant que le polo.

Hortega jouait de ses grandes mains hâlées et poilues avec un élastique qu'il avait ramassé par terre, et se souriait à lui-même. Il semblait être à cent mille milles de l'Agglomération.

Los Angeles avait posé un dossier devant lui — le bilan déjà obtenu sans doute — et ses deux mains sur le dossier.

Dans aucun de ces trois hommes le Ministre ne sentit une faille, une faiblesse. Etant un politique, il hésita. Il était facile de donner les trois heures demandées et de sévir après. En trois heures, il aurait eu le temps d'ameuter le gouvernement, peut-être même de rassembler des forces régulières. Oui, mais, comme il l'avait dit lui-même, il était sur place, responsable, cela se savait. Un portefeuille se perdait pour moins que cela.

Alors il recourut au procédé qu'il avait vu employer par le principal de son collège quand il était potache. Lorsque les surveillants, les professeurs, le principal lui-même n'arrivaient pas à bout d'un pensionnaire récalcitrant, on envoyait chercher le concierge, un vieux moustachu qui arrivait avec une poignée de verges trempées dans le vinaigre, et l'affaire était réglée. On l'appelait d'ailleurs le père Vinaigre.

— Eh bien, dit le Ministre, souriant intérieurement d'une allusion presque sentimentale que personne ne comprendrait, puisque vous tenez à ce que cet enfantillage tourne au vinaigre...

Il tendit la main vers une sonnette de cuivre dans un cadre de marbre, le seul objet posé sur la table. Lentement, pour donner à ces imbéciles le temps de se rallier.

— Naturellement, fit-il, le doigt sur le téton, vous comprenez quelles seront les conséquences. Sans préjudice des poursuites judiciaires que vous encourez, les pensions, l'ancienneté, les privilèges, ça va valser.

Hortega venait de prendre conscience de son tic et de jeter son élastique sur la table. Los Angeles avait baissé les yeux : il paraissait las à en mourir. Dandolo regardait le Ministre avec un amusement intense, presque fanatique, comme un enfant regarde un prestidigitateur en se demandant ce qu'il va tirer de son chapeau.

— Vous avez bien réfléchi ? Alors *Alea jacta est,* c'est à Léa de jacter, dit le Ministre, dans un renvoi de bouffonnerie pionne.

Il enfonça le doigt.

On n'entendit pas la sonnerie, mais quelques secondes plus tard la porte s'ouvrit, et la statue du commandeur parut sur le seuil sous les traits de l'adjudant-chef Rosa, presque aussi moustachu que le père Vinaigre, les buffleteries cirées, les boucles fourbies, le sabre au côté, le casque sous le bras, étincelant comme un soleil. Il marcha vers la table, s'arrêta à six pas, ébranla le sol de ses talons. Les éperons résonnèrent longtemps.

— Sergent, lui dit le Ministre — il affectait de ne pas savoir lire les chevrons — arrêtez monsieur.

Il désigna l'Administrateur et fit claquer sa bretelle rouge.

Rosa avait servi l'Administrateur Dandolo pendant un an et, comme chef, il en était content : pas fier, courtois, attentif même, sachant ce qu'il voulait, et avec quelque chose du soldat, sinon du militaire, dans l'allure, dans le style de commandement. D'ailleurs Rosa était fidèle de nature : il s'attachait aux hommes comme aux chevaux et n'aimait pas en changer. D'un autre côté, il avait le respect de la hiérarchie dans le sang. Désobéir lui paraissait non seulement répréhensible, mais infaisable biologiquement.

Il se tourna donc vers Julian, et, à regret, prononça :

— Monsieur l'Administrateur, j'ai l'honneur et le regret de vous arrêter.

Hortega ne bougea pas : il n'allait pas empiéter sur le terrain de Dandolo. Sortant de sa léthargie, Los Angeles observait la scène avec une intense attention. Le Ministre eut le temps de se dire : « J'ai la situation bien en main. » Et alors ce qu'il n'avait pas prévu se produisit.

Julian venait de comprendre pourquoi il avait porté toute la nuit le vieux pistolet qui, les heures passant, lui avait paru de moins en moins romanesque et de plus en plus encombrant. Il le tira de sa ceinture, l'arma d'un geste sec de la main gauche et le braqua sur Rosa. Du pouce, il fit sauter le cran de sûreté.

— Rosa, dit-il, vous êtes un bon bougre, je vous aime bien, et, si vous faites un pas de plus, j'enverrai volontiers des fleurs à votre enterrement.

L'adjudant-chef Rosa n'était pas un couard et peut-être aurait-il dégainé son sabre s'il avait eu le moindre doute sur les intentions de M. l'Administrateur. Mais un détail le glaça : M. l'Administrateur n'avait pas replié son doigt sur la queue de détente comme un amateur qui aurait trop regardé la télévision et dont il aurait été possible de détourner l'attention. Non, il gardait l'index réglementairement allongé le long du pontet. Donc, il savait ce qu'est une arme à feu et n'aurait pas visé un homme qu'il n'était pas préparé à abattre. Rosa demeura immobile, comme pétrifié.

— Rentrez votre joujou, Dandolo, dit le Ministre avec flegme. Le chahut est terminé. Vous savez parfaitement que vous ne tuerez pas cet honnête représentant de la loi.

Julian ne lâchait pas Rosa des yeux. Quelques heures plus tôt, il avait été gêné à l'idée que l'on passât des menottes à une canaille et voilà qu'il était prêt à tirer sur un brave homme. Et il se sentait à l'aise dans cette situation.

— Grosso, non seulement je le tuerai, mais je vous tuerai aussi si vous tripotez cette sonnette. Mettez-vous dans la tête que vous n'êtes pas tabou. Qu'est-ce que je risque ? La perpétuité ? C'est-à-dire, avec un bon avocat, quoi ? Vingt ans, dont je ferais dix si j'étais n'importe qui. Etant qui je suis, cinq ? Les femmes seront encore belles dans cinq ans, Grosso. Les poneys courront aussi vite et je ne pense même pas qu'on me raye du Cercle anglais. Rosa, vous me fatiguez. Allez vous asseoir sur cette banquette et n'en bougez plus.

— J'ai ceci à ajouter, dit Hortega. D'après mes radios, il y a de l'agitation militaire dans le secteur. L'armée en état d'alerte, je ne sais quoi. Alors là, il faut faire attention. Un régiment de chars pourrait avoir raison de mes gars, mais pas gratis. Ils sont susceptibles, ils ont un prestige à maintenir. Si on ne veut pas la guerre civile, qu'on ne nous donne pas de réservistes à bouffer.

A cet instant, le Ministre de l'Intérieur comprit enfin qu'il s'était trompé, que tout ça n'était pas un chahut.

Ils demeurèrent là, pendant une bonne demi-minute, Hortega avec un sourire épanoui sur sa face de pirate, le Directeur impénétrable et tendu, comme s'il cherchait à contenir quelque chose qui voulait exploser en lui, Julian se disant qu'il avait eu raison de ne pas se laisser arrêter, mais que la situation commençait à ressembler à un *pat* aux échecs, le Ministre attendant la suite et sachant que le temps travaillait pour lui.

Ce fut enfin Jesus de Los Angeles qui parla de sa voix enrouée, d'un ton infiniment précautionneux, comme si l'avenir de l'humanité dépendait du choix de chaque terme, de chaque inflexion.

— Avec la permission de monsieur le Ministre, je voudrais poser une question à monsieur l'Administrateur.

— Faites.

— Don Julian, ne pensez-vous pas qu'il serait peut-être congru maintenant de déposer les armes avec les honneurs de la guerre, et de recourir à ce moyen de locomotion aquatique que vous avez préparé avec tant de prévoyance ? Vous savez bien que, à la longue, M. le Ministre ne peut que gagner la partie.

— Non, dit Julian. J'irai jusqu'au bout. J'enfermerai Grosso et Rosa dans un placard et, si vous me lâchez, vous avec, le temps de purger le Corazon. Et après, je ne prendrai pas le bateau. Je me constituerai prisonnier, je serai jugé et mon procès sera le procès du siècle. J'ai même une chance d'être acquitté — le jeune Administrateur intègre persécuté par l'Etablissement pourri — et le gouvernement tombera, c'est certain. Si c'est vous qui voulez le bateau, don Jesus, voici les clefs.

Une exaltation intense s'était emparée de Julian : il n'avait jamais joué aussi gros jeu. De la main gauche, il tira les petites clefs plates de sa poche et les tendit au Directeur par l'anneau : elles tintèrent.

Deus ex machina ne fit pas un mouvement pour les prendre, seule l'irradiation qu'il semblait contenir devint soudain plus intense. Ses yeux glauques virèrent non pas au plomb, comme cela lui arrivait quelquefois, mais au mercure.

— Dans ce cas, dit-il — et il répéta : « dans ce cas », comme si, après des mois de préparatifs, il hésitait encore à repousser la terre ferme, à entreprendre sa dernière traversée — j'aurais peut-être une proposition à formuler qui nous permettrait de sortir de l'impasse. Monsieur le Ministre m'autoriserait-il à dire quelques mots en privé à monsieur l'Administrateur, dans la salle à côté ?

« Si ces deux-là, pensa le Ministre, décident de s'enfuir sur leur bateau, bon débarras. D'un autre côté, le vieux va peut-être ramener le jeune à la raison. » Et tout délai profitait au pouvoir établi.

— Si ça peut vous faire plaisir. Vous me laissez, si je

comprends bien, à la garde du commandant ? Vous n'avez pas peur que je le retourne contre vous ?

Hortega, accoudé à la table, avait retrouvé son élastique qu'il nouait autour de ses doigts. Il regardait distraitement la pointe de ses bottes de saut. La probabilité de le retourner paraissait assez mince.

2.

Dans la salle des portraits, se tenaient déjà plusieurs conciliabules.

Si Djelloul ne conférait sombrement qu'avec lui-même, quelques gardes, debout, bavardaient entre eux, à mi-voix. Julian leur trouva un air non pas débraillé mais relâché. Ils feignirent de ne pas le voir et continuèrent à échanger des remarques et à rire, comme ils le faisaient sans doute à la caserne, mais jamais en service à l'Hôtel de ville. A l'autre bout, Paula en noir et Rosario en blanc étaient assises et s'entretenaient à voix basse. Et les quelque deux cents Administrateurs enchâssés dans les lambris de chêne foncé, bien qu'ils regardassent droit devant eux, paraissaient s'entretenir mystérieusement, à la façon des portraits. Sans doute chacun d'entre eux disait-il : « Moi, à sa place, j'aurais... » Rosario se leva à la rencontre de Julian, puis, le voyant occupé, se rassit.

— Je dois vous avouer, don Julian, commença Jesus de Los Angeles, que je n'ai pas joué franc jeu avec vous. Je ne le pouvais pas, parce que je ne savais pas ce que vous aviez, pardonnez-moi, dans le ventre. Je l'ai appris tout à l'heure, quand vous avez tiré votre pistolet, et vous l'avez confirmé en me proposant les clefs du bateau.

« Vous rappelez-vous ? Quand nous jouions au billard — cela paraît très loin parce que c'était dans une autre vie, avant *Josaphat* — je vous apprenais que ce n'est encore rien de toquer la rouge et la blanche avec l'autre blanche, qu'il faut les mettre en position de manière à pouvoir toquer encore et encore. Eh bien, pour vous, *Josaphat,* c'était un carambolage simple ; pour moi, une façon de placer les boules de façon à pouvoir frapper de nouveau.

Ils faisaient les cent pas dans la salle et, à chaque tournant, le vieux Directeur s'arrangeait pour se retrouver respectueusement à la gauche du jeune Administrateur.

— Vous ne vous en êtes peut-être pas aperçu, mais, contrairement à ce qu'imaginent le public et les romanciers, les *fflics* professionnels ne s'intéressent généralement pas beaucoup à la suite donnée par la Justice aux affaires qu'ils ont traitées : ils sont en train d'en traiter d'autres. Il n'y a guère que les très jeunes qui veulent absolument obtenir une condamnation. Plus tard, ils sont désabusés, ils savent que le Parquet fait tout manquer une fois sur deux, et puis cela prend tant de temps... Bref, ils apprennent à faire l'impasse sur la suite des événements. Leur intérêt s'arrête à l'inculpation.

« Il se trouve que je ne suis pas comme les autres sous ce rapport. Peut-être parce que j'ai beaucoup servi sous l'ancien régime, où la justice était plus expéditive. Peut-être parce que je vois les choses d'un peu haut, que je rencontre le procureur, que j'ai à me soucier du rendement de mes *bonhommes* (nous aimons dire *bonhommes,* monsieur l'Administrateur). En tout cas, j'ai passé un certain nombre d'années à souffrir de voir le travail de mes *bonhommes* — et Dieu sait qu'ils dépensent leur patience, leur compétence, leur imagination pour un salaire pitoyable, qu'ils n'ont pas d'horaires, qu'ils font leurs planques et leurs filoches par tous les temps et qu'il leur arrive de risquer leur vie — de voir leur travail systématiquement minimisé, bafoué, rendu odieux. Par qui ? Par tout le monde. Seuls les jurys populaires les ont quelquefois encouragés par des verdicts sévères, mais la démagogie ambiante finira bien par désarmer les jurys populaires eux-mêmes.

« Je l'ai souvent dit à mes jeunes *fflics* : " Ne vous attendez pas à être aimés du public. Ce n'est pas pour cela que vous êtes payés. Et même quand les journalistes font assaut de bravoure en vous ridiculisant — c'est satisfaisant de tirer la queue d'un lion en cage — n'en soyez pas affectés, puisque braver l'autorité, en *démmocrratie,* c'est à la fois noble et pas dangereux. " Le mal profond ne vient pas des scribouillards. Il vient d'une inversion de la pensée qui a contaminé aussi bien le public que la magistrature et selon laquelle celui qui, à une certaine minute, est en position de faiblesse est toujours plus intéressant que celui qui, à la même minute, est en position de force. Pourquoi ? Est-ce à cause de Socrate et de Jésus-Christ ? Plutôt, je pense, parce que c'est plus distrayant de voir David gagner que Goliath. Mais les *fflics* ne sont pas là pour distraire. Ils sont là pour protéger les citoyens et pour défendre la loi, et quand la loi les empêche de protéger les citoyens, le mécanisme est détraqué. Vos meilleurs policiers ne travaillent plus que par amour du métier, et l'art pour l'art, en matière de police, ce n'est pas tout à fait — comment dirai-je ? congru.

« Alors, en échange de ces acquittements sentimentaux, de ces non-lieux techniques, de ces affaires classées pour une virgule de travers que je ressentais comme autant d'insultes pour mes hommes, j'ai commencé à souhaiter une compensation. Symbolique, bien sûr. Je n'ai jamais eu la prétention d'envoyer au garrot tous ceux qui y auraient été expédiés sous cet ancien régime que vous n'aimez pas. Mais, avant de céder la place à une génération moins exigeante pour elle-même et pour les autres, je sentais la nécessité de... Appelez cela comme vous voudrez : offrir un dernier sacrifice aux anciens dieux ? abolir, ne fût-ce que dans un seul cas, cet avantage que la société moderne donne systématiquement au méchant sur le bon ? veiller qu'une victime au moins, et de préférence plusieurs, n'aient pas souffert impunément ? bref faire justice ? — Je sais : j'ai répété mille fois qu'il n'y avait pire erreur pour un policier que de se vouloir justicier : c'est sans doute parce que ce vice doit être mien — et aussi, bien sûr, parce que, au fond des choses, si police n'est pas justice, elle n'est rien.

Il n'y avait plus trace, dans l'attitude du Directeur, de cet épuisement qui en avait fait, tout à l'heure, un mort vivant. Pour la dernière fois de sa vie peut-être, il paraissait être en pleine possession non seulement des moyens qu'on lui connaissait, mais encore d'un capital de moyens secrets amassés au cours des années, qu'il avait décidé aujourd'hui de dépenser en une fois et qui faisait de lui un homme d'une autre stature, d'une autre intensité.

— J'avais donc longuement nourri ce souhait. A mesure que tel criminel mourait de sa belle mort, ou disparaissait à l'étranger, je changeais de candidats — sans trop de regrets, car, je le répète, cette compensation ne peut être que symbolique, sans parler de son utilité pragmatique, forcément limitée. Je pensais donc à arranger, avant de partir pour la retraite, un petit autodafé discret, avec quelques amis sûrs.

« Et puis vous êtes arrivé, don Julian, et je me suis demandé si mon autodafé de consolation ne pourrait pas être agrandi de l'agréable jusqu'à l'utile. Utile pour cette Agglomération, pour ce pays que j'aurai beaucoup aimé. Pour cela, il fallait que vous eussiez l'étoffe d'un véritable homme d'État, ce dont je doutais beaucoup. Alors, je vous ai observé et, peu à peu, estimé. J'ai vu aussi que votre intention pouvait masquer la mienne. Le tout était d'être sûr que vous seriez capable de mener la vôtre à bien — de vouloir la mener à bien. Car c'était la volonté, moins que l'exécution, qui me paraissait invraisemblable.

— Oui, dit Julian, mais pratiquement ?

Il avait écouté don Jesus avec quelque sympathie et davantage d'impatience. Pour le moment, les rancœurs du vieux flic ne l'intéressaient que si elles lui permettaient de sauver *Josaphat*. Et il ne lui importait pas de savoir si, croyant séduire son Directeur de la police, il avait, en réalité, été séduit par lui : il n'avait pas de ces vanités.

Une ombre de sourire devant cette hâte, cette insensibilité juvénile, flotta sur les lèvres grises de Deus ex machina.

— Pratiquement, don Julian, je vous livre de quoi négocier avec le Ministre : vous lui apporterez le Commando de Libération de l'Homme sur un plat d'argent.

— Parce que vous avez le CLH dans votre manche ? (Julian

ne paraissait pas aussi stupéfait, aussi admiratif qu'il aurait dû l'être. Il pensait déjà à autre chose.) Et de moi, que voulez-vous ? Car vous voulez quelque chose de moi ? Que vous n'osiez pas me demander plus tôt ?

— Je vous demanderai seulement, dit don Jesus de sa voix cancéreuse, de me donner quelques mauvais hommes.

— Vous les donner ?

— Pour que j'en fasse ce qui doit en être fait.

— Où sont-ils ?

— Ne vous inquiétez pas : je les ai déjà. Mais je veux les tenir de vous.

— Pourquoi ?

— Pour deux raisons. D'abord parce que je n'aurais pas pu faire *Josaphat* sans vous, que j'ai accepté de la faire sous vous, que c'est donc grâce à vous que je les ai. Aussi parce que vous méritez d'être associé à cette action et que, si nous la menons ensemble, elle peut demeurer secrète. Tandis que, si vous vous mettez contre moi, il pourrait y avoir des poursuites que je préfère éviter.

— Contre vous ?

— Et les miens.

« Donner des hommes » !

Julian fit quelques pas, jeta un regard à Rosario et Paula, sagement assises à l'autre bout de la salle. Il aurait aimé les consulter, mais il se dit que cela ne serait pas convenable.

— Je vous précise, si cela vous inquiète, dit le Directeur, que je n'ai pas l'intention de les couper en morceaux.

— Vous les interrogerez ?

— Même pas. Je n'aurai pas le temps de les interroger à fond. Et il n'y a aucun avantage à se laisser intoxiquer par un interrogatoire hâtif.

« Donner des hommes » !

— Et vous avez vraiment le CLH sous la main ?

— Logé et pénétré. Depuis des mois.

— Pourquoi n'avez-vous rien fait ?

— Il ne sert pas à grand-chose d'arrêter des gens, même fichés, contre lesquels on ne prouvera rien. Je ne fais pas d'opérations pareilles sans biscuit, monsieur l'Administrateur. En outre, j'aimais assez l'idée d'associer le CLH à mon autodafé.

« Donner des hommes ».

Julian avait compris qu'il ne s'agissait pas pour lui de donner en détournant la tête et d'ignorer la suite. Et il ne se faisait pas d'illusions : on parlait de vie et de mort. On ne jouait plus. On était devenu adulte.

— Qui ?

— Nous en discuterons, mais j'ai déjà usé beaucoup de temps à vous expliquer ce que je faisais. Il vaut mieux ne pas laisser M. le Ministre bouillir trop longtemps. Si le nombre vous préoccupe, je vous promets de ne pas dépasser la dizaine.

Dix hommes.

Des paroles que Jesus avait prononcées dans le temps et qui avaient paru peu claires à Julian lui revenaient en mémoire.

— Si je refuse ?

— Vous voulez savoir si le sort de ces hommes changera ? Je ne sais pas, don Julian. (Le Directeur parlait à l'Administrateur comme à un enfant.) Vous ne pouvez pas continuer *Josaphat* sans moi : les syndicats de police, qui se méfient même de moi, vous mangeraient tout cru. De mon côté, obtiendrai-je sans vous l'aveu du Ministre ? Il craindra un piège. Que ferai-je si je ne l'obtiens pas ? Tout est confus, voyez-vous, comme souvent dans l'action.

« Je comprends que je vous demande beaucoup. Vous n'avez pas l'habitude de ces décisions... radicales. Tenez, fit-il avec une mystérieuse espièglerie, vous devriez demander conseil à Mme Abad. Nous nous comprenons, elle et moi.

— A Paula ?

— A la princesse aussi, si vous le souhaitez.

Julian était choqué :

— A des femmes ? Ce genre de question ?

Le Directeur eut un sourire blanc.

— C'est vous, l'homme d'ancien régime, don Julian, et non pas moi. Pourquoi pas des femmes ? Nous avons la nature humaine en commun. Serait-ce pour les épargner, ou parce qu'elles seraient de mauvais conseil ? Je pense qu'elles connaissent la réalité et qu'elles savent mieux que nous quand il convient d'être impitoyable.

— Eh bien, venez.

Rosario et Paula se levèrent à l'approche des deux hommes. Julian regarda l'une, puis l'autre. Comme elles étaient semblables et dissemblables — Rosario toute en nerfs, Paula toute en rondeurs — encore que brunes toutes les deux ! Il n'y avait pas une femme au monde qui ne participât de l'une ou de l'autre, et de l'une et de l'autre par conséquent.

Julian se tint à distance pour voir les deux visages en même temps.

— Le Ministre veut arrêter *Josaphat.* Nous pouvons continuer. Cela veut dire mort d'homme. D'hommes ne méritant pas de vivre. Qui suis-je pour en décider ? Celui qui en a l'occasion. Que pensez-vous ?

Paula et Jesus échangèrent un regard : oui, ces deux-là se comprenaient bien.

Paula dit :

— Il ne faut pas que vous vous fassiez violence, Julian. Mais si vous me demandez mon avis, je n'ai jamais pensé que la vie soit un droit imprescriptible. Cela dépend de ce qu'on en fait.

Rosario regardait le Directeur :

— Pour vous, la vie humaine, ce n'est pas sacré ?

— Si, princesse. Mais il arrive que le roi doive manger les pains de la présentation.

Rosario se détourna un instant et cacha son visage dans ses mains pour prier. Elle ressortit de cette absence sans savoir combien de temps s'était écoulé, au moment où Julian, l'air égaré, s'écriait :

— Personne n'a le droit de juger ! J'ai compris cela cette nuit.

Et Rosario :

— Ce serait trop facile si les droits et les devoirs coïncidaient toujours.

— Toi aussi, alors, Rosario ?

Elle lui montra le mur avec, dans leurs cadres immuables, les portraits de ceux qui avaient gouverné cette terre avant lui.

— Tu sais que tu auras ta bobine en bas à droite, et qu'elle nous changera agréablement des tronches de vendus qui viennent avant la tienne. Mais regarde ceux d'en haut, ceux des fraises sur les cuirasses, tu crois qu'ils auraient hésité ?

Julian savait que la décision était déjà arrêtée en lui — sans quoi il n'aurait pas pris le risque de demander conseil. Cependant elle ne deviendrait irrévocable que lorsqu'il l'aurait formulée. Il n'aurait tué ces hommes que lorsqu'il aurait prononcé « oui ».

Il regarda Rosario, avec qui il avait joué à la maison de poupées. Il regarda Paula, dont le regard intense essayait non pas de l'influencer mais de le secourir. Il regarda Jesus, qui savait qu'il avait gagné et cachait qu'il le savait.

Julian regretta alors que les femmes fussent présentes. Tout à coup, elles pesaient trop lourd. Il y aurait quelque chose d'obscène à prononcer « oui » devant elles. Ce n'était plus la réalité de la mort, c'était la grossièreté du mot qui le gênait. Cela aurait été plus simple entre hommes, avec le seul Jesus. D'autant plus que quelques doutes surnageaient encore. Il aurait voulu savoir comment : la corde, une balle ? Ce n'est pas une question qu'on pose devant des femmes.

Il avait baissé les yeux et constata qu'il ne pouvait plus les relever. Il devait avoir honte de quelque chose. Etait-ce à juste titre ? Il voulut parler, ne trouva ni air ni salive, et déclara enfin, avec suffisamment d'autorité :

— Nous discuterons chaque cas en particulier.

Ce qui était se condamner plusieurs fois au même dilemme.

Levant alors son regard, il vit au mur son propre portrait, qui n'y était pas encore : sous les cheveux de bronze, peut-être striés d'argent, un visage olivâtre à la bouche durcie, encore jouisseuse, déjà sinistre, au nez impérieux, aux yeux tristes, expérimentés, avec, non pas dans l'expression, mais pour ainsi dire derrière ou plutôt sous l'expression, quelque chose de désenchanté et d'impitoyable qui rendait son visage semblable à celui de ses deux cents prédécesseurs.

Sans attendre de réponse de personne, il retourna vers le cabinet où l'attendait le Ministre. Le Directeur le rattrapa et lui susurra quelques mots. Rosario et Paula le suivirent des yeux pour ne pas se regarder. Les gardes continuaient à se raconter des histoires drôles : « Oui, mais moi, j'en connais une meilleure. C'est... »

3.

— Dandolo, récapitulons. Vous vous engagez à me livrer vivants les terroristes qui ont commis l'attentat de la gare du Nord. Ceux-là mêmes.

— Non. Je m'engage à vous les livrer morts ou vifs. Personne ne peut garantir qu'ils se laisseront prendre vivants. Mais ce sont bien les individus recherchés, tels qu'ils sont fichés à Interpol, avec quelques-uns de leurs contacts locaux.

— Le grand Aquila lui-même ?

— Aquila dit Toma et son équipe. Si vous consultez vos propres fichiers, vous y trouverez leur signalement et même quelques mauvaises photos. Ces gens ont commis une demi-douzaine d'attentats et une douzaine de cambriolages de banques. Je n'ai aucun moyen de vous tromper sur leur identité, si c'est cela que vous craignez.

— En échange, je reprends à mon compte votre grotesque chasse au Minotaure dans le labyrinthe du Corazon et je la laisse se poursuivre jusqu'à 14 heures. A 14 heures, vous démontez.

— Je démonte, et vous avez ma démission.

— Evidemment, le fait d'avoir repris l'opération m'empêche d'intenter des poursuites contre vous-même et vos affidés.

— Des poursuites officielles, oui, mais, tel que je vous connais, vous trouverez bien un moyen de leur donner des coups de pied en vache.

Le Ministre mit ses deux coudes sur la table :

— Savez-vous que je suis tenté par votre proposition ?

Puis, ayant fait naître l'espoir :

— Je suis tenté... mais je n'accepterai pas. D'abord parce que j'aurais l'air idiot...

— Aux yeux de qui ?

— Ne serait-ce que de Barualdo et de ses gendarmes.

— Avoir l'air idiot aux yeux des gendarmes, cela vous fait peur ? D'ailleurs pourquoi idiot ? Vous arrivez prévenu contre cette opération. Vous avez un réflexe sain bien qu'un peu hâtif, cela arrive à tout le monde. Vous constatez ensuite que l'opération est justifiée. L'événement vous donne raison. Vous avez la sagesse de changer d'avis. Si vous le souhaitez, vous expliquerez cela au cours de votre conférence de presse de 15 heures.

— Supposons. Et pourquoi vous croirais-je quand vous me dites que vous allez, à point nommé, capturer un commando que vous cherchez en vain depuis douze heures ? Je vois bien votre calcul : « Une fois que le Ministre aura souscrit à *Josaphat,* il ne pourra plus l'interrompre, même si nous ne lui livrons pas le moindre terroriste. » Finaud, Dandolo, finaud, mais pas assez finaud.

Julian marqua une hésitation. Le Directeur s'éclaircit la voix.

— Voyez-vous, monsieur le Ministre, à moins d'être suprêmement maladroit, on ne trouve que ce qu'on veut bien trouver. Si nous avions déjà arrêté les terroristes, nous n'aurions plus la latitude nécessaire pour négocier avec vous. Cependant, je vois que vous doutez de la qualité de notre renseignement. C'est un tort. Je peux vous donner des échantillons qui vous convaincront peut-être...

« Quel exemple vais-je choisir ?... Pourquoi pas celui-ci. Le 12 mai 1967, une femme de ménage employée au lycée Philippe-II, plus tard rebaptisé Pablo-Neruda, a donné naissance à une fille nommée Maria de Guadalupe, déclarée de père inconnu. Cette femme de ménage n'a cessé depuis lors de recevoir des mensualités indexées sur le coût de la vie. Maria de Guadalupe suit actuellement des cours d'art dramatique chez...

— Suffit, coupa Nicolo Grosso sans perdre contenance ; il souriait même. Si vous avez des dossiers comme ça sur les membres de l'opposition, on pourrait faire affaire ensemble. Je suis preneur.

Il ne plaisantait qu'à moitié. Le Directeur ne releva pas la proposition. Le silence pesa.

— Bref, dit le Ministre, vous voulez que je rappelle les gendarmes ?

— Inutile, fit Julian. Il ne reste plus tellement de monde à contrôler. Nous ferons quelques impasses pour accélérer. Et les gens ne demanderont pas mieux que de se dégourdir les jambes, quitte à rentrer chez eux à pied pour déjeuner.

— Eh bien, topons là. Je ne suis pas Fabius Cunctator, moi. Quand je franchis le Rubicon, je ne joue pas les Eurydice. Seulement, je vous préviens : je ne signe rien. D'ailleurs je ne signe jamais rien. Tout à la confiance.

Julian, méfiant, jeta un regard à Deus ex machina dont le visage ovoïde blanchoyait de candeur, reluisait de bénignité :

— Mais bien sûr, monsieur le Ministre, à la confiance. Tout à la confiance ! M. l'Administrateur ne se permettrait pas de vous demander votre signature. D'ailleurs qu'ajouterait-elle à l'enregistrement de cet intéressant entretien ?

— Vous voulez dire qu'il y a des micros dans cette pièce ?

Le Directeur oscillait d'avant en arrière comme un magot :

— Plusieurs, monsieur le Ministre, plusieurs. Le plus proche de vous est dans cette sonnette.

4.

« Aujourd'hui, Toma a déjà tous ces ennuis avec la piscine qui pue. J'attendrai demain dimanche pour lui dire que je pue encore plus. »

5.

De retour au lycée, le Directeur passa un message à ses chefs de détachements pour leur annoncer la présence du Ministre, qui les remerciait des magnifiques efforts qu'ils avaient fournis et encourageait chacun à persévérer en donnant un dernier coup de collier. On savait que Nicolo Grosso n'était pas chiche de promotions, de décorations et même de gratifications, et les policiers en oublièrent les fatigues de la nuit. Le Corazon était vide, aux Arènes tout se passait le mieux du monde grâce à la projection de films de football, et au Centre de Tri l'enthousiasme régnait.

Abuelo avait positivement identifié 14 racketteurs, 62 arracheurs, 46 revendeurs de drogues. Beaucoup d'entre eux s'étaient facilement laissé convaincre de dénoncer leurs concurrents ou leurs associés. Entraînée par l'exemple d'Abuelo, la population du Corazon avait enfin décidé de se délivrer du secret qui l'étouffait depuis vingt ans. Une jeune avocate avait reconnu les voyous qui lui avaient démoli son pare-brise ; un vieux dentiste, les voleurs qui l'avaient précipité hors de sa voiture. Victimes et témoins erraient de classe en classe en proie à une frénésie de délation qui devint bientôt inquiétante. Les policiers n'en étaient pas dupes : ils auraient le temps de recouper et de trier les informations qu'ils recevaient. Pour le moment, la difficulté était d'enregistrer tant de plaintes et de témoignages. Les policiers qui avaient fini de fouiller le Corazon avaient été appelés en renfort. Les machines à écrire de la classe de dactylographie du lycée ne suffisaient plus à la tâche : on prenait des dépositions à la main, en sténographie, au magnétophone. Le rempart de silence était crevé. Si la police réussissait à conserver la confiance du Corazon, le Corazon redeviendrait un quartier sûr et souriant. Pour un temps.

Julian arpenta les couloirs, visita les classes, observa la stupeur offensée avec laquelle les ci-devant maîtres de la rue se voyaient reconnus, démasqués, catalogués, réprouvés, écroués. Ce n'était pas de jeu ! Les honnêtes gens sont à traire ou à tondre, c'est connu, les poulets ne vous coincent qu'une fois sur cent et ensuite on a encore de bonnes chances de s'en tirer ! Or, cette fois-ci, les pronostics paraissaient mauvais. Sans doute une plèbe d'avocaillons faisait-elle déjà la queue à l'entrée du lycée pour assurer la défense des futurs inculpés, mais un vent nouveau soufflait. Devant l'ampleur de cette opération répressive organisée par un ministre de gauche, les juges d'instruction les plus démagogues retrouveraient une nouvelle rigueur, les tribunaux et les cours suivraient : cela était dans l'air.

Julian monta chez le Directeur et y trouva installée une dame d'une quarantaine d'années. Elle portait une blouse montante en satin de soie violet, une jupe noire ornée de soleils jaunes, elle avait des boucles d'oreilles comme des sonnailles et des bagues aux doigts. On ne s'habillait pas ainsi au Corazon. Son visage rond, couleur de topaze, ses yeux bridés, ses cheveux noirs et lisses évoquaient la Chine ou la Malaisie. Un sourire coulait de ses lèvres comme de l'huile parfumée.

— L'Administrateur Dandolo, présenta le Directeur, Mme Queenie Lee.

— Non, monsieur, dit la dame aux jambes négligemment croisées, je vous répète que vous faites erreur. Mrs Dorothy Baxter, citoyenne américaine.

Elle gazouillait avec un accent indéfinissable.

— Pardonnez-moi, madame. Vous avez un passeport au nom de Mrs Baxter, la photographie qui y figure est la vôtre et vous avez loué un appartement à ce nom dans un quartier résidentiel de l'Agglomération. Cela ne vous empêche pas d'être en réalité Mme Queenie Lee, un des grands distributeurs d'héroïne à l'échelle internationale. Voici votre fiche d'Interpol : vous y êtes reconnaissable et vos empreintes digitales, à dessin complexe, avec des îlots, ne laissent aucun doute sur votre identité.

Julian passa derrière la table qui servait de bureau au Directeur et jeta un coup d'œil à la fiche. Plusieurs condamnations par défaut. Des demandes d'extradition. Une prime de cent mille dollars offerte par un milliardaire du textile dont la fille était morte d'une overdose.

— Comment l'avez-vous arrêtée ?

— Le vieux en fauteuil roulant a dénoncé un revendeur. Le revendeur a donné l'adresse où il se ravitaillait. Les fonctionnaires ont fait un saut. Ils ont interpellé le semi-grossiste. A ce moment, par une de ces chances qui nous arrivent quelquefois, le téléphone a sonné. C'était madame. Le semi-grossiste a accepté de la garder le plus longtemps possible au téléphone. Nous avons pu repérer le numéro d'où elle appelait. C'était une cabine publique, d'où elle a passé une deuxième communication, ce qui nous a donné le temps d'envoyer une voiture sur place. C'est triste pour une aussi grande criminelle de tomber sur une aussi petite imprudence ! N'est-ce pas, madame ?

Mme Lee souriait toujours comme si elle suçait un bonbon.

— C'est la prime qui vous intéresse ? Elle est de combien ?

— Cinq cent mille dollars.

Elle sourit d'autant plus. Sans doute connaissait-elle le montant véritable.

— Je double.

Elle pencha la tête de côté et désigna les deux hommes de ses deux index aux ongles rouge cerise :

— Fifty-fifty ?

Julian retint son souffle. Le Directeur observa la prisonnière en silence pendant quelque temps.

— Savez-vous, madame, prononça-t-il enfin — il semblait en état de transe — que, lorsque je vous regarde, je vous vois à peine ? A la place de vos yeux, je vois des centaines de milliers de prunelles exorbitées. A la place de vos manches de satin, des bras noirs de mouchetures. A la place de votre jupe, des cuisses où il n'y a plus un centimètre carré où planter une aiguille. Je vois des individus en manque attaquant n'importe qui n'importe comment pour se payer une dose. Je vois ceux qu'ils attaquent et laissent pour morts sur le pavé... Je sais que ce n'est pas vous qui semez les pavots blancs et en extrayez la résine. Je sais que ce n'est pas vous qui pressez le piston de la seringue. Mais, franchement, je trouve qu'il serait incongru que vous continuiez à vivre.

Julian n'avait encore jamais vu un être humain entendre sa condamnation à mort. Partagé entre l'horreur et la curiosité, il observait attentivement les deux petites olives noires qui nageaient sous les paupières bridées. Il n'y lut aucune frayeur, plutôt une hilarité roublarde. Il lança :

— Vous n'y croyez pas, n'est-ce pas ? Vous ne croyez pas que d'ici ce soir vous serez morte ?

Comment pouvait-il, lui, Julian Ossamundi, *Sir Julian,* le joueur de polo, le garçon sortable par excellence, s'exprimer ainsi ? Il ne ressentait aucune pitié, plutôt de la répugnance, devant ce petit serpent corail roulé en boule devant lui et qui allait mourir.

— Non, gazouilla Mme Lee, je ne le crois pas. Chacun a son prix. Donnez le vôtre. J'ai des moyens. J'ai des amis qui ont des moyens. Il suffit que des méthodes de règlement sur comptes numérotés soient soigneusement mises au point.

Les deux hommes la regardaient comme si elle était d'une autre espèce qu'eux.

— Pas d'interrogatoire ? demanda Julian.

— Non. Leurs réseaux sont cloisonnés. Elle ne sait pas grand-chose. Au début, elle ne dira rien, et, le temps qu'elle donne quelques semi-grossistes, il faudra l'extrader. Aux Etats-Unis, elle se fera mettre en liberté sous caution, et le tour sera joué.

— Alors... on fait comme ça.

Le Directeur sonna son planton :

— Faites conduire madame à la chaufferie.

Pour la première fois, l'impératrice de la drogue trahit une émotion :

— Je croyais que vous n'alliez pas m'interroger ?

— Ce n'est pas le genre de chaufferie, madame, que vous auriez sans doute utilisé.

6.

Une fourgonnette blanche et bleue marquée « Télécommunico » arrêtée près d'un répartiteur téléphonique. Des ouvriers en bleu feignent de s'affairer depuis des heures. Il y a belle lurette que la ligne de la villa cible a été shuntée.

Dans la fourgonnette, un homme devant un poste de téléphone. Qui ne sonne pas. Qui finit par sonner.

L'homme prend son temps pour décrocher. Le ton bourru :

— Allô ?

Si ce n'est pas l'appel qu'il attend, il dira que ce n'est pas le bon numéro. Et si on refait le même numéro, il ne décrochera plus, ce qui ne l'empêchera pas d'écouter la communication.

Une voix de fausset, troublée, inquiète, peut-être intimidée :

— Allô, c'est... c'est bien la Société d'Entretien des Piscines Résidentielles ?

— Ouais. Et aujourd'hui, c'est samedi.

— Je sais. Nous avons une urgence. Une odeur pestilentielle. Un animal mort, peut-être, dans la canalisation ? Nous avons vidé l'eau et ça sent toujours aussi mauvais. Il y a un dépôt au fond. C'est peut-être ça qui sent.

— Bon, d'accord, on vient vous voir lundi à la première heure.

— Ecoutez, non, ce n'est pas possible. Ça commence à empuantir le voisinage.

— Aujourd'hui, ce n'est vraiment pas pratique.

— Faites un effort, monsieur. Soyez compréhensif.

— Vous savez que vous êtes pénible. Bon, d'accord, mais c'est le week-end : les heures comptent double.

— Vous êtes très obligeant, monsieur. Je vous remercie beaucoup.

— Attendez que je prenne un crayon. Nom et adresse ?

7.

— Il faut, dit le Directeur, que nous tombions d'accord sur la liste.

Julian regardait les volumes de la bibliothèque à travers les vitres. Elles étaient bien nettes et la plupart des volumes n'avaient pas l'air d'aller se promener souvent.

Le Directeur prit une feuille qu'il avait préparée et visa le premier nom avec un de ses crayons minutieusement appointés.

— Le Tronçonneur.

— Murena ? Vous l'avez arrêté ?

— Une de mes jeunes femmes a eu le bon réflexe.

— Mais il a purgé sa peine !

— Nous ne sommes pas la justice, don Julian. Et il avait un catalogue de tronçonneuses dans sa chambre.

— ...Bon.

Le Directeur traça un V léger après Murena.

— L'Étouffeur.

— Cela fera de la peine à Robich qui est si heureux de l'avoir pris.

— Oui, ce sera injuste, mais pouvons-nous tenir compte de ce genre de considérations ?

— J'ai une idée pour Robich. Laissez-moi lui parler. Restent ses collègues. Comment réagiront-ils ?

— On fera courir le bruit d'une erreur. Ce ne sera pas la première fois qu'on aura cru tenir un grand criminel qui se révélera être un lampiste.

— Simplement l'Étouffeur, qui avait annoncé qu'il étoufferait aujourd'hui, n'étouffera pas ?

— Voilà. D'ailleurs il n'étouffera plus jamais.

— Bon.

Ce petit mot « bon » soufflait des vies comme des bougies.

Le Directeur mit un deuxième V sur sa liste et annonça avec une extrême froideur :

— Ricardo Sur, l'un des quatre hommes qui ont violé Mme Abad.

Julian avait toujours le dos tourné. Il ne voyait plus les livres, seulement le Directeur réfléchi dans la vitrine, et il s'entendit prononcer sourdement :

— Dommage qu'on n'ait pas pris les quatre.

Cette fois, l'idée de la vengeance ne lui faisait pas peur. Qui avait touché à Paula devait mourir, c'était évident. Le crayon fit encore un V, la mine s'effrita légèrement. Le Directeur prit un autre crayon.

— Le découpeur de joues ? On a trouvé qu'il avait marqué dix-sept femmes. Certaines se sont fait faire des opérations de chirurgie esthétique, toutes n'ont pas eu les moyens.

— Attention. Les autres ont été arrêtés discrètement, tandis que celui-là...

— Oui, elles ont failli le mettre en pièces. Ce sont les fonctionnaires qui l'ont protégé.

— Dans ce cas, il serait par trop invraisemblable qu'on le retrouve explosé trois heures plus tard à vingt kilomètres de là.

— Cela dépend. Ces femmes le connaissent seulement par son surnom de Guapo. Même s'il y a des photos dans la presse, qui ne publiera que son vrai nom, comment pourraient-elles être sûres que c'est le même homme ?

— Et si ses victimes veulent savoir ce qu'il est devenu ?

— On ne saura pas de qui elles parlent, on fera traîner, on l'aura envoyé dans telle province où il était recherché...

— Et si — Julian défendait son Guapo pied à pied : c'était là une mort où il lui était interdit de tremper — un journaliste commence à creuser ?

— Mes hommes ne diront rien. Nous aurons naturellement fait disparaître toute trace de son interpellation. Sur les ordinateurs, c'est facile, et j'ai prévu de récupérer les carnets à souche.

Etait-il vraiment nécessaire qu'un homme qui tranchait les doigts au sécateur et découpait les joues au rasoir continuât à respirer l'air du bon Dieu ? Ou alors était-ce au bon Dieu seul que la décision appartenait ? Mais le bon Dieu, à supposer qu'il agisse, agit généralement par causes naturelles et actions humaines.

— ...Bon.

Le nouveau crayon dessina un V très fin, très élégant.

— Mme Lee.

— C'est indispensable ? Ce n'est pas que j'aie pitié d'elle, mais...

— Mais quoi ? Qu'est-ce qui vous gêne, don Julian ? Que ce soit une femme ? Vous vous ferez accuser de sexisme un de ces jours, si vous n'y prenez pas garde. Pourquoi l'anatomie et la physiologie de Mme Lee seraient-elles des circonstances atténuantes ? Sa mort fera sauter un relais dans la distribution de l'héroïne, ce qui ralentira la livraison, ce qui fera monter les prix, ce qui empêchera peut-être un enfant de s'offrir sa première dose le jour où il aura injustement reçu une mauvaise note. Le lendemain, il n'en aura peut-être plus envie. Alors ?

— Bon.

Un V de plus.

— Et voilà. Un, deux, trois, quatre, cinq. Vous voyez que je ne suis pas si sanguinaire.

Julian marchait toujours de vitrine en vitrine, les mains dans les poches, attitude qui ne lui était pas ordinaire. Soudain, il revint à la table et regarda le Directeur de profil. Une expression à la fois tragique et presque égrillarde plissait ses traits :

— Don Jesus, j'aurais... un candidat de plus.

Le Directeur, serviable, reprit son crayon :

— Qui cela ?

— Un certain Sariel de Sariel, dit « l'Antéchrist ».

8.

Dans la chaufferie souterraine, M. Laredo était l'ancien.

A chaque nouvel arrivant il exposait aimablement depuis combien de temps il se trouvait là lui-même et ce qu'il fallait faire si on éprouvait le besoin de sortir. Cela lui donnait un agréable chatouillement de supériorité. Après quoi, il se replongeait dans le silence et la méditation.

M. Laredo n'avait pas peur de mourir parce qu'il ne croyait pas à la mort. C'est pour cela qu'il avait tué si souvent, en cherchant à épier les derniers spasmes de vie de ses victimes asphyxiées. Il lui était déjà difficile de se persuader que les autres meurent : alors lui !... Aussi, plutôt que de s'inquiéter de son avenir ou de profiter de la compagnie de l'hystérique M. Murena, il restait calmement sur sa chaise à lisser son pantalon bleu ciel et à calculer des commissions sur des Mercedes de divers modèles : « Évidemment, la 560 SEC est la plus chère, mais la 560 SEL est plus facile à vendre, et il faut reconnaître que les décapotables ont leurs avantages. En fait, tout dépend de la voiture d'occasion qu'on récupère en échange. Ceux qui vous revendent une Ferrari... Bien. Supposons qu'il veuille une 420 et que je décide de lui fourguer une 500, et qu'il ait une Sovereign 2,6 1984 à revendre, avec 100 000 km au compteur... » Et son visage poupin s'éclairait sous la frange des cheveux prématurément blancs.

M. Murena, que M. Laredo ignorait systématiquement, courait dans tous les sens en agitant les bras et se cognait la tête contre les murs. Il s'était mis dans la tête qu'on allait le débillarder à la Black et Decker, puisque c'était la marque préférée du Directeur. Finalement, M. Laredo, qu'il dérangeait dans ses calculs, fut contraint d'appeler le Taciturne de fonction :

— Vous pourriez au moins faire tenir tranquille cet individu malodorant, si vous m'obligez à cohabiter avec lui.

Le Taciturne, qui avait sans doute des filles, reconnut si bien la justesse de ce raisonnement que M. Murena roula sur le plancher, resta immobile quelques instants, puis se recroquevilla dans la pose du fœtus, ses deux bras cachés contre sa poitrine et ne bougea plus.

Le troisième hôte de la chaufferie fut Ricardo Sur, une assez mignonne petite brute qui commença par faire quelque bruit. Avec qui l'avait-on enfermé ? Qu'est-ce que c'était que ce trou ? Est-ce qu'on n'était plus en démocratie ?

M. Laredo lui donna avec complaisance les explications d'usage.

— Oui, mais quand c'est qu'on va sortir pour de bon ?

— Vous, je ne sais pas. Moi, avant le coucher du soleil.

M. Laredo n'avait pas oublié la promesse faite à la presse : aujourd'hui, l'Etouffeur étoufferait une fois de plus. A vrai dire, l'Etouffeur n'était pas assuré de tenir parole : le vieux, là-haut, n'avait pas l'air décidé à appeler un avocat séance tenante. Mais, avec le temps, tout s'arrangerait. M. Laredo, curieusement dédoublé, se flattait d'un côté de passer pour cet Etouffeur insaisissable, la terreur de l'Agglomération, et d'un autre côté, il savait n'être qu'un inoffensif vendeur de voitures à qui ne pouvaient arriver les ennuis graves que l'Etouffeur risquait de s'attirer. A force d'échapper aux recherches de la police, M. Laredo croyait pouvoir changer véritablement — et non pas en apparence — de personnalité, devenir à volonté coupable ou innocent. Une seule crainte en cas de retard : que le Juif centenaire ne crevât avant d'avoir eu le temps de se faire enfiler un sac de plastique sur la tête. Car, bien sûr, dès que Laredo serait libre, il reprendrait son projet où il l'avait laissé. Bref, la vie dans ce cachot aurait été supportable, si seulement on n'avait pas eu si froid aux extrémités... On prendrait bien une petite pipe de crack, tiens. Puisque c'était impossible, il valait mieux recommencer à vendre des Mercedes imaginaires : c'était encore le moins salissant.

— Eh ! Dis donc ! Ça fait la troisième fois que je te demande pourquoi tu es en cabane, fit Ricardo.

M. Laredo le considéra avec réprobation :

— Chut ! Vous m'avez fait tromper de zéro.

— Maison de fous, ici, grogna Ricardo.

Il alla s'asseoir par terre, près de Murena qui pleurnichait silencieusement dans son coin.

— T'es pas causant non plus, toi, on dirait. Eh ! Le cachottier ! Montre un peu ta gueule, pour voir.

Murena tourna vers lui sa face livide aux yeux rouges, râpeuse de poils noirs, la pommette enflant du coup de poing qu'il avait reçu. Ricardo se rejeta en arrière.

— Ah ! ben dis donc !... Ah ! ben alors... Ah ! ben c'est toi qui ?... Ah ! ben tu manques pas de...

Il expira beaucoup d'air en un long chuintement. Il était partagé entre l'horreur et l'admiration. Mais il sentit bientôt qu'il en avait trop fait et voulut rétablir sa propre réputation.

— Tu sais, moi aussi, je... Je trouve même ça plus jouissif quand elles résistent, mais enfin toi, ça doit tacher, non ? Enfin, si t'aimes ça...

Une considération l'inquiéta un instant :

— Oui, mais toi, t'as fait ton temps, et moi j'ai été acquitté, alors pourquoi qu'on se retrouve dans le même mitard ?

Cependant, comme il était d'un tempérament optimiste, il trouva aussitôt la solution :

— Je suis bête ! C'est pour nous relâcher ensemble, parce qu'on a comment dire la même spécialité et qu'on est inattaquables tous les deux.

S'étant ainsi rassuré et n'ayant pas réussi à lier une conversation, il s'assit sur un tabouret qu'il inclina un peu de manière à pouvoir s'adosser au mur, écarta largement les jambes et ferma les yeux. Il n'y avait rien à faire ici que de pioncer, et, depuis l'âge de treize ans, il s'endormait chaque soir en se racontant des récits de viol.

Les heures passaient. Laredo vendait de plus en plus de

Mercedes bleues, argentées, grises, taupe, noires, blanches avec des sièges de cuir rouge. Ricardo, n'arrivant pas à trouver le sommeil, violait de plus en plus d'institutrices, de femmes dentistes, de religieuses, de *pervenches* et d'*aubergines*.

La porte s'ouvrit. Une femme, une Orientale. Laredo lui fournit avec délicatesse ses explications accoutumées. Elle ne le remercia pas d'un mot. Peut-être ne l'avait-elle pas compris. Elle s'assit machinalement, croisa les jambes, et se plongea dans on ne savait quelle contemplation. Son visage rond demeurait parfaitement impassible.

— Elle a l'air de couver, la petite poule, fit Ricardo, qui avait rouvert les yeux. Cocorico !

Il se dressa comme un coq sur ses ergots, batttit des ailes, mais ne fit rire que lui-même. Alors il s'accroupit et se mit à sautiller autour de l'étrangère, lui faisant, dans les termes les plus crus, les propositions les plus déshonnêtes et éclatant de rire après chacune.

Elle ne semblait ni le voir ni l'entendre, abîmée dans un rêve aussi profond que celui des arbres ou des falaises, tandis que lui approchait à croupetons, reculait, approchait à nouveau en faisant « Cott cott cott! » Lorsqu'il fut tout près d'elle et tendit la main pour saisir sa jupe noire à soleils jaunes, elle lui planta son talon aiguille en pleine face et reprit son immobilité.

Lui, le dos à terre, tenant à deux mains son visage inondé de sang, vagissait comme un nourrisson. La porte s'ouvrit.

— Un docteur ! hurlait Ricardo.

Mais le Jour de Colère était enfin arrivé.

— Silence là-dedans, dit le Taciturne de garde sans hausser la voix, et Ricardo cessa aussitôt de vagir, reniflant seulement, et se barbouillant de sang les mains, la chemise et le blue jean. Les arrivées se précipitaient. Un grand gars à la barbe en broussaille, aux lunettes réfléchissantes, vint rejoindre les habitants de la chaufferie. Ses vêtements étaient déchirés et il portait sur la joue droite l'empreinte des cinq ongles d'une petite main de femme.

M. Laredo, ravi de compter une ouaille de plus dans son troupeau, se présenta comme l'ancien de la chambrée. Sans écouter son discours, Guapo alla s'accroupir contre un mur et fourra son poing dans sa bouche. Ça allait mal. Ça allait carrément mal. Pour la première fois de sa vie, il était tombé sur plus fort que lui, et ça ne lui plaisait pas. On ne sait jamais avec les flics : ils appliquent les lois, oui, quelquefois ils y mettent un peu d'imagination... Son copain avait bien de la chance que sa mère fût crevée justement hier.

La porte s'ouvrit de nouveau.

— Eh mais ! C'est dans la cellule des condamnés à mort que vous me fourrez ? Je vois une ombre sur chaque visage.

Le Taciturne referma la porte. L'Antéchrist s'y adossa. Il était en chaussettes, car on lui avait ôté de force ses bottes puantes, ce qui diminuait sa taille, et il se sentait de plus en plus malade, ce qui réduisait sa stature. Mais il plastronnait encore. Son collier de barbe lui faisait comme un halo noir et son nez émacié se recourbait en forme de rostre d'insecte.

— Je suis le doyen ici, commença M. Laredo, et je demande à chacun de se tenir le plus correctement possible. Si vous avez besoin de sortir, vous frappez à cette porte de métal et un policier en civil vous emmène. Je vous préviens qu'à la moindre incartade ils vous cognent dessus, et je ne vous conseille pas de faire de grabuge. Voilà.

L'Antéchrist l'avait écouté courtoisement.

— Je suis Sariel de Sariel, sataniste, dragueur, drogueur, confectionneur de messages subliminaux, bombe vivante, surnommé l'Antéchrist par mes amis. Vous êtes qui, vous, sous votre petite frange ? J'ai l'impression désagréable de vous connaître. Je ne vous ai pas vendu du crack il y a quelque temps ?

— Je ne sais pas ce que vous voulez dire. Je m'appelle Laredo et je suis ici par erreur, répondit avec dignité le doyen de la chaufferie, à qui les quelques heures qu'il y avait passées avaient inculqué un peu de prudence et de modestie. Il y a un commissaire de police qui prétend que j'ai étouffé quelqu'un, mais j'ai demandé à voir mon avocat et tout cela doit se régler dans les heures qui viennent.

— Ah ! c'est vous, l'Etouffeur ? Je suis honoré de faire partie de la même charretée que vous. Et Ugolin, qui est-ce ? (L'Antéchrist, toujours fébrile, désignait Guapo qui avait l'air de ronger son poing.) Mais je te reconnais ! Le racket ! La signature sur les joues ! Et pour un passe-temps aussi innocent, tu... Qu'est-ce qu'ils ont, les flics, aujourd'hui ? On a mis du tigre au menu de la cantine ? Et vous, madame ? Est-ce que je me trompe ? Vous m'avez été décrite tant de fois. Vous seriez vraiment... ? (Il s'agenouilla comiquement devant elle.) Je suis de plus en plus honoré. Je n'ai été qu'un de vos très humbles semi-grossistes et encore plus humbles consommateurs. Et les raclures par terre, là, c'est quoi ? Toi, tu aurais une assez jolie petite gueule, si quelqu'un ne te l'avait pas abîmée. Qu'est-ce que tu as fait de beau pour te retrouver en notre compagnie ?

Ricardo cracha du sang par une brèche entre ses dents et chuinta douloureusement :

— J'en chais rien. Ch 'est peut-être parche que j'ai violé des gonjèches.

— Des gonjèches ? Eh bien, tu n'es pas dégoûté. Moi, la seule idée de cette machinerie gluante qui sent les fruits de mer pourris... Mais tu veux dire qu'ils exécutent pour viol maintenant ?

— Ils m'éjécuteront pas. Ils jont pas le droit.

L'Antéchrist lui ébouriffa les cheveux avec un rire bon enfant :

— Bien sûr, ils jont pas le droit, mon joli. Mais ils t'éjécuteront tout de même. Et l'autre, là, le cachalot, le phoque sans bras, c'est quel spécimen encore ?

Murena ne bougeait pas. L'Antéchrist le retourna d'une poussée de son pied en chaussette, et reconnut la face noiraude aux gros sourcils de crin qui avait récemment illustré les journaux. Les lèvres étaient retroussées sur les dents serrées comme celles d'un mort.

— Le gars à la scie, maintenant ? Un peu bien primaire à mon gré, si tu veux mon avis, un peu manutentionnaire, si tu vois ce que j'entends par là. Enfin, il faut être tolérant. Tous les goûts sont dans la nature, comme disait l'autre, même ceux qui sont contre. Eh bien, mes amis, il faut reconnaître que nous formons un assez sympathique échantillonnage de moribonds.

— Monsieur, dit Laredo, il ne faut pas plaisanter comme cela. C'est mauvais pour le moral.

— Je ne plaisante pas, mon bon. Je ne sais pas entre les mains de qui nous sommes tombés, mais, si ce monsieur a un peu d'humour, il vous asphyxiera dans un sac à poubelle, il découpera M. Murena à la scie mécanique et l'ami Guapo au rasoir, il fera violer Petite Gueule d'Amour par l'éléphant du Zoo, et il prendra le temps de droguer Mme Lee pour la faire mourir de manque.

— Et toi, l'Antéchrist, dit sombrement Guapo, 'ls t'f'ront mourir c'ment ?

— Moi, dit l'Antéchrist avec légèreté, ça n'a aucune importance : je suis déjà mort.

Un chuintement de verrou. Et la porte de métal brondit longuement.

Plusieurs hommes entrèrent. Ce n'étaient pas de nouveaux pensionnaires.

Le premier était l'Administrateur Dandolo. Il était suivi d'un vieillard à la tête vissée sur un col amidonné à fines rayures blanches, roses et beiges. Quelques Taciturnes les escortaient.

— Messieurs, soyez les bienvenus, délirait l'Antéchrist. Vous, avec votre tête d'enterrement, vous devez être celui qu'on appelle Le-Pire-est-toujours-sûr. Votre présence s'explique parfaitement. Mais je m'étonne, monsieur Dandolo, de vous rencontrer ailleurs que sur un terrain de polo. Ni les hautes œuvres ni la basse police ne sont de votre rayon.

Julian regardait les six êtres humains qui se tenaient en face de lui. Leur destin se lisait-il sur leur front ? Non. Ou alors Julian ne savait pas lire.

— Photos, commanda le Directeur.

L'un des Taciturnes leva un appareil Polaroïd.

— Des photos ? s'étonna l'Antéchrist. C'est pour envoyer à notre famille ou pour garder en souvenir ? Ou peut-être pour mettre sur nos tombes, dans un cadre argenté ? « Regrets éternels » ? Vous les voulez comment ? De face ? De profil ? A poil ?

Il prenait des poses, une jambe en l'air, ou sur la pointe des pieds, les bras gracieusement arrondis autour de la tête, ou une main caressant sa nuque renversée.

Le Taciturne fit deux photos de chaque prisonnier, certaines de près, d'autres de loin, en variant les fonds : devant la porte, sous la fenêtre, près de la chaudière. Ils sursautaient à chaque flash comme s'ils recevaient une décharge électrique.

— 'coutez, dit soudain Guapo, moi, j'des r'v'lations à faire. Un réseau. Tous d'c'pains à moi. Avec des r'm'f'cations sur la C'p'tale.

On ne l'écoutait pas.

— Menottes, fit le Directeur.

Les prisonniers se soumirent aux menottes comme ils s'étaient soumis aux photos. C'était déjà l'apathie de la fin. Seul Ricardo Sur bredouillait pitoyablement de sa bouche ébréchée :

— Ch'est pas pochible. Vous pouvez pas m'éjécuter. J'ai même pas pris de petit déjeuner, moi. Moi, chans petit déjeuner, je peux rien faire...

Julian, fasciné, regarda les bracelets d'acier se refermer sur les mains qui avaient écartelé Paula, clic, actionné la tronçonneuse, clic, caché une lame de rasoir entre leurs doigts, clic, coiffé sept têtes sans défense d'un imperméable de plastique et de six sacs transparents, clic, caressé d'innombrables corps pour mieux les détruire, clic, et sur celles, aux ongles rouges, qui n'avaient fait que palper des billets, de gros billets, beaucoup de billets. Clic.

— Attention à ne pas serrer trop fort, recommanda le Directeur. Pour ne pas marquer.

9.

— Monsieur Robich, ce que j'ai à vous dire vous sera désagréable, et en plus je vous demanderai de me comprendre à demi-mot. Et de tout garder pour vous.

— Oui, monsieur l'Administrateur.

Ces yeux honnêtes, cet air épanoui !

Ils étaient assis dans le bureau du proviseur, installés sur un divan de cuir, comme deux vieux amis, l'Administrateur tourné de profil.

— Je sais que je vais vous porter un coup, mais vous n'avez pas choisi de faire carrière dans la police parce que vous souhaitiez un métier facile, simple. Vous savez aussi bien que moi que les choses ne sont pas toujours ce qu'elles ont l'air d'être, et que, dans certains cas, des solutions, conformes à l'esprit de la loi, pas toujours à la lettre de la légalité, doivent être adoptées. L'important, nous sommes d'accord là-dessus, vous et moi, c'est que les décisions de ce genre soient prises par des personnes dont le pouvoir émane légitimement du peuple. Vous me suivez ?

— Je crois... j'espère...

Oui, Julian allait porter un coup à cet homme éminemment sympathique, et cela le gênait, mais pas autant qu'il l'aurait cru. Il commençait à s'habituer à l'amertume de commander.

— Vous savez que nous sommes tous aux ordres du Ministre de l'Intérieur, en particulier pour l'opération *Josaphat.*

— C'est évident.

— Eh bien, je dois vous apprendre, monsieur Robich, que vous n'avez pas arrêté l'Etouffeur.

— Comment ? Il n'a pratiquement pas nié !

— Monsieur Robich (la main sur le genou), vous êtes un homme fin. Je vous dis, moi, Julian Dandolo, qui viens de quitter le Ministre, que vous n'avez pas arrêté l'Etouffeur.

Le commissaire regardait l'Administrateur et son regard se brouillait à vue d'œil. Il hochait la tête affirmativement et balbutiait, les lèvres tremblantes :

— Moi qui me faisais une telle joie d'annoncer à Natalia...

— Je vous comprends, Robich. De votre côté, comprenez-moi, toujours à demi-mot. L'individu que vous avez arrêté a été interrogé...

— Et a réussi à se disculper ?

— Nullement.

— A donné des renseignements utiles ?

— Vous brûlez.

— A accepté de conduire les collègues à un dépôt de drogue ? Car il se droguait au crack, ce gars-là, je l'ai tout de suite vu : il avait froid aux pieds.

— Monsieur Robich, dans les heures qui viennent, vous serez peut-être amené à deviner des choses et à partager vos déductions avec vos collègues, qui seront aussi déçus que vous d'apprendre que vous n'avez pas arrêté l'Etouffeur. Je n'y vois pas d'inconvénient. Essayez seulement de ne pas évoquer le sujet en présence de journalistes. Je sais, je vous le répète, que vous vous sentez dépouillé du plus beau coup de votre carrière, mais elle commence seulement. Faites-moi confiance. Maintenant que nous vous connaissons, nous ne vous oublierons pas. A tout à l'heure, Robich. Le Ministre doit donner une conférence de presse à 15 heures. Soyez-y. Vous aurez peut-être tout de même quelque chose d'agréable à annoncer à Natalia.

Robich se leva, sortit. On lui secouait chaleureusement la main, on lui pétrissait l'épaule, on le flattait, on lui laissait espérer des récompenses, et lui ne croyait plus à rien. On voulait son silence, il se tairait. Mais il savait bien qu'on l'oublierait et il refusait de croupir. Il faudrait que Natalia acceptât qu'il quittât la police. Lui, le vainqueur de l'Etouffeur ! Ce n'était pas juste.

10.

Mme Tarragonna adorait son chef, le divisionnaire Terracotta. Certains disaient que c'était à cause de la ressemblance des deux noms. Au physique, en tout cas, il n'y en avait aucune : Mme Tarragonna était aussi dodue, charnue, duvetée et vaste que Terracotta était travaillé au tour, minçot et glabre. « Au moins on est sûr qu'il n'y a rien entre eux, plaisantaient les inspecteurs : physiologiquement, c'est impossible. »

Mme Tarragonna était toujours d'accord pour travailler le samedi. Arrivée dans son bureau ce samedi-là, elle écrasa sa chaise de son poids aussi allégrement que tous les jours. Sans désemparer, elle prit dans un tiroir six fiches vierges et dans son sac de box sang de bœuf six photos et une feuille de papier couverte de l'écriture penchée, raide, toute en hampes, du Directeur. Ce texte consistait en six notes commençant par un nom et se terminant par une date, jamais la même. Elle introduisit les fiches une à une dans sa machine et tapa sur chacune le texte de l'une des notes. Elle prit ensuite une agrafeuse et, lisant les noms marqués au dos des photos, les agrafa aux fiches correspondantes.

Elle se leva ensuite et alla à un fichier qu'elle ouvrit au moyen d'une clef et d'une combinaison. C'était le fichier spécial « Terrorisme » auquel seuls le Directeur, le divisionnaire Terracotta et elle-même avaient accès. Elle y rangea, à leur place alphabétique, les fiches de BENEDETTO DIT GUAPO, BAXTER, LAREDO, MURENA, SARIEL, SUR.

11.

— Oui, mes camarades, prêchait Toma, une maternité me semble un excellent choix.

Il avait déployé le plan de l'hôpital Sainte-Croix sur son lit, et ses camarades s'étaient rassemblés autour de lui en attendant les plombiers auxquels ils avaient l'intention de se montrer le moins possible.

— D'abord, reprit le chef de sa voix de fausset, il sera piquant de frapper la semaine prochaine au centre du Corazon, puisque, d'après la radio, c'est justement là que la flicaille nous cherche aujourd'hui. Et puis, vous imaginez le scandale ! Je vous ai appris que le sens du sacré, c'est l'aliénation la plus nocive, puisqu'elle ne repose pas sur un rapport de forces inévitable, mais sur la passion de s'aliéner pour s'aliéner. Eh bien, à notre époque, où le sens du sacré a heureusement disparu de la vie quotidienne, de la politique, de l'art, de la sexualité, et, grâce à Dieu, presque entièrement, de la religion, il subsiste encore, malgré l'avortement remboursé et la pédophilie affichée, dans un culte imbécile que les hommes s'obstinent à vouer à l'enfance. Pourquoi l'enfant serait-il plus sacré que l'adulte ? Il n'a jamais coûté à l'humanité que neuf mois de gestation et quelques couches jetables. Qu'est-ce qu'un enfant auprès d'un intellectuel ou même d'un clochard ? Rien ! Une goutte de sperme et quelques biberons de lait de vache. Pour libérer l'homme, il est essentiel de démystifier l'enfant.

« Vous voyez que nous faisons d'une pierre deux coups. D'une part, nous montrons aux hommes jusqu'où nous sommes capables d'aller pour les libérer, car eux s'imaginent encore que ce qui touche à l'enfance est inviolable, et de l'autre nous leur prouvons qu'ils se trompent, qu'une maternité n'est après tout qu'un pondoir.

« Du côté pratique, il est difficile de circuler dans les maternités, mais seulement si on n'a pas pensé à se mettre une blouse verte et un masque sur le nez, ce qui nous arrange fort bien.

La sonnette de la grille.

— Va t'occuper d'eux, Remi. Toi, tu ne cours aucun risque d'être reconnu.

12.

La camionnette bleue portant sur les côtés des panneaux où on lit *Société d'Entretien des Piscines Résidentielles* s'arrête devant la grille des Tamaris.

Coup de trompe.

Un long gars dégingandé avec une petite tête, un pois au bout d'une asperge, apparaît sur le seuil, traverse le jardinet de devant. C'est Cible 4, celui qui a peut-être tourné casaque.

Un chien aboie férocement dans le garage où on l'a enfermé.

Rubira, le chauffeur, grommelle :

— Ouvrez la grille.

— La grille ?

— Ben ouais, la grille.

Le gars va chercher des clefs, ouvre la grille à regret. La camionnette s'engage dans l'allée sablée, contourne la villa, s'arrête sur la pelouse qui entoure la piscine.

Première étape franchie.

Rubira descend lourdement. Terracotta, une boîte à outils à la main, saute à terre de l'autre côté. Ils portent des combinaisons et des casquettes jaunes.

— Ouais, fit Rubira, ça schlingue.

— Ça cocotte sec, confirme Rubira.

— Je ne sais pas ce que ça peut être, dit Cible 4.

Rubira regarde le jardin qui monte en pente sur une cinquantaine de mètres.

— Pourrait être des infiltrations.

Terracotta se penche sur la piscine et remarque la pellicule grise déposée au fond.

— Il y a un dépôt.

Rubira :

— Au moins t'as pas oublié le siphon ?

Terracotta :

— Siphon ? Pas vu de siphon, moi.

Rubira :

— Faut toujours un siphon, tu sais pas ça ? Va téléphoner.

Terracotta :

— On peut téléphoner ?

Cible 4 :

— Téléphoner ?

Terracotta :

— Ben oui, quoi. Téléphoner.

Il fait le geste : le pouce à l'oreille, l'auriculaire à la bouche, les autres doigts repliés.

— Venez.

Cible 4 ouvre, avec une autre clef, la grille de fer forgé qui protège la porte-fenêtre donnant sur la piscine. Il entre dans une salle de séjour vaste, meublée n'importe comment. Terracotta le suit avec sa boîte à outils.

Deuxième étape franchie.

— Le téléphone est là.

Rubira, dans le jardin, appelle :

— Monsieur, venez voir.

Cible 4 jette un regard inquiet à Terracotta, qui est près du téléphone, va tout de même voir ce que veut Rubira. Il est sur le point de refermer la grille ; mais Terracotta l'a suivi :

— Attendez, j'ai peur qu'elle se bloque. On va avoir besoin de circuler.

Il met sa boîte à outils sur le seuil, de manière à empêcher la grille de se refermer.

Un troisième ouvrier en combinaison jaune est descendu de la camionnette. Ils se ressemblent tous avec leurs combinaisons et leurs casquettes. On ne sait pas combien il y en a.

— Montrez-lui le haut du jardin, dit Rubira. Faut voir comment qu'elles s'écoulent, les eaux de pluie.

Cible 4 se retourne vers la villa, voit le dos de Terracotta qui téléphone. Il se décide à accompagner l'ouvrier, qui lui dit :

— C'est une chouette villa que vous avez là.

La voix est si claire que Cible 4 regarde l'ouvrier avec étonnement.

— Eh ! oui, je suis une fille. Ça vous en bouche un coin ? Avec ces combinaisons, ça ne se voit pas tellement.

Elle ôte sa casquette et une abondante chevelure bouclée, d'un blond chaud, se répand sur ses épaules. On sait que Remi a toujours été timide avec les femmes, mais celle-ci ne lui fait pas d'avances, elle se contente de lui parler avec simplicité tout en l'entraînant vers le haut du jardin.

— Je m'appelle Maribel. Je travaille pour payer mes études.

Il est sous le charme.

Terracotta forme le numéro de la Société pour l'Entretien des Piscines Résidentielles. L'appel est intercepté. Terracotta feint de commander son siphon. Puis il va s'accroupir près de la boîte à outils qu'il ouvre. Il a du temps devant lui. Il décide de ranger les outils et les étale sur le carrelage en sifflotant. Il a pris position.

Le téléphone sonne.

On sait par l'agent en place que les terroristes n'ont qu'un seul poste, lequel se trouve dans la salle de séjour. Toma fait de ces économies de bouts de chandelles.

— Le téléphone, dit Magda.

Toma et Bastian se regardent, surpris. Les Tamaris sont sur la liste rouge. Tout de même il a fallu, pour ne pas exciter de soupçons, donner le numéro à un garagiste, à un voisin, au propriétaire...

— Ça doit être un faux numéro, bâille Bastian.

Quatre sonneries. Le silence.

Soulagement.

Au bout de dix secondes, la sonnerie reprend.

— Vas-y, Bastian, dit Toma. Les voisins savent que nous sommes là. Ça ferait bizarre de ne pas répondre.

Moro dit Saxo, qui surveille le senseur thermique, chuchote dans son micro :

— Un corps chaud en mouvement. Devrait rester deux corps chauds dans local G… Corps chaud mobile descend l'escalier, arrive à local A.

Rubira s'affaire entre camionnette et piscine, déroule un tuyau avec l'aide d'un quatrième ouvrier en combinaison jaune.

Terracotta voit Cible 3 descendre en bâillant l'escalier qui prend directement dans la salle de séjour. Cible 3 voit Terracotta environné d'une panoplie d'outils. Il décroche le téléphone. A aucun moment il ne tourne le dos à Terracotta.

Cible 4, une clef anglaise à la main pour ouvrir les robinets récalcitrants, est en haut du jardin d'orangers et de lauriers roses, que, dans son amour des innocents végétaux, il a sauvé des ardeurs du soleil. Il explique à Maribel :

— J'arrose deux heures tous les jours.

— C'est peut-être ça. Il paraît qu'avant, sur cette colline, il y avait un cimetière. Alors c'est peut-être du jus de cadavre qui s'est infiltré dans votre piscine ? Vous en faites, pas, on va vous la nettoyer. Et si vous m'invitez à venir prendre des bains, franchement je ne dirai pas non.

Cible 3 a raccroché le téléphone. Son correspondant voulait absolument parler à Tonio. « Il n'y a pas de Tonio ici, monsieur. Vous avez fait un faux numéro. — Oui, d'accord, pardonnez-moi, mais alors je voudrais parler à sa femme… »

Cible 3 remonte l'escalier en bâillant toujours. Il a le dos tourné à l'ouvrier. Terracotta choisit dans sa boîte à outils le revolver à seringue hypodermique avec une dose préparée pour la taille, l'âge, le poids supposés de Cible 3. Il vise la cuisse entre deux barreaux de la rampe et tire. Cible 3 chancelle. Terracotta a déjà bondi dans l'escalier et le reçoit entre ses bras pour que la chute ne fasse pas de bruit.

Puis, sur le faux bip bip qu'il porte à la ceinture, il enfonce le bouton vert, le bouton qui veut dire « On tape ! ».

Opérant à portée d'ouïe de l'adversaire, les policiers ne peuvent communiquer en phonie. Ils sont donc équipés de ce qu'ils appellent un *yatagan,* c'est-à-dire un vibrateur qu'ils portent à même le corps et qui leur transmet les messages les plus urgents.

Maribel perçoit le message du chef et porte la main à sa poche pour en tirer le revolver à seringue hypodermique destiné à Cible 4, mais lui, dans son ingénuité, vient de sentir qu'elle ment, qu'il n'y a pas de cadavres sous la colline, qu'elle n'est pas cette chose rare : une femme plombier, que lui, Remi Petite Tête, a trop tardé à parler, que, par sa faute, Toma, le seul homme qui ait saisi, à sa manière, la Grande Pitié du Monde, va périr. Alors lui, le doux, le pacifique, il brandit sa clef anglaise et, à toute volée, il frappe.

Terracotta connaît par cœur le plan de la villa. Les deux corps chauds restants sont toujours en G, sinon son *yatagan* l'aurait prévenu. Il grimpe l'escalier en courant, suivi de Rubira et du quatrième ouvrier. Quatre autres bondissent hors de la camionnette, l'arme dégainée.

Maribel, à terre, la tempe ouverte, perd son sang.

Remi, bondissant comme un daim, dégringole le jardin vers la villa. Il voit les quatre, il jette la clef anglaise, il tire son revolver, car cet agneau est armé, il fait feu. Pas tant pour tuer que pour prévenir Toma, son maître, son père. Il manque.

Les deux premiers policiers ont des armes à seringues, les deux autres des pistolets-mitrailleurs à cartouches de guerre. On ne tire pas des seringues à qui vous tire des balles. Celui qui ferme la marche s'arrête de courir, pivote, fléchit les jambes, lâche une rafale de deux coups. Deux balles de 9 mm viennent fracasser le petit crâne de Remi, et ses talons dérapent dans la caillasse.

Terracotta est devant la porte du local G, la chambre de Toma. Le coup de revolver y a été distinctement perçu, même si le réducteur de son a étouffé la réplique au pistolet-mitrailleur. La porte est-elle fermée à clef ? Un risque à prendre. Terracotta n'a pas entendu de tour de clef lorsque Cible 3 est venu téléphoner. Il tourne la poignée, enfonce le battant d'un coup de pied et bondit à l'intérieur.

Cible 2, Magda, est à la fenêtre qui donne sur le jardin. Elle vient de voir l'échange de coups de feu. Cible 1, Toma, est toujours appuyé des deux mains au lit sur lequel est étalé un plan. Il vient de lever la tête et sa face de virago blêmit d'un coup sous les cheveux poivre et sel coupés à la Jeanne d'Arc.

— Je me rends, crie-t-il de sa voix de fausset, et, sous le revolver de Terracotta, il lève ses deux paumes plus larges que hautes, recroquevillées, couleur kaki craquelée de lignes noirâtres.

Cible 2, elle, plonge la main dans la poche arrière de son pantalon. Trop tard. Rubira lui a déjà décoché à l'épaule la seringue hypodermique dosée pour elle. Elle vacille. Elle titube. Elle bascule.

Terracotta jette un regard par la fenêtre. Il voit Cible 4 gisant au bord de la piscine vide, les bras en croix, le front défoncé. Il actionne son émetteur. Il prononce :

— Adjugé vendu.

13.

— Mesdames messieurs, mes amis, merci d'être là. Avant de commencer, je voudrais vous présenter les personnes qui me font le plaisir de figurer avec moi à cette tribune.

« A ma droite, M. le procureur général. Il a cherché à se défiler, sa modestie naturelle répugnant à la publicité, mais j'ai réussi à le convaincre de prendre la part qui lui revient à mes côtés.

« A sa droite, M. de Los Angeles, Directeur de la police de l'Agglo.

« A sa droite, dans un fauteuil roulant, un de vos plus dignes concitoyens, un homme simple, un homme comme tout le monde, à qui nous devons en grande partie la victoire d'aujourd'hui, et que tout le Corazon connaît sous son sympathique sobriquet d'Abuelo.

« A sa droite et au bout, le colonel de gendarmerie Barualdo. Lui aussi, ne voulait pas se déranger à l'issue d'une opération qui n'aurait pourtant pas pu être menée sans lui. Qu'est-ce que vous voulez, on peut être brave et timide en même temps !

« A ma gauche, la toute charmante princesse Rosario Ossamundi, présidente de cette Société pour la Restauration du Tourisme dans l'Agglo qui a participé à l'opération d'assainissement que nous avons ordonnée.

« A sa gauche, votre Administrateur, qui a placé à la sienne M. Robich, commissaire de police responsable de la sécurité du Corazon.

« A la gauche du commissaire, un commandant de la 2e DBI.

« Et maintenant que nous nous connaissons, je voudrais commencer par vous lire un communiqué. Ectors — il doit être là quelque part — vous en donnera des exemplaires.

> Depuis plusieurs mois, la police de l'Agglomération disposait de renseignements indiquant que le Commando de Libération de l'Homme, composé de huit hommes et de deux femmes, tous connus des services de police et fichés par la brigade antiterroriste, s'était replié sur l'Agglomération après l'atroce attentat de la gare du Nord. Un renseignement plus précis, qui s'est d'ailleurs révélé erroné, situait le CLH dans le périmètre du Corazon. Une opération de neutralisation a donc été décidée par M. le Ministre de l'Intérieur.
>
> Cette opération consistait en un bouclage du quartier à la charge de la 2e DBI, en un contrôle de la population à la charge de la police, et en des déplacements de masse à la charge de la gendarmerie.

Inutile d'ajouter que nos amis les gendarmes s'en sont occupés avec leur diligence et leur efficacité coutumières !

> Cette opération, déclenchée hier vendredi 21 juin à 22 heures et terminée aujourd'hui samedi 22 à 14 heures, a été couronnée par un plein succès.
>
> Elle a d'abord permis la saisie de 3,6 kg de drogues diverses, la récupération d'un nombre considérable d'objets volés dont l'inventaire reste à faire

Avis à ceux d'entre vous qui ont égaré quelque chose au Corazon : Réclamez votre bien !

> et l'interpellation de près de deux mille suspects dont plus de sept cents feront l'objet d'une inculpation.

Monsieur le procureur général, vous allez avoir du pain sur la planche, et j'espère que le Parquet saura cette fois appliquer la loi dans toute sa sévérité : *dura lex sed lex.*

> Cependant, là n'est point l'essentiel. Grâce à l'opération déclenchée par le ministère de l'Intérieur, l'association de

malfaiteurs dite Commando de Libération de l'Homme a été complètement démantelée.

— Bonne guerre, bonne guerre, marmonnait l'Administrateur avec un sourire figé.

Voici l'ordre des événements.

L'interpellation, hier dans la soirée, d'un individu dont le nom ne peut être révélé pour des raisons de sécurité et qui a été aussitôt remis dans le circuit a permis de localiser le CLH, lequel s'était réfugié non pas dans le Corazon, mais dans une villa de banlieue donnant sur la mer, nommée Les Tamaris.

Ectors vous fournira l'adresse.

Sur les ordres de M. Nicolo Grosso qui s'était rendu sur les lieux, cette villa a été encerclée par la brigade antiterroriste de l'Agglomération, et les fonctionnaires de la police se sont introduits dans le jardin sous prétexte d'y effectuer des travaux de plomberie. L'un des terroristes, se trouvant dans le jardin et prenant subitement peur, a grièvement blessé un inspecteur, Mlle Maribel Posan. Il a ensuite ouvert le feu contre le détachement de police, qui a riposté. L'enregistrement indique clairement un coup tiré par une arme de poing suivi de deux coups de pistolet-mitrailleur à réducteur de son.

Le terroriste, Remi Cruz, connu des autorités, est décédé aussitôt.

La brigade antiterroriste a alors fait retraite et s'apprêtait à effectuer les sommations d'usage, lorsque, à 13 heures 05, une explosion d'une charge d'un effet comparable à celui de 10 kg de plastic a détruit la villa, dans la cave de laquelle, d'après nos renseignements, les terroristes avaient installé un laboratoire et une école d'explosifs. La cause de l'explosion est encore inconnue. On suppose pour le moment qu'un des élèves a été pris de panique en entendant le coup de feu tiré par Cruz et qu'il a effectué une manipulation fautive.

Il n'y a pas eu de blessés parmi les policiers ni, la villa étant relativement isolée, parmi les voisins. Quelques vitres ont été brisées dans le quartier.

La fouille des décombres a été entreprise avec l'aide du corps des sapeurs-pompiers. Les photographies sont autorisées et une équipe de la télévision est déjà sur les lieux. D'après les renseignements obtenus, on s'attend à récupérer neuf corps de terroristes, y compris celui d'un ressortissant de l'Agglomération, nommé Murena et tristement connu pour d'autres méfaits : récemment libéré après avoir subi sa peine de réclusion criminelle, il n'a pu se réinsérer dans la société et s'est tourné, semble-t-il, vers une clandestinité où son sadisme devait trouver à se satisfaire.

Le Ministre repoussa de la main son communiqué.

— Il me reste encore quelque chose à vous montrer avant d'avoir le plaisir de répondre à vos questions. Voici un des premiers objets trouvés dans les décombres. C'est un programme à lui tout seul.

Comme s'il déployait une nappe, il déplia sur la table le plan que Terracotta avait saisi dans la chambre de Toma, et qu'il avait ensuite froissé et traîné dans les gravats.

Le Ministre éleva le plan à deux mains comme un professeur montrant une reproduction de tableau :

— Ceci, mesdames messieurs, est le plan de la maternité Sainte-Croix que vous connaissez. Ceux qui sont au premier rang doivent voir dans le coin supérieur droit une marque au stylo à bille rouge. L'endroit correspond à un casier d'infirmière. Tout laisse présumer que c'est là que le CLH s'apprêtait à déposer la charge à laquelle il était en train de travailler lorsqu'il a été dérangé dans ses travaux.

Le Ministre fit claquer sa bretelle. Le stylo à bille rouge responsable de cette marque reposait dans sa poche : c'était lui qui l'avait ajoutée avant de commencer sa conférence de presse.

Scandale. Photos. Indignation. Flashes. Une maternité ? N'y a-t-il donc plus rien de sacré au monde ? La caméra de la télévison prenait des vues de la salle. Julian souffla à Rosario : « Chipe le micro à Grosso Modo », ce qu'elle fit avec empressement. Il prononça en prenant son temps, comme pour les annonces solennelles :

— Monsieur le Ministre ne m'en voudra pas d'ajouter un mot. Si l'opération *Josaphat* qu'il a commandée de bout en bout a si brillamment réussi, nous le devons surtout à une tactique nouvelle appelée Police Urbaine pour la Répression du Gangstérisme Endémique, P.U.R.G.E. : PURGE. (Rires.) Elle est due à un jeune commissaire plein d'avenir que je suis fier d'avoir près de moi : M. Robert Robich.

Applaudissements. Robich n'en croyait pas ses oreilles. Les photographes convergèrent sur lui. L'Administrateur avait tenu parole ? Et, ce soir, avec Natalia serrée contre lui dans le vieux fauteuil, Robich se verrait lui-même à la télévision ?

Le Ministre, nullement décontenancé, reprit la balle au bond d'enthousiasme.

— J'allais le dire moi-même si je n'avais pas été devancé. Mon cher Robich, j'ai le plaisir de vous annoncer que vous êtes promu commissaire principal à titre extraordinaire. Nous attendons avec impatience votre rapport — peut-être devrais-je dire votre ordonnance (rires) — et nous allons prescrire le même traitement à d'autres villes.

« Maintenant, mesdames messieurs, je suis prêt à répondre aux questions que vous voudrez bien me poser.

Cosita, décidée à ne pas se laisser devancer par de plus grands journalistes qu'elle, fut la première sur pied.

— Monsieur le Ministre, savez-vous que pendant tout le temps de votre opération les libertés démocratiques ont été bafouées à l'Agglo ? On m'a traitée comme si j'avais tué quelqu'un. On m'a poursuivie avec des chiens, on m'a enfermée aux Arènes, on m'a pris mes empreintes digitales. J'avais beau montrer ma carte de presse, les poulets s'en moquaient. Vous trouvez ça normal ?

M. Grosso savait prendre la température d'une salle. Un

autre jour, la petite boulotte aux lunettes roses aurait pu se tailler un succès, pas aujourd'hui. L'opinion était favorable aux autorités ; tout le monde avait souffert de l'agression permanente qui régnait au Corazon ; on était reconnaissant au gouvernement d'avoir enfin fait son métier, et sans trop de casse. Le soulagement est la plus grande jouissance.

— Mademoiselle, répondit le Ministre de l'Intérieur sur le ton badin, je comprends parfaitement les poulets, comme vous dites, qui, une fois qu'ils tenaient une jolie femme, ne voulaient pas la laisser repartir tout de suite. Se sont-ils livrés à des voies de fait sur votre petite personne ? Vous ont-ils empêchée de prendre des notes ? Leurs gros méchants chiens vous ont-ils mordue ? Toujours non ? Eh bien, voilà qui fera un reportage passionnant. Quelle publication représentez-vous, mademoiselle ?

— *SOS Terre*. Je vous enverrai des exemplaires. C'est un hebdomadaire écolo, et nous pensons...

Les rires étouffèrent la suite.

Un journaliste mal rasé leva le doigt.

— Martin, de *Révolution*. Vous nous avez dit qu'une femme de la police a été blessée.

— Exact. Une toute jeune femme.

— Elle n'est pas décédée ?

— Non. (Le Ministre improvisa.) Les médecins affirment qu'elle a de bonnes chances de s'en tirer.

— Vous nous avez dit aussi qu'à la suite de cet incident un des prétendus terroristes avait été abattu par un détachement de police.

— Exact.

— Lui est décédé ?

— Exact.

— Vous n'appelez pas ça une bavure ? (Murmures dans la salle.)

Le Ministre, choqué par tant de mauvaise volonté :

— Monsieur, je vais vous retourner la question. Empêcher

un attentat dans une maternité, sauver de jeunes mères, des bébés, des médecins, des infirmières, des techniciennes de surface, vous appelez ça une bavure ?

Quelques applaudissements.

Un vieux journaliste à lunettes :

— Ribera, de *L'Agglo*. Je voudrais poser une question à Monsieur, dont je ne connais pas le nom et qui est à la droite de M. de Los Angeles.

Abuelo rayonnait :

— Appelez-moi Abuelo, comme tout le monde. Je suis assez vieux pour ça.

— Pourrais-je savoir à quel titre vous siégez à cette tribune ?

— Parce que, comme d'habitude, c'est moi qui ai donné l'exemple.

— L'exemple de quoi ?

— De dénoncer les saligauds qui faisaient la loi chez nous. On ne les reverra pas de si tôt, c'est moi qui vous le dis. Ils iront mettre la pagaille ailleurs. Ailleurs, ils n'ont qu'à faire comme nous. Il faut seulement qu'on leur donne des chefs à poigne, comme notre M. Dandolo.

— Encore une question. Vous avez souffert pendant que les arracheurs et les racketteurs faisaient la loi au Corazon ?

— Oui, monsieur. Beaucoup souffert.

— Je voudrais savoir : de quoi surtout ?

Abuelo réfléchit. Il y avait la joue entaillée de Pili. Il y avait la crainte quotidienne pour Guzman. Il y avait tous ces pesos qu'il fallait débourser chaque mois.

— Surtout, monsieur ? Nous avons surtout souffert du déshonneur.

Un gros journaliste, respecté de tous, se leva.

— Alvarez, du *Quotidien*. Monsieur le Ministre, la majorité de la population de ce pays est, comme vous le savez, favorable à la peine de mort. Je présume que la majorité des policiers partage ces sentiments. Or, notre Code pénal ne prévoit pour les terroristes condamnés que la réclusion criminelle à perpétuité. Dans ces conditions, ne trouvez-vous pas… comment dirai-je ?… suggestif, que neuf terroristes poussent la complaisance jusqu'à exploser à point nommé alors qu'ils sont encerclés par des forces de police ?

Il y eut un silence. L'intègre Alvarez avait jeté le doute dans les esprits, mais ce n'était pas un doute bienvenu. La version officielle était, pour une fois, plus agréable à croire, et le Ministre fut applaudi une fois de plus lorsqu'il répondit en souriant :

— Monsieur Alvarez, je vous connais, et je vous estime parce que vous êtes aussi soucieux que moi de la légalité démocratique. Mais il ne faut tout de même pas soupçonner systématiquement la femme de César sous prétexte qu'elle est la femme de César. Que des terroristes jouent avec des bombes et que ces bombes leur pètent au nez (il fit claquer sa bretelle), cela me paraît infiniment plus probable qu'une sinistre conspiration de la maison poulaga.

« Et maintenant, mes amis, je vous propose d'aller arroser ça au buffet.

Le Ministre se leva, et, se dirigeant le premier vers le buffet, il tira de sa poche un pli qu'on lui avait remis quelques minutes plus tôt. C'était une enveloppe à en-tête du Cercle anglais, sur laquelle on lisait :

A Monsieur
Monsieur Nicolo Grosso

Le Ministre se moquait, bien sûr, du Cercle anglais. Tout de même, si, afin de le remercier de ce qu'il venait de faire pour l'Agglo, ces fossiles le priaient de devenir membre d'honneur, il accepterait avec bonne grâce. Surtout parce que ça ferait les pieds à Dandolo.

Dedans, une feuille de papier épais, armorié au timbre sec, plié de manière que la formule de courtoisie fût tout de suite visible :

Monsieur le Ministre,

C'est sans regret aucun que j'ai l'honneur de vous prier de bien vouloir accepter ma démission d'administrateur de l'Agglomération.
Veuillez agréer l'assurance de ma haute considération.

Julian Dandolo Pr. Ossamundi

L'enveloppe était une impertinence, le papier une espièglerie, la signature une déclaration d'indépendance. « Regret aucun », pensa le Ministre, devait trahir un certain regret. Il y avait là une brèche.

14.

Au buffet, c'était la curée, comme d'habitude.

— Je me demande, dit Julian à Rosario en lui mettant une petite saucisse dans la bouche, combien de Pompéiens et de Sodomites sont morts devant leurs buffets respectifs.

— Tu as déjeuné ?

— Non.

— On fait une fête ce soir ?

Elle avait un masque de fatigue, et une lumière couvait sous le masque.

— Pas ce soir.

— Pas décent ?

Ils tenaient des coupes de vin mousseux et ne buvaient pas. Des journalistes essayaient de les interrompre :

— Monsieur l'Administrateur, une petite seconde...

— Plus tard, plus tard, répondait Julian.

Eux s'éloignaient, vexés : « Pourquoi il plastronne ? Il n'a pas l'air d'avoir fait grand-chose, lui. »

Rosario, avec l'insistance à laquelle lui donnait droit leur enfance partagée :

— Tu les as vus ?

— Avant.

— Tu iras les voir après ?

— A la Morgue ? Tu veux dire par courtoisie ? Comment pourrais-je être sûr que ce ne serait pas pour triompher d'eux ?

— Cela ne me choquerait pas que tu triomphes d'eux.

— La victoire suffit. Le triomphe, c'est une invention de Romain, de parvenu...

Les remous de la salle portaient les gens de côté et d'autre et un courant fit dériver Julian et Rosario vers Jesus de Los

Angeles qui, les deux mains occupées, dégustait délicatement son mousseux et savourait un petit four. Un grand apaisement était descendu sur son vieux visage marqué et râpé. Il semblait avoir engraissé un peu.

— On dirait qu'il a pris une fumigation, souffla Rosario. Ce n'est plus Deus ex machina, c'est Nunc Dimittis. On l'imagine grand-père. Et regarde, il a trouvé le temps de se raser. Pas toi. Attention, on va croire que tu l'as fait exprès, pour être à la mode.

Les yeux du Directeur avaient une mansuétude, presque une onction, imprévue. Il semblait rassasié.

— Don Julian, que diriez-vous d'une poule chez Ernesto ? Pas ce soir, peut-être, le vieil homme est un peu las, mais demain dimanche ? Cette fois-ci, cependant, je doute que vous ne soyez pas reconnu, même avec votre déguisement. Vous serez acclamé, oui ! Vous avez entendu le jugement du vieil invalide ? Vous êtes un chef à poigne ! Avouez que, si je prends mon temps pour juger les hommes, je me trompe rarement.

Il paraissait légèrement ivre.

Un courant emporta Rosario dans une direction et Julian dans l'autre.

Rosario aboutit près du buffet, où elle trouva Hortega qui se restaurait gaiement.

— Tu vois, je m'en mets jusque-là. Veux-tu une coupe ? Veux-tu des friands ? Tout est très bon ici.

— Non, tu n'y connais rien, c'est mauvais. C'est sûrement Ectors qui a choisi le traiteur.

— Je gagne, dit-il en se léchant les doigts avec assurance, 12 831 pesos par mois, plus la prime de saut, plus la prime d'intervention. Ça fait moins de 15 000.

C'était l'homme qui, sur un mot d'elle, avait inversé le dispositif de sa troupe.

Elle répondit :

— Ça m'est égal. Même sans compter la banque, je vais gagner des millions avec la SRTA. Deux de nos financiers m'ont déjà fait porter des messages pour me supplier de ne pas déposer le bilan.

— Je suis absent les trois quarts du temps.

— Je l'espère bien : je serai en réunion.

— Apparemment, je ne risque plus la cour martiale, mais pour l'avancement, il ne faut pas y compter.

— Tant mieux : je ne te vois pas colonel dans un bureau.

— Dernier point : je risque de me rompre le cou plusieurs fois par semaine.

Un flot de larmes inonda les yeux vert d'eau de Rosario.

— Eh bien, fit-elle, la voix brisée, chaque fois que tu te casseras le cou, je me remarierai.

Une autre houle déporta Julian vers le Ministre qui s'arracha à trois journalistes — « Excusez-moi : deux mots à dire » —, le prit par le coude et l'entraîna de côté. Un vortex de déférence se creusa autour d'eux. Pendant la conférence de presse, Grosso n'avait pas une fois regardé Dandolo, mais maintenant, il était tout sucre tout miel :

— Mon cher prince, j'ai lu votre lettre, dont j'ai apprécié les finesses. Vous êtes beau joueur, vous tenez parole. Évidemment il est hors de question que j'accepte votre démission. Nous avons nos différences, nos différends si vous voulez, mais, que cela vous plaise ou non, nous étions déjà du même camp, et maintenant nous sommes sur la même galère. Vous passerez Administrateur général mardi : nous avons conseil des ministres.

Julian, interloqué, s'inclina avec plus de politesse qu'il ne l'aurait voulu.

Au milieu d'un groupe, le commissaire Robich, l'épi en bataille et une expression de concentration peinte sur son visage carré, comme lorsque, gardien de but, il s'apprêtait à bloquer un corner, exposait ses théories sur la répression du gangstérisme endémique :

— Ma doctrine, messieurs, tient en un mot : *offensive.* Trop longtemps les gouvernements ont laissé l'initiative au crime. Il faut la lui arracher, et cela non pas en vissant quatre serrures sur sa porte pour amadouer sa compagnie d'assurances, mais en mettant en place un système de prophylaxie qui permettra de réprimer le crime au moment même où il va être commis. A l'américaine...

Profitant d'un reflux, Rosario se laissa porter jusqu'à Julian :

— Emmène-moi. Je n'en peux plus.

Ils sortirent par une porte de derrière et, d'un commun accord, se dirigèrent à pied vers la place des Taureaux où habitait Rosario. Ils firent un détour, sans que l'un ni l'autre en eût à aucun moment pris la décision. Les rues étaient paisibles. Il n'y avait guère de voitures. Les gens reprenaient possession de leurs logis. Les soldats enroulaient leur *concertina.* Rosario, épuisée, s'appuyait lourdement sur le bras de Julian.

La chapelle de la Reine du Monde aurait dû être fermée à cette heure-là, mais, par la porte entrebâillée, on voyait des cierges allumés. Le père Leandro, privé de sa messe du matin, la célébrait maintenant. Il avait entendu à la télévision que des hommes étaient morts, et il priait pour eux.

— On entre, proposa Rosario.

— Non, dit Julian. Pas encore.

Il se tint quelques instants sur le seuil, n'osant pas regarder dans la direction de la poupée bleue. Et, par association d'idées :

— Cette nuit, fit-il, j'ai rencontré un bataillon de religieuses qui cherchaient la vallée de Josaphat, je les ai envoyées aux Arènes et j'ai oublié de m'occuper d'elles. Ce n'est pas bien.

— Les religieuses, crois-moi, ça se débrouille toujours. J'ai un remords plus grave que toi.

— Toi, un remords ?

— Ne te moque pas. J'aurais dû te supplier — et j'y ai pensé, mais je n'ai pas voulu te compliquer les choses — de faire venir un prêtre. Sur les neuf, il y en avait bien quelques-uns de catholiques ? Pas très bons catholiques, d'accord... Tout de même. C'est grave de les avoir fait mourir sans leur donner une chance de se démettre de leurs péchés.

Ils arrivèrent sur la place des Taureaux. Les hommes léopards embarquaient dans leurs camions en jurant : ils avaient d'abord espéré faire le coup de feu, puis, au moins, dégager, dans cette ville qu'ils avaient tenue à leur merci. Et voilà : les ordres venaient d'arriver : l'unité d'élite rentrait au casernement.

— Tu sais que Grosso Modo a refusé ma démission ? dit Julian.

— Eh bien, à ta place, je me méfierais. Il doit te préparer un mauvais coup. Moi, maintenant, je vais m'écrouler et dormir quarante jours et quarante nuits. Je veux t'embrasser, Julian.

Elle l'embrassa durement sur une joue.

— Encore une chose. Je vois bien que tu es un délicat. Si ça devient trop dur, dis-toi que le Christ n'a jamais blâmé ceux qui crucifiaient les larrons. Tu sais ce que tu devrais faire ? Aller te confesser.

— Tu imagines la tête du curé ?

Elle rit.

— Demande à don Jesus. Il doit en connaître qui sont dégourdis.

Il maintint la lourde porte de l'immeuble pendant que la chère Rosario entrait en chancelant un peu. Soudain elle se retourna, et son visage, spectral un instant plus tôt, s'était illuminé de fraîcheur :

— Cousin Julian, tu connais bien le commandant Hortega ?

— Non, très peu.

— J'ai un pressentiment : tu le connaîtras mieux.

Et elle pouffa comme pouffent les religieuses à qui l'on a longtemps interdit de rire.

15.

La princesse Matilda Ossamundi avait quelque peu observé *Josaphat* de son quatrième étage.

Sans rien y comprendre, elle avait fait le rapprochement avec une déclaration indécente de sa fille : « Je serai absente pendant vingt-quatre heures ». Rosario, il fallait bien le reconnaître, était quadruplement émancipée : par l'âge, par les vœux monastiques, par la renonciation aux vœux monastiques, et enfin par cette présidence de société tout à fait inespérée : « Que connais-tu aux affaires ? — Cela ne doit pas être plus difficile que le thomisme. » Bon. Et maintenant cette invasion d'hommes léopards, justement le jour où Rosario découchait ! Il devait donc y avoir de l'homme léopard là-dessous, se disait la princesse en inclinant la tête, si bien que les plumes d'autruche que son coiffeur avaient fichées ce jour-là dans sa chevelure oscillaient avec redondance.

Rosario rentra vers cinq heures de l'après-midi, si manifestement épuisée que le diagnostic maternel en fut confirmé. « Va te coucher, Rosario. — J'y vais, maman, et ne me réveillez sous aucun prétexte. » La princesse Matilda n'approuvait pas les mœurs modernes, mais elle n'espérait pas les changer. Observant la démarche vacillante de sa fille et se rappelant quelques incidents de sa propre jeunesse — il est vrai qu'à l'époque on prenait d'abord la précaution de se marier — elle se pénétra d'un certain respect primitif pour le léopard qu'elle ne connaissait ni ne désirait connaître.

La chose surprenante fut que, deux heures plus tard, Pasquale, son vieux valet hermaphrodite, vint lui annoncer qu'un commandant demandait à la voir. Elle ne songea à établir aucun lien entre sa fille et cette demande. Elle avait vu le Corazón vidé de sa population. Elle pensa que l'opération s'étendait maintenant au quartier des Taureaux et que son tour était venu de coucher à la belle étoile.

— Faites entrer.

Le commandant était justement un homme léopard, bronzé, avec des dents dévorantes, le béret noir passé dans le ceinturon, des gants de peau claire à la main.

Il bredouilla quelque chose d'inintelligible, mais, lorsqu'elle l'eut prié de répéter, sa voix, qu'il essayait d'étouffer, fit vibrer les cristaux de Bohême sur les étagères :

— Commandant Hortega.

— Combien de temps me donnez-vous pour me préparer ?

Il fut surpris.

— Si pressé que je sois, madame, votre calendrier sera le nôtre.

Elle trouva qu'il avait assez bon genre et lui tendit la main. Il s'inclina dessus comme pour la baiser, toutefois sans le faire, ce que, pour un premier contact, elle trouva encore mieux.

— Mon calendrier ? Vous voulez dire mon horaire ?

— Horaire, madame ? Comme je souhaiterais que nous en fussions là ! Mais je dois demander l'autorisation de mon colonel, qui est un crétin.

La princesse Ossamundi trouva dommage que le colonel fût un crétin, et tout naturel qu'on eût besoin d'une autorisation de lui pour la déloger de chez elle.

— Vous pouvez dire à votre colonel, que je n'ai pas le plaisir de connaître, que je comprends les nécessités du maintien de l'ordre. Nous avons toujours pensé que l'intérêt collectif devait passer devant les intérêts particuliers. De nos jours, c'est, hélas, la seule chose qui nous distingue des bourgeois.

Cette dernière remarque était un compliment : elle laissait entendre que la princesse ne prenait pas son interlocuteur pour un bourgeois.

— Madame, répondit Hortega, et cette fois son baryton prit son essor, je ne sais pas si je me suis bien fait comprendre : je suis le commandant Hortega, de la 2e Demi-Brigade d'Intervention.

— Je vous ai parfaitement compris, commandant. Vous appartenez à l'unité que j'ai vu manœuvrer sous mes fenêtres. Tiens, à ce propos, je vais profiter de votre visite pour vous poser une question délicate. Asseyez-vous. Je ne me trompe point, n'est-ce pas, en vous prenant pour un gentleman ?

— Mon père, madame, m'a appris qu'on ne répondait jamais à ce genre de question par des paroles.

— Bien. Je suppose que, dans votre unité, tous les officiers se connaissent ?

— Oui, madame.

— Et qu'ils doivent rencontrer les belles amies les uns des autres ?

— Cela arrive.

Hortega commençait à se demander sur quelle folle il était tombé, et si la folie était héréditaire dans la famille.

— Je voudrais avoir votre avis sur l'un de vos camarades. Malheureusement, je ne connais pas son nom. Auriez-vous par hasard rencontré ma fille Rosario ?

— J'ai cet honneur, madame, et c'est justement…

— Dans ces conditions, me promettez-vous d'être d'une franchise entière avec moi ?

— Je vous le jure.

— Quelle est votre opinion sur son amant ?

Hortega prit le temps de réfléchir. A vrai dire, cela ne lui venait pas naturellement, mais ses instructeurs lui avaient enseigné à l'école d'officiers la méthode de raisonnement tactique.

— Je pense, madame, prononça-t-il enfin, que vous êtes mal informée, car, si la princesse Rosario avait eu un amant, elle aurait eu la correction de me mettre au courant.

— Vous, commandant ?

— Moi.

Pour une fois, la princesse Ossamundi s'avoua désarçonnée.

Peut-être même rougit-elle sous son fard couleur brique. Hortega, essaya de profiter de l'avantage comme il put.

— Madame, vous ne connaissez peut-être pas la réglementation militaire régissant la tenue des officiers en service, lorsqu'ils sont en tenue d'été.

— En effet, commandant.

— Sinon, vous m'auriez peut-être fait l'honneur de remarquer que, bien qu'en tenue de combat, je tiens des gants à la main.

— Et même les doigts en avant, ce que j'apprécie…

— Ces gants, madame, ces gants ne sont pas réglementaires, et pourtant j'ai mis des heures à les trouver. En juin, vous savez… C'est pour cela que j'arrive si tard.

— Commandant, j'avoue avoir quelque mal à vous suivre…

— Il faut d'abord que je vous dise, madame, que le Ministre de l'Intérieur ne me porte pas dans son cœur. Et que voulez-vous répondre à un pion qui vous renvoie dans votre cantonnement avec quinze cents gaziers en vous déclarant : *Cedant arma togae* ? D'ailleurs, après dix-sept heures de bouclage, il n'avait peut-être pas tort, si on ne souhaitait pas d'incidents, parce que mes gars, ce sont des fauves bien gentils, ce sont tout de même des fauves. Bref, je leur ai promis d'être avec eux ce soir et que ça allait dégager sec. Mais cela, madame, ne vous intéresse nullement, et je vous demande pardon de m'être laissé emporter. Revenons aux gants.

— Revenons à tout ce que vous voudrez, commandant, tant que nous allons quelque part.

— Mon père, madame, ne m'a rien légué, sauf deux recommandations. Toujours payer ma cotisation au Cercle anglais…

— Ah ! vous êtes membre du Cercle anglais.

— Et ne pas omettre les gants, si jamais je me mettais dans le cas. Madame, je gagne 12 831 pesos par mois, plus les primes, et j'ai l'honneur de vous demander la main de la princesse votre fille.

Une seconde pour saisir la situation, et la princesse dit :

— C'est donc pour cela que vous êtes ici, commandant, et non pas pour me mettre aux arrêts, comme je l'avais cru d'abord ? Eh bien, on s'adaptera. Connaissez-vous ma fille depuis longtemps ?

Il consulta sa montre.

— Vingt-sept heures approximativement.

— Vous êtes un homme de décision.

— Déformation professionnelle.

— Et ce projet de... mariage, vous pensez qu'elle...

— Qu'elle n'y est pas irrévocablement opposée.

La princesse Matilda était surprise, mais non pas désagréablement. Si sa fille se mariait, elle cesserait aussitôt d'être une ancienne nonne. Cet officier était pauvre, mais, de nos jours, cela arrive à des gens très bien, et l'on n'acceptait pas de racaille au Cercle anglais. La princesse décida d'aller au fond des choses :

— Vous savez que ma fille est riche ?

— Oui.

— Très ?

— Oui.

— Cela ne vous gêne pas autrement ?

— Vous voulez dire, madame, parce que je suis pauvre comme un rat d'église ? Je n'ai pas de ces vanités-là. Je n'ai pas l'intention de me faire entretenir par elle et je me moque de ce que diront le tiers et le quart.

— Eh bien, commandant, je vous remercie d'avoir eu la courtoisie de passer par moi et je serais ravie de voir ma fille devenir votre femme.

Elle lui tendit la main ; cette fois-ci, il la baisa.

— Je vous envoie Rosario.

Les plumes d'autruche dodelinantes au-dessus de son édifice capillaire, la princesse Ossamundi sortit. Hortega passa vingt minutes en compagnie des orchidées et des miroirs où se reflétait son visage de pirate décoré d'un sourire de collégien.

Rosario avait jeté un déshabillé par-dessus sa chemise de nuit. Elle s'était aspergé le visage d'eau froide — on voyait des gouttelettes prises dans ses sourcils — mais elle avait encore les yeux flous de sommeil.

— Pardonne-moi : il m'a fallu du temps pour me réveiller.

Elle le fit asseoir auprès d'elle.

— Je ne croyais pas te revoir si tôt, Hortega. Je suis contente.

Il aimait qu'elle utilisât ainsi son nom de famille, parce que c'était ainsi qu'elle lui avait donné sa confiance ce matin même.

Elle lui effleura la joue du bout des doigts.

— Tu es rasé. Pas comme Julian.

— Le rasage biquotidien constituant la force principale des armées…

— Hortega, tu ne sais rien de ma vie passée.

— Je ne veux rien en savoir.

— Il le faut. Tu n'es pas le premier.

Il s'attrista au fond de lui-même, mais feignit l'indifférence.

— Je ne suis pas précisément vierge non plus.

— Ah ! mais si, je le suis, ce n'est pas de cela que je te parle. J'ai été… mariée, tu comprends ?

— J'essaie, dit Hortega, plein de bonne volonté.

— J'ai été mariée, donc je le suis encore. (Elle lui saisit la main.) Non, ce n'est pas ce que tu crois. Deux ans de fiançailles, c'est-à-dire de noviciat, et huit de vœux temporaires, pendant lesquels j'ai été épouse du Christ. Ce n'est pas un vain mot, Hortega. Nous sommes épousées, vouées. Chacune d'entre nous forme une église, un couple, avec lui. C'est inexplicable, alors fais un effort pour comprendre. Dans mon cas, le mariage a mal fini, ce n'en était pas moins un mariage, et qui m'a en plus donné l'habitude de la chasteté. A toi de m'en guérir, mais il faut que tu saches que tu ne remplaceras jamais l'Autre. Tu es fort, tu es brave, je t'aime, mais je ne t'aimerai jamais comme j'ai aimé l'Autre, comme je l'aime encore. Je t'ai dit : tu n'es pas le premier ; c'était pour te dire : tu ne seras jamais le premier. Tu sais ce qu'il a dit à Angèle de Foligno ? (Hortega secoua la tête.) « Ce n'est pas pour rire que je t'ai aimée, ce n'est pas par grimace que je me suis fait ton serviteur, ce n'est pas de loin que je t'ai touchée. » Tu comprends ?

Hortega hocha la tête affirmativement. Il ne s'inquiétait pas trop d'un pareil Rival.

— Je ne connais qu'une jalousie, Rosario : la physique.

— Oui, tu es une brute, tu penses que tout cela n'est rien parce que je serai ta femme. Mais lui, on le mange, il vous emplit, c'est physique aussi. Il y a des choses de moi que tu ne comprendras jamais, des clefs que tu ne posséderas pas, des chambres où tu n'entreras pas. Il ne faudra jamais me le reprocher.

— C'est peut-être parce que j'ai senti tout cela que je vous ai aimée si vite, Rosario.

Il l'attira à lui, et elle se laissa aller, mais elle n'avait pas fini de lui expliquer.

— Attends. Tu veux un exemple ? Julian a tué des hommes aujourd'hui et je l'y ai aidé. Je ne sais pas s'il a tué de sa main, et je ne tiens pas à le savoir, non parce que ça me dégoûte, mais parce que ce serait… impudique. Quoi qu'il en soit, je l'ai aidé comme si je lui avais mis le couteau dans la main. Tu me crois ?

— Aisément.

— Toi, je suppose que ces morts ne te gênent pas.

— Ce sont les salopards vivants qui me gênent, pas les morts.

— Figure-toi que moi non plus. Mais comme ils sont morts sans confession, je vais dire des rosaires pour eux. Ça me prendra des heures tous les jours.

Hortega osa plaisanter :

— Je serai souvent dehors.

Elle ne l'entendit même pas.

— Tu sais pourquoi il est impie de tuer ?

— Non. Dans un sens, c'est mon métier... Je dois dire que cela m'arrive assez peu.

— Il est impie de tuer les hommes parce que le Christ est le fils de l'homme. Parce qu'il n'y a jamais eu qu'un seul homme démultiplié à l'infini. Que tuer un homme, c'est tuer le Christ et se tuer soi-même. Tout meurtre est une crucifixion et un suicide. Je sais cela et pourtant j'ai aidé Julian à tuer.

— Tu le regrettes ?

— Pas un instant. N'est-ce pas que tu ne me comprends pas ?

— Pas très bien, avoua-t-il.

Elle se mit à rire :

— Eh bien, il faut t'habituer.

Et comme il riait aussi, de bonheur, elle lui ferma la bouche d'un baiser ingénu mais fougueux.

16.

Le soleil du solstice s'était couché sans flonflons ni fanfares.

Une paillette d'argent dans le couchant : c'était l'avion qui remportait Eric Liebhafen. Le destin avait interrompu son initiation et il avait téléphoné à Ilke : « Viens me chercher à l'aéroport. »

Abuelo avait fait mettre son fauteuil roulant devant la porte de la bijouterie *Au Roi Fernand*. Il recevait avec bienveillance les congratulations de ses voisins, qui l'avaient vu à la télévision. « Oui, oui, du bon travail. Mais vous savez que c'est Guzman qui a tout fait ? C'est lui qui a dénoncé Guapo ! Alors les autres ont suivi. C'est bien vrai que la vérité sort de la bouche des enfants! » Et il pinçait la joue du petit garçon au col blanc qui se tenait timidement près de lui et recevait sa part d'hommages.

Tout le monde avait oublié le coup de pied fatidique de Djelloul.

Les habitants du Corazon, après leur nuit à la belle étoile, se réinstallaient chez eux avec la sensation qu'une gigantesque entreprise de dératisation y était passée. Les touristes mettaient à profit les bons que leur avaient distribués les hôtesses de la SRTA et réservaient qui une table dans un restaurant de luxe, qui une chambre à l'*Hôtel des Amériques*. Bon nombre de malandrins, soulagés de n'avoir pas été écroués, faisaient précipitamment leur valise et consultaient leur montre dans l'espoir d'attraper le train de nuit pour la Capitale ou tel avion du soir pour l'étranger. Les policiers racontaient leurs exploits à leur femme avant de s'effondrer dans leur lit. Les Taciturnes choisissaient une date pour la « gamelle » rituelle et pantagruélique qui les réunirait autour de Terracotta. Mme Tarragonna serait la seule femme admise à boire, bouffer et chanter des chansons de corps de garde avec eux. Le roi regardait la télévision et disait à la reine : « Pas vu pas pris, mon cœur. Apparemment l'homme le plus impuissant du royaume n'a pas misé sur le mauvais poney. »

A vingt kilomètres du Corazon, les pompiers extrayaient des décombres de la villa des corps tuméfiés, roués, désarticulés, et d'autres intacts, seulement sucrés de poussière, et dorés de l'intérieur. On les glissait, comme dans des portefeuilles, dans des housses de plastique vert bouteille, dont on refermait en diagonale, avec un crissement impatient, la fermeture éclair. Dans la housse, leurs yeux demeuraient ouverts. Un seul eut droit à une oraison funèbre : celui qui s'était fait mettre des plaques d'argent dans les narines.

— En voilà un, fit un pompier, qui n'était pas fauché.

A l'heure où le soleil avait disparu derrière les gratte-ciel mais pour se répandre comme du beurre fondu sur les maisonnettes, les ruelles, les jardinets, les terrains vagues de la Juderia, le centenaire sortit de chez lui et, pas à pas, le Livre à la main, chemina jusqu'à sa place accoutumée parmi les ruines de la synagogue. Il se laissa tomber avec contentement sur son banc tout chaud.

Son corps desséché ne transpirait pas ; son âme sanctifiée ne sécrétait plus une seule pensée qui pût déplaire au Tout-Puissant. Il avait abandonné depuis longtemps son métier de cordonnier. Il vivait de rien. Il n'avait plus personne ; ses arrière-petits-enfants avaient essaimé de par le monde ; beaucoup le croyaient mort, car il ne répondait pas aux lettres. Il y avait dans cette solitude une plénitude. Il ne s'était jamais demandé s'il était heureux, mais ses sens comme sa piété lui apprenaient chaque matin et chaque soir que la création est une bonne chose.

Il commença par bénir le Dieu d'Abraham, d'Isaac et de Jacob, le Dieu qui a créé le monde et a vu que c'était bien. Puis il bénit ce monde où il avait mené la vie du juste, sans jamais tuer ni voler, sans jamais souhaiter ni le bœuf ni l'âne ni la femme d'autrui. Il bénit ce pays de chrétiens qui l'avait vu naître. On y avait rarement persécuté sa race et sa religion. Sans doute, au temps passé, y avait-on brûlé quelques renégats reconvertis, mais n'était-il pas juste que fussent punis ceux qui avaient d'abord renoncé à la vérité ? Il bénit l'Agglomération qu'il n'avait jamais quittée. Il bénit un papillon blanc-jaune qui virevoltait sous ses yeux d'herbe sèche en fleur fanée. Il bénit la terre blanchâtre du cimetière avec laquelle celle de son corps se confondrait bientôt. Il évoqua rituellement le chapitre VI du Deutéronome : *Ecoute, Israël, le Seigneur notre Dieu est le seul Seigneur. Aime le Seigneur ton Dieu de tout ton cœur et de toute ton âme et de toutes tes forces...* « Et l'on peut vraiment dire, pensa le vieux cordonnier, que je l'ai toujours aimé, qu'il m'a plu et qu'il me plaît encore, que je me régale de sa saveur inimitable. »

A cet instant, une ombre tomba sur le vieil homme et le glaça.

Ce fut comme si un nuage avait traversé le ciel ou comme si un géant était venu se tenir à côté du vieillard sans qu'il s'en aperçût. Il regarda autour et au-dessus de lui et ne vit rien. Mais l'air lui manquait. Il crut alors qu'il allait mourir, et, bien qu'il n'eût pas peur de la mort, il ressentit une terreur profonde, surnaturelle. Au bout de quelques instants, l'ombre se retira, comme à regret, et le vieillard retrouva son souffle.

Il ouvrit le Livre. Ses yeux ne pouvaient plus le lire, mais il aimait l'odeur de fleur d'oranger de ces pages dont les coins s'effritaient dans ses mains. Il aimait laisser courir ses doigts sur les lignes, de droite à gauche, comme si, par osmose, ils pouvaient se pénétrer de leur contenu.

Le Livre de Dieu renfermait toute la justice du monde, puisque la justice est ce qui plaît à Dieu. Les chrétiens l'avaient attiédi, affadi. Le centenaire n'avait rien contre les chrétiens, mais comment ne pas voir qu'on n'est pas, parmi eux, aussi bien protégé que par la vraie foi ? Par quel prodige n'avaient-ils retenu que « Tu ne tueras point », alors que le Livre disait, aussi clairement, qu'une fiancée déflorée devait être lapidée à mort, que le séducteur d'une femme mariée devait être lapidé à mort, qu'une femme adultère devait être lapidée à mort, qu'un homme violant la fiancée d'un autre devait être lapidé à mort, qu'un fils insoumis à ses parents devait être lapidé à mort... Pour sa part, le vieux saint n'avait jamais lapidé personne, mais il savait que le Livre ne donne pas de mauvais conseils.

Il faisait chaud. Les lézards rampaient sur les pierres brûlantes. Le vieux juif s'endormit, et le Livre glissa à terre de sa main tordue, bourrelée, aux vaisseaux noirs et saillants — et pourtant aussi belle que la main de Dieu laissant échapper l'Homme, à peine l'avait-elle créé.

17.

Julian rentra chez lui. Djelloul, rentré le premier, lui avait préparé un en-cas froid.

— Je n'ai pas faim.

— Il faut tu manges, mon lieutenant.

Julian fit non de la tête et, trop fatigué pour s'étendre, commença à fouiller dans ses livres. Il fouillait avec rage, jetant les volumes par terre.

Djelloul le suivait de la chambre au salon, du salon à la salle OPS. Qu'on pouvait démonter maintenant.

— Qu'est-ce tu cherches, mon lieutenant ?

— La Bible.

— Qu'est-ce que c'est, la Bible ?

— Le Coran des roumis.

Il finit par trouver un Evangile et relut le récit de la Passion. Le Christ demandait le pardon pour ceux qui le crucifiaient, mais lorsque le bon larron trouvait son propre sort et celui de son camarade mérités, le Christ ne faisait aucune objection.

« Voilà le genre de choses qui aide peut-être si on a passé dix ans au couvent, mais moi, qui ne suis même pas sûr qu'il ait existé… »

Il téléphona à Paula.

— Je crois qu'il est temps que je fasse la connaissance de Circé.

Un silence.

— Venez.

— Je peux lui apporter un cadeau ?

— Oui.

Il prit une douche. Chaude, froide, chaude, froide. Il se sentait toujours sale. « Je me prends pour Lady Macbeth, ou quoi ? » Il se rasa. Il se fit les ongles des doigts et des orteils, il se frotta d'Eau Sauvage des pieds à la tête. Il choisit une chemise et un foulard qu'il n'avait encore jamais mis. L'idée de ces corps que les pompiers étaient en train de dégager et qui avaient déjà commencé de pourrir imperceptiblement ne le quittait pas.

Il prit la Lancia et la conduisit dans une station-service où il la fit laver et nettoyer à l'intérieur. « Guapo ne savait pas quelle machine il mettait en marche quand il a coupé le doigt de… » Comment s'appelait-elle ? Ce n'était pas Giulia, c'était… Gemma ? Il constata que cela ne lui faisait plus mal de penser à Giulia et il se trouva même quelque sympathie compatissante pour le champion de ski. « Dans le fond, ce n'est pas le mauvais bougre. Elle doit le faire tourner en bourrique, cela lui va parfaitement. »

Il passa chez Cartier. Sa vendeuse fondit sur lui du fond du magasin. Elle ne lui faisait plus envie.

— Une émeraude, monsieur ? On vous a vu à la télé. Ce que vous étiez bien !

— Un rubis. Rien qui fasse gros.

Il choisit un corindon à reflets roses monté sur une bague de petite taille.

— N'enveloppez pas.

Il fourra l'écrin dans sa poche.

En roulant, il essayait sans cesse de retrouver les neuf. Tantôt les neuf noms, tantôt les neuf visages. Il lui en manquait chaque fois un. Généralement pas le même.

Paula vint lui ouvrir. Elle portait une blouse blanc cassé, très fraîche, avec un nœud, une jupe gris perle.

Pendant des mois, ils s'étaient vus tous les jours et n'avaient jamais repris leur dialogue du premier soir. Paula avait été distante, insaisissable ; Julian s'était concentré sur *Josaphat*, remettant à plus tard de clarifier les sentiments qu'il éprouvait pour elle. Maintenant, il n'y avait plus *Josaphat* pour les rassembler et les tenir à distance. Ils se regardèrent comme s'ils se retrouvaient après des années d'absence, comme s'ils se demandaient si c'était toujours lui et toujours elle. Bien sûr, ce n'étaient plus eux. D'où quelque mal à respirer. Julian dit n'importe quoi :

— Vous n'étiez pas là à la conférence de presse. Je vous ai cherchée.

— J'avais besoin de revoir Circé.

Elle le fit entrer dans un salon tendu de cotonnade grège, avec des fauteuils d'un bleu sourd. Pas de bibelots. Pas de photos. Pas de reproductions. Deux aquarelles abstraites. Les stores à lamelles étaient baissés ; il faisait frais et ombreux. Paula indiqua un fauteuil où Julian se laissa tomber.

Longtemps ils se turent. Elle avait assouvi, ne fût-ce qu'au quart, une vengeance qu'elle portait en elle depuis sept ans. Elle sentait que ce quart lui suffisait. Lui avait volontairement causé mort d'homme. Elle dit enfin, avec une sollicitude maîtrisée :

— Souhaitez-vous en parler ?

— Non. Oui. Je ne sais pas. Où est Circé ?

— Circé prend son bain. Elle vient de rentrer de sa leçon de karaté. Je préfère cela aux douches collectives sur place.

— Du karaté à six ans ?

— Pour qu'il devienne une seconde nature.

— Vous ne lui donnez pas son bain ?

— Plus maintenant. Nous sommes une petite personne très indépendante. Je passe l'inspection après.

Elle s'était assise aussi. Ses mains dans son giron ne bougeaient pas. Le silence. C'était bien. C'était la paix. Au bout d'un moment, Paula dit :

— Je vais aller voir où elle en est.

— Je peux mettre la télévision ?

Il alluma. C'étaient les nouvelles. Il se vit assis entre Rosario, pas télégénique du tout dans sa robe mâchurée, et Robich, aux anges. Lui-même, Julian, bien, l'air supérieur mais pas trop, plutôt détaché. On ne voyait pas qu'il ne s'était pas rasé. « Voilà donc, constata-t-il avec quelque curiosité, une tête d'assassin. » Il fallait bien appeler les choses par leur nom. Il remarqua une fois de plus que le Ministre s'attribuait tout le mérite de *Josaphat* et ne le citait, lui, à aucun moment. « Bonne guerre », répéta-t-il.

Il coupa. Il alla à la fenêtre et regarda entre les lamelles. La lumière déclinait, le soleil n'était pas encore couché. Des passants circulaient qui, vraisemblablement, n'avaient jamais tué personne. L'appartement était silencieux. Vingt-quatre heures plus tôt *Josaphat* n'avait pas encore commencé et les neuf crapules méditaient en paix leur prochain crime.

— Et voilà Circé.

Il se retourna avec angoisse, non pas à l'idée que Circé pût lui déplaire, mais qu'il pût déplaire à Circé.

Elle était blonde, avec une queue de cheval. Elle portait un pyjama frais repassé qui tombait bien sur son corps menu.

— Bonjour, mademoiselle Circé.

— Monsieur est l'Administrateur, c'est-à-dire le chef, de l'Agglomération, dit Paula. Il a un nom un peu compliqué. Il s'appelle Julian Dandolo, prince Ossamundi. Mais tu peux simplement l'appeler monsieur.

— Bonjour, monsieur, dit Circé d'une voix claire en attendant poliment qu'on lui tendît la main ou qu'on se penchât pour l'embrasser, au choix.

Il tendit la main et s'émut de sentir sous ses doigts les doigts ténus de l'enfant. Elle avait les yeux bleus, nacrés, et elle ne les détourna qu'après avoir rencontré les siens.

— Maman, je peux lui poser une question ?

— On ne dit pas « lui » devant quelqu'un. On dit : « Je peux poser une question à monsieur ? »

— Oui. Je peux la poser ?

— Les jolies femmes peuvent me poser toutes les questions qui leur passent par la tête, dit Julian.

— Vous êtes prince comme dans Cendrillon ou autrement ?

— Tout à fait, sauf que je suis encore plus charmant. Vous ne trouvez pas ?

Circé le dévisagea sans sourire, évaluant ses cheveux de

bronze ondulés, ses yeux vert-de-gris, son foulard de soie nonchalamment chiffonné.

— C'est possible, reconnut-elle enfin.

Julian s'interdit de regarder Paula.

— Il paraît, mademoiselle Circé, que vous faites du karaté ? C'est pour le plaisir ou pour vous défendre ?

Elle réfléchit, la tête penchée de côté.

— Les deux.

— Les deux, *monsieur,* dit Paula.

— Quelle ceinture avez-vous ?

— A présent, j'ai une ceinture blanche. Le maître dit que, dans pas longtemps, j'aurai une jaune.

— Aimez-vous le jaune ?

Elle réfléchit encore.

— Je préfère le bleu.

— Alors pourquoi ne mettriez-vous pas une ceinture bleue ? Le bleu vous irait très bien.

— Au karaté on ne met pas les couleurs qu'on aime. On met les couleurs qu'on a méritées.

— Vous voulez bien me faire une démonstration de karaté ?

Un coup d'œil à la mère.

— Bien sûr, ma chérie, puisque monsieur te le demande.

D'un regard, Circé mesura un *dojo* autour d'elle, se débarrassa de ses pantoufles, salua un adversaire imaginaire d'une courbette qui fit danser sa queue de cheval, ferma ses petits poings, fléchit les jambes et, avec une énergie inattendue, prit la position en garde. Elle vérifia que ses pieds étaient bien parallèles et à la bonne distance, que son poids était également distribué sur ses jambes.

— Je sais faire le premier *kata.*

— Faites le premier *kata,* s'il vous plaît.

Paula et Julian s'assirent côte à côte. Avec une intense concentration, Circé se lança dans un ballet martial avec avances, voltes, coups de pied et coups de phalanges homicides. Au bout de l'exercice elle se retrouva exactement dans la même position sur la même arabesque du tapis du Mzab.

— C'est aussi beau qu'un poème, dit Julian. Un poème très dense et très baroque. Est-ce que vous cassez déjà des briques avec les mains ?

— Non (Paula dut faire un geste, car Circé ajouta :) *monsieur*. Ni des planches. Le maître dit que ça n'apprend rien de casser. C'est pour épater seulement.

— Moi, je suis déjà épaté. Pour un peu, je m'y mettrais moi-même. Mais je pense que je suis trop vieux.

— Oh ! non, nous en avons des très vieux qui viennent. Des bien plus vieux que vous.

— En revanche, si je ne fais pas de karaté, je fais du polo. Savez-vous ce que c'est que le polo ?

— C'est comme du football à cheval.

— A une différence près. Au football, comme aux autres jeux de ballon, les joueurs d'une équipe courent dans un sens et ceux de l'autre dans le sens contraire, n'est-ce pas ?

— Oui, monsieur.

— Eh bien, le polo est le seul jeu où tous les joueurs galopent dans la même direction. C'est curieux, n'est-ce pas ?

Circé pencha la tête de côté :

— Je ne comprends pas comment c'est possible.

— Cela vous amuserait de me voir jouer ?

— Oh ! oui.

— Eh bien, si votre maman le veut bien, vous viendrez toutes les deux. Mais j'ai peut-être mieux à vous offrir. Aimeriez-vous apprendre à monter à cheval ?

Elle considéra la question.

— Je ne sais pas si j'aimerais monter. J'aimerais essayer.

— Alors (coup d'œil à Paula qui n'avait pas l'air de protester) voici ce que je vous propose. Nous faisons un échange : vous m'apprenez le karaté et je vous apprends l'équitation. Vous êtes d'accord ?

Elle fit oui de la tête, sans prononcer un mot. Peut-être ne voulait-elle pas s'engager définitivement. Au lieu de la reprendre, Paula dit :

— Il est temps d'aller dîner. Vous pouvez nous accompagner si vous voulez. Nous dînons à l'office.

L'office était une petite pièce claire, meublée en bois blanc, et le couvert y était mis pour une seule personne. Julian s'assit dans un coin pendant que Paula servait du bouillon et un yaourt à sa fille.

— Rien de plus ? s'étonna Julian.

— Pas le soir. Comme cela, nous ne faisons plus de cauchemars.

Circé mangeait délicatement, sans affectation, attentive seulement à ne pas se salir. « Ce n'est pas la fille d'un garagiste ou d'un équarisseur, pensa Julian. C'est la fille d'un prince. » Il ne put s'empêcher de lui dire :

— Savez-vous, mademoiselle Circé, que si je vous voyais dans une vitrine, je vous achèterais tout de suite ?

Elle le dévisagea longuement, et il sentit que Paula assise, vigilante, en face d'elle, attendait sa réponse avec angoisse. Elle était si fière de sa fille, si ravie de la lui montrer ! L'enfant resta quelques instants sans mot dire, la cuiller en l'air, et Paula abaissa doucement la cuiller. Enfin une expression presque taquine, presque sensuelle, passa sur les lèvres et dans les yeux de Circé.

— C'est possible, dit-elle avec dignité, mais moi, je ne suis pas à vendre.

Alors Paula décocha à Julian un regard d'orgueil et de tendresse qui l'émut.

— C'est bien, fit-il, feignant le dépit. Je n'insiste pas.

Après le yaourt :

— Nous disons au revoir à monsieur et nous allons nous coucher maintenant ?

Julian perçut une hésitation.

— Je ne voudrais pas déranger un rite. S'il y a des berceuses ou des contes de fées que je peux entendre aussi, j'aimerais bien. Et si on ne veut pas de moi, j'attendrai sagement au salon.

— Nous ne serons pas longues, dit Paula avec un mouvement de reconnaissance.

— Mademoiselle Circé, avant d'aller vous coucher, je voudrais que vous fermiez les yeux et que vous tendiez la main. Votre maman m'a permis de vous apporter un petit cadeau.

Il lui enfila la bague sur le majeur, où elle tenait à peine.

— Rouvrez.

Circé regarda son doigt avec une sorte de terreur.

— Maman, ça doit être du vrai, ça, n'est-ce pas ?

— Oui, mon enfant chérie, ça doit être du vrai, et je pense que tu devrais attendre d'être plus grande pour le porter tous les jours.

Circé eut un mouvement vers Julian, comme si elle allait l'embrasser. Mais elle se retint et se contenta de lui dire avec une intense gravité :

— Merci, *monsieur*.

Elle s'en alla, les yeux fixés sur son doigt transfiguré qu'elle tenait séparé des autres.

Julian retourna au salon où les ombres commençaient à s'amasser. Il n'alluma pas. La double allégorie de la bague lui plaisait. Il se força à s'asseoir sur le sofa. Il ne savait pas si une minute ou une heure s'était écoulée quand Paula rentra. Il regardait le crépuscule, droit devant lui. Il demanda :

— Pourquoi *Circé* ?

— Je ne sais plus exactement. Parce que ce n'est pas un prénom chrétien. Parce que je devais m'imaginer qu'elle me vengerait en transformant les hommes en bêtes. Comme si ce n'étaient pas déjà des bêtes. Une sottise. Voulez-vous boire quelque chose ?

— Un whisky, s'il vous plaît. Glace. Pas d'eau.

Il n'avait presque pas bu de whisky depuis un an. L'année de la chasteté et du xérès ! Il était temps de se remettre aux choses sérieuses, non ? Elle lui apporta un pur malt, et il but goulûment.

— Voyez-vous, Paula, dans le fond, c'est aussi bête que ça. Ce n'est pas « la vie est sacrée » ou « tu ne tueras point » ou « je veux avoir les mains propres », et ce n'est pas non plus ce que penseraient les imbéciles : « il s'est rabaissé à leur niveau », « il ne vaut pas mieux qu'eux », « est-il sans péché lui-même pour lancer la première pierre ? » J'ai tué des chiens enragés, c'est tout. Mais l'idée qu'eux, jamais plus, *jamais plus*, leurs bouches pleines de terre ne boiront de whisky, ou de vin, ou de bière, que je les ai privés de ça, c'est idiot à dire, ça me mord le cœur. Je dis *mord* parce qu'il est trop tôt pour dire *ronge* et que j'espère être assez fort, non pas pour oublier, je ne veux pas oublier, mais pour assumer. Donnez-moi encore un peu de whisky. Non, pas un peu. C'est ridicule, cette habitude mesquine de dire « un peu » ! Donnez-moi du whisky, Paula.

« Tout à l'heure, en regardant la magicienne manger son yaourt, je me demandais si eux avaient des enfants. Au demeurant, ne croyez pas que cela m'inquiète : être le fils d'un monstre suffit ; s'il fallait encore être élevé par lui !

« De toute manière, j'ai compris : personne n'a le droit de juger, mais on a quelquefois le devoir de détruire. Ce serait curieux que la légitime défense fût permise aux individus, pas à la société. Vous me demanderez : qui, on ? Le prince. Et si le prince est une république, la république. S'il y a, comme le pense Rosario, un Jugement Dernier, je me présenterai à ce Josaphat-là la tête haute. Non : pas haute, parce que, dans le fond, je ne vaux pas cher, mais pas plus basse à cause de ce que j'ai fait aujourd'hui. L'intolérable, c'est l'aspect platement physique : transformer des corps vivants en charognes.

La nuit montait autour des deux complices. Paula, qui s'était assise, bien droite, sur un petit banc rembourré, demanda :

— Vous ne croyez pas à la résurrection des corps ? Pourtant, vous êtes un peu chrétien, vous.

— Est-ce que je sais seulement à quoi je crois ? Je pense

simplement que chacun de ces neuf, de ces dix, si vous comptez celui qu'ils ont abattu, était né d'une étreinte, peut-être tendre, qu'il a peut-être fait le bonheur d'une mère qui fondait sur lui de grands espoirs ou en tout cas lui changeait ses couches, qu'il y a là un beau gâchis, une belle gangrène. Je n'ai pas causé la gangrène, j'ai pris sur moi de jouer le chirurgien, le chirurgien a mis plein de sang sur sa jolie blouse verte et il a un peu mal au cœur. Vous croyez que je devrais aller voir leurs cadavres ? Ça ne me fait pas peur. Vous dites que Circé a des cauchemars ?

— Moins, depuis quelque temps. C'était probablement ma faute. Le karaté fait partie de la cure.

— J'adore la manière dont vous l'élevez. « Oui, *monsieur*. Non, *monsieur*. » Quoi qu'elle fasse dans la vie, ce sera comme une dame. Mais pour en revenir... J'ai demandé à Terracotta dans quel état seraient les cadavres. Bouffis ? La langue pendante ? Le ventre explosé comme Judas ? Il a souri poliment. Il m'a dit qu'on mourait à 10 bars et que l'explosion en développerait 400 000, que certains seraient abîmés par ce qui leur tomberait sur la tête ou la cage thoracique, le bassin, mais que les autres resteraient relativement intacts. Ça vous dégoûte, tout cela ? Donnez-moi du whisky.

« Je ne vous ai pas raconté comment cela s'est passé. Pendant l'assaut — j'avais demandé à le commander, après tout j'ai été chef de section, on m'a ri au nez, on m'a dit que je n'y connaissais rien, que la police et l'Infanterie de marine, ce n'était pas la même chose, j'ai dû me soumettre — nous étions, don Jesus et moi, au PC mobile, à trois cents mètres de la villa.

« Le PC : un car jaune sable, les rideaux tirés, et sur les côtés, une pancarte : LES TEMOINS D'ADONAI. On le repeint quelquefois, il paraît, il devient BIBLIOTHÈQUE ROULANTE POUR PERSONNES DES DEUX SEXES À LA RETRAITE ou CIRCUS MAGIQUE ou je ne sais quoi. Dedans, tous les lasers et les scanners et les cadrans et les clignotants que vous pouvez imaginer. Climatisé, confortable. Il y avait là l'adjoint de Terracotta, promu directeur de l'opération, parce que Terracotta va toujours sur le terrain, ce qui fait que ses hommes l'adorent même si ça le rend moins efficace pour le commandement. Il y avait aussi un médecin, l'artificier, et quelques-uns de ces flics antiterroristes que les autres flics ont baptisés Taciturnes, et qui méritent bien leur surnom. Les Taciturnes sur le terrain avaient des micros greffés partout, et nous pouvions entendre ce qui se passait. Et puis il y avait une voix de basse qui annonçait des choses comme « Déplacement de deux corps chauds de tel point vers tel point ». Je pensais que ces corps chauds n'allaient pas le rester longtemps. A part cela, un silence, dans ce car !... Don Jesus avait l'air d'un petit garçon devant ces spécialistes au travail. L'atmosphère, j'imagine, d'une salle opératoire. Quelques péripéties : Cible 3 au tapis, Cible 4 alerté, une blessée chez nous, Cible 4 au tapis, et enfin la voix de Terracotta : " Adjugé vendu. " Alors j'ai dit : " Maintenant les spécialistes ont terminé : je ne dérangerai plus personne. Je veux aller voir. " Terracotta aurait pu s'opposer ; non, il a dit : " Qu'il vienne. ".

« Il y avait dans le jardin le jeune terroriste mort, que je n'ai vu que de loin, et, dans la salle de séjour, ils étaient trois, assis côte à côte sur un divan : un petit bonhomme inconscient, une maritorne assommée mais lucide (une dose insuffisante, je suppose), laide à faire peur, et un homme qui ressemblait à une femme, l'air plutôt content de lui et une voix d'eunuque.

« Il faut que je vous explique. L'important, c'était d'avoir les prisonniers vivants, pour que la suite du scénario fût vraisemblable. Déjà les piqûres des seringues hypodermiques, c'est compromettant : si le médecin légiste veut faire le méchant, il demandera quelles sont ces traces. Remarquez : rien n'interdit à deux terroristes sur quatre de se droguer.

« Terracotta m'a dit devant eux : " Ils ne sont pas beaux à voir, hein ? " Oui, ils avaient l'air plutôt dégénéré. Et il a continué : “ Evidemment si Magda avait été balancée comme Raquel Welch, elle ne se serait pas mise terroriste. Pas vrai, Magda ? ” Tout cela, bon enfant, sans animosité. Aquila, qui se faisait appeler Toma, m’a reconnu : “ Je suis content de vous voir parmi nous, monsieur l’Administrateur. En votre présence, les poulets n’oseront pas trop nous cuisiner. ” Et Terracotta a ri, car, dans les circonstances, la phrase était cocasse. “ Qui a parlé de te cuisiner, Toma ? ” Toma s’est mis à rêver : “ Ce sera un beau procès. Je lirai mon programme de libération de l’Homme, et j’insulterai l’accusateur, les juges, les jurés, le public, tout le monde sauf les journalistes. ” Et Terracotta : “ Si on te laisse faire, mon salaud, tu en serais bien capable. ” Presque amicalement. Je m’en suis étonné : “ Vous avez l’air de parler à un copain. ” Terracotta s’est étonné à son tour : “ Pourquoi pas ? On passe son temps à s’épuiser sur des minus. Pour une fois qu’on tombe sur des ordures qui sont de vraies ordures, on est tout content. Rien qu’avec l’attentat de la gare du Nord, ce monsieur-là a soixante victimes sur la conscience. Et savez-vous où il allait opérer la prochaine fois ? A la maternité Sainte-Croix ! J’ai saisi le plan.” Et Toma souriait comme un chat qui vient d’attraper une souris : la queue dépasse encore de la gueule.

« “ Si vous voulez tout voir, m’a dit Terracotta, il faut descendre à la cave. ” Cette cave était un véritable laboratoire, avec ce qu’il faut pour préparer des explosifs, et notre artificier s’y affairait en dansant d’une étagère à l’autre comme un derviche tourneur. Il ressemblait aux sept gnomes de Blanche-Neige en une seule personne ; en outre, il s’appelait Barbanegra et il était en effet barbu. Il était enchanté de trouver dans cette cuisine satanique du sucre, du chocolat, des œufs, du soufre, du chlorate de potasse, parce que, sur renseignement, il avait composé sa propre charge avec les mêmes éléments : “ Ça aura vraiment l’air d’un accident. ”

« Les Taciturnes ont creusé un fourneau dans le sol en terre battue, et Barbanegra a disposé dedans la charge qu’il avait préparée. Comme il restait de la place dans le trou, il y a ajouté ce qui lui tombait sous la main : des transistors, des minuteurs de cuisine, du fil de pêche, des cellules photo-électriques, des testeurs de retardateurs d'allumage, je ne sais quoi encore. Et puis, il a eu un geste étonnant. Il a tiré une vieille blague à tabac de sa poche et il a prélevé une pincée de poudre noirâtre. Je lui ai demandé ce que c'était. Il m'a dit : " De la terre natale. De mon village. J'en mets toujours. Ça pète mieux. "

« Il y avait des fils électriques qui sortaient de la charge. Il a branché dessus un détonateur et sur le détonateur un dispositif d'allumage : c'était un bip bip ordinaire, eurosignal, alpha-page, je ne sais pas. Pour finir, il a bourré le trou avec la terre qui en avait été retirée, et il a dansé le sirtaki sur le trou comblé.

« D'autres Taciturnes avaient descendu des chaises de cuisine et des transats, qu'ils ont placés en rond, comme pour un séminaire, un des transats cachant le fourneau. Au milieu, ils ont mis un tableau noir portatif, dont Toma devait se servir pour ses calculs. Et Barbanegra a trouvé très drôle d'écrire sur le tableau la formule de l'explosif utilisé. KCl... je ne sais quoi.

« Je suis remonté. Terracotta a prié Toma de descendre. " Pour quoi faire ? — Pour l'interrogatoire. — Pourquoi à la cave ? — Pour la psychologie. On interroge toujours dans les caves. Tu ne savais pas ça ? " Toma a failli se trouver mal, Terracotta s'est mis à rire, lui a dit que c'était une plaisanterie, qu'il allait simplement le confronter avec les autres membres de son réseau. Toma était intrigué : si la police s'imaginait qu'il avait un réseau, elle en savait moins sur lui qu'il ne semblait. Il y avait peut-être là une chance de salut. Il est descendu gentiment. On a aussi fait descendre Magda, la femme-repoussoir, et le troisième terroriste, qu'il a fallu porter.

« Dans l'entre-temps, on avait amené les six autres. On leur enlevait les menottes, et Terracotta leur disait plaisamment : “ Descendez, on vous demande. ” Un ou deux ont voulu des explications. “ C’est pour un interrogatoire. ” Eux, qui pensaient qu’ils allaient mourir, cela les apaisait : interrogatoire donc sursis. Ils descendaient à la cave dociles, presque soulagés. Il n’y en a qu’un, Guapo, qui a voulu faire du barouf. Il était grand et fort, mais vous auriez vu un des Taciturnes lui fourrer deux doigts dans le nez et le faire avancer comme un onagre… Il faut de l’entraînement pour ces techniques-là.

« Je me tenais en haut de l’escalier ; ils ont défilé devant moi. C’était étrange de se dire : ils vont aller s’asseoir sur ces neuf sièges, et soudain… Que ressent-on à ce moment-là ? Combien de nano-secondes est-ce que cela dure ? Qu’est-ce que l’effet de souffle ? De quoi meurt-on exactement, si l’on n’est pas déchiqueté ? Comprend-on dans un éclair ce qui se passe ?

« Et c’était étrange aussi de se dire : Je ne suis pas un saint, mais les êtres qui passent devant moi, à me frôler, sont des praticiens du Mal, de vrais suppôts de Satan. Ça m’a toujours fait rire, ce mot de suppôt. Quand j’étais collégien, je croyais que cela voulait dire “ sous le pot ” : *sub potum.* Sous le pot de Satan ! Peut-on aller plus bas ?

« Aucun des six ne m’a regardé. L’Orientale avait retrouvé une espèce de sourire. Qui sait ? Elle croyait peut-être au Nirvana. Il y en a un qui s’est écrié : “ C’est donc ça, la vraie *bouche d’enfer !* ” Il savait où il allait, celui-là. Et puis le Taciturne qui était resté en bas pour surveiller est remonté et a fermé la porte de la cave avec un cadenas. Nous avons déguerpi. Donnez-moi du whisky, Paula. Il est excellent.

« Retour au car. Don Jesus n’était pas sorti, n’avait pas bougé, pas cligné d’un œil. Les mains bien à plat sur les genoux. Le car des Témoins d’Adonaï s’éloigne. La voiture des faux plombiers annonce qu’elle s’est repliée. L’équipe d’observation rend compte qu’elle a pris ses distances. Le jardin de la villa est vaste, si bien que, dans le quartier, personne ne s'est aperçu de rien sauf de travaux de plomberie un peu bruyants. Les gens devaient suivre les péripéties de *Josaphat* à la télévision, ou alors chauffer leurs barbecues, à l'américaine. “ Quand il plaira à ces messieurs ”, fait Terracotta.

« Alors je me vois me lever de mon siège, traverser le car, aller à lui, et je m'entends lui dire :

« — Maintenant, c'est à moi.

« Ils ont été surpris. Naturellement, cela les arrangeait de me voir plus mouillé qu'eux, mais ils ont tout de même dû se demander qui j'étais. Un amateur d'émotions fortes, un curieux, un vicieux, un provocateur, un saboteur... ? Je me le demande moi-même : pourquoi ai-je fait ça ? Pas par sadisme. Pour aller jusqu'au bout ? Je crois que c'était plus mystérieux, plus fondamental. J'ai franchi un palier, à ce moment-là. Je suis devenu un autre. J'ai transgressé. Toute initiation est une transgression, non ? Je n'avais jamais cru que j'étais l'Administrateur de l'Agglo, vous le savez ? C'était un rôle. Eh bien, à ce moment, je le suis devenu. Et je ne redeviendrai plus jamais celui que j'étais avant. Il y a une différence cruciale entre ceux qui ont tué et ceux qui n'ont pas tué. Oh ! j'avais fait la guerre, cela n'a rien à voir : ils tirent, on tire, ça tombe, on ne sait pas qui a tué qui, et puis, c'est horrible à dire, ce sont des frères mais ce ne sont pas des compatriotes. David n'appliquait pas, que je sache, le “ Tu ne tueras point ” aux Amalécites. Vous voulez savoir comment cela s'est passé ?

Elle se leva dans la pénombre et vint s'asseoir auprès de lui.

— Oui.

— Ils m'ont expliqué qu'il n'y avait qu'à envoyer un signal à ce récepteur que Barbanegra avait enterré dans le fourneau. Terrracotta a poussé vers moi un téléphone. Un téléphone ordinaire, beige, à touches. J'ai demandé le numéro. Il m'a donné le numéro.

« Nous avions laissé un émetteur caché dans la cave et nous entendions les prisonniers se chamailler, choqués d'être rassemblés là : “ Nous sommes le Commando de Libération de l'Homme. Et vous ? — A nous six, nous n'avons pas vingt morts sur la conscience. Et vous ? — Il y a des marchands de drogue parmi vous et vous nous reprochez les soixante macchabées de la gare du Nord ? ” L'un d'eux insistait pour qu'on adoptât une attitude commune. L'attitude commune consistait à parler tous en même temps. Nous saisissions des bribes : l'un voulait “ faire sauter la baraque et qu'on n'en parle plus ”, un autre délirait de Mercedes, quelqu'un sanglotait, quelqu'un réclamait son petit déjeuner. C'était à moi, maintenant, d'arrêter ce carnaval. Vous savez que c'est un fait reconnu en criminologie : il y a l'en-deçà et l'au-delà du meurtre ; mais ce n'était pas tant le meurtre qui me gênait, c'était de ne pas, moi-même, courir de risque physique. J'aurais aimé que ce combiné beige que j'avais à la main eût une chance d'exploser par je ne sais quelle télé-contagion... Il ne fallait pas y compter.

« Le numéro était composé de sept chiffres, et je me suis dit en regardant les touches : “ Combien de fois dans ma vie ai-je téléphoné ? On pourrait faire une estimation. Et tous ces coups de téléphone me préparaient à celui-ci, qui est différent. Aujourd'hui, je téléphone la mort. ” J'avais déjà composé deux chiffres, je crois, quand j'ai pensé que c'était un instrument de mort bien bizarre que j'utilisais là : pas un fusil, ni un couteau, ni même un parapluie bulgare : l'objet le plus banal, le plus anodin, un téléphone.

« Ensuite, je ne peux pas reconstituer, je vais inventer, mais c'est comme si au troisième chiffre je m'étais demandé combien on obtiendrait en additionnant les unités du numéro sans retenues, ce que le résultat signifierait en numérologie... Au cinquième chiffre, j'essayais d'évoquer les neuf visages, mais malgré les voix qui me criaillaient aux oreilles, je n'en retrouvais plus un seul, je ne voyais qu'une soupe de têtes indiscernables... Au sixième, je me suis dit lucidement que je pouvais encore tout arrêter, tout démonter, gracier ces hommes, mes frères. Je me suis répliqué non pas qu'ils étaient coupables, mais, ce qui a l'air frivole, que, si je mollissais, je n'oserais pas reparaître devant Rosario. Oui : Rosario, pas vous, parce que vous, comme moi, vous étiez partie prenante : Rosario, c'était l'absolu. D'ailleurs pouvais-je me ridiculiser à ce point devant ces hommes ? Don Jesus me regardait comme un serpent... Bref, mes doigts ont fait les deux derniers numéros machinalement, parce qu'ils ont l'habitude d'en faire sept.

Il eut un geste nerveux de la main ramassée en boule devant le front et puis plaquée sur la cuisse.

— Il y a une question que je ne peux m'empêcher de me poser. S'il avait fallu les dépêcher à la main, en voyant leurs yeux, donc de faire ce que font les hommes depuis qu'il y en a sur terre, aurais-je pu ? Et si je n'avais pas pu, cela signifierait-il que je suis un lâche ou simplement que je manque d'entraînement ?

« La radio n'a pas transmis la détonation parce que l'explosion a immédiatement détruit l'émetteur. Nous avons entendu un grand boum suivi de beaucoup d'échos et du tintement des vitres brisées. A la radio, les voix s'étaient tues. C'est tout.

Julian avait terminé son whisky. Les glaçons informes suaient dans son verre. La nuit s'épaississait.

Enfin Paula dit :

— Je sais que c'est une question prosaïque, mais voulez-vous dîner ?

— Non, je ne pourrais rien avaler. Et puis, si ! Comme on dit dans l'armée, il ne faut pas se laisser abattre. Mais, pas de viande, s'il vous plaît.

Elle se leva. Il la devinait plus qu'il ne la voyait.

— Vous avez le choix entre le salon avec cette table basse ou l'office. Je n'ai pas de salle à manger. J'ai préféré abattre une cloison et je n'aime pas les « livings ».

— Si l'office est assez beau pour la magicienne, il l'est pour moi.

Alors elle alluma, et une époque fut terminée.

Paula servit à l'office une dînette de saumon fumé d'Ecosse avec des toasts et une salade d'avocat et un melon d'eau et une bouteille de Vina Paceta.

— Quelle jolie argenterie vous avez !

— Je n'en ai pas beaucoup, mais je l'aime.

Ils mangèrent tous les deux d'excellent appétit. Julian, d'ordinaire bien élevé, ne pouvait parler que de lui.

— Grosso Modo prétend qu'il va me faire passer Administrateur général. Le monde entier se passionnera pour *Josaphat* parce que le monde entier souffre du même mal. Je crois que, d'une certaine manière, nous avons inversé le sens de l'Histoire. Je vais enfin pouvoir administrer l'Agglo pour de bon. Avec l'autorité nécessaire. J'aurai besoin d'une informaticienne en chef. Accepteriez-vous le poste ?

Elle réfléchit, la tête penchée de côté, comme Circé.

— Oui.

Il la corrigea :

— Oui, *monsieur*.

Elle rit avec un abandon qu'il ne lui connaissait pas.

— Vous trouvez que je la brime ?

— Elle n'a pas l'air trop malheureux.

— Le café au salon ?

— Oui, volontiers. Non, merci : pas de café.

Ils passèrent tout de même au salon. Paula n'alluma pas. Un trapèze de pénombre bleue striée par le store tombait de la fenêtre et un dièdre de lumière jaune s'enchâssait par la porte de l'office laissée entrouverte. Pour le reste, ténèbres.

Julian s'assit sur le divan, et Paula vint s'asseoir près de lui. Ils se turent longtemps. Leurs mains se prirent et s'emmêlèrent sans qu'ils sussent comment. Enfin Paula dit très bas et très distinctement :

— Vous savez que vous pouvez tout et que je ne l'entends pas comme une récompense.

Il lui pressa la main comme pour la faire patienter, et répondit au bout d'une minute :

— Je sais. Et vous savez que je ne suis pas venu chercher le repos du guerrier.

Au bout d'une autre minute, articulant mal, déjà aux trois quarts endormi :

— Vous ne voulez pas qu'on essaye le bateau demain, avec Circé ? Il faut bien qu'il serve à quelque chose...

Et puis, plus endormi encore :

— Qu'on les enterre d'abord, qu'on les incinère, qu'on les distribue en pièces détachées dans les hôpitaux... Ou peut-être même pas. Une petite demi...

Il voulait dire « une petite demi-heure de deuil », et n'y parvenait pas : cela donna « une petite demi-deuil de l'heure ».

Il finit par marmonner :

— Un coup de chapeau, quoi.

Et puis, avec un sourire qu'elle ne vit pas mais qu'elle entendit :

— Ça n'empêche pas... je crois bien que je vous...

Il leva la main comme pour lui ôter ses lunettes, mais la main retomba.

Elle attendit qu'il fût complètement endormi, se coula à genoux, lui ôta ses mocassins tressés, et puis, sans bruit, glissa jusqu'au secrétaire. Ses yeux s'étaient habitués à l'obscurité, et, de son écriture droite et claire, elle écrivit sur une feuille de papier légèrement teinté d'un bleu mauve :

La salle de bain est dans le couloir, dernière porte à droite.

Elle hésita un instant, avec un sourire où se mêlaient la tendresse et une espièglerie que peu de gens lui connaissaient. Elle finit par ajouter simplement :

Attention : la porte de Circé est la dernière à gauche.

Elle mit la feuille au milieu de la table basse et sortit sur la pointe des pieds.

18.

Le lundi matin, l'Administrateur Dandolo se réveilla dans la plénitude de ses moyens. Il reçut avec reconnaissance la nouvelle ensoleillée de tous les bonheurs qui lui arrivaient les uns après les autres, comme si une corne d'abondance s'était déversée du ciel dans son lit. Des images confuses et joyeuses s'entrechoquaient dans son esprit : Paula, Circé, l'Agglomération à ses pieds, le monde résonnant de la première grande victoire remportée sur la criminalité urbaine, l'exaltation de pouvoir œuvrer pour le bien du peuple.

Il rejeta le drap, bondit, fit avec impétuosité ses exercices de bayadère, prit sa douche écossaise, dévora son petit déjeuner en croquant à même un quignon richement beurré et en plaisantant avec Djelloul : « Il va peut-être falloir que nous changions de vie, toi et moi. Ton lieutenant a décidé de se ranger. — Tu ranger où, mon lieutenant ? — Je ranger sous la *raïma,* Djelloul. » Puis il sauta dans la Lancia bleue en regrettant qu'elle ne fût pas décapotable : l'air, ce matin, était d'une impalpable légèreté. Il roula vite, pilotant avec une maestria agressive. Il confondait de quelque manière sa voiture et l'Agglomération qu'il allait conduire vers une prospérité, une gloire qu'elle n'avait encore jamais connues.

Il voyait les Fundia devenant l'un des quartiers les plus modernes du monde sous l'impulsion d'un architecte sud-américain, les Jeux Olympiques dans quatre ans, l'Exposition universelle dans six. Avant tout cela, il y aurait aujourd'hui même le gage de ces victoires futures : l'Après-midi chez Paula.

Il s'y préparait avec piété, avec un attendrissement presque mystique, et avec, de temps à autre, des caillots d'une joie très pure durcis dans sa gorge, tandis que son corps tout entier se raidissait d'un désir juvénile, tel qu'il n'en avait pas connu depuis longtemps.

Ce dimanche, lendemain de victoire, avait été le plus beau jour de sa vie.

Il s'était réveillé à l'aube, quelque peu courbatu, sur le divan de Paula, avait trouvé son mot, s'en était ému, l'avait peut-être même pressé contre ses lèvres avant de le fourrer dans sa poche, et s'était retiré sans bruit, ses mocassins tressés à la main.

L'après-midi, il avait proposé un thé suivi d'un tour en bateau. Circé avait beaucoup couru dans la maison et dans le jardin, beaucoup joué à cache-cache avec Djelloul qui riait de ses dents jaunes et dorées, beaucoup dégusté de miels et de gelées royales, tâté de confitures de fruits de la passion, savouré de petits fours, boulotté de meringues. « Tu ne penses pas que tu as assez mangé, Circé ? — Laissez-la, Paula : elle a pris tant d'exercice! » Paula et Julian ne se parlaient guère, laissaient leurs doigts s'effleurer de temps à autre, contemplaient le joli front blond de Circé qui se nimbait d'une transpiration que Paula s'empressait d'essuyer, observaient l'application avec laquelle la « petite personne indépendante » tartinait elle-même ses rôties.

Lorsque la chaleur fut un peu tombée, on traversa de part en part le jardin de plus en plus à l'abandon — « C'est dommage, tant de beaux arbustes étouffés par ces parasites. — Demain, je vais faire venir une entreprise de jardinage. » — et l'on monta sur le vieux ponton glissant et grinçant. Julian descendit dans le chris-craft, Paula le laissa l'aider à le rejoindre, et Circé, après une hésitation, sauta dans ses bras. Il reçut le petit corps avec émotion, comme un dépôt, et le reposa délicatement au fond du cockpit.

Le chris-craft fonça d'abord vers le large sur la mer étale qu'il semblait vouloir avaler. Julian allait de plus en plus vite pour faire plaisir à Circé qui semblait n'avoir pas froid aux yeux. Elle riait : « On dirait que le bateau reçoit des claques sur le ventre. » Les embruns éclataient sur le pare-brise oblique et dégoulinaient vers le haut : « Comment ça se peut ? » demandait Circé. « C'est la vitesse » ne lui semblait pas une explication satisfaisante.

Puis on fit des cercles et des huit, et puis, Paula s'étant plainte du bruit assourdissant, on revint à une vitesse plus modérée. Circé s'enhardit à demander la permission de conduire elle-même. « Bien sûr », dit Julian. Et, à Paula : « Il n'y a aucun danger. » Comme la petite fille ne pouvait atteindre la pédale, ce fut lui qui, à quatre pattes, manipula, avec une extrême prudence, l'accélérateur.

— Comment s'appelle-t-il ? demanda Circé.

Elle fut scandalisée d'apprendre que le bateau n'avait pas de nom.

— C'est vous qui allez lui en trouver un, dit Julian. Nous ferons une grande fête pour le baptême, et vous casserez une bouteille de champagne contre la coque, parce que cela se fait, et nous aurons une autre bouteille que nous boirons.

Le soir approchait.

— Il faudrait rentrer, fit Paula comme à regret.

Mais Circé venait de découvrir des cannes à pêche et Julian, ayant coupé le moteur, lui fixa une mouche de nylon mordoré au bout d'un hameçon et elle alla s'installer à l'arrière sur un pliant, l'air concentré, la canne tenue à quarante-cinq degrés entre ses petites mains déjà robustes.

— Je ne pense pas que tu attrapes quelque chose en mer avec cette mouche, lui dit Paula, craignant qu'elle ne fût déçue.

— Cela ne fait rien. Je ne pêche pas pour de vrai. Je joue. Et, maman, il ne faut pas parler pour ne pas faire peur aux poissons.

Apparemment, il n'y avait aucune méchanceté dans cette enfant, et pourtant la voilà qui jouait à attraper des créatures vivantes au moyen d'un appât et d'un crochet qui leur transpercerait la chair. Telle est notre nature humaine, se dit Julian avec un mélange d'humilité et d'orgueil. « Oui, telle est ma nature, et je l'assume, je la revendique. » Un doigt sur les lèvres pour appuyer cette demande de silence, il conduisit Paula à l'avant du rouf. Ils s'appuyèrent au câble servant de lisse.

Le soleil avait disparu derrière la montagne, la mer décolorée clapotait et des sauces mousselines roses et bleues commençaient à se dérouler à sa surface comme sur une carte postale ; d'autres tombaient du ciel comme des serpentins.

Julian suffoquait, et le sentiment qui le transportait n'était pas, à cet instant précis, de l'amour, mais une forme intense de respect. Il était fou de respect pour Paula et s'en savait gré. A cette femme salie, brutalisée, déshonorée, seul le plus haut hommage pouvait convenir, et il l'avait compris, lui l'ex-playboy. Peut-être ne l'aurait-il pas compris, si *Josaphat* n'avait fait de lui un autre homme.

Délibérément, il posa sa main nerveuse de cavalier sur la petite main carrée et pleine de Paula.

— Paula, dit-il, épousez-moi.

Il le savait : ce n'était pas « un parti » pour lui que ce prof d'informatique sans famille ni moyens, qui ne lui apporterait en dot qu'une histoire scandaleuse et la fille d'un scélérat. La tante Matilda pousserait les hauts cris en hochant sa caravelle capillaire. Le cousin marquis cracherait de la bile : « Une bourgeoise ? » Bradamante trouverait ce mariage encore plus ridicule que les autres. Au Cercle anglais la désapprobation épaissirait l'air. Pupu s'énerverait : « Tu es siphonné, mon garçon! » Et le Roi lui-même ferait la grimace : « Tu sais que je suis le gardien de l'intégrité de mes Grands... » Tout cela, qui aurait pu gêner le play-boy Ossamundi, ne faisait qu'émoustiller l'Administrateur Dandolo : « J'ai les épaules assez larges pour faire face, pour leur imposer une qualité qui les dépasse et que j'aurais été incapable de reconnaître moi-même il y a un an. » Plus : dans le secret de son cœur, sans oser se l'avouer à lui-même, il se réjouissait de faire une princesse de la pauvre petite pionne violée.

— Je craignais, dit Paula, en retirant sa main, que vous ne me demandiez cela.

Il fut bouleversé, elle ne lui laissa pas le temps de protester.

— Taisez-vous. Je sais tout. Donnez-moi un instant, fit-elle d'une voix oppressée.

Pendant qu'elle reprenait sa respiration, ils regardèrent les zébrures oscillantes de la mer zigzaguer, dans un effet op art, à perte de vue. Julian se demanda s'il allait avoir le mal de mer. Paula parla enfin, avec sa netteté coutumière.

— Etant homme, il va falloir que vous fassiez un effort pour comprendre. Des hommes, j'en ai connu cinq : quatre qui ont abusé de moi, un qui m'a abandonnée. Je ne lui en veux pas. Telle que je suis, j'aurais probablement fait la même chose si c'était lui qui avait été traité indignement. Mais j'en avais fini avec les hommes. Je n'étais plus femme. Je croyais que je ne serais plus jamais femme. Et puis vous avez débarqué. Vous n'étiez pas le bienvenu. Vous vouliez que je redevienne femme et je ne voulais pas. Je cachais ce que je sentais, je sentais que je le cachais mal, et je vous soupçonnais de jouir méchamment du spectacle : « Je n'ai qu'à la regarder et ces morceaux de femelle se recollent sous mes yeux. » J'approuvais *Josaphat* mais je vous détestais. Je me détestais à travers vous.

Il avait fait un mouvement d'indignation ; elle lui saisit brutalement la main pour le forcer à se taire.

— Ensuite j'ai compris que je vous aimais et j'ai cru que vous m'aimiez — bien avant que vous n'y pensiez vous-même. Quand vous êtes venu samedi, j'aurais été à vous si vous n'aviez pas eu ce scrupule. Vous le savez. C'est toujours valable. Mais vous épouser ? Etre la femme de l'Administrateur ? La princesse Ossamundi ? Vous confier Circé ? Comme ça ?

— Oui, oui, oui, dit-il fébrilement. Comme ça.

Elle sourit cruellement en lui enfonçant ses ongles dans la peau.

— Et supposez que ça ne marche pas ? Supposez que je ne sois plus… opérationnelle ? Je ne sais pas ce qu'ils ont abîmé, moi, là-dedans. Pas physiquement : ça fonctionne. Mais amoureusement ? Je vous aime assez pour prendre le risque d'être une fois une maîtresse décevante. Pas une femme que vous épouseriez en principe pour la vie. Voyez-vous, je ne suis peut-être qu'une fille de marchand, mais (ses yeux, qui regardaient toujours la mer, se gonflèrent soudain de larmes) je ne trompe pas sur la marchandise.

L'avait-il blessée en jouant trop au prince Charmant ?

— La vraie princesse, c'est vous, Paula. Je rêvais de faire de vous en outre la reine de cette Agglomération qui a une telle dette envers vous. Vous ne pouvez pas me décevoir.

Il avait la voix prise.

— Vous parlez comme un petit garçon qu'on a privé de dessert. Le dessert est encore là, Julian, à votre disposition, pour ce qu'il vaut.

Elle se tourna vers lui et, après un coup d'œil à Circé, toujours absorbée par la pêche, elle ôta délibérément ses lunettes, le regarda un moment de ses yeux noisette comme pour s'assurer que c'était bien lui, et lui offrit ses lèvres. Le doux creux entre ses clavicules était toujours aussi attendrissant.

Mais Julian, aspirant profondément la brise qui commençait à balancer le bateau, secoua la tête, et, se redressant, se rassemblant de tout le corps en un mouvement qu'il venait de découvrir dans ses muscles, répondit avec des mots qu'il n'aurait pas trouvés trois semaines plus tôt :

— Tout ou rien, Paula. Ma femme mariée par l'archevêque à la cathédrale, avec le Roi pour témoin, ou rien.

Elle admira qu'il sût si bien maîtriser son désir, dont elle ne doutait pas.

— Eh bien, dit-elle, oui. Oui. A une condition. Que vous

m'ayez prouvé que vous êtes capable de recoller les morceaux pour de bon. Je vous aime, Julian, et je ne veux pas que vous ayez une femme qui tombe en panne. Sans même parler d'autre chose, vous avez le droit d'avoir des enfants. Et supposez... — sa voix trembla — supposez que vous me fassiez horreur ?

D'un mouvement emporté elle se cacha le visage contre sa poitrine et il lui caressa doucement l'épaule et le dos, sans mot dire. Ce fut elle enfin qui se recula.

— Vous viendrez demain à treize heures. Circé sera à l'école jusqu'à dix-sept. Vous pouvez ?

Il sourit :

— Je peux tout.

Et voici que maintenant il allait vers ce rendez-vous sacré, dans la certitude de sa virilité, de son expérience, de sa tendresse. Il ne lui venait pas à l'idée que l'expérience pût tourner en échec. Il y mettrait la patience, la douceur qu'il faudrait. Le matin, il aurait repris en main l'Agglomération nettoyée par lui, à lui dévouée corps et âme, et il viendrait la mettre aux pieds de Paula. Avec son amour. Cela lui plaisait. Il en avalait sa salive avec une agréable difficulté. L'image obscène de ces quatre énergumènes s'affairant sur Paula lui traversait l'esprit de temps en temps, mais il ne s'y arrêtait pas plus qu'il ne retenait les neuf spectres qui l'avaient tant hanté le premier jour et qui s'estompaient déjà à l'horizon.

Il gara la Lancia dans la cour de l'Hôtel de ville, rendit les saluts, gravit les marches, d'une allure moins bondissante, moins séductrice que dans le passé. Il n'avait plus tant besoin de plaire : il régnait.

Dans le vestibule, les deux gardes rectifièrent à peine la position en le voyant, et il nota mentalement de leur faire donner deux jours d'arrêts à chacun.

En traversant en diagonale la salle aux portraits, il prit une autre note : trouver un peintre de talent pour faire le sien.

Son cabinet de travail était fermé à clef. Il secoua la poignée, grommela un juron d'impatience, chercha la clef dans sa poche, l'introduisit dans le trou de la serrure. Aucun effet. Il se pencha. La serrure brillait, neuve.

Il retrouva sa voix d'officier pour rugir :

— Ectors ! Qu'est-ce que ça veut dire ?

Les deux cents portraits de ses prédécesseurs le considéraient d'un air goguenard.

Ectors devait être aux aguets, car il apparut aussitôt sur le seuil d'une petite porte qu'il maintint entrouverte, prêt à la refermer s'il se voyait menacé de violences physiques. Il se tenait là comme un gnome à l'entrée d'une grotte, un gnome à lunettes carrées, vêtu d'un costume croisé, sombre, rayé de longs traits de craie longitudinaux pour ajouter à sa taille. Un sourire tremblotait au coin de sa bouche comme un papillon qui n'osait pas encore se poser.

— Alors, Ectors ?

Ectors bégaya :

— Ce-ce sont-sont les ordres de M. le Ministre.

— Eh bien, mes ordres à moi...

La première peur passée, Ectors reprenait du poil de la bête :

— Vous n'avez plus d'ordres à donner dans cette maison.

— Mais je suis l'Admini...

— Plus. Vous avez démissionné.

— Démission refusée !

— Vous faites erreur, monsieur. C'est dans les journaux.

Julian fit un pas en arrière comme s'il avait reçu un coup de bélier. Hé oui, Grosso Modo avait gardé l'impertinent papier. Pourquoi avait-il feint de refuser la démission ? Pour mille raisons qui apparaîtraient plus tard, et d'abord, sûrement, pour le plaisir de causer à l'Administrateur cette avanie sur le pas de son propre bureau. Bien joué, monsieur Grosso.

— J'ai des affaires personnelles là-dedans, Ectors.

— M. le Ministre m'a spécialement recommandé de les passer au peigne fin avant qu'elles ne vous soient rendues, dit Ectors tout à fait enhardi.

Et il s'autorisa une double ration de rire de gorge.

Julian pivota sur le talon et sortit. Quatre photographes le cueillirent, furibond, sur les marches de l'Hôtel de ville. Il faillit se jeter sur eux pour leur arracher leurs appareils. Se retint. Marcha jusqu'au kiosque de la place Royale, acheta les journaux du matin. Un autre photographe le prit sur le fait. Julian lui sourit avec une amabilité féroce (un cliché de plus pour quelque hebdomadaire à scandales) et retourna se cacher dans la Lancia. Une chose l'étonnait : Grosso Modo ne craignait-il plus les révélations de Los Angeles ?

La veille, la presse du dimanche avait été pleine de *Josaphat* et on y avait vu quelques allusions flatteuses au « jeune et courageux Administrateur de l'Agglo ». Aujourd'hui, le ton des manchettes avait changé : « *Dandolo dehors. — L'Administrateur, dépassé par les événements, a choisi la retraite. — A la suite du Bouclage, M. Dandolo contraint de donner sa démission à M. Grosso, qui apparaît comme le grand vainqueur du crime dans l'Agglo. —* Josaphat *pas sans bavure : un ressortissant américain abattu par les militaires. — Ayant tenu un rôle équivoque au cours de l'opération, le prince Ossamundi décampe par la porte de service.* »

A la portière, un agent de police en tenue, la main à la visière :

— Veuillez déplacer votre voiture. Ce parking est réservé à l'administration.

Julian le regarda. C'était un jeune stagiaire au visage ouvert, dont il avait serré la main plusieurs fois, et qui, aujourd'hui, prenait un air glacé pour cacher son embarras.

— Allez vous faire voir chez les Grecs, lui jeta Julian. Vous avez vos chances.

Mais il embraya. Il n'avait pas envie d'aller chercher sa

voiture en fourrière. Il était redevenu un citoyen comme un autre.

Rentrer chez lui ? La presse devait l'y attendre. Aller voir Rosario ? Elle avait le droit de se reposer. Alerter Hortega, qui allait devoir faire face à la meute des lécheurs de bavures ? Cela pouvait attendre. Julian devait appuyer Hortega et non pas chercher du secours auprès de lui. Il se sentit soudain un grand besoin de tendresse maternelle. Où en trouver ? Même si sa fierté le lui avait permis, il était trop tôt pour aller chez Paula. Il se rendit compte qu'il tournait en rond dans l'Agglo de peur de rencontrer, au premier arrêt, un journaliste. Il n'allait pas continuer à fuir ! Mieux valait, pour le moment, se terrer au Cercle anglais, loin de la canaille, parmi les siens.

Sur le perron, il avisa la silhouette d'empereur romain de Puig. Il courut à sa rencontre.

— Salut, Julian. Je te guignais par la fenêtre de la salle de lecture.

— Allons prendre un verre.

— Pas maintenant. Ou plutôt pas ici. Chez moi serait le mieux.

Puig avait pris le bras de son ami et le guidait vers le trottoir.

— Laisse-moi tranquille, Pupu. Le bar ouvre à onze heures.

— Je le sais bien, mais si tu débarques au Cercle ce matin, il y a des gars qui ne te serreront pas la main. Ce sera déplaisant pour toi.

— Eh bien, ils l'auront dans la figure. Ce le sera encore plus pour eux.

— Figure... de rhétorique, mon vieux, rien de plus. Allons, viens.

Julian se laissa pousser dans la Lancia.

— Qu'est-ce qu'ils ont contre moi ? Que j'ai nettoyé l'Agglo ? Que j'ai mis le CLH hors d'état de nuire ?

— Attention au feu rouge. Tu n'as rien compris. Tout ça, c'est Grosso qui l'a fait.

— Et qu'est-ce que j'ai fait, moi ? J'ai démissionné, c'est ça ? J'ai eu un Américain tué sous moi ?

— Les rumeurs les plus sales courent sur ton compte, Julian.

— On n'est plus à l'abri de la saleté, même entre nous ?

— Ne fais pas l'enfant. On ne te reproche pas qu'elles soient sales, mais qu'il en coure.

— Quel genre de rumeurs ?

— Il paraît qu'il y aura un article du Bourreau dans *La Capitale* de midi.

Julian freina pour ne pas renverser la voiture d'un marchand de quatre-saisons. Voilà pourquoi Grosso avait voulu gagner du temps : il comptait sur l'effet de surprise pour mettre Dandolo hors de combat d'un seul coup. José-Maria Gonzalès, dit le Bourreau, bâfrait à tous les râteliers, buvait à tous les abreuvoirs, puisait dans toutes les boîtes à cigares sans discrimination, mais, à sa façon, il était loyal. Une fois payé, et grassement, il ne sortait de sa retraite que pour porter des coups mortels. Un article du Bourreau à la solde du Ministre de l'Intérieur signifiait une exécution soignée.

Il fallait attendre midi.

— Viens chez moi, Julian.

— Non. J'ai rendez-vous en ville plus tard. Buvons un coup au *Top du Top*.

— Je ne te le conseille pas. Les vitres ne s'ouvrent pas. Tu ne pourras jeter personne par la fenêtre.

Ils finirent par trouver asile dans un sordide bistroquet du port. Julian commanda un whisky. Il n'y en avait pas. Il faillit s'emporter. Il prit un ballon de rouge. Ils se tenaient accoudés au bar et ils mâchonnaient un mauvais chorizo en jetant les pelures par terre.

— Demandez *La Capitale* !

Un jeune garçon à qui il manquait une dent accourait, un

paquet de journaux sur le bras. C'était un de ceux qu'il aurait fallu scolariser, et qui, pour le moment, au lieu de sombrer dans la drogue et l'agression, gagnaient honnêtement leur vie.

Julian lui arracha un journal. Puig en prit un autre et paya les deux, ajoutant un pourboire.

— Horreur des journaux, dit Julian. J'ai déjà les doigts crasseux.

— Si ça ne salissait que les doigts, dit Pupu.

Comme d'habitude, l'article du Bourreau occupait les pages centrales et portait un titre anodin : *L'Agglo : vers où ?*

Dans une première partie apparemment objective, José-Maria Gonzalès, qu'on entendait presque sucer complaisamment son londrès en caressant les touches de sa machine à traitement de texte, commençait par rendre compte de l'agression permanente qui sévissait dans l'Agglomération en général et au Corazon en particulier. Deuxième rang dans le monde pour les crimes et délits. Statistiques par jour, statistiques par quartier, statistiques par spécialité : tire, roulotte, arrachée, italienne. Courbes. Projections pour l'avenir. Julian lui-même n'aurait pu mieux faire.

Cette situation, poursuivait le Bourreau, préoccupait depuis longtemps deux hommes placés aux deux bouts de la hiérarchie. En haut, le Ministre Nicolo Grosso, connu pour son humble origine, sa haute culture et son humanité — « cependant il arrive des moments où l'humanité doit s'attacher à protéger la victime et non plus à excuser le coupable ». En bas, le jeune commissaire Roberto Robich, frais émoulu de l'école, sorte de Tintin avec son épi indiscipliné, possédé par le génie de la police et auteur d'une doctrine révolutionnaire qui allait permettre de sauver l'Agglomération, si seulement on le laissait l'appliquer.

Hélas, Robich avait exposé son plan de prophylaxie offensive à tous ses chefs, y compris le Directeur Jesus de Los

Angeles, ce résidu de l'ancien régime, et l'Administrateur prince Ossamundi, ce joueur de polo. L'un et l'autre s'étaient fermement opposés à la mise en œuvre du plan miracle, et il avait fallu que le Ministre de l'Intérieur se rendît lui-même sur place pour les forcer à l'appliquer. Alors, avec l'aide du procureur général dont on connaissait les idées ouvertes, le problème avait été réglé dans les vingt-quatre heures. Les rues du Corazon lui-même étaient devenues sans danger comme la nuit du samedi au dimanche et celle du dimanche au lundi l'avaient prouvé. Neuf exactions avaient eu lieu en 48 heures pour 8 millions d'habitants. Et le redoutable CLH, responsable de l'attentat de la gare du Nord, avait été ramassé par le même génial coup de filet.

La preuve était donc faite : la fermeté du gouvernement s'appuyant sur l'intuition d'un jeune policier plein d'avenir suffisait à faire reculer l'agression. Toutefois une question se posait. Pourquoi l'Administrateur et son Directeur de la police, qui se réunissaient clandestinement deux fois par semaine dans une arrière-salle de café, soi-disant pour jouer au billard, avaient-ils mis une opposition aussi acharnée à l'application du plan PURGE ?

Dans une deuxième partie, Gonzalvès retraçait la carrière de l'Administrateur. Grande fortune. Études approximatives. Service militaire dans une unité répressive, interrompu pour causes inconnues. Hautes protections, dont celle du monarque. Relations, femmes, sinécures, ascenseurs renvoyés dans les deux sens. Les dates y étaient et les postes et les noms. Julian lui-même avait oublié que c'était Bradamante qui lui avait trouvé sa première administration, celle d'un club de voile appartenant à l'État, mais le Bourreau le savait. Julian ne se rappelait pas qu'il avait présenté Bertram au Roi qui l'avait à son tour présenté à des amis étrangers et que d'heureuses choses en avaient résulté dans le monde pour la Banque Ossamundi, mais le Bourreau était au courant.

Ensuite venait la très suspecte nomination d'Ossamundi à

son poste d'Administrateur de l'Agglo, pour lequel il n'était manifestement pas préparé. Hormis quelques propositions peu réalistes concernant la voirie des Fundia, heureusement repoussées par MM. les Maires, qu'avait-il jamais fait pour la population confiée à ses soins ? Bref, il n'était pas interdit de se demander à quoi était imputable cette nomination injustifiée...

Le Ministre de l'Intérieur était hors de cause : il ne pouvait, malgré son intégrité et sa compétence, résister à toutes les pressions auxquelles était soumis un homme politique de son niveau. En revanche, un certain trio apparaissait riche de possibilités.

La vieille princesse Matilda Ossamundi, résidente de l'Agglo, était, on le savait, fortement attachée aux intérêts de son neveu, et son réseau de relations englobait les couches dirigeantes du pays. M. Bertram Ossamundi, demi-frère consanguin et illégitime de l'Administrateur, était président-directeur général de la Banque Ossamundi et tenait par conséquent les cordons d'une bourse renfermant au bas mot une centaine de milliards de pesos. Le monarque lui-même, qui avait signé de sa main la regrettable nomination d'Ossamundi à l'Agglo, se plaignait souvent du montant de sa liste civile, une misère, disait-il (alors que beaucoup de citoyens plus utiles que lui à la société se seraient contentés de dix millions de pesos par an). Oui, le trio était suggestif, et, maintenant que l'Administrateur avait non seulement prouvé son incapacité mais l'avait reconnue en présentant une démission — hélas tardive et sans doute exigée par le Ministre — on pouvait espérer qu'une enquête gouvernementale, et, sinon, parlementaire, aurait lieu pour déterminer les circonstances exactes d'une aussi désastreuse nomination.

Julian sentit la sueur lui couler entre les doigts. Ce n'était pas uniquement d'être traîné dans la boue qui lui produisait cet effet. Savait-il seulement à quel point il était propre ? Le Roi n'acceptait pas de pots-de-vin, mais son entourage ?

Troisième partie. Grosso Modo avait dû se délecter en la lisant : *in cauda venenum.*

Sans préjuger des résultats de cette enquête, une autre question s'imposait. Pourquoi un play-boy préoccupé surtout de ses poneys avait-il tenu à se faire donner comme fief l'Agglomération, justement l'Agglomération ? Il y avait à cela deux sortes de raison : les unes sortaient déjà de l'ombre, les autres demeuraient encore mystérieuses.

Il ne fallait pas oublier que la tante d'Ossamundi résidait dans l'Agglo. C'était elle, sans doute, qui lui avait signalé les immenses possibilités offertes par la réhabilitation du quartier des Fundia. A peine arrivé, il patronnait, sous prétexte de philanthropie, la création d'une société qui retirerait de cette opération des bénéfices colossaux. Naturellement, il ne prenait pas de parts dans cette société, pas même, apparemment, sous un nom d'emprunt, mais — admirez la manœuvre — il contraignait les fondateurs à créer simultanément une autre société, la SRTA, dont le comité directeur était composé de la belle Mme Paula Abad, qui rendait de fréquentes visites à Ossamundi dans sa luxueuse propriété de la banlieue nord, de Mlle Rosario Ossamundi, la propre cousine de l'intéressé, ancienne religieuse ayant quitté son couvent dans des circonstances douteuses, et de M. Mohammed Djelloul, ordonnance et homme de main de l'Administrateur. Il restait à déterminer comment la SRTA allait puiser dans les ressources de la société de réhabilitation des Fundia ; qui cependant hésiterait à conclure qu'il y aurait là un système de vases communicants et qu'un chenal devait avoir été prévu pour que le trop-plein des Fundia débordât dans les auges ossamundiennes ?

Enfin, il y avait peut-être encore plus grave et sans doute convenait-il d'établir un rapprochement entre la résistance qu'Ossamundi avait opposée à l'application du plan PURGE — le sympathique commissaire Robich l'avait lui-même innocemment mentionnée à un journaliste — et l'assassinat d'un mystérieux étranger par la 2e DBI. Alors que, grâce aux efforts de M. le Ministre de l'Intérieur, l'Agglomération se trouvait libérée d'une bonne part de ses trafiquants, il ne fallait pas exclure, dans le passé, la possibilité d'une complicité de certaines autorités (d'ailleurs démissionnaires ou ayant déjà pris le chemin de la retraite) avec un négoce d'une rentabilité qui n'était plus à démontrer. M. de Los Angeles était en place depuis trente ans et, sous lui, le trafic de la drogue n'avait fait que croître et embellir. C'était un fait. Les relations clandestines de ce policier, à bon droit surnommé Le-Pire-est-toujours-sûr, et de l'Administrateur avaient déjà été relevées. Mais voici que deux autres personnages entraient en scène.

L'un, à vrai dire, à l'état de cadavre, si bien qu'il ne pourrait jamais être interrogé : c'était un jeune Américain, que tout le monde connaissait sous le nom de Joey et dont les relations avec le monde de la drogue n'étaient un secret pour personne. L'autre, en parfaite santé : le commandant Hortega, dont les hommes avaient assassiné Joey pour des raisons qui restaient à déterminer. Il pouvait n'être pas inutile de noter qu'Hortega était joueur de polo et membre du Cercle anglais. Comme Ossamundi.

Alors la question était ouverte : vers quoi allait l'Agglo ? Vers un scandale vite étouffé, ou vers un nettoyage par le haut qui semblait s'imposer après un nettoyage par le bas aussi réussi ?

Julian lisait plus vite que Puig. Il jeta la feuille sur le comptoir de bois couvert de coquilles de cacahuètes et d'épluchures de tournesol.

— J'ai vécu nu. Ils savent tout et ils inventent le reste. Je vais de ce pas au Cercle anglais.

— Il vaut mieux pas, dit Puig en refermant son journal. On ne se bat plus en duel.

Julian avala son ballon de rouge.

— Je peux téléphoner ?

Le téléphone était sous l'escalier, dans un placard à balais sentant la serpillière. Un océdar trempait dans un seau. De ce réduit, Julian appela le numéro privé du Roi.

— Eh bien, mon cochon, on peut dire que tu nous as mis dans de beaux draps !

Julian s'en voulut de s'être trop inquiété de lui-même pour penser aussitôt que le scandale risquait de rejaillir sur le Roi. Et impossible de poser des questions, à cause de la table d'écoute !

— Sire, je te donne ma parole que tout cela est faux. Je n'ai pas donné d'argent, je n'en ai pas touché, je n'ai trafiqué d'aucune manière. Enfin, tu le sais bien, toi, que je n'ai jamais demandé l'Agglo ! Je n'en voulais pas, de ton Agglo. Tout ça — il trouva piquant, malgré sa détresse, de faire enregistrer ce détail — c'est une vengeance de Grosso Modo parce que j'ai refusé de l'inviter au Cercle anglais.

— Il a dû en faire une tête, dit le Roi, mais sans gaieté.

— Je vais attaquer en diffamation.

— Réfléchis d'abord, mon Julian. Je sais que tu dois défendre ton honneur, mais le moment est-il bien choisi pour secouer un trône qui ne tient que sur trois pieds ? Tu as vu que j'étais cité plusieurs fois.

— Défends-toi aussi.

— Il n'y a que des insinuations. Le Bourreau connaît son job. Tu me vois débouté ? J'aurais bonne mine ! Prends ton temps. Fais-toi conseiller.

— Veux-tu que je vienne te voir ? Je suis un homme libre maintenant.

— A quoi bon ? Moins on nous verra ensemble ces temps-ci, mieux cela vaudra. Tu peux me salir, mon petit vieux, et je ne peux pas te blanchir.

Julian eut envie de pleurer. Il savait que son roi ne le trahissait pas, qu'étant roi il ne pouvait agir autrement. C'était pourtant dur de se l'entendre dire.

— Encore une chose, Julian. Décommande tes matchs de

polo de la saison. Nous serons plus tranquilles. Moins on parlera de toi... Si tu as envie de jouer, va en Argentine. Tu as les moyens. Je t'embrasse.

Julian sortit du placard.

— Je vais me battre, bredouilla-t-il.

Puig paya les consommations.

Ils remontèrent dans la Lancia.

— Décommande la saison pour moi, Pupu.

— Tu es sûr ?

— C'est mieux pour... C'est mieux. Je te dépose quelque part ?

— Viens déjeuner à la maison. Tu es pâle comme un torchon.

— Non merci. J'ai rendez-vous.

Julian déposa Puig à une station de taxis. Il était midi et demi. Ils se serrèrent la main.

— Je vais me battre, répéta Julian.

Rien n'avait changé dans le vieil immeuble. Tapis rouge étroit. Rampe étroite légèrement branlante sur ses tringles de fer. La petite servante aux bras dodus ouvrit la porte. La médaille de la Vierge brillait toujours sur sa poitrine ronde sagement enserrée dans sa robe noire.

M. de Los Angeles était dans la salle à manger où l'on ne servait pas encore. Assis dans un haut fauteuil de tapisserie qui paraissait inconfortable au possible, il fumait un cigarillo. Il se leva à l'entrée de Julian et *La Capitale* étalée sur ses genoux glissa à terre.

— Don Jesus.

— Don Julian.

Ils se serrèrent les mains, et puis, sentant que cela ne suffisait pas, ils s'embrassèrent maladroitement, pour la première fois. Jesus offrit son fauteuil ; Julian prit une chaise.

— Je vais me battre, dit Julian, penché en avant, les mains

jointes entre ses genoux, ses yeux vert-de-gris devenus soudain méchants.

Jesus soupira profondément. En deux jours, il avait vieilli. Ses yeux glauques étaient ternes. La grande tête ovoïde ne semblait plus être cousue au corps que par un fil à bâtir sur lequel il aurait suffi de tirer pour qu'elle roulât.

— Je vous ai attendu hier chez *Ernesto,* dit-il enfin.

Il regarda autour de lui, comme s'il cherchait quelque chose, effleura du regard le portrait coloré de son chef bien-aimé sous le crucifix de fer forgé. Il ajouta, comme pour s'expliquer :

— Je prends ma retraite dans trois semaines.

Ce n'était plus un vieillard, c'était un vieux. L'odeur sucrée qui émanait de lui était devenue plus forte.

— Vous êtes impliqué aussi, lui dit Julian. Ils insinuent que vous avez protégé le trafic de drogue. Ils insinuent que nous nous sommes associés pour tuer cet Américain.

— Si vous pouviez savoir comme cela m'est égal.

— Pas à moi. Vous avez toujours le dossier de Grosso Modo. Publions-le.

— Ce serait incongru, don Julian. Une parade inefficace avec un temps de retard. Il faut attendre. Peut-être au moment des élections. Mais pour tout vous dire, dans notre *démmocr-ratie...* Ce genre de polissonnerie ne fait plus frémir. Même si Grosso s'est laissé intimider quelques instants, il a surtout vu qu'il y avait un beau coup à faire à vos dépens.

— Alors quoi, nous allons nous laisser calomnier ?

— Moi, avec complaisance. Je dirai même : avec volupté. Il y a des torrents là où je vais, don Julian, et encore de vraies truites sauvages. Et pas de médecins. On peut mourir tranquille. Vous serez le bienvenu. Vous dites que vous allez vous battre. Mais nous nous sommes battus. Et nous avons gagné. Nous sommes après la victoire. Vous ne vous attendiez tout de même pas à n'en pas payer le prix ?

La vieille voix râpeuse crachait les *p* avec mépris.

Julian se leva :

— Donc, maître, vous n'allez pas m'aider ?

Sous les paupières cartonnées, un regard de ruse passa.

— Cela dépend à quoi. Vous savez que je suis méfiant. Si le jeu vaut la chandelle, le vieux fichier pourrait resservir...

Le vieux fichier était-il vraiment l'arme absolue ? Ou simplement un hochet pour un vieillard jadis puissant, maintenant réduit à rien ?

— Il n'y a pas que vous qui ayez des fichiers, dit Julian pour lui abîmer un peu son plaisir. Je n'ai pas acheté ma place au Roi, mais les détails précis que donne le Bourreau sont exacts. J'ai l'impression d'avoir été suivi par des espions depuis mon enfance.

La tête vacillait.

— Vous aussi, vous avez appris des choses sur moi par Leonardi. Et moi, je sais que vous les avez apprises. Dans le monde du secret, il n'y a pas de secrets, don Julian : c'est ce que les braves gens ne comprendront jamais.

Julian fit encore un détour, à tombeau ouvert, pour aller empaler un cierge devant la poupée bleue. Il remarqua à quel point elle ressemblait à la servante du Jesus.

Paula lui ouvrit. Elle portait une robe flottante d'un gris rose, avec une cravate d'un gris rose plus soutenu, à pois. Elle avait gardé ses lunettes teintées. Il était quatorze heures moins le quart.

— Je suis en retard, dit nerveusement Julian, et je ne vous demande pas pardon.

— Je me doutais, dit Paula, qu'il y avait une raison. Si vous aviez décidé de ne pas venir, vous auriez prévenu.

— Vous avez vu les journaux ?

— Non. Il y a eu des sous-entendus à la télévision. De quoi s'agit-il ?

Il entra dans le salon grège et bleu sourd où il se sentait déjà à l'abri. Il alla s'adosser au mur.

— Paula, tout est changé, sauf bien sûr que je vous aime et que, égoïstement, je souhaite que vous soyez ma femme. Nous n'aurons plus le Roi ni l'archevêque ni la cathédrale, mais je connais une chapelle où nous serions aussi bien mariés. Je suis un homme déshonoré, Paula. J'ai décommandé ma saison de polo. Je ne suis plus l'Administrateur. J'ai acheté mon poste, je m'y suis empli les poches, j'ai fait descendre un témoin gênant. Voilà qui vous épouseriez. C'est pourquoi... je retire ma proposition.

Elle vint près de lui, souriante et grave devant son incohérence :

— Où est cette chapelle ?

— Vous ne me prenez pas au sérieux.

— Vous ne vous prenez pas au sérieux vous-même. Vous savez bien qu'il me sera plus facile de vous épouser maintenant. Sous réserve.

— Toujours sous réserve ?

— Venez déjeuner. Vous me raconterez.

La table était mise dans l'office. Pas une allusion sentimentale dans le décor. Une salade de tomates et de poivrons mélangés. Du jambon de pays. Du fromage de chèvre frais. Du raisin, des figues. Un Rioja.

— Tout est sur la table. Racontez-moi.

Assis, il lui prit la main et ce fut comme s'il s'était branché sur une batterie : il sentit l'énergie de cette femme déferler en lui. Il raconta en vrac.

— Je me suis fait posséder, acheva-t-il. Pourquoi ai-je donné cette démission ? Elle me condamne. Elle rend invraisemblable tout ce que je pourrais dire. Si j'affirme que c'est moi qui ai eu l'idée de *Josaphat,* que c'est moi qui l'ai commandée de bout en bout, qui me croira ? J'ai suffisamment prétendu que nous avions le Ministre avec nous. « C'est moi ! — Non, c'est moi! » Vous imaginez le ridicule, et je perdrais.

D'ailleurs je ne peux rien faire qui compromette le Roi. Attaquer le Bourreau ? J'ai relu l'article. Rien n'est affirmé. Je me demande si la commission d'enquête sera vraiment créée ou si c'est une menace de Grosso : « Tenez-vous tranquille, mon bon ami, ou vous serez bâtonné. » Je veux me battre, Paula, et je ne sais pas comment !

Paula l'écoutait avec une attention passionnée.

— Supposez que vous ne puissiez pas vous battre. Qu'allez-vous faire, je veux dire : faire ?

Il ricana en se versant du vin.

— Oh ! pardon.

Il avait oublié de lui en verser.

— Que va faire l'Administrateur discrédité ? Du polo professionnel ? Non, je ne suis pas assez doué. J'ai de quoi vivre. Je pense que même Grosso se cassera les dents sur la Banque. Voulez-vous que nous partions demain pour l'Argentine ? J'ai un *penthouse* à Buenos Aires. Pourquoi ai-je démissionné, bon Dieu ? Ah ! comme j'aurais préféré qu'on m'attaquât sur *Josaphat,* sur ses irrégularités, sur le fond même, sur mes neuf cadavres ! J'aurais pu me défendre. J'aurais eu le public avec moi. Même si j'avais été condamné, j'aurais prouvé que j'avais raison. Mais *Josaphat,* ils l'approuvent, ils la louent, ils la récupèrent. Pas un soupçon exprimé sur l'explosion du CLH. Et moi, on m'attaque par-derrière. Avec ma tante et Bertram, je ne sais même pas d'ailleurs si je suis blanc comme neige. Sans compter que cette satanée démission a l'air d'être un aveu.

Paula dit lentement en rompant une croûte de pain :

— Oui. Dans les circonstances, je ne vois qu'une raison innocente qui aurait pu vous conduire à démissionner.

— Vous en voyez une ?

— Pour faire de la politique.

— De la politique ?

— Comme Administrateur, vous ne pouviez pas, tout le monde comprend cela.

— Développez.

Elle développa.

— Voici comment je vois les choses. Avec ou sans le Ministre, peu importe, vous avez mené *Josaphat* à bien et vous avez pris conscience que cette action doit continuer et s'étendre, que si l'on se borne à chasser les arracheurs de ville en ville, le problème ne sera jamais résolu. Vous avez compris que le problème n'est pas municipal mais national, donc politique. Vous avez compris aussi que ce n'est pas le gouvernement, peut-être même pas le régime actuel qui sera capable d'amputer la nation de ces métastases du crime. Alors vous démissionnez pour pouvoir en appeler au peuple, qui est las de subir des agressions physiques quotidiennes, qui sent dans sa moelle que ce n'est pas juste de payer ses impôts et de trembler pour sa sécurité.

— Vous improvisez ou vous avez déjà réfléchi ?

— Les deux. Je pensais souvent comme ce serait pénible pour vous de voir les exactions reprendre au Corazon. Ce qui était inévitable.

Une animation profonde empourprait le visage d'ordinaire placide de Paula.

— Un jour un homme d'Etat finira bien par comprendre qu'on ne peut décemment pas avoir de politique étrangère, ni de politique sociale, ni de politique économique, ni de politique tout court tant soit peu valable, ni peut-être même de pays dans le plein sens de ce terme, tant que la violence règne dans le métro. Le premier qui aura saisi cela aura les honnêtes gens avec lui. Et il y en a, des honnêtes gens ! Plus qu'on ne pense. Pourquoi ne serait-ce pas vous, Julian ? S'il vient de votre bord, c'est tant mieux : ce pays aime qu'on lui fasse une politique de droite avec une étiquette de gauche, je ne sais pas pourquoi.

« Imaginez un nouveau parti, Julian, avec une seule formule pour programme : *paix civile*. Par quoi la civilisation a-t-elle commencé ? Par les villes. Et par quoi les villes l'ont-elles emporté sur les campagnes ? Par la paix civile qu'elles offraient derrière leurs remparts. Pourquoi le peuple aimait-il nos vieux rois ? Pour leurs conquêtes militaires ? Non, pour la paix civile dont ils étaient les garants. Un jour, je vous assure, il faudra en revenir à cette chose bête comme chou : la paix civile. Et mettre les marchands d'alarmes en faillite. Parce que la paix civile n'est pas dans l'électronique. Elle est dans l'homme.

— Vous voudriez que je fonde un parti ? Vous ? Vous me voyez montant sur une caisse à savon pour dire : « Votez pour moi, je suis le meilleur » ? Comme cela irait à mon genre de beauté !

— Cela pourrait vous aller si c'était une forme de combat.

— Et puis quoi : député ? Serrant des pinces ? Fréquentant des parlementaires ? Faisant dans la salissure, la compromission ?

— Pas nécessairement. J'ai cru comprendre que vous étiez riche. C'est un avantage. Cela pourrait aller très vite, le Parti de la Paix Civile. Vous vous retrouveriez peut-être au pouvoir sans avoir eu le temps de vous poisser. Et vous pourriez vous donner une limite de temps, comme un chanteur : Si je ne suis pas au Met à trente ans, je vais vendre des assurances.

— Vous rendez-vous compte, Paula, que je suis en ce moment accusé de concussion, d'assassinat, de trafic de drogue et d'influence, et qu'il peut même y avoir un peu de vrai dans ce fatras de mensonges ? Fonde-t-on un parti sous des auspices pareils ?

— C'est le seul terrain sur lequel vous puissiez prendre l'offensive. Ils ne vous ont pas attaqué sur *Josaphat* mais sur votre administration. Ne défendez pas votre administration : attaquez-les sur les vieilles dames étouffées et les petites filles aux bras coupés. Ma boulangère qui vous a vu à la télévision est persuadée que vous avez l'étoffe d'un homme d'Etat, et ma boulangère a toujours raison.

— Ils vont me lancer leur commission d'enquête aux trousses.

— Ils auront l'air de riposter pauvrement à votre attaque. L'opinion vous sera favorable. Au pis, ils ne prouveront que des peccadilles contre vous : une manœuvre de votre tante Matilda, un chèque signé Bertram. Vous croyez que le peuple s'imagine que les places vont aux plus méritants ? Le peuple juge sur pièces. Vous ne serez plus Administrateur et les agressions vont reprendre parce qu'elles doivent reprendre tant que les agresseurs n'auront pas été extirpés de tout le pays. Le peuple en tirera ses déductions.

— Je ne peux pas risquer de compromettre le Roi.

— Si vous réussissez, il sera le premier content de trouver un Premier Ministre sur qui il puisse compter.

— Chef de parti... répéta Julian.

Le rôle ne lui plaisait guère, mais il trouverait à y employer la force qu'il sentait bourdonner en lui et qui ne demandait qu'à exploser. Ce monde réel, adulte, auquel il se flattait d'avoir accédé, était-ce donc cela ? N'était-ce donc que cela ?

— Bien, bien. Je serais le Prince Rouge, comme le prophétisait ma tante ? Et le Prince Rouge, lui, aurait sûrement besoin d'informatiser ses listes d'électeurs. Etes-vous candidate ?

— Oui.

Il sourit :

— Oui, *monsieur.*

— Oui, *monsieur.*

Ils rirent. Cela devenait une plaisanterie familiale. Julian jeta sa serviette.

— Je n'ai encore rien décidé, Paula.

Par la porte ouverte, il voyait le couloir, et, en biais, une autre porte, ouverte sur la chambre. Dans la chambre, un lit mi-large avec un drap citron bien tendu, au rabat orné de broderie anglaise blanche.

Julian repoussa sa chaise et tendit la main. Bravement, Paula y mit la sienne. Il fallait encore se lever, contourner la table, traverser le couloir... Tout un voyage.

Sur la table de chevet, il y avait des fleurs blanc et jaune dans un vase. Julian se surprit à se demander si c'étaient des narcisses ou des jonquilles. Il n'avait jamais bien su le nom des fleurs.

19.

Pepito avait passé l'après-midi du samedi chez le commissaire Robich.

Dans les heures qui venaient de s'écouler, il avait vu éborgner sa bien-aimée Mlle Eulalia, il avait déclaré la guerre à Dieu, absorbé sa première piqûre d'héroïne et reçu de son frère une gifle magistrale qui l'avait à moitié assommé. Cela ne l'empêcha pas de jouer à la ferme avec Manuel : comme d'habitude, ils achetèrent des poules, des moutons, des vaches et des chevaux et allèrent enfin se promener ensemble au royaume d'Ailleurs. Simplement, Pepito était encore plus calme, plus recueilli qu'à l'ordinaire.

Pendant que les enfants jouaient dans la chambre, le nouveau commissaire principal et sa femme regardaient la télévision, Petit Bonhomme pelotonnée sur les genoux de son mari. L'annonceur donna la liste des terroristes retrouvés dans les décombres : Laredo était l'un d'eux, Sariel de Sariel en était un autre.

— Bon débarras, dit Natalia. Maintenant Pepito est à nous.

Robich, lui, avait froncé les sourcils : cette explosion lui semblait bien opportune, il n'était pas vraisemblable qu'un marchand de drogue fût aussi terroriste, la prétendue libération de Laredo l'avait laissé sceptique, et il se rappelait que lors de leur entretien, l'Administrateur n'avait pas semblé se soucier énormément du bien-être de l'Antéchrist. Fallait-il en conclure à l'existence d'une conspiration ?

Robich, pour sa part, n'aurait pas trempé dans un meurtre, mais on ne lui en demandait pas tant. S'il y avait conspiration, il n'en était pas responsable. L'augmentation de salaire qu'il prévoyait lui permettrait de nourrir l'orphelin, peut-être de l'adopter. Et même la petite maison à la campagne ne paraissait plus un rêve irréalisable, depuis que le téléphone sonnait tous les quarts d'heure, et que c'était chaque fois une demande d'interview ou une offre de conférence ou une invitation à un congrès.

Quand Natalia servit le dîner — plus tôt qu'à l'ordinaire : « Tu dois être pressé d'aller te coucher, Grand Bonhomme » — elle mit naturellement le couvert de Pepito.

— Pepito, dit-elle, après un regard pour son mari dont elle avait demandé et reçu l'approbation, j'espère que tu vas rester coucher. Demain nous irons chercher tes affaires, et tu viendras passer quelques jours chez nous. Tu resteras aussi longtemps que tu voudras, jusqu'au retour de ton frère en tout cas.

Pepito ne leva pas les yeux de sa soupe de poisson.

— Sariel ne reviendra pas. Sariel est mort.

Stupéfaction. L'enfant n'avait pu entendre la télévision.

— Pourquoi penses-tu cela, Pepito ?

— Je ne pense pas. Je sais. Et je sais que c'est mal d'être content.

Deux grosses larmes tombèrent dans la rouille.

Manuel exécuta un roulement de tambour sur la table avec sa cuiller :

— Alors tu ne seras plus jamais obligé de repartir ? Et on pourra jouer à la ferme tous les jours ?

Après dîner, pendant que Robich répondait au quinzième appel téléphonique — c'était Andreas qui tenait à féliciter son patron — Natalia ouvrit le fauteuil comme une conque et fit le lit de Pepito, tirant les draps, tapotant l'oreiller pour lui donner du moelleux. On se coucha de bonne heure.

Dans la nuit, Natalia se réveilla.

Elle eut un regard attendri pour son mari qui ronflait puissamment, et roula hors du lit pour ne pas le réveiller. Elle allait faire sa ronde nocturne. Elle voulait que tous ses hommes dormissent bien.

Manuel reposait dans sa petite chambre comme un ange qui sucerait son pouce. Il faudrait le guérir de cette manie. Natalia essayerait les méthodes préconisées par deux de ses tantes : la mitaine et la moutarde.

Dans la salle de séjour, Pepito avait l'air de dormir tranquillement, lui aussi, les mains posées sur le drap comme un gisant, mais, en approchant, elle vit que les yeux de l'enfant étaient largement ouverts. Elle s'agenouilla sur la moquette.

— Qu'est-ce que tu fais donc, mon Pepito ? chuchota-t-elle. Il faut dormir.

Il ne répondit pas.

Ses yeux reflétaient la lumière du réverbère planté au coin de la rue.

— Ferme les yeux, voyons.

Il les ferma docilement. Il serra même si fort les paupières qu'elles se crispèrent.

Natalia effleura de sa main droite la main gauche étalée sur le rabat du drap. Le souffle de Pepito s'accéléra et elle sentit que, si elle ne bougeait pas et ne disait rien, il finirait par pleurer ou parler. Elle ne se trompait pas. Au bout d'un long moment, Pepito demanda d'une petite voix :

— Madame, est-ce que c'est vrai, ce que le père Leandro a dit à la messe : que le bon Dieu va brûler les pécheurs éternellement ?

Natalia n'avait pas beaucoup de religion. Elle ne se rappelait pas grand-chose de son catéchisme, et Robich, qui ne s'intéressait pas à Dieu, ne l'avait pas encouragée à fréquenter les églises. Il fallait pourtant qu'elle répondît à l'enfant. Si elle voulait l'adopter, elle devait adopter son angoisse, et, puisqu'elle était mère, la résoudre. Pas la tromper, comme on peut tromper la faim, mais, dans la mesure du possible, la résoudre.

Or, elle ne connaissait pas la réponse. Elle s'en accusa, s'imaginant que c'était par ignorance.

Elle aspira beaucoup d'air, et cette aspiration fut comme une demande d'inspiration, bien qu'elle ne prononçât ni ne formât dans son esprit aucun mot ressemblant à une prière.

— Je pense, dit-elle, très lentement pour gagner du temps, je pense qu'il brûlera sûrement les péchés, mais qu'il fera grâce aux pécheurs.

Et, par honnêteté, par humilité, elle ajouta :

— Peut-être.

REMERCIEMENTS

L'auteur tient à remercier toutes les personnes qui ont bien voulu l'aider de diverses manières pour la composition de son ouvrage.

Certaines doivent ou préfèrent rester anonymes. Elles savent combien je le regrette.

D'autres ne peuvent être désignées que par des sobriquets : le Grand Jules de Pigalle, l'Arracheur Drogué, l'Assommeur du Barrio Gotico.

J'ai plaisir à nommer les autres. Ce sont Mmes Gilberte Capek, le Juge Irène Daurelle, Odile d'Eysmond, Rose Hafley, Verena von den Heyden-Rynsch, la comtesse Guy de Lastours, Anne-Marie de Saint-Exupéry, M. et Mme Jean de Tauriers, le professeur Albritton, M. Behrens, M. Champailler, le professeur Debray-Ritzen, correspondant de l'Institut, M. McKain, le contrôleur général Foll, le commissaire divisionnaire Le Taillanter, le Directeur Majorel, le commissaire divisionnaire Mancini et son équipe du RAID, l'inspecteur Mauger, le commissaire principal Michelet, l'inspecteur principal Orsoni, le commissaire principal Peuch, le général Singland (CR), le colonel Esquivié, le colonel Sapin-Lignières (CR), le lieutenant-colonel Bessy et son GIGN, le lieutenant-colonel Fagnen, le capitaine P... et la Commission Fédérale de Polo.

V. V.

DU MÊME AUTEUR

L'AGENT TRIPLE, *roman* (Julliard).
LES MOUSQUETAIRES DE LA RÉPUBLIQUE, *roman* (La Table Ronde).
VERS UNE MÉTRIQUE FRANÇAISE (French Literature Publication Company).
LE RETOURNEMENT, *roman* (L'Âge d'Homme), *Prix Chateaubriand 1979.*
LES HUMEURS DE LA MER, *roman* (L'Âge d'Homme).
OLDUVAÏ
LA LEÇON D'ANATOMIE
INTERSECTION
LES MAÎTRES DU TEMPS.
LE COMPLEXE DE PROCUSTE (L'Âge d'Homme).
UNE HISTOIRE SURANNÉE QUELQUE PEU, *récit* (L'Âge d'Homme).
VLADIMIR, LE SOLEIL ROUGE (L'Âge d'Homme).
LE MONTAGE, *roman* (L'Âge d'Homme), *Grand Prix du Roman de l'Académie française 1982.*
LE TRÊTRE, *roman* (L'Âge d'Homme).
L'AMOUR TUE, *comédie* (L'Âge d'Homme).
YALTA, *tragédie* (L'Âge d'Homme).
TCHAÏKOVSKY, *biographie* (L'Âge d'Homme).
LAWRENCE LE MAGNIFIQUE, *essai sur Lawrence Durrell et le roman relativiste* (L'Âge d'Homme).
LECTURE DE L'ÉVANGILE SELON SAINT MATTHIEU (L'Âge d'Homme).
LE PROFESSEUR D'HISTOIRE, *roman* (L'Âge d'Homme).
LA DÉSINFORMATION, ARME DE GUERRE, *textes de base présentés par Vladimir Volkoff* (L'Âge d'Homme).
NOUVELLES AMÉRICAINES (L'Âge d'Homme).
DU ROI (L'Âge d'Homme).
L'INTERROGATOIRE, *roman* (Éditions de Fallois/L'Âge d'Homme).
LES HOMMES DU TSAR, *roman* Éditions de Fallois/L'Âge d'Homme).
LE BOUCLAGE, *roman* (Éditions de Fallois/L'Âge d'Homme).
LA TRINITÉ DU MAL, ou Réquisitoire pour servir au procès posthume de Lénine, Trotsky, Staline (Éditions de Fallois/L'Âge d'Homme).
LE MISTÈRE DE SAINT VLADIMIR, *théâtre* (L'Âge d'Homme) *Prix Alfred de Vigny 1988.*
VLADIMIRIANA, *recueil d'articles* (L'Âge d'Homme).
L'ENFANT POSTHUME, *roman* (L'Âge d'Homme).
LA CHAMBRE MEUBLÉE, *récit* (L'Âge d'Homme).
LA BÊTE ET LE VENIN (Éditions de Fallois/L'Âge d'Homme).

Science-fiction :

MÉTRO POUR L'ENFER, *roman. Prix Jules Verne 1963* (Presses Pocket).
LE TIRE-BOUCHON DU BON DIEU, *roman* (Presses Pocket).
LA GUERRE DES PIEUVRES (Presses Pocket).

Avec Jacqueline Bruller :
L'EXIL EST MA PATRIE, *entretiens* (Le Centurion).

Bande dessinée :
SAINT VLADIMIR, LE SOLEIL RADIEUX, éd. du Lombard.

Composition réalisée par BUSSIÈRE 18200 Saint-Amand-Montrond

IMPRIMÉ EN FRANCE PAR BRODARD ET TAUPIN
Usine de La Flèche (Sarthe).
LIBRAIRIE GÉNÉRALE FRANÇAISE - 6, rue Pierre-Sarrazin - 75006 Paris.

ISBN : 2 - 253 - 05952 - 8 30/4304/9

LE BOUCLAGE

Vladimir Volkoff est né à Paris en 1932 de parents russes émigrés. Après une licence de lettres classiques à la Sorbonne (1954), il fait successivement l'expérience de l'enseignement (1955-1957) puis de la vie militaire (1957-1962) pendant la guerre d'Algérie. Son premier roman, L'Agent triple *(1962), évocation de cette période intense et contrastée, lui vaut un succès d'estime. Il aborde également le domaine de la science-fiction et obtient le prix Jules Verne en 1963 avec* Métro pour l'enfer.

Etabli aux Etats-Unis depuis 1966, Vladimir Volkoff se partage tout d'abord entre l'enseignement à l'Université d'Atlanta en Georgie et la création littéraire à laquelle il se consacrera entièrement à partir de 1978. L'éclatant succès du Retournement *(Julliard/ L'Âge d'Homme, 1979) lui vaut une renommée internationale. L'ouvrage est traduit en douze langues. Si cet étonnant « thriller métaphysique » fait de lui l'homologue français de John Le Carré,* Les Humeurs de la mer *(1980), vaste fresque ayant pour thème et pour décor la tragédie algérienne, évoque irrésistiblement le célèbre « Quatuor d'Alexandrie » de Lawrence Durrell auquel Vladimir Volkoff consacrera un essai en 1984 (*Lawrence le magnifique*). Avec* Le Montage *(1982), il met en scène les méthodes et les réseaux de la « désinformation » soviétique en Europe. Viendront ensuite* Le Professeur d'histoire, Nouvelles américaines, Les Hommes du Tsar *(1989) et* Le Bouclage *(1990).*

*Auteur de biographies historiques (*Vladimir, le soleil rouge, Tchaïkovsky*), auteur d'essais résolument anticonformistes (*Le Complexe de Procuste, Du Roi, La Trinité du Mal, La Bête et le Venin*), Vladimir Volkoff est en outre un fleurettiste redouté.*

Au cœur d'une cité méditerranéenne – dans un pays qui n'est pas nommé, mais qui pourrait être l'Espagne –, un de ces quartiers qu'on appelait jadis un « quartier chaud ». En quelques années, le quartier chaud s'est transformé en une véritable cour des miracles. La délinquance est ici chez elle. La drogue se vend au grand jour. Le terrorisme international y trouve refuge. Les voleurs volent, les détrousseurs détroussent, les racketteurs rackettent. La police est impuissante à protéger les habitants, et ceux-ci, apeurés et résignés, ne songent plus à réagir. Une image en somme, à peine grossie, de l'insécurité ordinaire dans nos grandes villes modernes.

Tout cela n'inquiète guère Julian Dandolo, le jeune et séduisant

(Suite au verso.)

Administrateur qui vient de prendre ses fonctions. Jusqu'au jour où il est amené, à ses dépens, à apprendre que « le Mal est contagieux ». Il découvre alors ses responsabilités à l'égard de la paix civile.
Acceptant les conséquences possibles de l'initiative qu'il va prendre, il décide de boucler le centre ville et de passer le quartier au peigne fin.
Mais il arrive souvent malheur à ceux qui veulent sortir des sentiers battus. L'opinion publique, la presse, le gouvernement seront-ils après coup favorables à des mesures d'exception qu'on leur a soigneusement cachées ? Le succès de l'opération menée par Julian sera-t-il une victoire à la Pyrrhus ?
Vladimir Volkoff est un romancier très singulier *qui ose parler de ce dont on ne parle pas. Le Bouclage,* grouillant de personnages aux personnalités fortes, fertile en péripéties, en « montages » et en « retournements », est un roman d'aventure et d'action, au rythme dur, tendu, brutal même, qui a la puissance des grands films américains. Mais on peut y trouver aussi une réflexion sur les problèmes de la violence quotidienne. Et plus profondément, une méditation sur la Justice et le Jugement dernier.
« Est-il vrai, demande l'enfant Pepito à sa mère adoptive, que le bon Dieu brûlera les pécheurs au dernier jour ?
– Je pense, lui répond-elle, qu'il pardonnera aux pécheurs et brûlera tous les péchés. »

Parus dans Le Livre de Poche :

L'INTERROGATOIRE.
LES HOMMES DU TSAR.